KB236262

나의 살던 고향

옛 인형 일기

지은이 · 임수현
펴낸이 · 김언호
펴낸곳 · 한길아트
등록 · 1998년 5월 20일 제75호
주소 · 413-832 경기도 파주시 교하읍 문발리 520-11
　　　www.hangilart.co.kr　E-mail: hangilart@hangilsa.co.kr
전화 · 031-955-2000~3　팩스 · 031-955-2005

편집 · 남경화　전산 · 김현정
출력 · 그라픽네트　인쇄 제본 · 삼광사

제1판 제1쇄　2005년 12월 30일

값 17,000원
ISBN 89-91636-06-3　03800
▪ 잘못된 책은 구입하신 서점에서 바꿔드립니다.

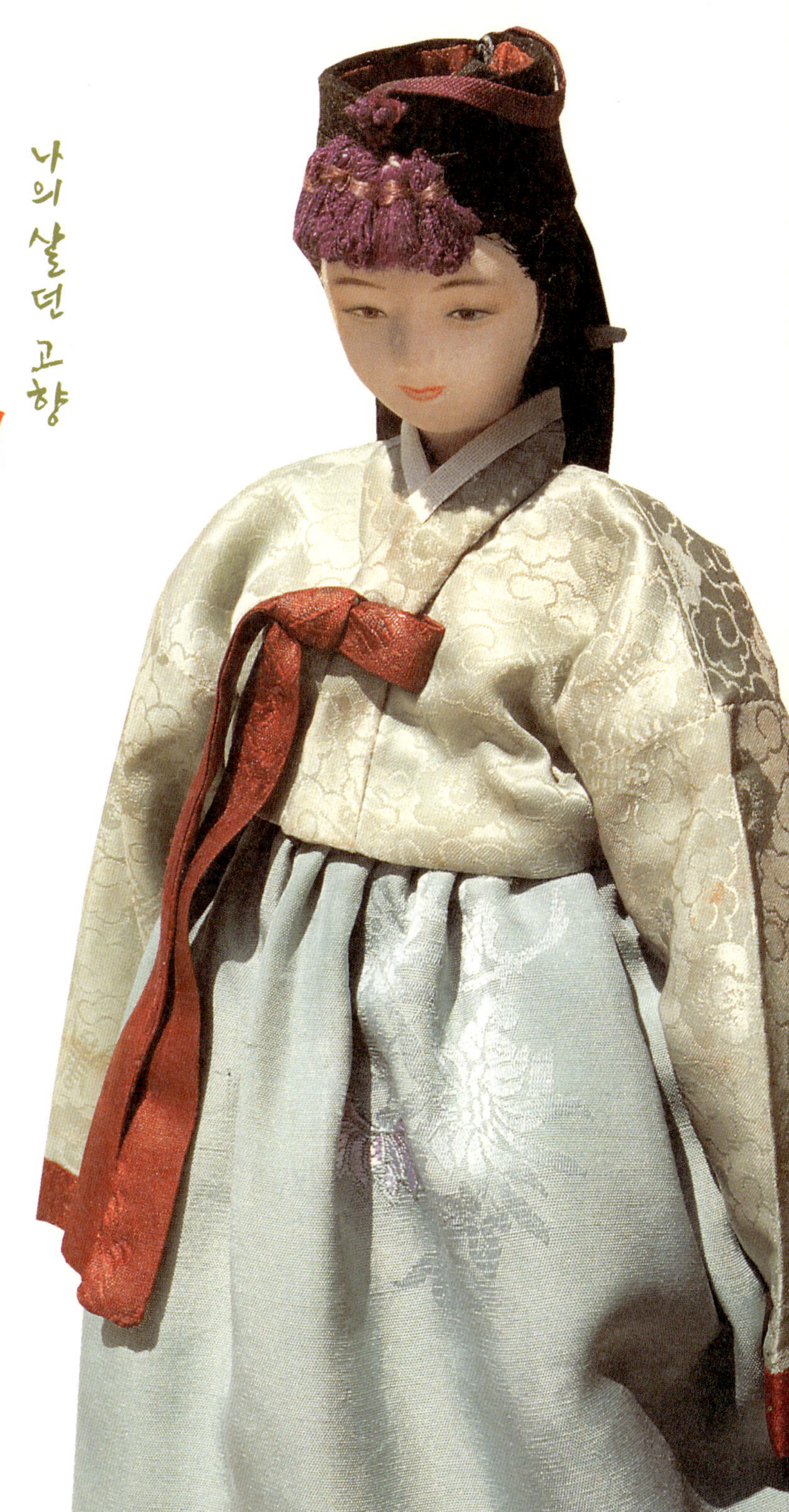

임수현 지음

나의 살던 고향

옛 인형 일기

한길아트

국립중앙도서관 출판사 도서목록(CIP)

(나의 살던 고향)옛인형 일기 / 임수현 지음.
--파주 : 한길아트, 2005
  P. ;   cm. --

ISBN 89-91636-06-3 03800 : ₩17000

638.9-KDC4
745.592-DDC21   CIP2005002719

여기 작은 빛이 되어

옛 사람들이 물려주신 오랜 인고의 무명실타래를 명주실타래와 나란히 엮어 삶의 희로애락을 전통인형으로 빚어온 저편 세월은 어느 인적 없는 두메산골에서 허리띠를 졸라매고 길쌈내기로 삶을 잣는 아녀자의 심연 같은 고해의 여정이었습니다. 세월의 흐름 속에 감춰진 우리 고유의 정서와 소박한 생활상은 흙 속에 묻힌 보석이기에 특별히 하느님이 주신 제 소임에 고개 숙여 감사드리는 뜻을 여기에 모았습니다. 인형의 모습에서 기쁨을 입고 우리 조상님과 후손들이 서로 이해하고 화해하며 사랑 안에 하나 되는 친교의 예물이 되기를 소망합니다.

고향의 봄 향내 나는 모성애로 고즈넉한 나의 외길을 바라보며 우리네 정서와 향수를 인형에 물들이기까지 가시밭길 혹풍 속에서도 입김을 모아주신 어머니께 감사올립니다.

소임을 다할 수 있도록 늘 푸른 풀밭으로 길 잃은 저희를 이끄시고 돌보아주시는 정진석 대주교님의 격려와 도움 말씀에 깊이 감사올립니다.

그리고 흐르는 시냇물처럼 소탈한 품성애로 모든 이를 받아들이시는 김언호 사장님 배려에 감사드립니다. 그동안 한마음 줄기로 뜻을 합해주신 강옥순 주간님, 마음 모아주신 남경화님, 그리고 스무 해 동안 정성을 다해주신 주위 분들께 고마움을 남깁니다. 또한 기도로 비춰주신 신부님 수녀님들의 사랑에 감사드립니다.

2005년 11월 끝날
실로암 연못에 피는 인형 그 집에서
素鉛 임수현

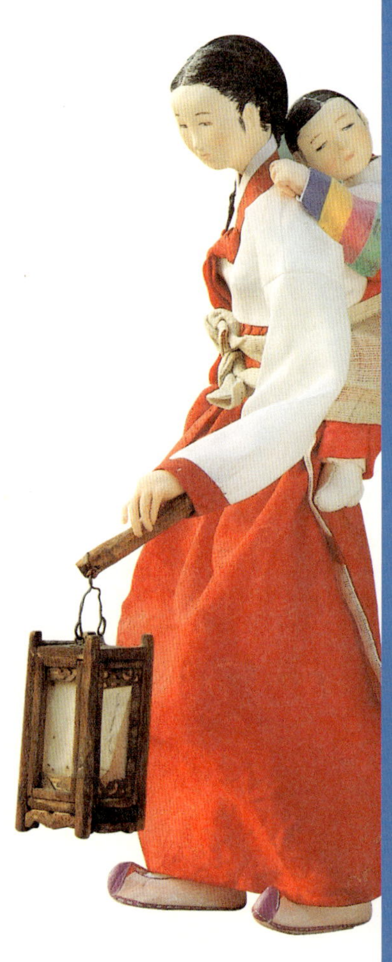

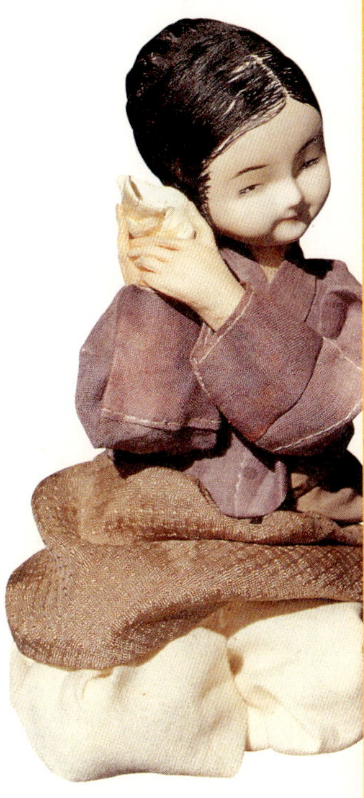

왕십리 골목길

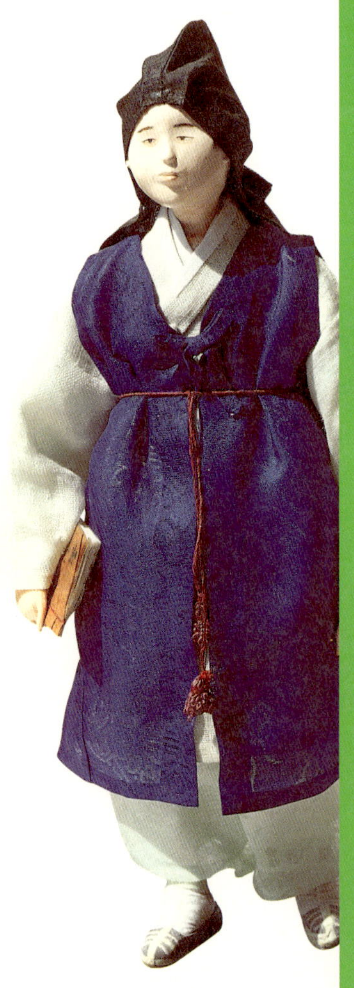

엄마야 누나야

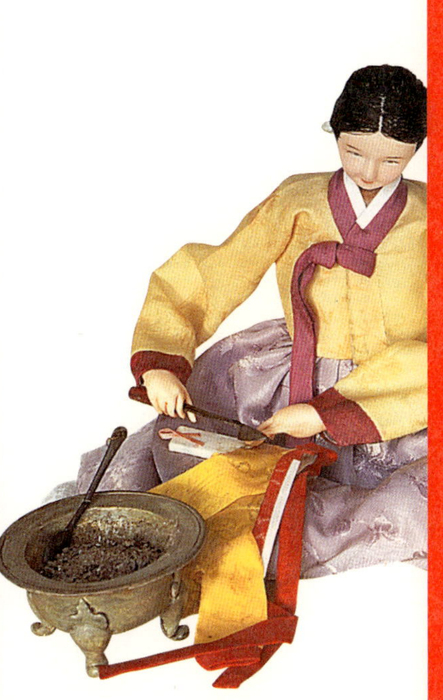

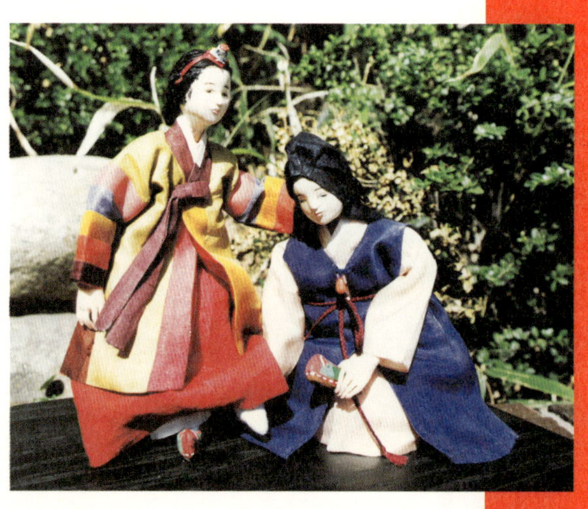

옛날에는

물레야 물레야 돌아라 내 맘 갖고 돌아라
바람모지 동짓달에 내 낭군님 계시온 곳
뉘게 물어 찾아갈꼬.

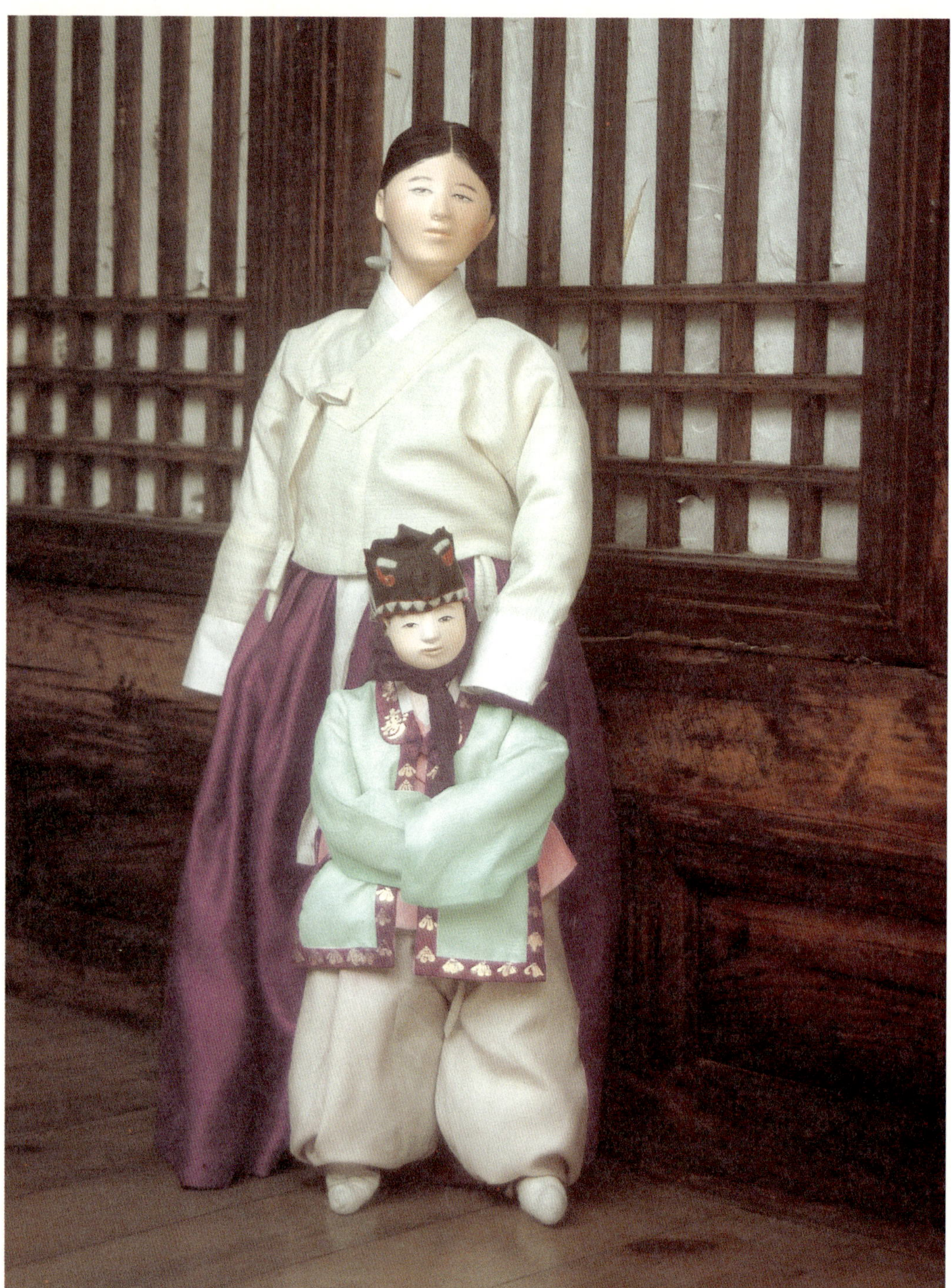

해맞이

삭풍이 휘도는 머언 산하에서 골짜기를 타고 오는 해돋이 빛줄기가
일곱 무지개를 싣고 사내아이와 그의 어머니의 성심을 비추는 정초.
조촐한 청빈의 집 여닫이 마루문 앞에 서서 먼동을 바라볼 때,
정결의 덕을 입은 여인의 눈빛 속에는 간구하는 새아침의 기원이 있다.
밤새 가슴을 여미고 심령 깊이 고아서 모둔 그 청원은 새벽빛으로 열어주시는
하늘의 도우심으로 옛 우리 선조와 후손들이 저 빛을 입고 서로 용서하고
화해하여 사랑으로 하나 되어 평화의 일치를 얻게 하심이니,
새해 첫 아침 조선조 여인이 하늘의 뜻에 순명하고자 나지막이 고백하여
기도로써 올리는 분향이다.
어린 아들에게는 맑은 영을 주시어 평화의 빛이 되게 하고자 호랑이 눈에
흰 눈썹을 수놓아 수염까지 달아서 잡귀들의 저주를 물리치는 호건을 씌우고
설빔으로 사규삼을 해 입혀 새아침 세배 나들이에 앞세웠다.

여인의 흰 동정은 정결, 소매 끝 흰 한삼은 청빈, 흰미색
명주저고리는 순명, 보랏빛 비단치마는 모든 사람을 자비의 덕으로
품어주는 희생을 상징한다. 일곱 살 난 사내아이의 호건에는 총명함과
무병장수를 구하고 귀신을 물리친다는 뜻이 있다.

설날 세배

까치설날 어제 가고 뒷문 밖에 함박눈 쌓인 저 멀리 토끼털 귀마개한

사내아이들 한바탕 눈싸움 벌이고, 색동저고리에 털배자 입고 오빠 쫓아서

어미 털신 끌고 따라나온 계집아이들 눈밭에 시린 손을 턴다.

산까치들 미루나무 가생이에 높이 튼 둥지 간데없이 이집 저집 처마 밑에

깃들여 조아리고 그믐을 태운 굴뚝 연기 맑은 하늘로 뽀얗게 번져가는

초하룻날 아침.

시골 온 큰아이들 무동 타고 한참을 수선 피우다 곤히 잠든 손자와 손녀딸내미

그새 누가 가르쳤기에 새악시 새신랑마냥 곱게 세배하는지!

고놈들 매무새에 심성 훈훈하신 두 어르신 쌈짓돈 귀주머니에서 꺼내실 새 없이

고사리손 모은 아가들 절 받으니 여생에 만수무강이 보배인 것을

새삼 깨닫고 흐뭇해하시는 설날 새아침.

어린 나이에 할머니 할아버지가 따로 사셨기에 마음 안에서는
늘 이같이 살고 싶은 소망을 키워왔다.

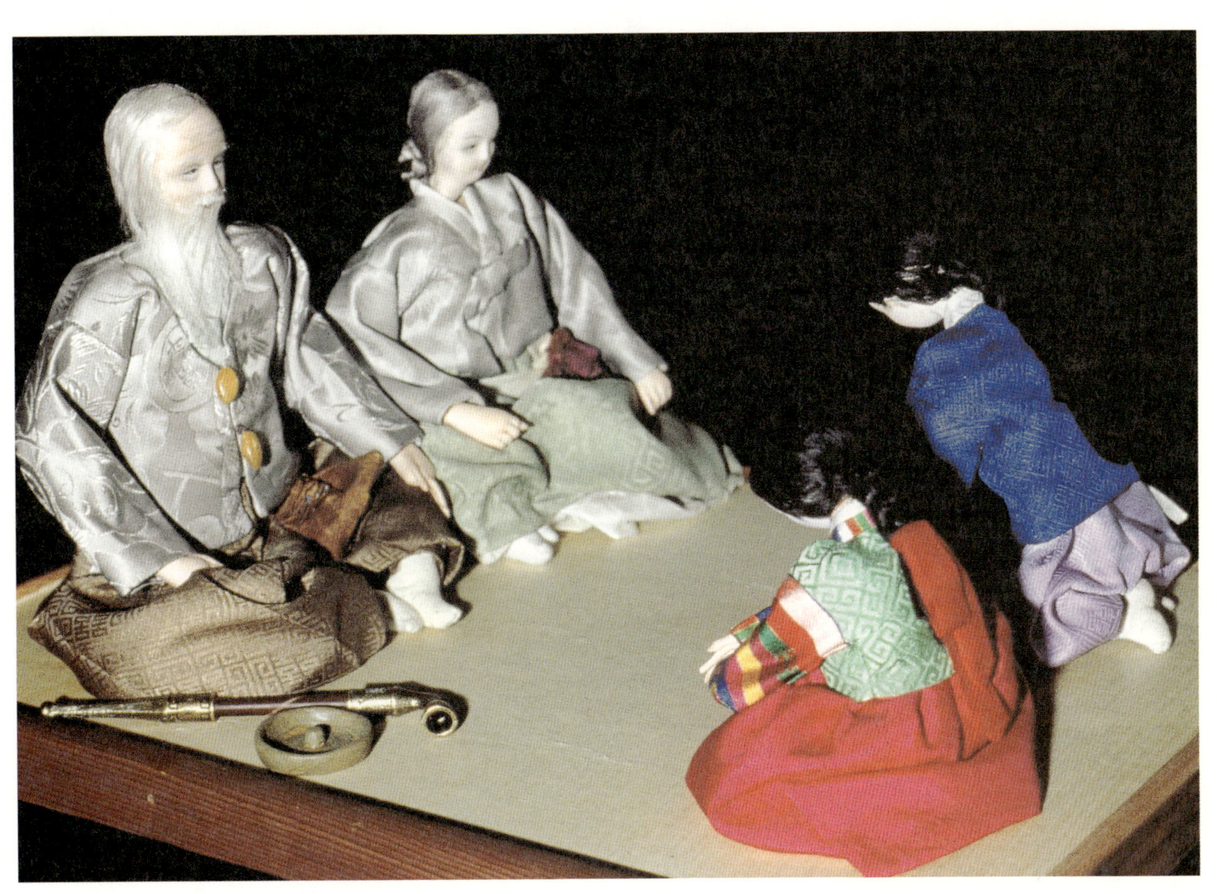

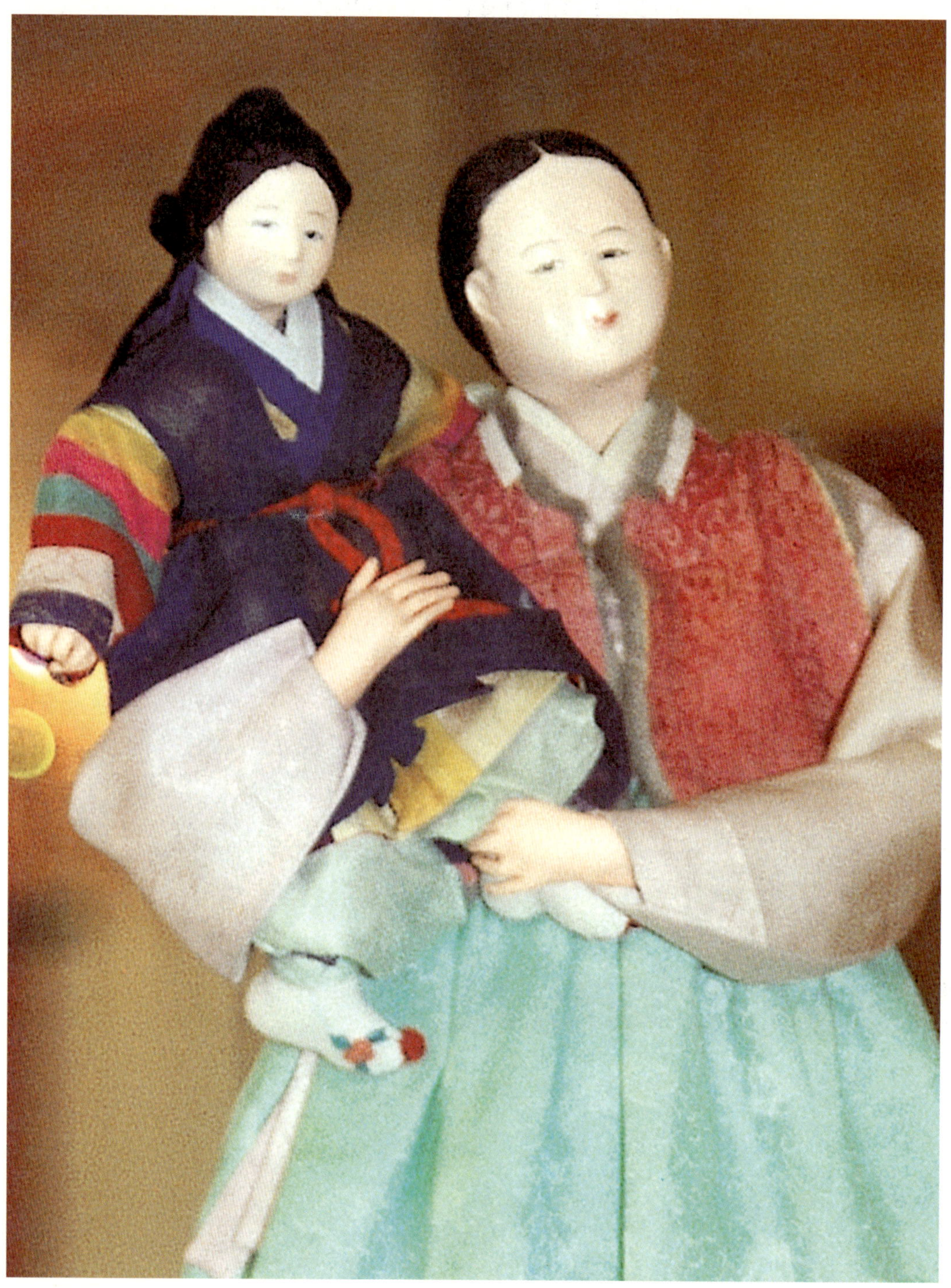

외동아들

작달막한 향나무 가지 사이로 날아와 앉은 제비새끼 한 마리
어미 떨어져 어디서 날아왔는지 문간방 마당 한쪽 햇볕 등지에 노닐고 있다.
군젖 달라고 어미 젖가슴 더듬던 돌배기 사내아이 어린 눈길도
새살거리는 아기새 소리에 귀가 뜨인 듯.
지아비 인력거 청하러 나가신 중에 낯 씻겨 외할머니 지어 보내오신 돌옷
복건 씌워 입히니 등기둥기 하라고 칭얼거리던 늦둥이 금세 타래버선발 내밀고
신발 신겨 내려달라고 지어미 품섶 위로 올라앉는데, 새벽안개 마시고 핀
노란 민들레 장독머리맡에 흩어져 어느메로 홀씨 되어 퍼지려나!
우리 늦둥이 집안에 밑씨받이 되어 이제사 친할머니 외할머니 주름살 펴드리니
그 얼굴 모습에 피는 꽃은 장수꽃이어라!

　두 딸아이 밑으로 얻은 막둥이 사내아이를 안고 대청마루에
서서 인력거를 기다리는 아이어머니. 딸아이들은 며칠 전 할머니 댁에
보내놓았고, 가문에 외둥이를 얻은지라 큰댁에서 마련해주신다는
돌잔치를 앞두고 소박한 나들이옷을 갈아입은 조촐한 서민집
모자상이다.

숨은 꽃

속곳 고름에 동심초 노리개 달아주시더니 지지난해 초가을 소슬바람 몰고

기약도 없이 가신 님 기다리다 철없는 새 하얀 구름 한 조각 물고

숲시가지(숲에 노을빛이 비쳐드는 모습) 틈새에서 잠들 듯

야윈 몸짓으로 밤새 뒤척이다 새벽녘 잠을 깨었다.

초가을 초저녁에 소쩍새 울 새 없이 들 밖에 핀 나팔꽃처럼 지고 마는

짧은 사랑에 백자항아리를 비워낸 여심.

살풋이 비쳐드는 미닫이 영창 안으로 창해한 아침햇살 손짓하기에

속적삼 여미고 단장하고 앉아 마음에 날개 다느라 나비 칠보뒤꽂이 꽂고

오늘은 뉘 있어 예 오실까 골패를 떼어본다.

송홧가루 날리는 봄기운만이 고즈넉한 여인 가슴으로 살라드는 사월

뒤뜰에 진홍빛 산매화 외로운 빈 마음에 그윽히 피누나!

남모르게 정한 님 찾아오시기를 기다리는 여심을 홀로 돌숲
사이에 숨어 핀 꽃에 비유하였다. 부인들의 갖은 정성과 순명에도
뜬금없이 품어주는 기생들 눈짓에 못이겨 속절없이 기약하는 남정네들.
오지 않을 사랑인 줄 알면서도 조강지처 아랑곳없이 숨은 꽃으로
정처없는 기다림의 일생을 살았다던 조선 후기 기방 여인의 삶 한
자락을 들추었다. 백자항아리 비워냄은 꽃을 꽂지 않은 여인의 방황을
의미한다.

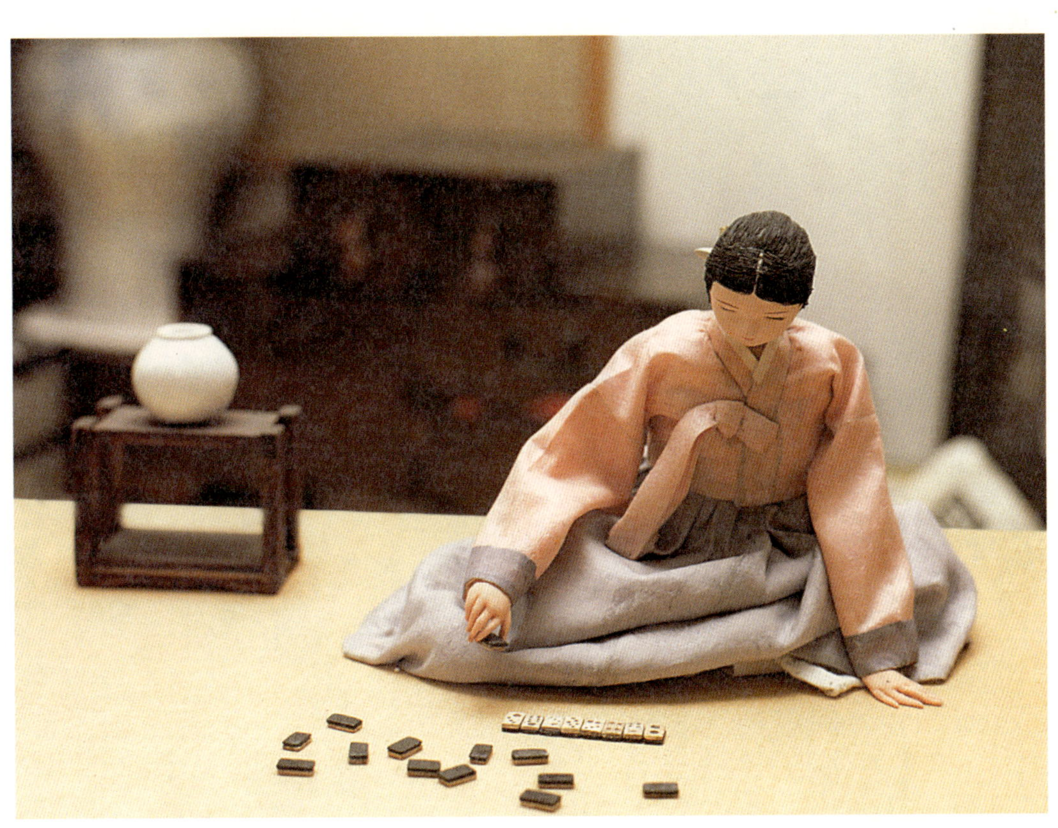

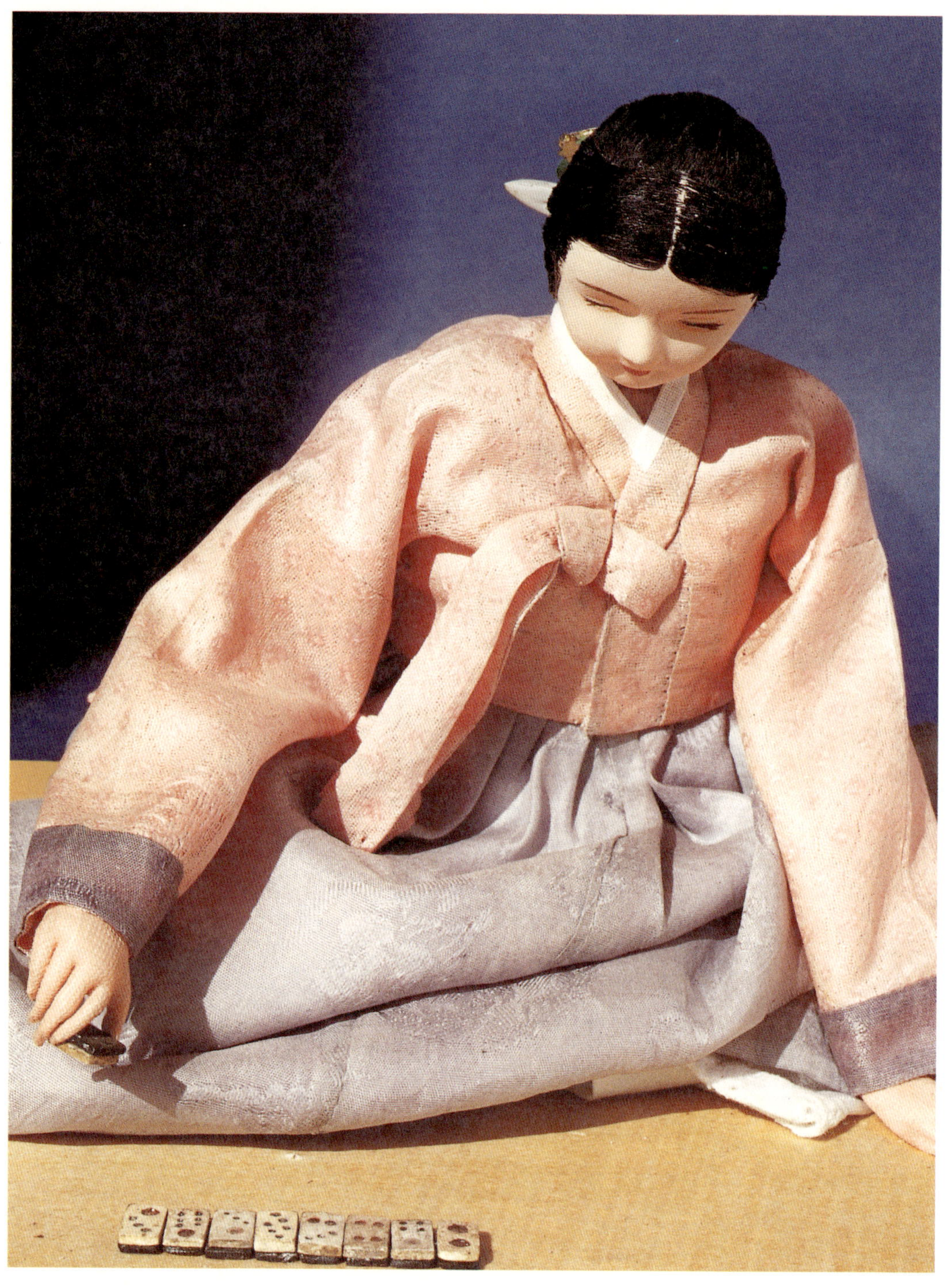

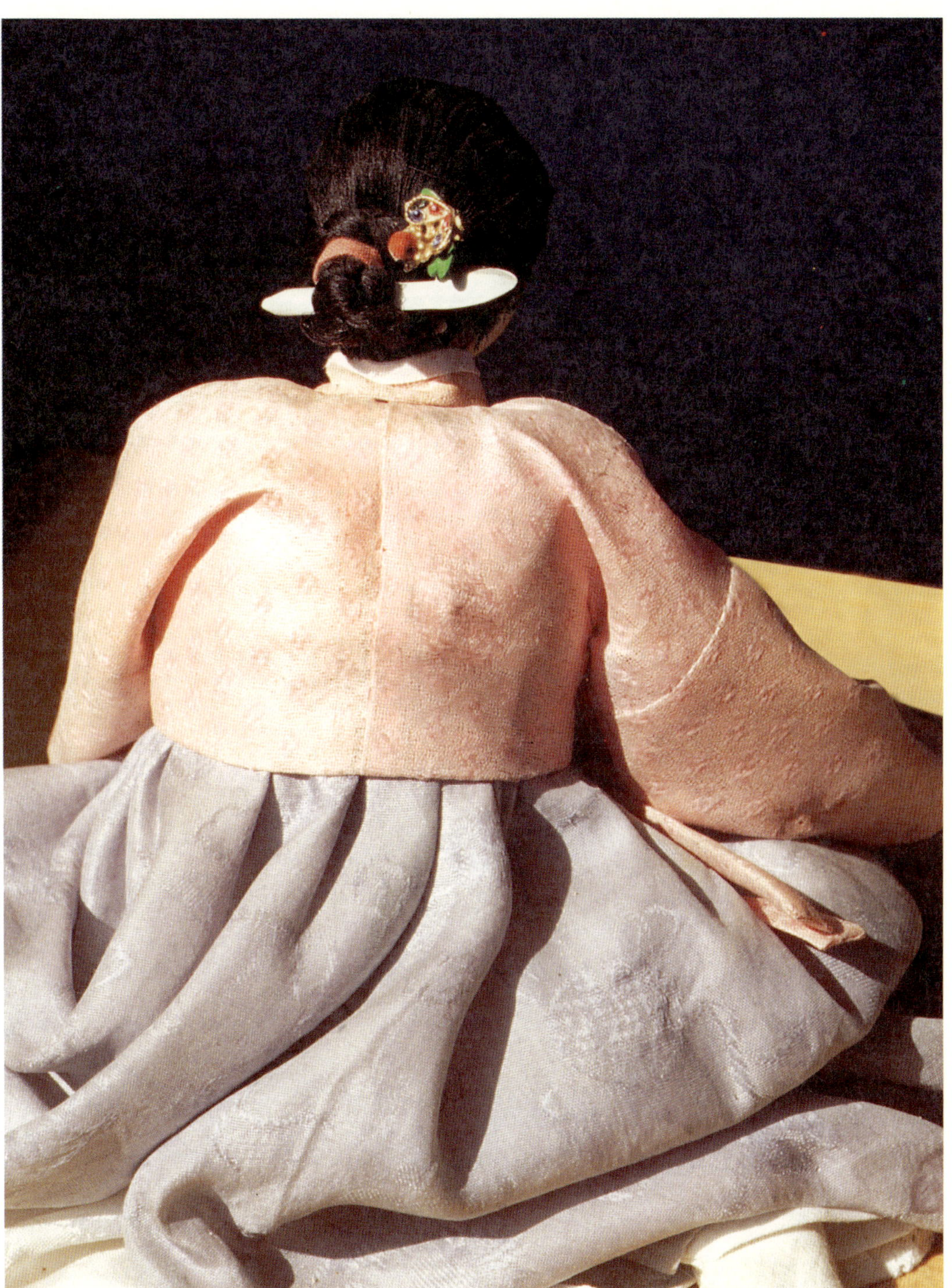

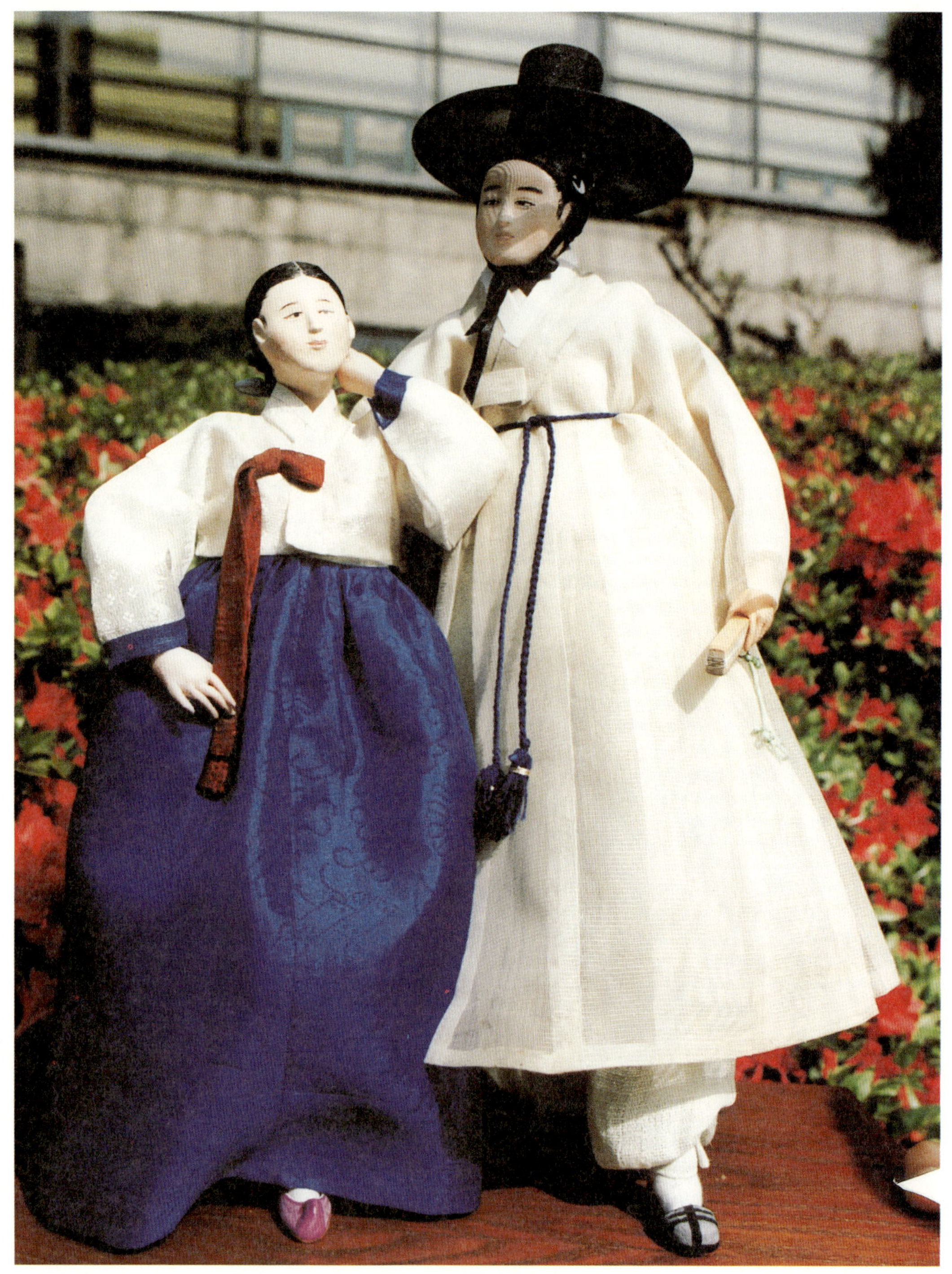

일심동체

물빛 하늘 티 없고 꽃잎들 망울 터뜨려 소리 없이 색동잔치를 벌이는

오월 초순 대지의 풀잎 사이로 청개구리 봄 놀고 햇빛 너울자락에

실려오는 바람이 온몸을 감싸는 단옷날 집안에 경사 있어

이른 아침녘 어르신님들 뫼시러 뜨락을 나서는 부부.

두 아이 호사시켜 마주보이는 연못가에 내려놓으니 앵무새처럼 지저귀고

청지기 할배님 서둘러 불러오실 인력거 기다리는 사이 청아한 하늘가

어디선가 날아든 이름 모를 새 한 쌍 눈에 띠어 바라보려니

장부님 품섶에 서서 모처럼 심연의 나래를 펴는 여인 몸짓 환영하듯

진홍빛 꽃잎들 속에 찾아오는 상념자락!

자주옷고름 입에 물고 수줍음 머금던 새색시 적 친정어머니 뵙고 싶어

서방님 앞에서 고개 떨구고 눈물짓던 그 옛날이여!

부인 저고리의 자주옷고름은 남편이 있음을, 남끝동은 아들이
있음을 상징하며 남치마는 양반가 부인들이 주로 입었다. 부인의 낭자,
즉 쪽머리는 순조 중엽(1820년대) 이후 양반층에서 일반화했으며
서민들은 얹은머리를 하다가 차츰 쪽을 지었다고 한다. 서방님 허리에
맨 청남색 세조대와 망건의 옥관자 또한 양반 신분임을 나타낸다.

꽃신

오월 단옷날 집안 경사에 들러리로 데려가실 딸아이 까치두루마기 입히고
배씨 얹어 종종머리 땋아 댕기 물려 내려놓으시며 사내아이에게
동생 꽃신 신겨주라 이르셨다.
마려운 오줌 참느라 한쪽 버선발에 얼른 꽃신 신기지 못하는 미운 일곱 살
오라버니 못 미더워 어깨에 고사리손 짚고 선 어린 누이동생,
뒤뚱히 넘어질세라 꽃신 한 짝 들고는 들러리 설 고운 명주바지로
무릎까지 꿇어가며 오라버니 행세하는 어린 마음짓.
색동소매에 이제 맺힌 하이얀 배꽃 망울진 얼굴하며 서로 기대어 선 날갯짓하며
봄날 날아온 희귀조 한 쌍이어라!

일심동체의 부부와 꽃신 오누이는 고(故) 석주선 선생님
(전 단국대 민속박물관장)과 박성실 선생님(단국대 전통의상학과 교수)
두 분의 추천으로 포르투갈 박물관의 제작 의뢰를 받아 1992년과
93년에 완성했다. 그 시절 나는 삼청동 언덕 위 인왕산성이
바라다뵈는 가시철망 초막집에 살고 있었다. 시골마을의 헛간처럼
아주 소박하고 조촐한 삼간집이었다. 보잘것없는 세 칸집이었지만
쪽배 같은 문간방과 인형을 빚는 건넌방에서 보이는 전경은 그야말로
자연미의 극치였다. 북한산과 인왕산이 한눈에 펼쳐지고 비를 머금은
안개가 일고 가는 산등성이며, 눈발 흩어지는 산하에서 몰아쳐오는
회오리 설풍소리, 봄이 오면 어느새 행주치마에 무명저고리 옷고름
날리며 산처녀가 진달래 막 피어나는 산줄기를 타고 내려올 것만 같은
산자락, 노을 지는 때면 방안의 인형들이 오렌짓빛으로 물들어 내

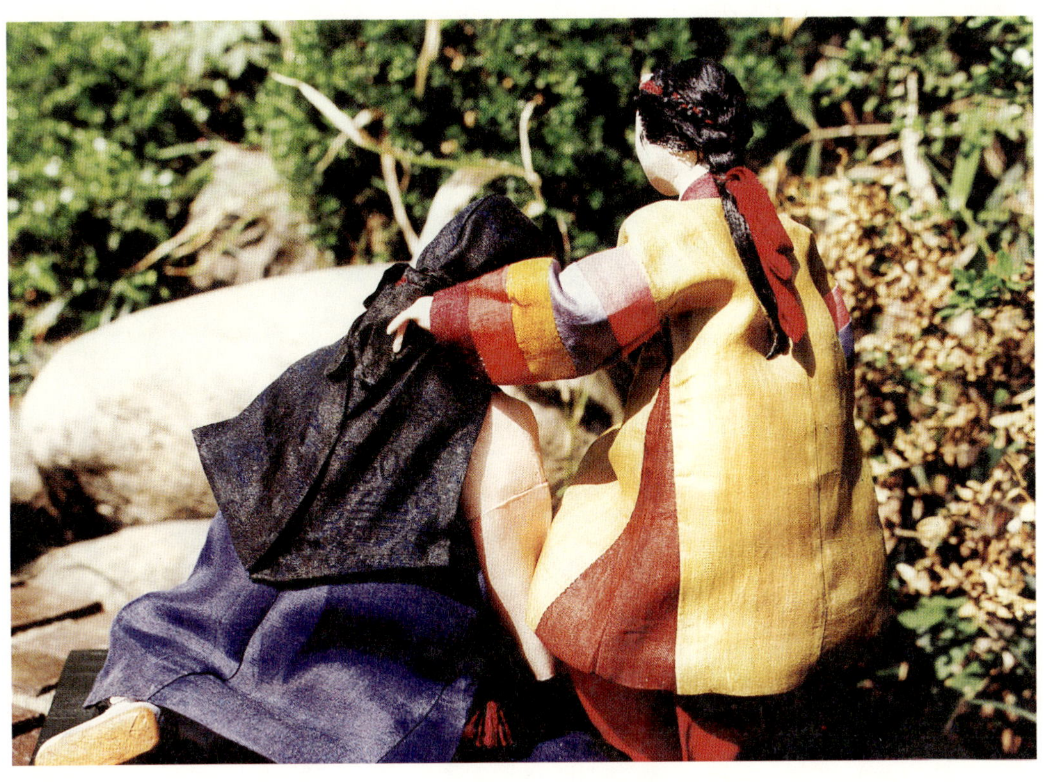

모습은 그 황혼 속을 나는 한 마리 철새처럼 그렇게 그곳을 날며 둥지
안의 삶이 전부인 양 충만했다. 사랑하기 위해 가난해야 했던 그
세월이 머물던 언덕 위의 집 창가에는 한여름 말고는 늘 겨울의 혹풍이
매달려 있었다. 고독의 피멍에를 지고 살아간 인형의 집이었다. 그때
그 골짜기 초막집을 찾아주시고 그 삶을 소중히 아껴주신 분이
어머니와 석주선 선생님, 그리고 김 헨리카 수녀님이었다.
석주선 선생님은 어느 해 추석인가 나를 초대해 몸이 아플 때마다
지어서 병에 모았다던 골무를 꺼내 보여주시며 서민의 모습을
인형으로 빚으라 이르셨다. 후일 '가장 깨끗하고 소박하라'는 뜻의
素를 아호의 첫 자로 주시기에 '가장 낮은 곳에서' 라는 뜻의, 내가
가장 좋아하는 鉛자를 모아 지금 素鉛으로 불리고 있다.

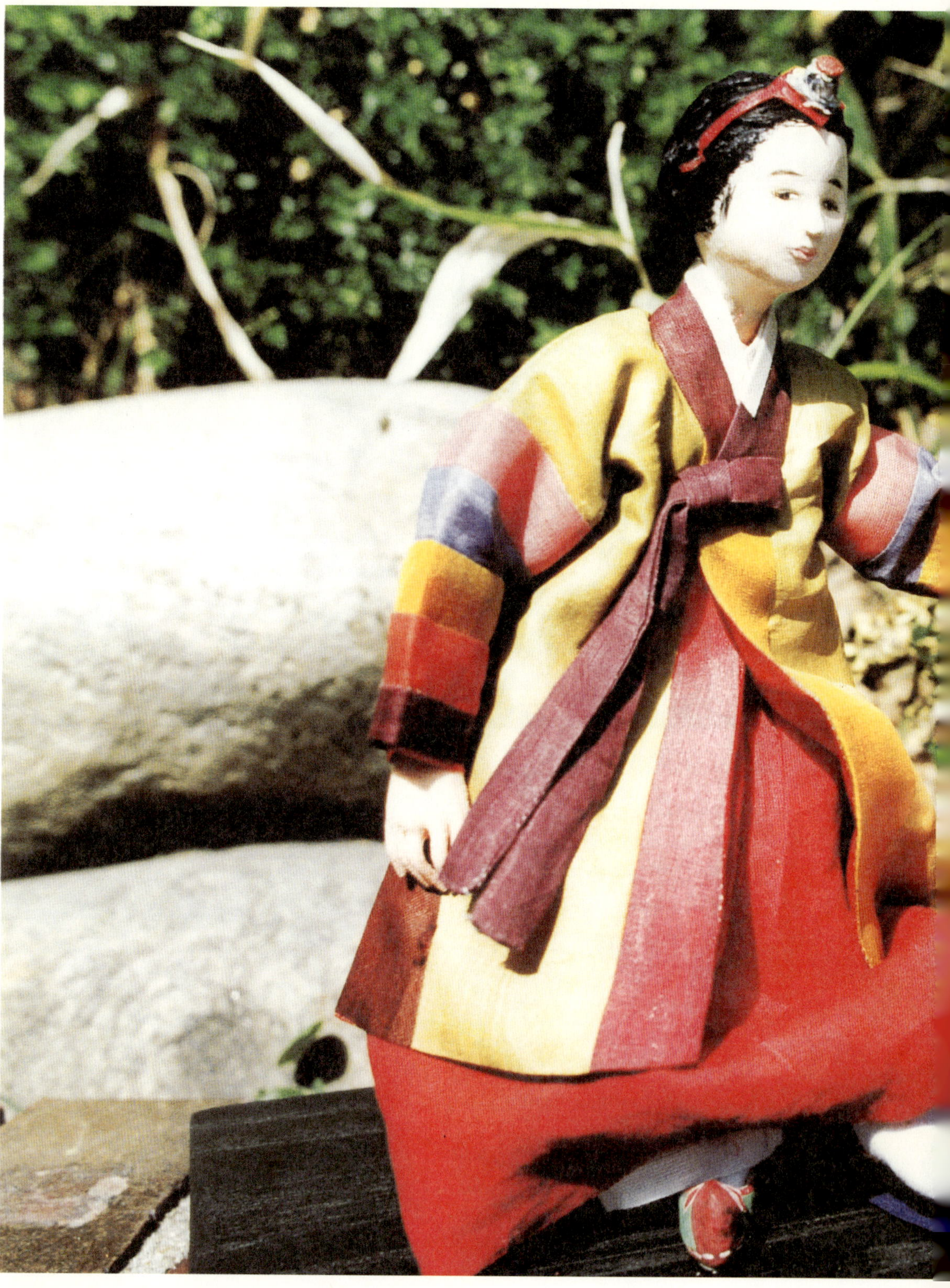

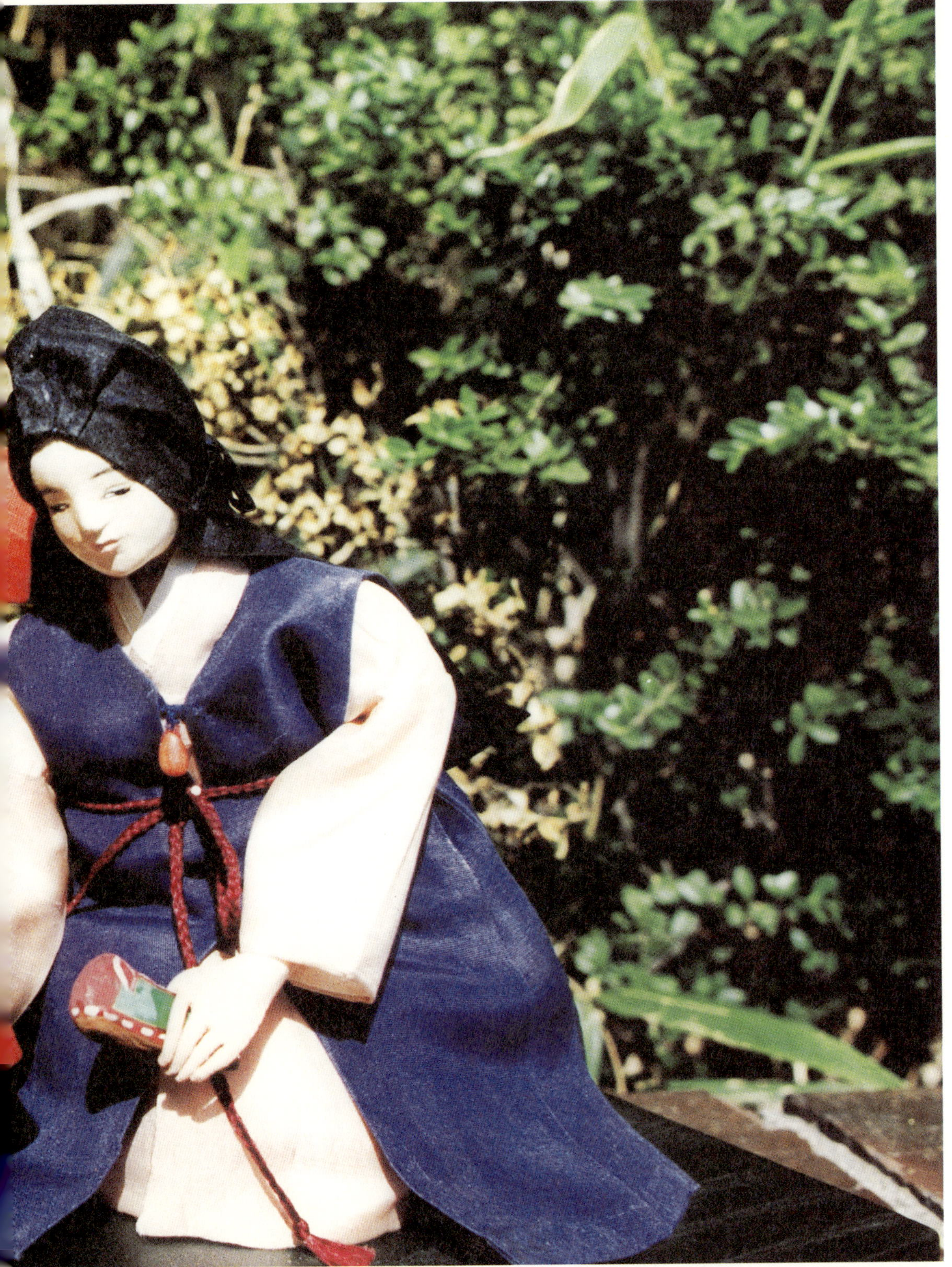

나의 살던 고향은

둑길 너머 우마차 지나가는 청계천 길섶에 맑은 눈 황소가 쇠똥 흘리고
흙내음 훅 끼쳐 한나절 지나는 늦봄날이다.
이른 아침부터 양은대야에 펌프질해 손녀딸들 입방아 모으듯 피어난
채송화에 물 주시고는 이화정 너머 고갯길에 살고 계신 큰고모네 집에
데려가신다며 돋보기 쓰고 뒤꼍머리에 앉아 지은 하늘빛 치마랑
분홍색 명주저고리 입혀 다홍댕기 드려주셨다.
청계천 둑길 지나 동대문 가로질러 창신동 샛길 가는 긴 골목어귀
네댓 번 꺾어 가면 구빗길 나오고 담벼락 짚어가며 몇 구비 돌아 오르면
할미꽃 구부정한 낯익은 동산이 눈에 어린다. 판잣집들 촘촘히 붙어 있는
산동네가 바라다보이고 청계천 6가 골목쟁이 윗길에는 산제비 넘나드는
고빗길도 있어서 가쁜 숨 몰아쉬는 할머니 행여 다리 아프다고
오던 길 도로 갈까 싶어 손녀딸내미 손 꼭 붙잡고 가시는 칠순 이마에
송송 맺힌 땀이슬 동심으로 피어나는 고향의 봄 노랫길.

어린 시절 상왕십리에서 걸어가면 청계천 다리 밑 자갈밭에
가마솥을 걸고 장작불을 지펴 옷가지 물들이는 것을 볼 수 있었다.
청계천 둑길을 지날 때면 짐을 가득 실은 우마차를 힘겹게 끌고 가는 소가
안쓰러워 자꾸 뒤돌아보다 할머니 손을 놓치고 소와 눈이 마주치곤 했다.
그 길을 가며 할머니와 소에게서 순둥이로 가르침을 받았기에
여기에 그 열매를 나누었다.

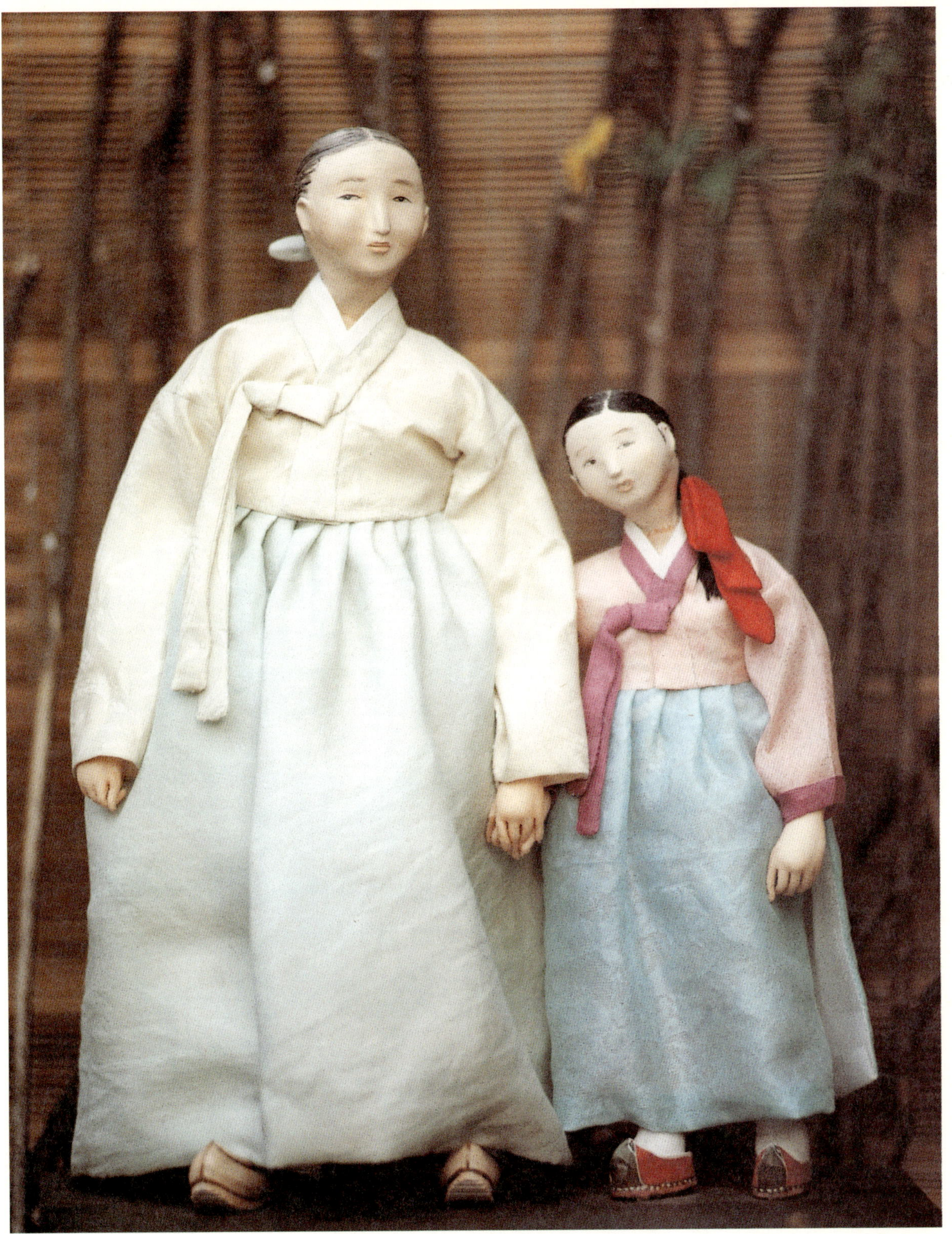

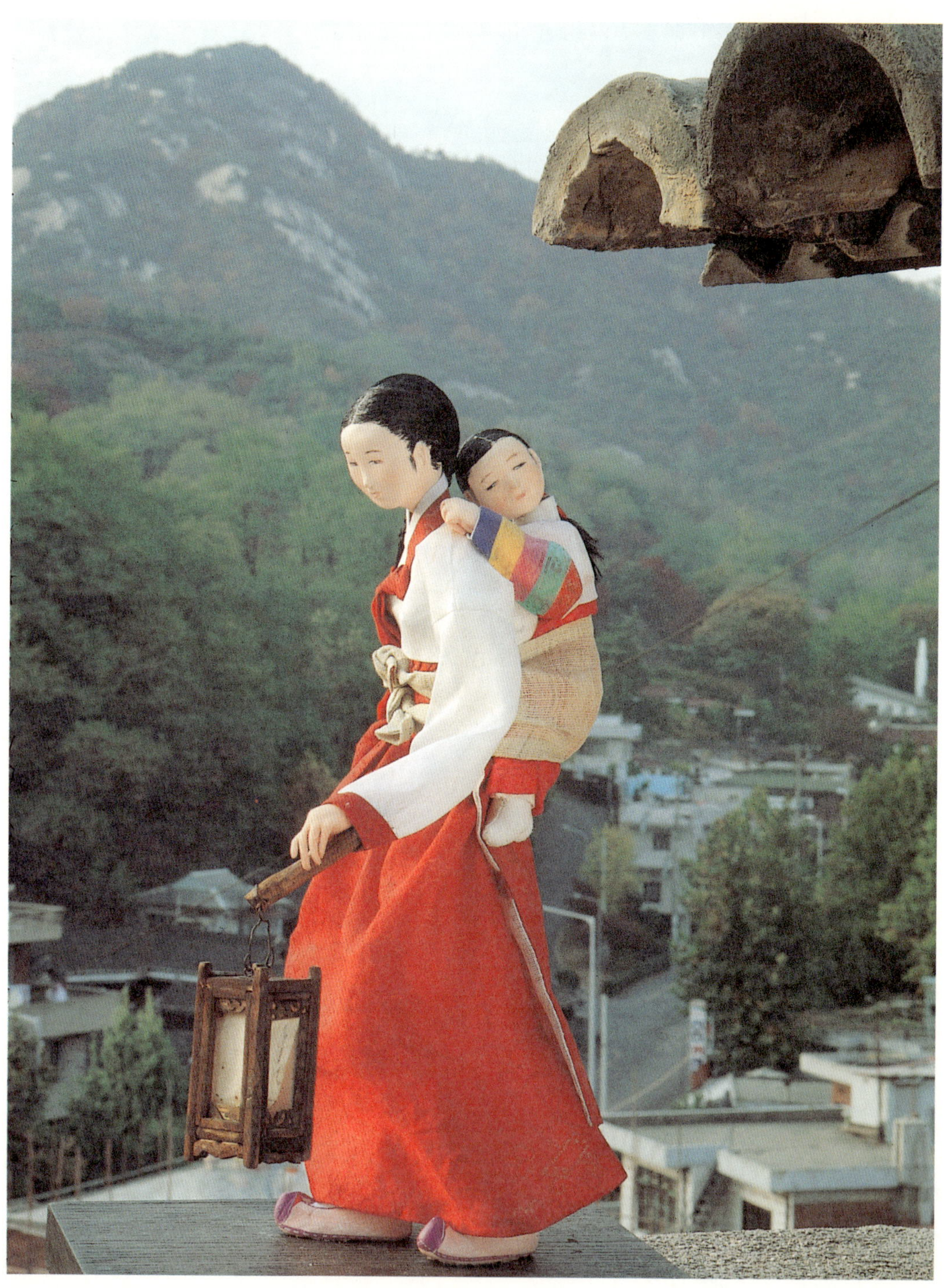

애기씨와 언년이

북한산 아래 해돋이 얼굴 내미는 흰 구름 사이로 눈부신 빛줄기 온 누리에
무지갯빛으로 피어오르는 한여름날, 봉선화 몽우리 보고 물들이자 조르는
동네아이들 꽃잎 피길 기다리는 며칠 새 고모령 고갯길 너머 멀리 계신
큰댁 할아버님 새벽기차 타고 중치막에 갓 쓰신 풍채에 지팡이 짚으신 할머님
뫼시고 오신다는 기별 받은 지 이레 만에 베처네 해서 언년이 등에 업고
마을 어귀 돌아 중문 밖으로 마중 나가는 큰손녀딸이다.
삼년 전 뉘인가 포대기에 싸서 애기씨 집앞에 버려두고 간 울보 갓난이
세 살배기 되도록 마음에 보듬어 잔등이에 기르니 낮에 나온 반달 같은
해사한 웃음 머금고 잠든 모습 하늘나라이어라!
할아버지 할머니 언년이 보러 오신다는 해질녘 초롱불빛보다
더 밝은 빛이어라!

어미 없이 버려진 아기가 입은 평화의 모습에 "하늘나라는
어린아이와 같다"는 말씀을 담았다. 초롱은 처녀의 순결이 세상을
비추는 빛임을 상징한다.

이태백과 시동

어느 초가을 아침나절 모처럼 옛 동무와 담소 나누려

시종 앞세우고 길나선 선비님 정자나무 밑에서 시조가락 읊조리며

한잔 술 주고받아 시름 달래는 사이에 어느덧 얼큰히 취해

고갯길 돌아오는 해질녘이다. 석양에 물든 하늘 멀리 날아가는 철새처럼

비틀거리는 선비님 모습 바라보며 초롱불 밝혀든 시동은

코를 찌르는 술 냄새에 얼굴 돌려 코를 쥐어 잡고 앞서 가려니

길은 멀고 먹다 남은 술 호리병에 담아 손목에 감아 드신 이태백의 취기로

아이고 어지러워 정신이 없누나.

옛 선비님들 가운데 이세상 부귀영화에 뜻을 다해 마음의 눈이
소경인 어르신을 비록 나이 어린 시종이지만 수호천사인 양 빛으로
인도하는 황혼녘 고갯길에 비유하여 그 시대에 있었을 법한 선비와
시종의 인생 여정을 비추었다.

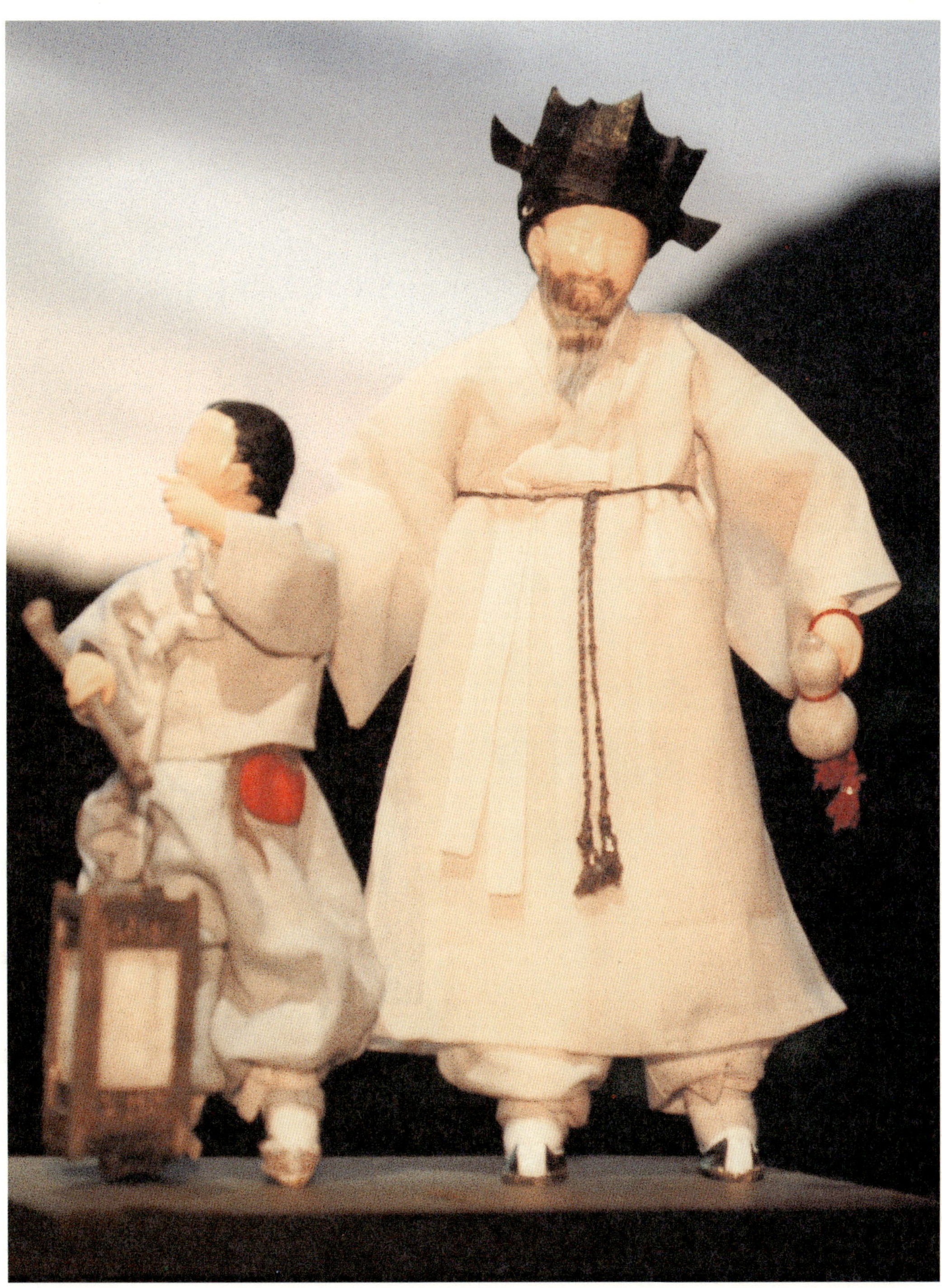

도련님 서당길에

일곱 살 코흘리개 철부지 도련님이 시악시로 오신 큰형수님 손길에 자라
열두 살 되는 해이다. 가을녘 정자 나루터 지나 글 배우러 가는 들길 너머로
나귀 등에 타고 마주 오는 웬 낯선 선비님을 보고는 마침 누이동생이
종년 앞세워 그네 타러 나오겠다고 쓰개치마 끈 여민 모습 맘에 가로놓여
어린 오라버니 남녀칠세부동석이라 가르치신 엊그제 스승님 말씀 앞서
주춤하다 서당 먼 길 늦을세라 길 재촉해 동구 밖 숲정이에 이르러
마음을 모두고 그윽히 하늘녘을 바라본다.

복건에 아직 금박을 하지 않은 미완성작이다. 머리와 몸이 아직
다 크지 않은 어린 도령이어서 완전하지 않지만 마음은 어리석음을
깨우쳐 천상지혜를 머리에 두르고 있음을 담아보았다.

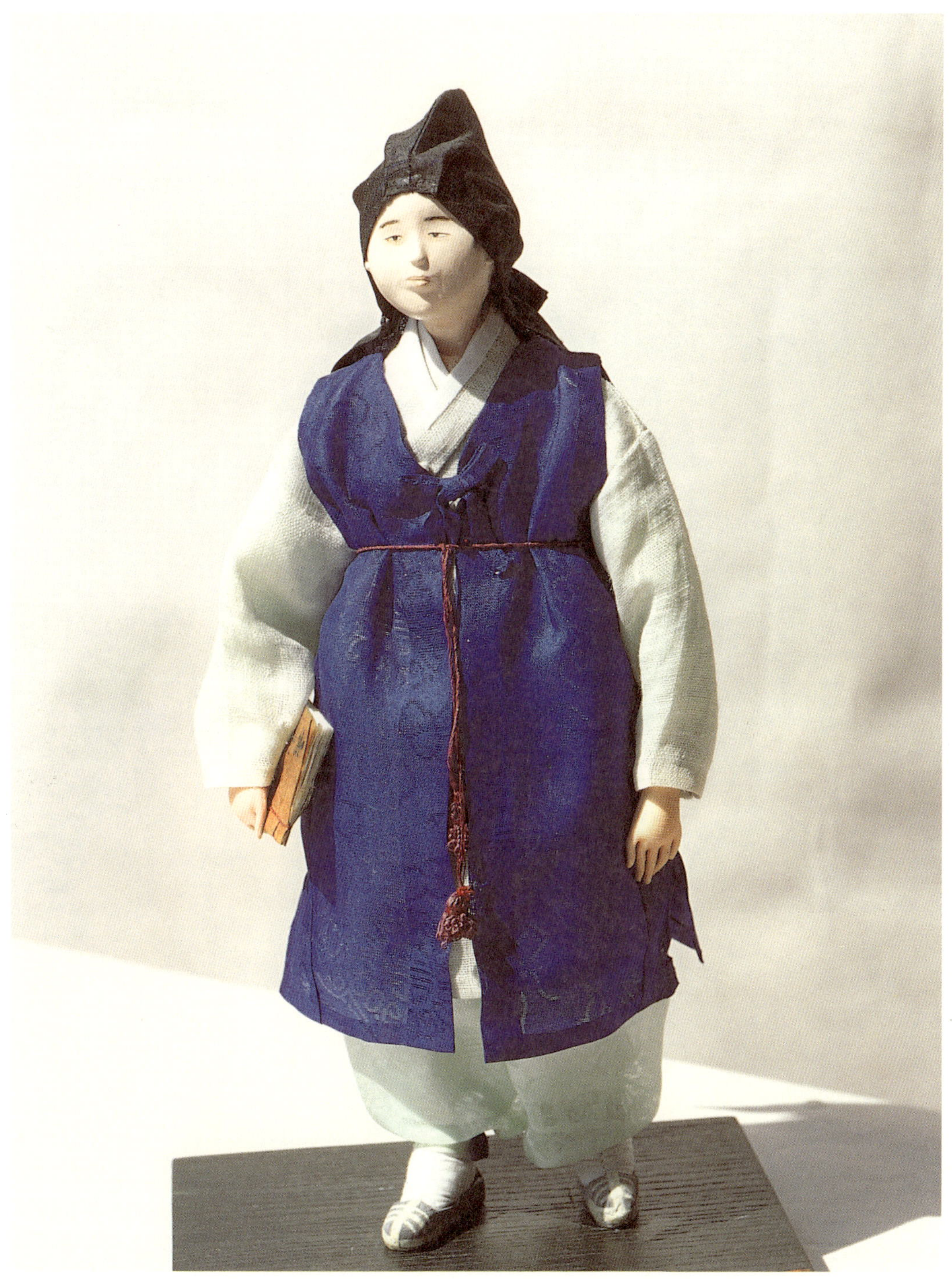

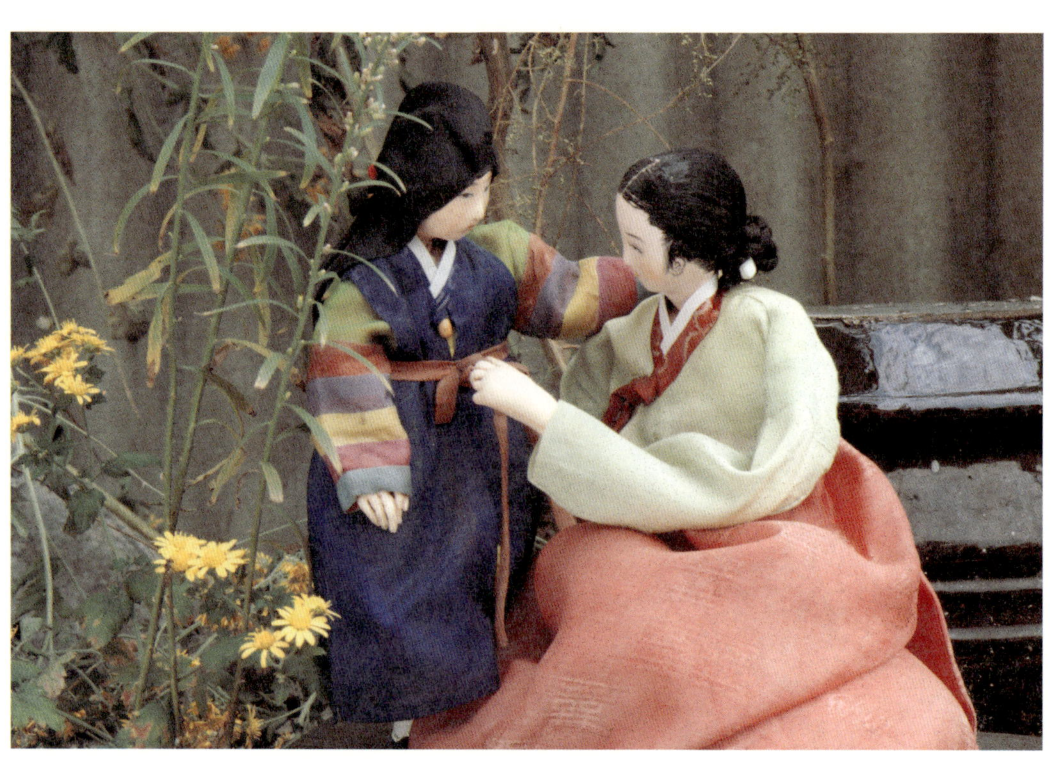

노란 들국화

흰 옥잠화 향기에 밤새 뒤채며 몇 날을 지새우다 외동이 추석빔 입혀
데려오라시는 할머니 쌈짓돈 받자와 문지방 앞에 반짇고리 내려 가슴 밑
그리움 여미고 앉아 긴 밤 등잔불 아래서 인두질해 색동옷 지어 입히고는
지아비에게 데려가려고 낯도 모르는 어린 맘 달래는 어머니.
색동소맷자락 끝에 고사리손 내밀어 어미 어깨등 짚고 선 어린 동공 바라보려니
철부지 어린 아들 뵈지 않으려 애써 눈물 감추시는 초가을녘 오정
담 밑에 핀 노란 들국화 그 향내가 어루만져주누나!

예기치 않은 일로 다섯 달 태아 적부터 아비와 헤어져 다섯 살이
다 되도록 그 얼굴 한 번 보지 못한 어린 아들에게 아침나절 대문간을
나서기 전 어미의 말 못할 사연을 가누고 아버지에게 데려간다며
처음으로 말문을 여는 어머니와 그 젖은 두 눈을 바라보는 철없는 어린
자식을 그렸다.

물레야 물레야

해여울에 오신다더니 움막집 산자락에 소쩍새 우는 이슥한 밤

기방에서 돌아오지 않는 서방님 기다리며 독수공방 부지하세월이로구나!

동지섣달 여닫이 문틈으로 살라드는 혹설풍에 무명 옷고름 풀지 못한 채

호롱불 아래 물렛가락 돌리며 시린 가슴 감싸안는 조강지처의 겨울밤.

여인은 아홉 살 때 어머니 잃고 홀아버지 밑에서 열아홉 되던 해

큰아버님 눈여겨 봐두셨다며 마음 하나 보자고 의지가지없는

세 살 손아래 서방님과 맺어주셨다.

족두리 벗기며 백년가약 하시던 맘 모두 잊었는가

가슴자락 풀어헤치고 어디메에 계시온지!

물레야 물레야 돌아라 내 맘 갖고 돌아라

바람모지 동짓달에 내 낭군님 계시온 곳

뉘게 물어 찾아갈꼬.

혹독한 추위에도 깊은 산골 돌 속에 피는 야생화나 인동초 같은
인고의 넝쿨을 지닌 여심이다. 숯덩이처럼 시커멓게 멍든 가슴에 한이
맺혀 화병으로 몸져눕기까지 하시던 우리네 어머니들,
길쌈으로 일생의 소일을 삼으셨던 한 조강지처의 기다림을 비추었다.

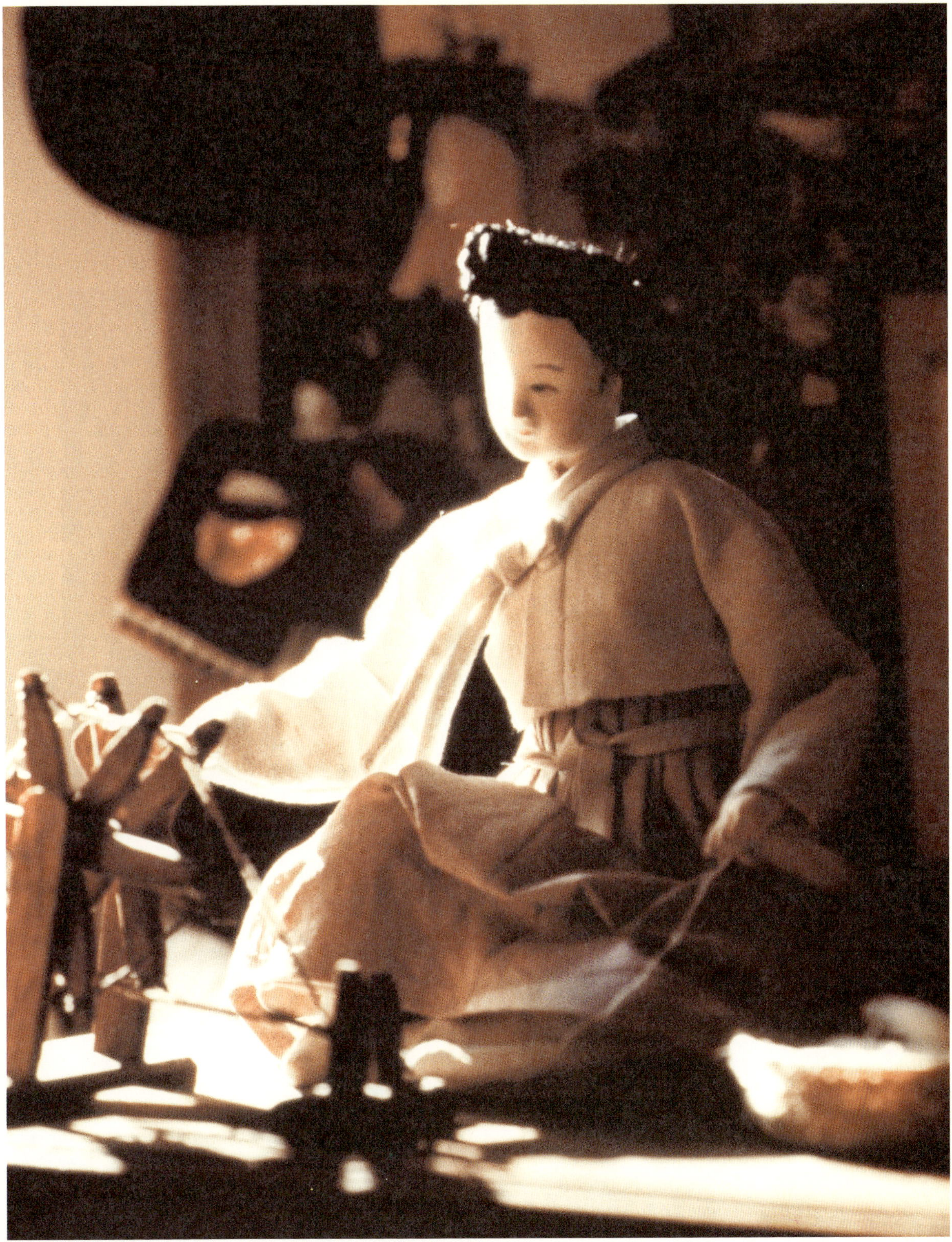

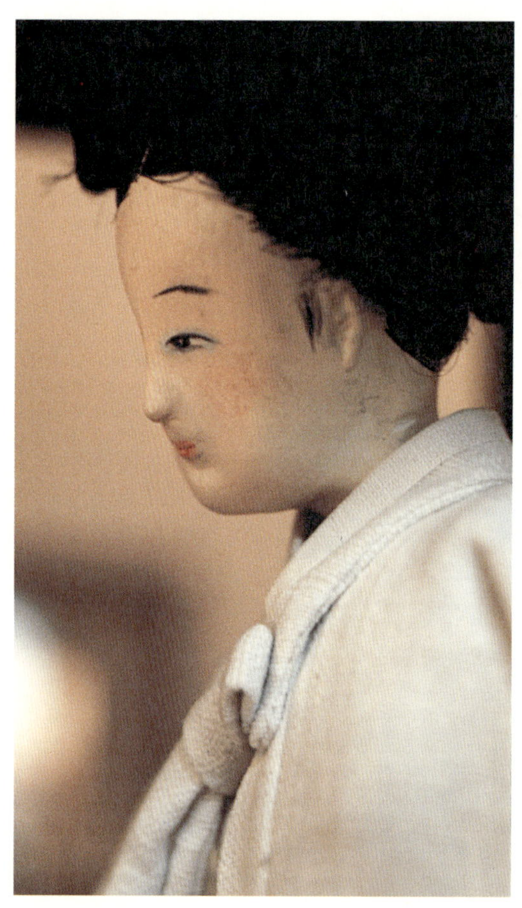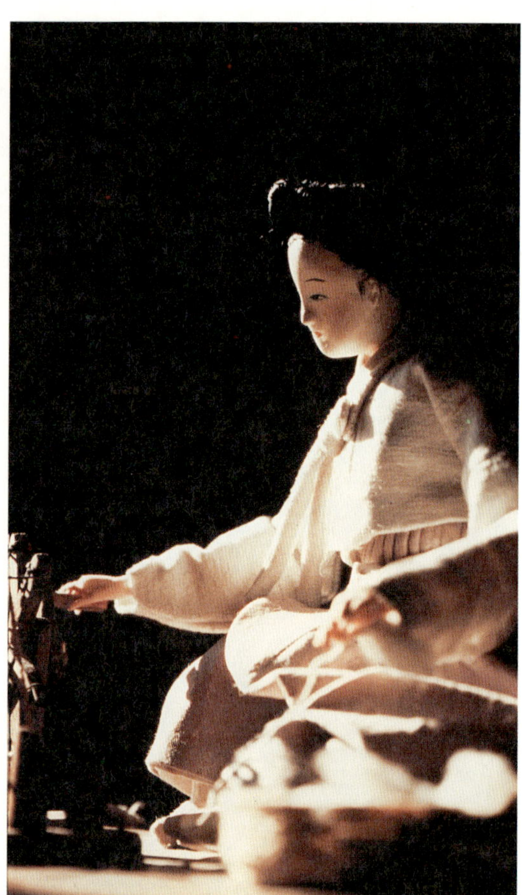

호랑이 할아버지

머리맡에 싸락눈 내리던 새벽녘 귀 달린 모자 쓰고 짚지게 들고 나가
뒷산에 해둔 나무 지고 내려온 청지기 할배 밤새 식은 안방 아궁이에
군불 더 지펴드리고 숭늉 한 대접 들이켜고는 웃방에 들어가 짚신 삼는
아침나절이다. 조반 드시고는 행랑채 앞에서 미투리 버선발로 제기 차는
손자녀석에게 "안방으로 분판 가지고 들어오너라" 하시는 할아버지 호령에
붓 들고 할매 밤알 까듯 정성 다해 글 받아쓰는 어린 손.
할아버지 드시라고 밤껍질 까는 할머니 행주치마폭에서 떨어진
밤 알갱이 주워 어느새 조각지만 한 입으로 베어물고는 훔쳐먹는 맛 들킬세라
칭찬듣는 오라버니 시샘하듯 곁눈질하며 치마폭에 고사리손 감추는 손녀딸내미.
아시고도 모른 척 할아버지 눈웃음꽃에 화로에 잿불 아니라도
아이들 마음 정겹게 녹여주시는 할머니 주름꽃하고 여닫이문 밖 눈설풍 함빡 피는
동지섣달 안방 풍경.

소박한 양반집 두 어르신과 손자 손녀이다. 할아버지의 맑고
깨끗한 품성을 연하늘색 무명바지에 입혀 여섯 살 손자에게 옛 어른들
말씀을 유산으로 주시고자 풀어 가르치시며 마음속 깊이 심지로
새겨주시는 자비의 성심을 비추었다. 분판(粉板)은 분을 들기름에 개어
윤이 나게 먹인 나무판으로 먹으로 붓글씨를 연습하고 나서 물걸레로
닦아 다시 썼다. 밤 까는 온유한 할머니는 다섯 살 손녀딸에게 귀동냥
얻어먹이시려고 곁에 불러 할아버지 뜻에 마음을 모아드리고 있다.

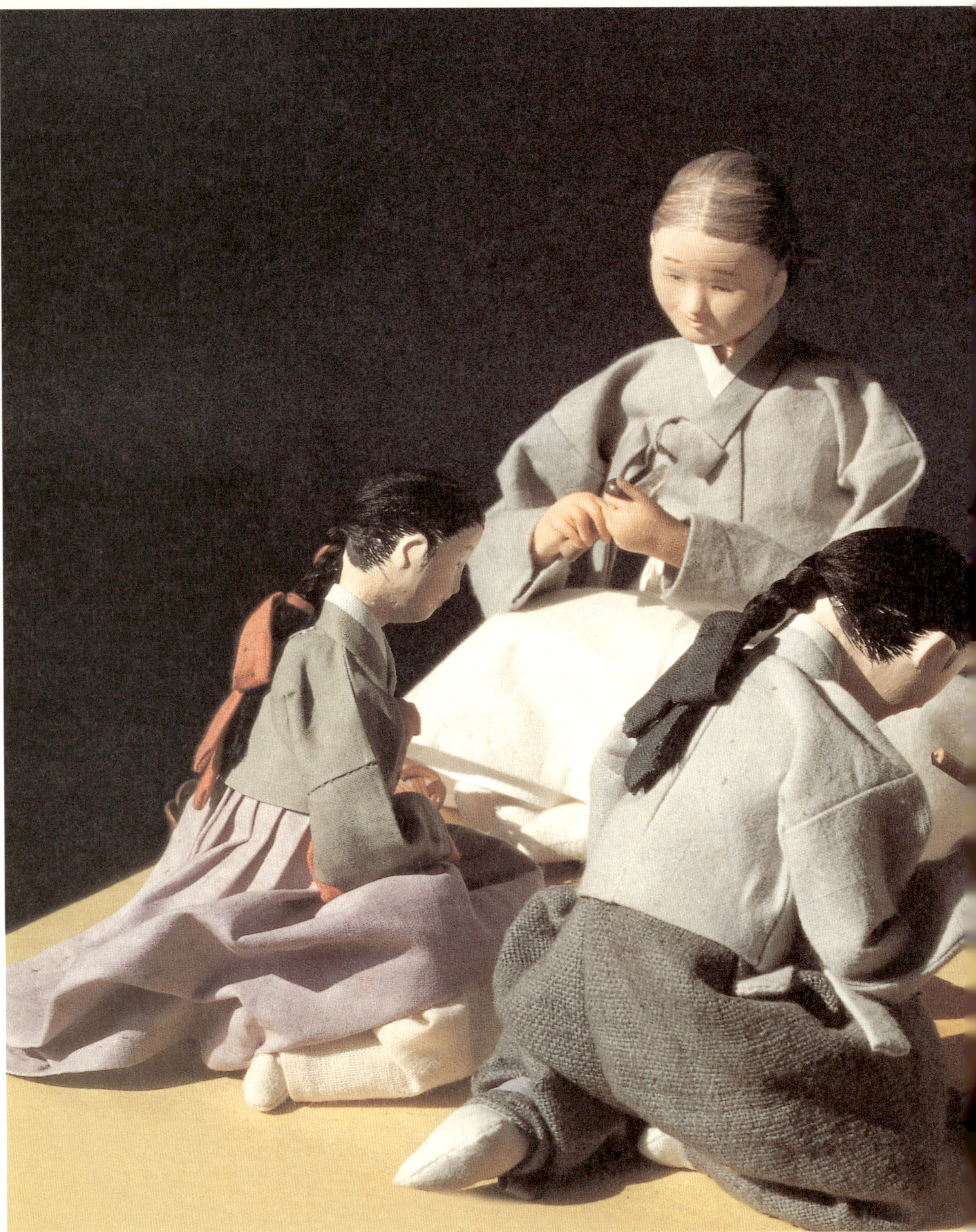

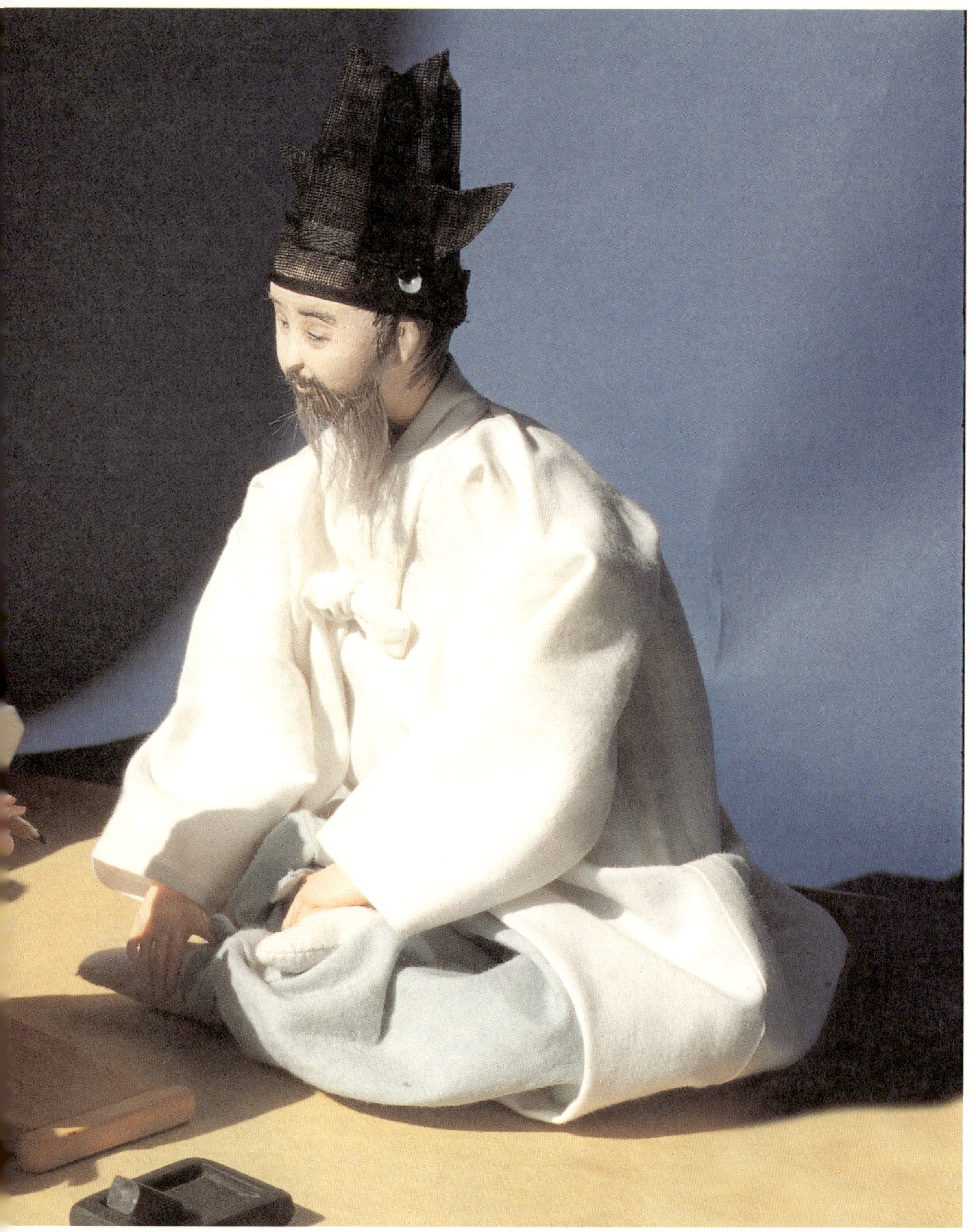

군인 간 오라버이 기다리며

털 달린 언청이 모자 쓰고 외양간 언저리에서 등잔 들고 서성이던 아버이
짚풀먹이 마련하고 새끼 밴 암소 돌보느라 밤잠 설치시더니 이제 막 송아지
받으셨다고 놀란 애기사슴마냥 소식 전하는 가시나이 바라보는 어머이 눈길.
지난해 시린 혹풍에 동저고리 바람으로 나다니는 애린 모습 맘에 걸려
김장날 두레박질한다고 찬물질할세라 한 엿새를 화로에 잿불 담아 인두질해서
무명솜저고리에 누비치마 해 입히니 낮에 나온 흰 반달 같은 낯빛에
어미 바쁜 일손 도와 마늘 까겠다고 나와 앉았다.
"군인 간 오라버인 언제 와요?"
"음력설에나 올지 싶다."
"아버이 기별 전하실 제 송아지 낳았다고 꼭 써주세요!"
속살대는 마당 깊은 움막집 고명딸과 어머이.

아홉 살 때인가 할머니께서 손자 첫 휴가 나오면 주신다고 배추
속배기만 따로 담아 찬장 위 칸에 올려놓으셨던 기억이 난다. 시골에서
송아지 낳았다고 편지가 오면 무슨 소리인 줄도 모르고 어린 마음에
상상의 기차를 타고 시골길로 내닫던 기억도 있다. 꿈같은 소리에
손가락 입에 물고 골목쟁이 전봇대 밑에 서서 괜스레 우체부 아저씨
뒷모습만 바라보던 단발머리 소녀 적……. 서울 태생인 내 모습과
강원도 산골이 고향인 어머니의 기억을 포개어 마당 깊은 움막집
모녀의 모습을 빚었다.

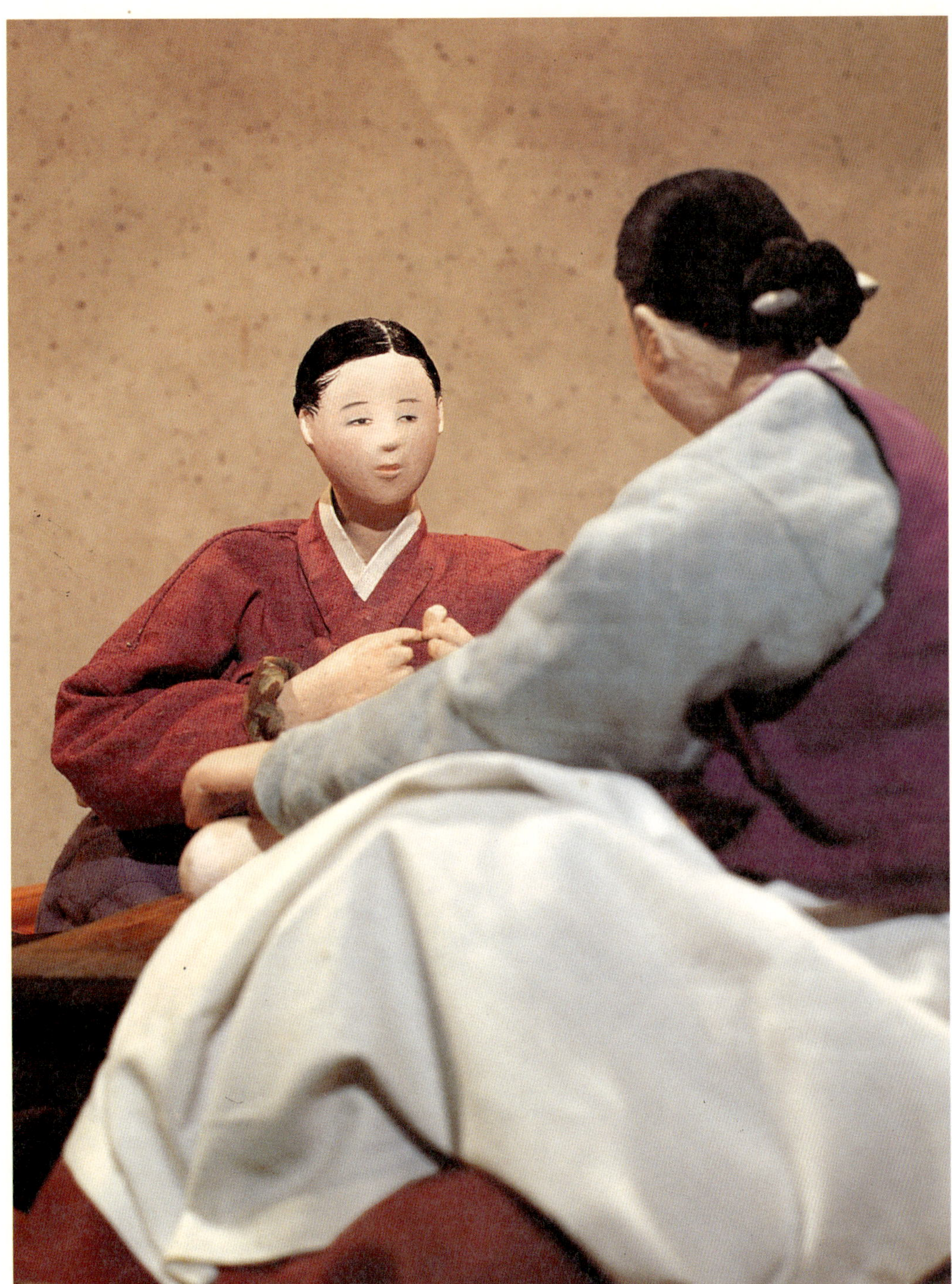

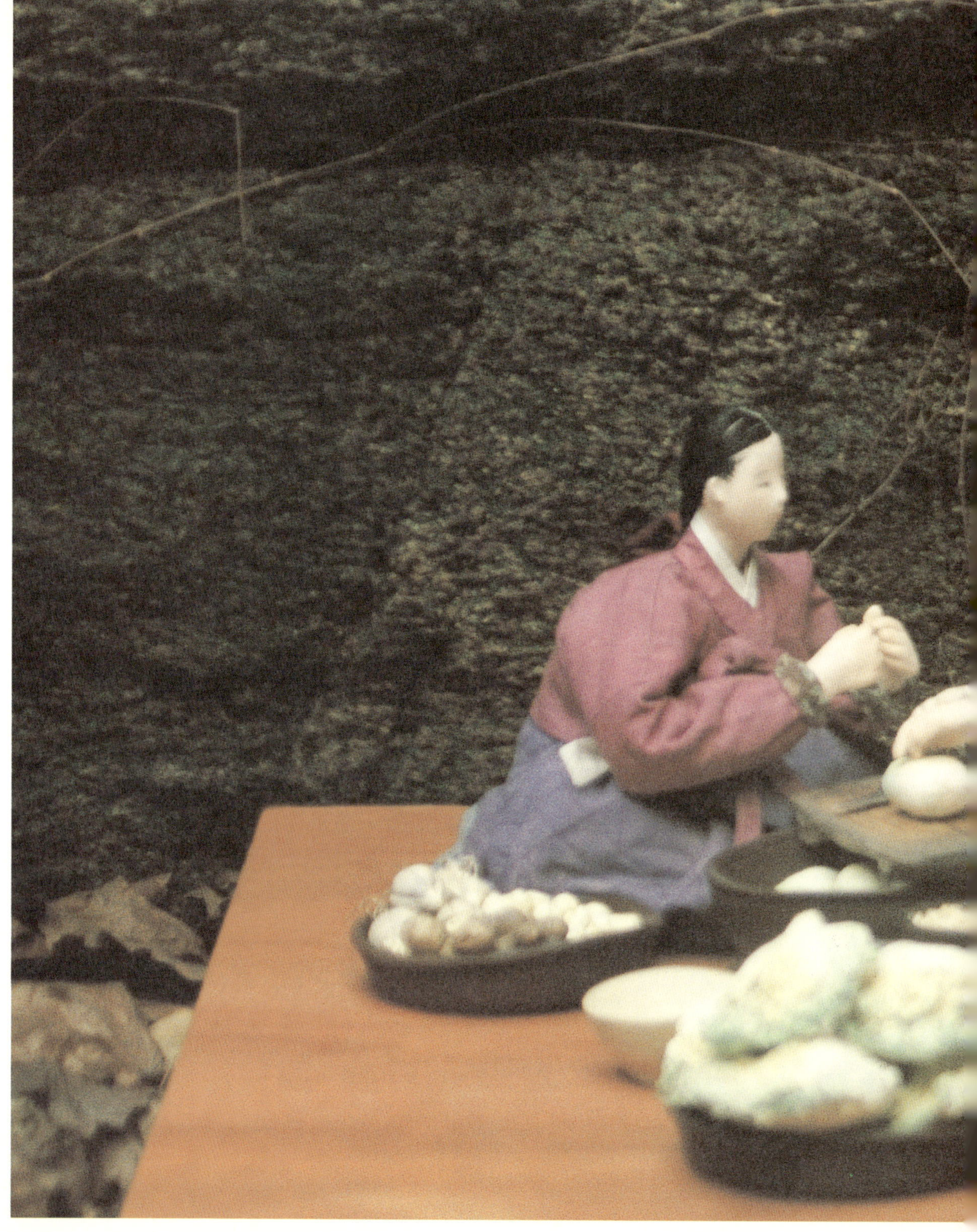

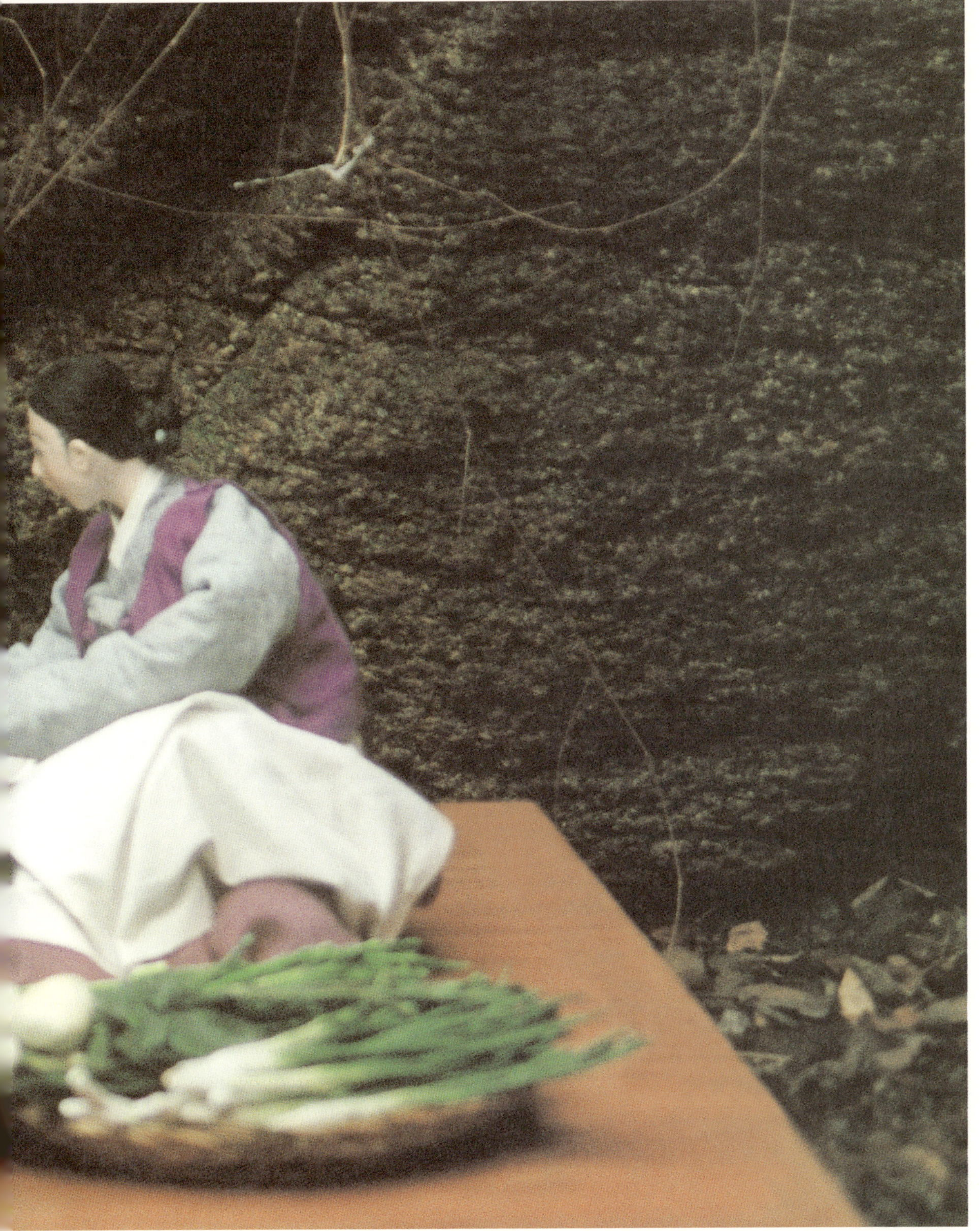

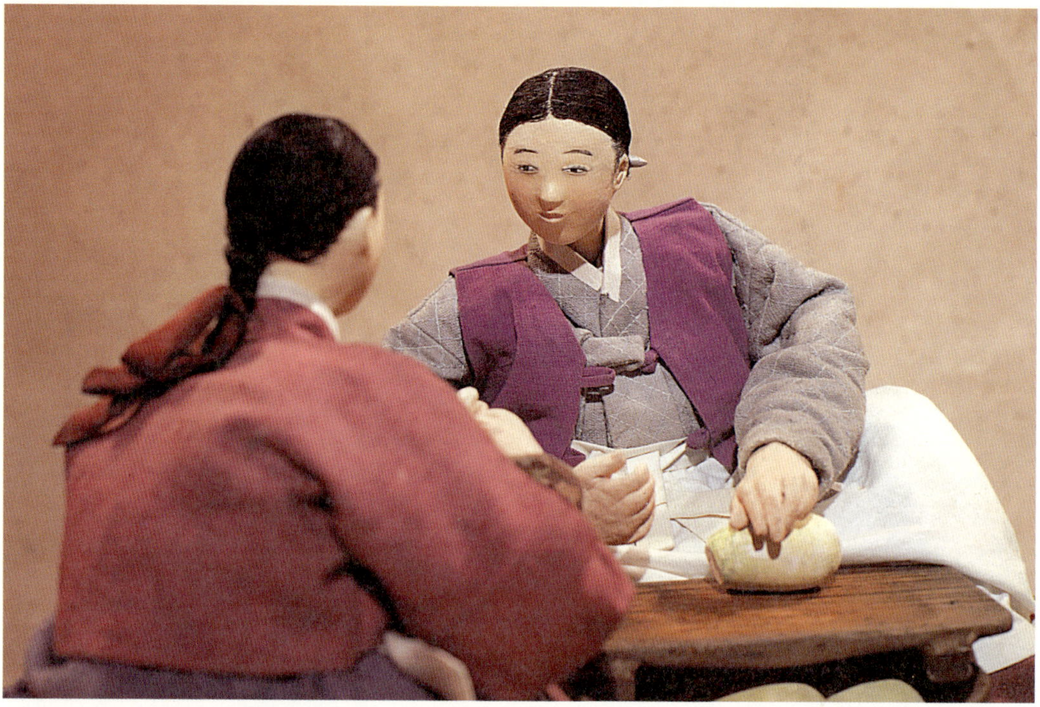

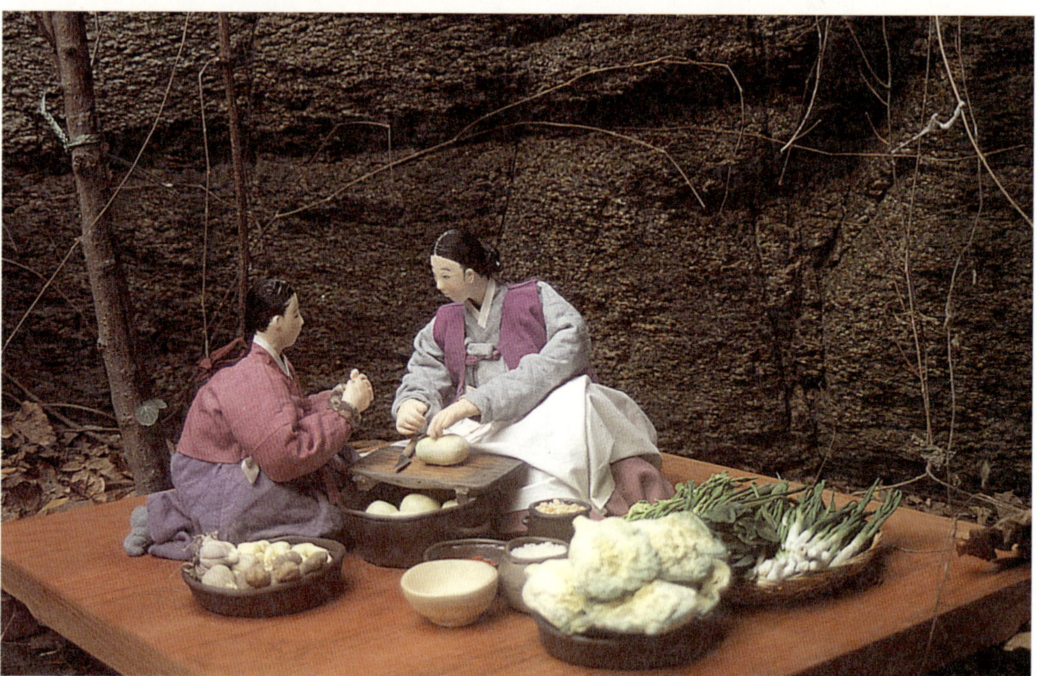

한석봉과 어머니

옛적 석봉이 열두 살 되던 겨울날 모진 눈바람 헤치고 글공부 다 마쳤다고
집에 돌아와 어깨에 메고 온 책보 제 손으로 내려놓고 큰절을 올리니
어머니 그토록 보고 싶던 아들에 대한 애틋함을 가누시고
어미가 떡을 썰 테니 그동안 배워 익힌 글을 써보라며 호롱불을 끄셨다.
웃방이라 손이 시려워 붓을 쥐고도 한쪽 손가락을 들고 글을 쓰는 어린 석봉이
불빛 한 점 없는 캄캄한 방안에서 어머니 떡 써는 소리에 숨소리를 모둔다.

떡과 글씨를 비교해 어느 것이 더 고른지 시험하고는 아들에게
인내와 올곧은 마음자세를 심어주기 위해 눈보라 휘몰아치는 먼 길을
다시 돌려보내셨다는 한석봉 어머니의 일화에서 모정의 입김으로
어루만져주시는 살아 있는 모자상이 느껴져 인형으로 빚었다. 물론
석봉 한호의 시대는 조선시대 중엽이지만 이 작품은 1940년대 전후의
복식이다.

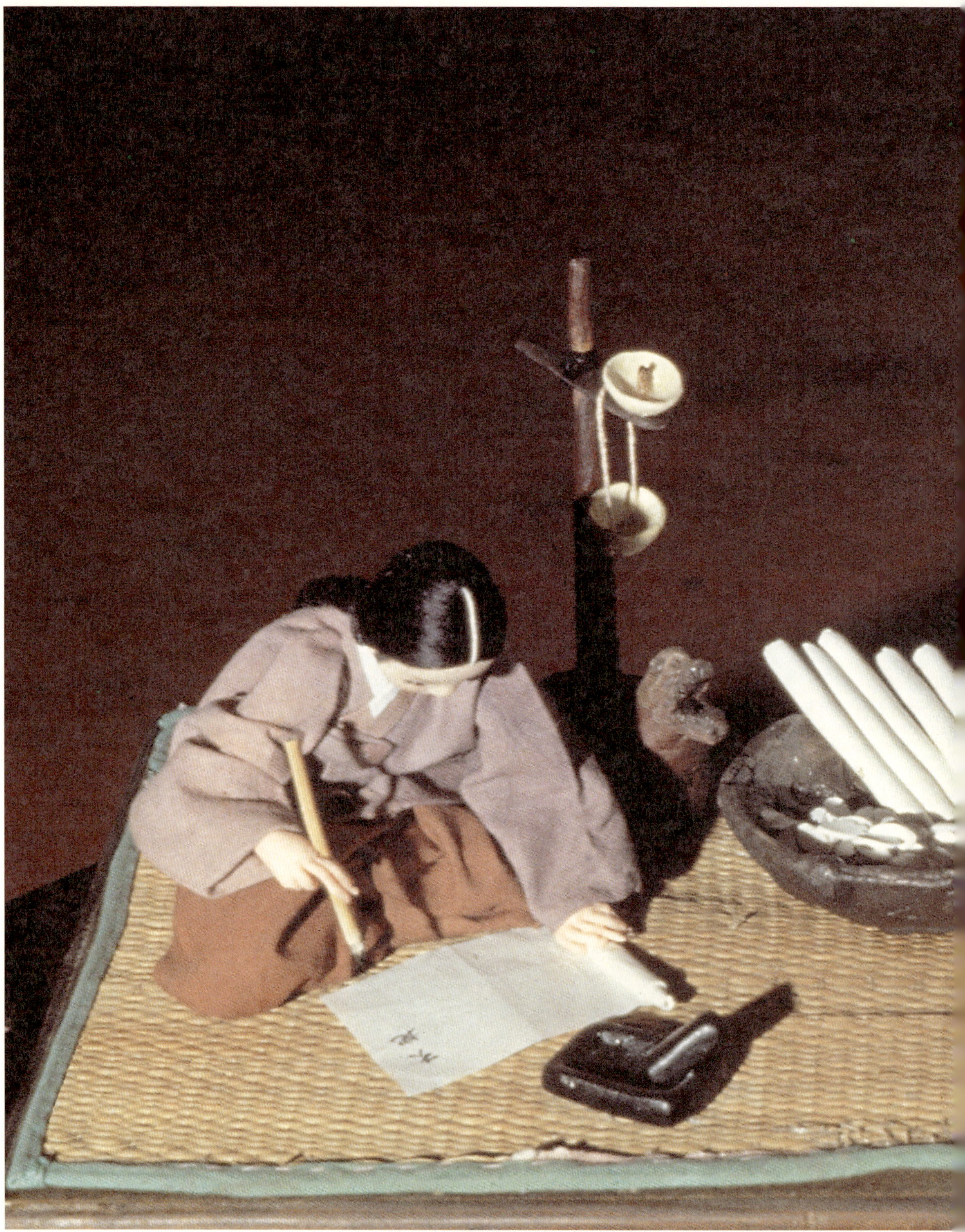

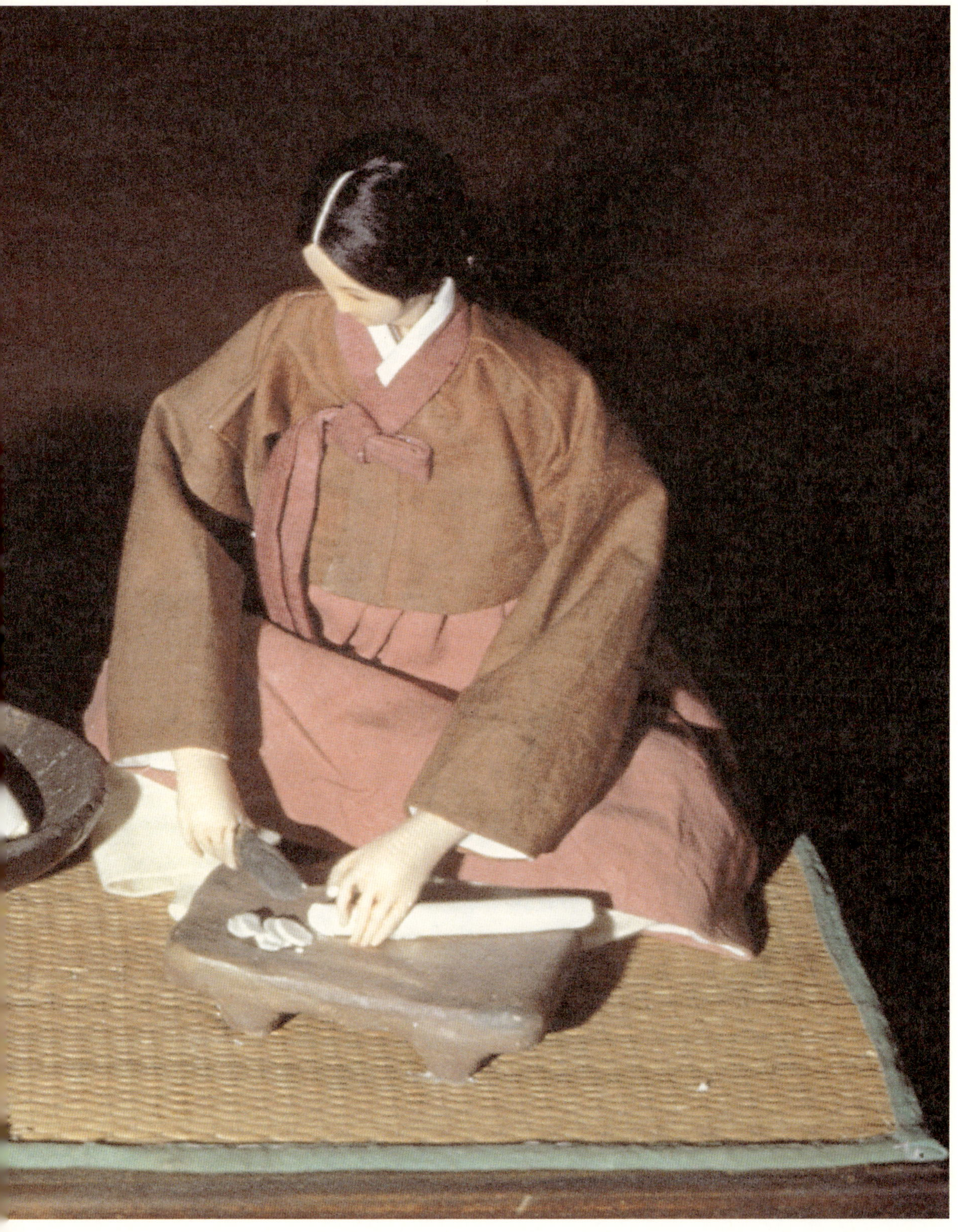

불로초와 아기꽃사슴

깊은 산중 산삼초 할머니 그저 두 마리 사슴을 자식처럼 기르시던 어느 날
팔순 생신 앞두고 손수 지팡이 짚고 읍내 장에 나가 회색빛 도는 양단 떠다
한 보름 인두질해가며 손질해서는 손수 치마저고리 지어 입으셨다.
야산 산사에 나와 아기사슴 한 쌍을 부르니 어느새 작은 뿔이 돋은 수사슴
할머니 장수 빌며 생신선물 마련한 자손인 듯 어디서 났는지 불로초를 물어다
하나는 손에 놔드리고 또 하나는 입에 물고 제 사랑을 전하는데
어린 암사슴 샘이 나서 저 안아달라는 눈길로 말끄러미 바라보며
살구나뭇집 아이들 재롱부리듯 할머니 치마폭서
기른 정을 시샘한다.

조선시대에 자식 없이 바깥 종지기와 하녀의 시중을 받으며
집송아지나 사슴 키우며 홀로 사는 노인들이 있었다고 한다. 어린 사슴
한 쌍을 애지중지 기르는 산삼밭 할머니의 생활상으로, 어린 사슴에게
산삼밭에서 캔 삼뿌리도 먹이는 산삼초 노인의 모성애를 담아 빚었다.

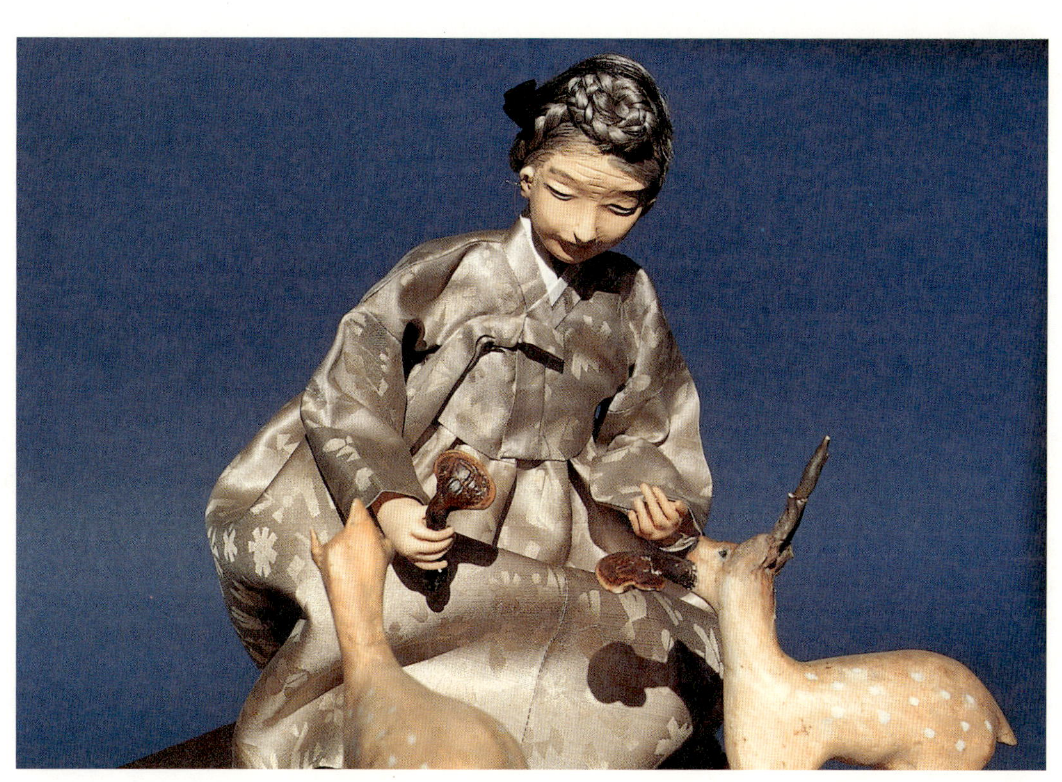

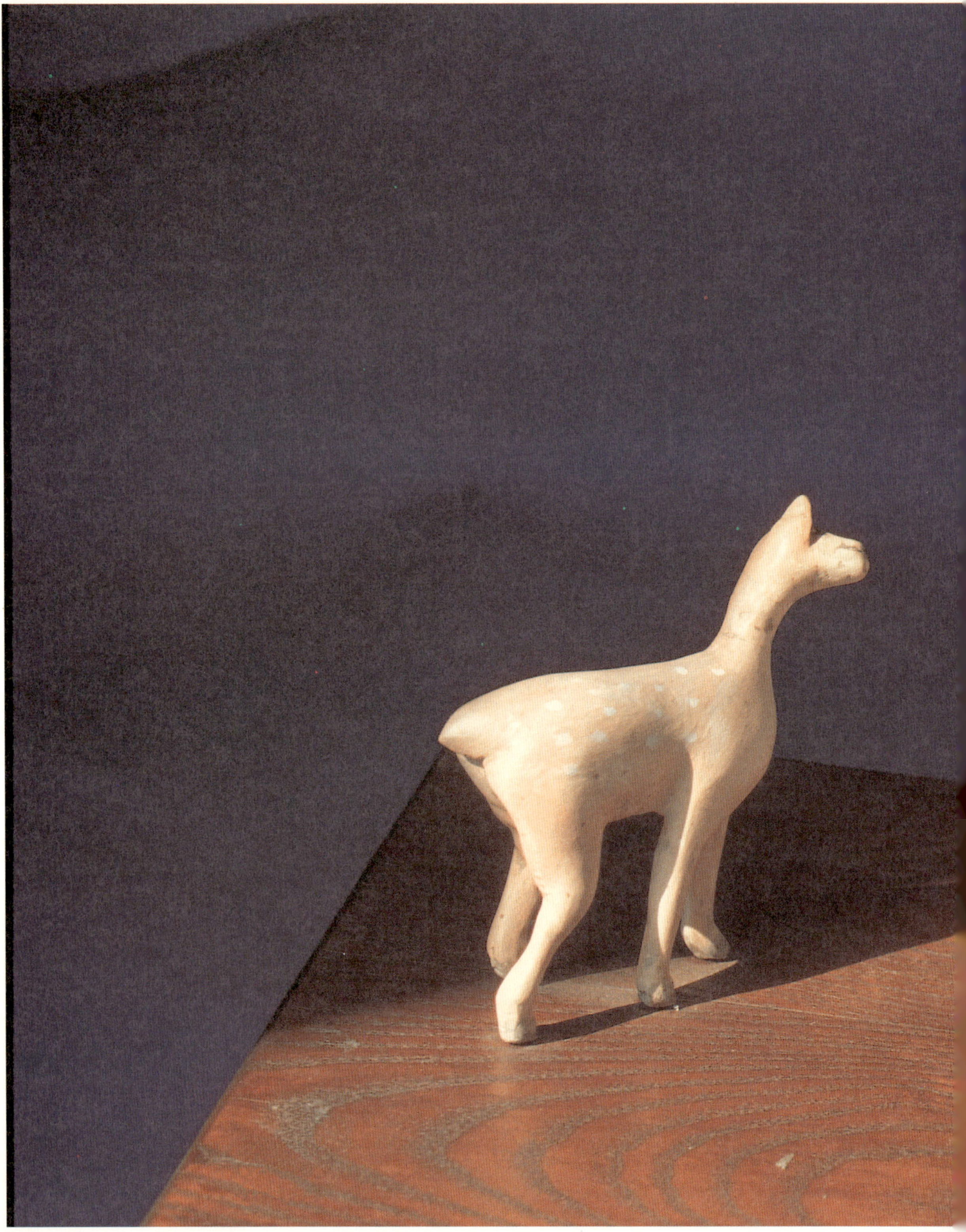

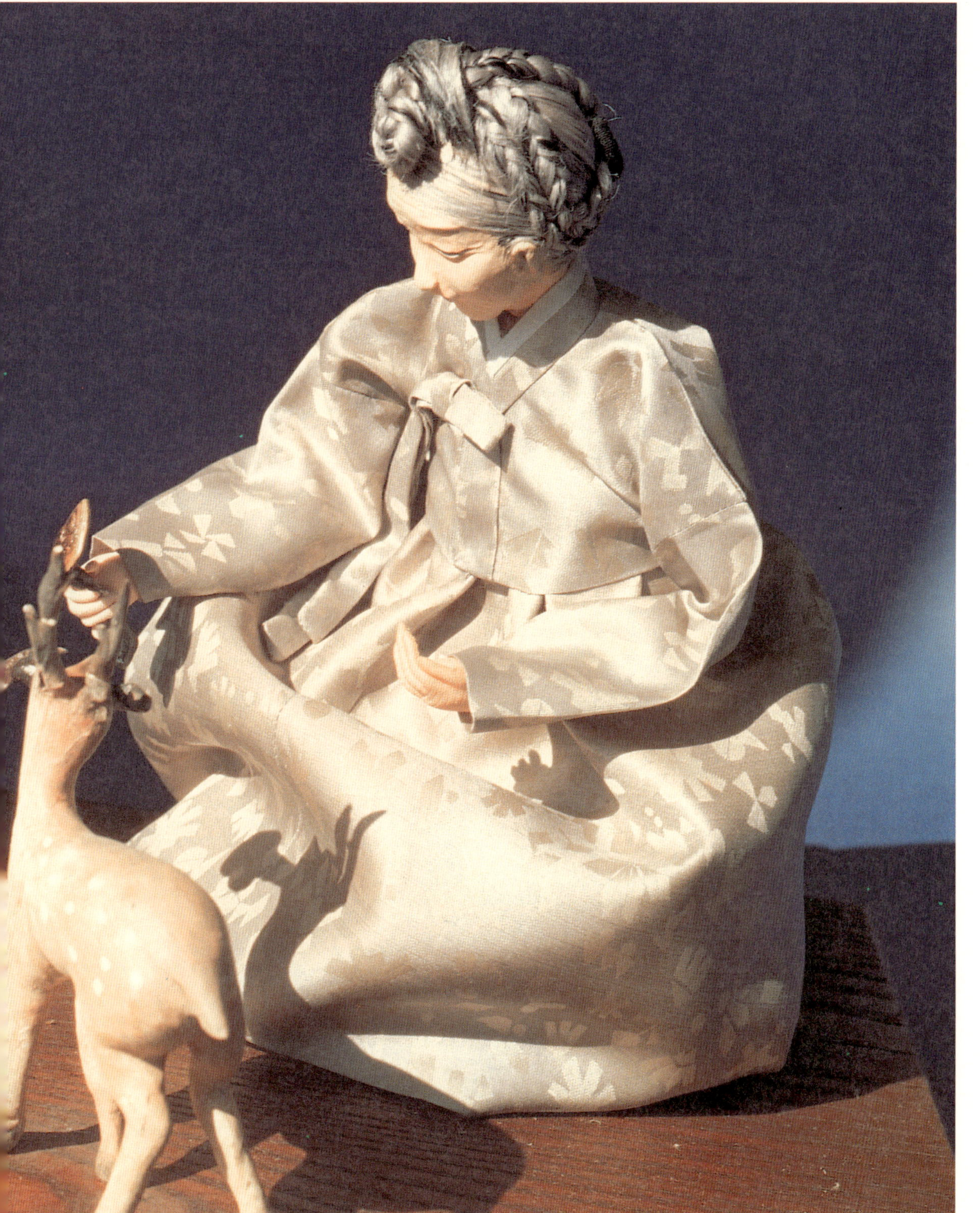

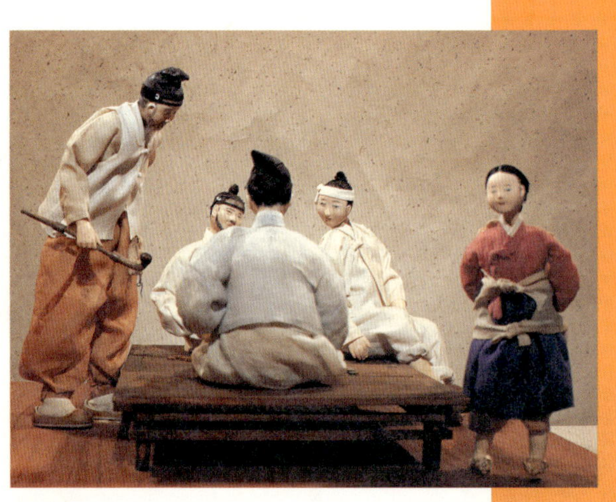

얼싸 오날 하 심심하니

얼싸 오날 하 심심하니 홋패 작패 하여보자.
쌍준륙에 삼륙을 지르고 쌍준오에 삼오를 지르니
삼십삼천 이십팔수 북두칠성이 앵돌아졌구나.

어흠, 어서 패를 떼게나

이른 봄날 길 가던 한 선비 맞바람에 섞여오는 흙내음 흠씬 들이마시며

뒤돌아보니 풀숲 사이로 아지랑이 어리는 희롱에 마음 멈칫해

이내 오던 밭고랑길 한참을 다시 돌아 어느 길모퉁이 서성이는데

때마침 동리 밖 사는 동기일신 집에 왔다 바깥문 나서는 술친구 윤씨 있어

수염 더듬으며 다가서 눈짓하자 죽이 맞은 두 남정네 눈칫바람 봄바람에

봄기운 가득 싣고 샛길 돌아 뜬구름처럼 기방 찾아드니,

아침나절 단장하고 뉘 예 오실까 골패점 떼며 춘삼월 샛바람에 가슴을 여미어도

싸매지지 않는 기다림 모두던 기생들 어험! 하는 헛기침 소리에 콩새마냥 화들짝

놀라 여닫이문 틈새로 살피니 능샛바람 타고 오신 양반 샌님 둘.

몰고 온 봄기운에 콩새마냥 지저귀는 여인네들 그 입김에 취해 한 잔 술도

하기 전에 윤 서방 어느새 골패쪽 뒤집어 들고 가슴 밑으로 살라드는 분내음

어인 꽃향기라 감실거리는 눈길 속에 홍홧빛 치마폭 잦아드니,

물고기 눈매 한 기생 둘이 시샘꽃 피우는 기방에서 봄날이 가누나!

골패(骨牌)는 납작한 뼛조각이나 나무조각 32개를 가지고 노는
노름으로, 놀이방법은 마작과 비슷하다. 32개의 각 패에는 1에서
6까지의 수효를 붉은 점과 검은 점으로 상·하단에 나누어
새겨놓았다. 순 뼈로 만든 것을 '민패'라 하고 뒤에 대나무를 붙여
만든 것을 사모패(紗帽牌)라고 하는데, 값이 비싸고 놀이 방법이
복잡해 투전처럼 대중화하지 못한데다 마작에 밀려 자취를 감추었다.

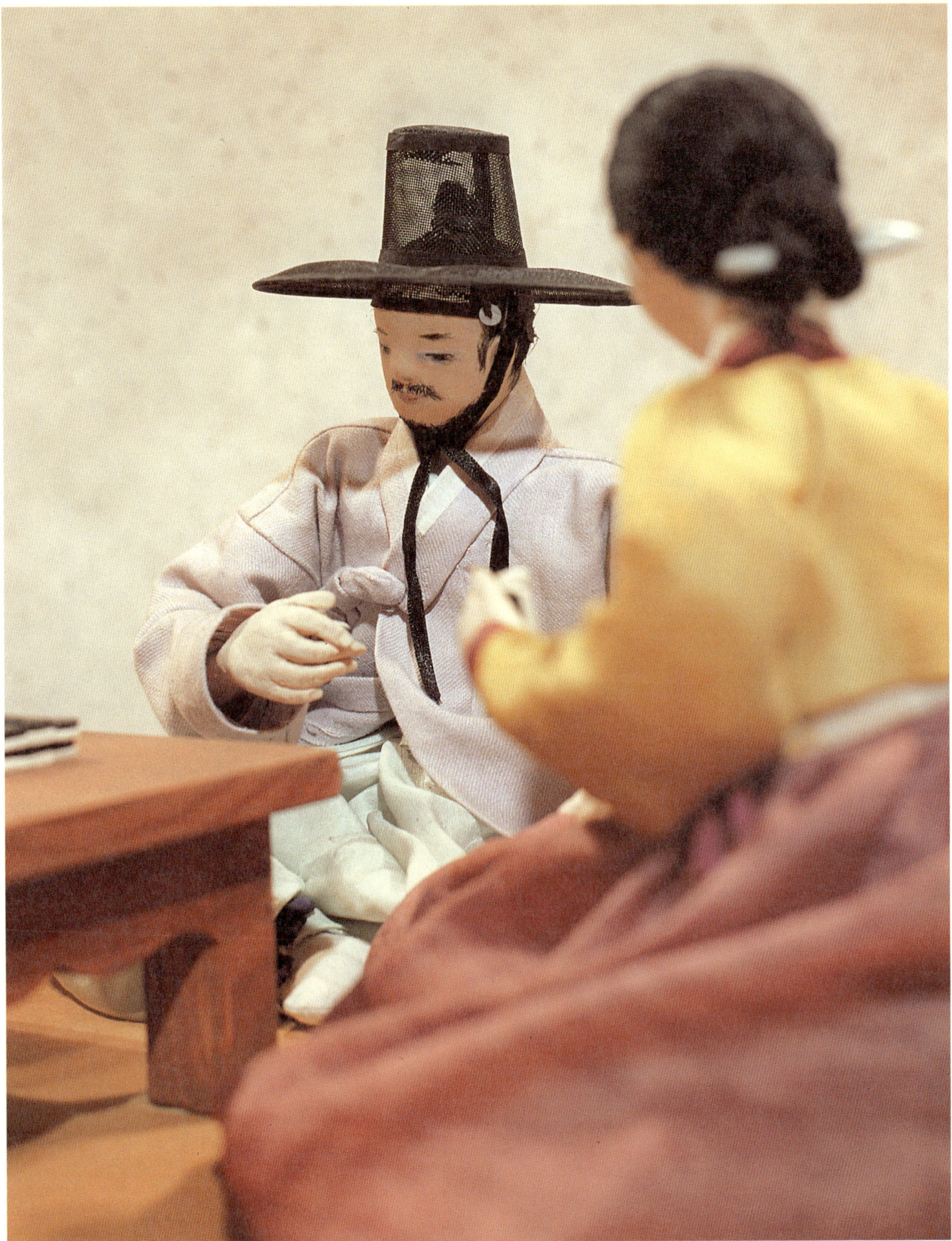

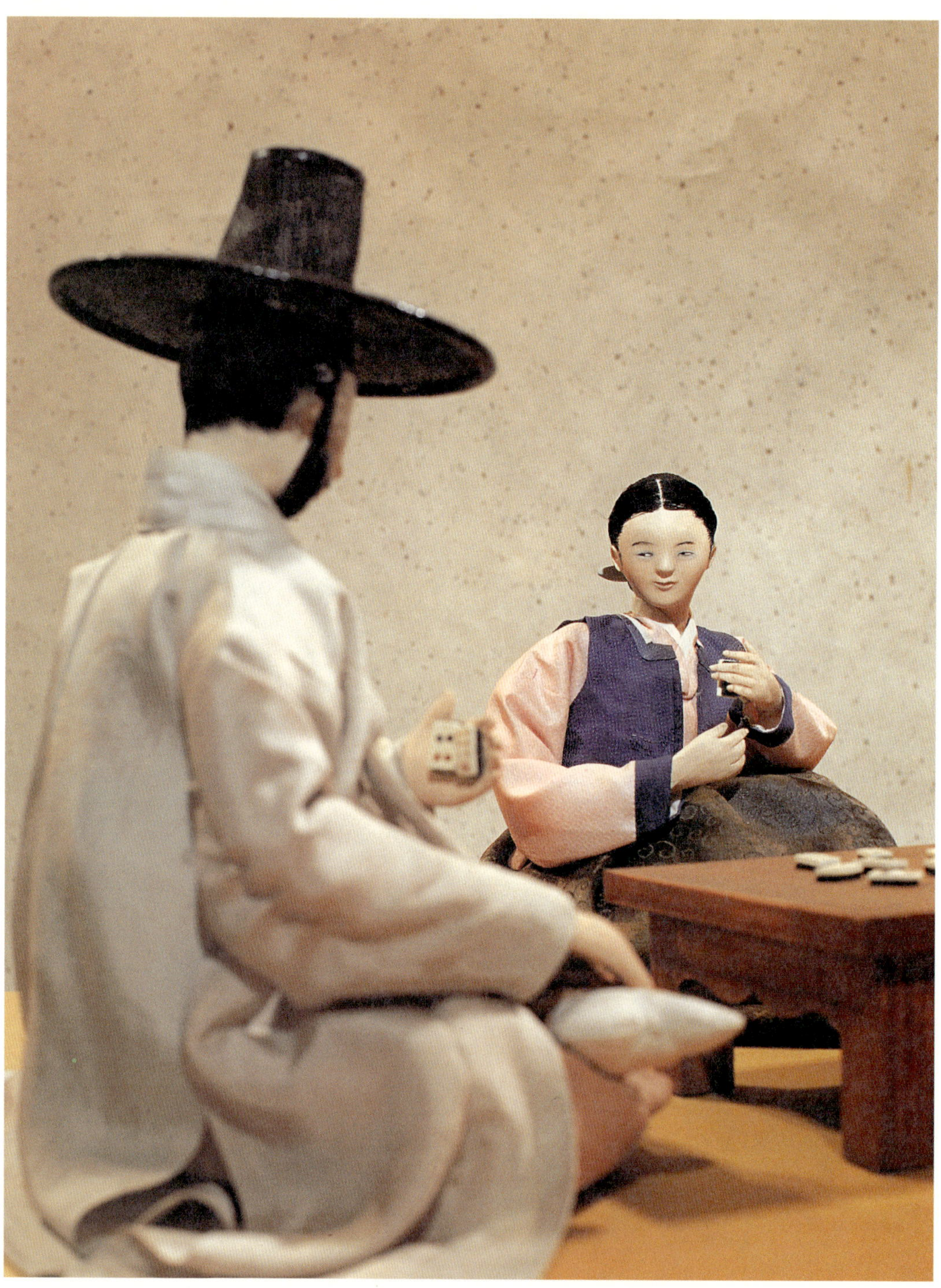

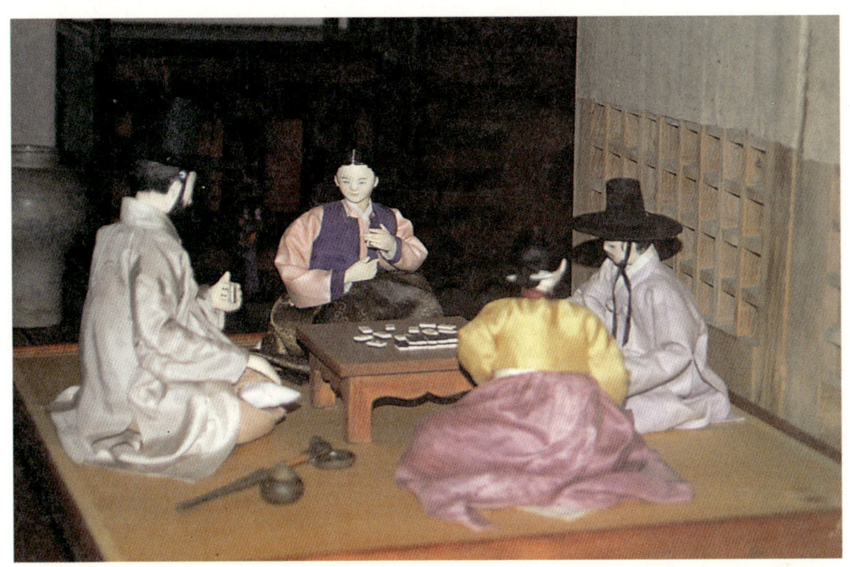

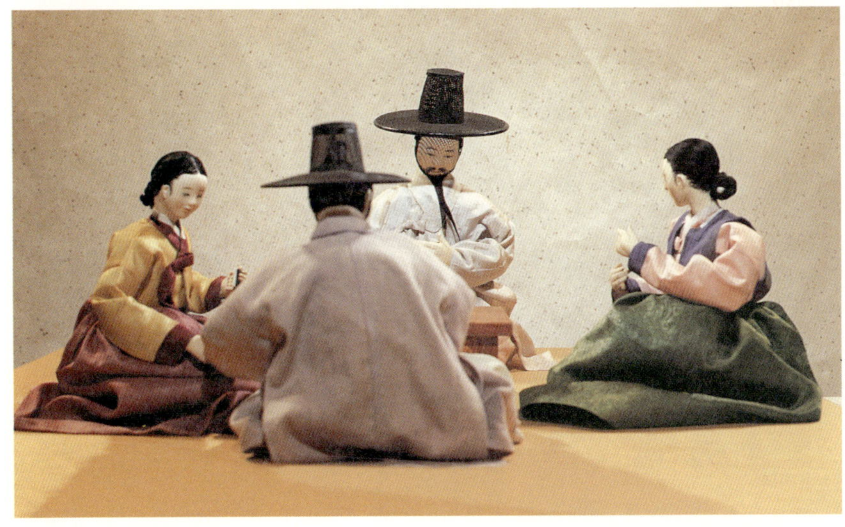

골패 노름에 해지는 줄 모르는 기방 풍경이다. 오른손으로 골패쪽 뒤집어 든 채 홍횟빛 치맛결에
슬며시 손 보내고 눈길 흘리는 남정네 윤씨, 윤씨에게서 맞바람 눈길이 오지 않아 속앓이 하는
기생(배자 차림)이 먼 산 아지랑이 눈매로 뜸부기 선비에게 띄우는 뜨내기 눈길을 담았다.
긴 담뱃대와 타구(침 뱉는 통), 재떨이는 남정네들을 위한 기방의 집기이다.

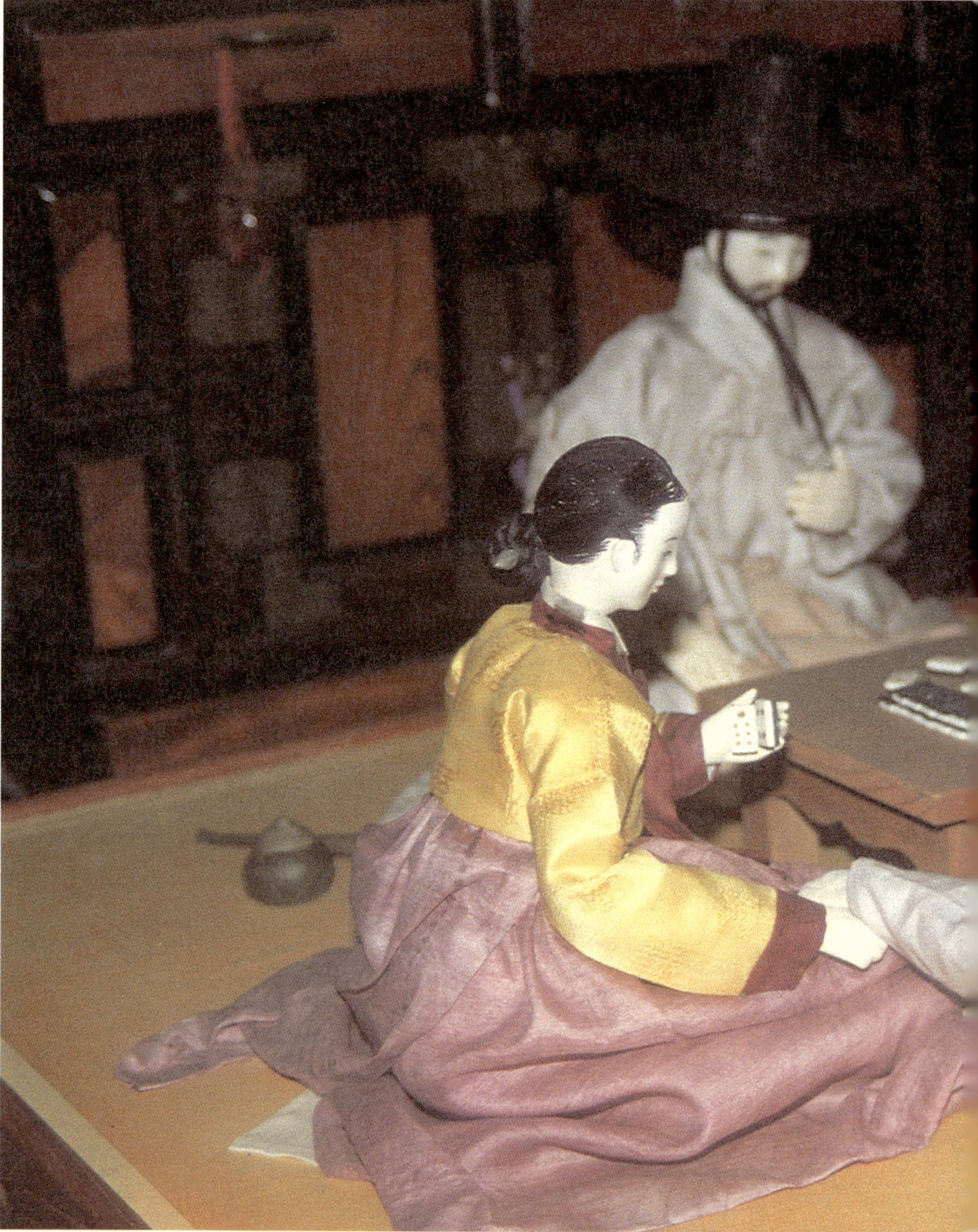

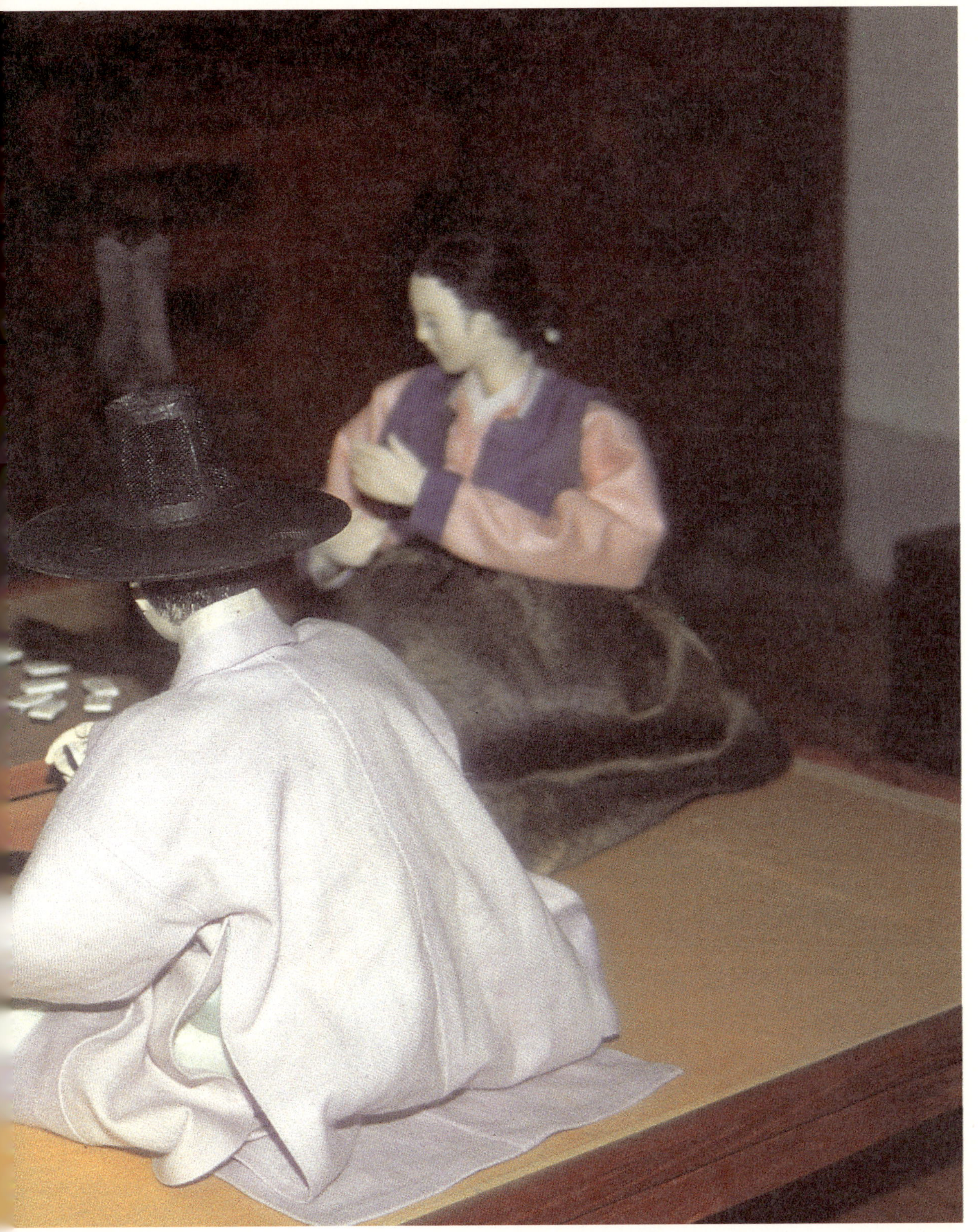

장군이요!

사랑채 보이는 뒷마당 평상에 앉아 장기 두는 구 서방은 패자로 몰리면서
홧김에 우물물 한 대접 들이켜고는 한여름 나절 훈풍을 못 이겨
배때지 내밀고 앉았는데 마실 나오신 어르신 긴 담뱃대로 훈수하심에
지나가던 머슴도 슬쩍 한편에 궁둥이 걸치고 앉아 흥을 돋운다.
마당 샛길 지나는 방앗간집 계집아이 남녀칠세부동석이라 하신 할매 말씀
엄하신지라 엄니가 등에 업혀주신 동생 흠씬 지린 오줌에 잔등이가 척척해도
추키지도 못하고 허리 밑으로 빠질세라 눈칫걸음 헛걸음질 치는데,
동네 어르신네 손주며늘아기가 팔순잔치 앞두고 곱게 지어놓은 모시베홑배자
어느새 차려입고 벌써 흥이 오르시는지라 등 굽은 허리도 필 새 없이
헛기침만 하시매 한나절 날아드는 우물가 잠자리도 피해 가누나.

    장기(將棋)는 오늘날 전하는 대표적인 전통놀이로서 두 사람이
마주 앉아 기능을 겨루는 등 바둑과 비슷한 점이 많지만, 바둑이
조용하고 점잖은 선비들의 놀이인 데 비해 장기는 활달한 서민들이
즐기는 대중적인 놀이이다. 한여름 나절이라 모두 맨발인데 홀로 버선
신고 훈수 두시는 양반 어르신, 어르신네 앞이라 바지허리끈 뒤로 꼬아
껴둔 곰방대 불 지펴 한 모금 맛볼 틈 없어 참으려니 장깃돌 어느새
이리저리 몰리고 궁둥방이 안절부절못하는 수전노 아제비, 동생은
등에서 오줌까지 지리고 늘어져 자는데 잔등이가 척척해도
추켜올리지도 못하고 저도 오줌 마려워 어르신 남정네들 앞으로
얌통머리 없이 헛걸음질치는 방앗간집 얌통이 모두 구 서방네 평상에
모인 동리 사람들의 소박한 정경이다.

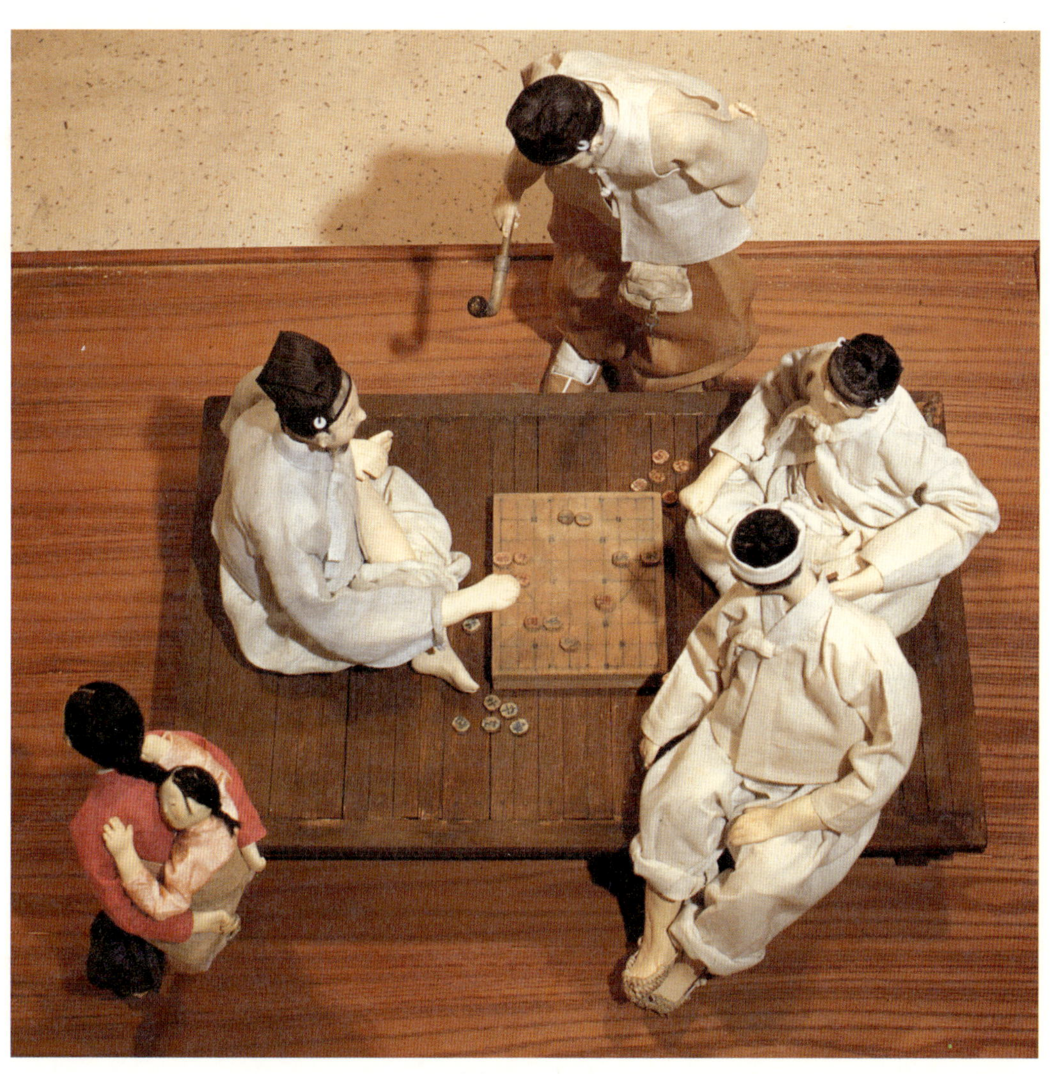

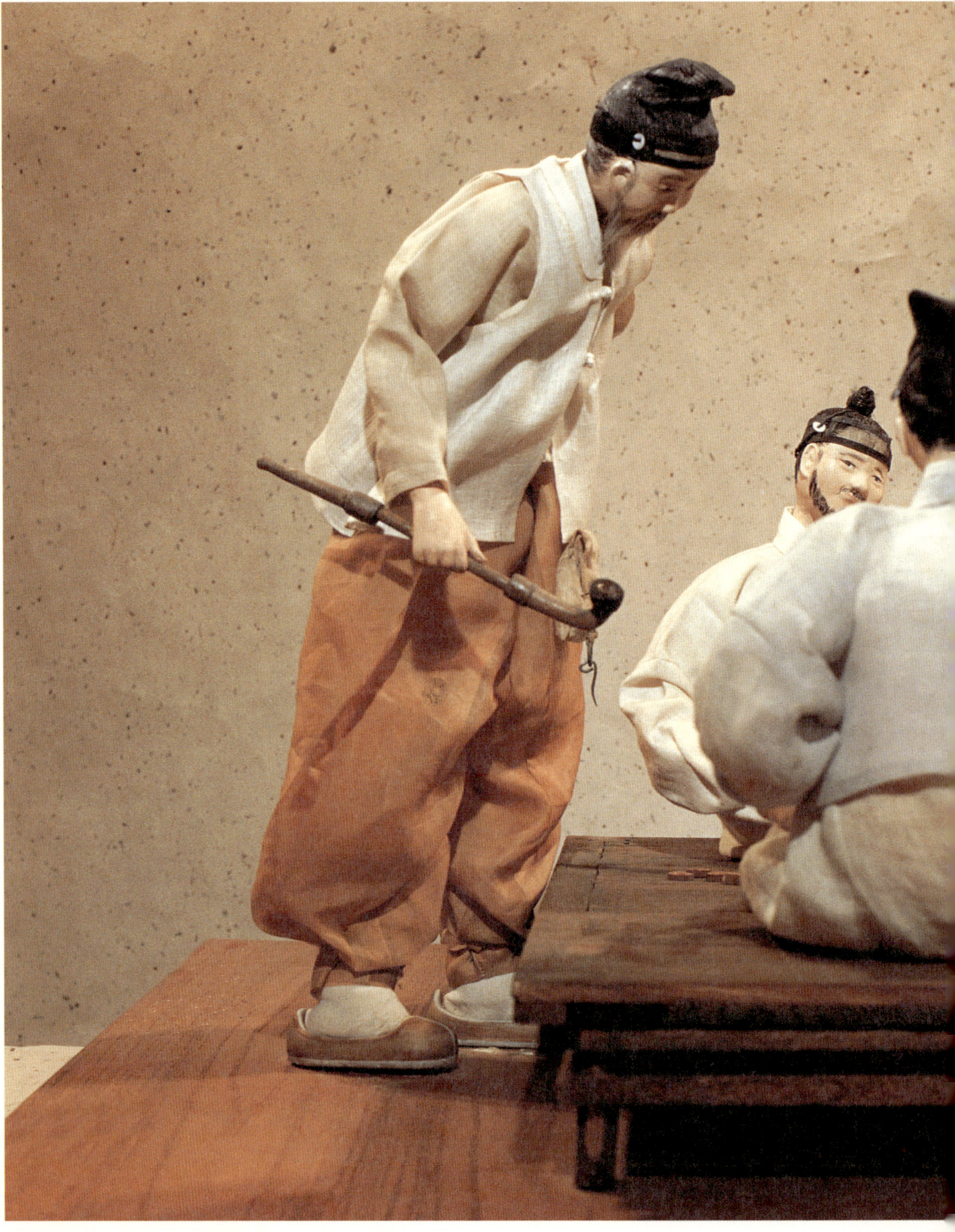

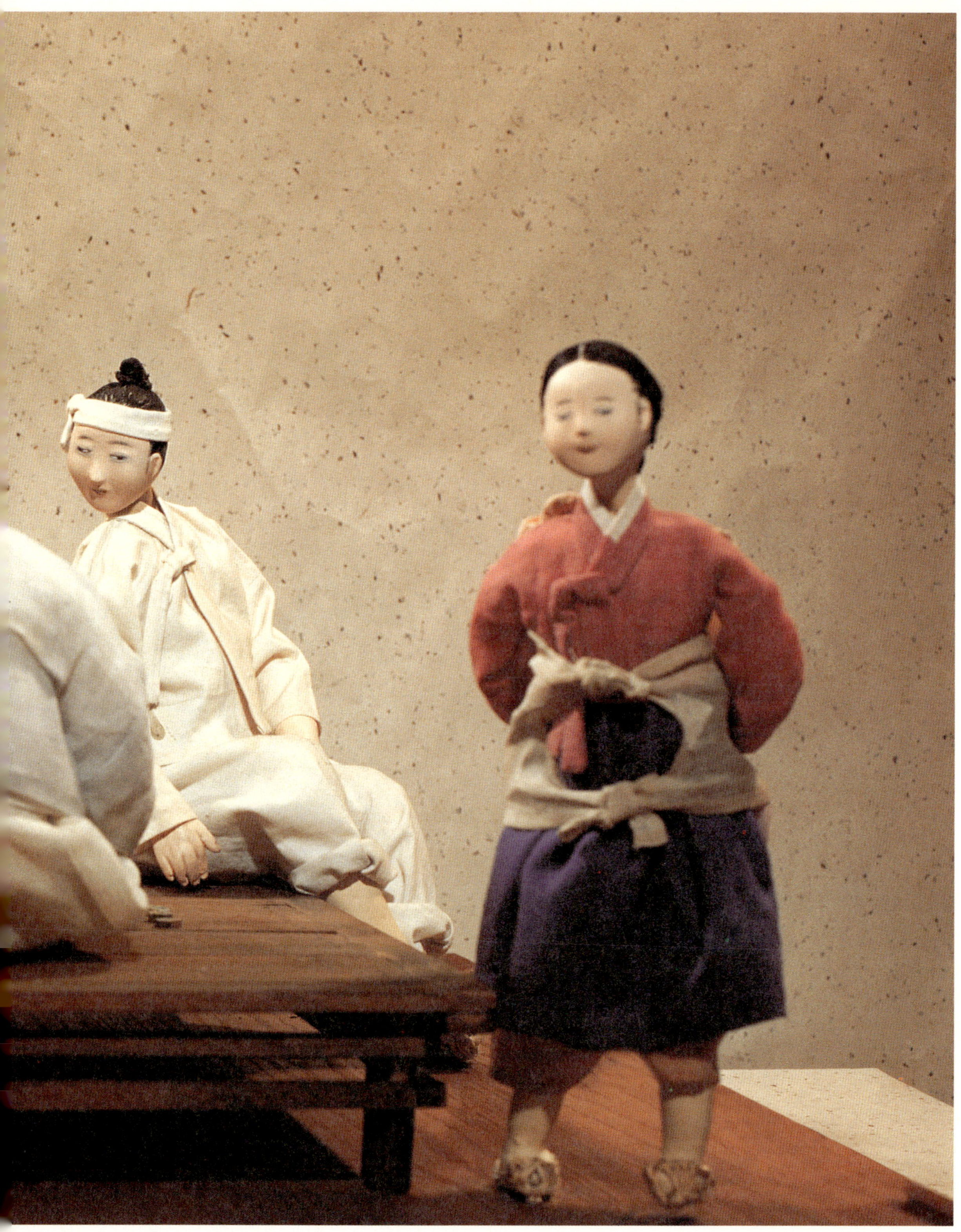

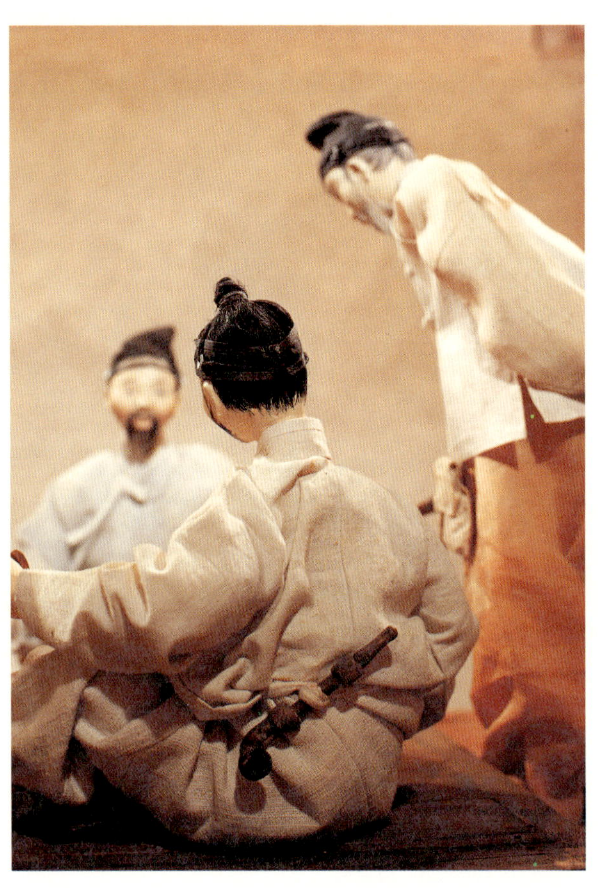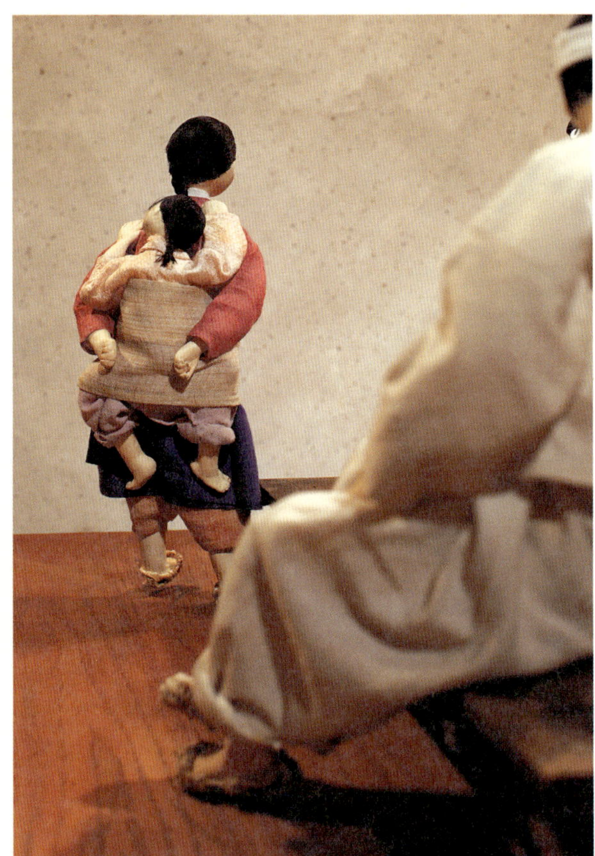

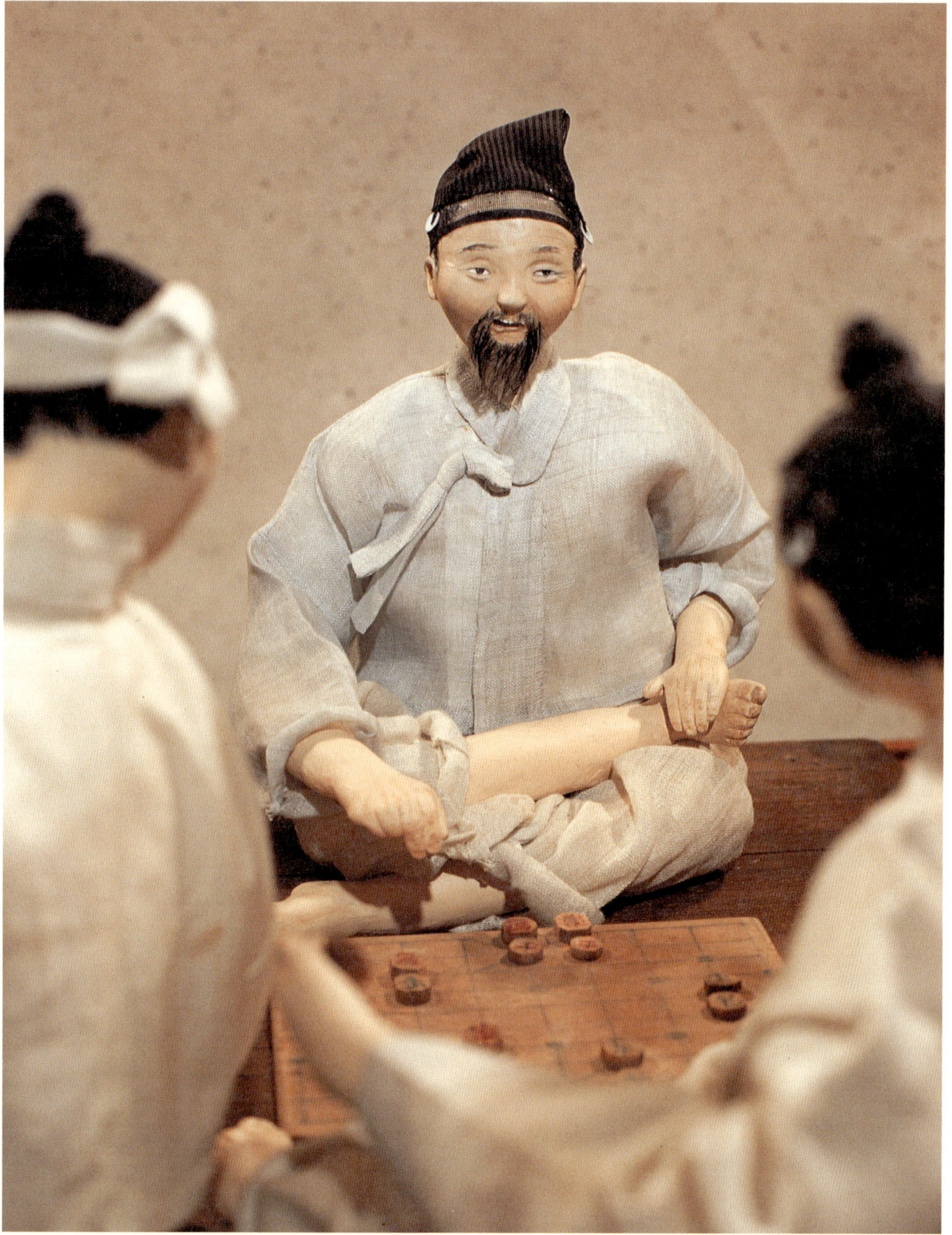

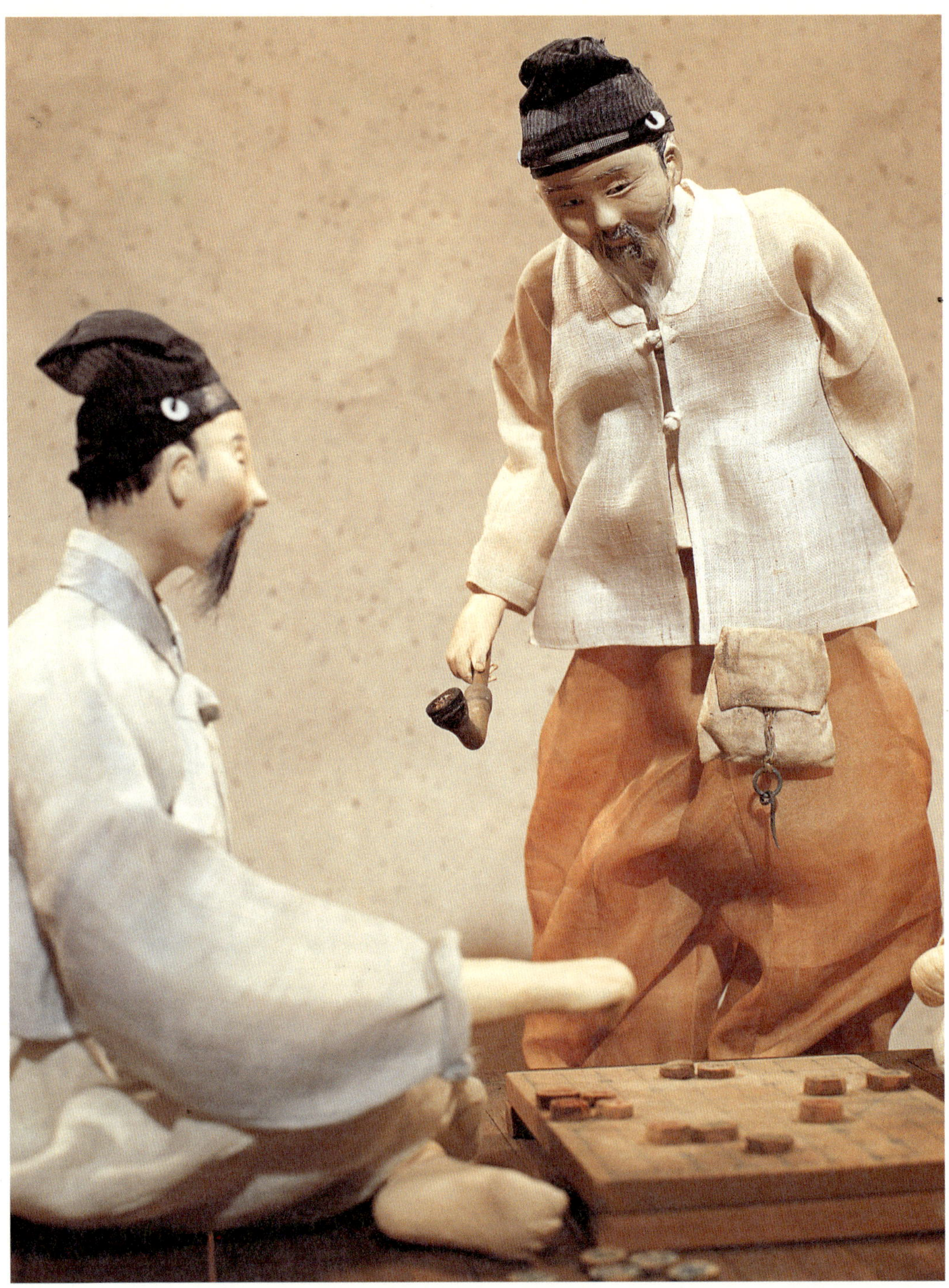

골목쟁이 한량들

초겨울 논두렁에 허깨비 바라보는 뱁새마냥 한 사나흘 휘돌더니
분주해진 곳간 일손 멈추고 지게걸음 치다 참참이 마주친 눈짓들 모아
골방에 든 동네 한량들 게으름방아 투전짝에 치대며 온몸으로 넘나드는
눈짓거리 이김새라.
용숙이 서방 콧수염에 미쁨 부리고 앉아 있는데 한나절 벌인 투전판에
술 한잔 얻어먹을 조짐이라 슬며시 재껴지는 어깻자락에 헛기침소리 올라타고
군불 때던 병태 어멈 부엌에 날아든 잡새에 놀라 헛간으로 쫓는다고 수선인데
심상은 한량들 쫓는 작대기 푸념짓이라.
골방에선 일어서는 기척 없고 해질녘 투전자락만 길게 늘어지누나!

투전(鬪牋)은 投錢이라고도 하는데 일본의 화투나 서양의
카드가 들어오기 전 대중에 가장 널리 퍼져 있던 노름이다. 너비 1.5,
길이 15센티미터 정도의 두터운 기름종이로 패를 만들어 그 위에 각각
1에서 10까지의 수를 적고 그 수를 맞추어서 점수가 높은 쪽이 이기는
놀이이다. 패에다 쓰는 숫자는 글자도 아니고 그림도 아닌 괴이한
모양을 각 4장씩 표시한 것으로 모두 40장을 가지고 노는데 화투처럼
두 사람 이상 몇 사람이라도 함께 놀 수 있으며 갑오잡기나 짓고땡 등
놀이 방법도 여러 가지가 있다. 오늘날 화투놀이에도 응용되고 있으나
투전 자체는 화투나 카드에 밀려 그 모습조차 찾아볼 수 없게 되었다.
상왕십리 고개 하나 너머에 세 갈랫길이 있었다. 골짜기도 아닌 작은
동리 어귀마다 삼사 아쟁이들은 저마다 집안을 잘 지키면서도
저네들끼리 마주침이 있었고 늘상 뱁새 눈짓을 모아 무슨 때가 아닌

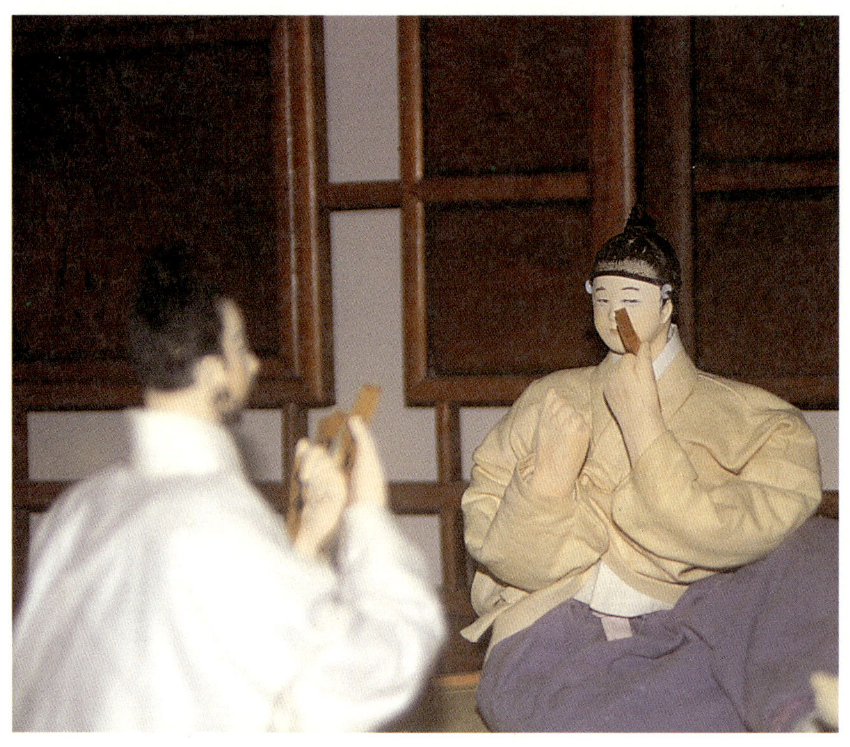

날도 한자리에 몰려 있었다. 아쟁이는 장가 간 아저씨지만 틈만 나면
어느 한 집에 모여앉아 노름하는 남정네들을 서방 노릇 아범 노릇
제대로 못한다고 그렇게 불렀다. 용칠이 덕만이 병숙이 어멈
서방이라고 불린 그네들이 이 투전놀이의 주인공이다. 병태어멈은
남의 집에 얹혀살며 부엌일 하는, 조금 모자라는 어멈을 그렇게
불렀다.
이제나 저제나 남정네들 내심에 배어 있는 풍류기는 깊은 향수를
머금은 우리 문화의 실타래가 아닌가 한다. 비록 천민이라 할지라도
인성에 박힌 아픔을 치대는 그 멋자락, 풀어내린 긴 상투 길이만
못할까!

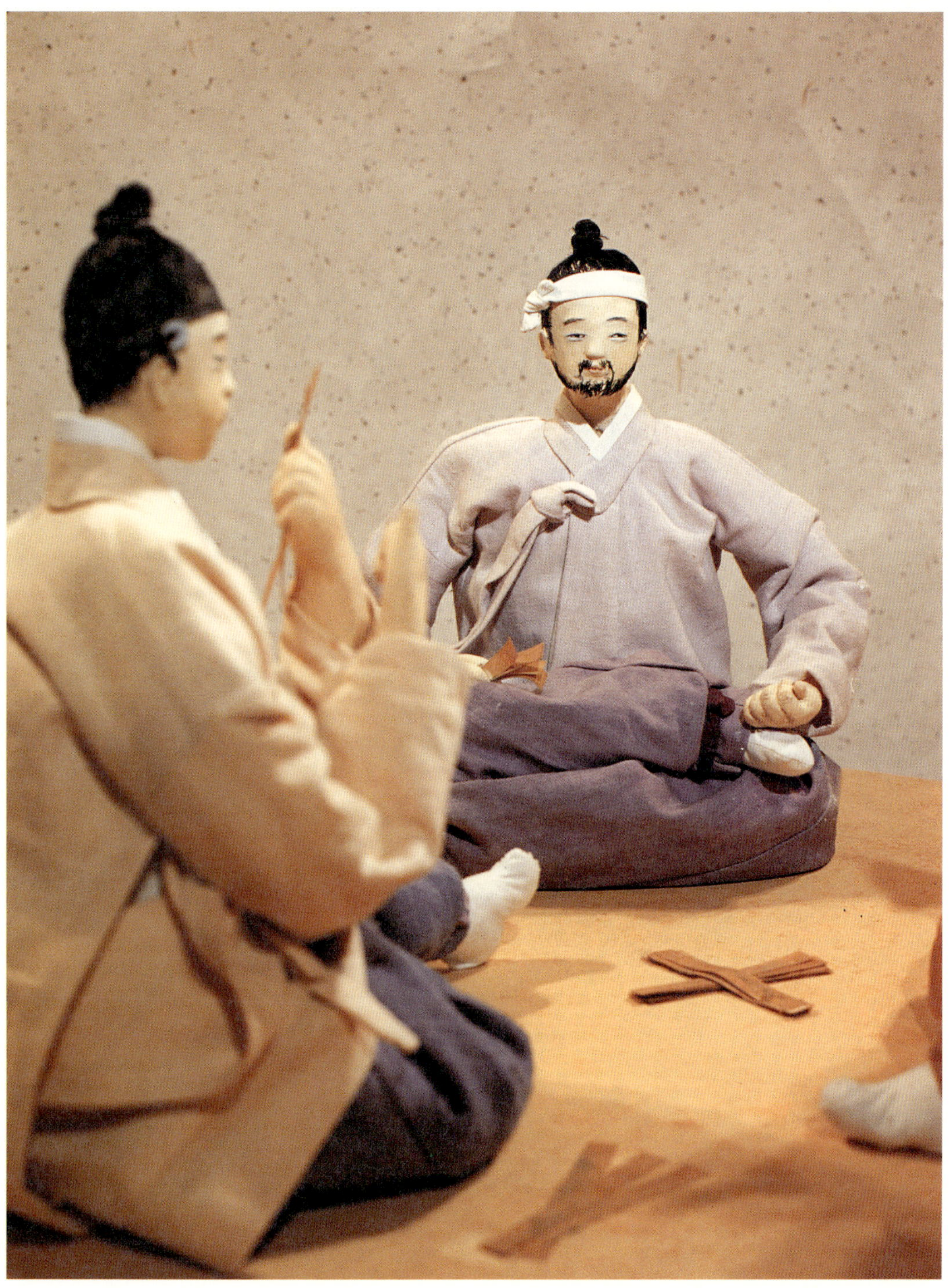

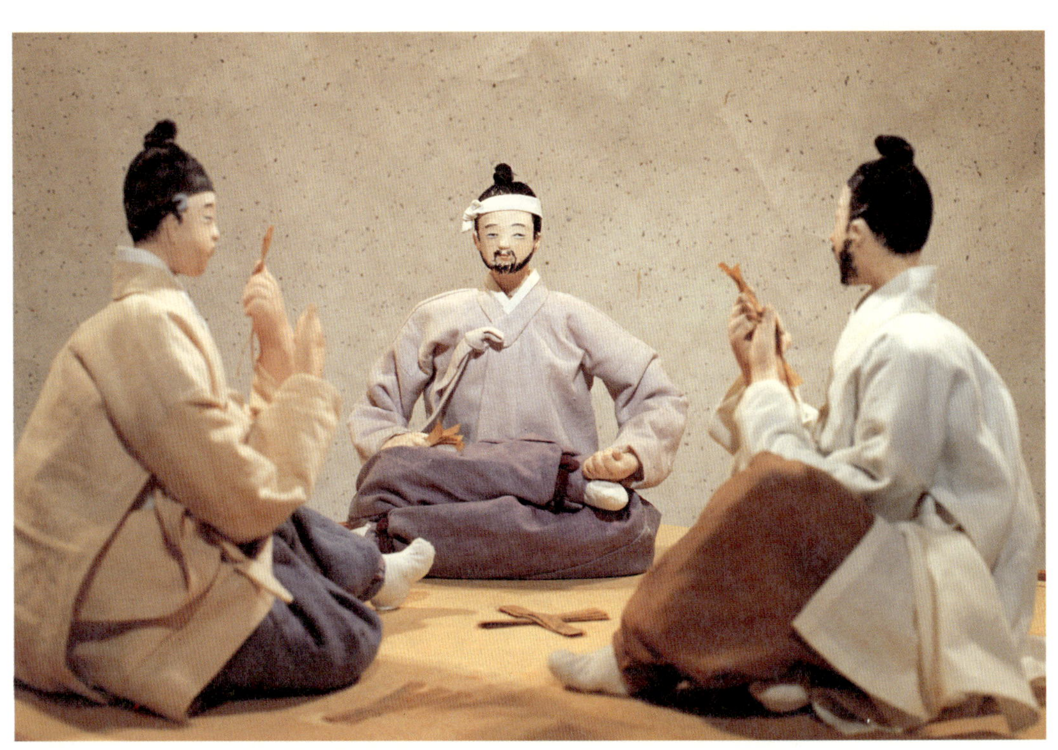

74

주사위부터 굴리렴

안팎으로 퍼진 햇살이 사랑채에 해맑게 드리우고 두 살배기 아기
건넛방에 뉘어 재운 평온한 오정, 하녀 시켜 뒤꼍에서 따온 앵두 건네받아
작은 아기씨 사랑방에 청하여 낭군님과 쌍륙놀이로 남매 우애 모아주는
오라버니댁 마음자리에 애덕의 정겨움이 그윽한 봄날이다.
한 이레 전인가 큰어머니 댁에서 보내오신 노랑 명주 천으로 하녀와 일손 합해
지어 입힌 반회장저고리, 앵둣빛 입술로 큰오라버니 가르침에
주사위 들고 있는 모습 보노라니 어머니 아니 계심에 철부지 아기씨 가이없어라.
부부는 일심동체라 아녀자의 마음샘 온유의 향기가 곧 과거 볼 낭군님 의지 속에
자애의 꽃으로 피어나고 남매 동기일신이라 한 가지에 맺힌 앵두알 같아서
옛 어르신들 덕을 며느릿감 예물로 존귀히 삼아 맞아들이셨으니
한 가문의 후손을 잇는 가풍의 열매, 그 한 정경이다.

쌍륙(雙六)은 雙陸이라고도 하는데, 대개 상류층 집안에서
부녀자들이 즐기던 놀이이다. 중국을 거쳐 백제 때 들어왔으며 일본에
'스키로쿠' 라는 놀이로 전해지기도 했다. 노는 방법은 서양의 체스를
방불케 하는데, 6간살로 된 진마판(進馬板)을 놓고 두 편이 흑·백
각각 15개 또는 그 이상의 말을 준비하여 형식에 따라 벌여놓고 1에서
6까지 눈금을 새긴 여섯 모의 주사위 둘을 굴려서 나오는 수만큼 말을
진행시켜 상대편보다 먼저 종점에 들어가는 편이 이기는 것이다.
앵두는 6월, 늦봄에 붉게 익는다.

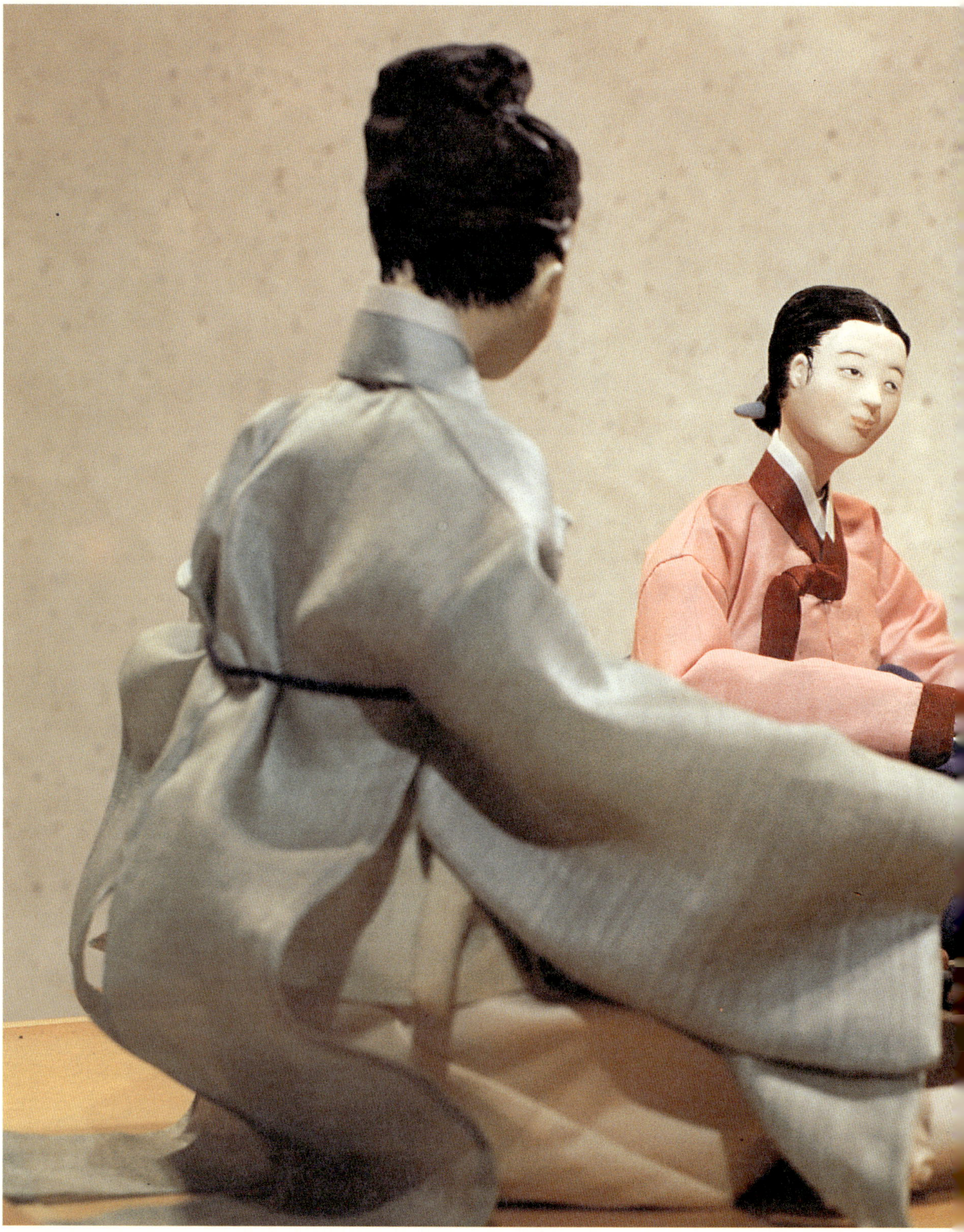

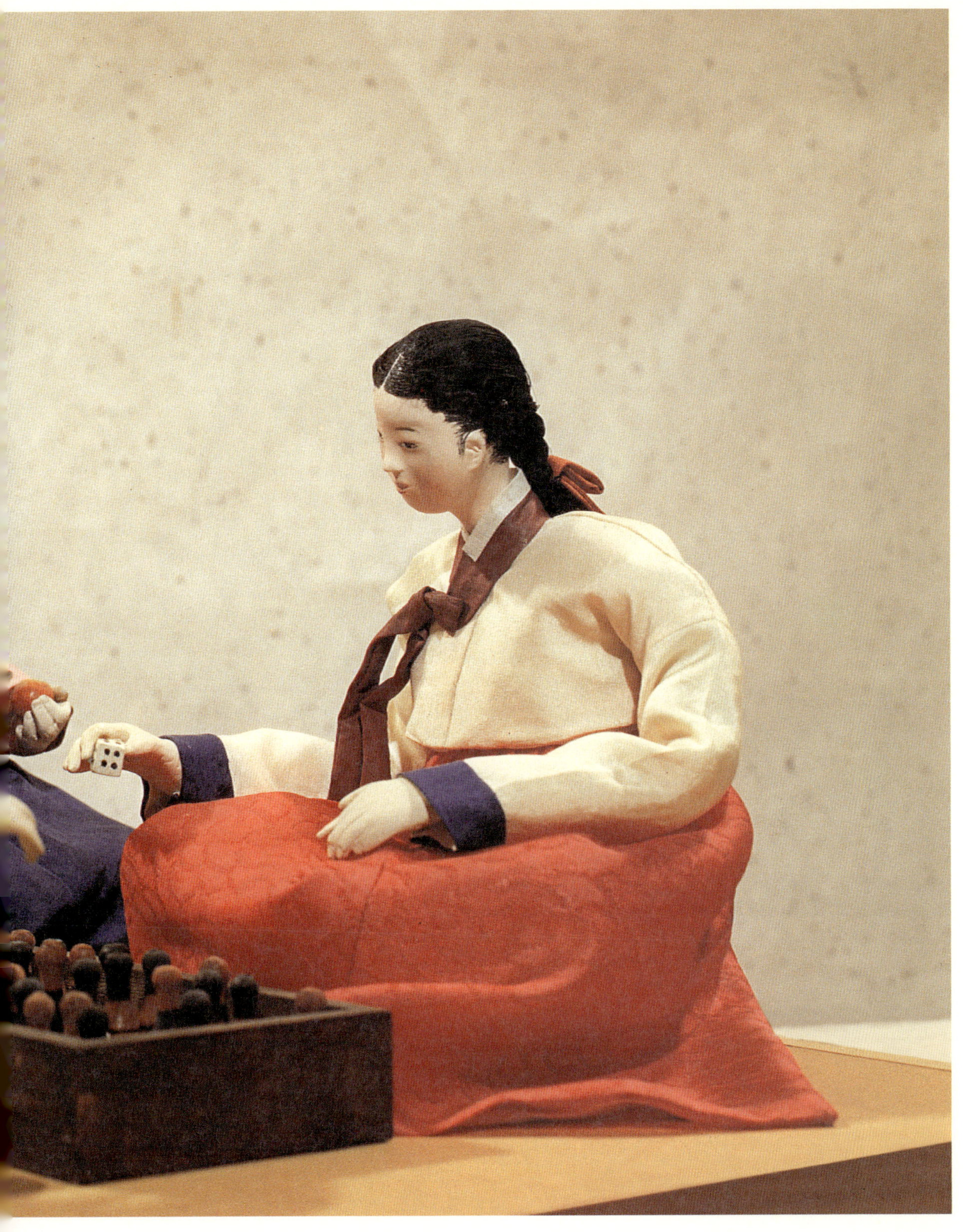

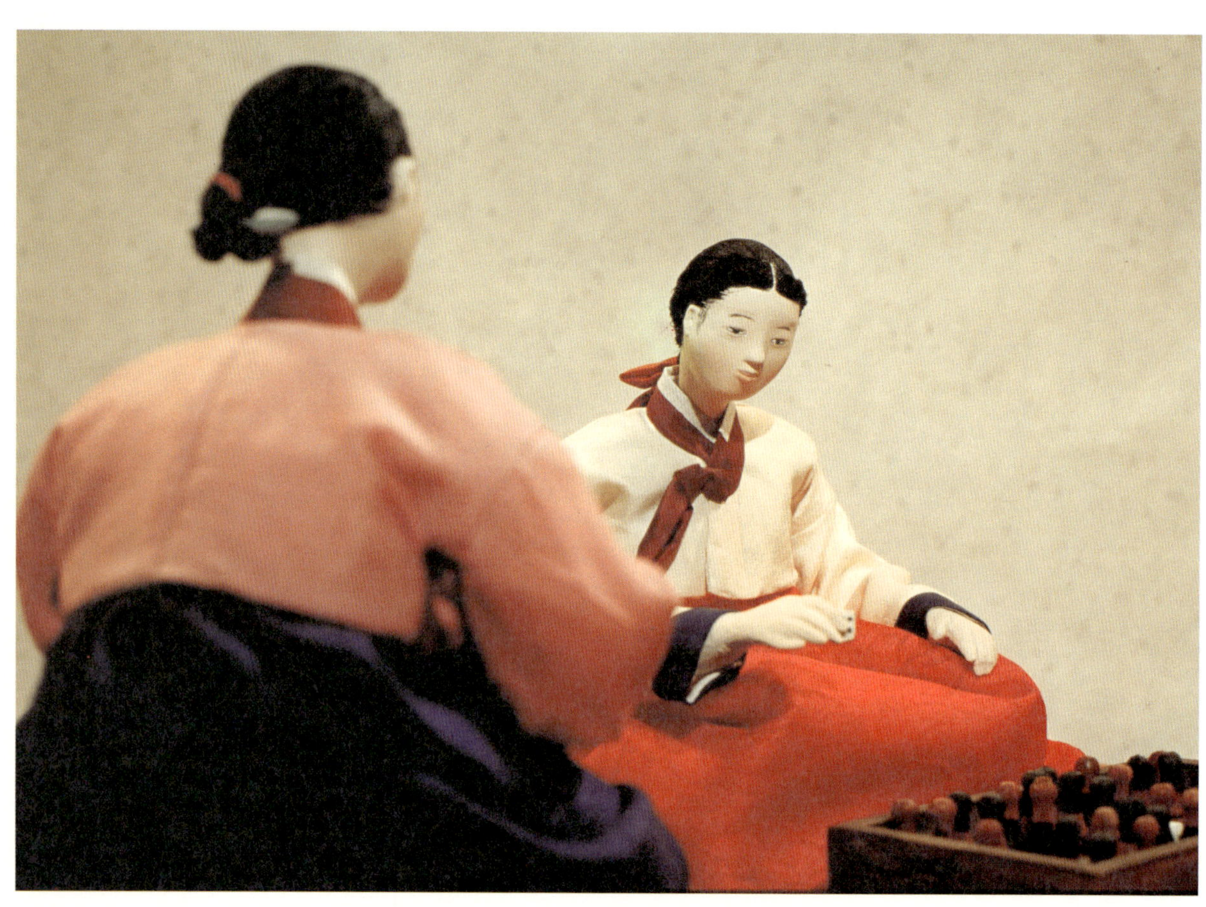

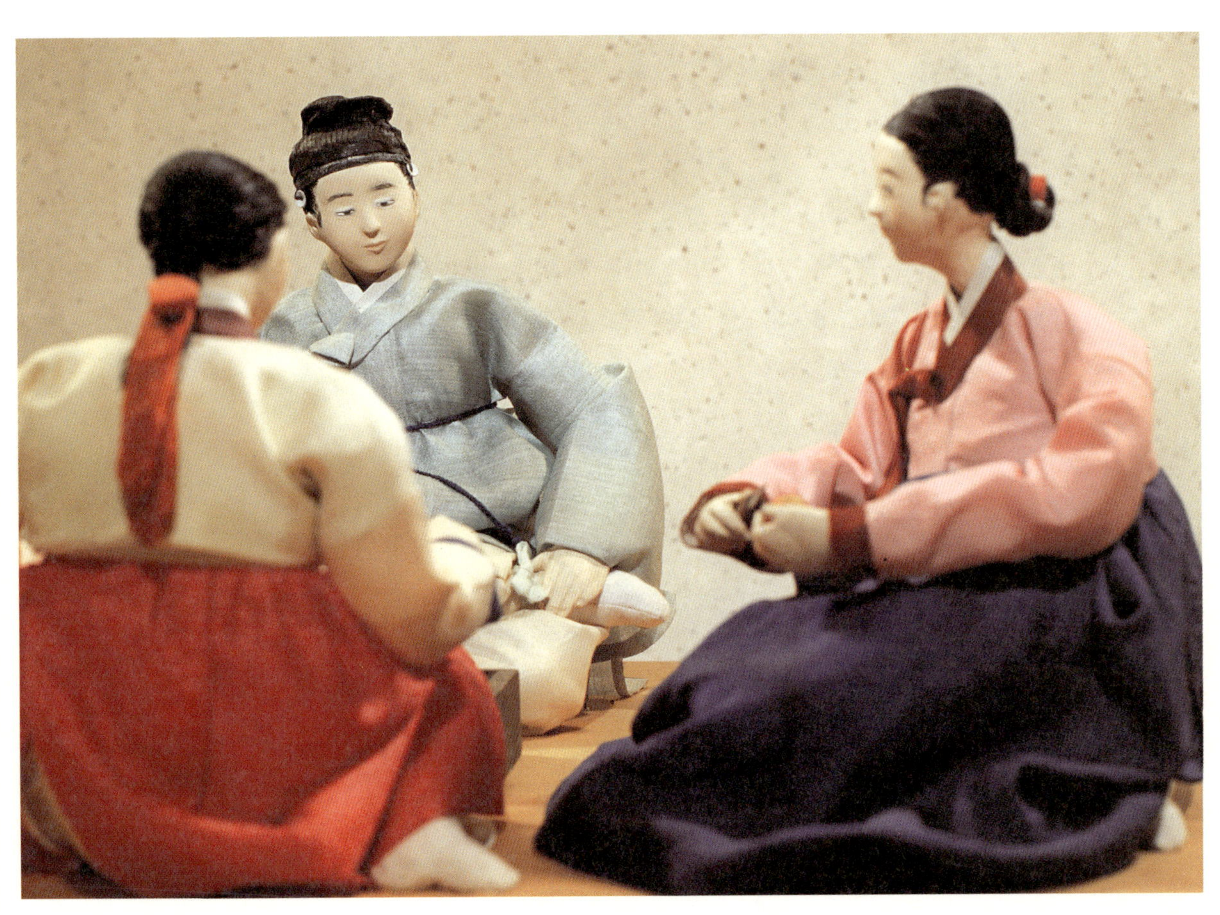

왕자와 공주

피지 않은 몽우리 흰 봉선화처럼 해맑은 공주는

하얀 달 속 옥토끼 같은 왕자의 눈길 곁에 자란 누이동생.

어마마마 내리사랑에 강가에 핀 달맞이 꽃잎 같은 맘새 다칠세라

계수나무 위 초승달 바라보듯 하여지더니, 궁 뜰 나선 오라버니 보매

응석 부려 애기상궁 시중받아 던진 화살 고즈넉한 가을날 해질녘

기러기 몸짓으로 투호항아리에 들지 못하는 아리수 손길.

투호(投壺)는 넓은 뜰이나 대청에 귀가 달린 청동항아리를 놓고
여러 사람이 동서로 편을 갈라서 열 걸음쯤 떨어진 곳에 서서 청·홍의
살 12개를 던져 넣는 놀이이다. 항아리에 살을 많이 넣은 편이
이기는데, 단순하면서 승부를 겨룰 수 있어 두 사람이 놀기도 하지만
여러 사람이 함께 즐길 수 있다. 이기면 지화자를 부르고 혹은
무희들이 춤을 추며 흥을 돋우었다고 한다. 당나라 때부터 손님
접대하는 의식의 하나로 행해졌다고 하며, 우리나라에서는
고려시대부터 조선시대까지 성행했다. 궁중에서 왕족이나 비빈
궁녀들, 또는 사대붓집 부녀자들이 주로 즐겼고 일반에는 대중화하지
못했는데, 이유는 귀한 화살을 썼기 때문이 아닌가 한다.
어느 곳보다 내외의 규율이 엄한 궁궐에서 오라버니(17세)에 대한
의지와 존경심으로 마음이 설레 항아리에 화살을 넣지 못하는 사춘기
소녀(13세)의 마음새를 담았다.

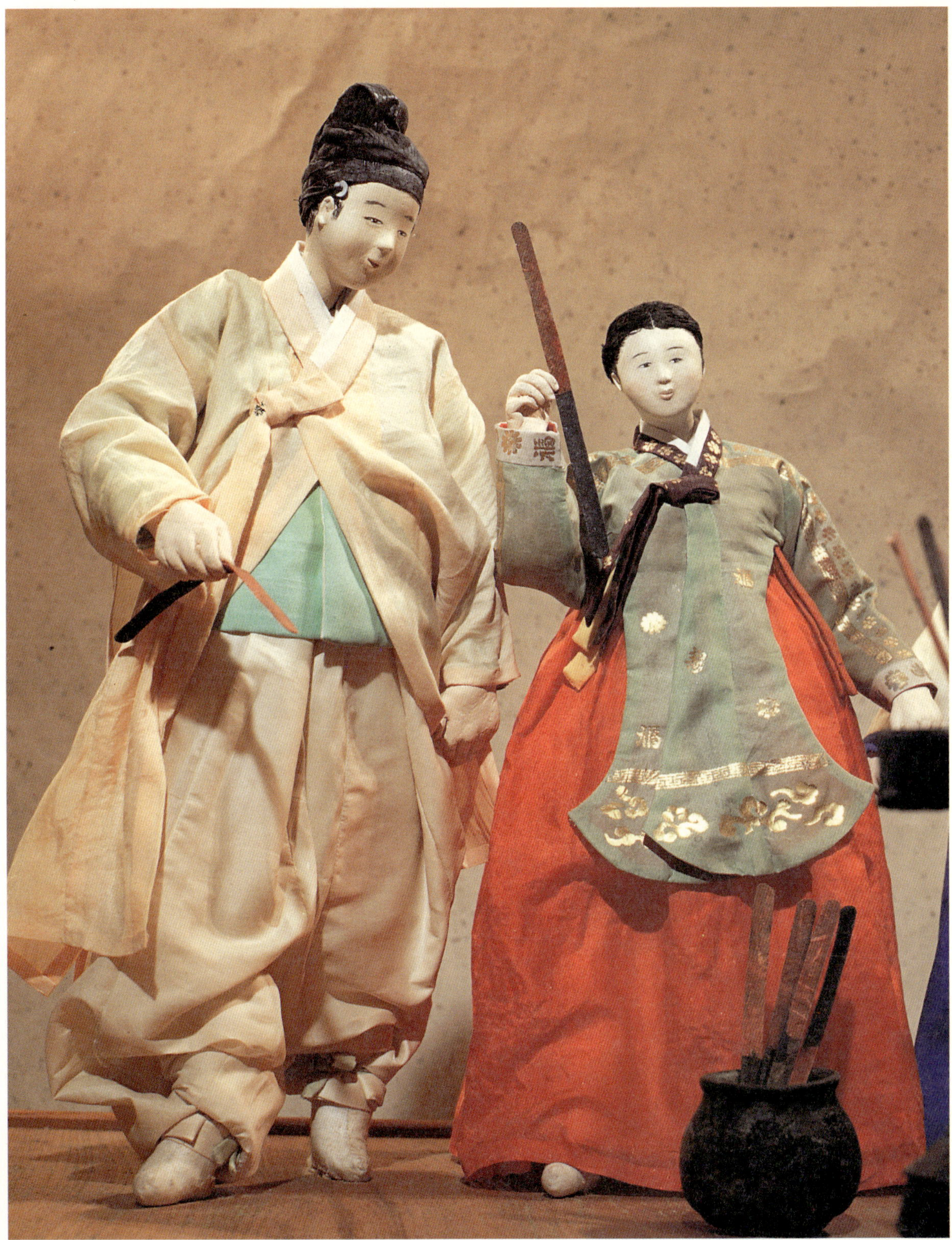

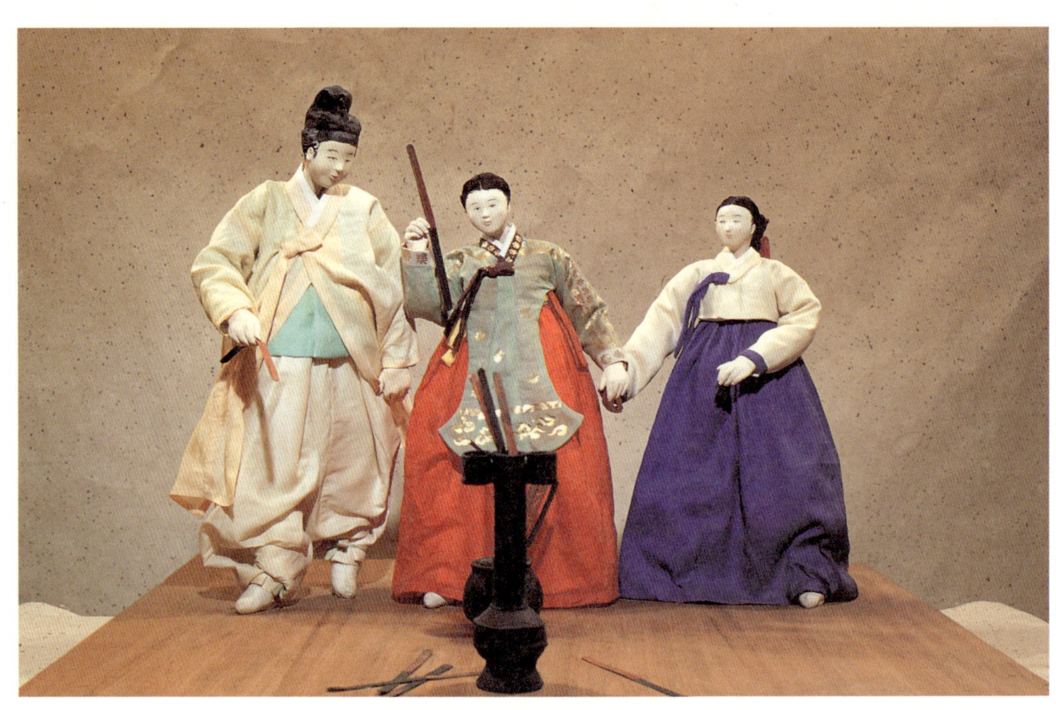

옆 | 옹주와 보모상궁과 생각시의 투호놀이다. 옹주는 임금의 후궁에게서 난 딸을 이르며,
보모상궁은 궁내 왕손을 보살피는 나이든 상궁, 생각시는 시중을 드는 아직 상궁품위에
오르지 못한 나이 어린 애기나인을 말한다.

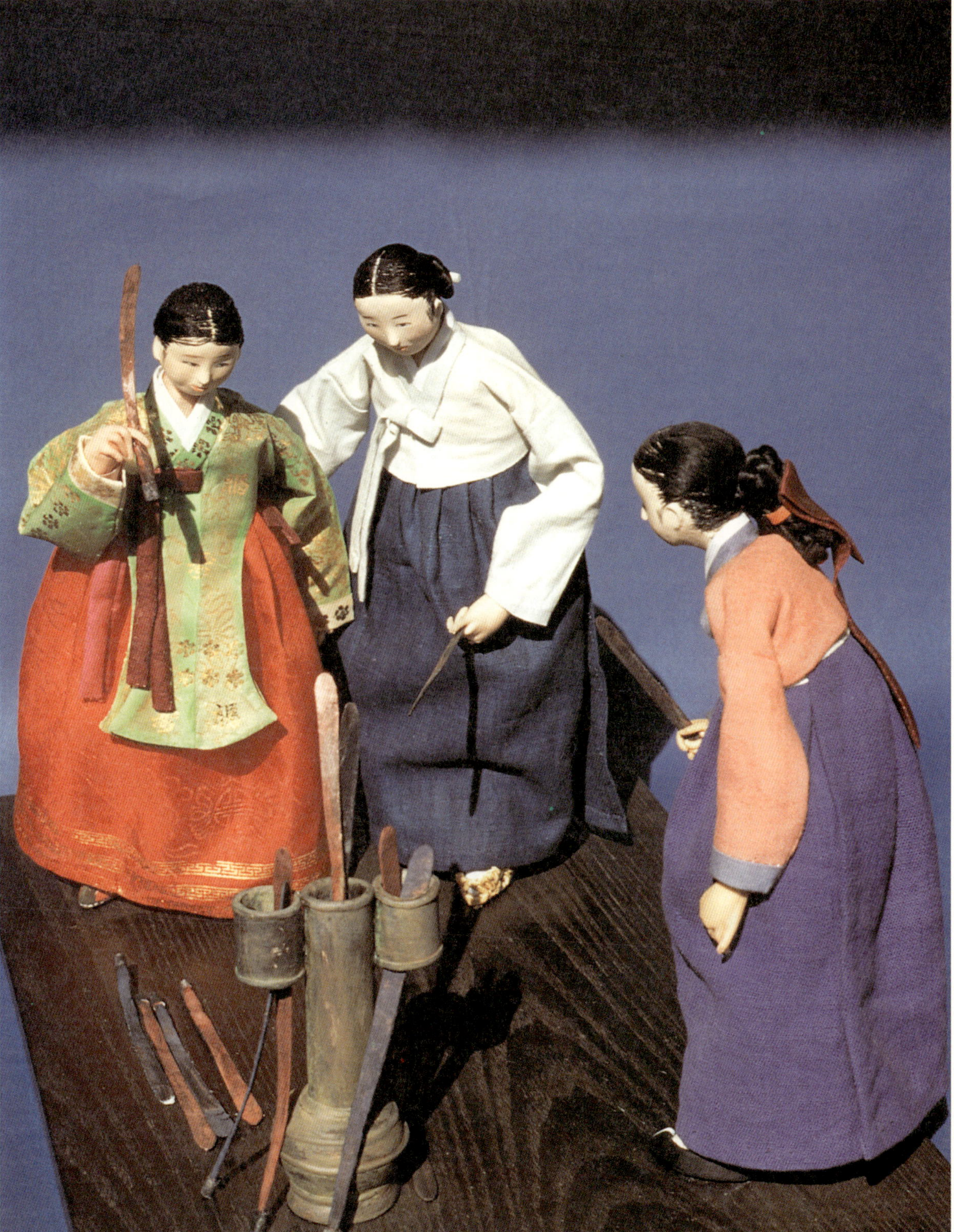

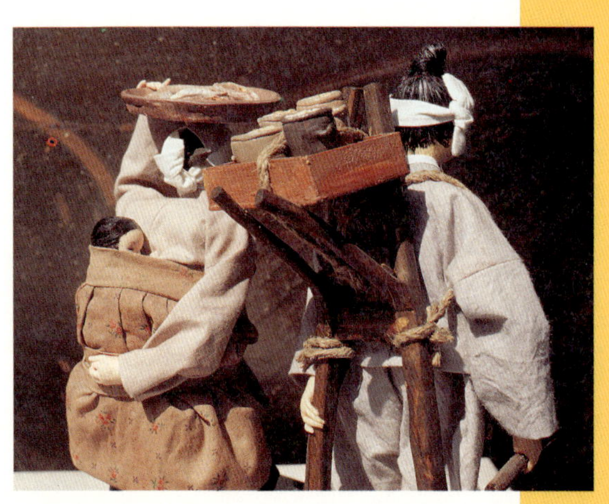

왕십리 골목길

추운 어느 겨울날 잠자는 두 살배기 딸아이를 들쳐 업고
새벽 찬바람을 헤치며 아낙은 새우젓 사려 생선 사이소라고
얼어 있던 다라이에 얹은 사랑을 녹이며
왕십리 길목을 함께 누빈다

엄마야 누나야 강변 살자

어느 강마을 이름 없는 촌부잣집에 몇 해 드나들던 방물장수 우연히 건넨 말이

씨가 되어 두메산골 늦된 처녀를 머리만 올려주고 데려다 며느리로 들였다.

키가 커 동리에서 늑새이 며느리로 불리는데 딸만 넷을 낳고 억척스런 시어미

눈총에 시달리다 어느 날 바람모지에 옷보따리 들려 소박데기로 쫓겨났다.

속절없이 시집온 길을 되짚어가 친정오라비 집에 머무는데

뜬금없이 배가 불러오더니 꿈인지 생시인지 늦둥이 사내아이를 낳아

어린 딸아이들이 기다리는 강마을로 돌아올 수 있었다.

그만하신 시어머니 눈칫밥에 어느새 돌쟁이 된 막둥이 들쳐업고

갈잎소리 무성한 뒷문을 나서 빨래터로 향하는데

다섯 살 언년이 부뚜막에 할머니 쪄놓으신 감자 한입 베어 문 채

고무신발 쫄딱이며 시샘짓 하고 두 동공에 눈 맞추는 젖물림 한 사내아이

소박데기 어미 한숨 흰구름에 띄워보내며 부르는 노래

"엄마야 누나야 강변 살자."

일 부리기 위해 키 크고 나이 많은 산골처녀를 데려다 삼은
며느리를 늑새이라고들 불렀다. 소박데기 엄마와 구박데기 누이들을
다시 강마을로 돌아오게 한 늦둥이는 1950년대 즈음 딸 많은 집안에서
들판에 반짝이는 금모래처럼 가족들 맘을 눈부시게 했다. 시어머니와
며느리라는 관계 속에서 사욕과 미움, 저주로까지 분열하는 것이
인간의 한계이지만 인내하고 순명하는 한 여인의 덕이 하늘에 닿아
열매 맺는 것을 우리 삶에 나누어 비추고 싶었다.

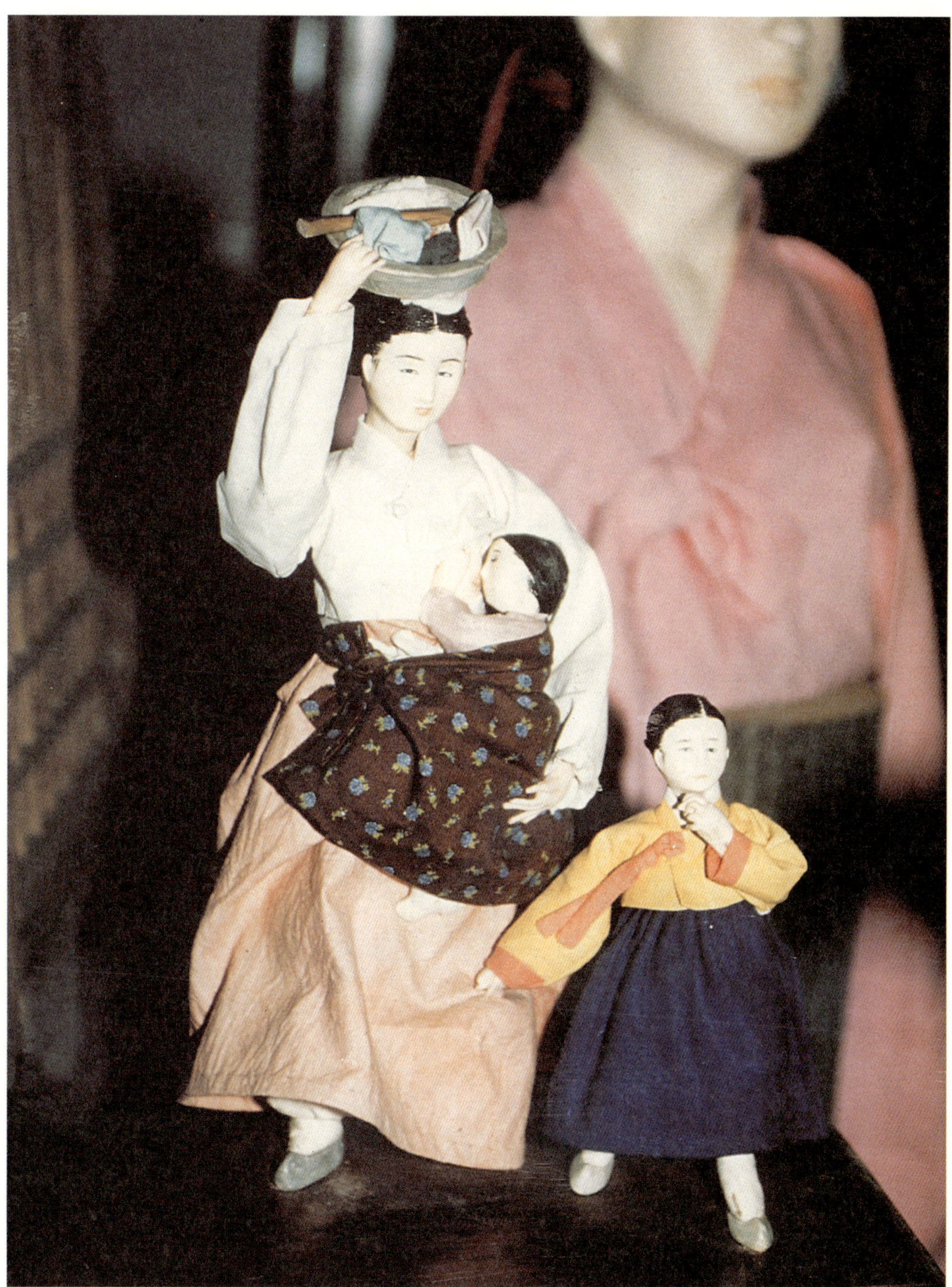

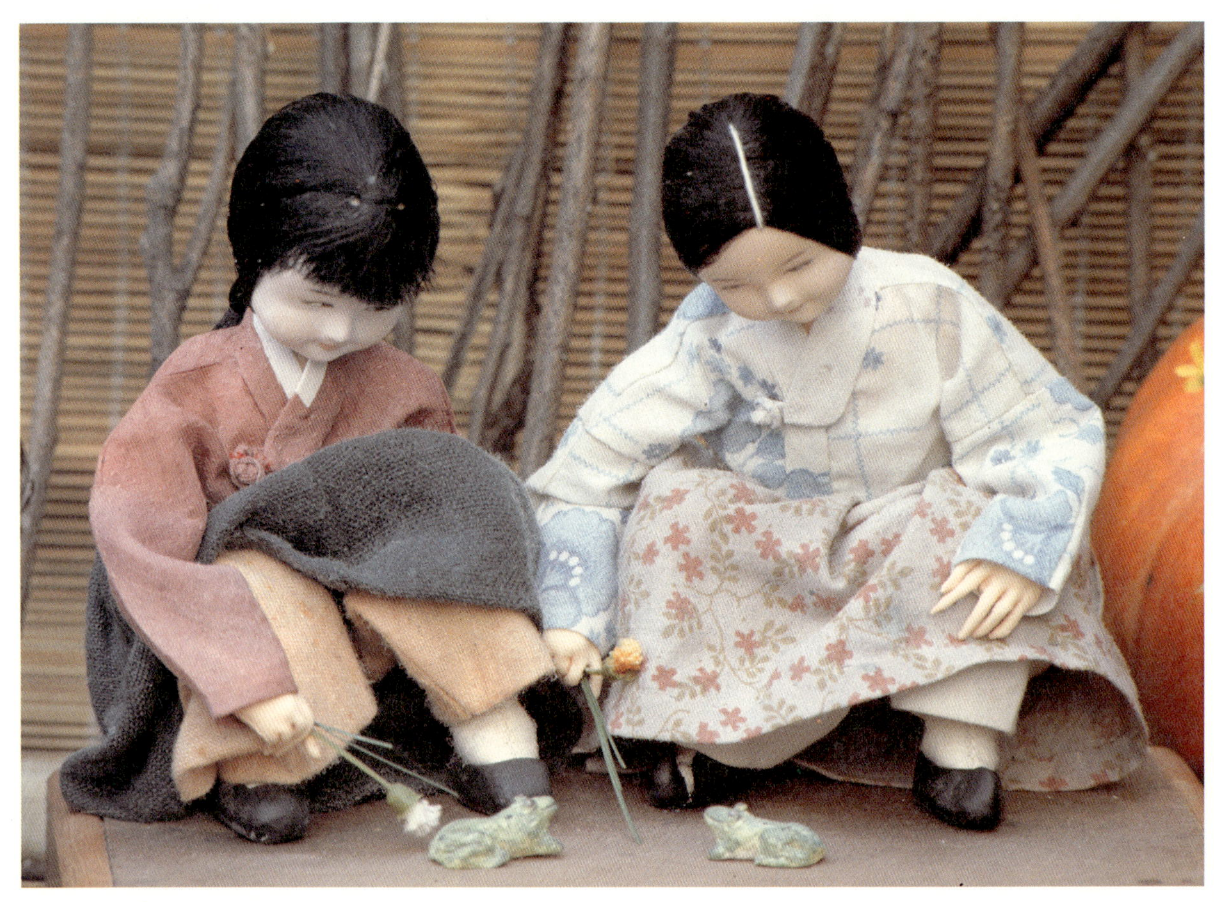

청개구리

온종일 지척거리고 오는 비에 다락방으로 술래잡기한다고

마룻장이 꺼지도록 뛰어다니는 아이들,

웃방에서 누룽갱이 끓여 짠지무해 조반 드신 할마시 바느질하다

문풍지 뚫어진다고 돋보기 너머로 숨가쁘게 호통치시니

금세 찬물 끼얹듯 조용해졌다.

어느새 뒤주 틈 뒤에 앉아서 말똥이 굴러가는지 웃음보 터지는 조동아리

고사리만 한 손바닥 펴서 가리고 눈치 보다가

앞뜰머리 꽃밭에서 튀어나온 개구리 보고 놀랄 새도 없이 뒤꿈치 들고

살포시 다가가 꽃가지 하나 꺾어 먹으라고 내민다.

남동생 잘 보라고 할마시가 사다주신 검정고무신 신은 꼭지,

"개구리가 엄마 말 안 듣다가 엄마가 죽으니까 무덤가에 비가 오면 가서

개굴개굴 울었대."

"언냐, 누구가 그랬어?"

"거시기 할바시가 그러셨어. 그래서 청개구리래!"

두 살 터울로 상왕십리 빛바랜 조선기와집에서 자란 나와
동생의 어린 시절이다. 여름에 며칠씩 비가 오는 때면 꽃밭에서 가끔
눈에 띄던 청개구리가 봉당 밖으로 튀어나와 고무신에 물을 담아서
잎을 따 덮어주곤 했다. 마루에 놓인 뒤주 뒤에 숨어서 배고픈 줄
모르고 술래잡기하던 예닐곱 살 기억 속에서 꺼낸 필름 한 장이다.

고향의 어머니

높아진 하늘가 길 잃은 새들도 흰구름 사이로 평화로이 날갯짓하는 한나절
어머니는 보릿바람 몰고 올 군인 아들 기다리며 냇가에서 풀먹이 이불호청 빨아다
선머슴 시켜 지겟작대기 받쳐 널어두시고는 이내 싸리문 밖 담장 밑에 나가서
햇고추를 말리신다.
해마다 이맘때면 고추농사 지어서는 방앗간에 가져가
고춧가루 열댓 근씩 빻아다놓고 깨 볶아 짠 참기름에 막 털어낸 검정콩까지
한 해 거둔 작물들 살뜰히 챙겨 시집간 딸아이들 한 보따리씩 이어다
먹이실 생각에 서산머리에 해 저물도록 젖은 손길 마를 틈이 없다.
참새떼 재잘거리다 휘– 몰려 날아가는 허재비 논에 일 나가신 시아버지
아직 아니 돌아오시고 소슬바람 불어 앞문 밖에 핀 보랏빛 과꽃 도리질 치는
한가을 저물녘 고향의 어머니, 산길 흙내음 같아라.

가을이면 햇곡식 곳간에 거둬들이는 촌가에서는 일손이 달릴
때는 종지기 앞세워 읍내에서 사람을 구해다 나누지만 텃밭에서
발갛게 익은 고추를 따다 맷방석에 널어 한 보름 울 밑에 말렸다가
방앗간에 가져가 고춧가루를 내리는 일은 으레 어머니의 손길을 탔다.
홀로 되신 시아버지 모시는 한편, 가슴에서 떼어내지 못하는 딸들
시집살이 할세라 해콩에 밑반찬까지 한 계절 떨어질 새 없이 돌보시는
모정의 향수를 담아 나누고 싶었다.

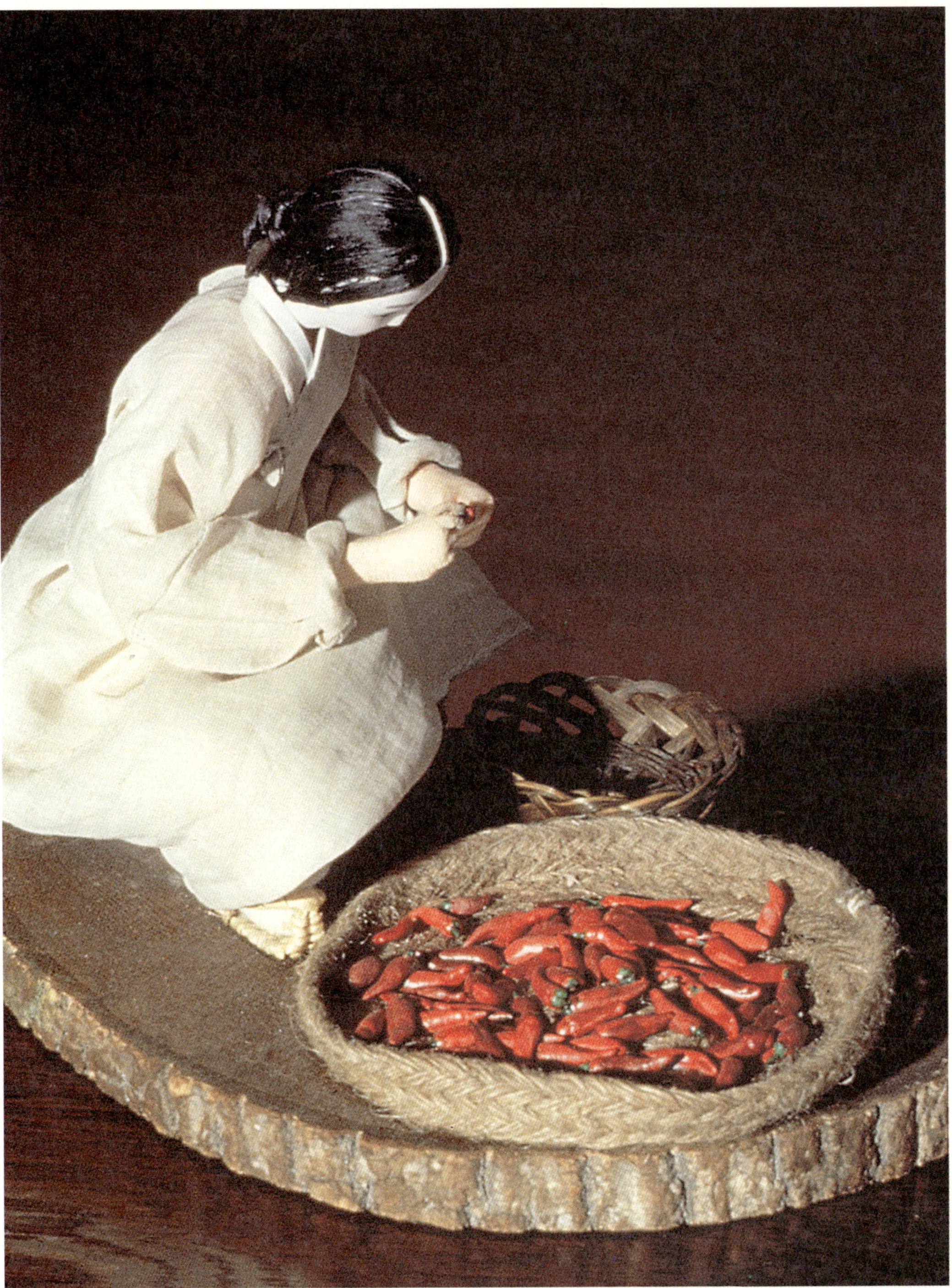

봄동김치

복사꽃 피어오르는 남촌에서 친정어머니가 보내주신 포플린적삼

밀풀 먹여 다려 입고 장망태기 들고 골목쟁이 나서는데

어느새 흰나비 사풀거리는 봄날이다.

문밖 우물가 지나 고갯길 땜장이 할배님께 양푼 하나 맡겨드리고

장터 어귀에 들어서자 삶은 소라 파는 몸뻬 차림 거시기 오마니

노상에 장다리꽃 핀 봄배추 한 무더기 벌여놓고 팔아달라고 반겨 손짓한다.

노망드신 시할머님 물 말아 드실 봄동김치 담그려고 분홍 밥풀꽃 핀 담장 아래서

고추 썰며 먼 길 오실 지아비 기다리는 여심 봄볕에 뽀얗게 분화장으로 피고,

어느새 빗장 열고 나가 이끼 낀 우물물에서 뜬구름 떠내겠다고

발뒤꿈치 들고 두레박질하던 미운 일곱 살 딸내미 물장난 꾸지람 들을세라

어미 돌아보는 조가비 얼굴에 괴는 어리광이 볼우물,

오줌 지리시는 시할미 시집살이 간데없어라!

　한 집안에 층층이 시어른 뫼시고 시중들던 대가족 시대에
아녀자들은 순종하고 인내하는 미덕이 있었다. 그 시절 침묵은 오히려
자녀들과 부부관계를 묶어주는 평화의 끈이 되어 사랑의 열매를
맺었다. 그 소박한 어머니상을 여기에 비추었다.

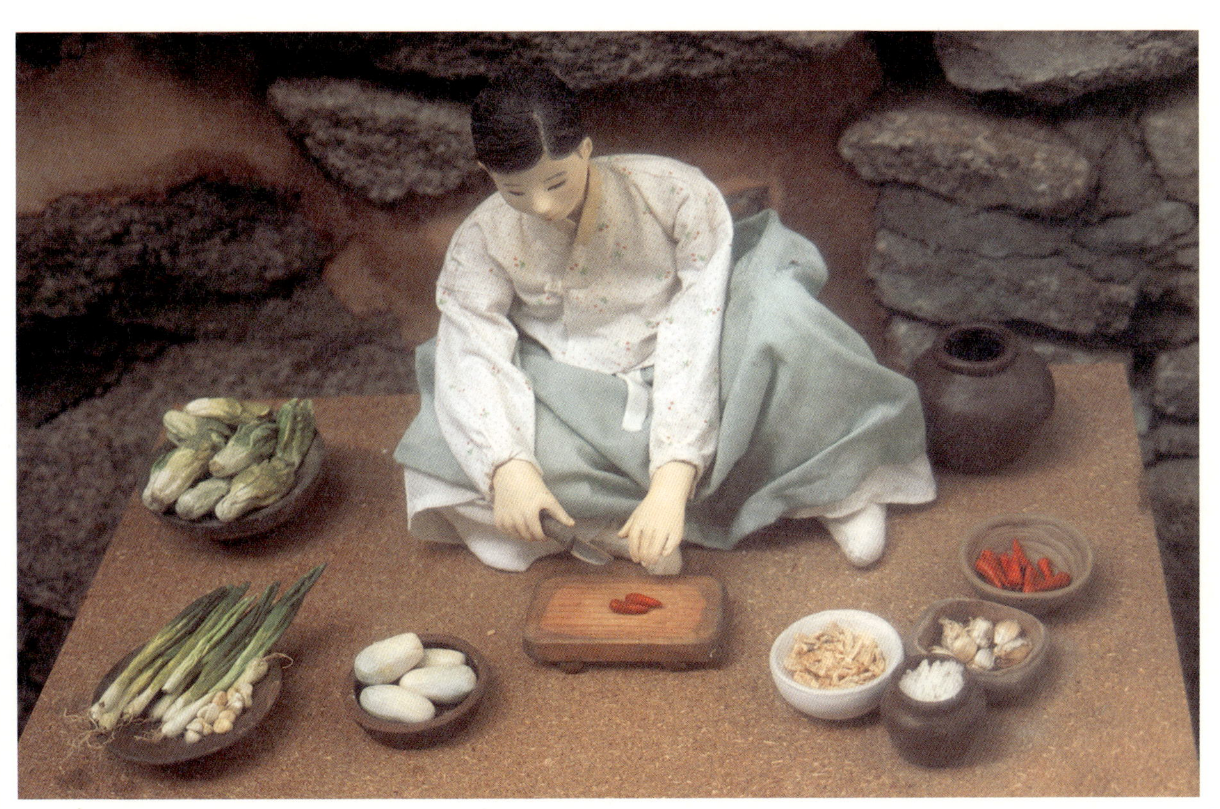

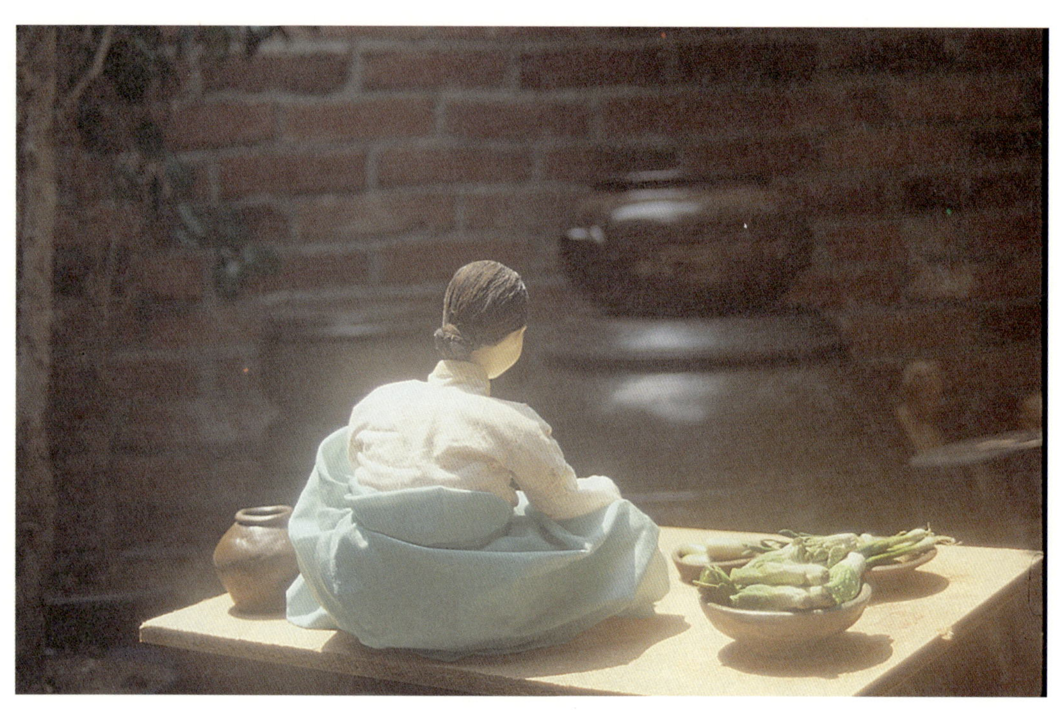

소라 껍데기 귀에 대고

삼간 초막집 할배 강나루에 밤새 널어둔 그물 거두려

아침녘 물갈에 흔들리는 고깃배에 오르는데 웬 아이가 강보에 싸여 있다.

지난해 섬나루로 떠나오신 할배 할매 손에 자라나 이제 다섯 살 된 계집아이는

어느 초여름날 남빛 하늘 물든 바닷물가에 나와 앉아 저 혼자

모래묻이 하고 놀다 소라 껍데기 주워들고 엄마소리 들릴까 귀를 묻는다.

눈부신 물보라 햇살을 가르며 나는 물새소리에 울먹임도 잊은 채

치맛자락은 짠물에 젖을까 광목고쟁이 궁둥방아 내밀고 앉아

오지 않을 엄마를 기다리는 섬 아이.

'두껍아 두껍아 헌집 줄게 새집 다오' 하며 모래를 손등 위에
쌓고 허무는 놀이가 모래묻이다. 아이를 강보에 싸서 남모르게 떼어
보낸 부모들의 속사연이야 모르지만 아이들 심중에 남아 채워지지
않는 깊은 그리움을 그 중에 한 아이, 노부부 손에 거두어져 이제 다섯
살 된 섬 아이가 바닷가에 나와 앉아 빈소라 껍데기에 귀를 묻고 있는
모습에 빌려 담았다. 방황의 바다를 건너 닿은 무인도에서 언제나
철부지인 한 여인이 고독과의 싸움에서 자연을 위로 삼아 영혼을
비추어줄 한 줄기 천상의 소리를 갈망하는 애틋한 무언의 기다림을
그린 자화상이기도 하다.

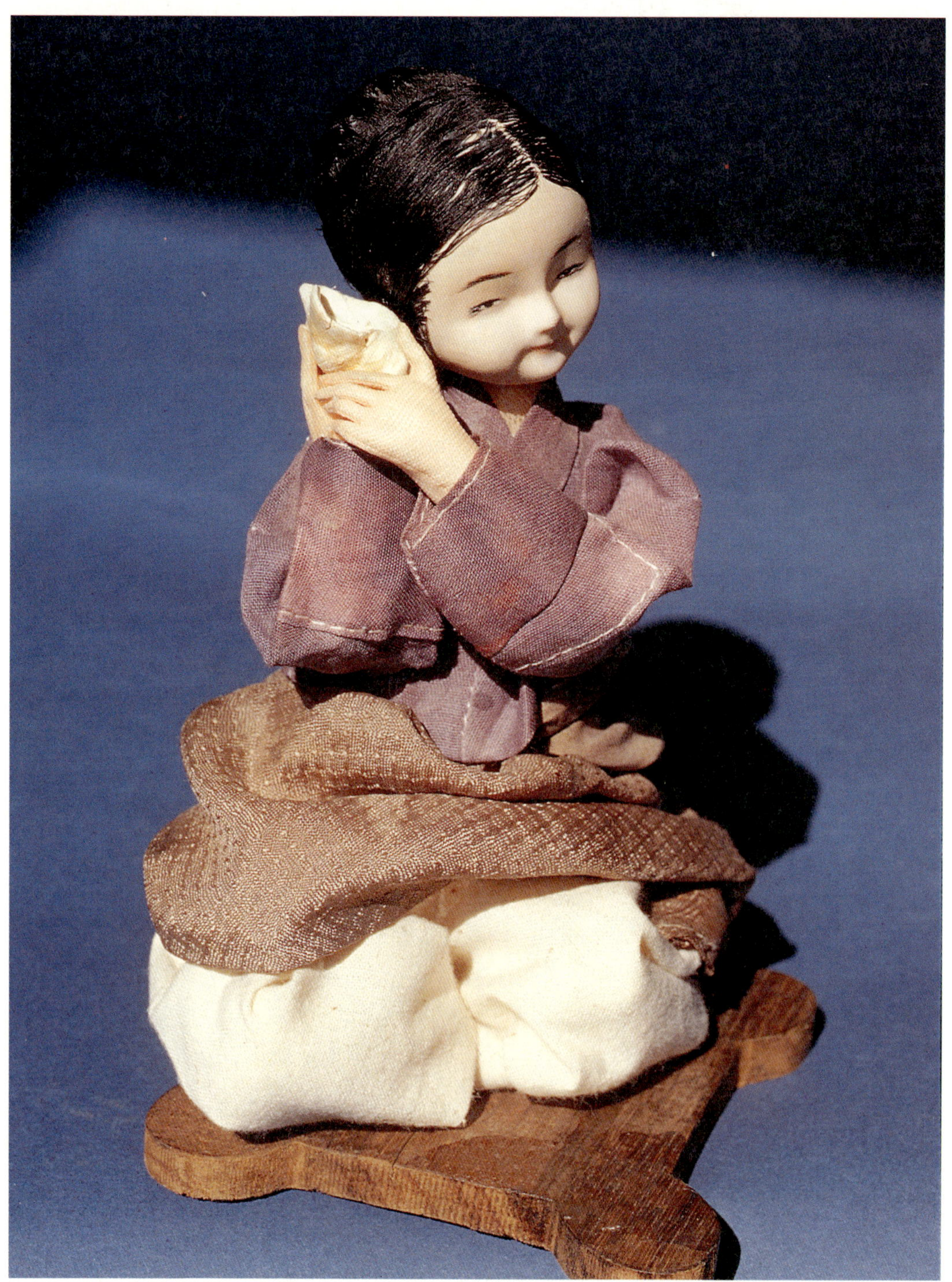

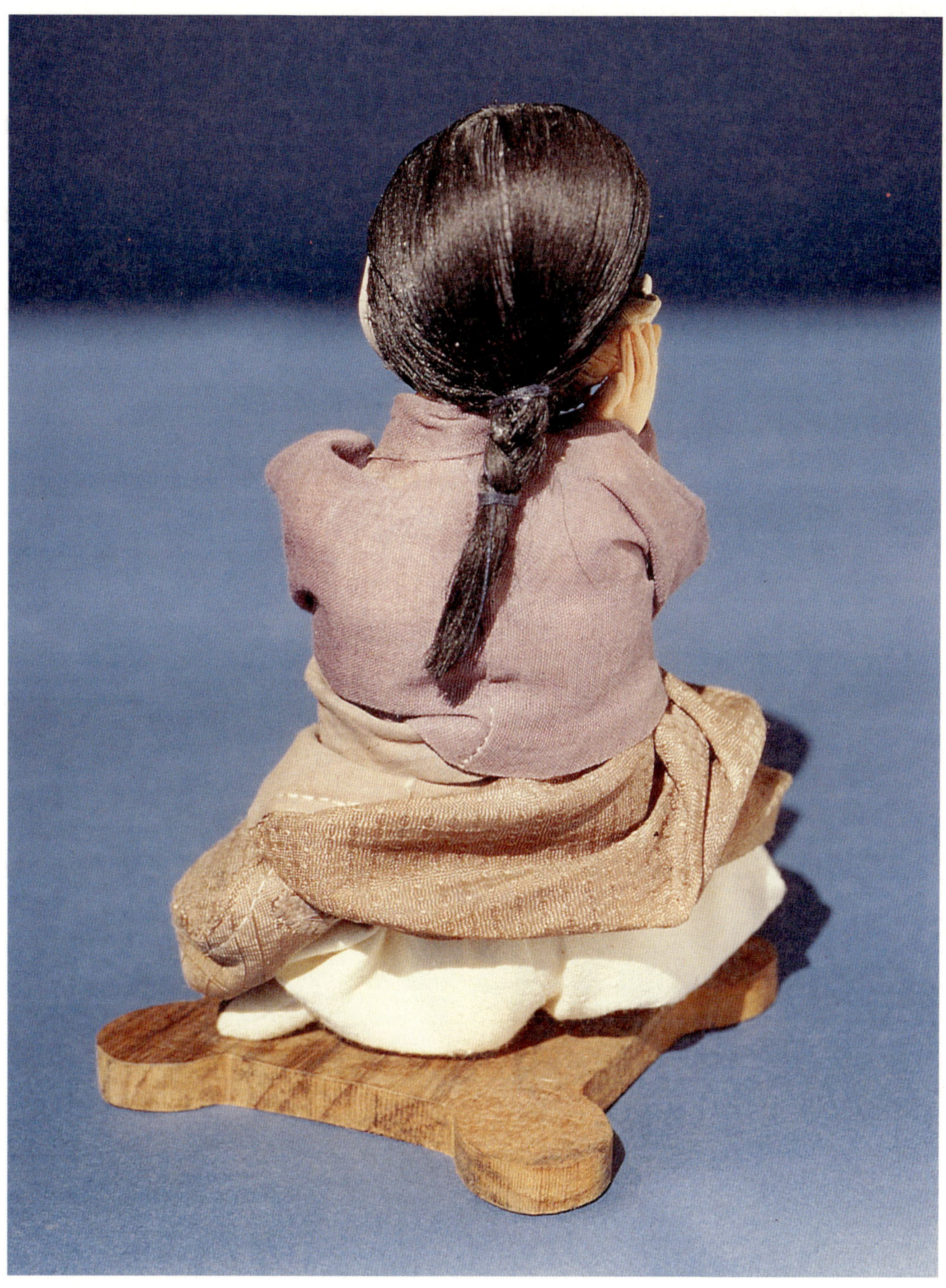

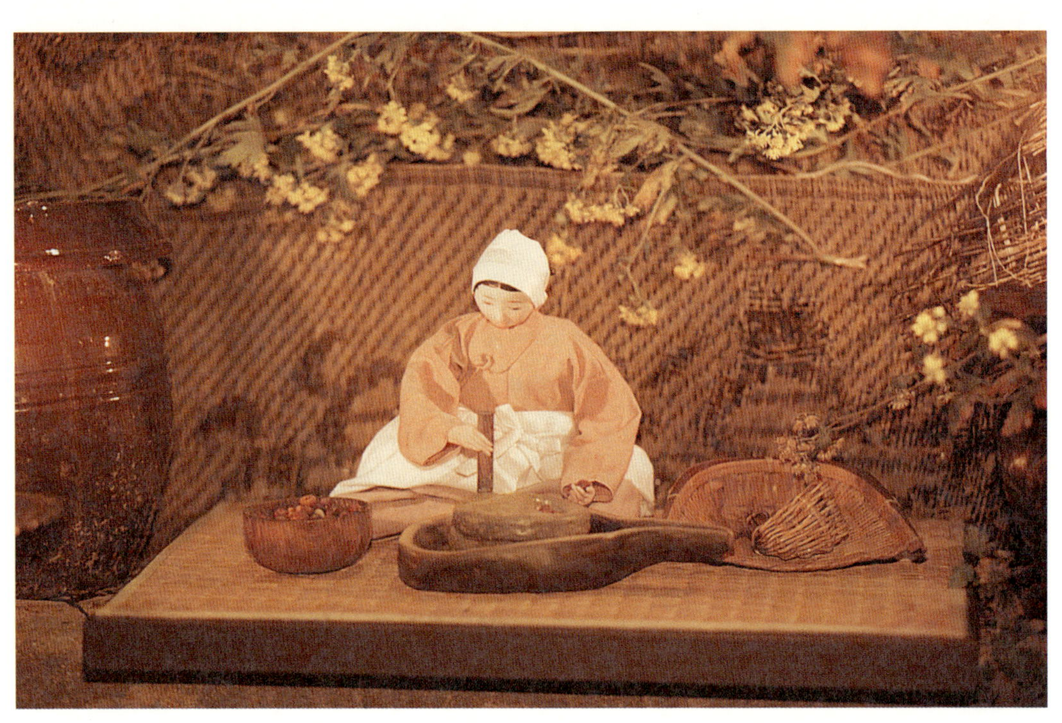

맷돌

이른 새벽녘 비바리 딸아이는 해초를 따러 해안길을 나섰고,

순풍에 갈매기 돛 세우고 은빛 물결 가르며 들어온 고깃배가

밤새 거둬올린 그물을 쏟아낸 정오도 지났다.

감물 들여 무명적삼 지어주신 시어머니와 곧 낮참 들러 오실 지아비 기다리며

추석음식 마련하는 아낙의 한가로운 맷돌질 소리…….

바닷바람에 밀려 종이배 오가듯 드넓은 아침 바다 위를 떠온 고기잡이배,

그 물길 위에 내리는 눈부신 평화가 아녀자의 가슴에 추석빔이 되어

오랜 행주치마 시집살이도 하루해와 함께 저물어간다.

제주 촌가에서는 남정네는 고깃배 타고 아낙네는 물질하며
척박한 땅을 일궈 농사까지 지었다. 풍년 든 섬밭에서 햇곡식을 거둬
곳간에 모아들이고 팥알을 타는 아낙네의 소박한 내심을 끄집어내
노동의 의로움을 비추고 싶었다. 제주도 맷돌은 매판(맷돌 받침대)이
유달리 큰 것이 특징이다.

뒤 | 한가위 앞둔 아침나절 윗마을 형님이 한 됫박 건네주신 붉은 팥알 타는 아랫동서.
큰집 차례 준비 기다리려니 오도가도 못하는 아낙은 새벽녘 머리맡에서
지아비가 떠다주신던 뉴똥 치맛감 명절에 가볍지 못할 친정어머니께나 보낼갑세
이 궁리 저 궁리타가 해는 저물고 서울 가 있는 막둥이 아들 명절 쇠러 못 온다는데
보고 싶은 간절한 맘 추스르느라 눈시울이 젖어온다.

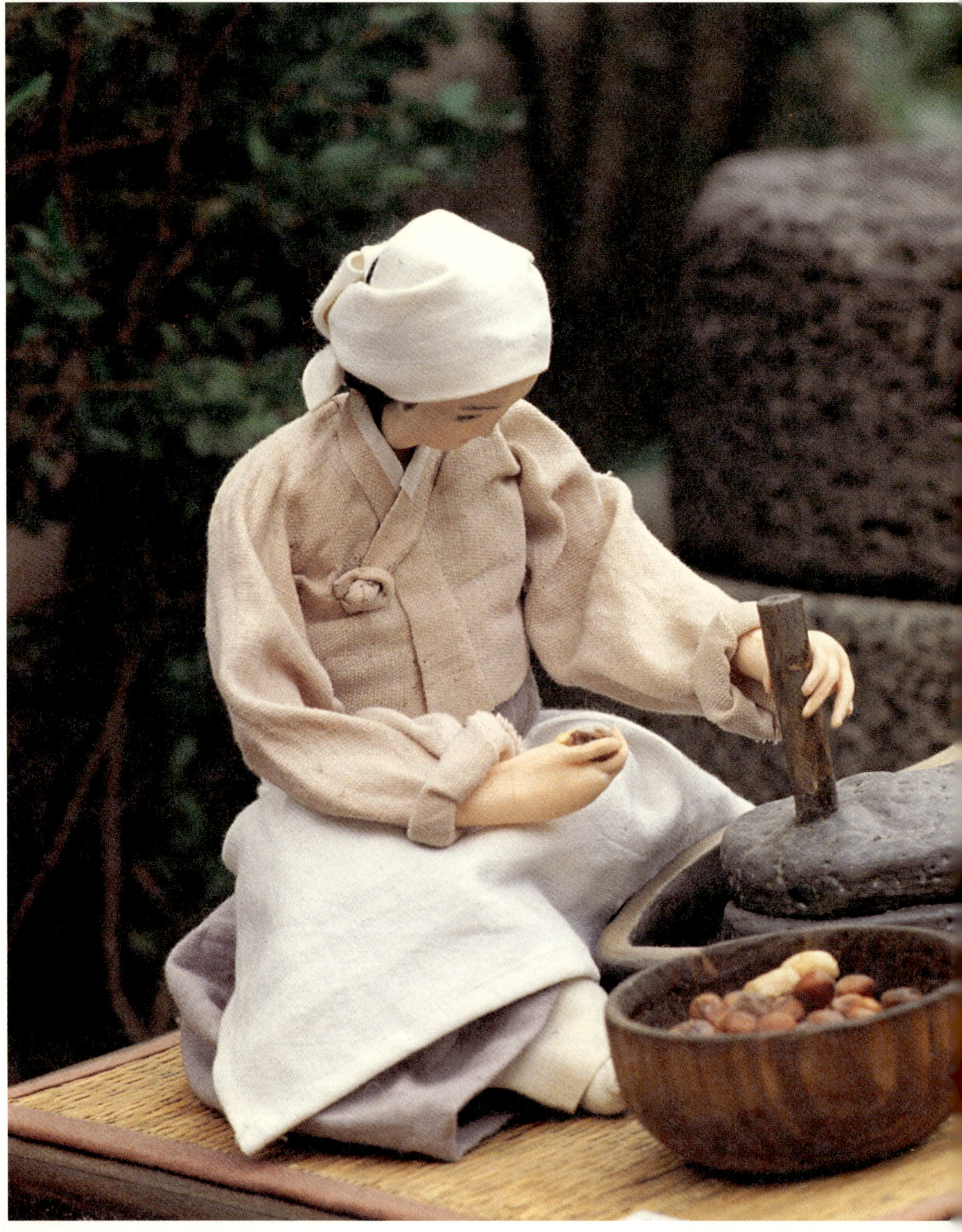

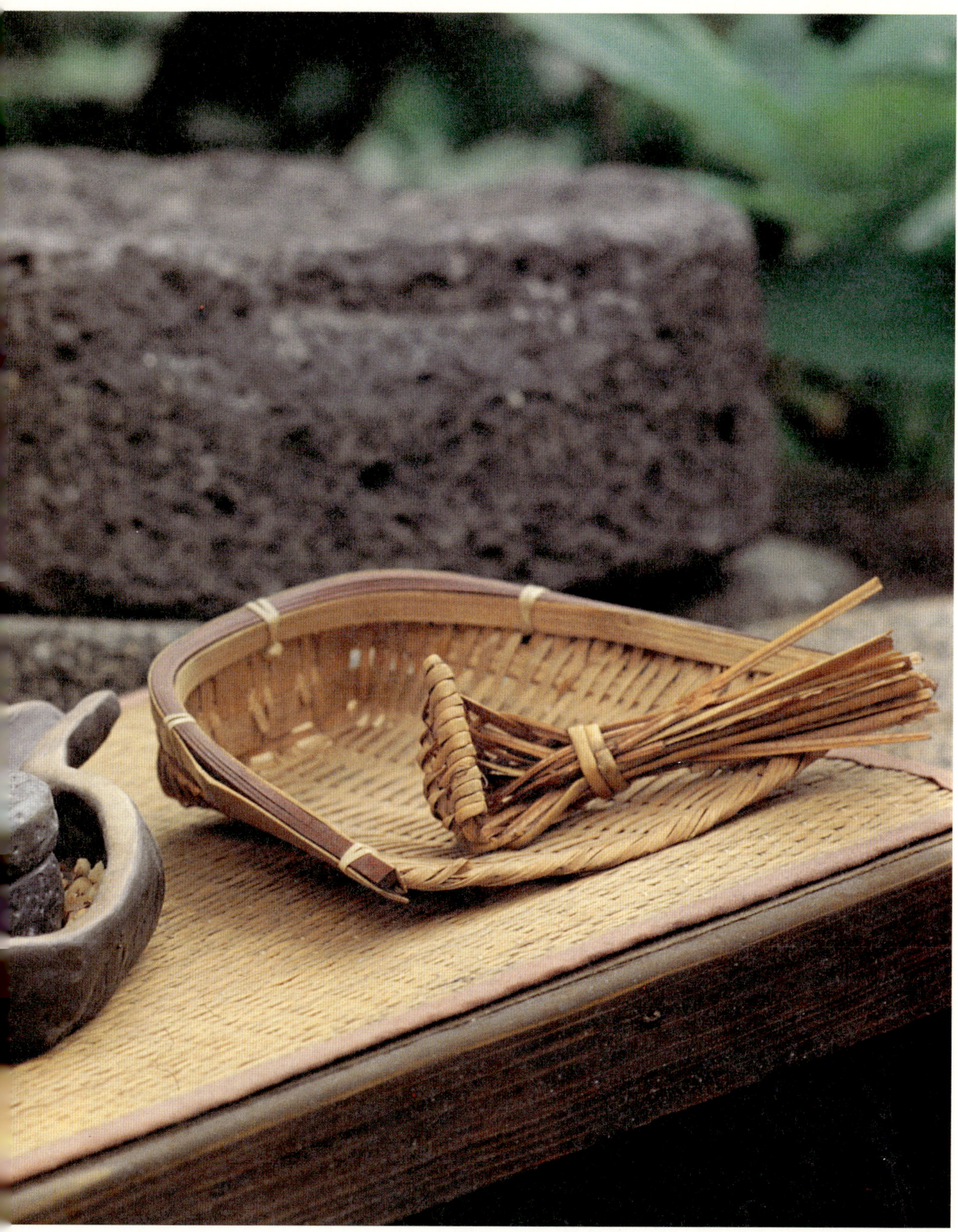

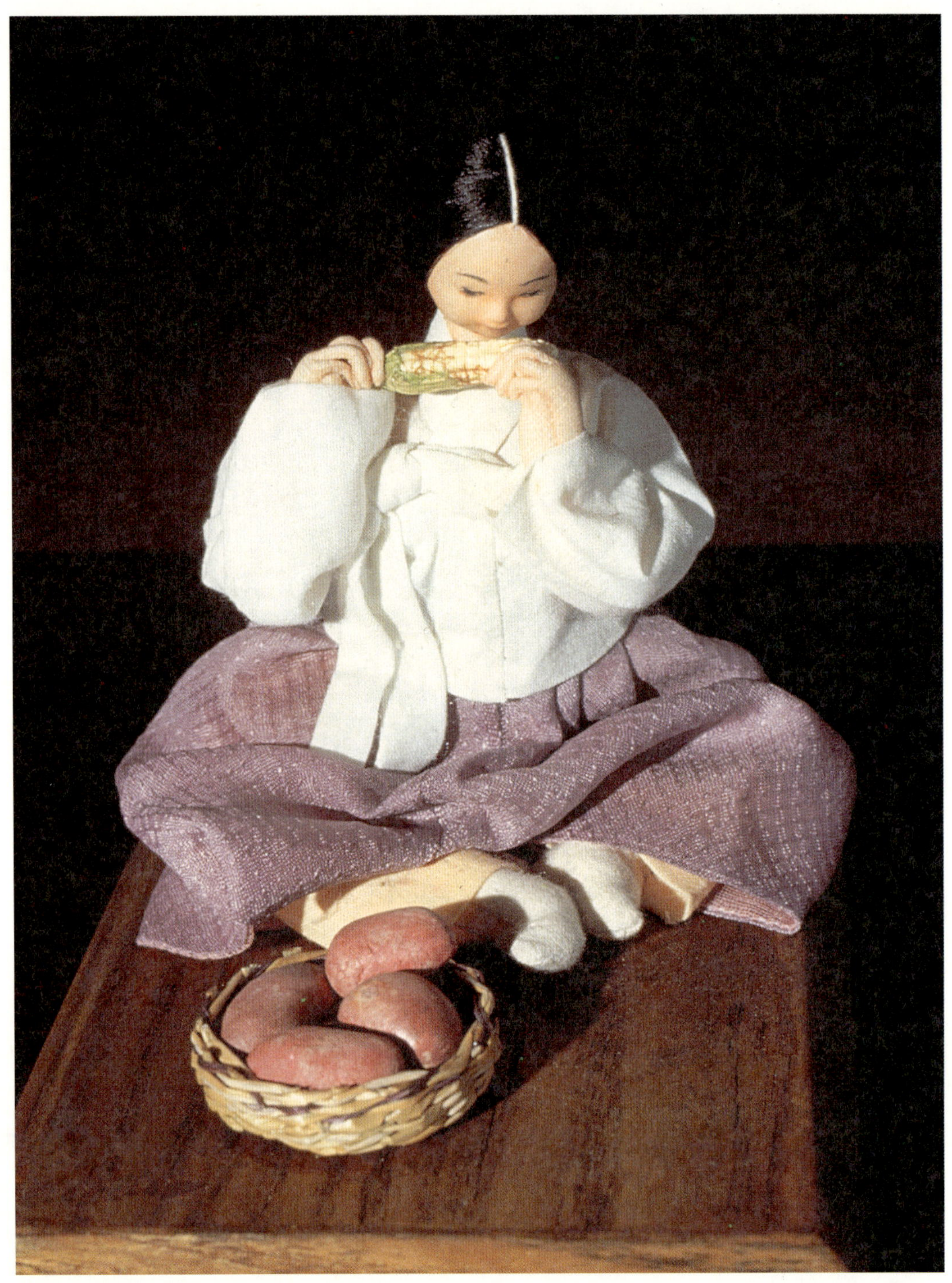

낮냠

멀리 갯벌 바라다보이는 초가 빈집에 행주치마 두르신 옆집 할머니 누룽갱이
얻어먹으러 따라다니던 어린 누렁이도 문간방 마루 밑에 잠든 여름 한나절.
때 아닌 황소 하품소리에 포도알만 한 어미젖 물고 잠들었다 깨어서는 울먹이더니
어느새 부엌방 머리맡에 기어가 섬밭 나가시며 놓아둔 옥시끼 두어 알갱이
베어 물고는 지린 오줌 기저귀 한보따리 차고 앉아 눈물 섞인 낮냠
맛도 모르고 야물거리는 싸리문집 갓난이.

누은밥에 소금 약간 넣고 설탕 간해서 손으로 꼭꼭 뭉쳐 사발에
두었다가 아침 먹고 나가 놀다 들어온 아이가 칭얼거리면 주시던
누룽갱이. 그것도 시골아이들이나 섬아이들은 할머니 어머니 말씀을
잘 들어야 먹을 수 있었다.
한낮에 빈집에서 혼자 잠자다 깬 서너 살배기 어린애다. 배앓이하지
말라고 갓난아이에게 버선을 신기고 잠들면 배를 덮어주던 이웃 할머니
어머니들의 마음과 모습이 자라나는 어린 시절 소중한 기억으로 남아
있다. 배냇적삼에 몇 겹으로 기저귀만 차고 누워 개구락지 다리로 잠든
아기의 얼굴은 천상평화 그 이상의 신비한 빛을 지녔기에!

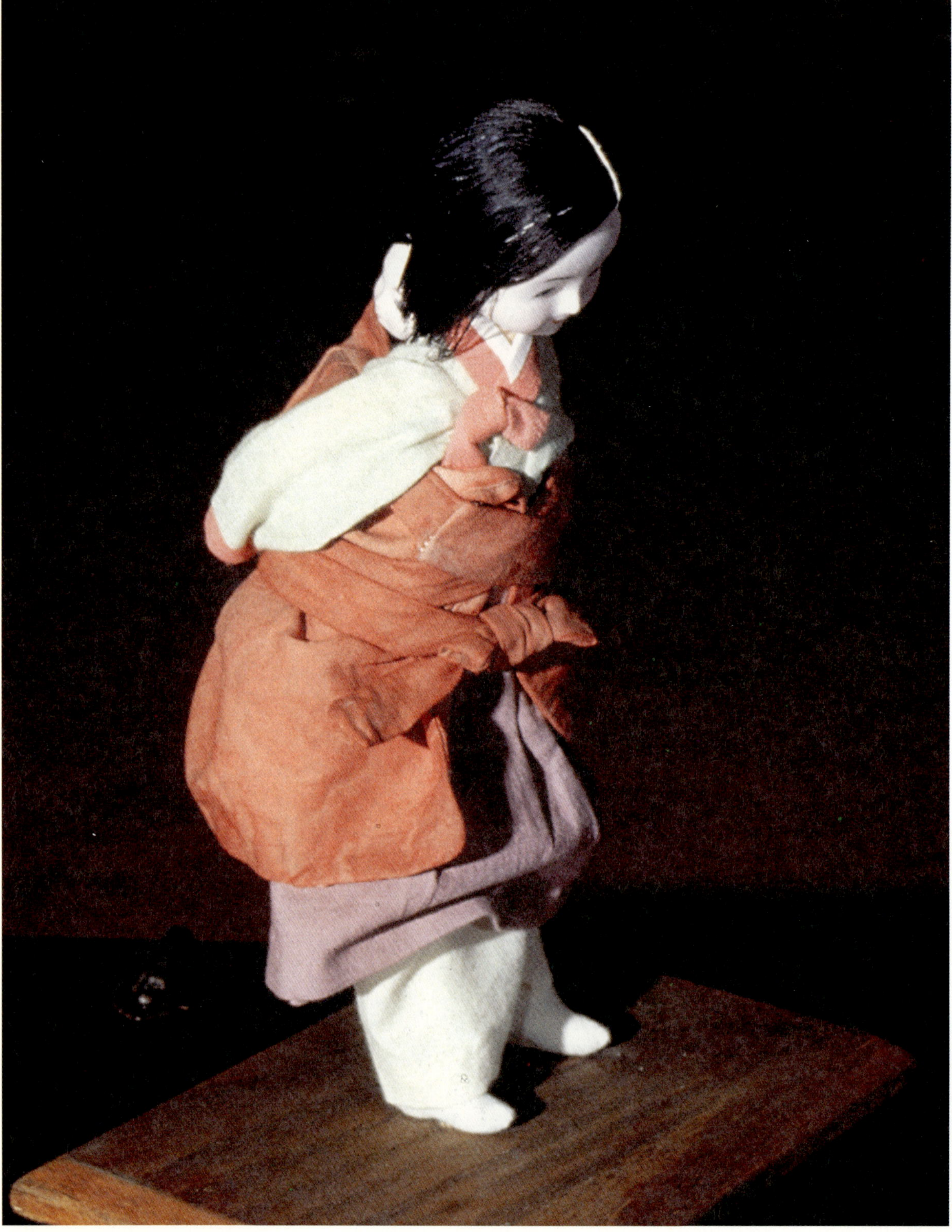

무궁화꽃이 피었습니다

빛바랜 먹빛 조선기와집들 촘촘히 모여 앉은 고갯마루촌에
산제비 넘나드는 늦여름날이다. 이불호청 뜯어 밀풀 먹이고
햇살 퍼진 아침나절 지겟작대기 장독 밑으로 받쳐 너시는 새
딸아이 불러 얼라 포대기해서 등에 업혀주시며 잠투정 달래 재워오라신다.
일손 바빠 긴 머리 땋아줄 새 없어 잘라주신 단발머리 제 손으로 빗질하고
검정고무신 신고 동구 밖에 나가 보니 개암나무 밑에서 말뚝박기하다
쌈질하고 갈라선 사내아이들 어느새 모여앉아 구슬치기 하고 있다.
적삼에 몸뻬 차림 소금장수 아줌마 면난닝구 허리춤 다 나오도록
이 골목 저 골목 양푼에 이고 다니시다 낯익은 아이 보고 "느네 엄마 집에
계시니?" 묻는 말 채 끝나기도 전에 나달아나는 아이들 틈에 섞인 계집아이,
잠든 동생 지린 오줌에 등허리가 척척히 젖어오는 줄도 모르고
샛눈질 하는 술래 몰래 한 걸음씩 떼는 재미 붙여 외치는 소리
"무궁화꽃이 피었습니다."

1950년 전후로 까까중머리 한 남자아이들도 학교에 다녀오면
처네 해서 동생들 업어 돌보며 어머니 일손을 덜어드리곤 했다.
시골아이들도 해지도록 얼라들 업어 재우고 돌보며 하루해를 보냈다.
시할머니에 시아버지 · 시어머니 모시고 시누이 · 시동생까지 돌보고
시집장가 보내야 하는 어머니의 일손을 돕던 그 시절 동기간의 우애는
더없이 소중한 유산이었다. 대추나무에 대추 열리듯 나지막한 담장
사이로 인정이 피고 열리던 시절의 소녀의 모습을 담았다.

왕십리 아주머니

빨간 깨꽃 서리 맞고 하얗게 핀 초겨울날 아침이면 귀 달린 모자 쓰고
동네 골목쟁이로 리어카에 연탄 실어 나르는 아저씨들이 부쩍 눈에 띈다.
군인 간 막내아들 생각에 밤새 뒤척이신 어머니는 10년을 장길 모퉁이에
소쿠리 두어 개 놓고 멸치장수 날품으로 겨우겨우 생활하신 탓에
자원입대한 아들내미 성한 김치 한 포기 흰 쌀밥 한 그릇 못 먹여 보낸 것이
못내 마음에 맺혀 장길 모퉁이에서 해지기를 기다리다 늦장바닥 몇 번을 돌아
속 찬 배추 싼값에 만나 머리에 이고 돌아오셨다.
모처럼 굴 한 보시기 넣고 그날 판 돈 다해서 좋은 고춧가루로 속 버무리려니
의붓자식마냥 먼저 출가해 나가 사는 아들 며늘아이들 눈치 받을세라
외롭고 추운 맘 싸매고 빈속에 찬밥 한 숟갈 떠드시고는 찬 마룻바닥에 앉아
한시라도 빨리 익혀 이어다 먹이실 생각에 어둑한 한밤중 시린 달빛 전깃불 삼아
김치 담그시는 우리 어머니.

여럿 자식을 두고도 떠돌이처럼 뜬구름 잡으러 나다니다
온데간데 없는 지아비를 둔 어느 생과부 이야기이다. 그렇지 않아도
고된 시집살이에 사람풍파로 바람 잘 날 없이 살아온 한 아낙이 가난과
외로움의 멍에를 지고 여자의 일생을 치르는 여정에서 마음 끝자락
의지해온 막내아들에 대한 희생적인 사랑과 청빈한 성심을 비추었다.
소쿠리에 통배추와 무를 씻어놓고 옹기 항아리 뚜껑에다 속버무래기를
묻혀놓고 배추는 반을 갈라 소금에 절였다가 속을 넣었다.

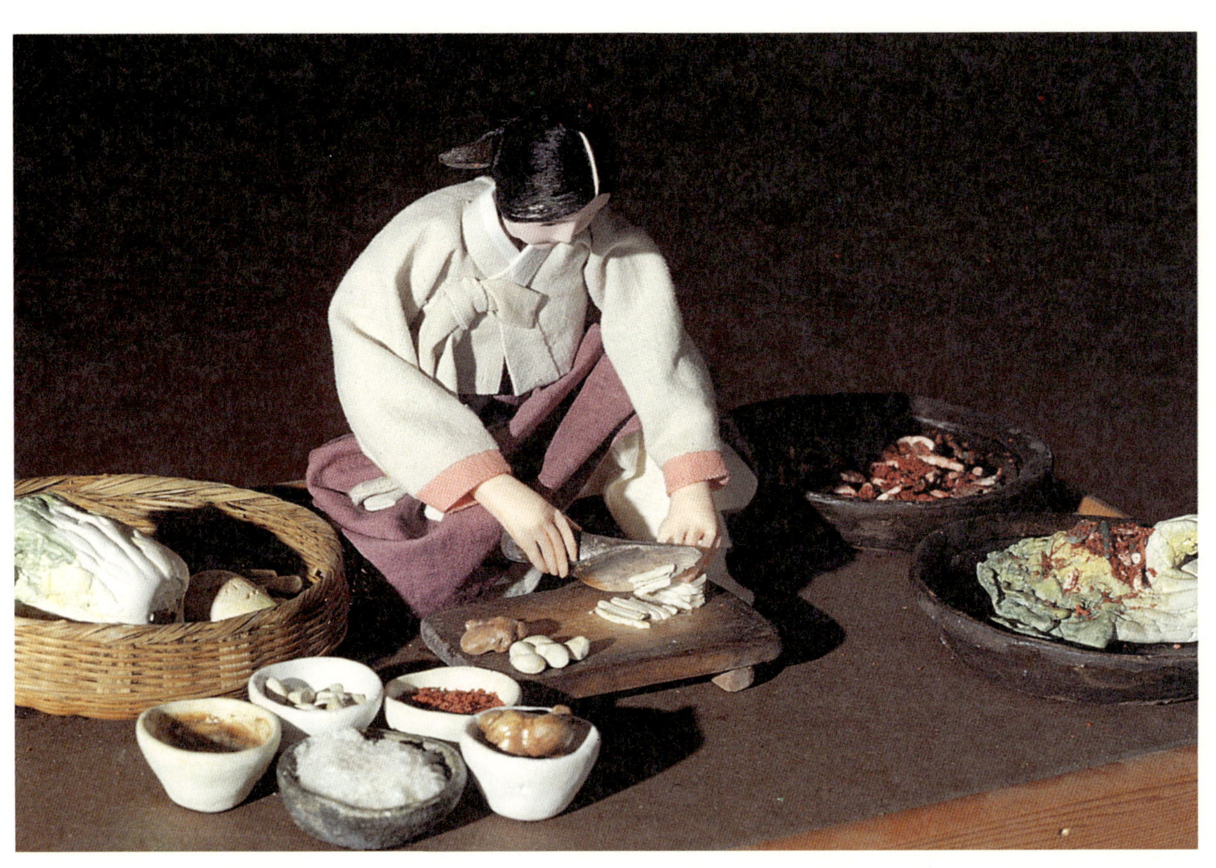

부엌데기 아줌마

해마다 이맘때면 한 열흘씩 다녀가시는 언년이 외할머니 소반상에
얼큰한 가을무국 한 대접 아지 조림 한 접시 올려드리려 집 뒤 텃밭에 나가
가을볕 먹이로 익은 막고추 한 타래 따다 묶어서 씨째 빻아 쓸 요량으로
발에 달아매고는 서둘러 장망태기 들고 나와 눈이 오나 비가 오나
노상 생선 팔러 나오는 장돌뱅이 아저씨께 아지 한 손 사들고
점심 찬거리 장만해 돌아오는 아침나절이다.
생과부 팔자소관에 오도가도 못 하고 남의집살이로 나이 오십이 다 되어간다지만
친정어머니 마중하러 나가신 주인마님 낳은 정 없이 젖물 먹여가며
잔등에 업어 키운 언년이하며, 뒤웅박팔자 뒤돌아볼 새 없이
오지랖 넓은 말씨 하나로 충청도 아즈마이로 불리는데다
엊그제 장길 약장수한테 사온 구찌뻬니 아침마다 바르고 자주고름 매는 맛에
한 술 더 떠 주인마님 쓰다 남은 가루분깨나 펴바르는 오늘 같은 날은
얼라엄마 뺨 치지유!

열 살 즈음, 황새 몸짓으로 집도 절도 없는 듯이 하루살이처럼
집 안팎을 나다니던 개구리아저씨(아이들이 놀림 삼아 그렇게
불렀다)가 아주머니를 남의 집 식모도 아닌 부엌데기 팔자로 고생문에
들이셨다는 할머니 말씀을 들었고, 그 아주머니는 어린 아들 하나 공부
가르치기 위해 희생하신 기억이 있다. 열서너 살 때인가 영화에서 본,
주인마님 젖이 잘 나오지 않아 부엌데기 아주머니의 젖을 먹고 자란
아이의 이야기를 접목하여 어느 식모 아주머니의 공덕을 비추었다.

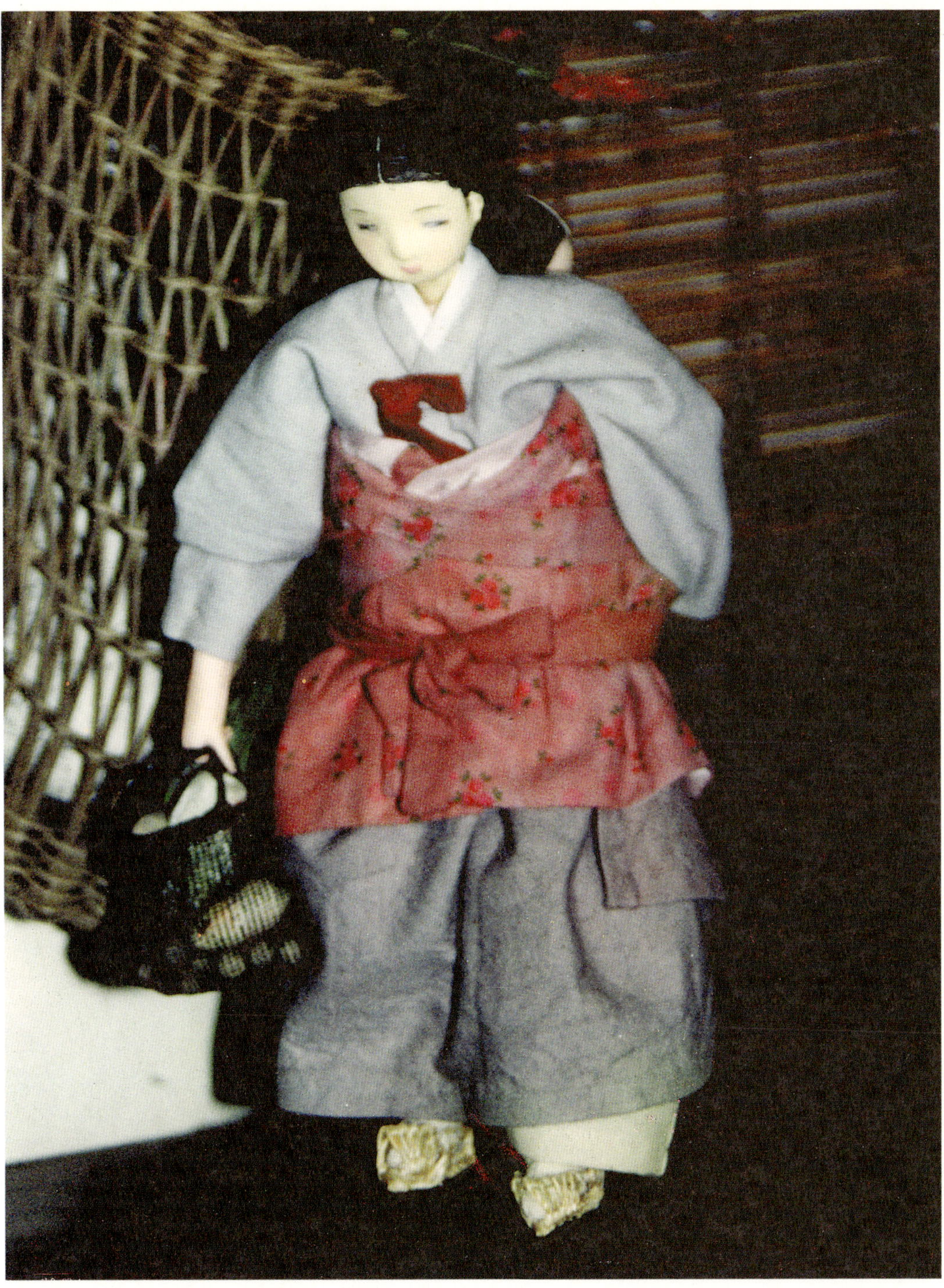

사갈사갈 옥이 엄마 재봉질 소리

늦겨울 장막이 걷히고 뒷문 밖 갈잎 사이로 새들이 잦아들어
눈녹이 봄소식을 알려오면 담장 안에 있던 집오리들 뒤뚱이며 나와
개울물가에서 먹이 찾는 춘삼월이다.
초저녁잠이 든 일곱 살 옥이 국민학교 입학식날 입혀 보내려고
장에서 천 떠다가 네댓새를 노란 달맞이꽃 무늬진 원피스 지어서
머리맡에 놓아주시고는 그날 가슴에 달아줄 하얀 손수건 마무리하느라
밤늦도록 다락장 문풍지 바람막이 앞에 버선발 모두고 앉아 재봉질하는
옥이 엄마. 시골 옥이 할아버지 구경오신다기에 한 보름 전에 전해드린 소식 받고
먼 길 오실 두 어르신 마중할 생각에 저녁에 개피떡쌀 담가두었다가
아침잠 깨면 방앗간에 이어다주고 딸내미 데리고 장에 나가
며칠 조르던 색동고무신 사 신겨야지 하며 졸음을 달래는데
어릴 적 학교 갈 나이에 어머니 젖가슴 더듬던
미운 일곱 살 철부지 시절 슬며시 떠오르니
손잡이 감아 돌리는 재봉질 소리 친정어머니 향수이어라!

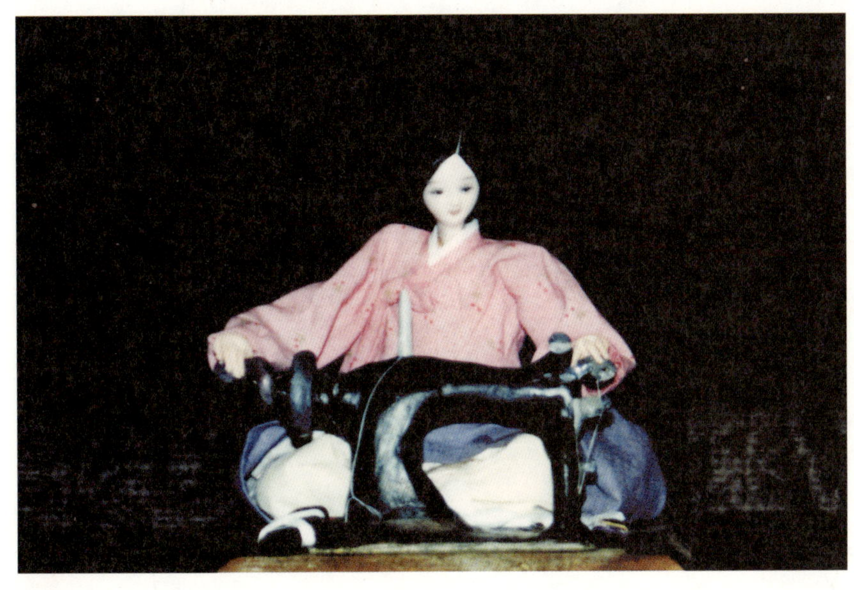

　　그 시절에는 어느 집에나 일고여덟 명의 아이들이 자라났고
밤낮없이 윗집 아랫집에서 사갈사갈 재갈재갈 손재봉질 발재봉질 하는
소리가 들려왔다. 눈만 뜨면 천을 떠다 아이들은 물론 시할머니,
시동생, 시누이 것까지 깁고 짓는 어머니들의 모습을 어디서나 볼 수
있었다. 밤이 이슥하도록 무꽃 무늬진 원피스나 민들레 꽃잎
블라우스에 흰 레이스를 사다 쉬지 않고 해 입히셨다. 나의 어머니도
내가 열세 살이 되도록 손수 옷가지를 지어 입혀주신 기억이 새롭다.
한겨울에는 대바늘로 뜨개질을 해서 스웨터를 짜 입히셨는데, 지금도
지니고 있는 털옷을 꺼내 입을 때마다 그 손길이 느껴지기에 돌아보니
인고의 마음을 추스르시려 옛 아녀자들 물레질하고 베를 짜며 아리고
쓰린 맘 삭이듯 짜낸 실타래 다 모두면 아마도 사대부 장손집 쌀뒤주에
그득 차리라. 손공으로 마음을 지어주신 어머니의 성심을 새기다.

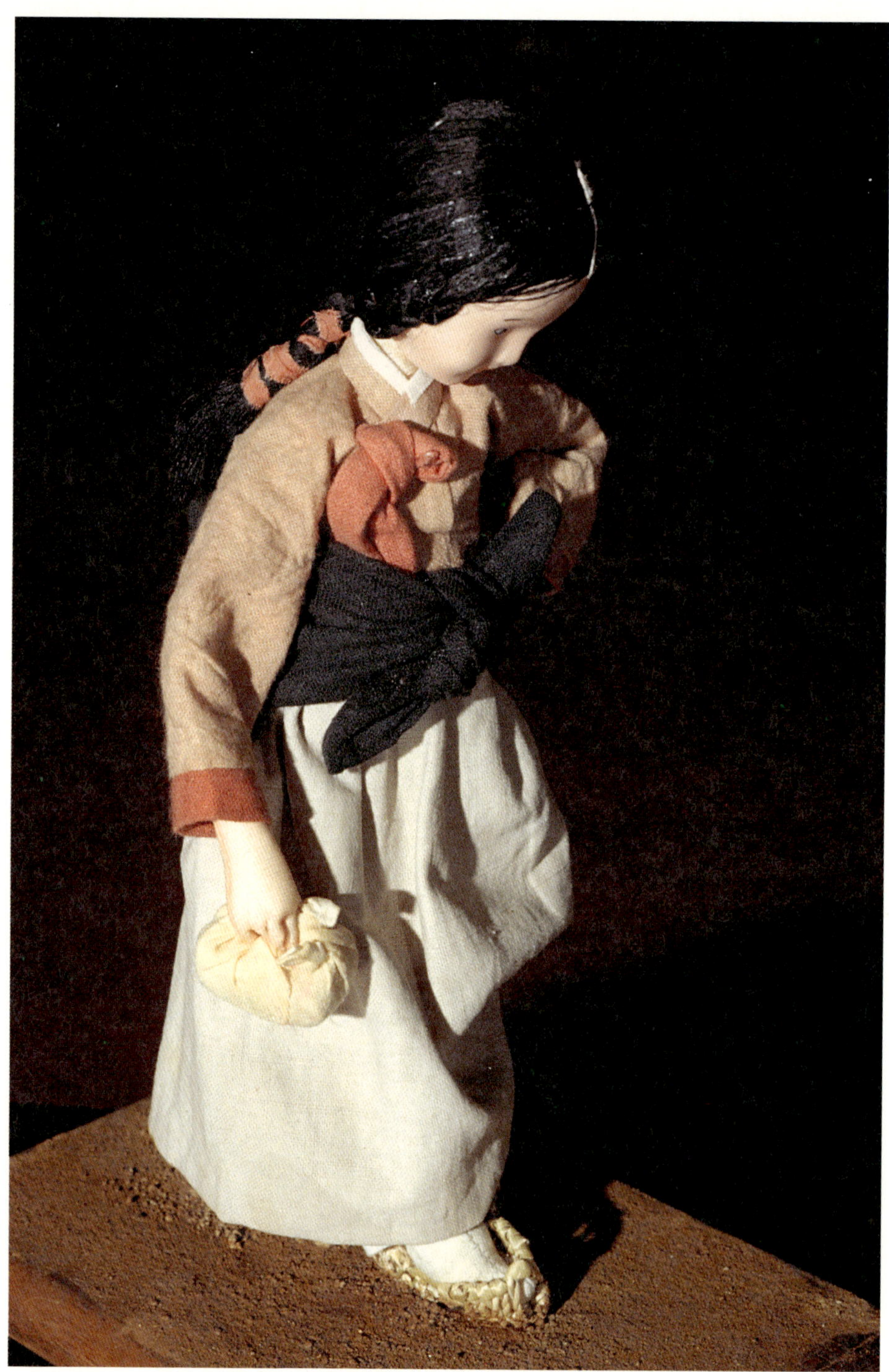

학교종이 땡땡땡

어머이 개울물에 낯 씻기고 젖은 손으로 참빗질해 머리 땋아 동여매주시고,
할머이 아궁이에 부지깽이질 하시다 말고 행랑채 툇마루에 두고 간
오라버이 벤또 전해주라며 서둘러 손에 들려주고는
책보를 허리춤에 여미어주셨다.
학교종 칠세라 어린 맘에 징검다리 건너려니 아침 찬바람에 시린 손 감싸고
짚신 버선발 내딛는 오리 걸음질 앞에 누이동생 기다리는 오라버니 얼굴,
눈앞에 동그라미 그리고 귀 달린 모자 쓰시고 학교 문밖에 서서
기린 모가지 내밀고 손짓하실 종지기 하제비 얼굴 하늘만 하누나!
초가을녘 강원도 두메 산골 허제비 논밭에 잡새들 지절이는 달개비 마을
일곱 살 가시나이.

내 어머니께서 들려주신 어린 시절 모습을 말씀 그대로 빚어
옮겼다. 어머니가 일곱 살 때이니 1926년 즈음, 국민학교도 아니고
소학교 1학년 때 얘기다. 그 시절 가방이 아닌 보자기로 책과 공책을
싸서 허리춤에, 또는 한쪽 어깨에서 허리로 비스듬히 메고 다녔다.
하제비는 할아버지, 허제비는 허수아비의 다른 말이다.

동태 두 마리 사들고

산지기 농군 종일 머슴일하고 돌아오는 길에 장터에 들러
찬바람에 해수기침 하시는 어머니 투가리에 가을무 넣고
찌개 한 대접 끓여 드릴 맘에 노상에서 생동태 사들고 오는 해질녘이다.
이팔청춘 간데없고 턱수염만 얼굴에 한 보따리 잔치를 벌였는데
방앗집 각시 옷고름 입에 물고 마주오던 간밤 꿈 종일 눈에 삼삼해서
행여 눈에 띌까 김칫국부터 마실 참에 지는 해 등에 지고 미루나무 아래
나와 서 계실 홀어머니 품섶에 잡혀 오도가도 못 하는 노총각…….
허제비 빈 논가에 길 잃은 한 마리 잡새마냥 뜬구름 나이 흘러만 가고
가는 세월 잡지도 못하고 산지기 신세 맘이 아픈 서른 고개.
어머이여, 오래 사이소!

농촌 삼간집에 사는 모자의 이야기이다. 홀어머니 생각에
어디에도 마음 두지 못하는 아들의 효심을 초가을 장터를 배경으로
하루살이 인생고를 비추었다.

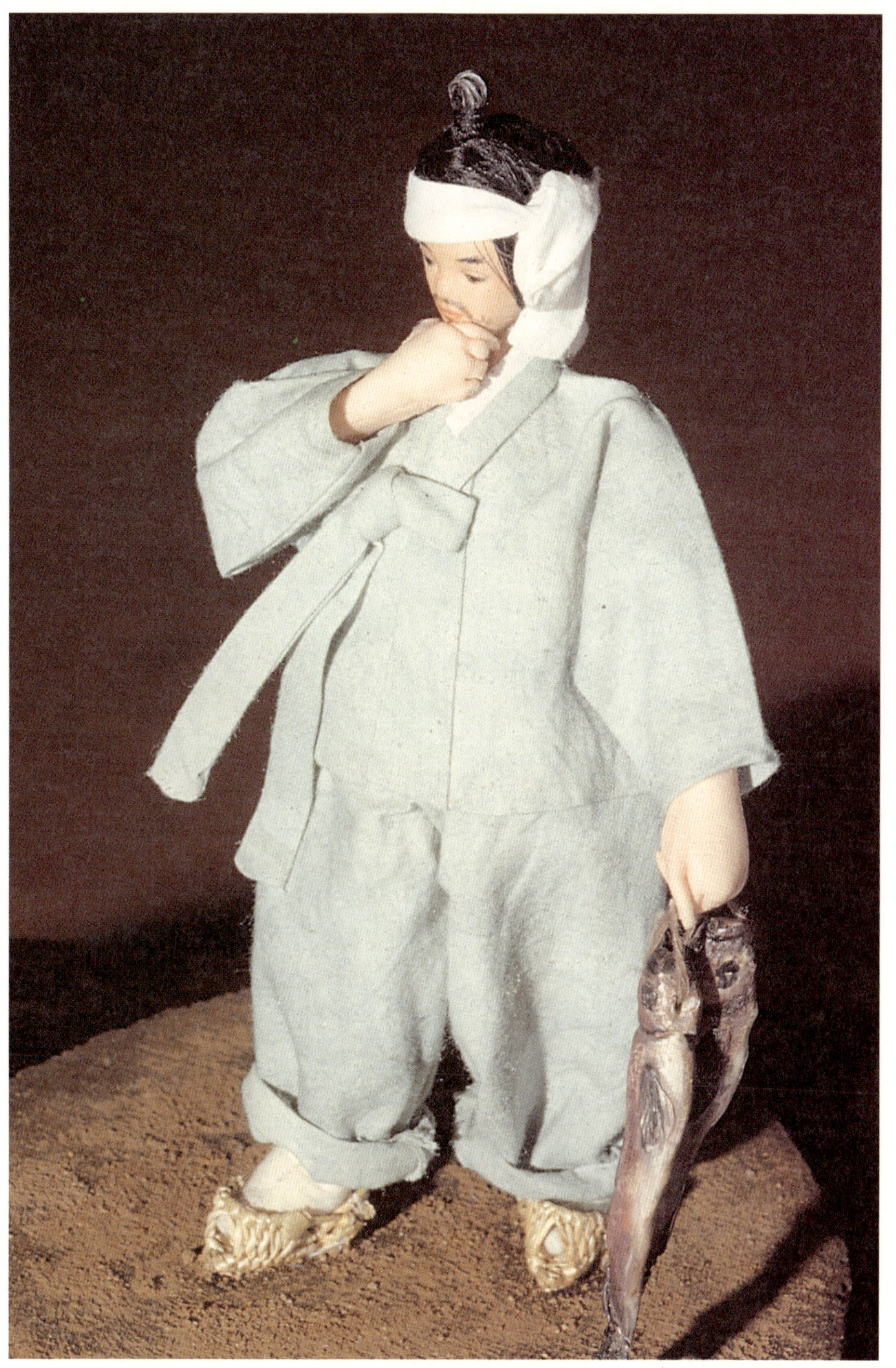

읍내 장길

충청도 보릿고개길 너머에 살고 계신 친정어머니 뵙고 싶은 맘

한 서너 달 벼르다 애아범 온데간데없어 홧김에 새벽기차 타고 제천읍에 내렸다.

허기진 배 채우려 찾아든 장길, 하루하루 인생고를 펼치는 장길에

한나절 가을 대목에 바람개비꽃 터지듯 풍년인데 찻간서 내내 젖물고 있던 얼라

기저귀 갈아줄 겸 모찌떡 하나 사 먹이려고 보니 새우잠 들었고

어머니 누비저고릿감 뜨러 포목점 찾는 길 앞섶으로 웬 낯익은 노총각.

그 건너로 언청이 할바시 자반 한 손에 검정고무신 바꾸는 모습 눈에 띄고,

저편에는 고추방앗간 문턱에서 짚지게에 기대앉아 재강술 떠 마시며

시장기 때우는 죽순이 노인, 집오리 내다가 두 마리씩 다리깽이 붙들어매고

한 푼이라도 더 챙기려 앞주머니에 한손 넣고 빈 손짓하며 흥정하는 아즈마이,

상투머리에 짚신 신고 장군멍군하며 남의 가겟집 평상 귀퉁머리에 앉아

곰방대 피우는 꼴뚜기 생선집 아재비, 뺑덕어멈처럼 뒷짐 짚고

옹기장수 하제비 서방 멱살 노리고 선 빈대떡장수 여편네 하루 뜨내기살이가

친정어머이 앞마을에 돌아가는 가을타기 물레방아 돌듯

한바탕 돌아가누나!

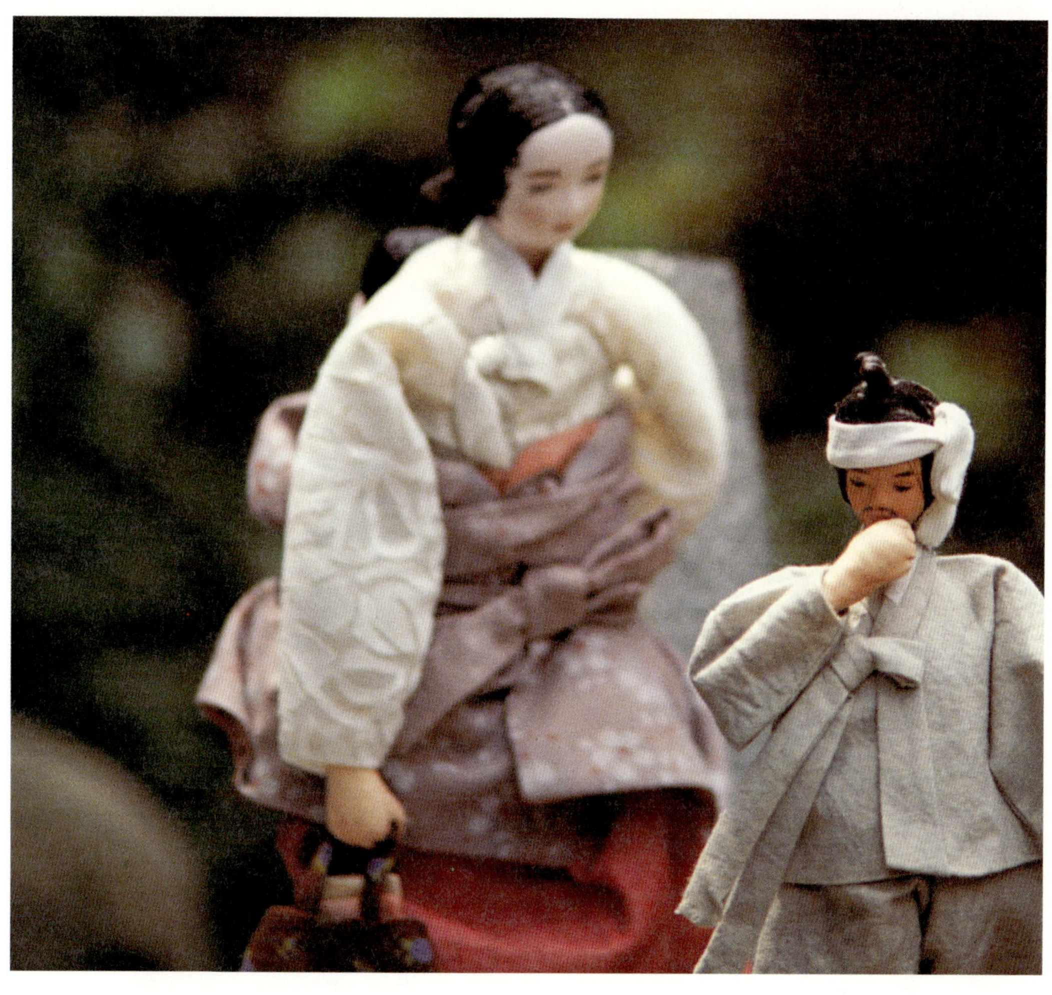

시할머니까지 계신 종갓집에 시집와 그렇지 않아도 가지 많은
나무에 바람 잘 날 없다고 대가족 시집살이도 모자라 난봉꾼 남편의
바람기로 마음고생하며 중년을 넘긴 한 여인의 인생여정을 장길에
비유해 빚었다. 남편 잘못 만나 잦은 풍파에 마음길 잃은 지어미와
아직 각시 하나 못 만난 탓에 뜬구름 세월 보내는 노총각의 삶이
그야말로 장길이다.

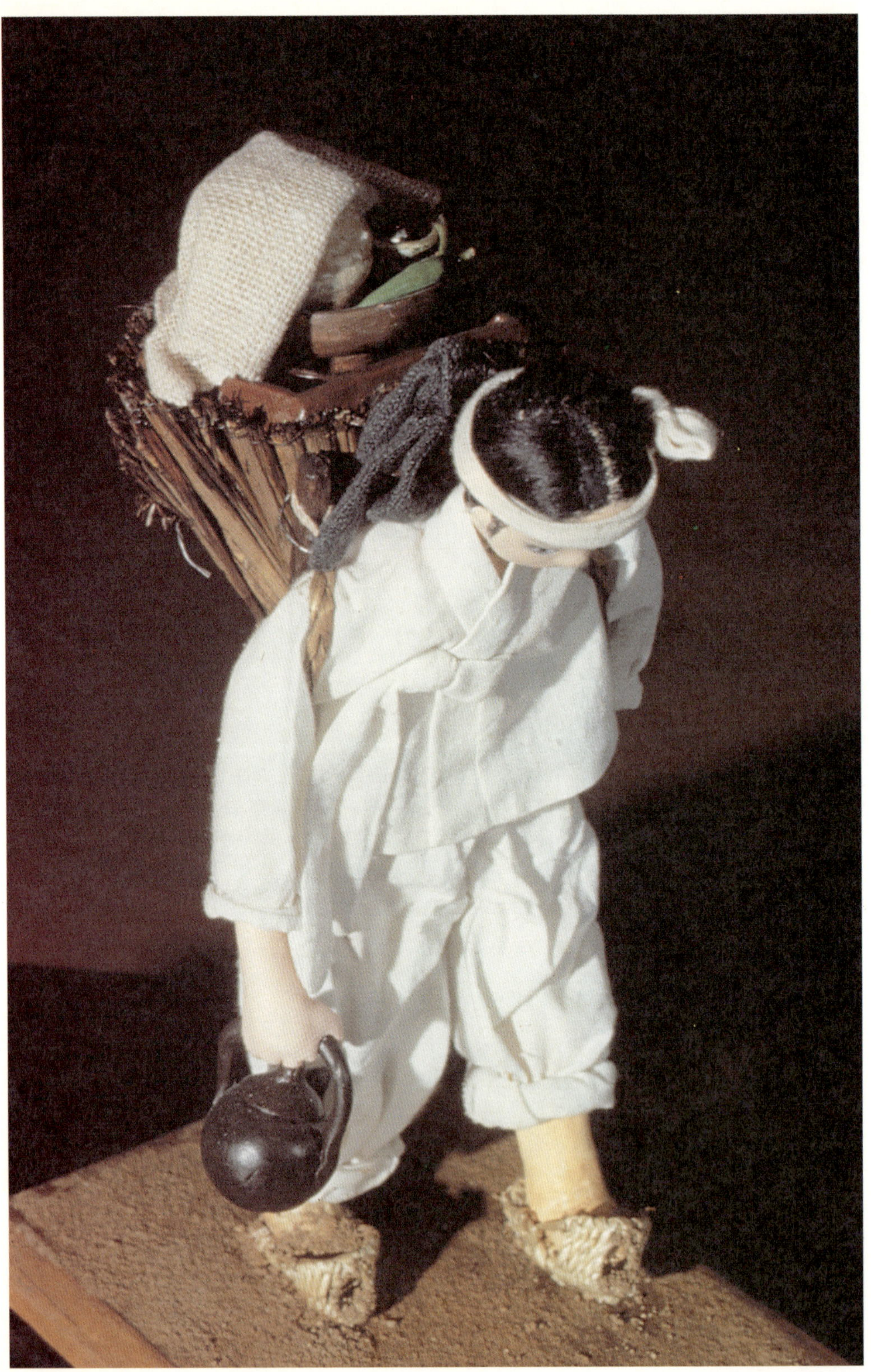

어린 종지기

수탉기(수탉)마냥 새벽 동틀 때면 잠이 깨어 기지개 켜고
황소 마주뵈는 행랑채 문간방 마루에 나와 앉아 희끄무레한 새벽빛 속에서
날갯짓하는 산새들과 인사 나누러 개여울가 가서는 낯 씻고 뱃두덩 내밀고
휘파람 한 자락 저 머얼리 던져본다.
어느새 품안으로 달려오는 메아리 품고 안마당 들어서면 주인댁 할마시
젖은 손 행주치마에 닦으며 뒤채 툇마루에 보리조밥해서 이른 조반
서둘러 차려주고는 황소새끼 여물 주라 이르시는 산중의 복날이다.
괭이 호미 들고 어느새 들밭에 나가신 주인양반 땡볕에 막걸리 한 주전자
풋고추 해서 새참 내다드리라고 짚지게에 한껏 올려주고는
베보자기 덮어 지겟작대기 손에 들려주시는데, 솔잎바람 한 점 없는 논길을
좁은 물 흐르는 냇가로 멀리 돌아온 어린 머슴.
젖은 짚세기에 묻은 흙내음은 해돋이 나라 가신 어머이 내음이어라.

    열두 살 어린 종지기이다. 일곱 살 학교 들어갈 나이에 부모가
데려다놓고 간 산골 어느 촌가에서 망아지 얼굴을 하고 자라다 부엌
할매 품앗이 사랑으로 눈칫밥 얻어먹으며(주인댁에 학교 다니는 같은
또래 아이들이 있었다) 그 집 종지기가 되었다. 옹기주전자에 재강술
들고 땡볕에 일하는 농부 부부에게 새참 내가는 한나절이다.

"

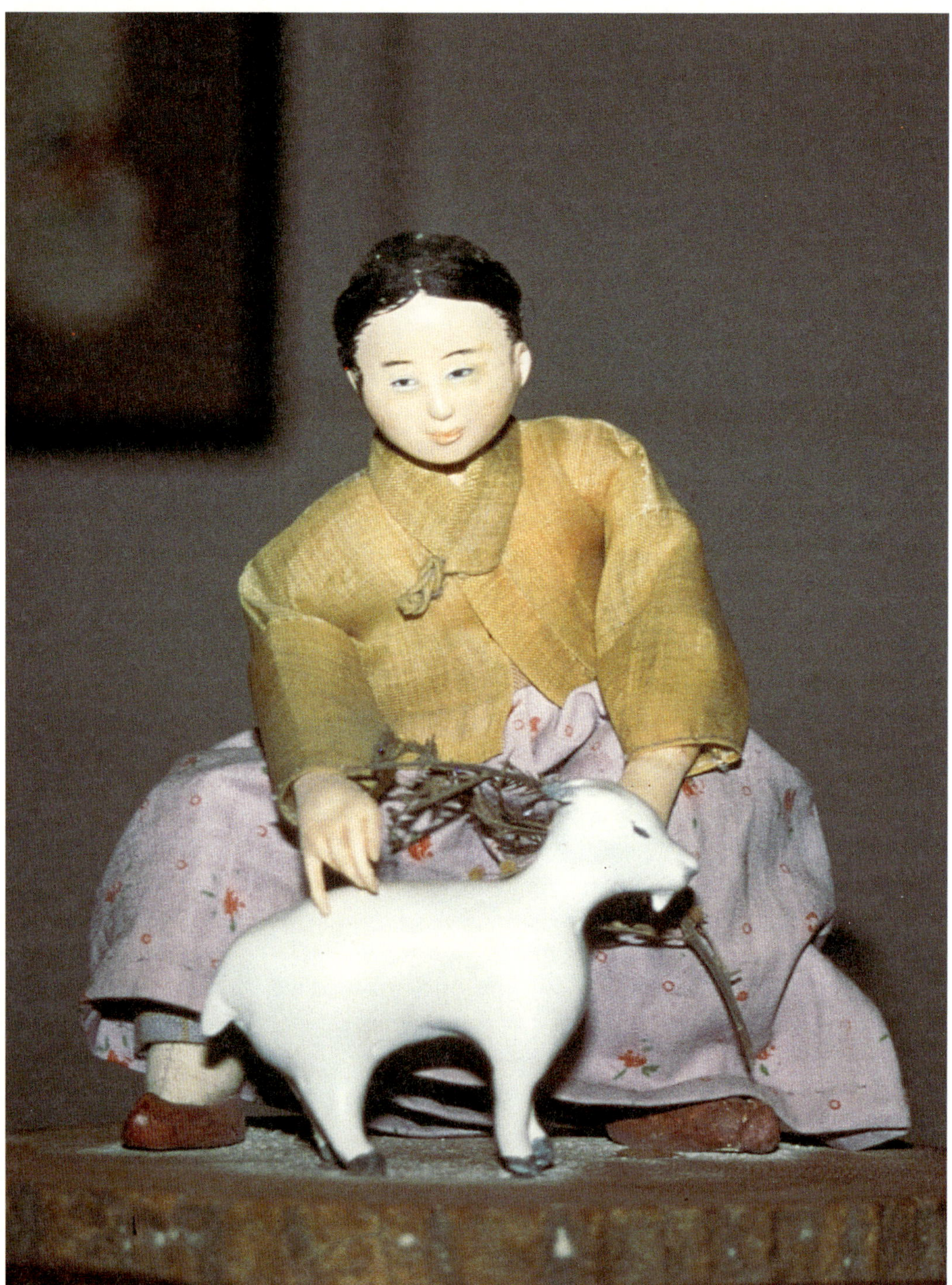

순이와 아기염소

부엉이 마을 동산지기 할배 볏짚 엮어 초가삼간 지으시고

참참이 염소새끼 몰고나가 뜨내기장사 하며 가을 대목 장날에도 여느 때처럼

느지막이 나와 계신 홀아비 신세.

노상에 서성이는 웬 아이 눈에 띄어 불러 세우니 애비에미 없이 길 잃은

떠돌이라, 수수팥떡 지지미 한 봉지 사 먹이고 보리좁쌀 한 됫박에

고무신 한 켤레 사서 망태기에 싸들고 오두막집에 데려오셨다.

눈치 보며 낯선 갱아지마냥 따라온 일곱 살 계집아이 물 데워 씻겨서

조석 해 먹이고 하룻밤 재운 다음날이다.

콩 팔러 장터 나가신 할배 기다리며 종일 혼자 집을 보다 빈들에서

음매음매 엄마 찾는 애기염소 데려다가 흰 망초 꽃가지 꺾어 먹이려니

보고 싶은 엄마 생각에 울먹이는 순이, 긴긴 하루해 지면 장터에서 돌아오실

낯선 할배 기다리는 순이와 애기염소.

　　　칠순 다 된 노구를 이끌고 숯덩이 굽고 뒷밭에 겨우 지은 콩
거두었다가 오일장이나 보름장이 서면 번갈아 지게에 지고 나가시는
참에 염소도 한두 마리씩 내다팔아 끼니를 이으며 홀로 사시는
할아버지가 고아처럼 장길을 떠도는 어린 계집아이를 데려다 수양딸
삼으셨다. 새 고무신은 마루 벽장에 감춰두시고 집에서는 헌 고무신
신으라 하신 어른 말씀 듣고 해지도록 노인을 기다리며 온종일 염소와
하루해를 보내는 일곱 살 순이의 모습을 빚었다.

밤길 친정애

찬바람 에는 겨울밤 두 살배기 딸아이를 업고 왕십리 길목을 나선 여인은
개천 둑길을 지나 아리랑 고갯길 너머에 살고 계신 친정어머니 댁을 향한다.
조석 짓고 남은 숯불에 물 데워 낯 씻기고 융적삼 입혀서
포대기 해 업은 두 돌 지난 딸아이는 어느새 잠이 들어 배고픈 줄도 모르고
가끔씩 어미 등에서 배냇기침만 뱉을 뿐.
삭풍 몰아치는 밤길은 어둡고 한 고갯길 남짓 바라다뵈는 가로등 불빛에
가슴은 아릿한데 바람모지 샛골목 돌아드니 친정집 문앞이라,
아이아빠 간 곳 몰라 정처 없이 떠도는 여심 시린 맘 달래며
나지막이 불러본다.
"어머니!"

지아비 바람기로 마음 둘 데 없는 아녀자가 친정어머니 보고
싶은 마음에 해질녘 딸아이를 등에 업고 시장에서 사두었던
구리무(크림) 한 통과 기저귀 넣은 헝겊가방을 챙겨 들고 길을 나선
모습이다.

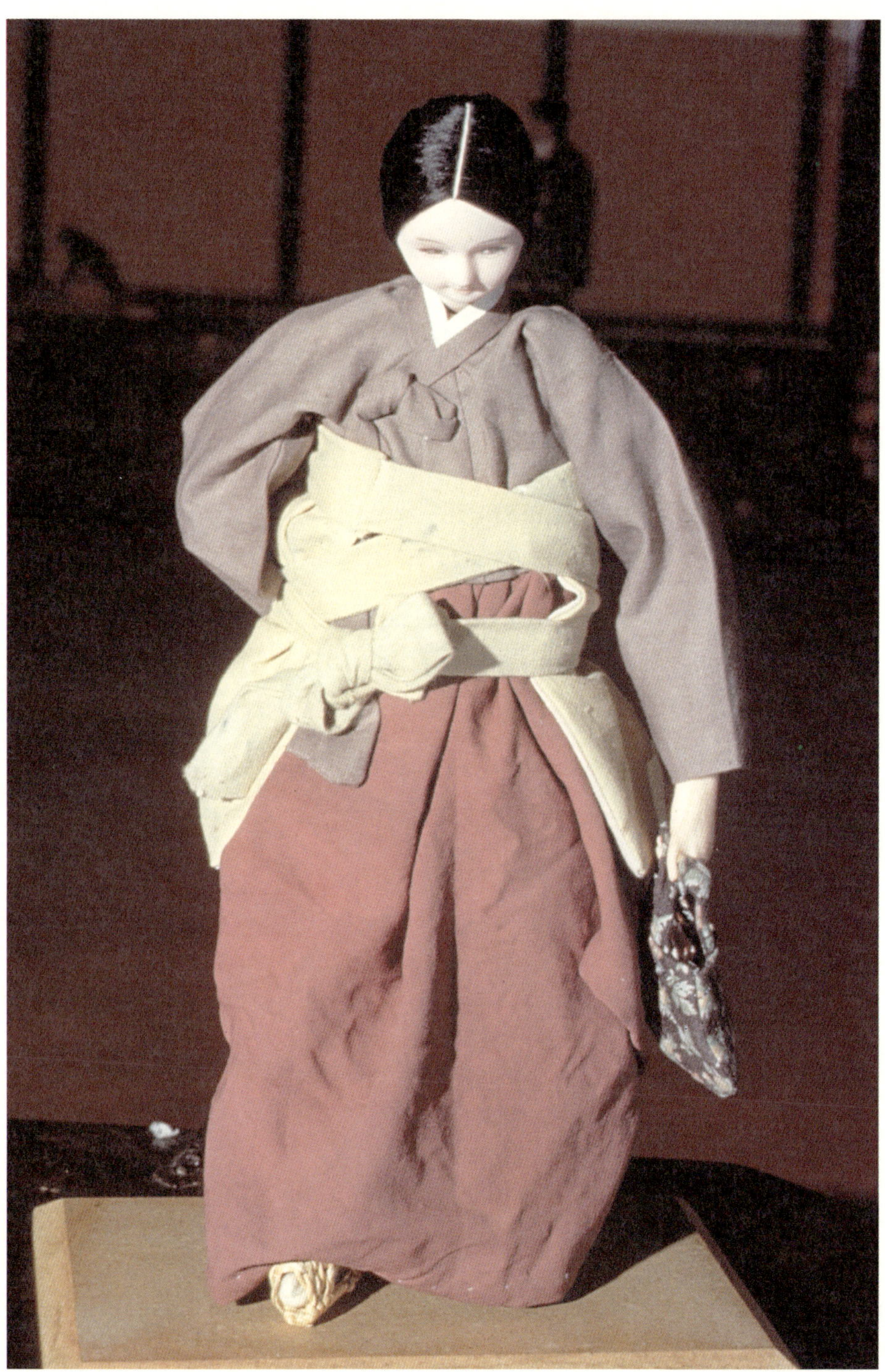

풀각시 어미

미운 일곱 살 지지배 옆집 민며느리로 시집온 열다섯 각시 눈짓 하며
새침떼기 앉음새 시늉하고, 늦장 부리는 새 두 살배기 언년이 꼬까옷 입혀
굴레 씌우고 나서려는데 무릎에 안기어 어린 맘에도 좋은지 어리광하더니
때 지난 젖물림하고 두어 모금 빨다 이내 세상모르고 잠들었다.
추석 쇨 겸 친정어머니 칠순 생신잔치 앞두고 먼 길 채비하느라
청지기 할배더러 인력거 대기해두라 일러두고는
나들이 장옷 쓰고 길 나설 초가을날 낳은 정 기른 정 다 잊으시고
두 외손녀딸 밤잠 설치며 기다리고 계실 어머니 생각 잠든 아이 모습 속으로
하염없이 젖어오는데…….
길 밖 청지기 빗장문 풀어주니 안채로 들어서는 문지기 소리에
언년이 잠깰세라 부채질 멈추고 나들이 채비하려는 두 풀각시 어미.

풀각시는 인형 같은 두 딸아이를 말한다. 기쁨을 노래하는 노란
새처럼 고운 옷 입고 외갓집 따라가는 아이들의 마음은 하늘을 날 듯
풍선보다 더 부풀어 사뿐이가 되고, 아이엄마는 미루나무 숲에서 무동
태워준다고 댕기머리 잡으러 쫓아다니던 얌생이 머슴아들, 밤이면
불놀이 하러 산허리에 오르던 고향 생각에 어느덧 어린 시절 추억에
빠진다. 엄마 손에 추석빔 얻어 입은 일곱 살 여자아이와 두 살배기
언년이를 안고 있는 엄마의 모습을 빚었다.

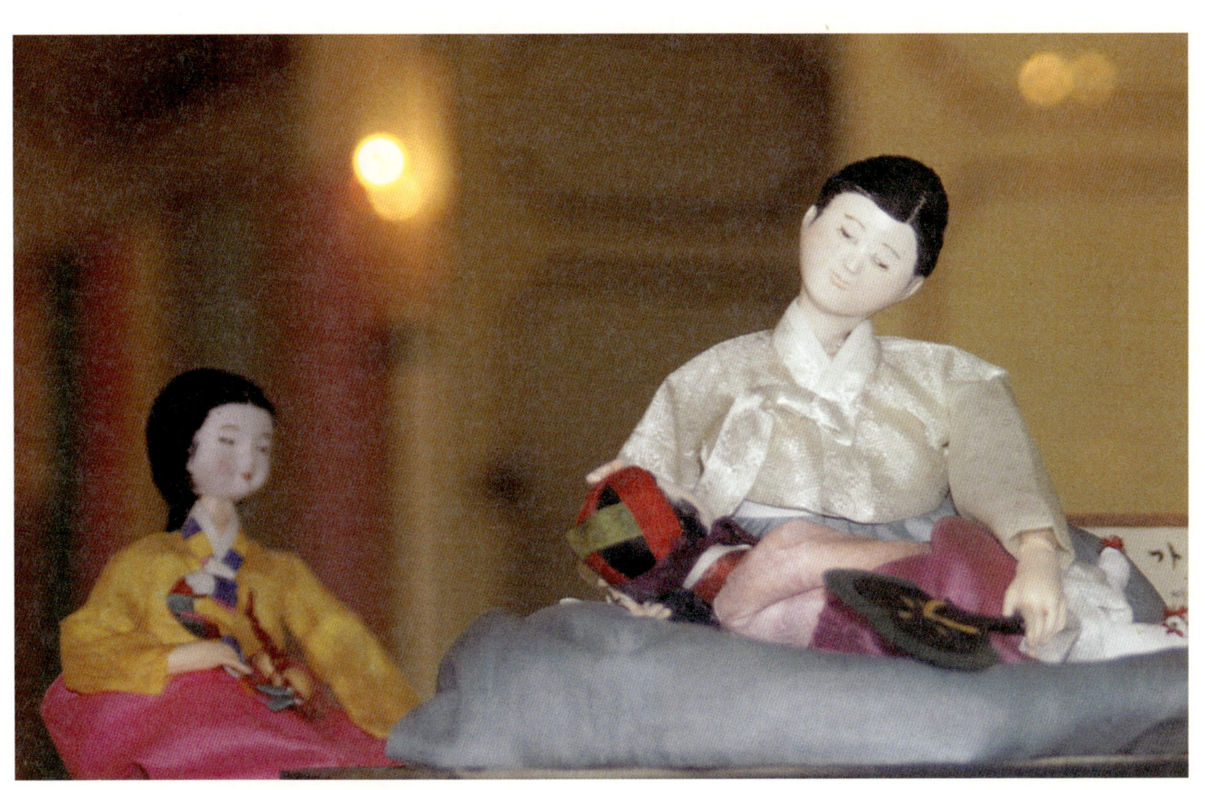

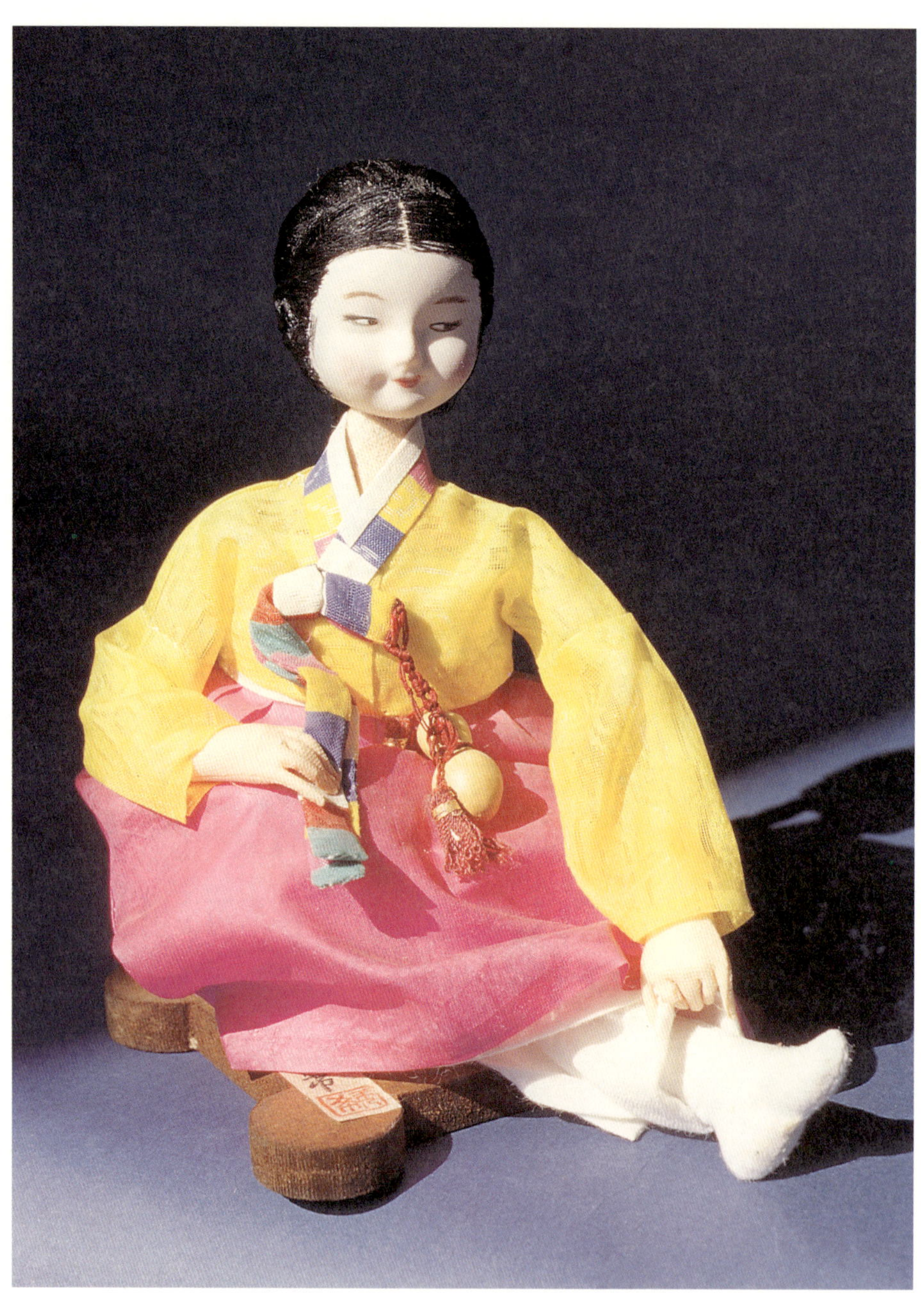

텃밭에 고추 따러

머루산골 두멧집에 손녀딸 데리고 친정 온 딸 그저 반가우신 할머니,
비갠 후 무지개 햇줄기 타고 고추잠자리 맴도는 뒤텃밭에서 풋고추 따다
된장찌개 해주시려고 갓난이 어미(며느리) 쇠고기 사러 장에 간 새
지어미 따라온 외손녀 손에 맷방석 찾아 들리시고 싸리문을 나서려니
어느새 잠 깨서는 문지방 너머 할매 등 보고 기어나오는 두 살배기 친손자,
포대기 해서 굽은 등에 업으니 싸리문 나서기도 전에 오줌 흠씬 지리고는
칙칙해서 고사리손 주먹 불끈 쥐고 칭얼대며 등 어깨 위로 기어오른다.
갓난이 다리깽이 포대기 밑으로 빠진지라 검정 고무줄 낀 속고쟁이
추키지도 못하고 그저 손자내미 궁둥이만 또닥거리시는데,
초가을 머루산 너머 뭉게구름은 어느새 텃밭머리에 와서
기다리고 있누!

   시집간 딸이 친정에 오면 한 보름 속 끓이다가도 절로
좋으셔서는 손주가 등에 오줌을 지려도 넉넉한 품성애로 업어
키우시던 1950년 전후의 할머니들 이야기이다. 무릎에 앉혀 품어주고
다독여주실 때마다 아이들에게는 그 사랑이 지 어미 젖물보다 더 달아
맑은 심성에 양분이 되어 참된 공경심이 자라난다.

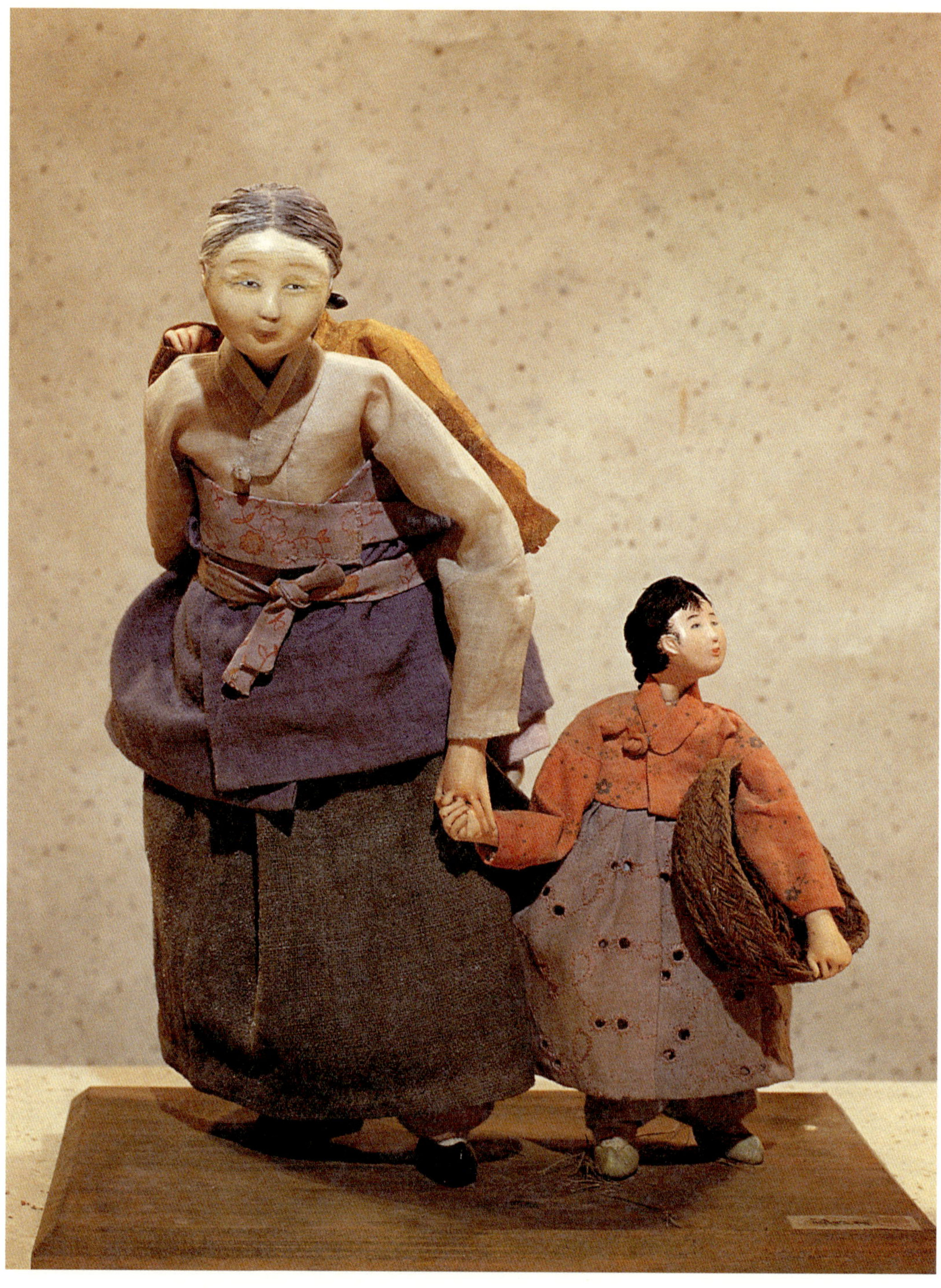

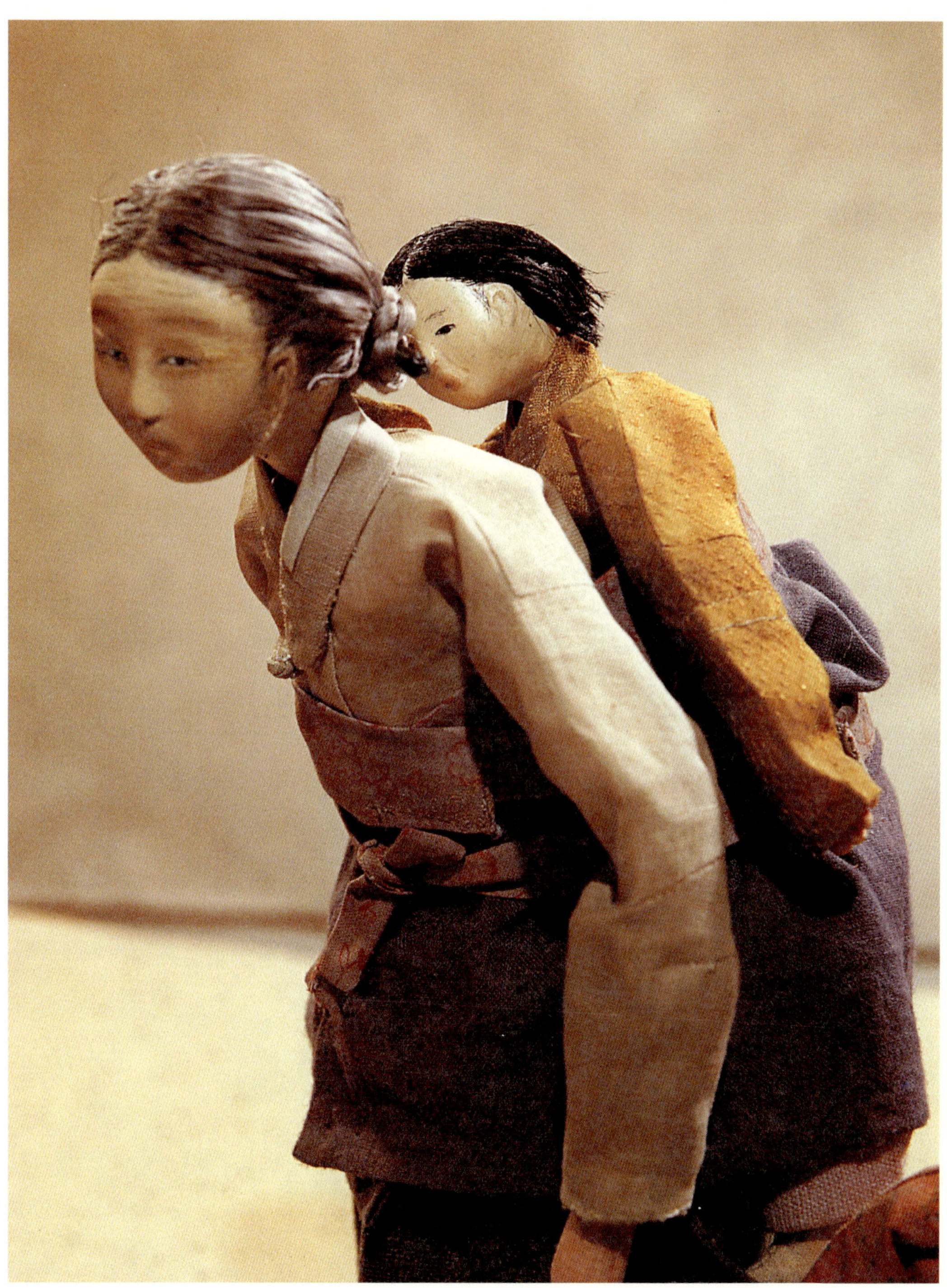

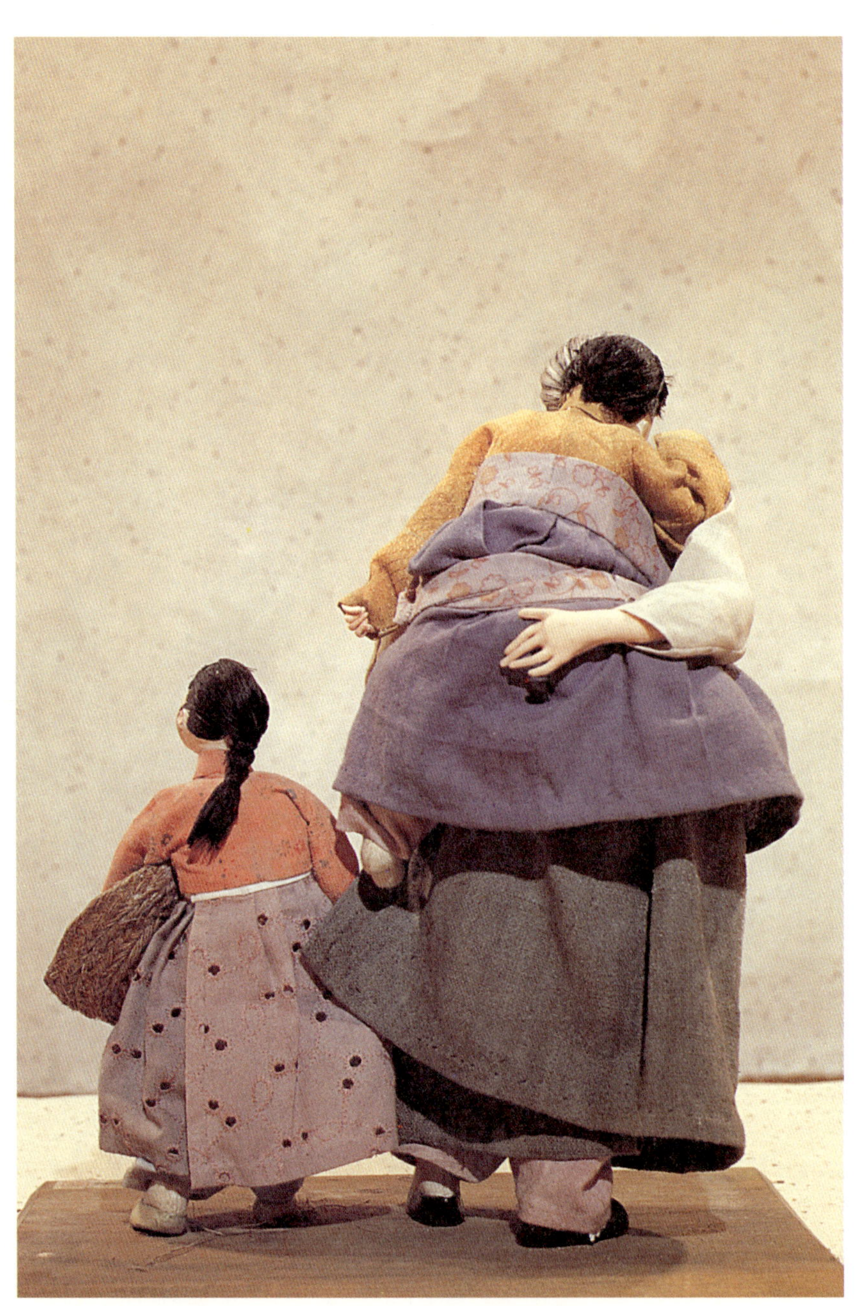

여우비 맞으며

갑자기 오는 여우비 속에 우산 쓰고 할머니 고무신 끌고 나와
봉당으로 날아든 참새들 보고 놀러온 뒷집 사내아이들하고 새새댁거리다
쨍쨍 햇볕 들어 머슴애들은 구슬치기 하러 다 가고 뒷방 마루에서
다듬이질 하시는 할머니 눈에 들킬세라 다 피지도 않은 꽃잎 따서
봉숭아 물들이는 여섯 살 분이.
장에 간 부엌데기 아줌마 눈깔사탕 사오실 장바구니 기다리느라
백반도 넣어 찧지 않은 꽃잎을 쪼물딱거리더니 나무 밑에 쪼그리고 앉아
해해댁거리느라 여우비 맞은 얼굴에 꾀는 말짱해서 할머이 아침에
입으로 물 뿜으시며 숯불에 다려주신 인조견치마 젖을세라 궁둥이 위로
걷어올리고 앉아 앵무새마냥 재잘거리는 노래.
"햇볕은 쨍쨍 모래알은 반짝……"

쨍쨍한 날 미친 듯이 쏟아지는 여우비를 아이들은 피하지 않고
오히려 즐겼다. 짓궂은 사내아이들은 계집아이들이 들고 나온 비닐우산
속으로 뛰어들곤 했다. 비행기 날갯짓 하며 소나기보다 세찬 여우비
속으로 날아가듯 휘파람을 불며 뛰놀았고 '툭' 하고 비가 그치면
개울물에 떠내려가는 이파리만 보아도 새새댁거리며 웃어대고 남의 집
처마 밑에서 젖은 얼굴로 말끔히 하늘을 바라보던 그 티없는 눈망울들.
그때 그 아이들의 맑은 눈 속에는 가난하지만 순박한 보석이 빛났다.
지금도 여우비가 오면 그 시절 듣던 휘파람소리와 화단 밑에 쪼그리고
앉아 꽃잎을 따서 봉숭아물 들이던 골목쟁이 동무들이 눈에 어린다.

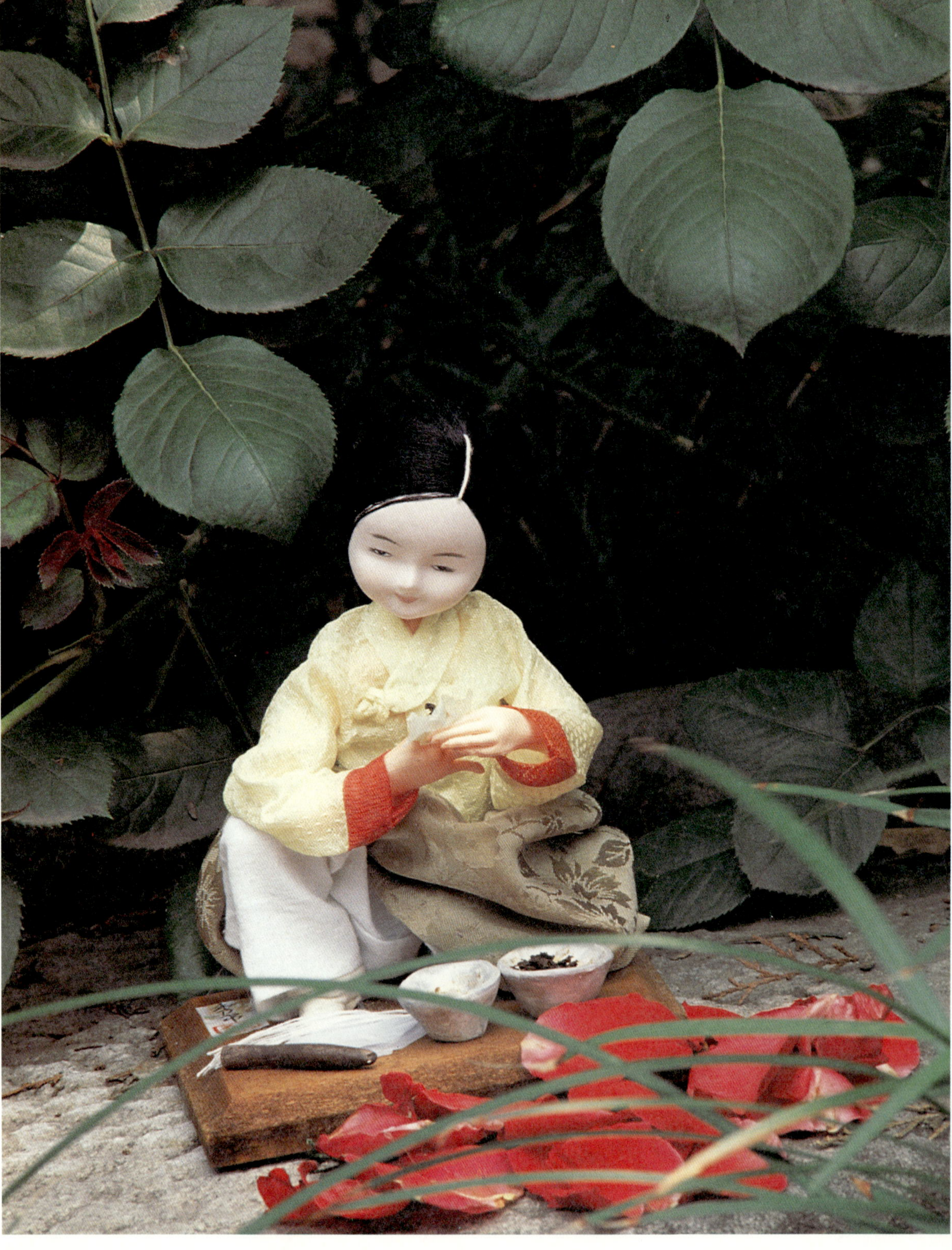

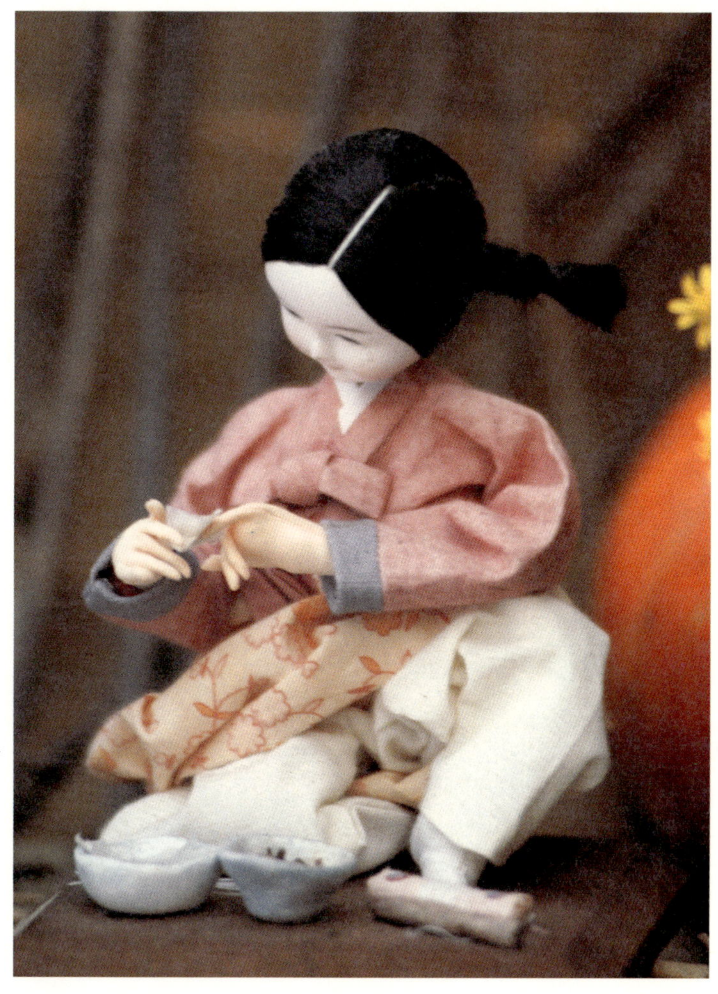

사촌언니 저고리를 얻어 입고 할머니하고 고모네 집 갈 생각하니
좋아서 그 집 오빠 보여주려고 할머니 몰래 봉숭아물 들이고 앉았는 미운
일곱 살 계집아이. 제깐에는 이쁜이 소리 듣고 싶어서 실을
몇 겹이나 끊어다가 싸맨다고 한참 멋을 부리고 앉았다.

행상

아침 내내 장터를 휘돌아도 소리 한 번 낼 수 없어

무거운 독을 그대로 지고 나오는 반벙어리 노총각 새우젓 장수는

"생선 사이소!"라고 외쳐대며 골목 어귀를 돌아 나오는 살짝 곰보 노처녀와

길모퉁이에서 마주쳤다.

시리도록 외롭고 가난한 인고의 세월을 헤매며 사랑의 그리움을

늦처녀는 그렇게 생선 사라고 골목마다 누비며 외쳐댔다.

내 사랑을 다라이에 이고…….

고아로 떠돌며 두 사람은 그렇게 만나 남매의 정을 여미고

부부로 합한 늦은 나이에 늦둥이 계집아이를 얻었다.

추운 어느 겨울날 잠자는 두 살배기 딸아이를 들쳐 업고

새벽 찬바람을 헤치며 아낙은 새우젓 사려 생선 사이소라고

얼어 있던 다라이에 얹은 사랑을 녹이며

왕십리 길목을 함께 누빈다.

아홉 살, 그러니까 국민학교 3학년 때였다. 잠이 덜 깬 이른 아침 어디선가 들려오는 그 외침 소리는 문밖의 혹독하게 시린 바람을 가르고 어린 내 맘에 스산한 아픔으로 배어들었다. 학교 가는 길에 그 소리가 귓가에 맴돌았는데 집으로 돌아오는 골목쟁이에서 그분들과 마주쳤다. 오랜 세월이 지났지만 서로의 아픔을 싸매주며 살고 있을 그분들의 뒷모습이 저편 그림자가 아닌 빛이 되어 내 삶의 여정을 비추고 있다.

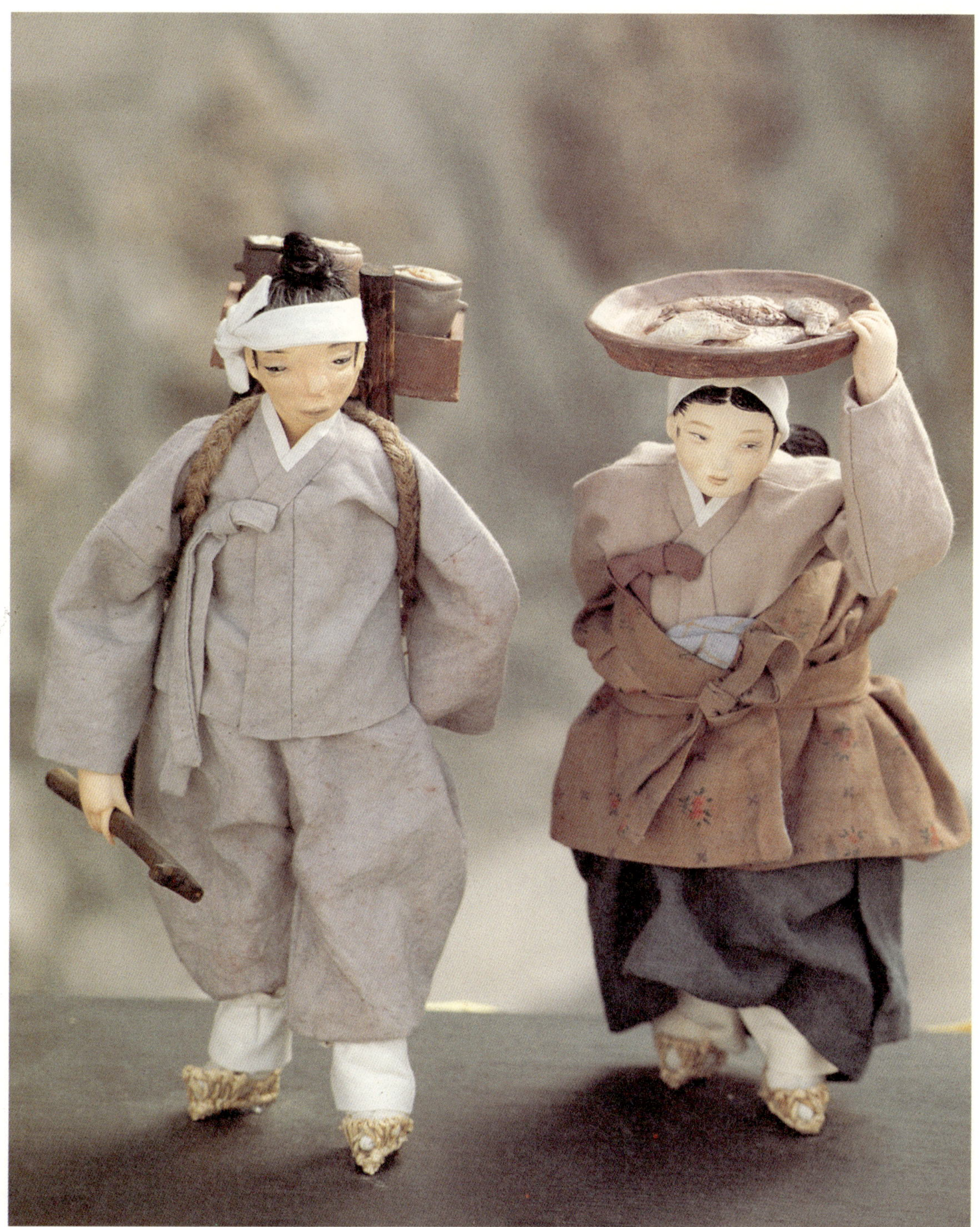

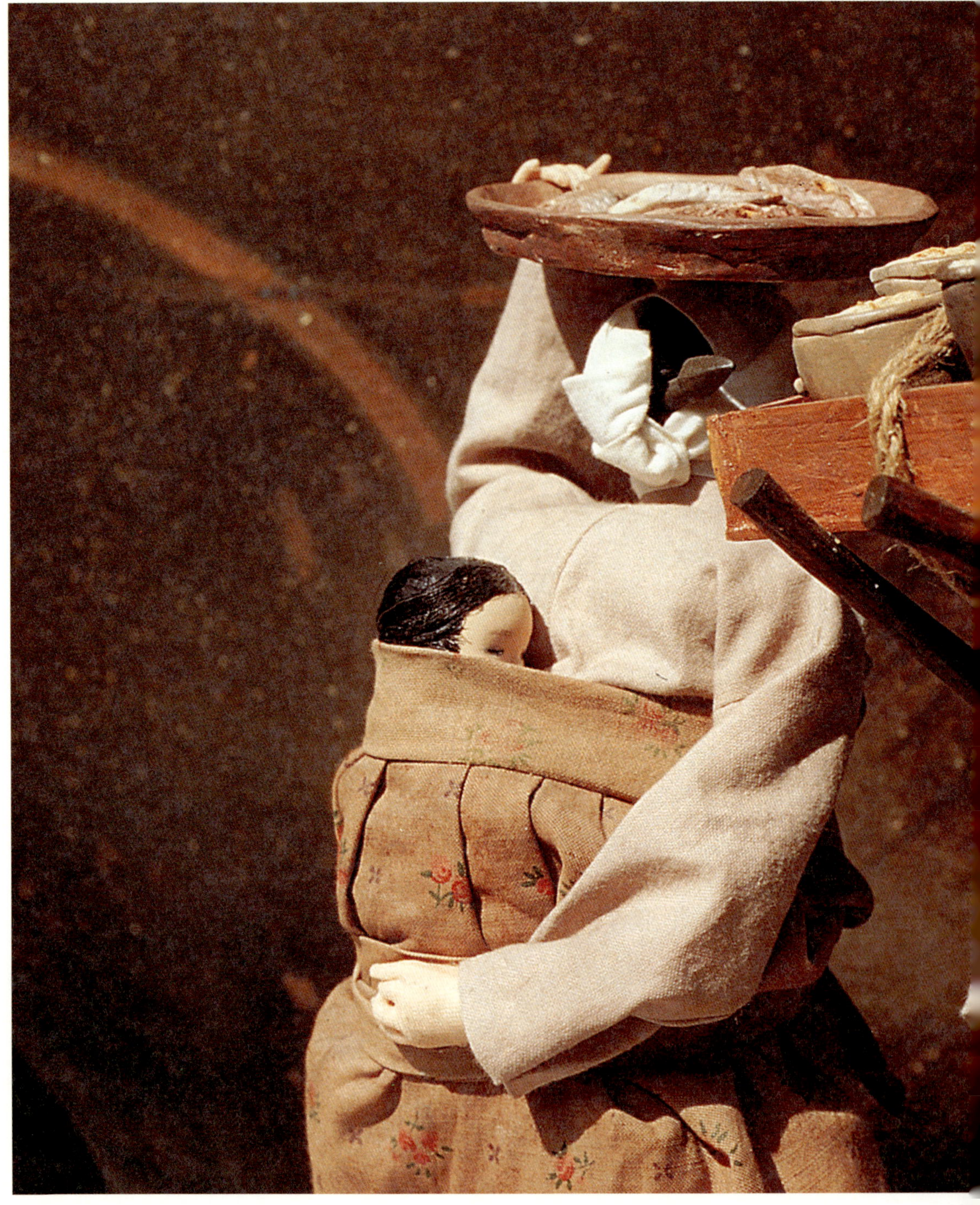

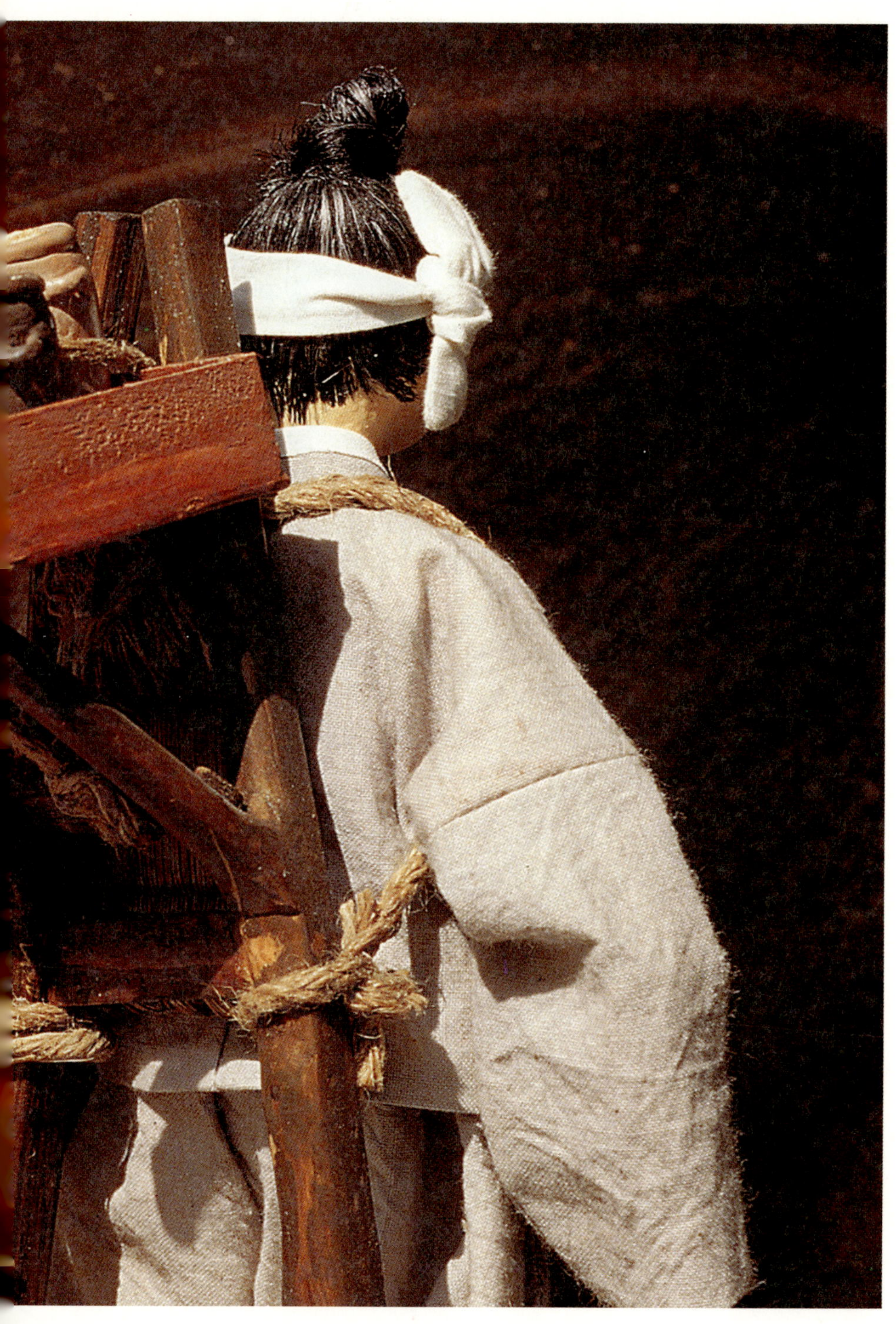

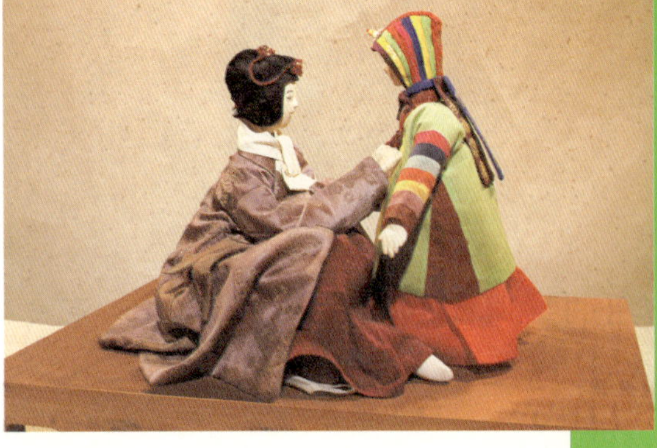

시집가는 날

은을 준들 너를 살까 금을 준들 너를 살까
하늘 아래 보배동이 땅 위의 으뜸동이
은자동아 금자동아 얼싸동아 절싸동아
샘같이 맑거라 바위같이 크거라

돌잡히기

증조할머니 꿈에 작고 노란 새 한 마리가 사랑방 문지방에 날아와 앉았다.

그 태몽을 먹고 태어난 어느 서민집 고명딸아기의 돌날이다.

잔치 보시려 봄날 품앗이 바람 헤치고 먼 길 오신 아기 외숙모 전차에서 내려

마을 우물가 지나는데 단옷날 앞두고 댕기 물린 동리 밖 가시나이들

그네놀이 한다고 고운 치마저고리 물결 지으며 골목길에 무지개꽃 피운다.

이른 아침부터 이품 저품에 안겨다니다 지어미 품에서 젖 물고 잠든 돌쟁이,

큰어머니 손에 새꼬랑지만 하게 자란 배냇머리 빗기고는

다홍치마에 색동 까치두루마기 입히고 굴레 씌우려는데 순둥이마냥 깨서는

울지도 않고 해죽 웃더니 어느새 돌상머리로 기어가 산매화 꽃가지에

봄볕 맞으러 날아와 앉은 종다리 눈짓을 한다.

무얼 집으려는지…….

돌상은 아이가 오가다 모서리에 부딪히지 않도록 보통 팔모반에
차렸다. 상에는 국수 · 백설기 · 수수팥떡과 과일 등 무병장수와
부정 퇴치를 상징하는 음식을 올리고, 쌀 · 돈 · 책 · 붓 · 먹 · 두루마리 ·
흰 실타래에 남자아이는 활 · 장도를, 여자아이는 바늘 · 인두 · 가위 · 자
등을 가지런히 놓고 아기에게 집게 하여 장래를 점치고 덕담을 주는데,
이것을 '돌잡이' 라고 한다. 돌잔치가 끝나면 떡을 쟁반이나 대접에
담아 이웃집에 돌리고 돌떡을 받은 집에서는 떡그릇에 돈이나 쌀,
실타래 등을 담아 보냈다.

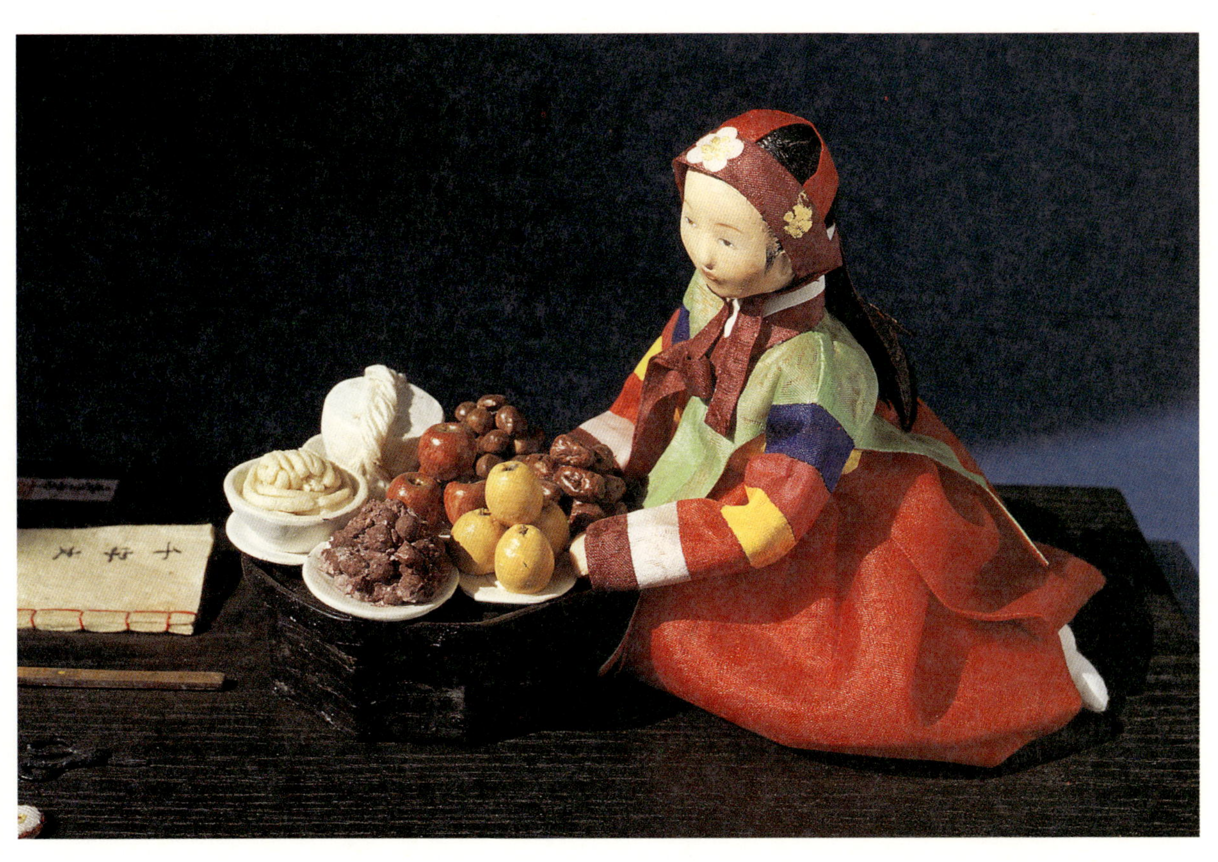

엄마가 만들어준 인형

깊은 산기슭에 아직도 흰눈 더미가 늦겨울 한 자락을 남기고 있는
삼짇날이다. 아이 어머니는 옷가지를 짓고 남은 조각천들을 차곡차곡
다락장에 모아두었다가 딸아이 귀빠진 날 헝겊인형을 만들어주셨다.
강남 제비 온다는데 할머니 뫼시고 먼 길 가 계신 지아비 뵈오러 가시는 길에
딸아이도 데려가시려 노랑 겹저고리에 다홍치마 입히시고, 집안 머슴 편에
인력거 채비하도록 일러두시고는 꽃샘바람 막이로 쓰고 갈
장옷 손질하시는 새 아이는 또 웃방에 건너가 인형놀이를 하고 앉았다.
눈 녹아 흐르는 개여울 소리 저편 너머 뽀얗게 피어오르는 아지랑이
손짓하는데…….

엄마에게 동생 낳아달라고 조르던 아이가 각시 인형 얼굴을
자기 저고리 옷고름으로 씻겨주는 모습에서 어릴 적 기억이 아릿하다.
인형은 예로부터 여자아이들의 장난감으로 나무에 실을 동여매고
머리를 땋아 저고리와 치마를 만들어가지고 놀게 했다. 인력거는
1869년 고종 31년에 들어와 처음에는 주로 일본인들이 이용했으나
점차 이용객이 많아져 1917년에서 1924년 사이에 크게 성행했다고
한다. 특히 관리, 중산층, 기생 등이 애용했고, 이후 점차 감소하다
8·15 해방 무렵에는 거의 자취를 감추었다고 한다.

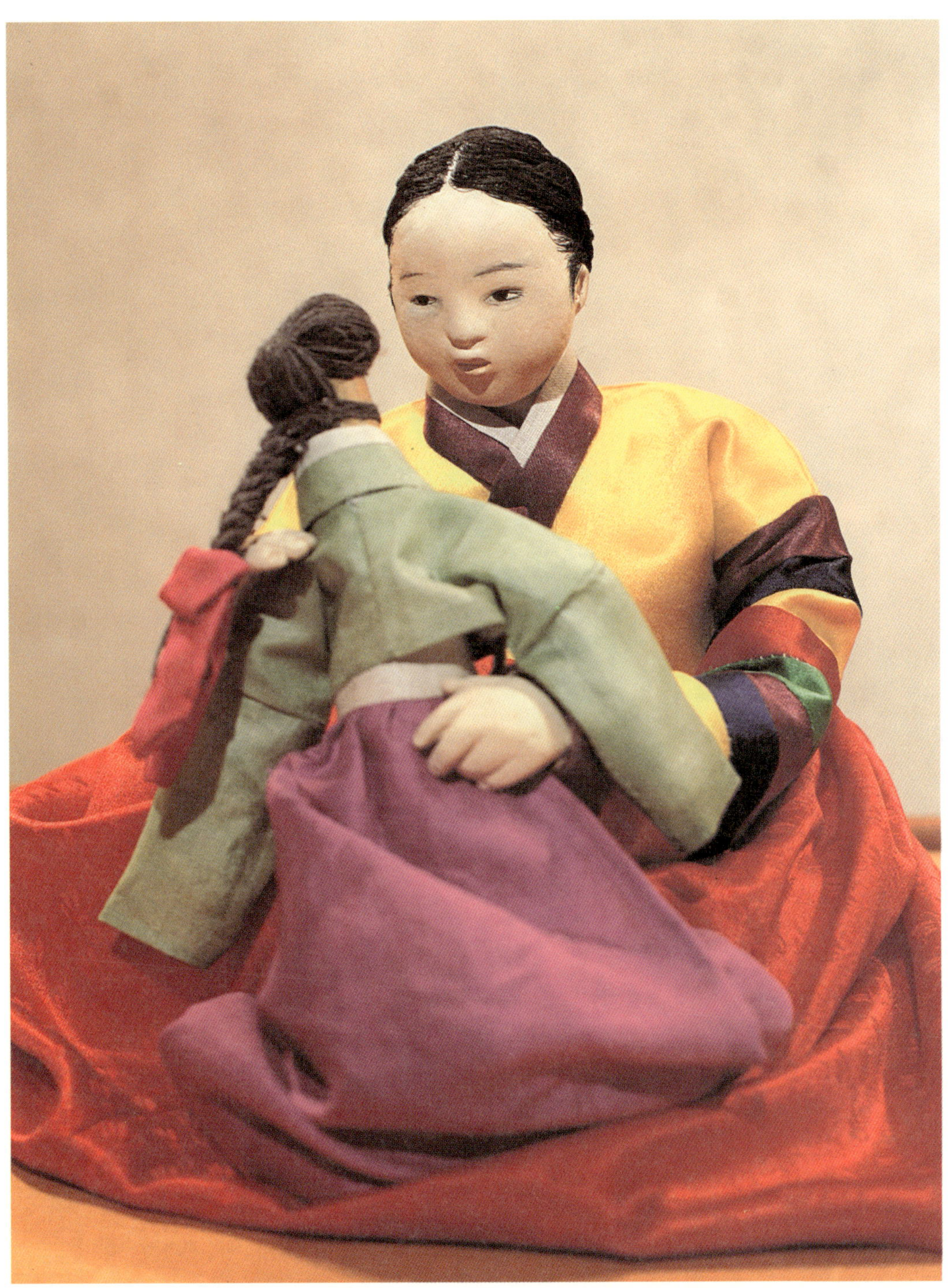

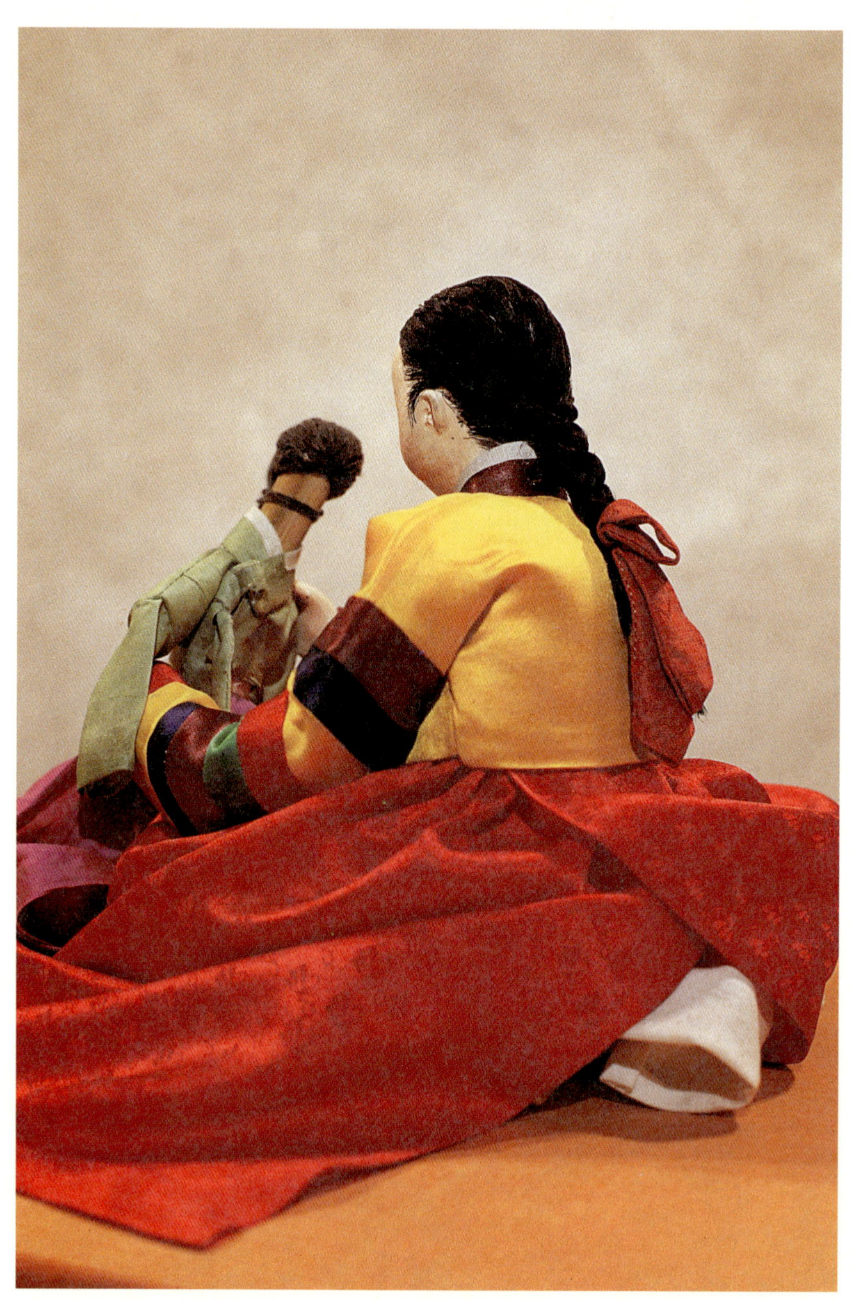

아이야 기쁨을 입자꾸나

여닫이 문풍지 밖 시린 숲시가지 사이로 흑풍에 눈보라 치대더니
회초리 바람 멎은 설밑이다.
밤새 추녀 밑에 자란 고드름 아침햇살에 녹아 낙숫물 지는 소리에
열일곱 처녀 시절 민둥산 고갯길 어느 초가 처마 밑에서 만났던
옛님 생각나 친정어머니 살고계신 고향으로 내닫는 마음을
두 손길에 모아 까치설 이틀 앞두고 아이에게 색동두루마기 지어 입혔다.
조바위에 성장을 하고 자주 옷고름 여미어주려는데
어린 딸아이 타래버선에 꼬까옷 입었다고 좋아서는 두 팔 벌리고서
외할머니 댁에 가서 세배드리라고 가르쳐준 이쁜이 눈짓해 보이며
보조개 짓는다.

　　　고드름을 따먹으며 자라던 어린 시절, 손가락에 동상이
걸리도록 혹독하게 추운 겨울이었다. 그 추위에도 늘 할머니 손에
이끌려 이발소로 단발머리를 깎으러 가야 했지만 싫다는 말 한마디 할
수 없던 그 시절은 이즈음 내 마음에 고운 무늬를 남겨주었지만 어린
기억에도 삶의 등짐을 진 내 어머니의 마음은 무겁게만 느껴졌다.
그래서인지 아니면 이발소 아재비들이 찬 손으로 목 밑을 치댄 기억이
아직 가시지 않은 탓인지 지금도 사계절 내내 스카프를 지니고 다닌다.
여기 성장한 여인과 여자아이의 모습은 본 적은 없지만 늘 마음속에
품고 있다가 우연한 기회에 빚게 되었다. 딸내미 어린 마음에
때때옷으로 기쁨을 지어 입혀주시는 모성애를 담았다.

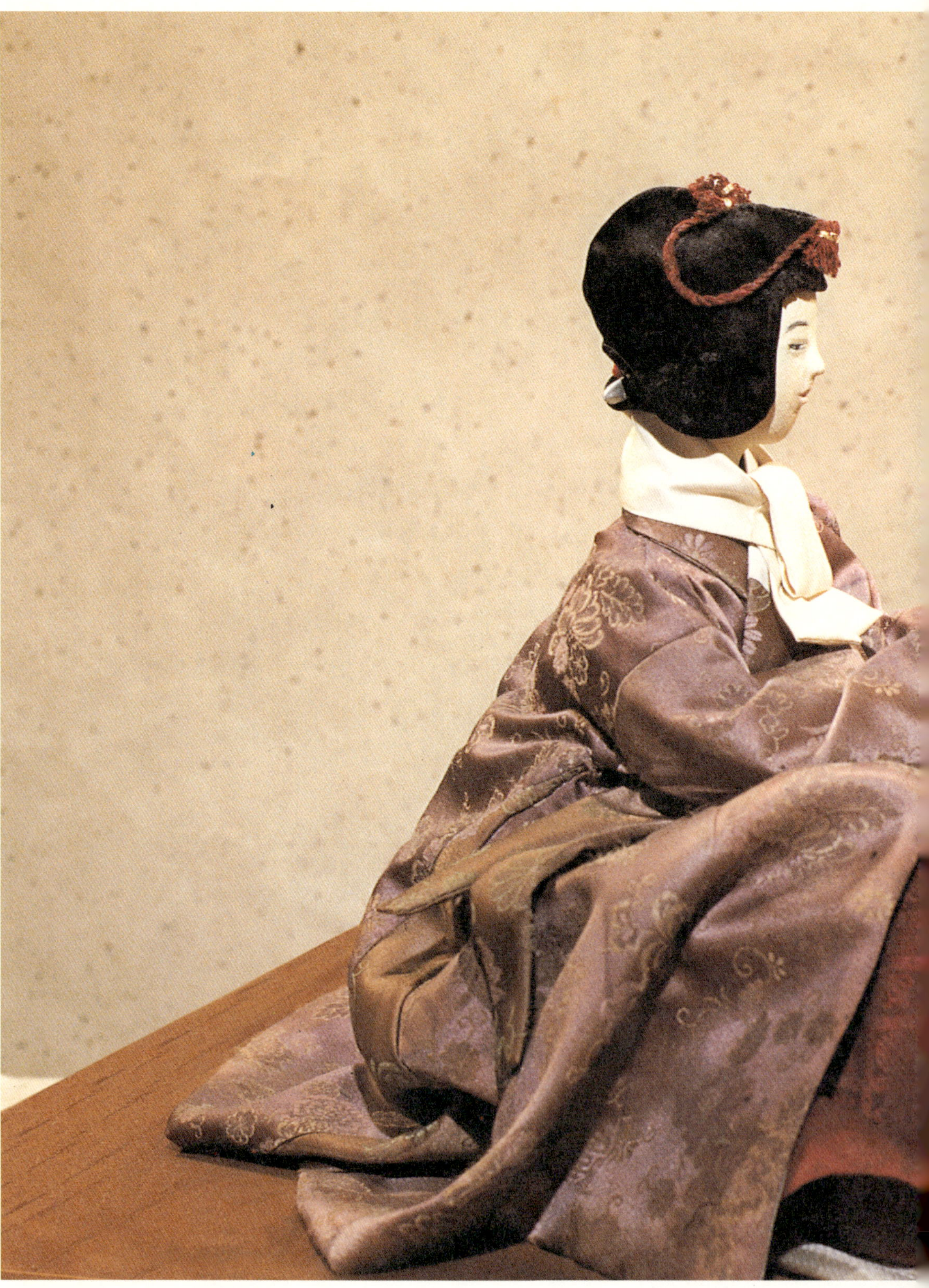

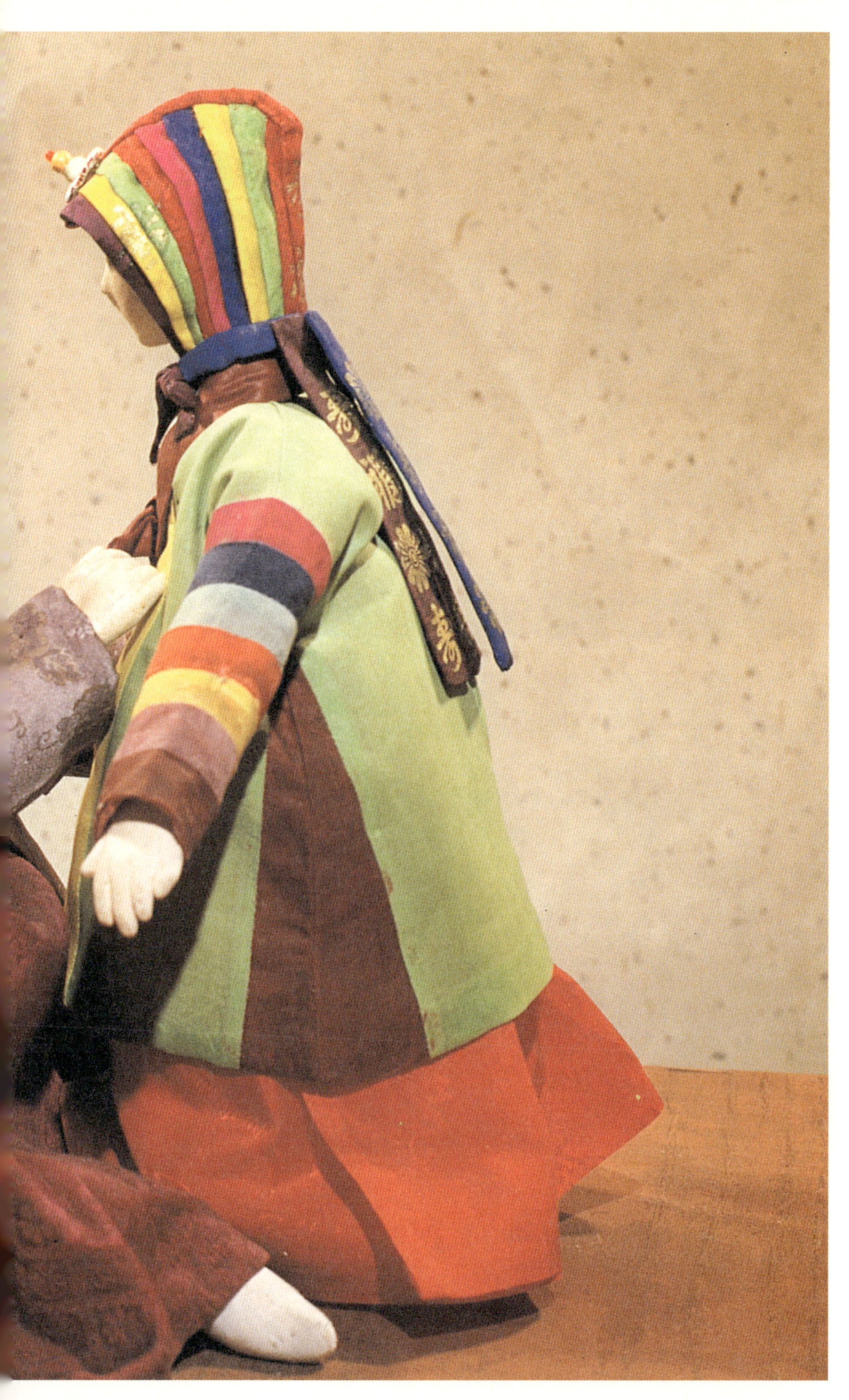

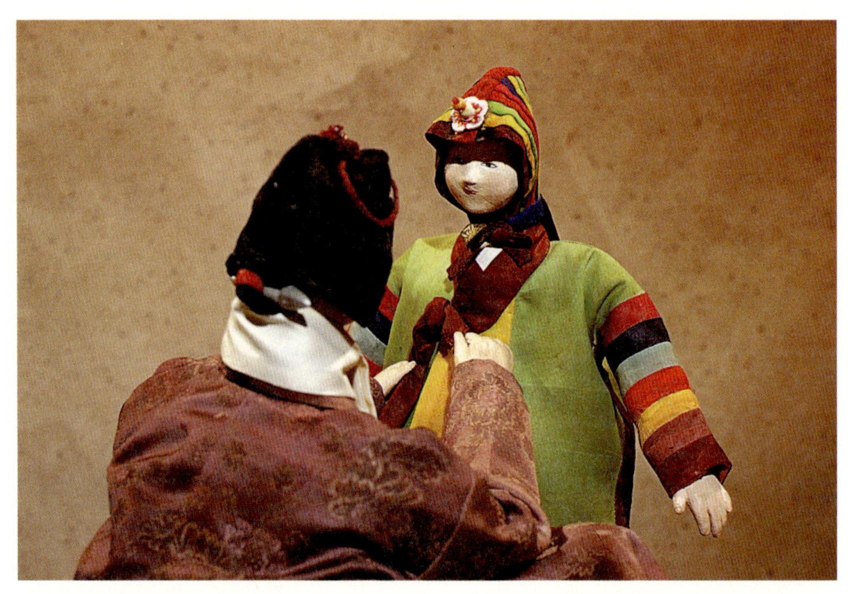

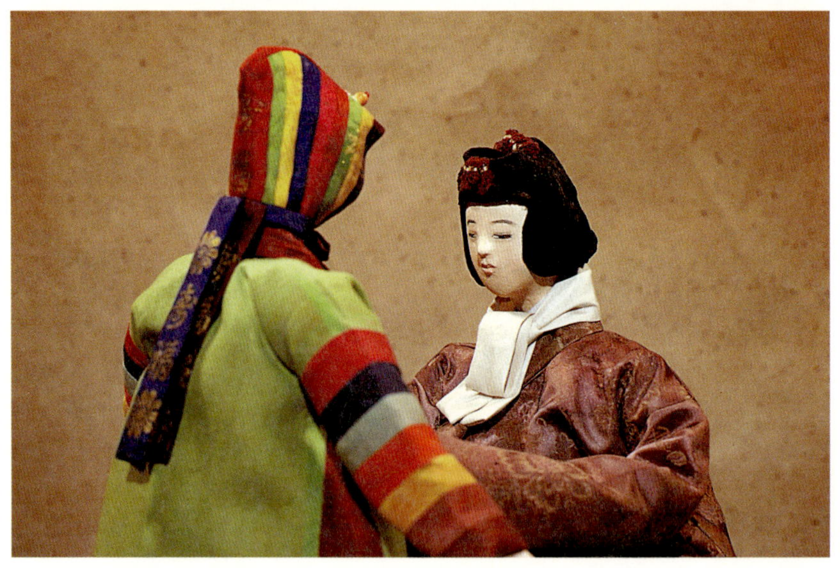

봉숭아 물들이기

초가 담 밑에 한련화 피는 한여름 토종닭 기르는 개여울 촌가에
얽배기 딸이 계란 쪄달라고 조르니 엄마는 닭장에 가 알 낳았으면 꺼내오라고
소쿠리를 내주셨다.
여섯 살 딸아이 조리치마 입은 궁둥이 다 내놓고 한참을 엎드려 있는데
뒷동네 소반장숫집 까까중머리 머슴애 새총 들고 문밖에서 기웃거리다
살그머니 들어와 얽배기 계집애 종아리 건드리는 새 꼬끼오! 목청 돋우는
수탉소리에 놀라 사내아이 달아나고 깜짝 놀란 얽배기도 두 손에 든 달걀 모두
떨어뜨렸다.
놀란 맘에 장독머리맡에서 울고 있더니 마루 쌀뒤주 뒤에 와 서서는
종일 시무룩해 있기에 뒷집 에미 없는 얼간이 사내아이 할머니댁
꽃밭에 핀 봉숭아 좀 얻어다가 뒤꼍에서 따온 아주까리 이파리로
애비 없는 얽배기 딸 봉숭아 물들여 늘 사랑이 고픈 속상처
자욱 싸매주시는 아이 엄마.

　　　엄마의 하얀 수선화 무늬진 적삼은 딸아이 낳았을 때
친정오라버니댁이 지어 보내주신 것이다. 초록빛 브로치는 지난날 강
언덕에서 만난 지아비가 첫사랑을 고백하며 꽂아주신 것을 화경대
서랍에서 꺼내 달았다. 딸아이의 보랏빛 면적삼은 엄마 저고리로 지어
입힌 것인데, 빨간 고름단추에 어미 사랑을 달아맸다.

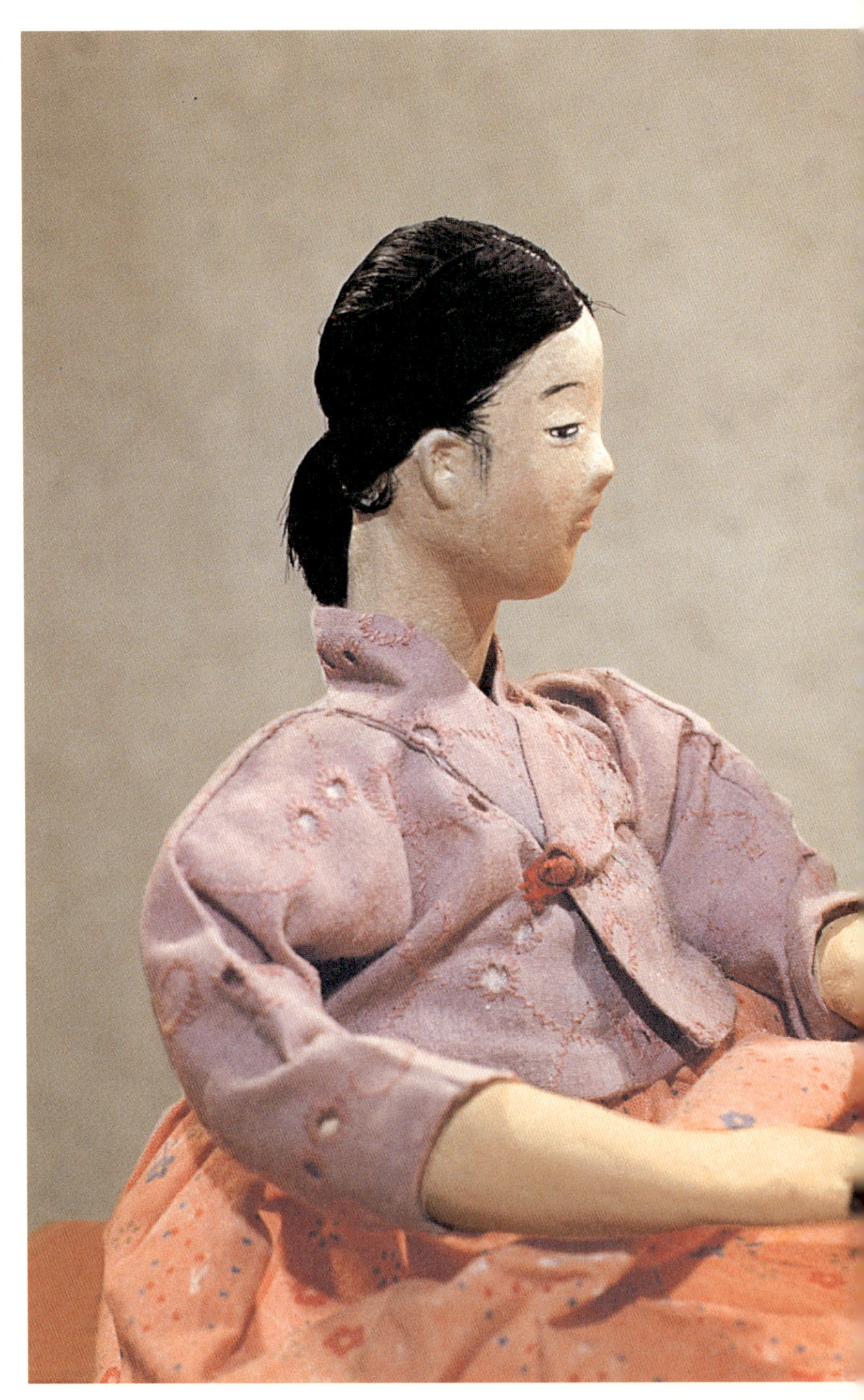

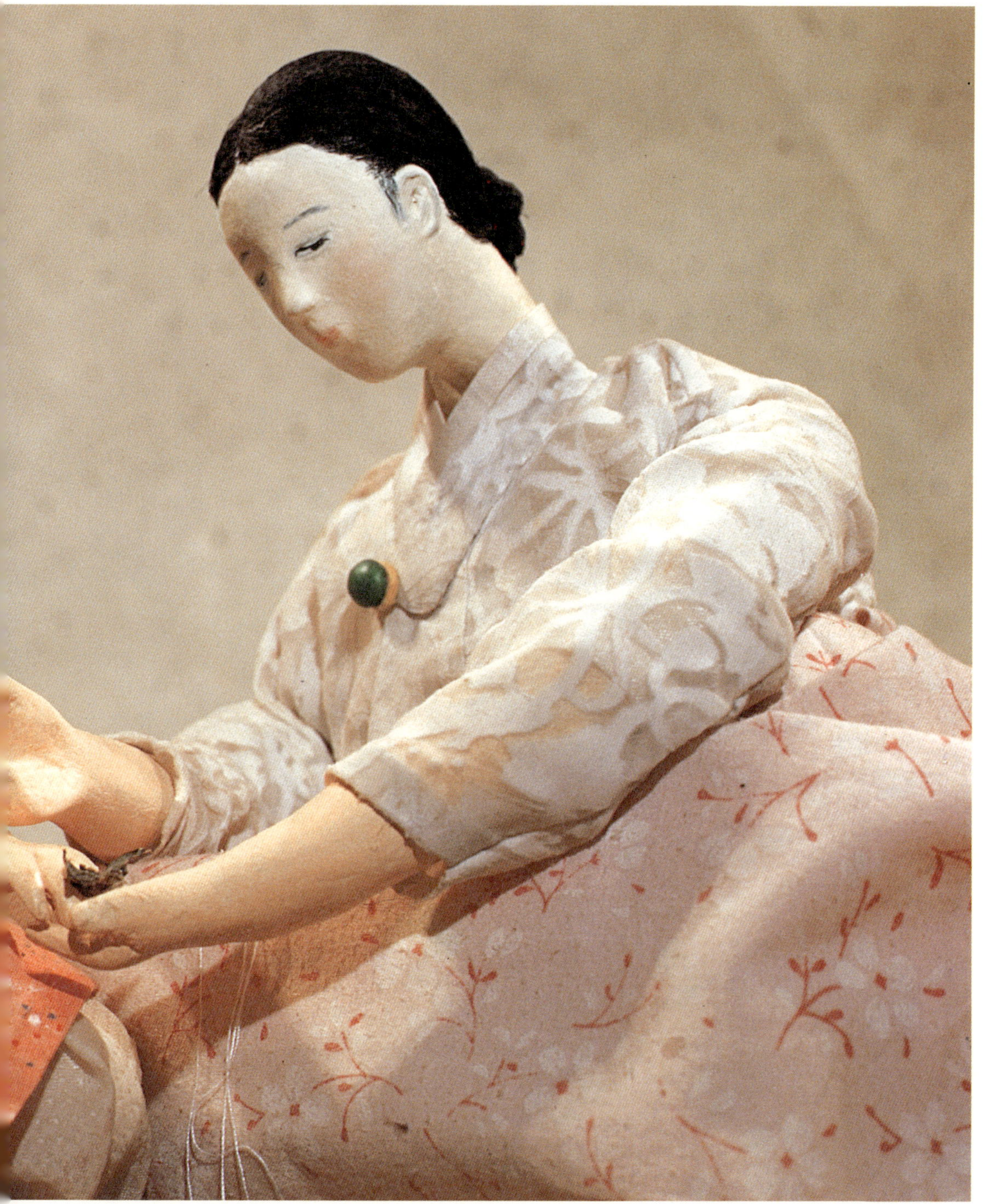

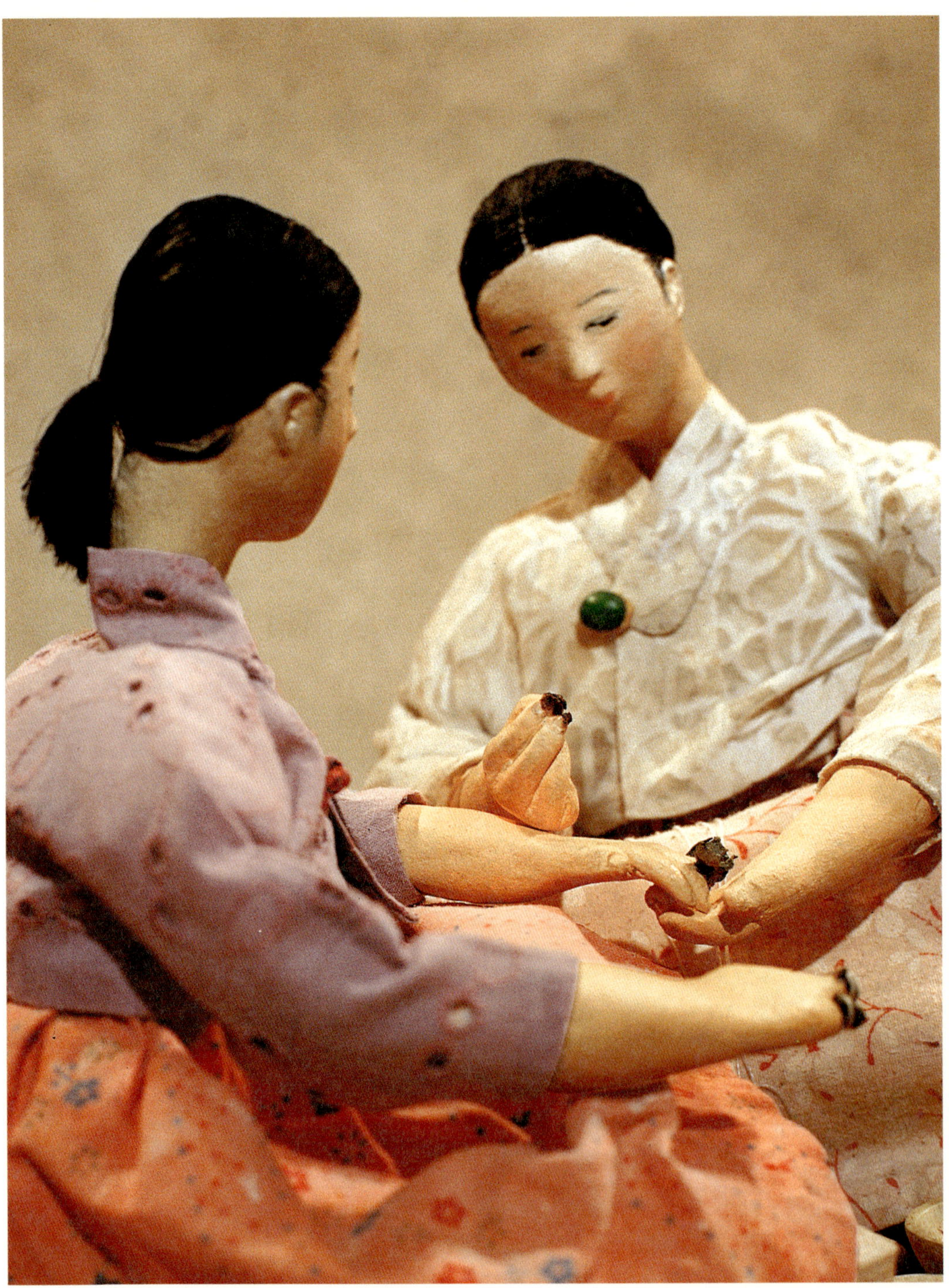

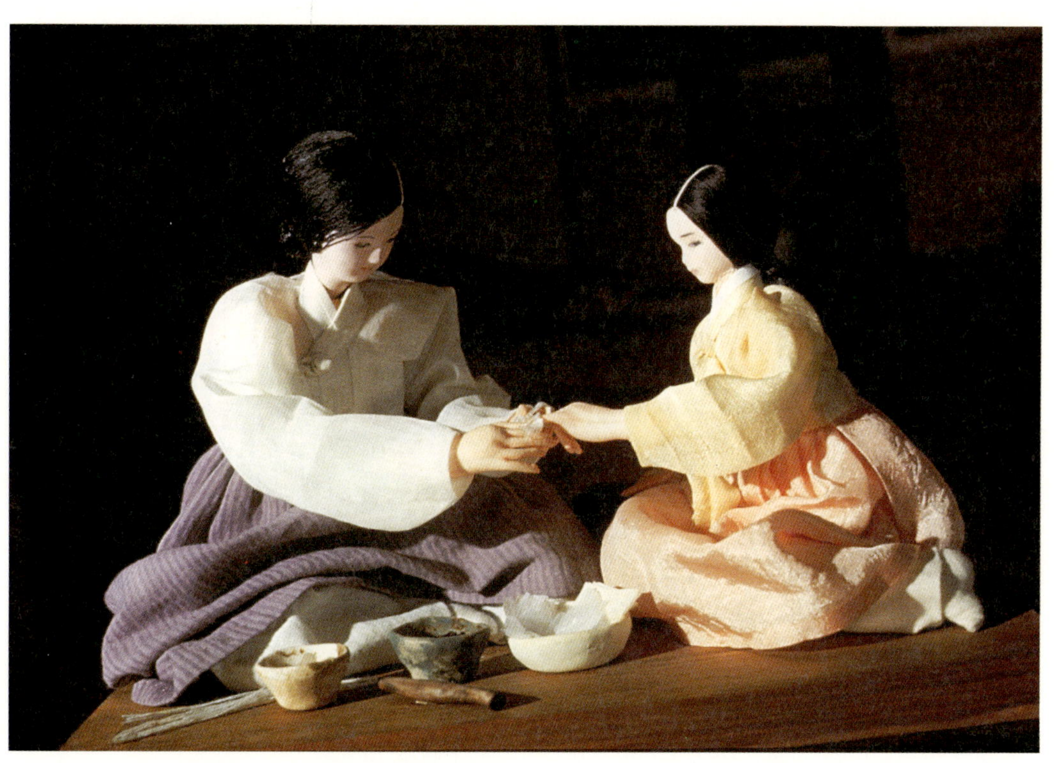

외갓집 툇마루 끝에 앉아 달빛 받으며
딸아이 봉숭아 물들여주시는 여름밤의 모정.
옛님에게 발갛게 물든 첫사랑 딸아이에게 들려주지 못해
잊어보는 맘, 아마도 저 달빛은 알 거야!

옥이야 머리 빗자

며칠을 물들이고 재봉틀에 손수 지어 숯불 다림질해서 입혀주신
무명저고리와 치마가 너무 좋아서 뒤꼭지가 아파도 울지 못하고
고사리손 꼬옥 쥐고 앉아 있다.
오늘은 산 너머 할미꽃 동산에 쑥이랑 달래 냉이 캐러 가신다는
옆집 꼬부랑 할머니 따라가지 못해서 앵도라진 옥이 귀빠진 날.
낮잠 재운 갓난이 남동생 깨서 일어나면 업고 장에 가서 꽃신 사준다고 달래신다.
양지바른 툇마루 밑으로 삐약거리고 나다니는 햇병아리들
샛노란 봄볕에 합창하듯 물 한 모금 먹고 하늘 한 번 보고
닭장 밖으로 나온 어미닭 뒤뚱거리며 둥지로 몰고 가는 한나절인데,
엊저녁 내도록 꽃신 사달라고 그렇게 조르더니 봉당 기둥 밑에 어린 병아리마냥
어느새 코 흘리며 졸고 앉았다.

남촌 패랭이꽃집 아이 옥이와 그 어머니 모습이다. 귀빠진 날
생일선물로 꽃신 사주시겠다고 어린 마음에 새겨주신 어머니의 입김은
어린 옥이에게 사랑의 향수가 되었다. 머리가 짧아 잔챙이 머리를
물질해 귓밥 위로 꼭꼭 참빗질해 쫑머리 땋아주시는 아침나절의
모정을 빚었다.

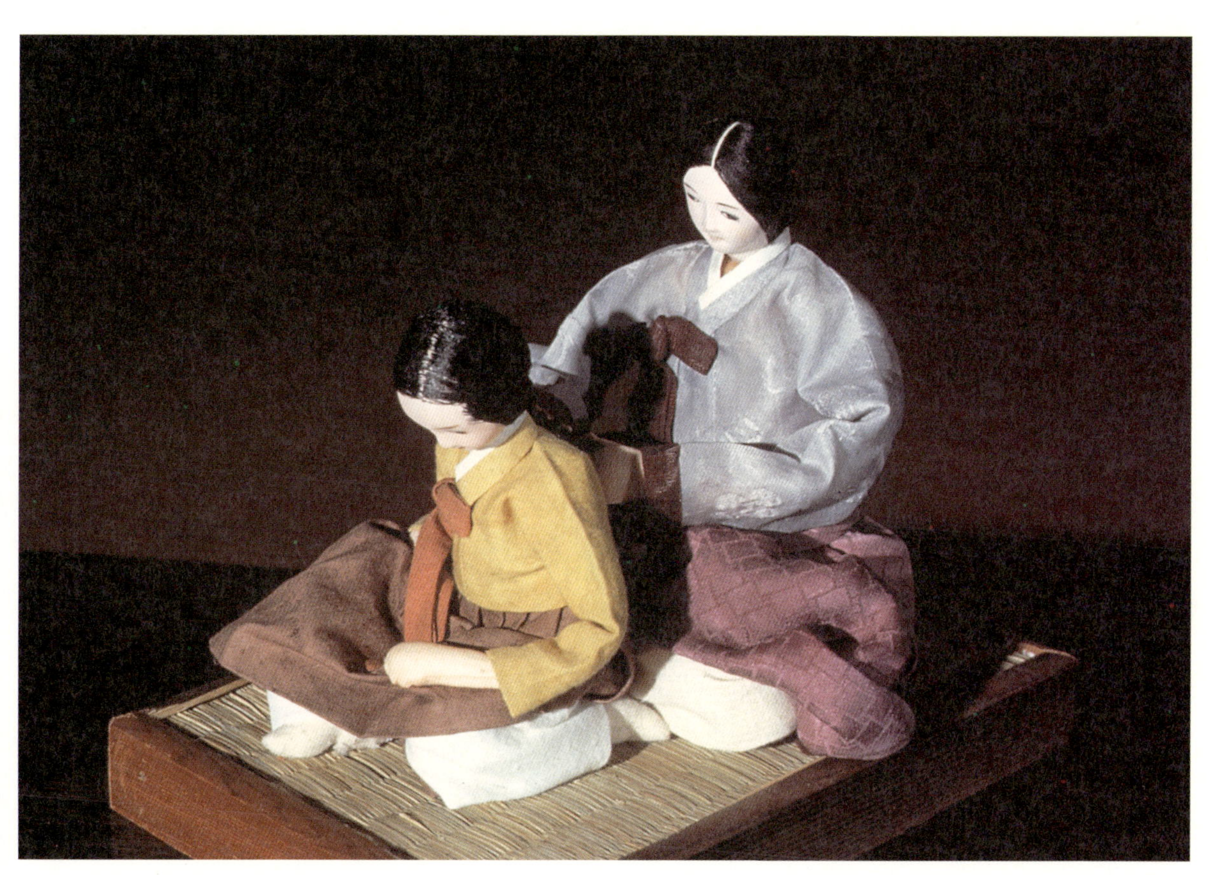

송편 빚기

먹빛 조선기와집 울 밖에 도라지꽃 피는 들녘에서 성곽이 바라다보이는
마당 깊은 집 부엌마루에 앉아 추석 송편을 빚는 두 딸아이와 어머니.
윗동네 행랑채 사는 얼치기 아줌마가 소쿠리에 담아다주신
삶은 소라 까먹고는 웃방에서 건너온 막내딸아이는 꿀에 버무린
대추속 먹고 싶어 손가락만 빨고 있다가 맛보기로 가마솥에 한소끔 쪄낸
솔잎 묻은 떡 하나 떼어 입에 물고는 야물딱거리며 엄마 눈치 살피고,
단발머리 큰딸아이 엄마 눈썰미 따라 한참을 주물러 빚은
조갑지 송편이 한 보시기다.

담 밑에 빨갛게 익은 고추 널어 말리는 어머니, 추석음식
장만하느라 장 나들이 가는 어머니, 네댓새 전 솔잎 따다 소쿠리에
씻어 장독에 널어 말리고는 이제 행주치마에 물 마를 새 없이 아궁이에
불 지펴 가마솥에 송편 쪄내는 어머니, 새벽부터 손 쉴 틈 없이
분주하면서도 담장 밖에 핀 백일홍이며 해바라기에 짬짬이 눈맞춤
하시는 어머니. 가을 길목에서 촌가의 흙내음에 묻어오는 어린 시절
모정을 되새기게 되는 추석 즈음의 향수를 담았다. 서늘해진 초가을
개여울에 물갈 이는 돌숲에서 작은 물고기 고무신에 담아 놀던
계집아이들, 때 아닌 게 잡는다고 고랑진 웅덩이로 넘나들던 동리
사내아이들 모두 새옷타령 하느라 땅강아지 흙담 밑으로 기어들듯
집으로 흩어져 갔다.

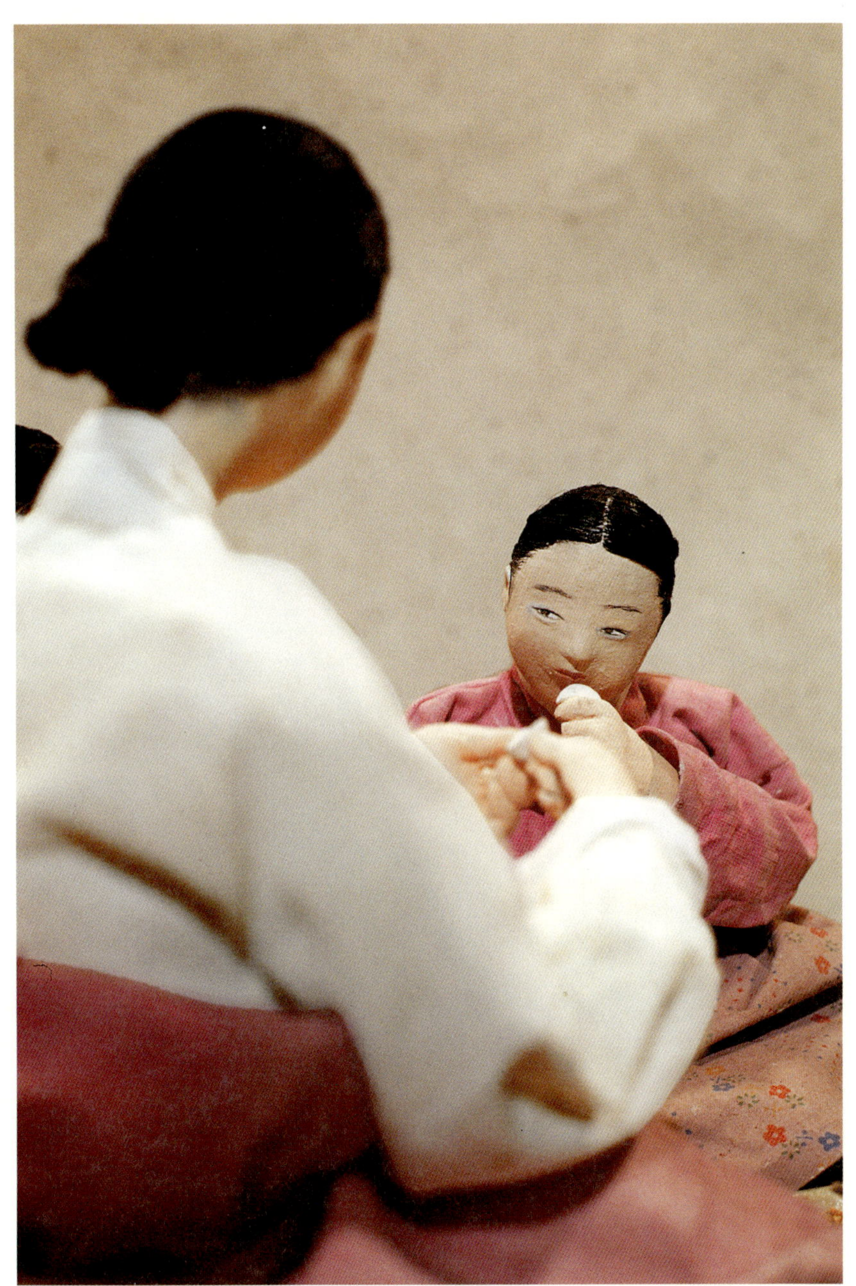

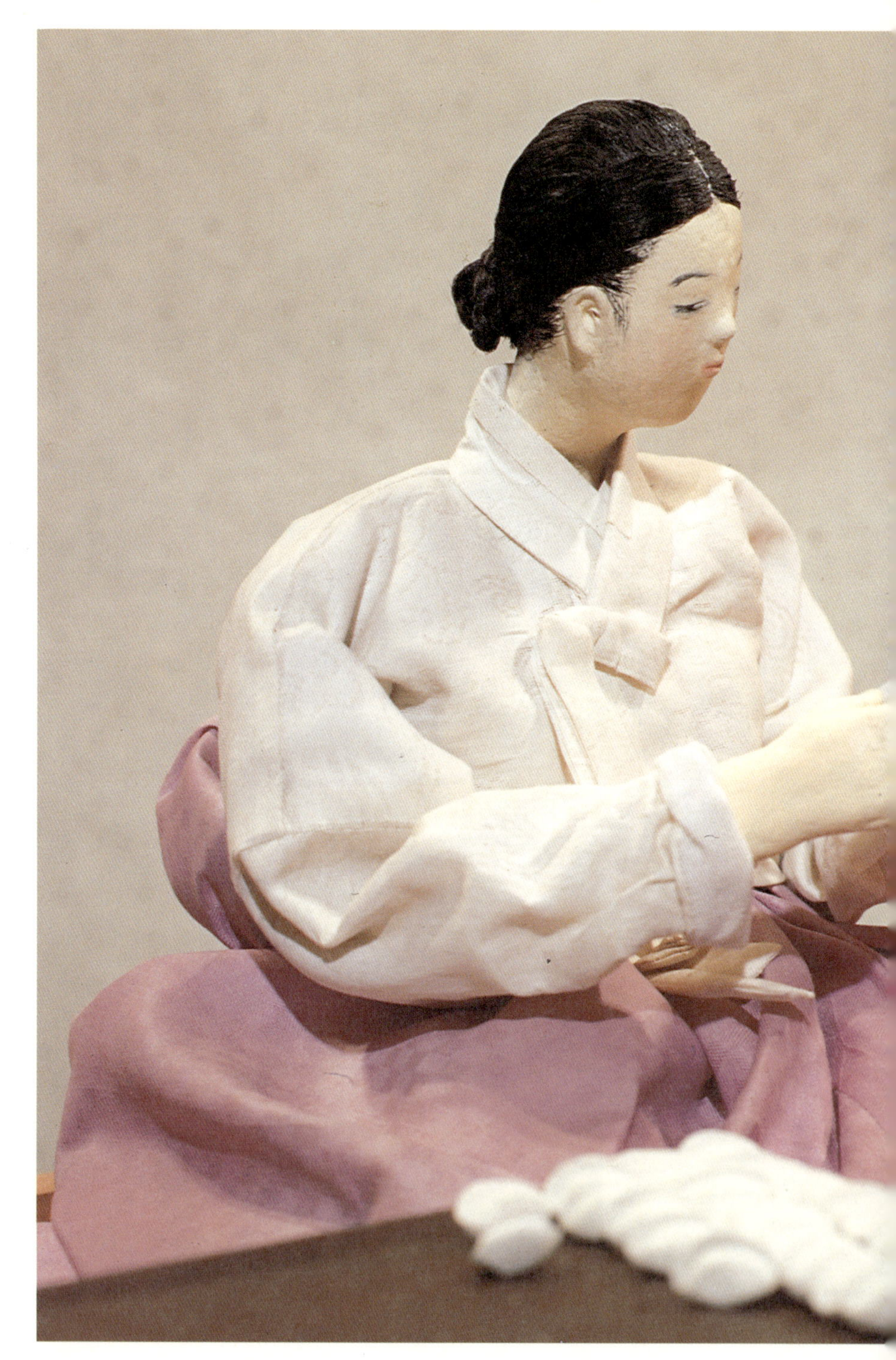

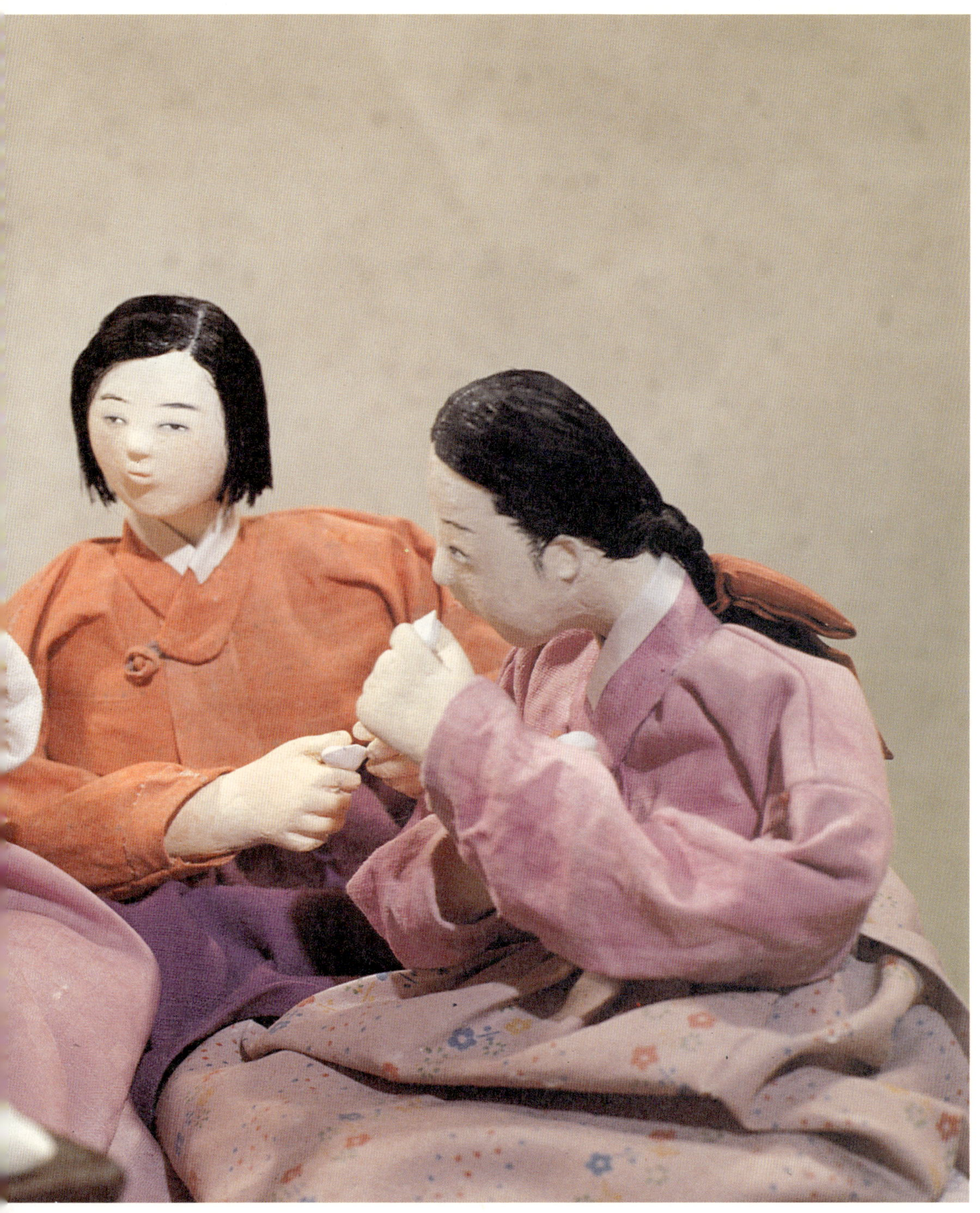

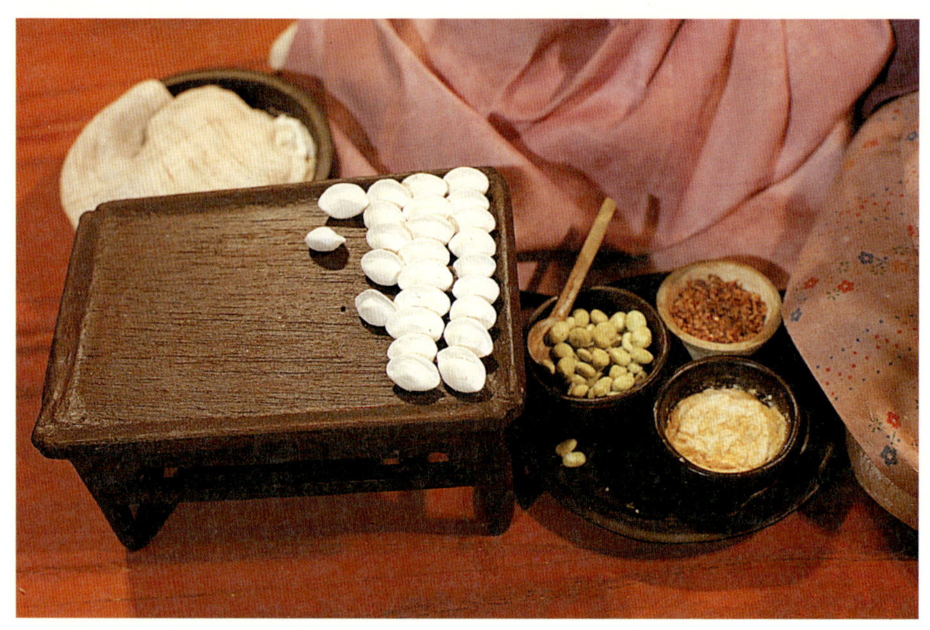

소반에 빚은 송편을 가지런히 놓았다. 큰 함지에 넣은
반죽이 마르지 않도록 베보자기에 물을 적셔 덮어놓았다.

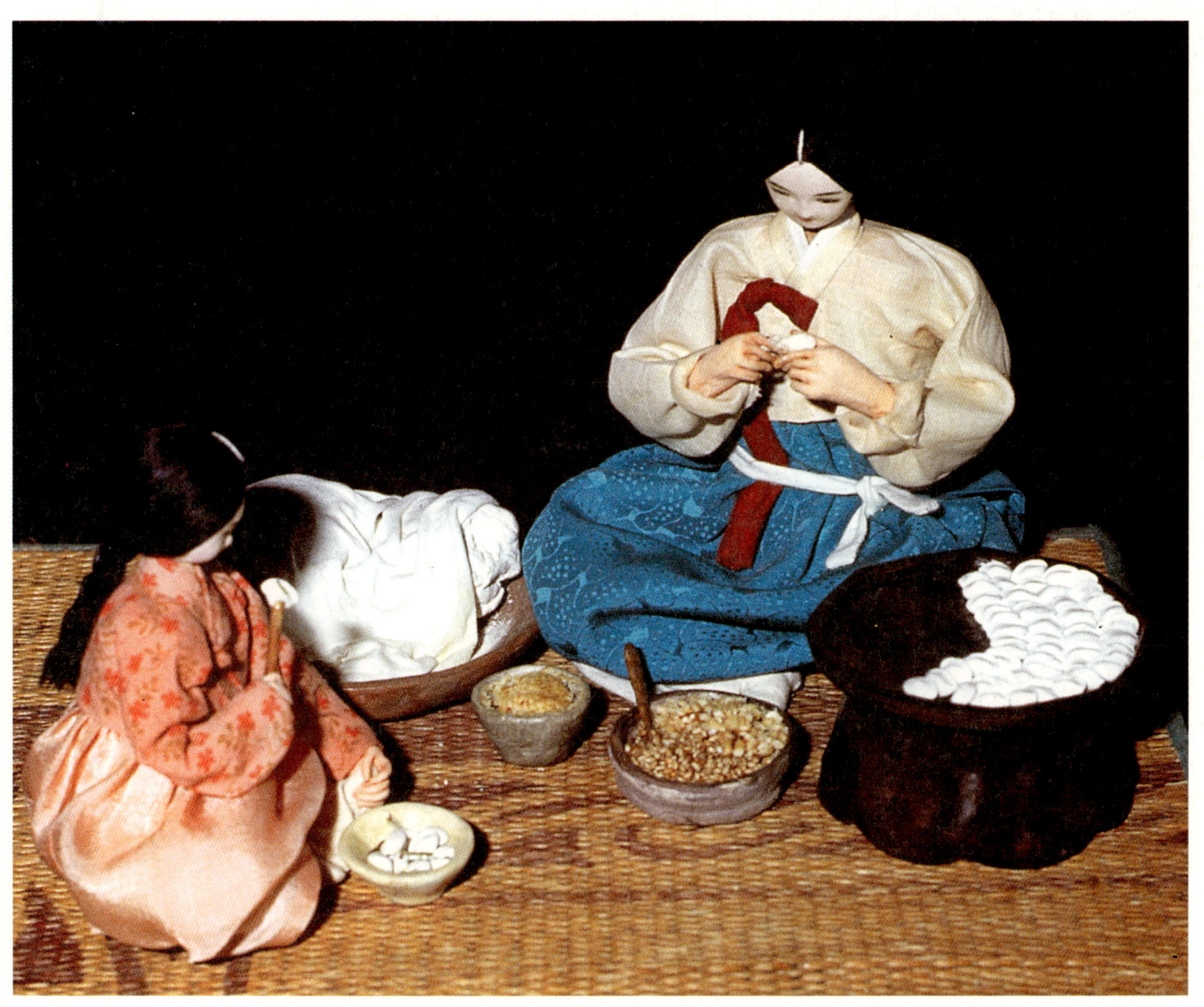

송편 좋아하시는 외할머니 오신다기에 문간방에 돗자리 깔고 서둘러
떡을 빚는 어머니. 네 살배기 순득이 맛보기로 익은 떡 한 조각 손에 쥐어주었더니
샛니로 한 절미 베어 물고는 좋아라 버선발을 매만지고 있다.

설빔 입고 엄마 따라

정초 골짜기 타고 겨울숲 마른 나뭇가지 헤치고 불어와

늘 창가에 매달려 있는 회초리바람 한여름이면 스무날 남짓

어디론가 사라졌다 초가을 못 미쳐 다시 찾아드는 언덕배깃집.

밤새 처마 밑에서 눈바람에 시달린 풍경이 고단한 듯 새벽을 가르는 까치설날

조바위에 성장을 한 어머니는 딸아이에게 색동두루마기를 설빔으로 지어 입히고

굴레를 씌워 옛 은사님 댁을 찾아 나섰다.

나지막한 돌담장 길목에 서니 겨울 철새처럼 연민의 세월을 여민 옷고름 밑으로

시린 가슴 녹여주는 눈부시게 시려운 아침 햇줄기!

때때옷 입은 기쁨에 엄마 앞자락에 서 철없이 날갯짓 치대는 딸아이 연지는

겨울 한나절 해안가에 나와 따가운 햇살에 입 벌리고 앉은 새끼 조가비마냥

해죽이 웃는 두 눈에 핀 하얀 모정의 꽃이 향기롭다.

1957년께 할머니께서 조바위 쓰고 고모 댁에 가신 기억이 있다.
이후로는 조바위 쓴 사람을 거의 보지 못했다. 서민들은 보석을
장식하지 않았고 소박한 민조바위를 쓰거나 옆으로 흑자줏빛 술을
약간 늘이는 정도였다. 삶이라는 여인의 순례길에 연지는 연민과
방황으로 날아든 한 마리 작은 새다.

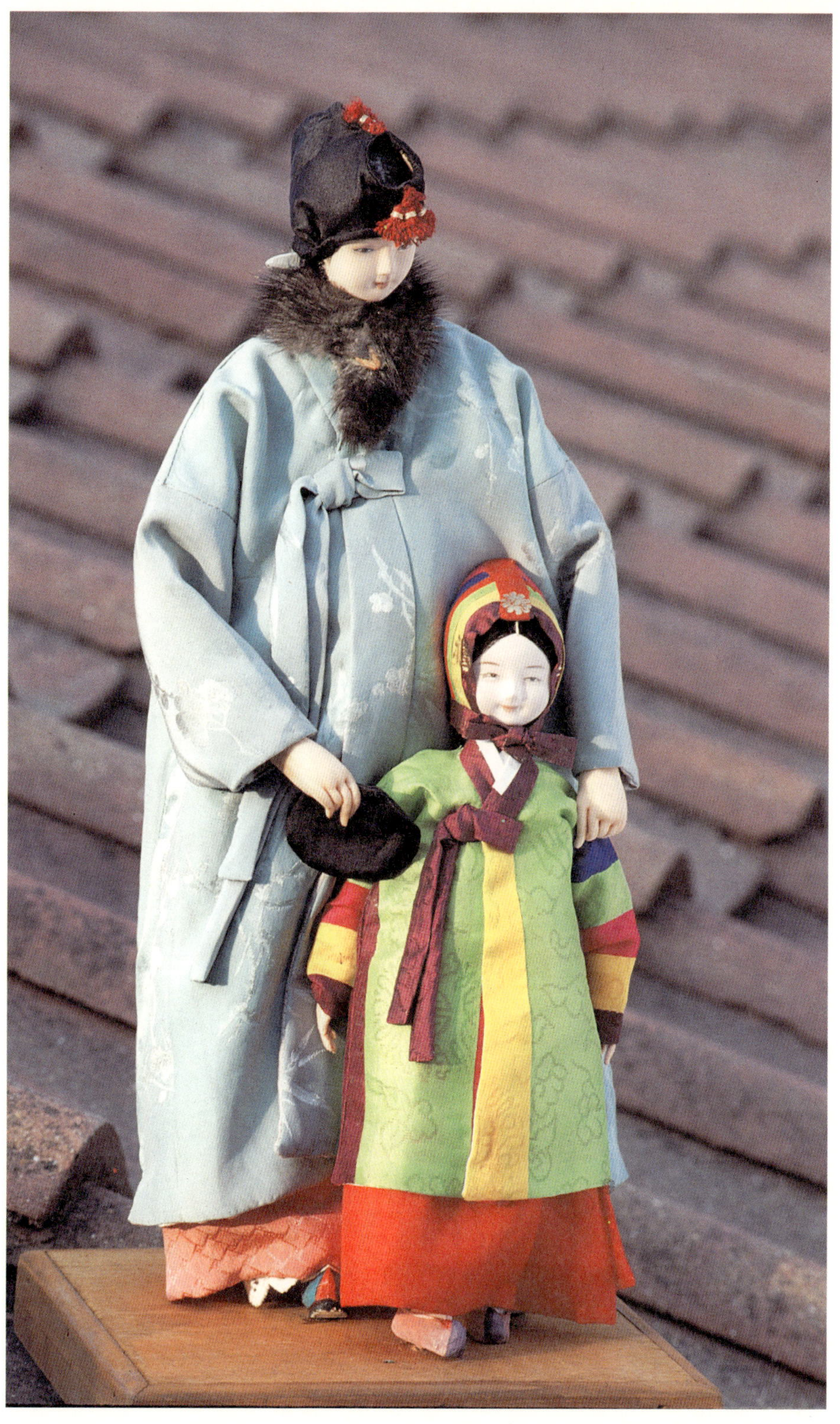

할미새 수놓아

담 밑 뜨락에 어느새 백일홍 지고 맨드라미만 남아 눈길 모으는 늦가을날,
어릴 적 한집 살며 잔등이 내밀어 업어주던 시골 사촌언니 명년 봄 시집갈 때
예물로 싸리나무 가지에 앉은 할미새 수놓아 전하려고 가르침을 받는다.
먼저 옥광목 천을 수틀에 끼우고 다락장에서 반짇고리 꺼내
바느질법이며 수본이며 보여주시고는, 햇볕 들지 않는 날에는
부뚜막에 말려가며 물들인 오색명주실 책갈피에 끼워두었다가
뽑아 쓰라고 일러주신다.
초겨울 시린 외풍에 등받이 배자 입고 한 며칠을 나들이할 때
저고리 소매 위에 낄 토시 만드시는 할머니 방에 군불 지피고는
아침나절 싸리비로 마당 쓸던 청지기 하제비 전하는 기별,
지난 이맘때 머물다 간 사랑방 그 손님 오신다는 소식 받고
어머니의 창해한 낯빛에 복사꽃이 물든다.

수놓을 때는 색실을 잘라 색깔별로 공책에 끼워 빼 쓰기 편하게
하고, 바늘꽂이 · 바늘집 · 가위 · 실패 · 자 · 골무 · 명주실 등을 담은
반짇고리와 사각이나 동그란 나무수틀을 준비해야 한다. 수놓기를
통해 인내와 온유함을 가르치시는 옛 어머니들의 마음을 비추었다.

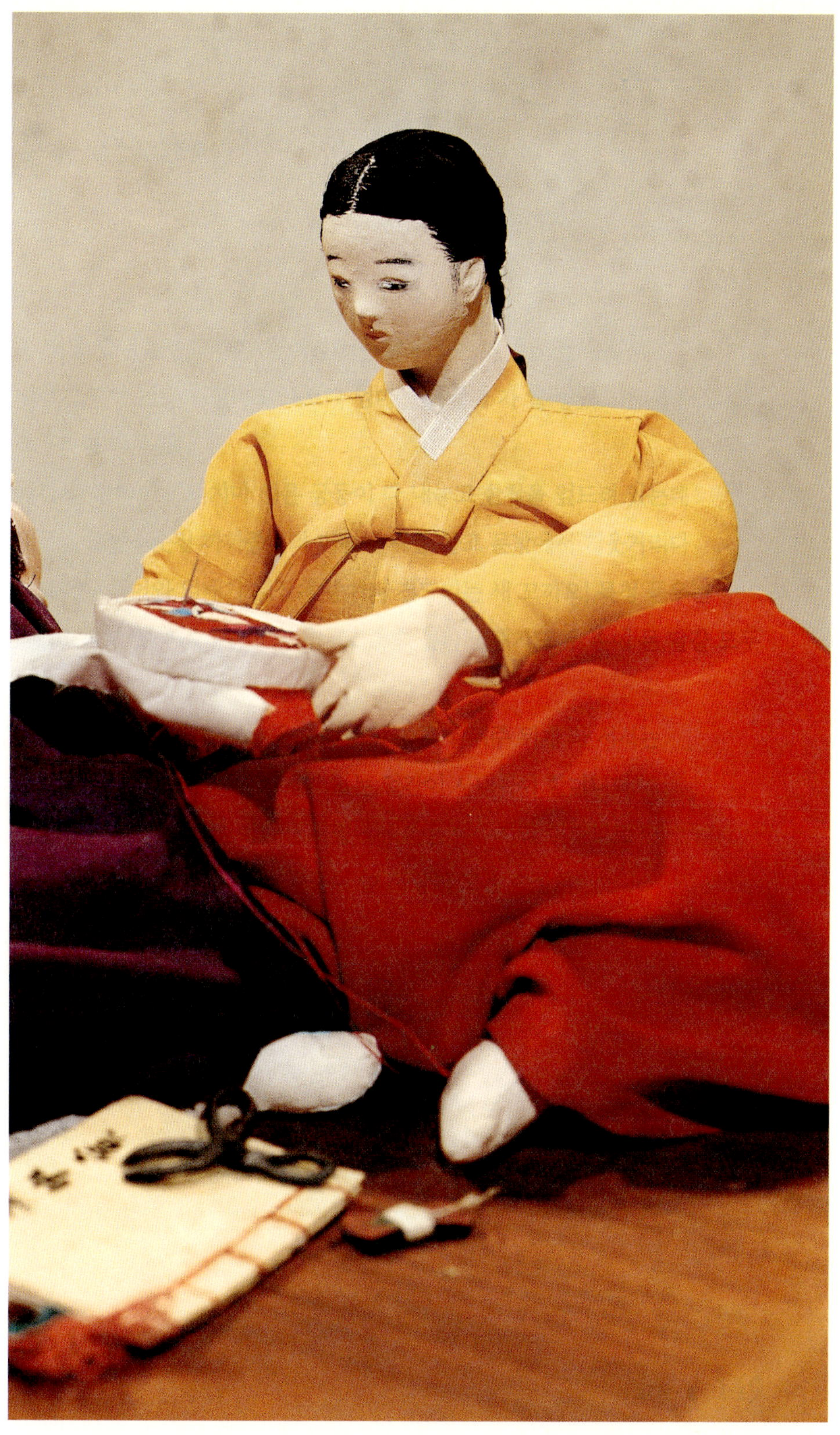

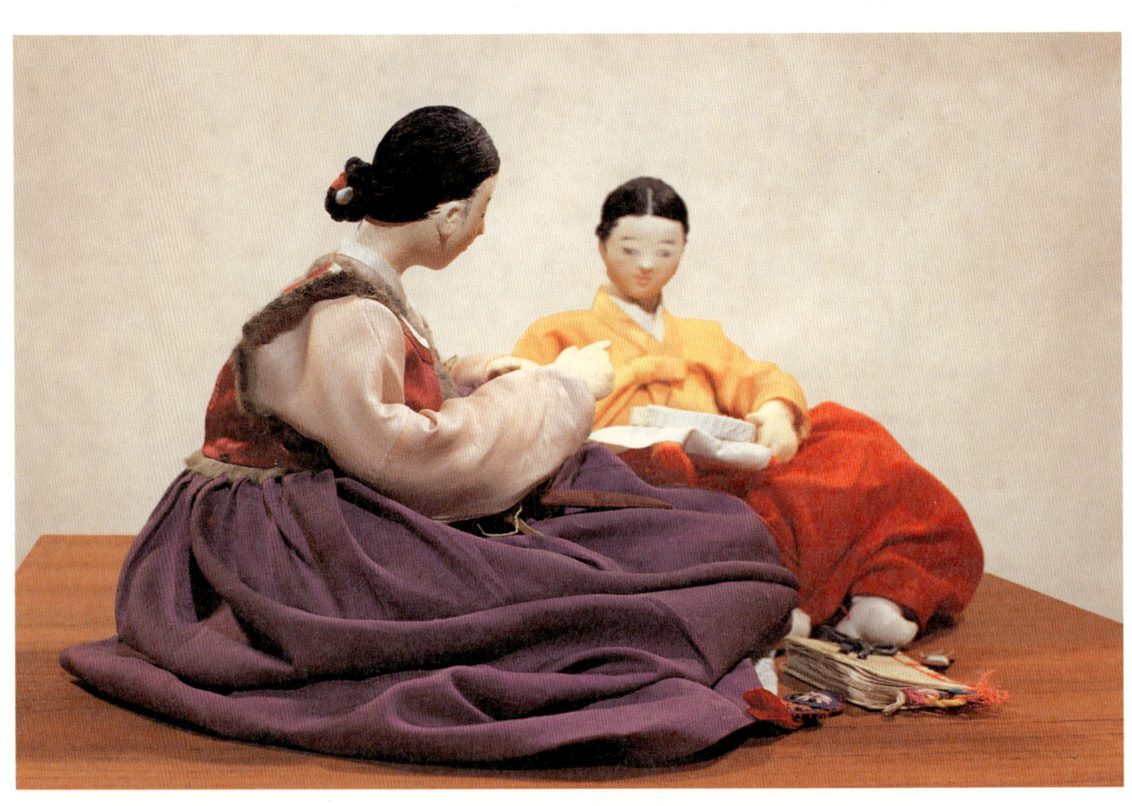

166

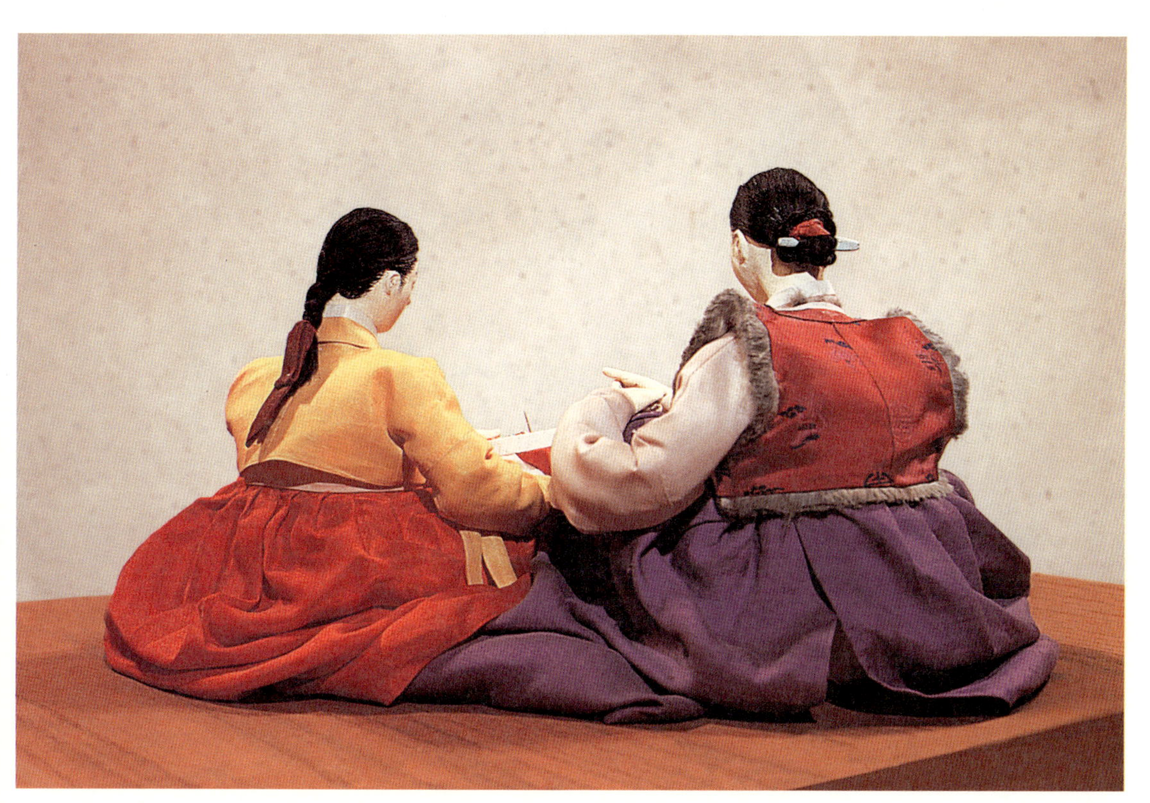

나귓집 딸 첫선 보는 날

비바람먹이 햇살에 어느새 물드는 숲시가지 사이로

하얀 샌님이 초승달 물고 소쩍새 울던 간밤에

시집가라 하시는 아비 품새 떠나려니 가을 기러기 몸짓으로 뒤척이며

한밤을 지새우고 동 터오는 새벽녘 풀어진 가슴싸개 끄나풀 여미고

문밖 개여울에 나가 앉아 흐르는 물갈에 긴 머리 적시는 나귓집 딸

첫선 보는 날이다.

해돋이 나라 가신 어머이 손잡고 산고빗길 넘나들던 어린 시절

버들잎 따주시던 산등성이 저편 너머로 새벽빛 가르고 들려오는

그때 불던 모녀 피리소리. 젖은 머리 감아올리고 꿈을 꾼 듯

그리움 안고 돌아와 반닫이 열고 어머니 주고 가신 빛바랜 피리 꺼내 보려니

새벽잠 깨셨는지 아버이 헛기침소리 들리고 문틈으로 긴담뱃대 물고 계신

모습 보이매 홀아비 따라나설 첫선 단장하는

고즈넉한 여심.

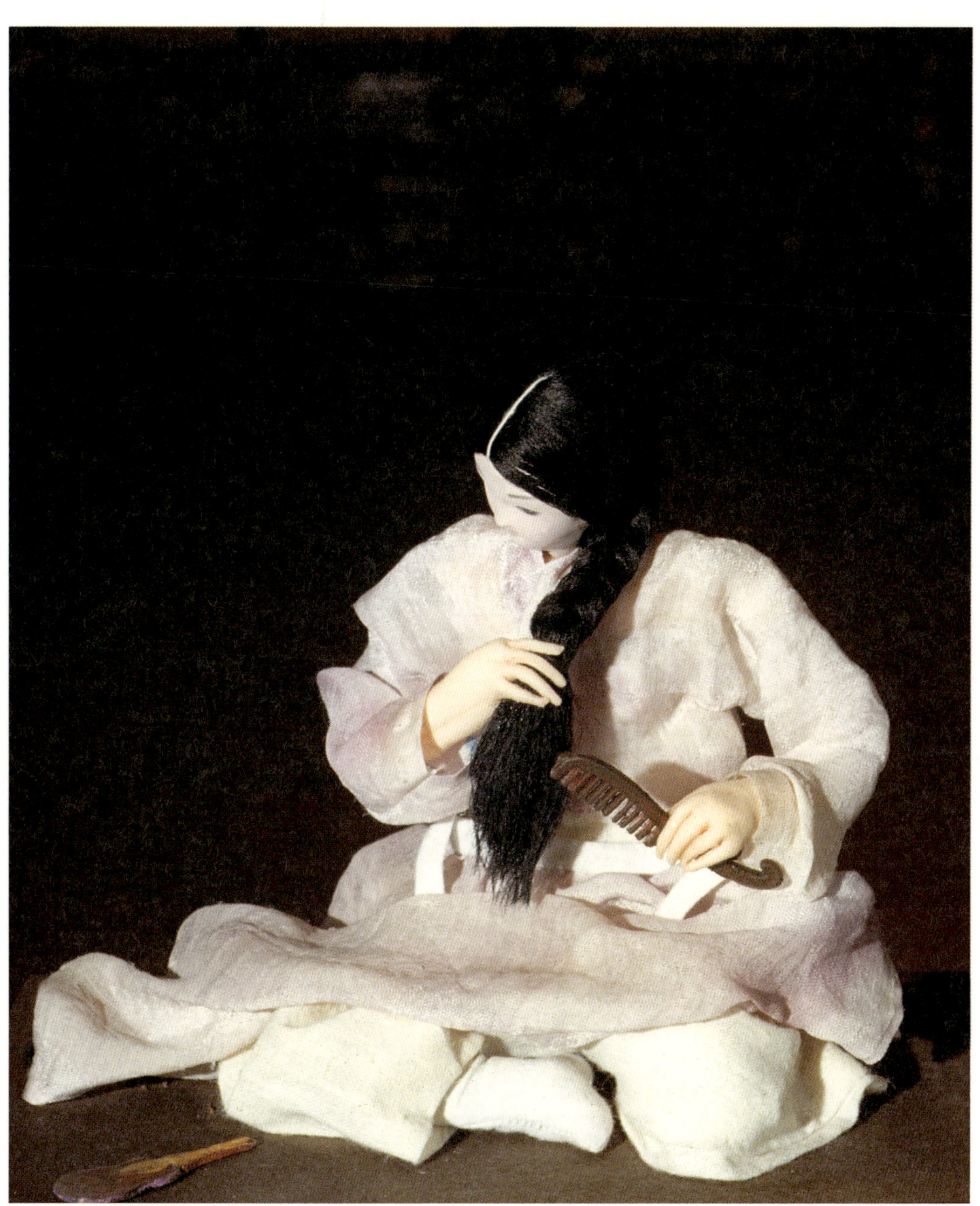

동거동락

혼례식 치른 신랑과 신부가 기념사진을 찍기 위해 주춤 섰다.
어린 시절 소년이 소녀의 책보를 들어준 흐릿한 기억 속에
첫 인연이 끄나풀 되었는지 중신아비 편에 한 쌍의 원앙으로 맺어졌다.
깡바람 휘돌면 입김마저 얼어붙는 음력 동지섣달인데 시아주버니 오래도록
대를 잇지 못하시매 명년 봄에나 기약했던 혼인식을 서둘러 앞당긴지라
얼결에 족두리 쓴 보리방앗간집 딸 아직 몸에 들지도 않은 얼라 낳을 생각하니
주눅 들어 연지볼 발갛게 물들고, 함진아비들 소란 속에 문지방 하나 건너
오색 종이타래 쥐고 섰는 아이들, 신랑신부 색동 주단길로 퇴장하길 기다리며
시악시 빠꼼히 올려다보는 새 누이동생 업어 키운 친정오라버니
애써 찍어두신 혼례식날 기념사진.

조선시대에는 혼례식을 주로 겨울에 했고, 이때 신랑신부는
'솜옷'(핫옷)이라고 하여 바지 허리춤과 저고리 깃에 솜을 둔 옷을
입었다고 한다. 솜은 따스하고 부풀어오르는 것이므로 사랑과 부귀
번성을 상징하며, 혼례복은 원래 겹으로 짓지 않기 때문에 솜 둘 수
있는 곳이 한정될 수밖에 없다. 조상이 벼슬을 했거나 여유 있는
가문에서는 혼례복을 대물림했으나 없는 사람들은 빌려서 입었고,
1940년에서 45년께는 반상(班常) 개념이 거의 사라지고 내림옷이
낡거나 없어져 마을에서 공동으로 마련해 썼다고 한다(『바늘과 벗삼은
한평생:침선장 박광훈 선생 기증전』 국립민속박물관, 2001).

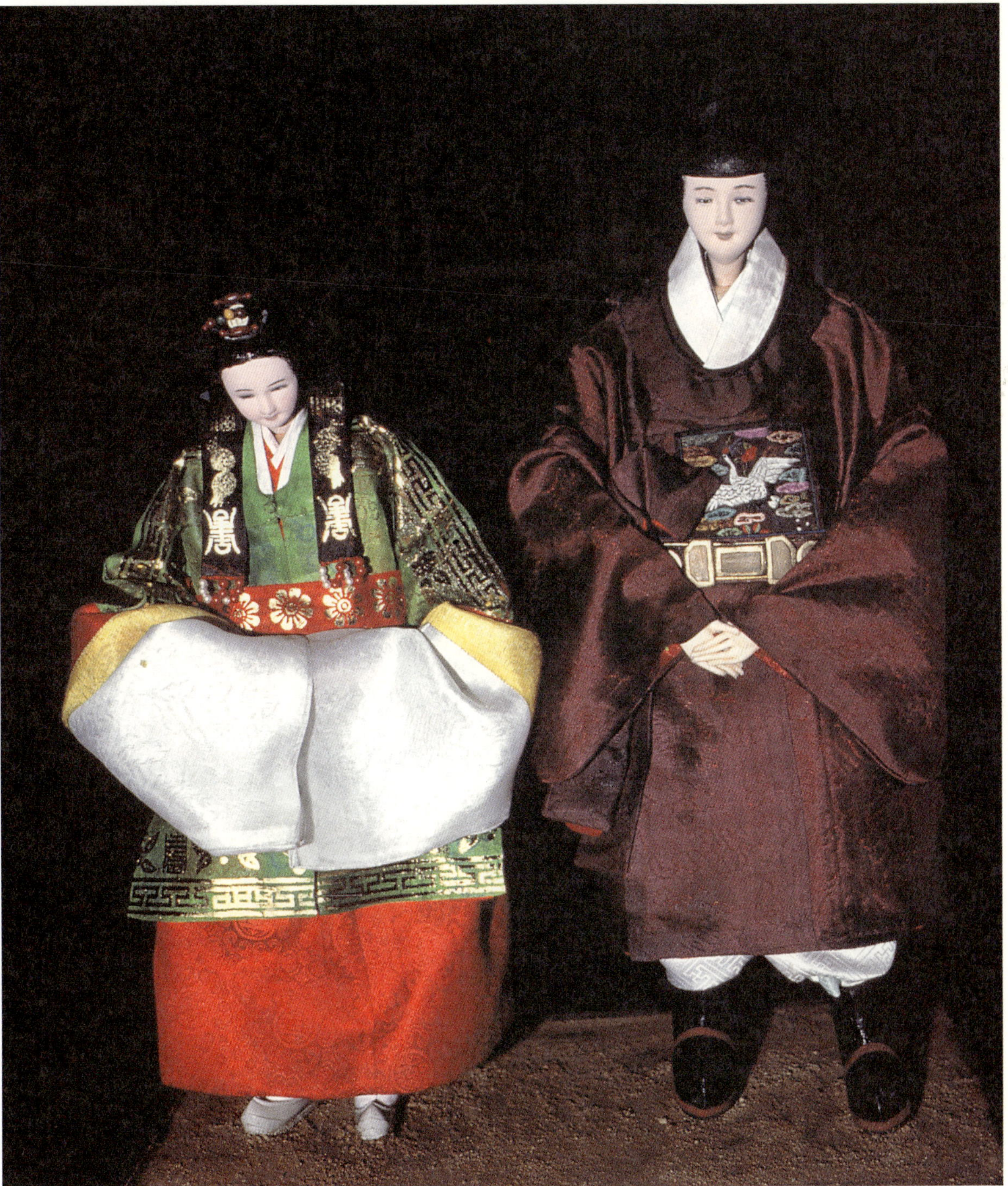

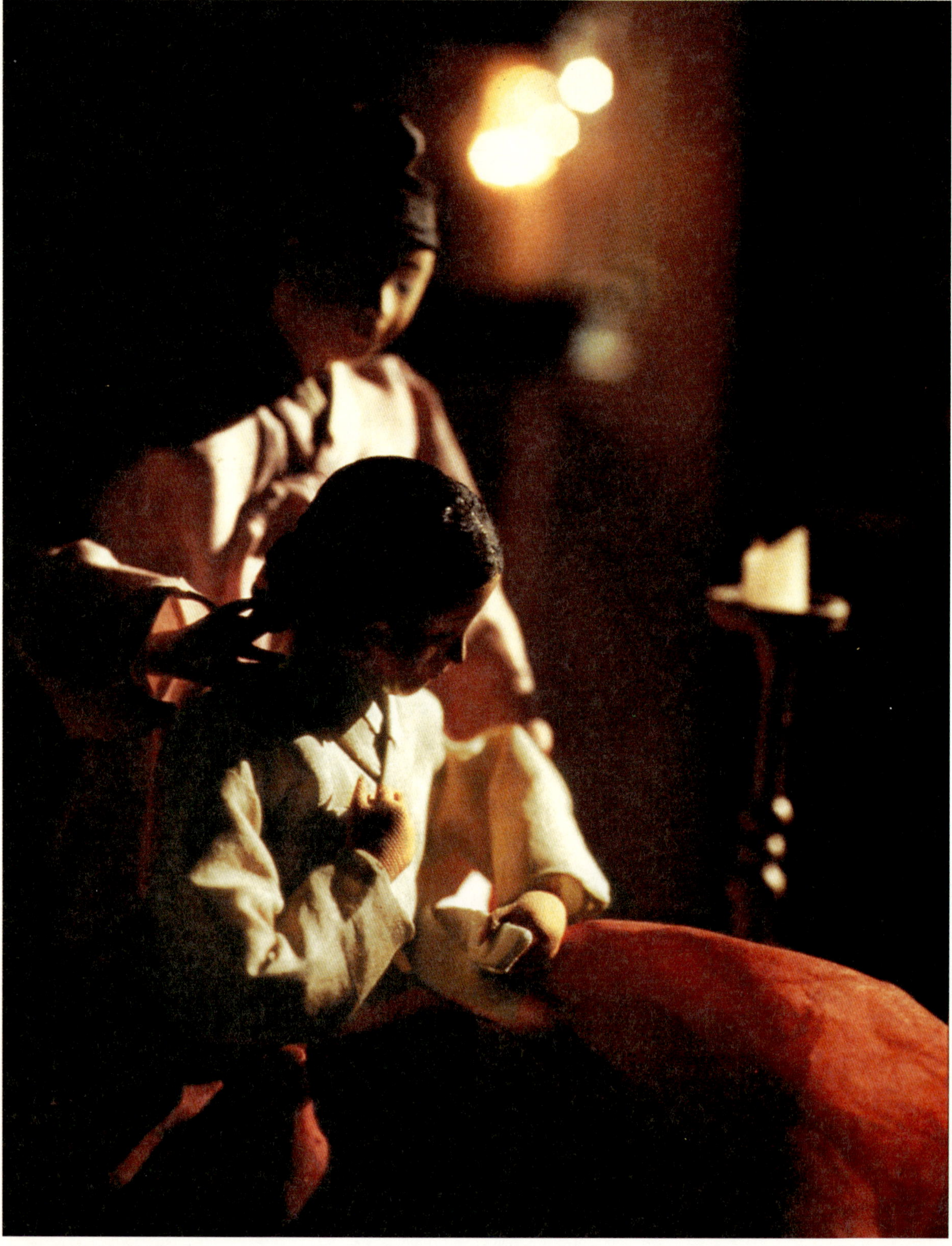

첫날밤

여닫이 문풍지 사이로 신랑신부 여민 저고리 속적삼 옷고름 풀고 호롱불 끄니
신방은 달빛에 살라든다.
과반 위 종짓잔에 나눌 합환주 아직 오리병 백자에 담겨 있고 머릿장에 놓인
연두 다홍 비단이불 한 채 깔아질 새 없이 앵무새소리 부엉이소리 내가며
침 발라 문구멍 내고 들여다보는 아이들. 업친 데 덮쳐 옆집 코맹이 아자씨
아씨 짝사랑 뉘 알세라 술 한잔 들이켜고 코맹맹이소리 하다가
헛간 담벼락 밑에서 코골고 잠든 새 개구쟁이 아이들 서로 밀쳐대며 킥킥거리는데,
주착이 살짝곰보 노처녀가 아자씨 맘에 있어 속없이 드나들더니
벗겨진 검정고무신 한 짝 마룻구멍 밑에 들어갔다고 소란을 피우다
얼라 업은 얼치기 누이 발등 밟고 등에 업힌 얼간이 잠깨서 우는 소리에
놀라 달아나는 아이들 짓궂게 고함 터뜨리고 소금장수집 새끼 밴 똥개 짖어대니
코맹이 아자씨 눈을 깨서는 등잔불 꺼진 사랑채 그림자 여울 눈여겨 기웃거리고
훌쩍이다 제풀에 꺾여 김삿갓 걸음으로 싸리문을 나선다.

산고을 아기씨가 도련님과 첫날밤 신방에 드니 이웃동네 코맹이
아자씨가 짝사랑하던 맘 오도가도 못하고 쭉정이 신세를 한잔 술로
달래는데 제 눈에 안경이랬다고 얽배기 노처녀 동분서주하는 맘짓
나몰라라 하는 이야깃거리다. 1930년대 즈음 처가에서 초례를 치른
신랑이 혼자서 부모님 집에 가 인사를 드리고 다음날 다시 처가로
돌아와(재행) 신방에 든 첫날밤이다. 앳된 낭군이 서투른 몸짓으로
무릎을 꿇고 숨길 가누며 신부의 비녀를 빼주려는 참이다.

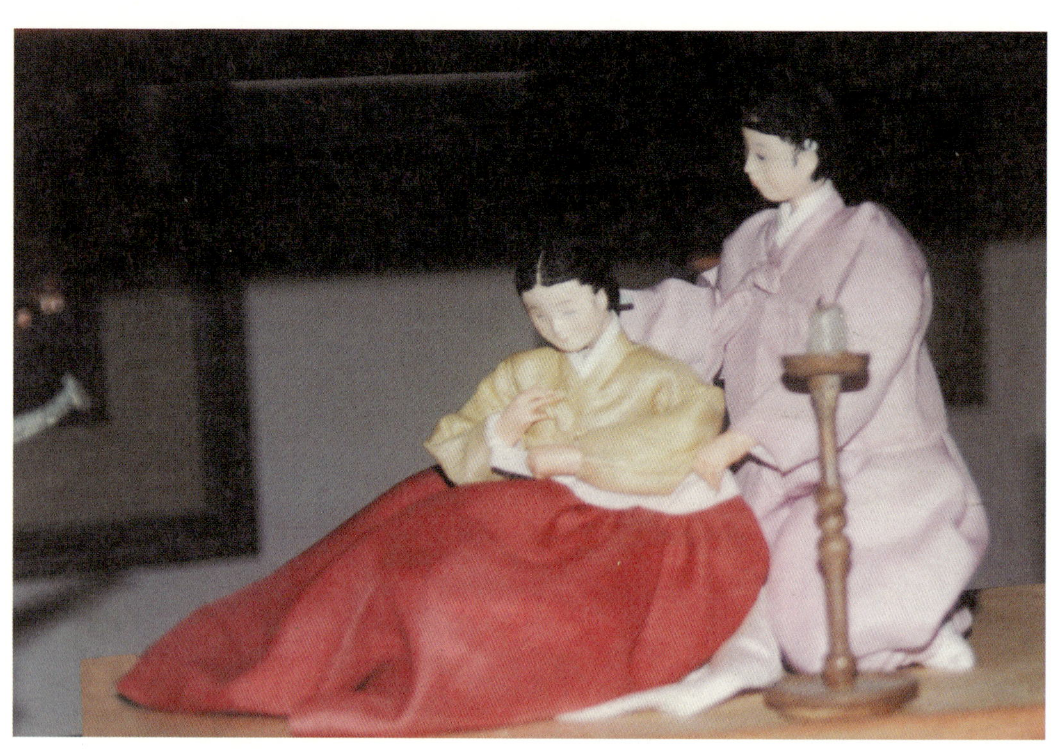

꽃가마 타고 가네

풀잎 뽑아 입에 물던 귀밑머리 아기씨가 어르신들 입시울에 건너온 말이
씨가 되어 낯선 서방님 둥지 찾아 길 떠나는 초여름날이다.
메밀꽃 피는 언덕길 너머 숲정이 동산을 무명지기댁 도련님 등에 업혀 맴돌던
어린 시절 꿈같은 그날들 모두 잊고 오색술 찰랑이는 꽃가마 타고 시집가는 날,
하마 혼인길에 액 붙을까 가마 위에 호피 담요 덮고 예물 보따리 한지 꼬아 여며
한님 손에 들리고 부모님 곁 떠나가는 열아홉 살 새색시.

무명지기댁 도련님은 마을 건너 몇 구비를 돌아 내려간
큰 밭에서 해마다 목화솜을 거두는 집안의 앳된 총각이다.
1920년 전후로 양반집 딸은 주로 활옷에 화관을 썼고 한님(하녀)은
그날 하루만 본견 치마저고리를 빌려 입혔다고 한다(석주선 고증).
신랑과 함께 시집으로 가는 신행길에 잡신이 붙지 말라는 뜻에서 가마
지붕에 호랑이 무늬를 새긴 담요를 덮었고 한님(하녀)이 든 예물
보따리는 묶지 않고 한지를 꼬아 여미었다. 한번 묶으면 다시 풀지
못하므로 모든 혼인 예물은 이렇게 매듭을 짓지 않았다고 한다. 가마
안 한구석에 당혜를 벗어 두었고, 먼 길에 대비해 한쪽에는 놋쇠요강도
준비해 두었다.

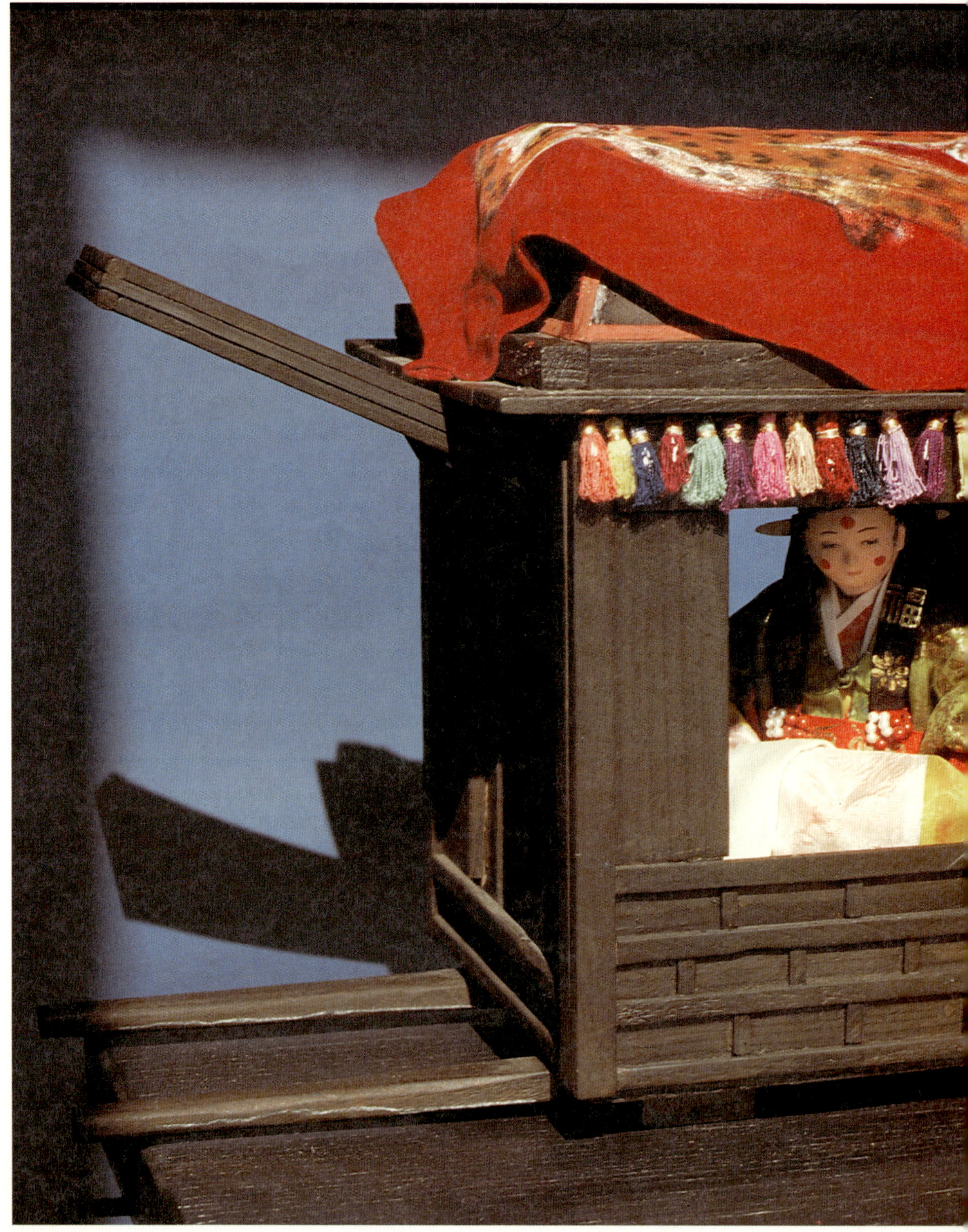

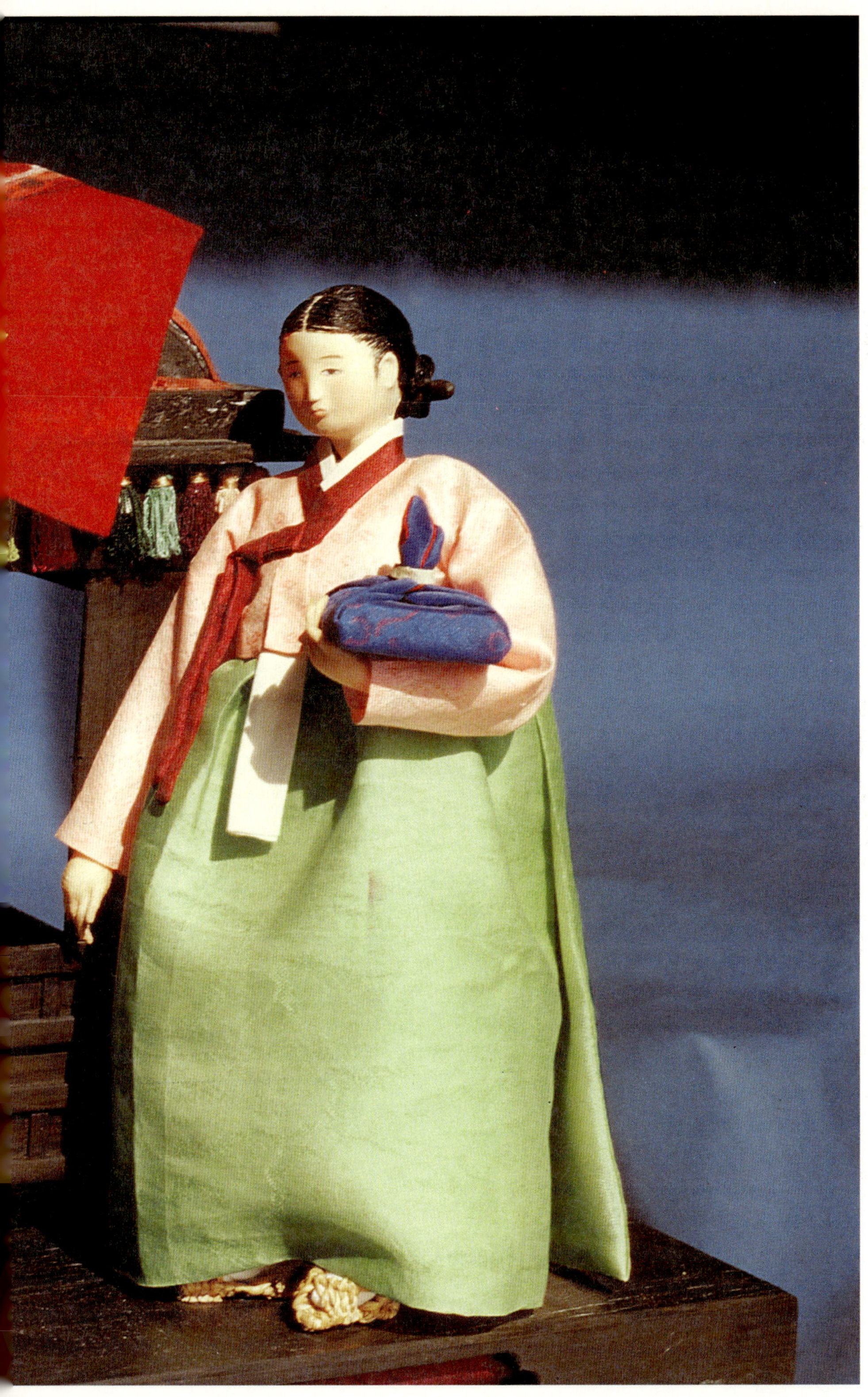

첫딸 때때옷

그렇게 혼인 첫날밤을 지내고 낳은 첫딸아이 네 살 되는 해다.
귀빠진 날 색동저고리에 다홍치마 입혀 조바위 씌워주니 할아버지 앞에서
응석부리려는 맘에 뒤뚱이며 안방으로 건너가는 곤지.
네댓새 전 엄마 따라 문밖 우물가 나간다고 댓돌에 놓여 있던
할머니 흰 고무신 끌고 봉당에 내려서다 다친 무릎에 고약 붙여주시며
쌈지주머니에서 푼돈 꺼내 '아탕' 사먹으라고 달래주시던 할아버지
일찍 조반 드시고 코고는 소리 미닫이 안방 마루문 밖으로 넘나드는 아침나절에
'곤지가 건너가면 일어나실 거야' 한 엄마 입김 받아 때때옷자락 발에 밟힐세라
아장이는 어린 몸짓 봄볕에 나온 햇병아리 같아라!

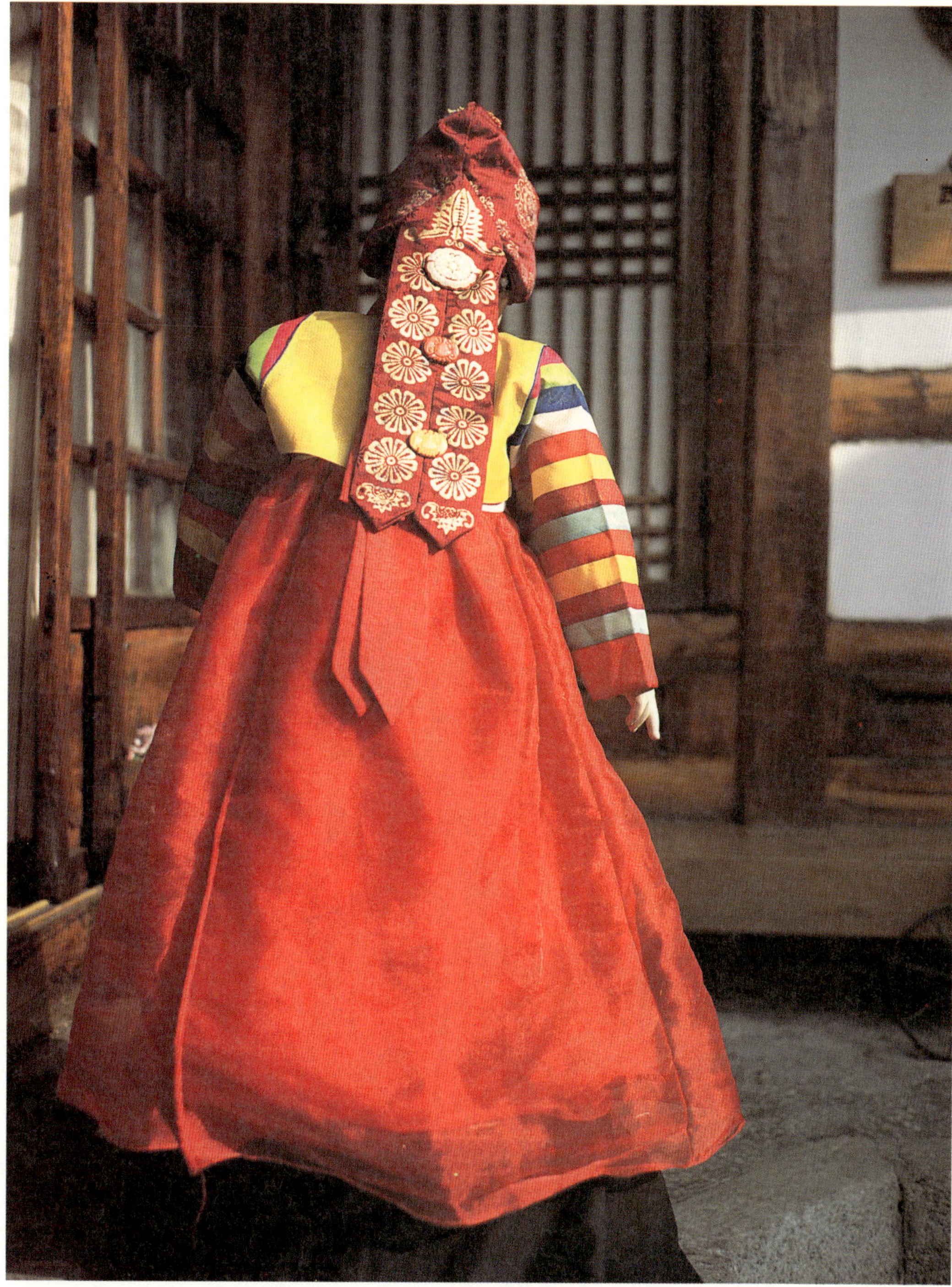

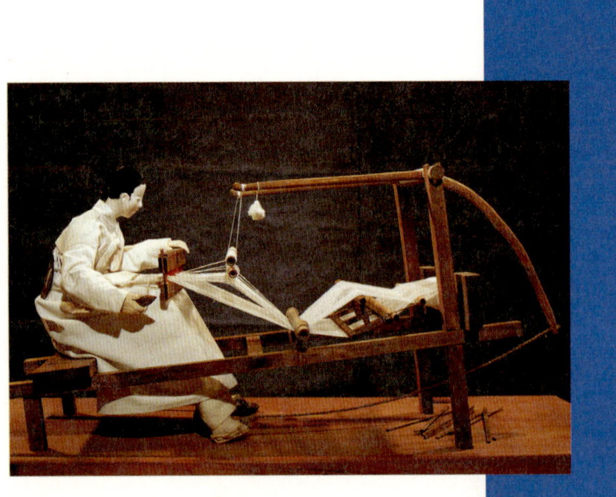

다듬이질 소리

그 다듬이 듣고 나니 오 내 귀가 쨍쨍하네
또닥 또닥 다듬이 소리
골골마다 울려 퍼져 우리님 간장을 다 녹이네

언년이 삼 삼기

깊은 산고을 홀어머니 품에서 어렵사리 자란 아다다는
몇 해 드나들던 방물장수 중신어미 편에 심심찮게 건넨 말이 씨가 되어
장가갈 생각이 있는지 없는지 늦장이 총각한테 식도 못 올리고 시집와
그 집 시어미 입심에 일먹잇감 며느리가 되었다.
고추잠자리 눈에 띄는 늦여름 한나절 남의 집 머슴살이 하는 서방님은
밤새 코만 골더니 날 새자 빈 짚지게 지고 허깨비 같은 걸음으로 일 나가셨고,
조반 드실 새 없이 일더미 잔뜩 떠맡기시고는 해지기 전에 해놓으라며
마을가신 시어머니 눈총에 더디기만 한 삼 삼기로 울먹이는데,
어느새 아이 들어찬 지 서너 달 남짓 되니 뒤뚱거리는 몸짓으로
땡볕 장독머리맡에 앉아 졸음을 못 이기는 언년이
고갯길 너머 친정어머니 보고 싶은 생각에 목은 메고
앞산 망아지 울음소리에 어리벙한 아다다.

   길쌈은 크게 삼베길쌈, 무명길쌈, 명주길쌈으로 나뉘는데,
그중에서도 가장 고된 것이 삼베길쌈이다. 삼삼기는 삼을 베어다 푹
쪄서 가늘게 쪼개 말린 삼섬유를 서로 길게 이어 삼실을 만드는
일이다. 이때 허벅지와 손끝에서 피가 나고 나중에는 굳은살이 박힐
정도다. 늦처녀로 홀어머니 품에 있을 때에는 언년이였다가 그나마
멍게 같은 서방님한테 시집을 가서는 아다다로 불렸다. 백치 아다다를
청초한 청보랏빛 야생화에 비유하여 가장 아름다운 빛을 지닌 흙 속의
보석으로 빚고 싶었다.

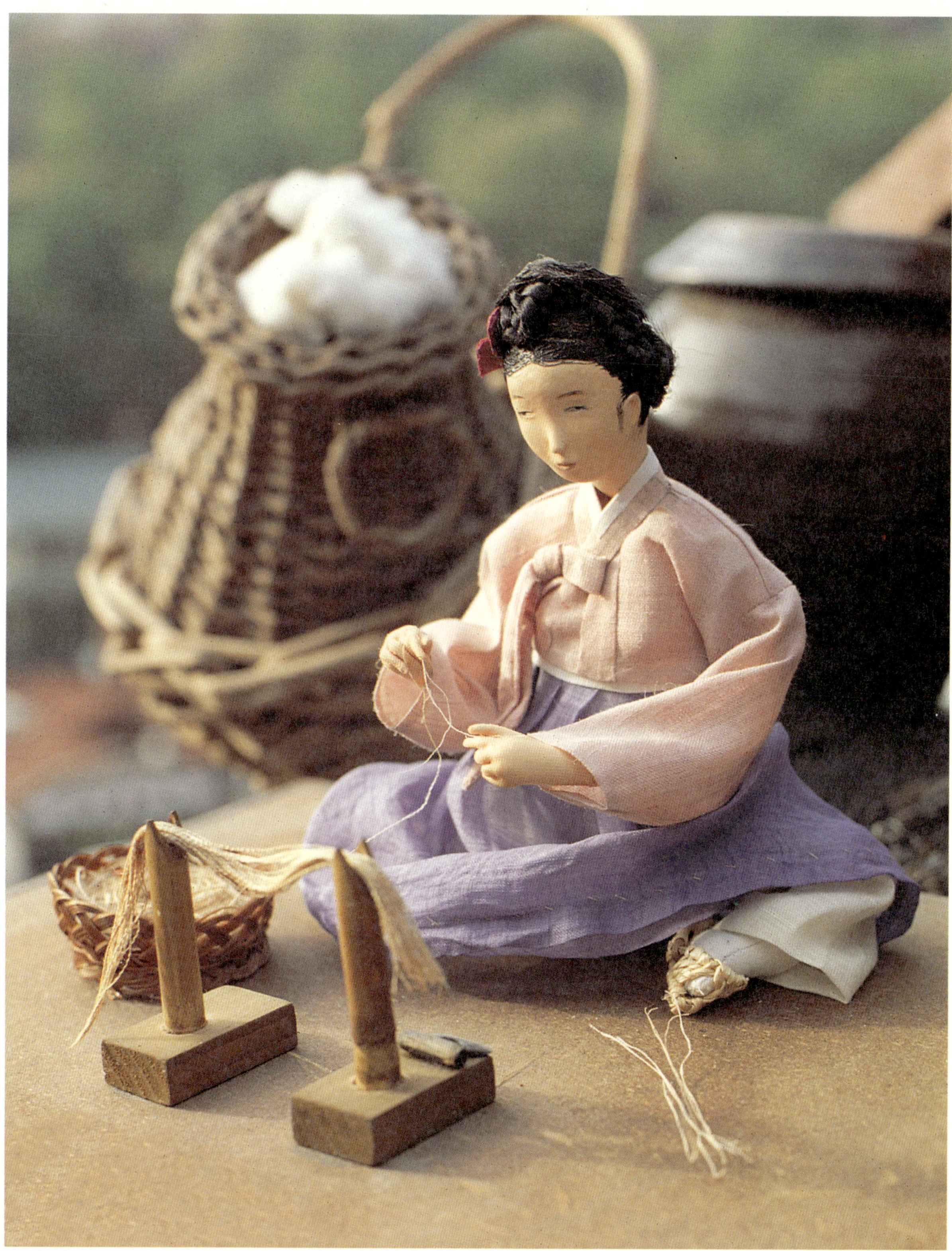

돌개 잣는 여인

초막집 길 밖에는 오가는 이 없이 땅거미만 지고 무명적삼 등에 기워댄
한 맺힌 천조각. 퇴색된 세월만큼이나 옷고름에 감추인 연민 뉘 알세라
삼 삼아 가려낸 실처럼 까칠하고 고르지 못한 마음가닥 돌개에 감아 돌리려니
늦가을 장독 담머리에 인동초 넝쿨 건드리는 빗자국 난데없이 몰고오는
돌개바람에 낯선 그리움이 나뒹군다.
아물지 않은 연민의 흠집 덧내지 않으려니 다락장에 넣어둔 띠 꺼내
치마허리 여미고 마음 동여매는 정녀의 고즈넉한 여심에
뉘인가 기다림이 아릿하다.

삼 삼기한 삼실을 돌개에 감아서 실을 고르게 하는 길쌈이다.
홀로 사는 여인 정녀의 치맛자락 밑으로 보이는 버선발에 고즈넉한
심연을 비추었다.

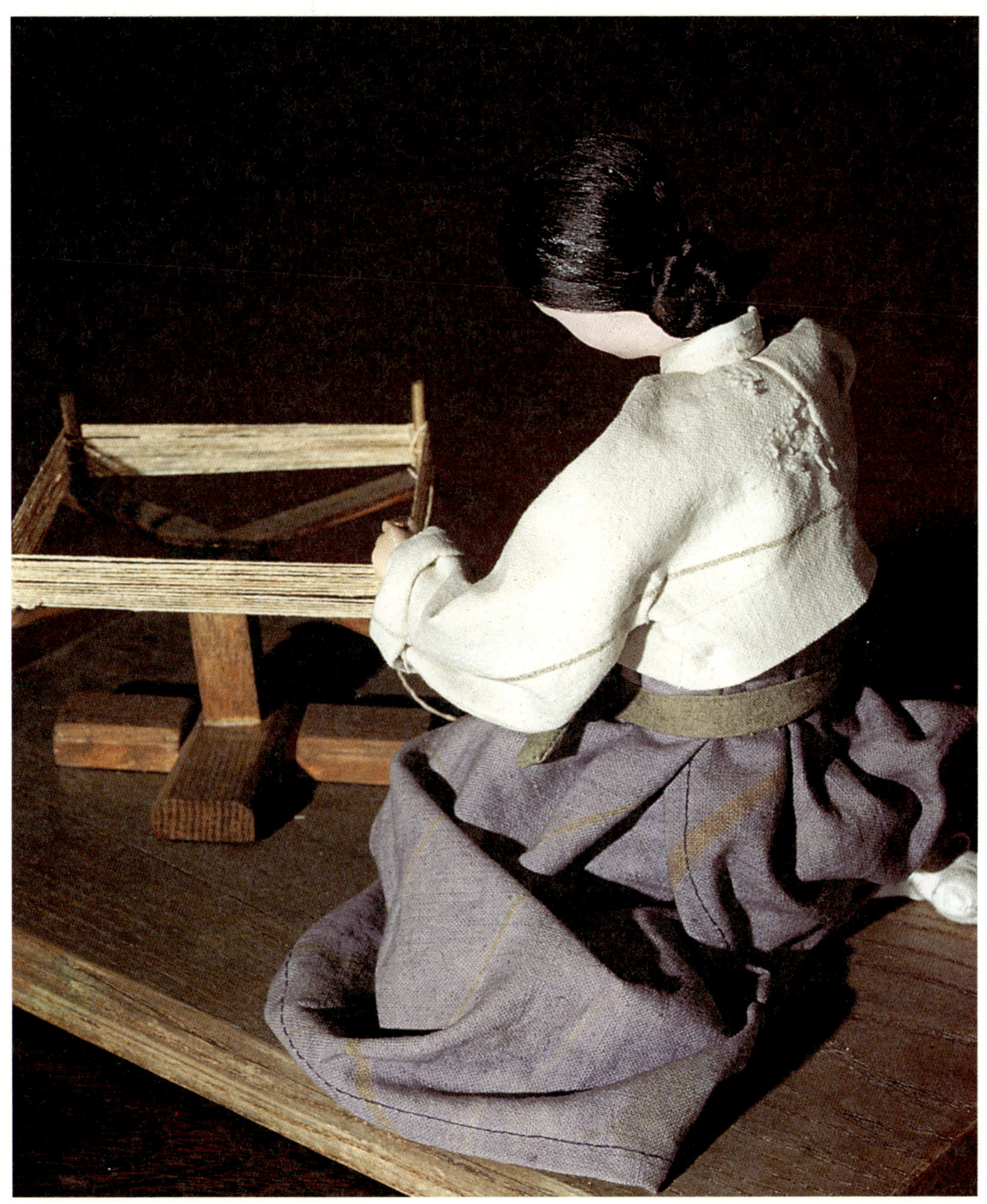

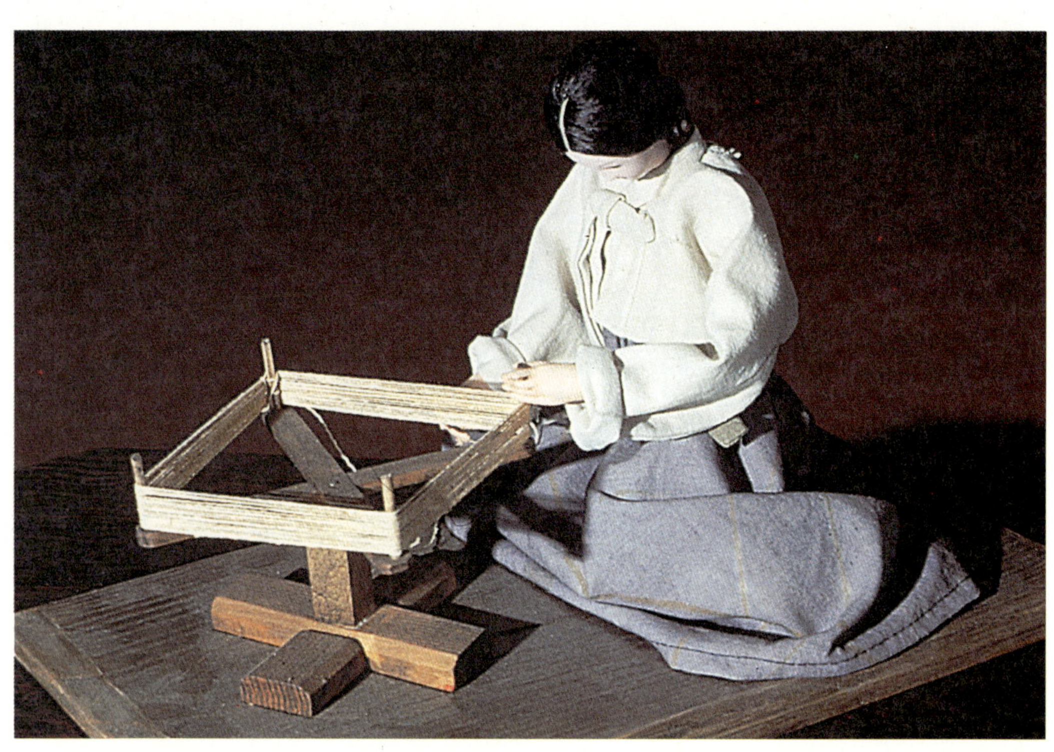

186

생과부 씨아질

이른 새벽 눈을 떠 경대 앞에 다가앉아 밤새 풀린 속적삼 치마 여미고

앞문 밖 개울에 나가 흐르는 물로 말갛게 씻은 얼굴에 댕기 돌려

얹은머리 감아 빗고 웃방에 군불 지피고는 큰집 아기씨 찬바람 나들이 하실 제

쓰실 처네 지어드리려고 목화솜 씨 가려내는 초겨울날이다.

어느새 깨셨는지 어미 젖가슴 더듬으려 옹글거리는 갓난이 포대기에 싸서

안겨주고 조반 들 새 없이 부담 지고 패랭이 쓰더니 먼 길 갔다

한겨울 지나서나 오신다며 길 너머 고갯길 위로 멀어져가는 등짐장수 지아비.

그 뒷모습 바라보고 들어와 아이 업고 서성이다 안방에 토닥거려 재워놓고는

씨아를 돌리는 생과부맛이라니 문풍지로 새어드는

시린 바람 같누나!

씨아질은 무명길쌈의 한 과정으로 목화를 따다 잘 말려서
씨아에 넣고 돌리면서 씨를 빼낸다. 씨아에 목화를 넣으면 앞쪽에 씨가
떨어지고 두 가락 사이로 솜이 빠져나가게 되어 있다. 속빈 가슴
달래느라 여인은 흰 허리띠를 여미었다. 부담은 무명, 명주 등 물건을
챙겨서 팔려고 어깨에 매거나 나귀 등에 싣는 나무상자이다.

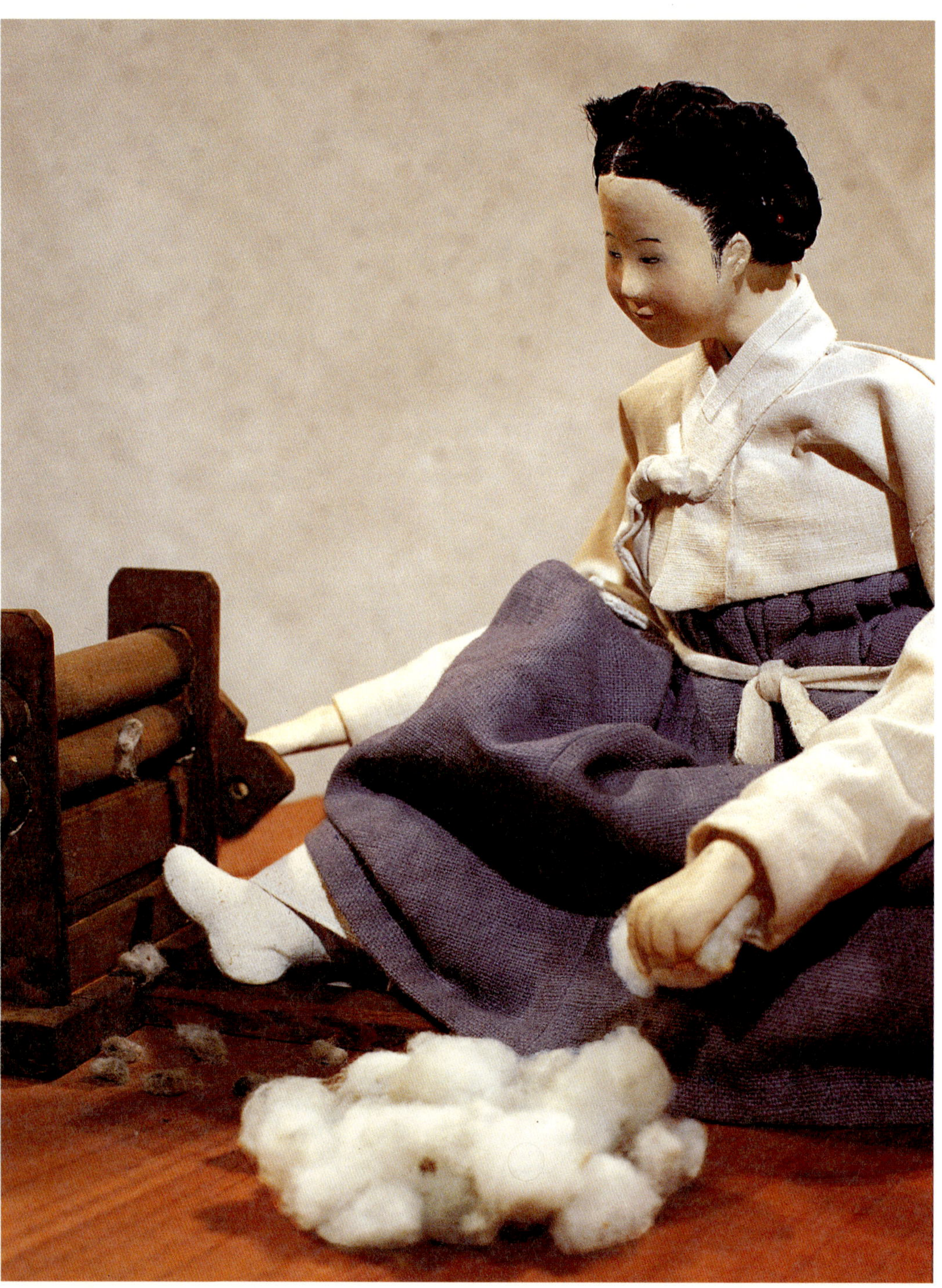

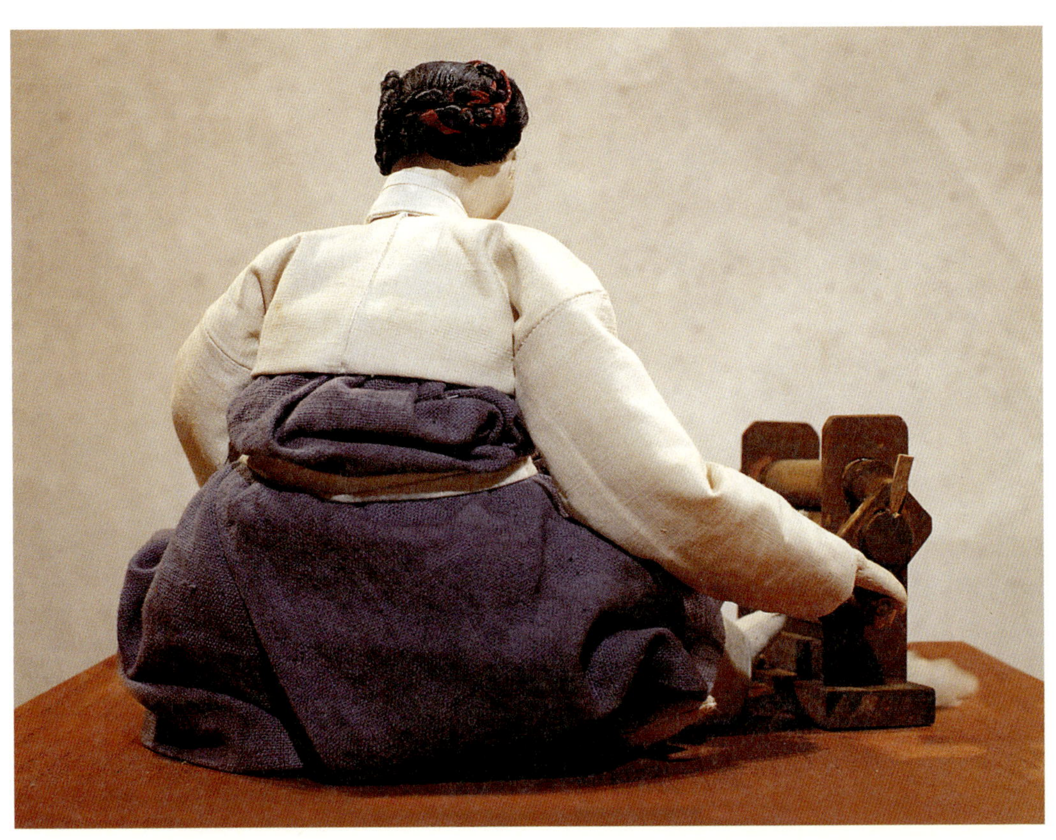

목화씨 다 빼거든

아직 찬바람 부는 이른 봄 돌배기 아들 솜바지 한 벌 장만해 입히라시는
건넛마을 큰어머님 정성 받아 해 퍼질 새 없이 장독 머리맡에 앉아
목화솜 씨 가리개 하려는데 손자며느리 귀빠진 날이라고 시할머님 물들여주신
꽃분홍 댕기 드리고 앉으니 시어머님 부엌문 앞으로 불러내려서는 해지기 전에
삶아 빨아서 풀먹여 다듬질해놓으라 하루 일먹잇감 내맡기며 장지문 나서시고,
뒷짐 짚고 나온 시아버님 댓돌에 미투리 신고 지팡이 짚고는 허리춤에서
쌈짓돈 내주며 일손 쉬고 장나들이 다녀오라며 "거"한 기침하더니
시어머니 눈총 앞서 길 밖으로 나가신다.
이른 새벽 머슴 앞세워 들밭에 나간 지아비 조반 들러 오실 때를 기다리며
엊저녁 못 다한 일손 모아 씨아를 돌리려니 간밤 꿈속에
사랑채 앞에 핀 복사꽃 마음보따리에도 피려는지!
봄날 친정 그리워 눈시울 적시는 애기엄마
귀빠진 날의 길쌈이다.

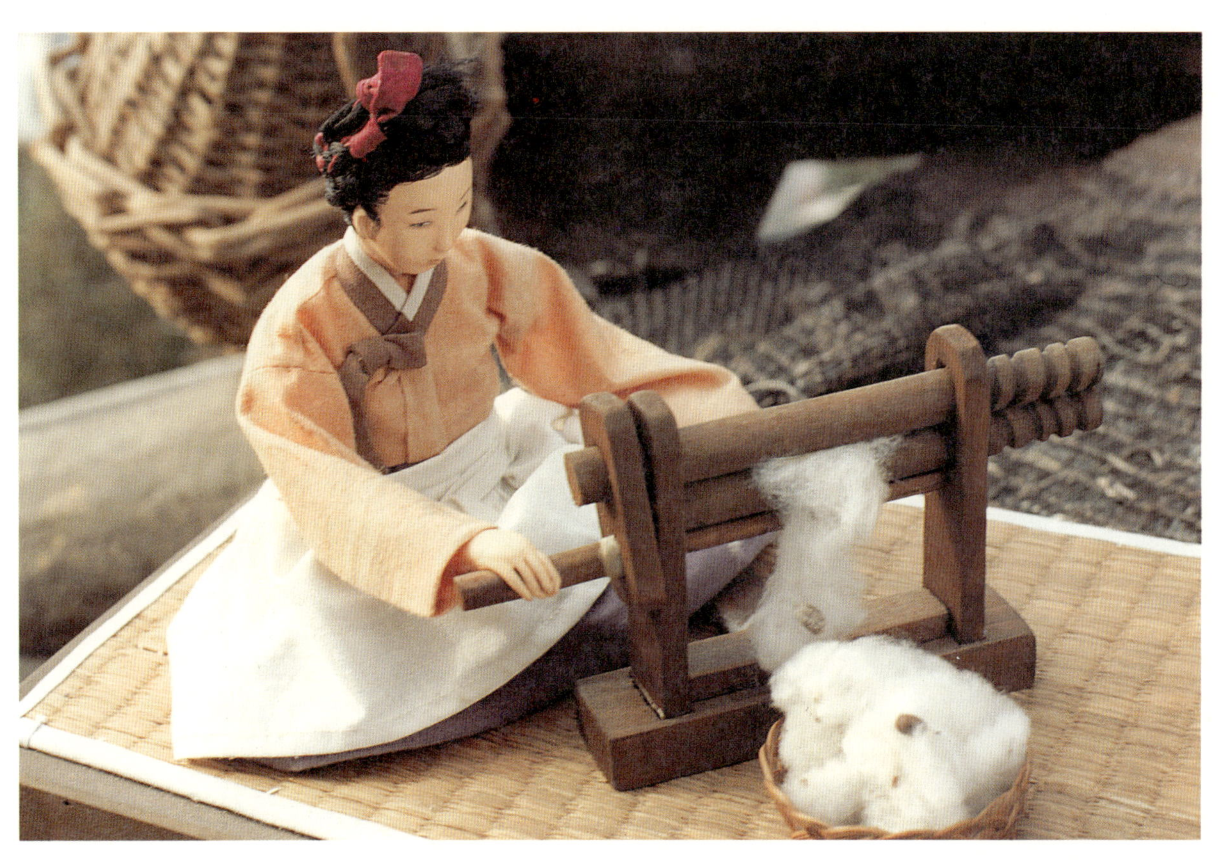

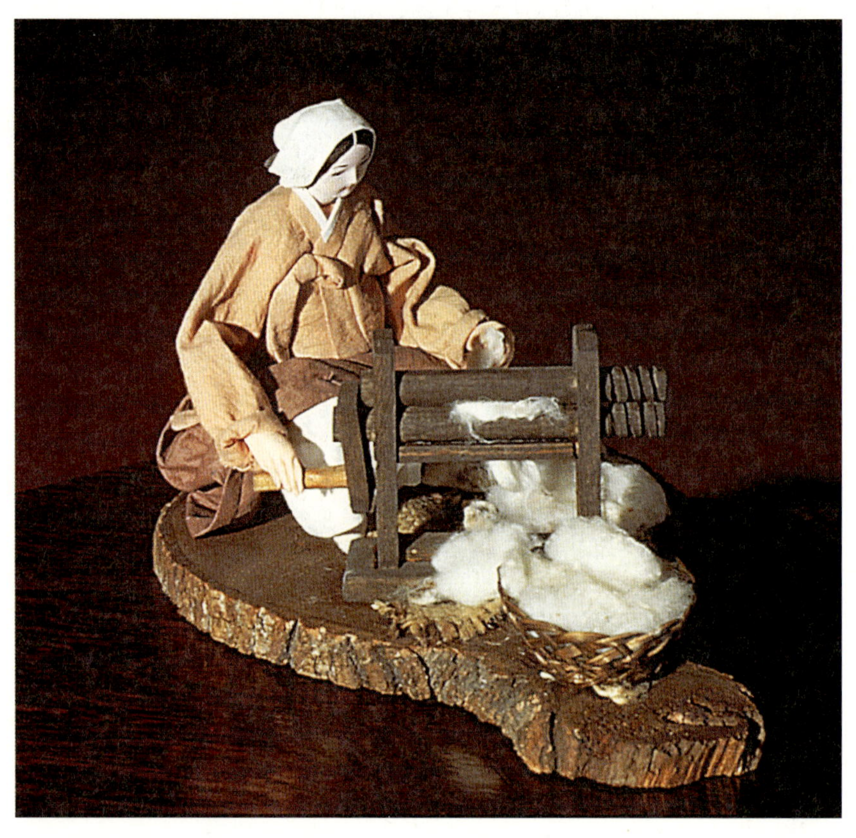

시집살이에 오도가도 못하고 귀머거리 반벙어리로
사십 넘은 제주도 외며느리다. 흰 머릿수건 벗겨지는 줄도 모르고
일손 쉼 없는 숨가쁜 하루를 받아 안고 처녀 사공으로
홀어머니 모시던 그때를 그리워하는 아낙.

솜 틀고 채질하기

혹독한 추위 헤치고 청지기 따라 눈밭 서당길 다니는 친손자 손수

솜두루마기 해 입히시려 팔순 노구 이끌고 채질해 솜 고르시는 할머님.

산지기 서둘러 조반 먹고 군불 지펴 냉기 가신 웃방에 돗자리 깔아드리니

손수 씨아에서 가려낸 목화솜 골고루 활 쏘아 솜 트시고

짧은 겨울 해 놓칠세라 쉴 틈 없이 자리에 펴고 채질해 솜을 고르신다.

청빈과 정결의 덕 후손들에게 비추시려 한겨울에도 흰옷 입으시고

산삼 향취 그윽한 풍채 속에 깃들인 깊은 품성으로 주름진 세월을 지닌

무명저고리 옷고름 풀어질 새 없이 허리띠로 여미고 앉아

물마를 틈 없는 일손자락에 노랫가락까지 읊으며

즐겨 길쌈하시는 증조할머니.

씨아질한 목화솜은 뭉쳐 있기 때문에 활시위에 물려서 퉁퉁
튕기며 솜을 피우는데 이렇게 튼 솜을 자리에 펴고 채로 두드려서
갈무리하고 자리째 말아두었다가 흰 떡가래만 하게 고치를 말아서
물레에 올리는 것이다. 할머니 품성에는 깊은 산골에 보이지 않게 산삼
뿌리가 자라나듯 깊은 흙내음의 정취가 있다.

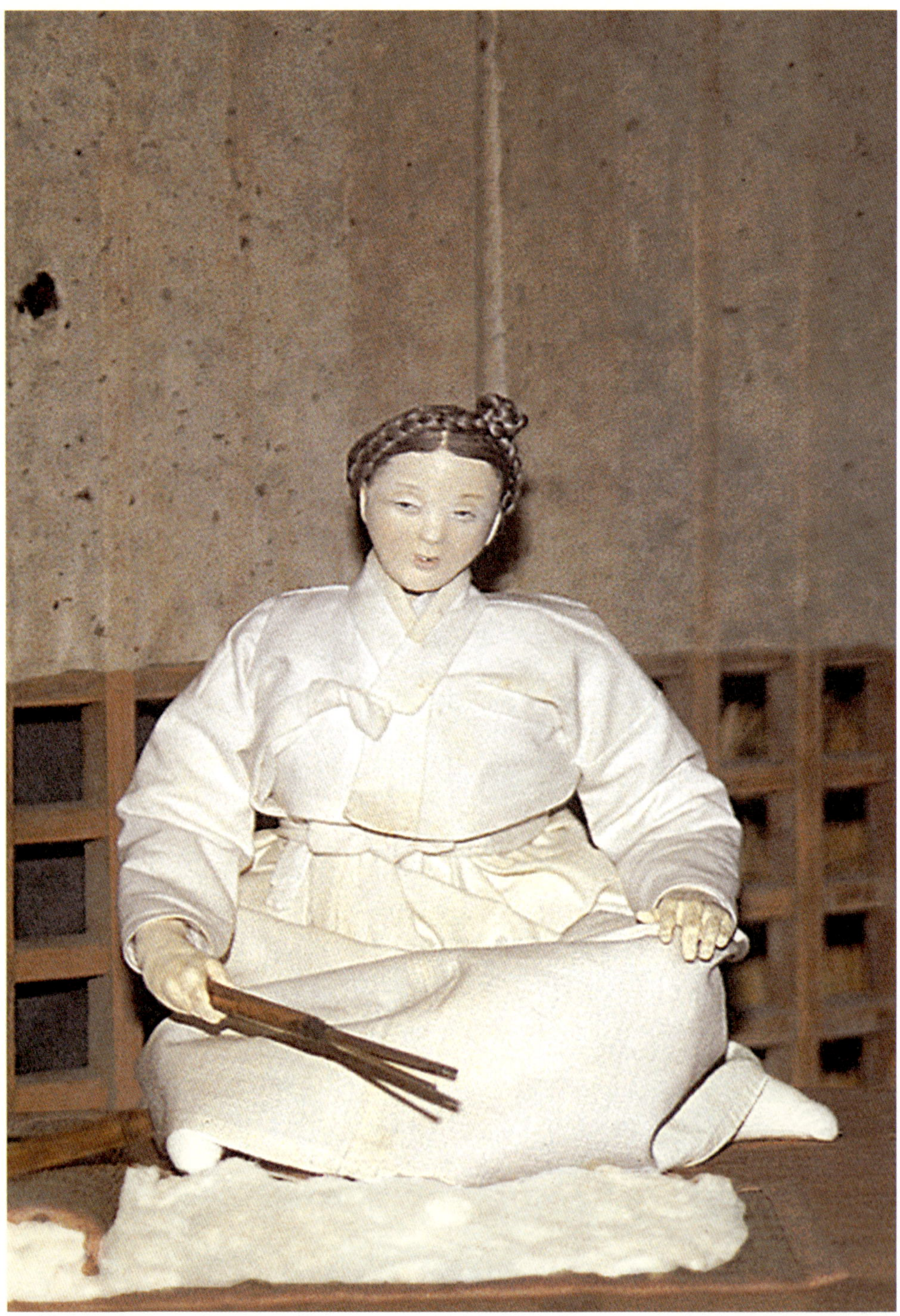

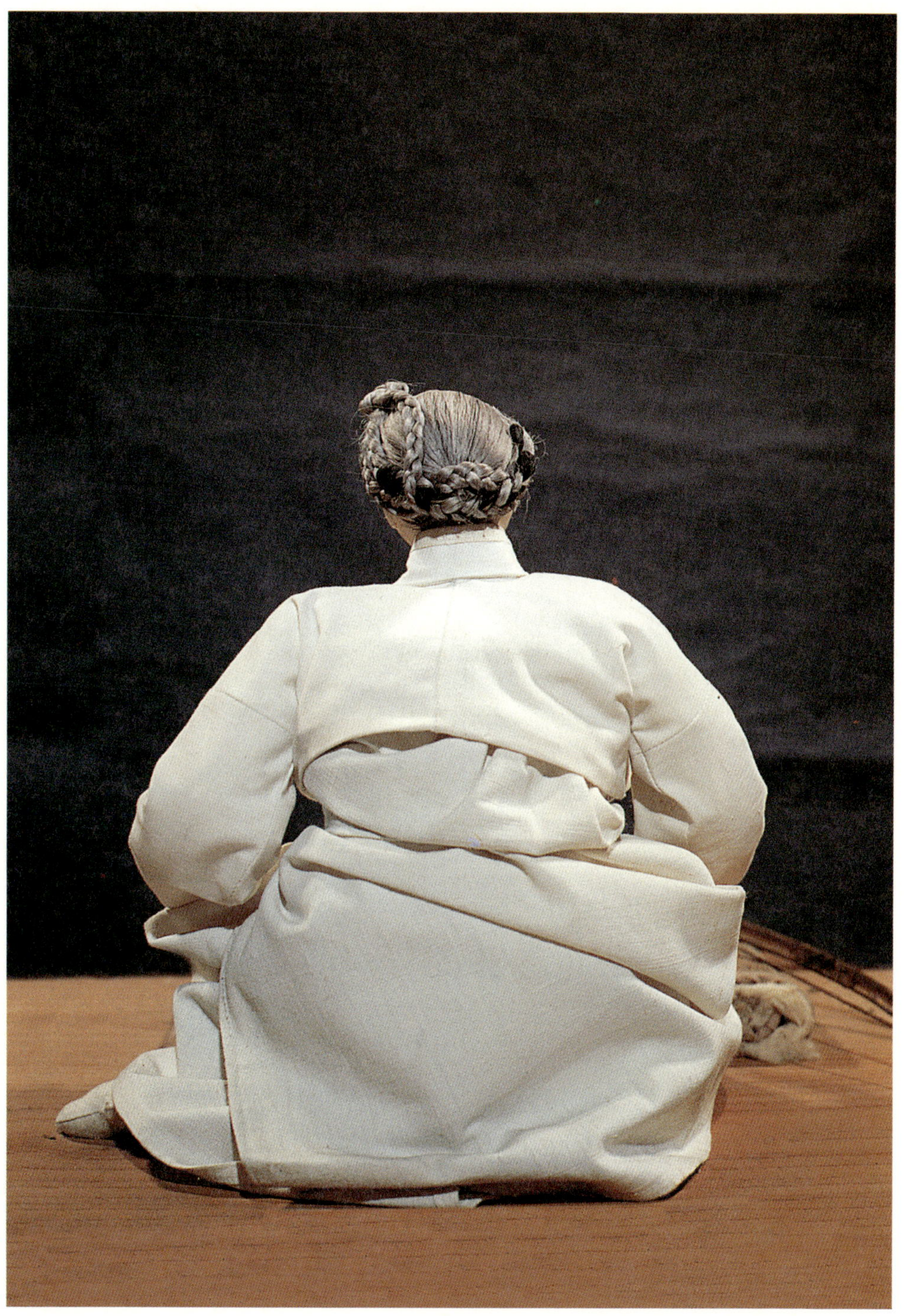

갯고을 어머니 물레 잣기

부엉새 울고 백도라지 꽃피는 먹새마을 조촐한 선비집에
열여섯 나이에 시집와 코흘리개 일곱 살 도련님에 열 살 난 아기씨까지
증손 맏며느리로 사대를 건사하며 살아온 시집살림 꿈같이 가고
어느새 아들 셋 둔 모정의 세월 해맑게 퍼진 초가을 아침녘이다.
청아한 물빛 하늘가에서 노란 볕을 물고 박꽃 피는 촌가에
햇줄기 쏟아져 내리는데, 오늘도 달래문 밖 흐르는 개울물에 나가
노망드신 시할머니 낯 씻겨드리고 간밤에 이불에다 오줌 지리셨으니
날 더 추워지기 전에 무명베 목화솜 살펴서 이불 한 채 마련해드리려고
서둘러 물레 잣는 갯마을 손자며느리.

물렛가락에 목화솜을 대고 돌리면 실이 되어 가락에 감긴다.
이런 형태의 물레는 경기도와 강원도에서 사용했다고 한다. 달래문은
봄이 오면 문밖에 달래가 많이 나 마을사람들이 그집 이름 삼아 그렇게
불렀다. 옛 어르신들은 숙고하신 눈썰미로 흰 이마와 복된 턱에 넉넉한
심덕을 보고 맏며느리를 맞아들이셨다고 한다. 지성이면 감천이라고
소녀 나이에 장손 집안에 시집와 인내와 온유로 덕을 쌓아 한 송이
시들지 않는 흰 무명꽃을 피워낸 한국의 어머니상을 그렸다.

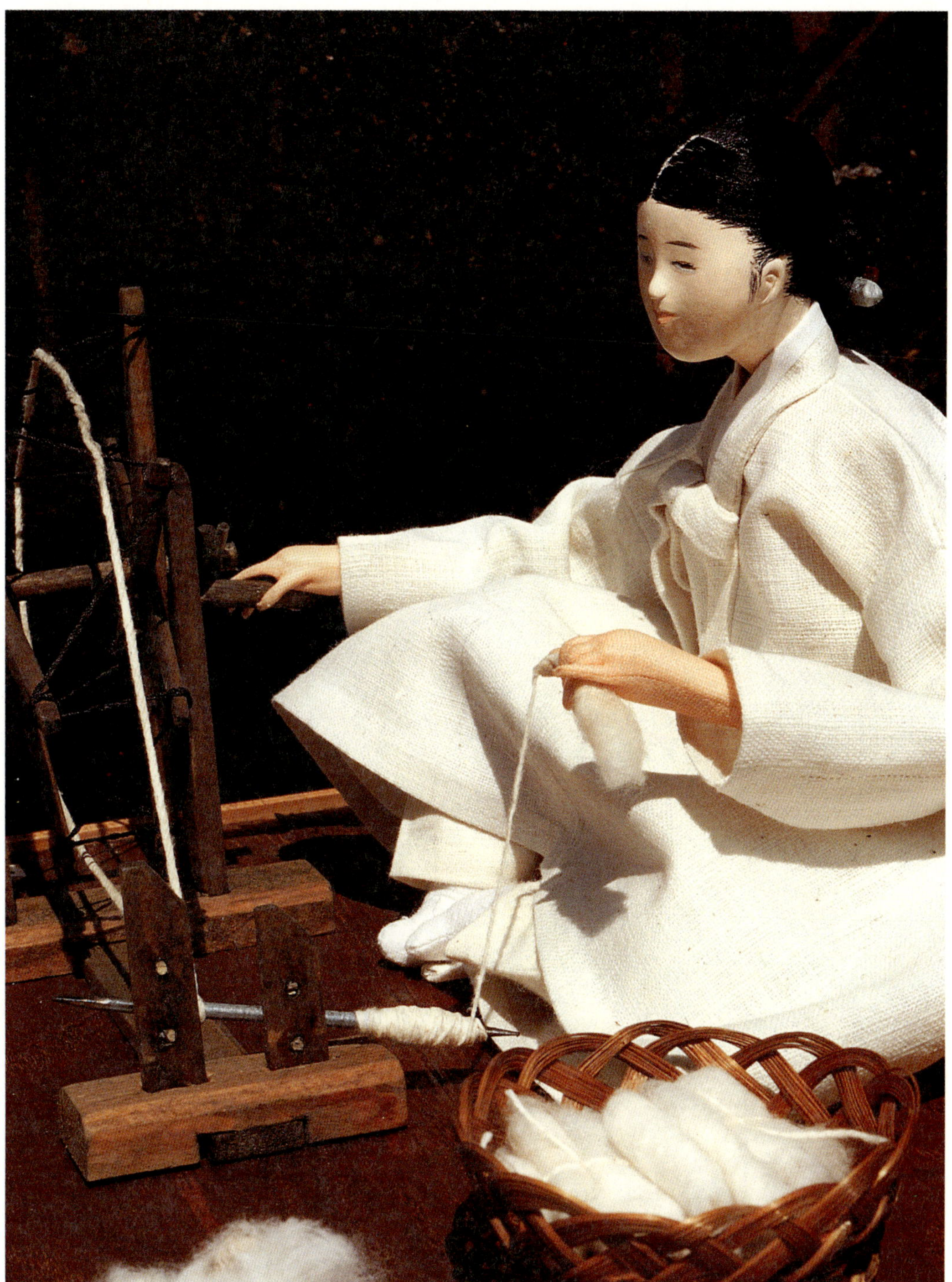

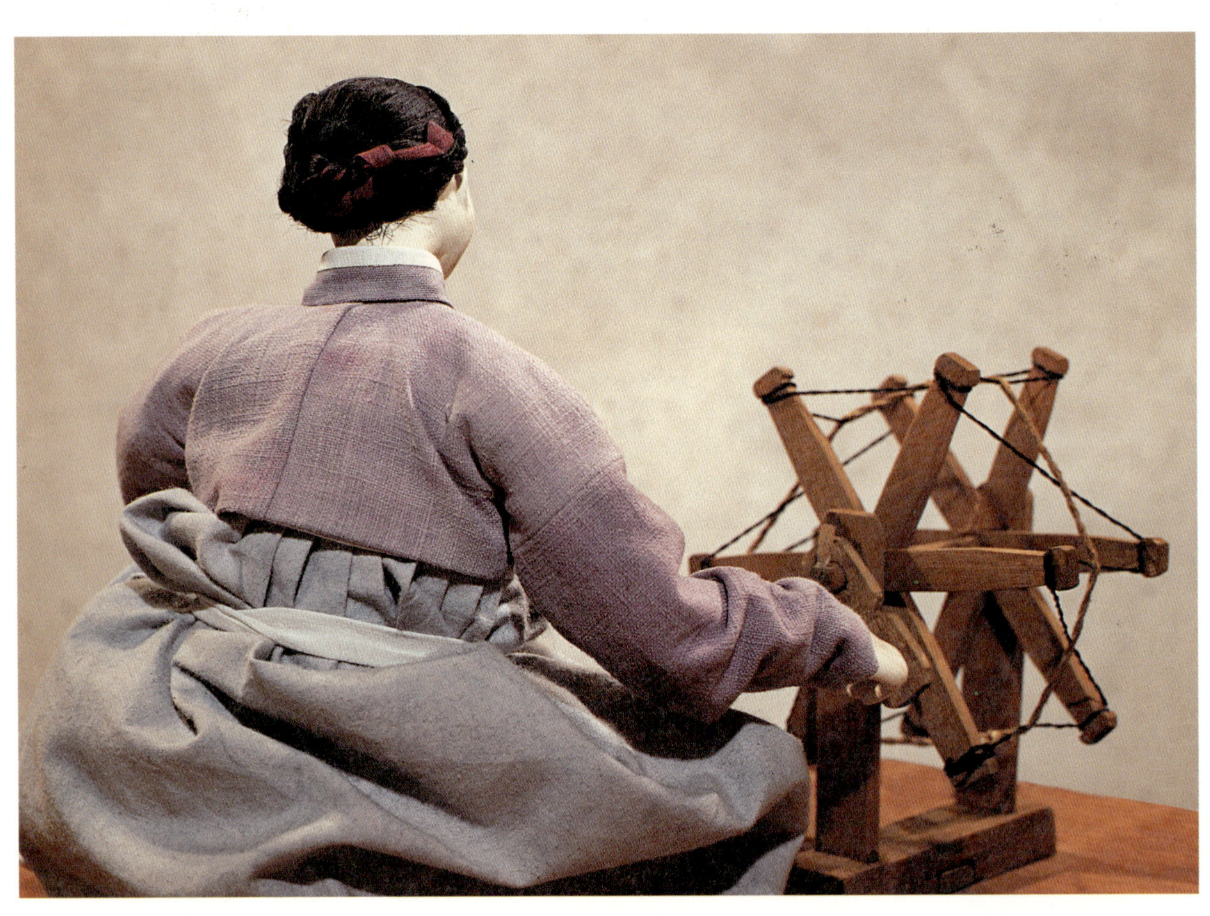

물레 돌려 베를 낳네

도라지꽃 피는 들녘에 자라 일찍 부모 여의고 동생들 돌보다가

혼기 놓쳐서 후실로 들어온 지 너덧 해 지난 가을날이다.

늦은 혼인줄 타고 시집이라고 와보니 본처 소생의 두 딸 뒷바라지 하느라

시도 때도 없는 술먹이 장부님. 눈만 뜨면 아들 낳으라고 학수고대하더니

모처럼 청명하게 갠 하늘 머리에 이고 삼밭에 나가신 틈에

큰댁 시할아버지께서 겨울 해산머리 앞둔 손자며느리

솜포대기 이불 장만해두라며 보내오신 목화솜으로 물레질을 한다.

품앗이 사랑에 취한 눈짓 아기 받아낼 씨받이 몸이 되어

하루해를 소일삼아 물레질 하려니 처녀 적 그 고을 할머니들

도라지타령으로 시름 잊으시던 노랫가락 귓가에 맴도누나.

동생들 업어 달래주던 도라지꽃 피는 고향 들길로 뛰닫는 봉이 누이 마음.

경기도 유교 집안 장녀로 태어나 동생 여럿을 어머니 같은
성심으로 보듬어 돌봐주다가 조강지처 잃은 한 나이든 장부의 설움을
대신 지고 가슴 밑에 분내 피우는 후실이기보다 자손 이어주는 씨받이
몸으로 처녀 적 꿈자락 무명옷고름에 여미고 길쌈으로 소일하며 마음
붙이는 고즈넉한 여심을 빚었다.

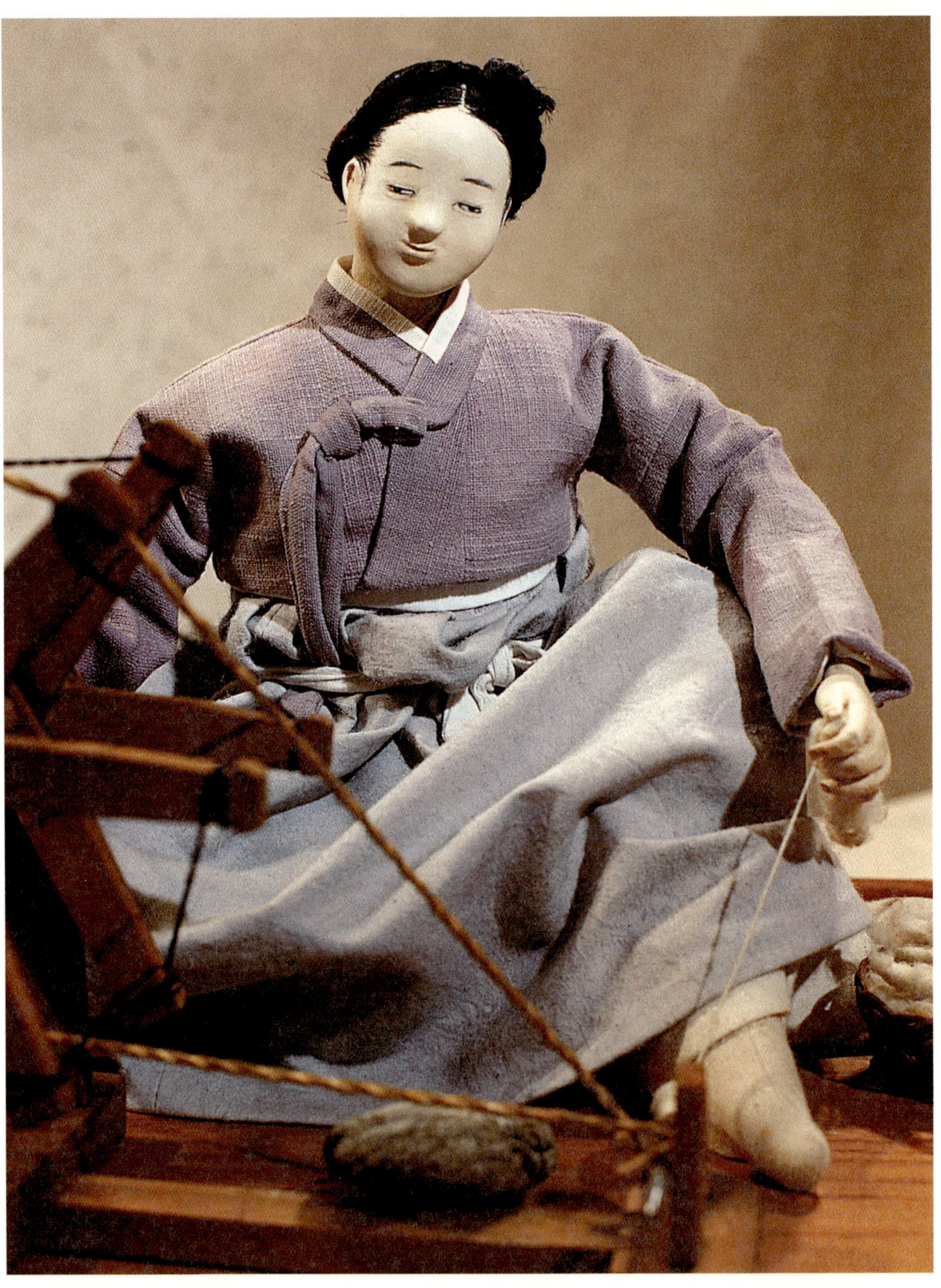

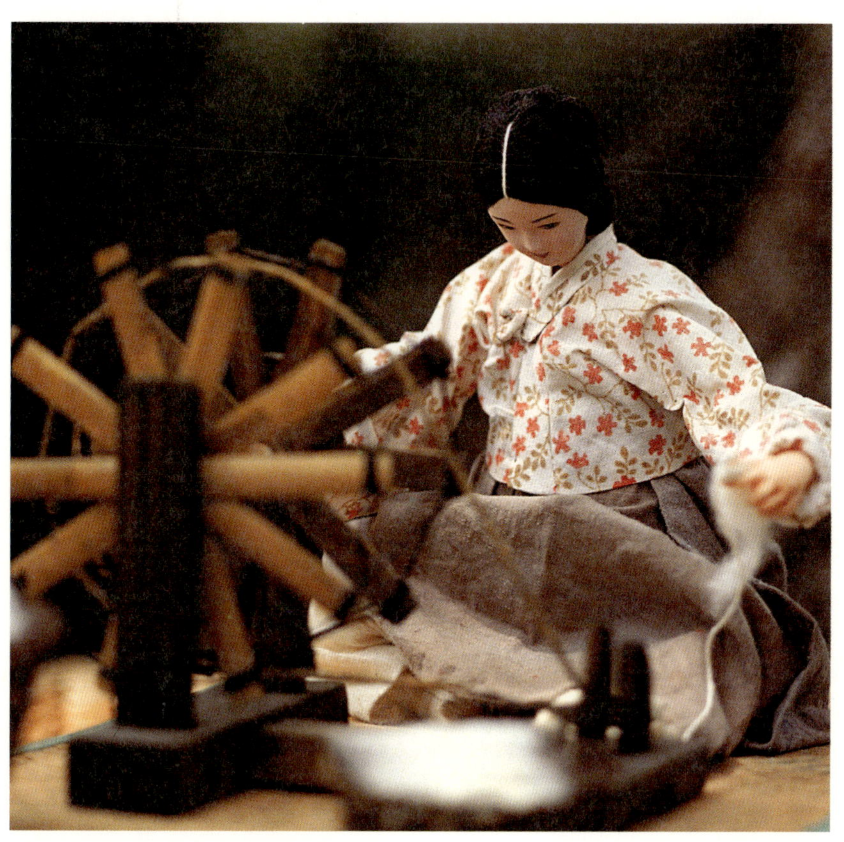

제주 촌부의 물레질 모습이다. 첫아이 낳았을 때
친정어머니가 지어주신 포플린적삼 손질해 꺼내 입고
생전에 물려주신 물레바퀴 돌리며 고향을 그리는 아녀자.

외며느리 날고르기

윗마을 어르신께서 산길 가다 우연히 눈에 띈 삼꽃 보고
산삼 캐셨다는 복운을 선머슴 편에 전해들은 시아배 날틀 하시다 말고
약주 담은 호리병 차고 쾌자 입으신 채 단숨에 그 댁에 건너가셨다.
사나흘 집 비웠다 해저물녘 고깃배 타고 오실 지아비 마중할 맘에
밤새 자주옷고름 지어 달고 곱게 분단장 하고 앉아
행주치마 사랑 기다리며 삼바구니에 날실을 골라 담는다.

두건 머리에 두르고 날틀 하시다 개울목 건너 웃어른께
담소하러 가신 사이 시아배 길쌈 거두는 외며느리의 모습이다.
물레질해 뽑은 실을 날틀에 걸어서 가지런히 골라 모으는데 이때 두
가닥을 합사하기도 하고 세 가닥을 합사하기도 한다. 합사를 많이
할수록 천이 두터워진다.

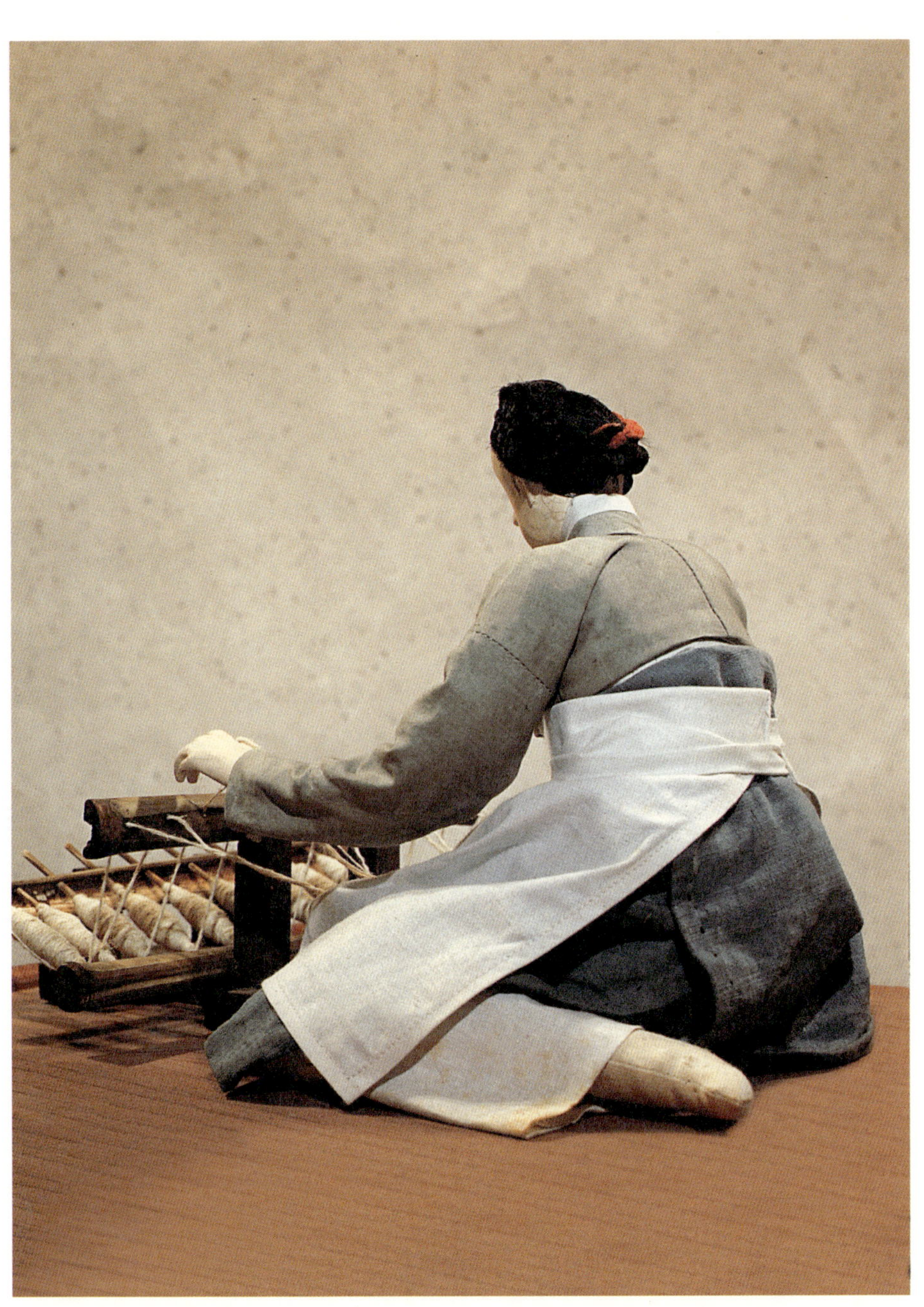

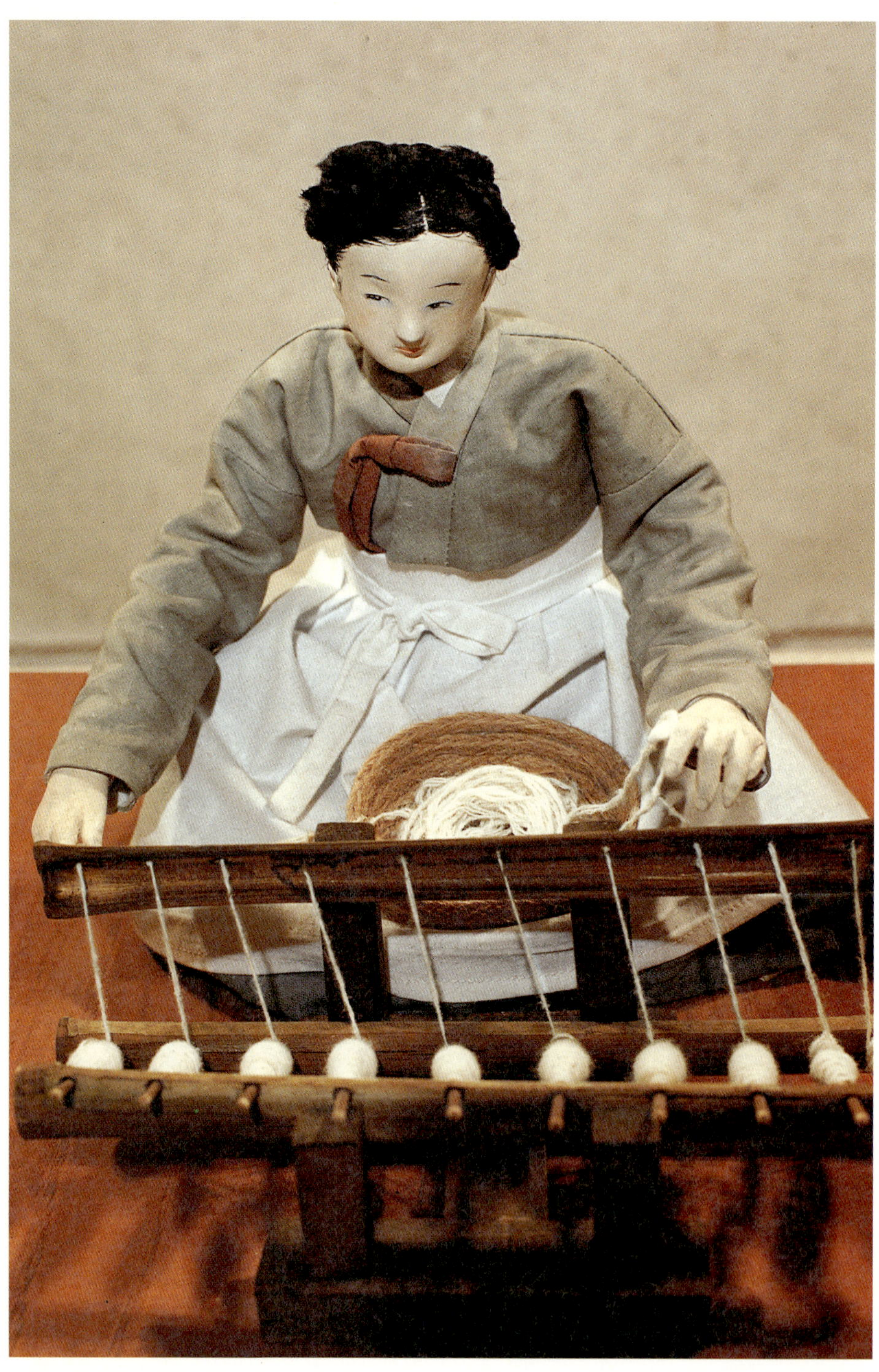

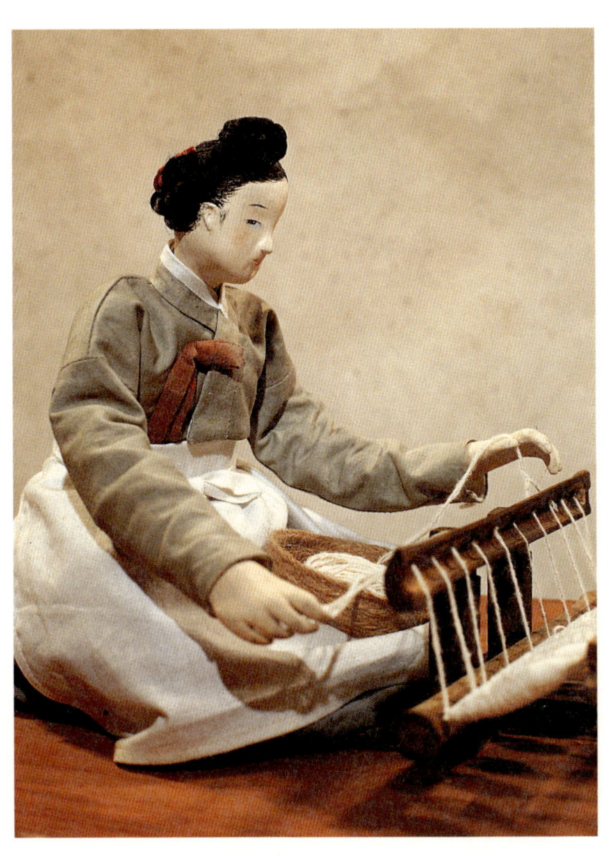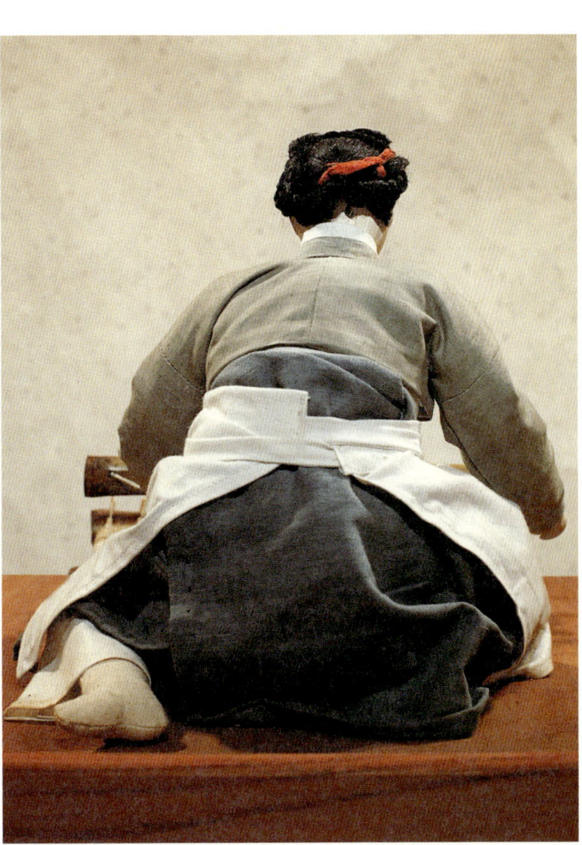

베매기 정매기

이른 아침 조반상 물리신 지아비 건넛마을 아저씨 댁에 가시고
팔순 어머님 잿불에 밀풀 쑤어주시니 풀솔질 하느라 가슴 밑이 젖어드는데
베짱이 울음소리 삼복더위 가르고 솔바람 한 모금씩 모시베적삼에 새어드는
땡볕 아래 한나절이다.
열여섯에 시집오니 두 살 된 어린 아기씨 있어
시어머님 손길 살펴드린다고 오줌 기저귀 갈아가며 키워주었더니
지 사랑 지가 산다고 열댓 살이 넘도록 고부간의 어려움도
고운 입김으로 녹여주던 맘새 정다운데.
두어 번 다녀가신 서울손님 편에 연분 맺어 산까치처럼 날아갈
명년 봄 앞두고 딸 여의실 생각에 '드는 정 나는 정' 옛말 하시는 시어머니와
깊은 모성 다소곳이 받아듣는 맏며느리.

이듬해 있을 큰아기씨 잔치 앞두고 베매기하는 시어머니와
며느리의 정경이다. 날틀에서 합사한 실을 베틀에 올리기 전에 엉키지
않도록 된풀을 먹이는 일이 베매기다. 이때 풀이 빨리 마르도록 볏날
아래에 왕겻불을 피우고 차차 도투마리에 감아내 바로 베틀에 올릴 수
있게 한다. 삼베는 겨울에 부러지므로 여름에 주로 베메기를 했다.
광대뼈가 나오고 생활력이 강한 전라도 지방 고부의 모습을 담았는데,
숨 돌릴 틈 없이 바쁜 하루지만 옛 선조들의 품성 속에 마음은 청명한
하늘을 유유히 흘러가는 흰구름 같다.

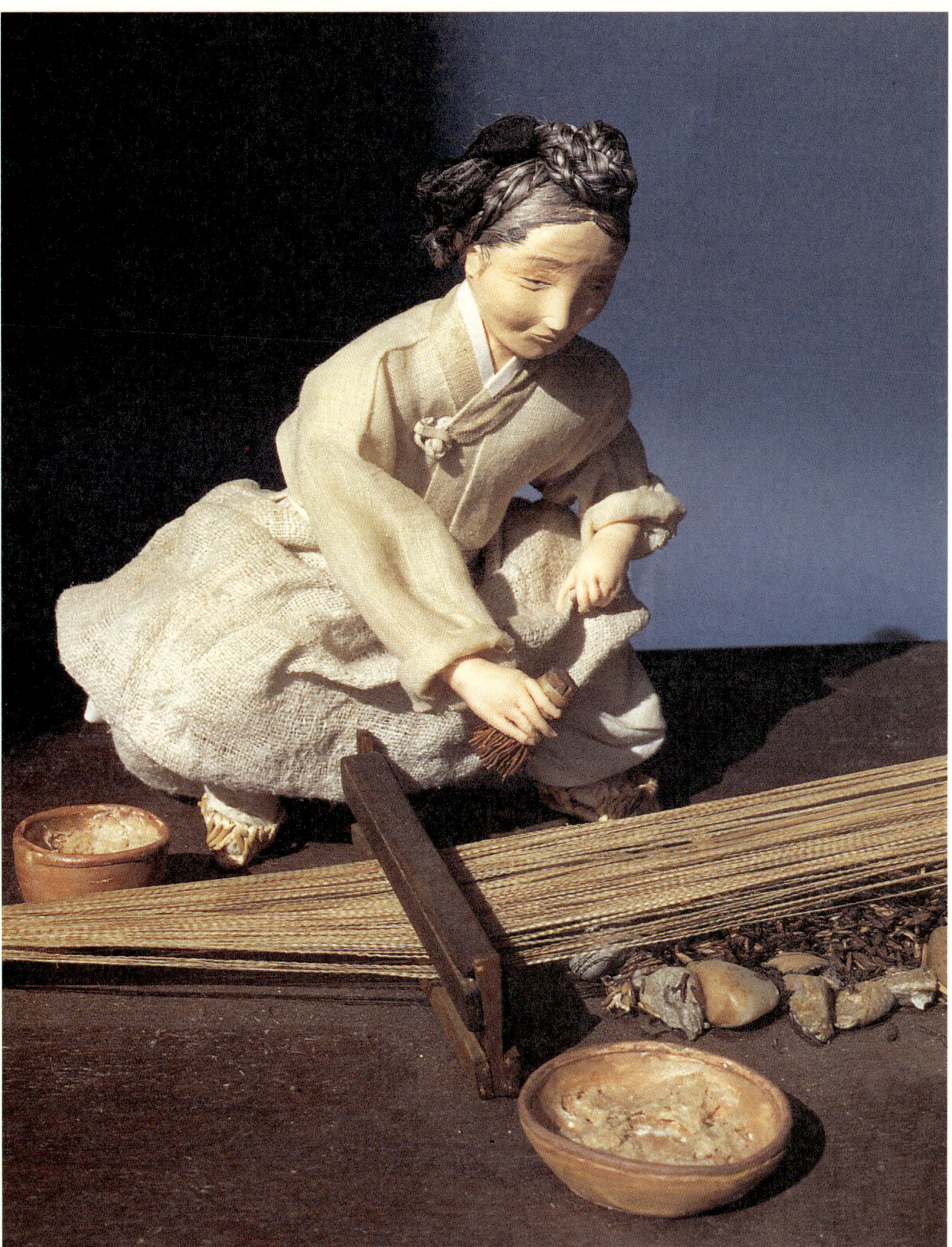

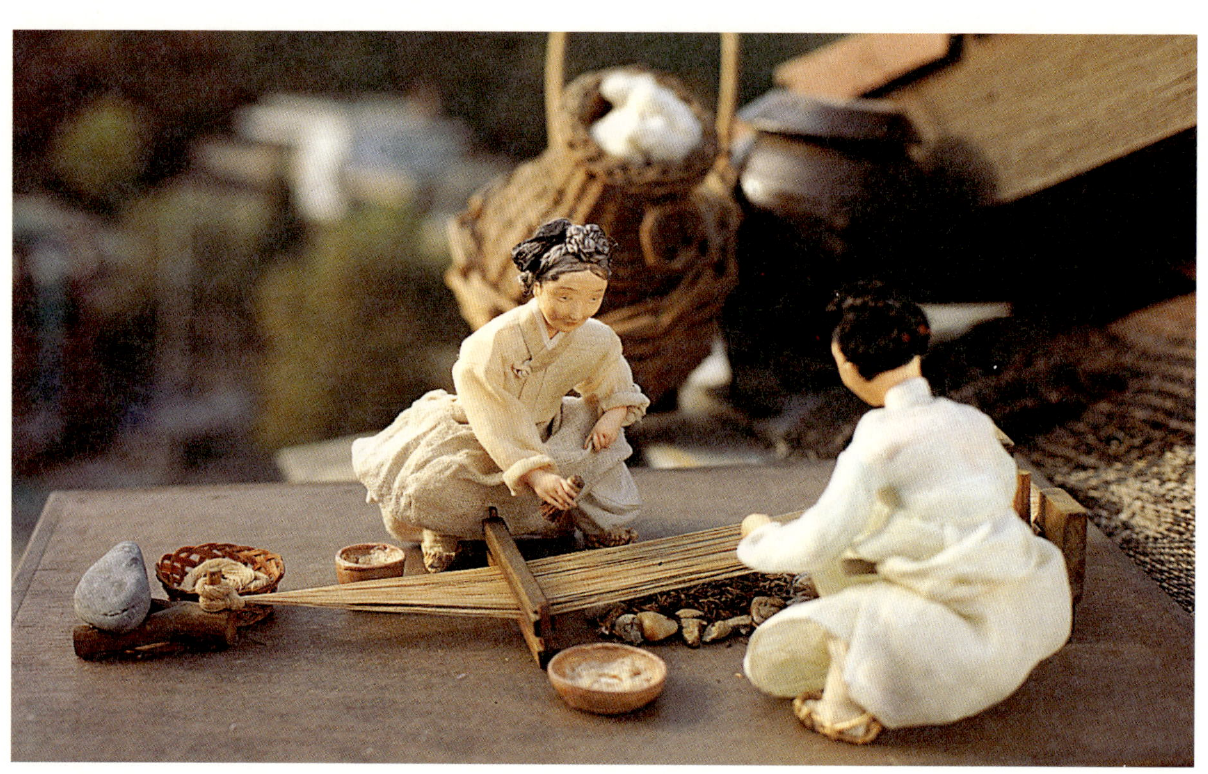

208

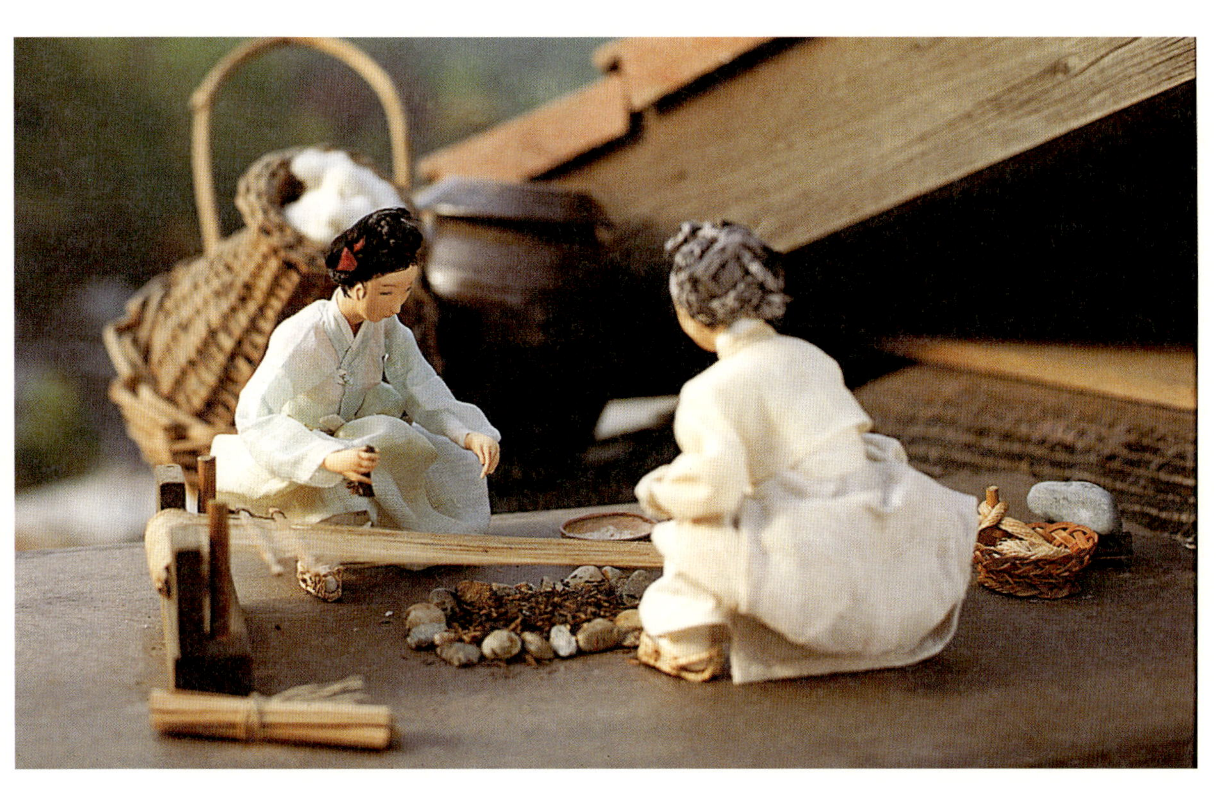

박달재 모녀

한 자락씩 소낙비 사나흘 내리 지나가고 앞문 밖에 개울물소리하며
베짱이들 늦잠 깬 소리 햇볕 든 촌가에서 합창하는 복중이다.
외할머니 부엌에 밀풀 뜨러 가시는데 선잠 깨서는 툇마루로 울먹이며
기어 나오는 어린아이 할미꽃처럼 굽은 등에 포대기 해 업으시고
풀 한 바가지 떠다놓고 어미 젖 좀 먹이려니 겻불에 거멍 묻은 얼굴로
풀솔질 멈추고는 나지막한 초가 위로 이제 나온 하얀 반달인 양
그새 잠든 아이 바라보는 애기엄마,
흥부집 담장에 뒤늦게 핀 흰 박꽃 같은 친정어머니 푸근한 웃음 속에
모정의 세월 박달재에 머무누나!

천둥산 너머 산골마을 토담집에 팔순 친정어머니 모시고 사는
충청도 애기엄마의 베매기 모습이다. 평화로 주름진 우리네
외할머니들의 모습과 티없이 맑은 아기의 마음에 가르침이 있어
여기에 나누었다. 포대기 밑으로 잠투정 하던 아기 발이 삐져나왔고,
애기엄마는 젖이 불어 허리띠로 가슴을 싸맸다.

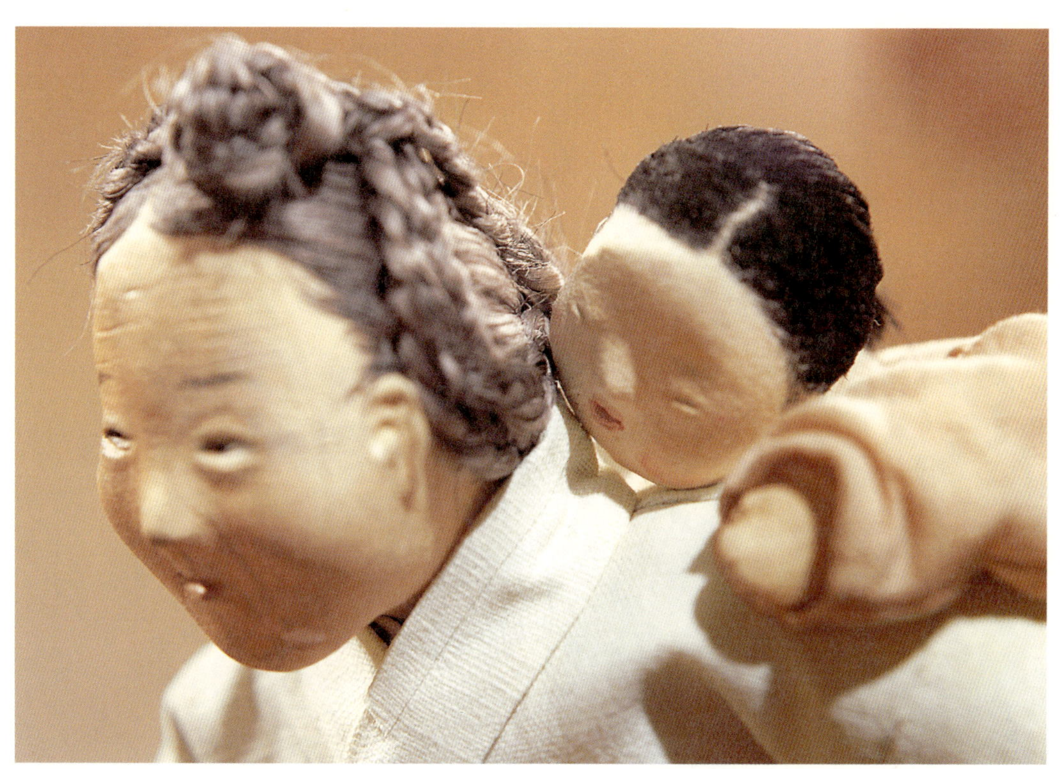

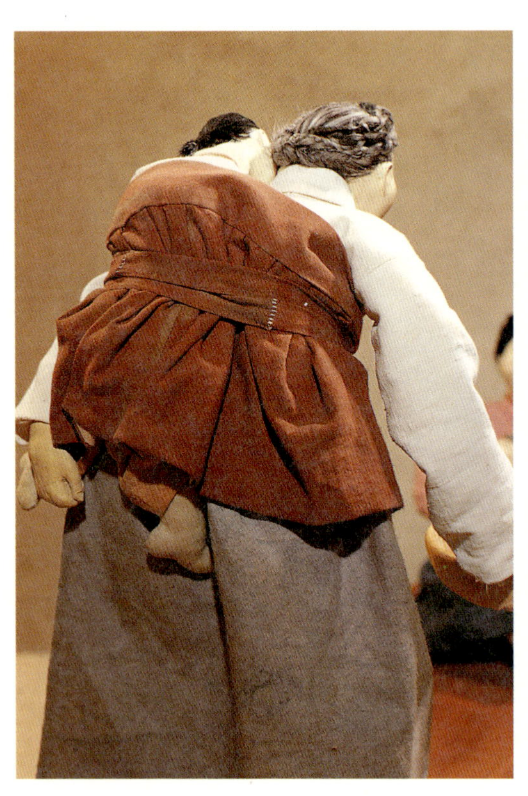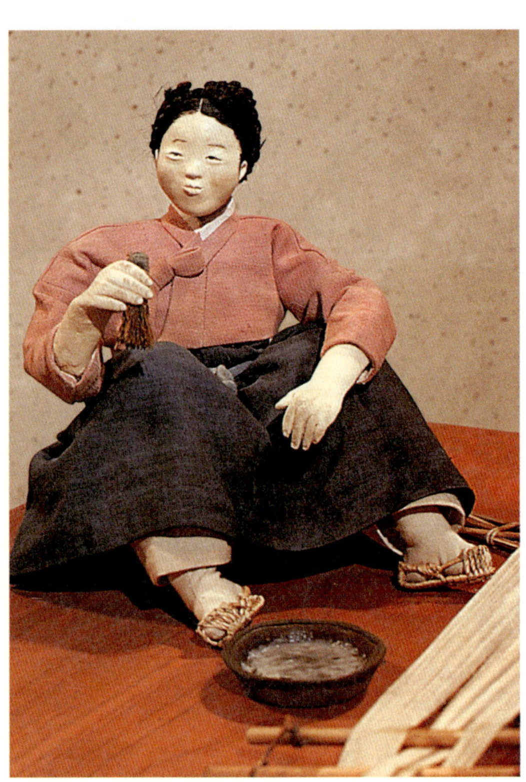

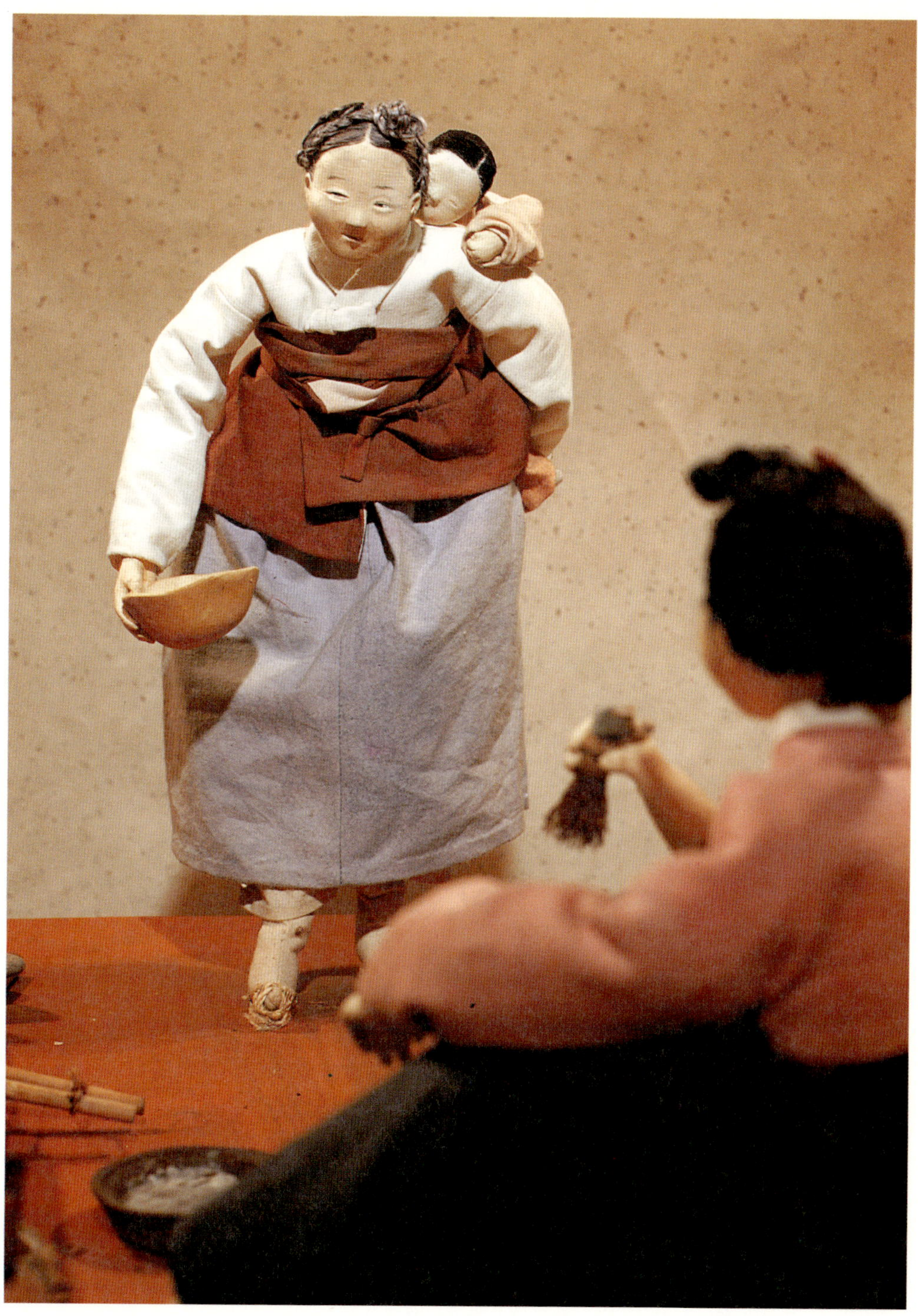

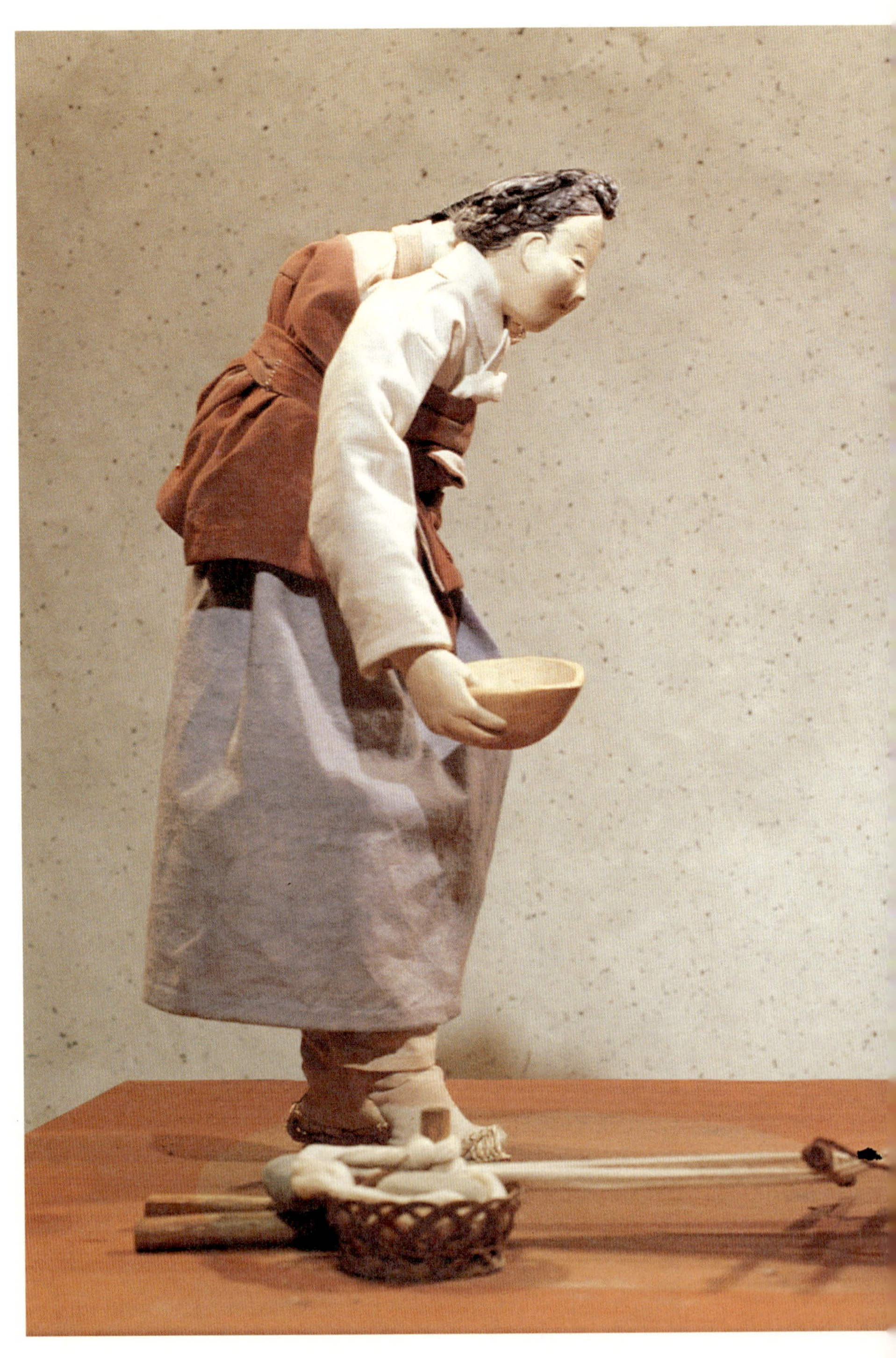

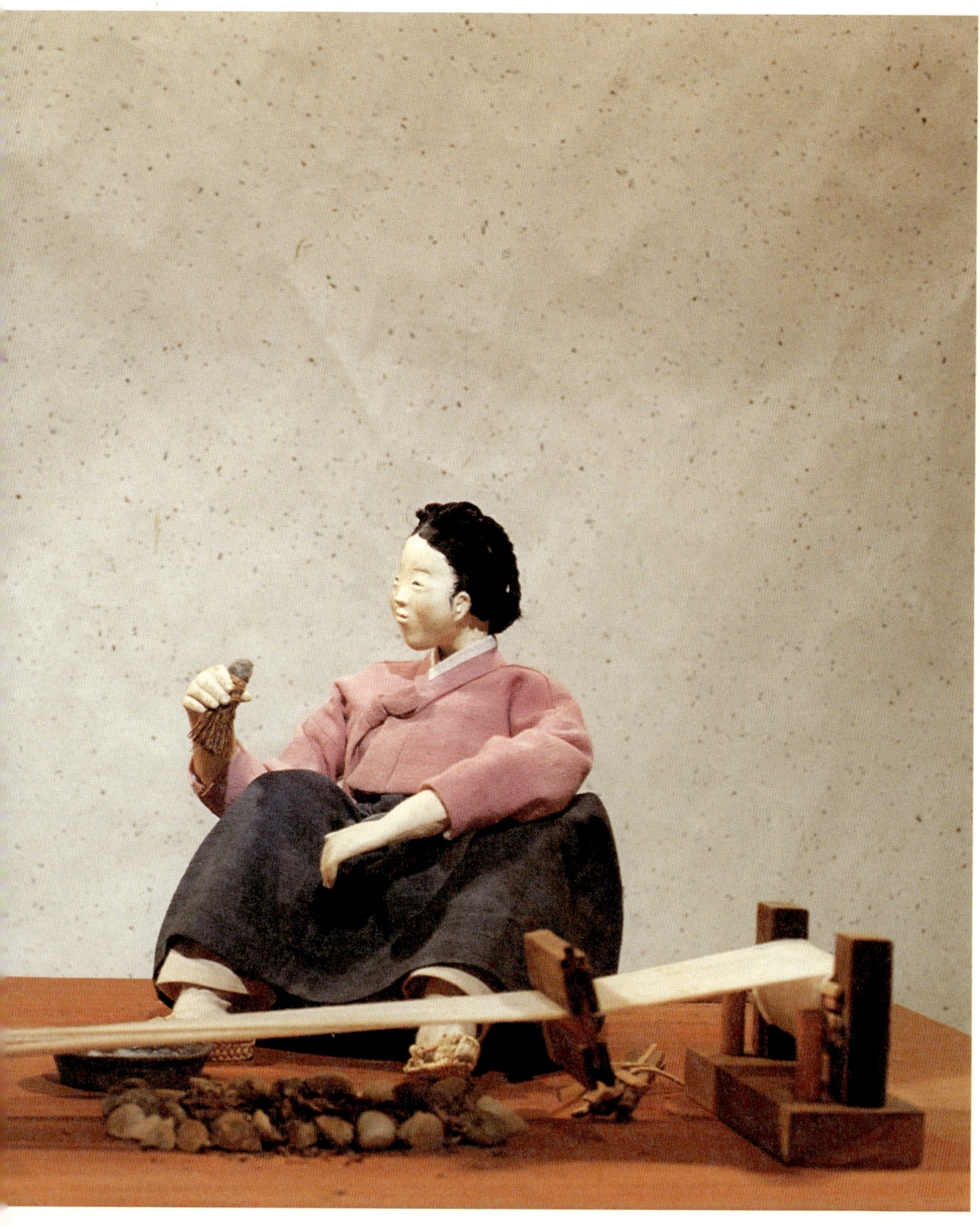

눈물 타래 베틀에 넣어

해먹이 동산 숲시가지 아래 은이 마을에서 고명딸로 자라

열여덟 살에 종손며느리 되어 간 시가에는 시어머님이 늦둥이로 둔

일곱 살 된 도련님이 있었다. 앞문 밖 개여울에 여름이면 멱 감기고

떼쓰면 업어주며 철부지 키웠는데 가는 세월이 머리맡이라

복건 쓰고 글 배우러 다니더니 중신아비 편에 빛바랜 사진 한 장으로

선뵈시고는 시할아버님 생전에 치르신다고 명년 가을로 혼사를 정하셨다.

시어머님 불러 앉혀 길쌈 마련할 몫을 정해주시매

뒤채에 있던 베틀 앉을개에 걸터앉아 한나절 시집살이로 엉킨 마음

실타래 풀려고 끌신 잡아당기는데 눈물자락이 바디 끝에 날리누나!

도련님 서방님 되어 가실 길에 입혀드릴 옷가지 짜다 말고

뒷덧문 열어젖히려니 여문 씨를 아름드리 물고도 노랗게 피어 있는 해바라기

해를 바라보고 섰음에 효성의 씨를 가슴에 묻고 씨줄 북 날줄에 엮어

무명베 짜는 종손며느리.

우리네 어머니들은 흰옷을 입고 길쌈을 하셨다. 물들인
옷가지는 그만큼 여유 있는 집안에서나 입었다. 자연스레 생활 속에
배어든 소박한 흰옷은 우리 민족을 상징하는 아름다움이 되었다.
고명딸 외동이로 자라나 꽃다운 시절에 새아씨 되어 개망나니
도련님의 행주치마 시집살이에 흰 순명의 꽃을 피워 인내의 열매를
맺는 종손 며느리의 성심을 비추었다. 베틀 눈썹노리에 걸린 솜은 실이
약한 부분에 조금씩 떼어 비벼서 짰다. 무명베를 짜는 모습니다.

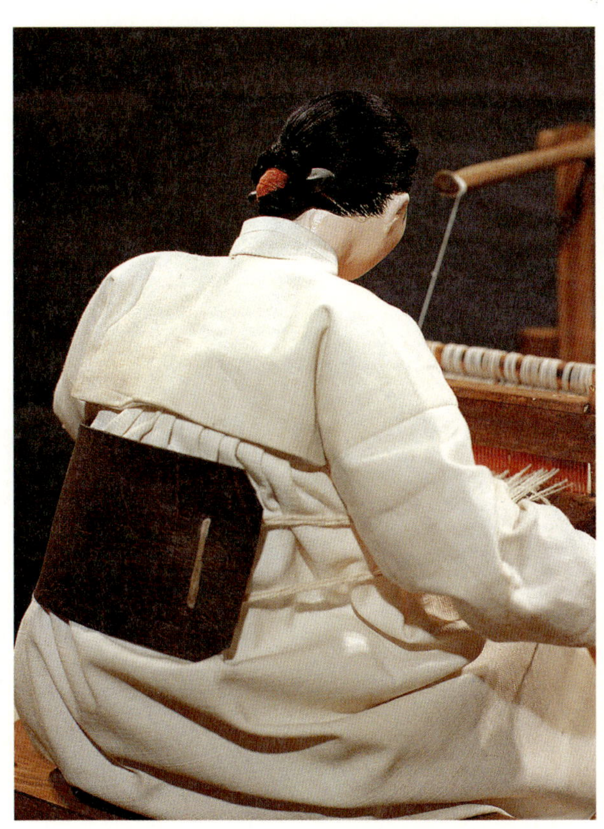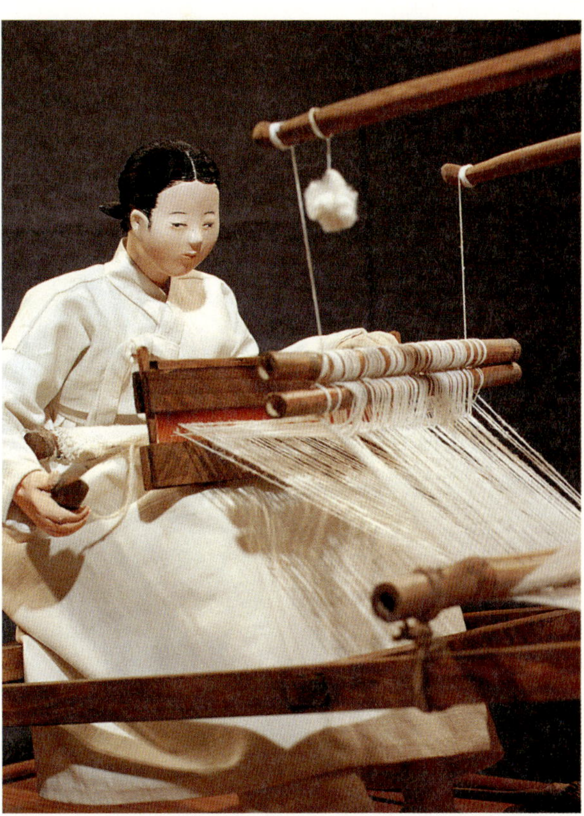

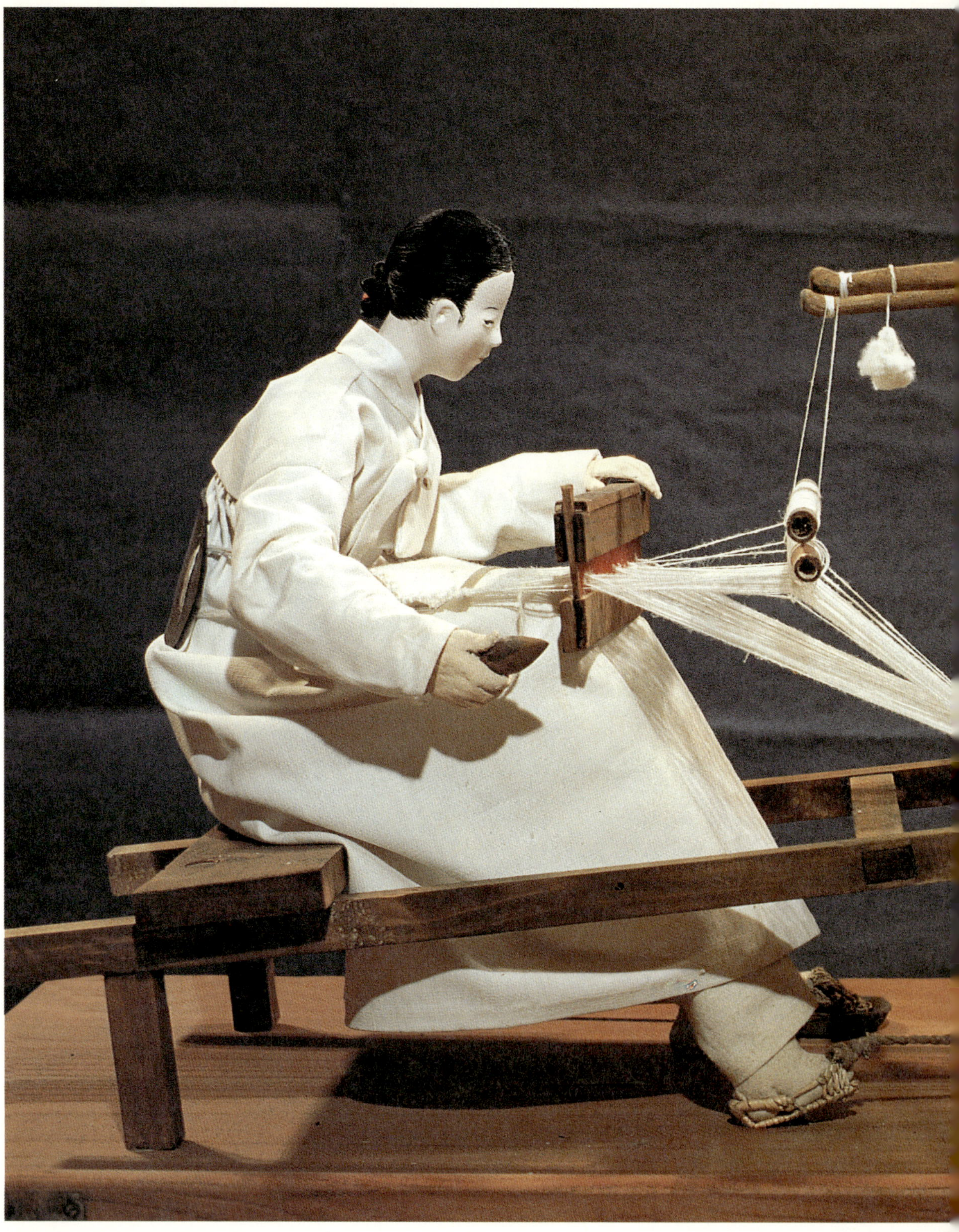

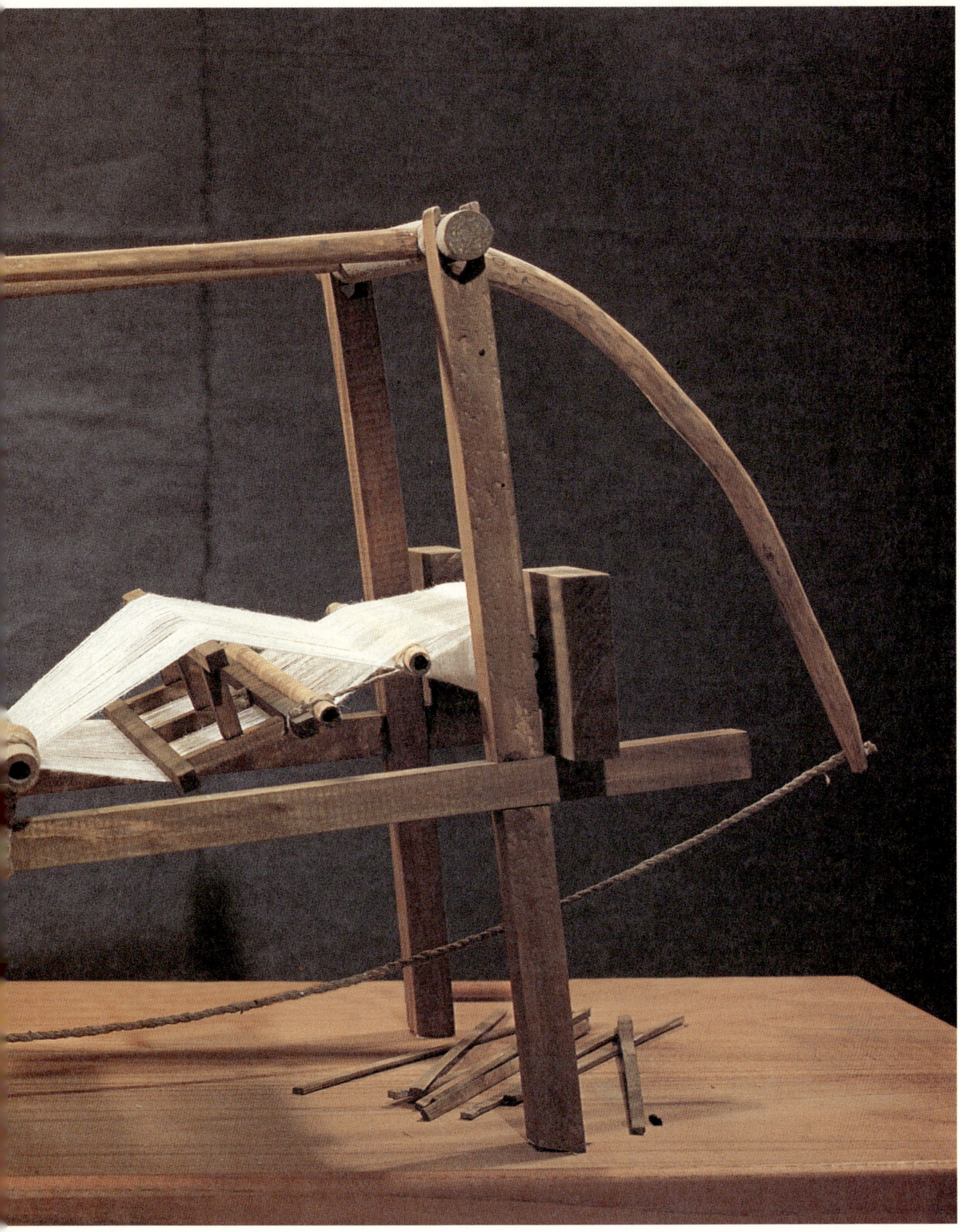

두메산골 정녀의 베짜기

징검다리 건너 죽쟁이 마을에는 시도 때도 없이 팔삭둥이 눈에 띄는데,
하루는 베틀에 앉아 북손질하려니 잉앗대에 걸린 날줄자락 끝에
동냥쟁이 할배 노상 등에 걸치고 다니는 낡은 벳조각이 초승달처럼 걸려
눈에 선하다.
한시라도 빨리 짜내 적삼이라도 한 벌 지어드릴 맘에 아침 한 숟가락 뜨고
보리 섞인 밀밥이지만 놋주발에 한 그릇 퍼담아 식을세라 부뚜막에 덮어두고는
검둥이라도 짖으면 내다보려니 끌신자락만 잡아당기다 한나절이 갔다.
해만 기웃거리는 빈집에서 가을 곳간 지키는 정녀의 기러기 성심.

팔삭둥이는 나환우를 그렇게 불렀다. 1950년대 전후로 문둥병
환자들이 경상도 전라도로 해서 기차를 타고 서울로 몰려다니던 때가
있었다. 그때는 어린애나 어른이나 피해가기 바빴고 집안에 들어가
빗장문을 걸어 잠그곤 했다. 그렇게 소외되고 버림받은 나환우들의
상처받은 인성을 어루만져주는 산골 정녀의 베 짜는 모습에 거룩한
모성을 비추었다.

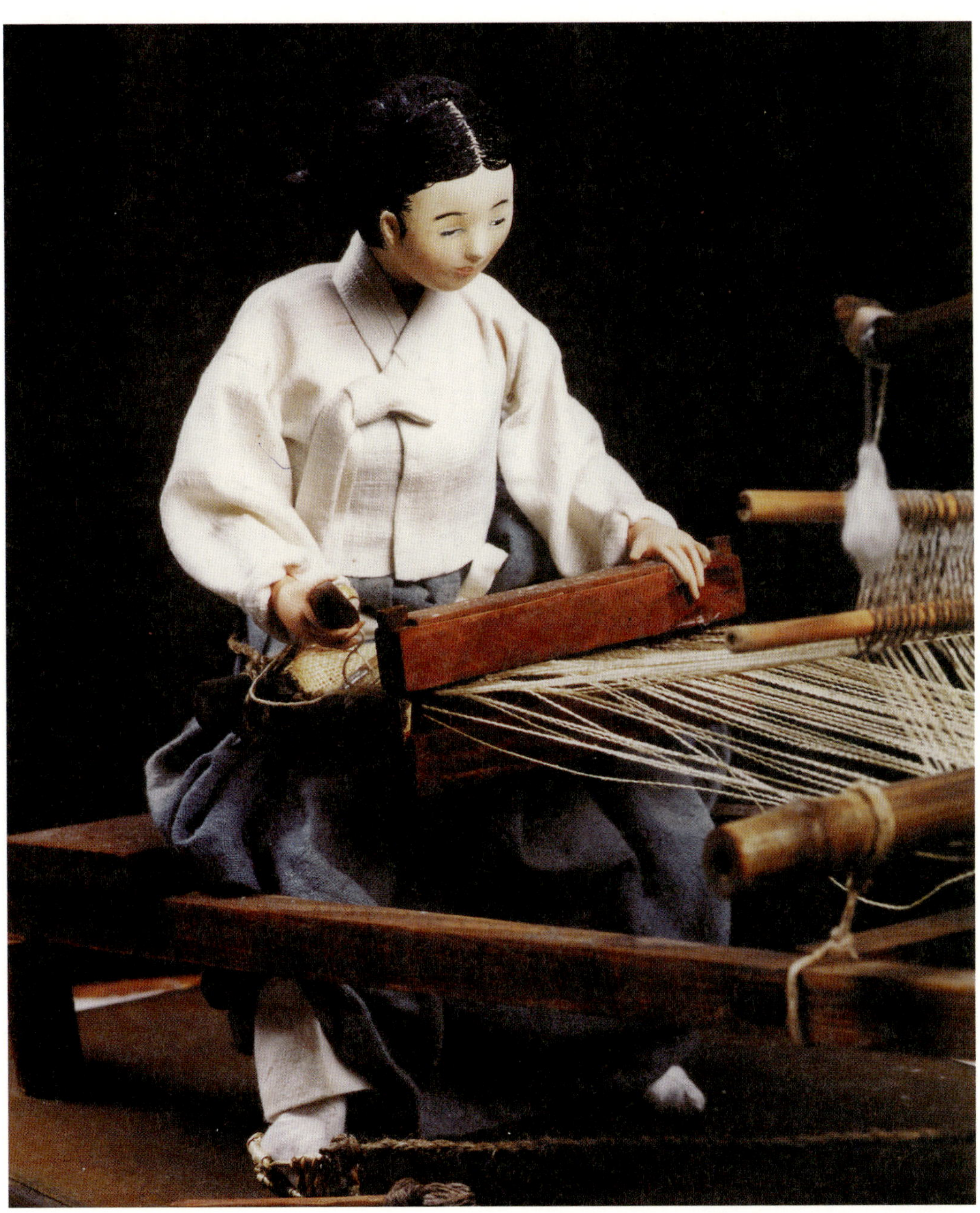

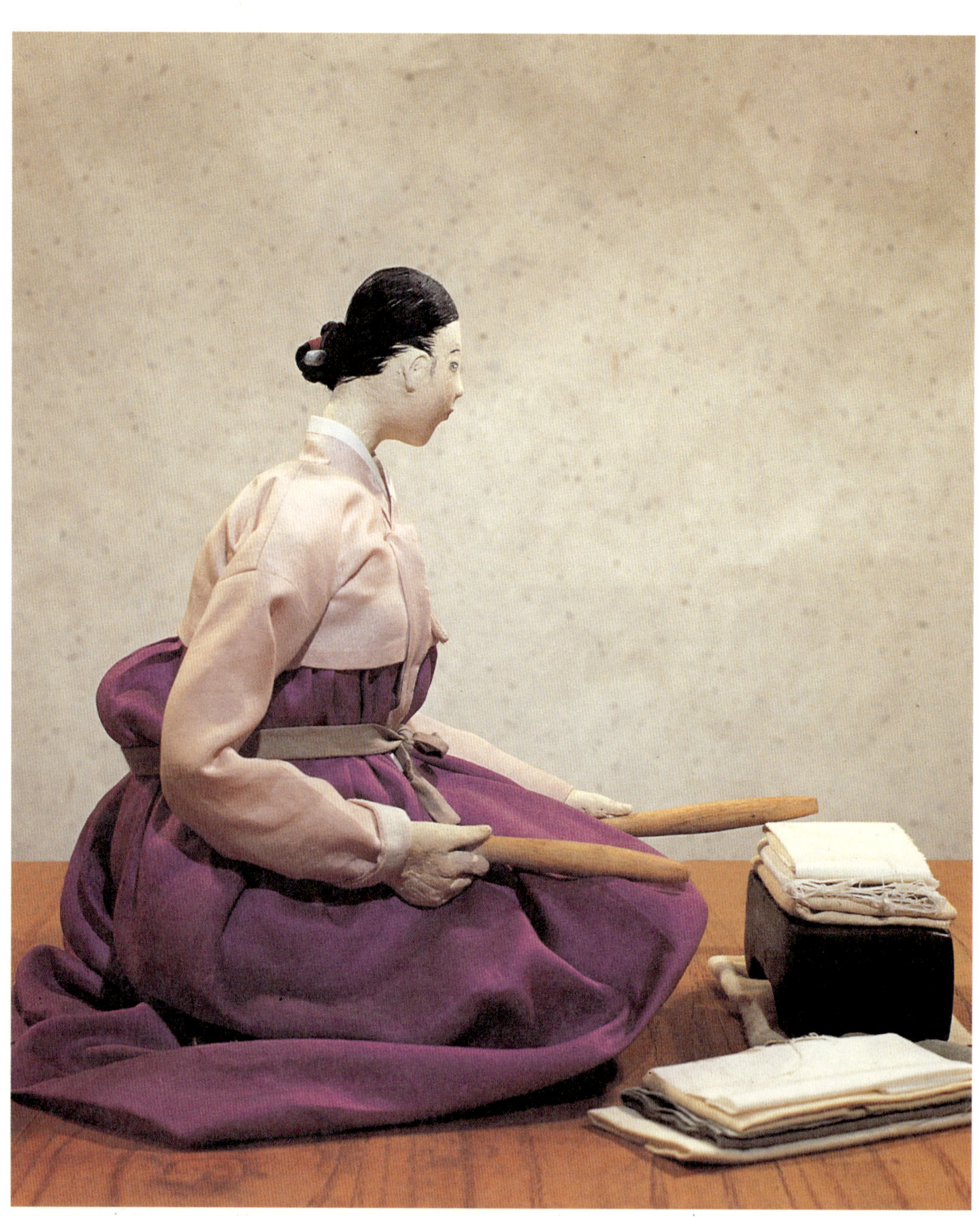

마음자락 다듬어

산매화 피어나는 사월 첫아기 든 몸으로 서방님 옷덮개 지으려고
원앙수를 놓자니 졸음에 걸리는 한나절,
툇마루에 나와 앉아 다듬질을 한다.
시어머님 먼 길에 종지기 앞세워 보약 한 제 싸들고
막내며느리 몸조리 잘하라고 거동하신다는 소식 듣고
베갯잇에 이불깃이라도 시쳐드리려 방망이질하면서도 사랑채 저편
산 아래서 우짖는 이름 모를 새소리 태중 아기에게 들려주려
목이 긴 암사슴 앉음새로 꼭두각시 몸짓을 한다.

다듬질, 또는 다듬이질이라고 한다. 보통 무명베, 목류(木類,
광목·옥양목·당목 등)로 지은 행주치마·쓰개치마·홑잇·옷덮개·
이불호청 등을 다듬이질했다. 이 옷감들을 다듬잇돌 위에 놓고
방망이로 잘 두드리면 다림질한 것처럼 구김살이 펴지고 옷감이
반드러워졌다.
1970년대만 해도 서울 골목길 안 촘촘한 먹빛 기와집들 문밖으로
방망이질 소리가 어머니 할머니들의 가슴 밑에 고인 희로애락의
울림처럼 메아리치던 기억이 난다. 몸에 어린아이 품고 행주치마
두르고 앉아 효심 모아 다듬질하며 시어르신 나들이 기다리는
애잔함과 어리광을 지닌 막내며느리를 그렸다.

서산 아주머니 다듬이질

군인 간 아들 추석에 첫 휴가 나온다는 기별에
이른 아침 수수깽이 키질해 마당 한켠 우물물에 담가두시고
해 지기 전에 빨으실 생각에 추석빔으로 시쳐서 덮어줄 이불호청 다듬이질
서두르시는 서산 개여울 과부 아주머니.
한 네댓새 나돌던 먹빛 안개 걷히고 흩어놓은 하얀 솜 같은 구름 휘저으며
저 멀리서 날갯짓 하고 오는 산까치 한 마리.
길조라 하신 옛 어르신들 말씀대로 외둥이 아들 기다리는 모정의 손길은
빨래말미 하룻날 놓칠세라 해먹이 동산에서 넘어오는 가을 햇살 받으며
빈집 지키는데 동구 밖 개 짖는 소리에 토종닭마냥 손목 묶여 잡혀가서는
이내 간데없는 지아비 발길인가 싶어 마음 빗장 풀고
문밖으로 내닫는 해바라기 추석밑.

뒷덧문 열어젖힌 문간방에 대나무발 치고 앉아 풍경소리에
지아비 그리며 아들 하나 바라보고 살아오신 한국 여느 어머니의
모습이다.

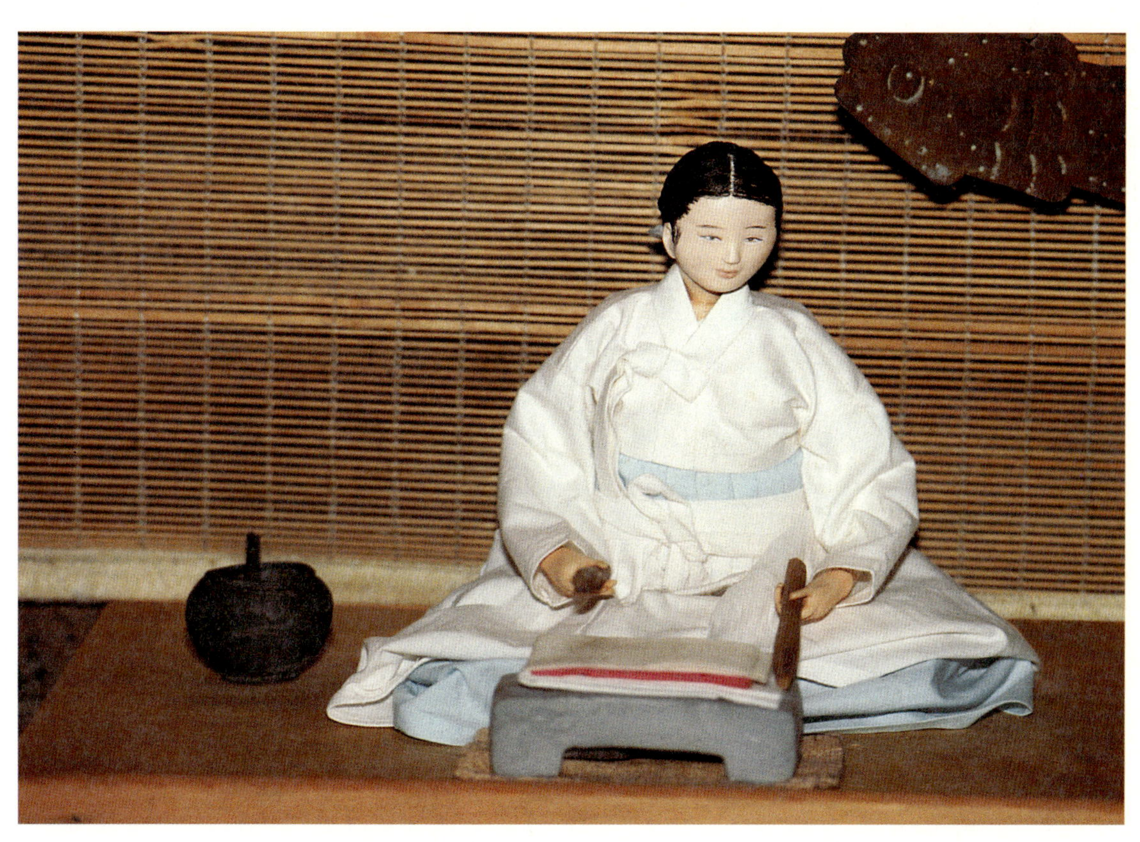

덧니박이 딸내미

마당 깊은 집 부엌 뒷문 밖에 백도라지꽃 피는 들밭 훈풍

복중에 길가는 나그네마냥 오다말다 하는 칠월중순이다.

평상머리에 아침 조반 짓고 남은 아궁지 숯불을 쇠다리미에 담아서는

투가리에 올려두고 언제 나갔는지 옆집 초가 담 밑에서 한 살 터울진

사내녀석하고 공기잡기하는 딸내미 불러들이니 앞니 빠진

거멍 묻은 얼굴하고 들어온 마흔 넘어 생긴 계집아이.

열사나흘 밤 새면 동네 거렁뱅잇집 홀아비딸 민며느리로 시집보내는 이웃마을

잔치에 들러리 어미로 입고 갈 모시베치마 다리려는데

잡아당기기는커녕 부뚜막에 콩떡 타령만 하다 봄 병아리마냥 졸고 앉았는

덧니박이 미운 일곱 살.

한동네에 가족 돌보듯 지내온 사이인데 색시 집에 친가가 아무도
없어 혼인날 색시 어머니를 대신해주는 이를 들러리 어미라고 했다.
1960년대 초까지만 해도 이런 놋쇠 다리미를 썼다. 주로 옥양목 · 광목 ·
포플린 · 삼베 · 모시베 등을 다렸는데, 삼복더위에도 종이부채로
부채질을 해가며 숯불을 피워 올리고 나무 손잡이를 잡고 다렸다.
마주앉아 잡아당기며 하던 숯불다림질 속에는 아이들에게는 옛
어른들의 속담을 피우고 이웃과는 정담을 나누던 우리 어머니들의
소박한 정서가 숨어 있다. 어머니는 늘 딸들과 함께 가사일을 돌보시며
자라는 나이에 일손을 마주하여 앉음새부터 덕을 쌓도록 가르치셨다.

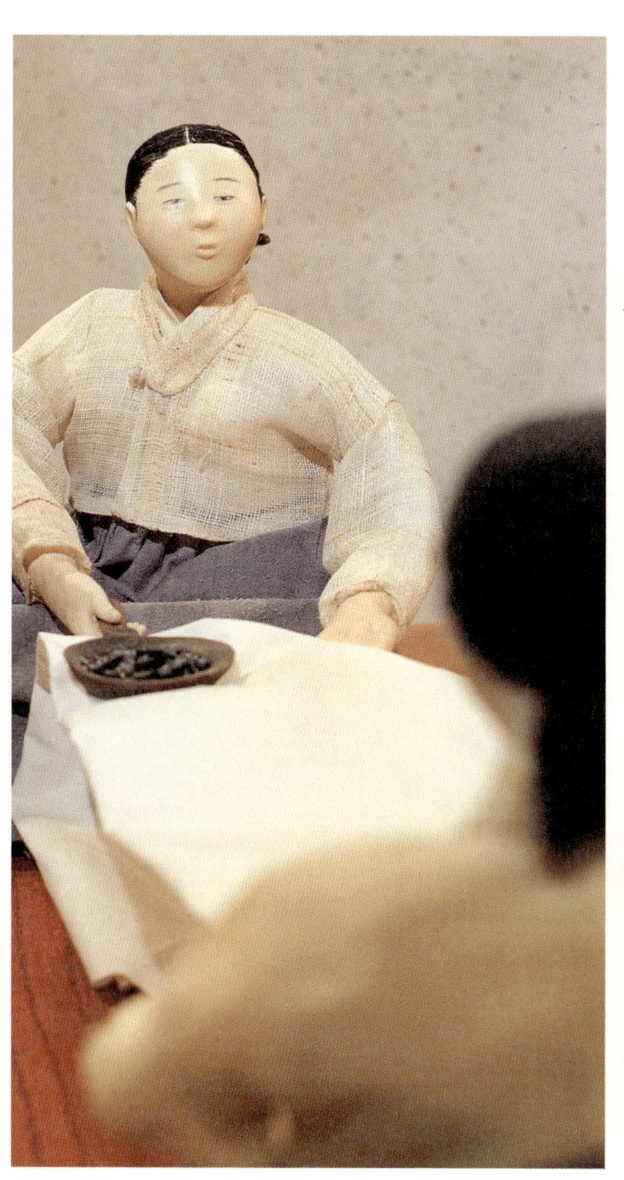
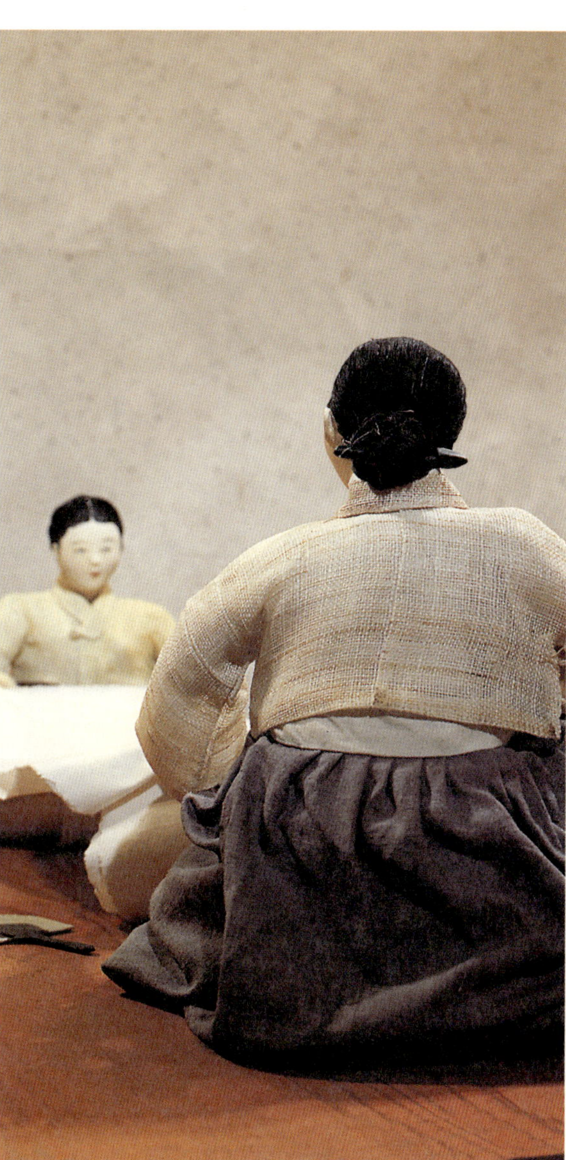

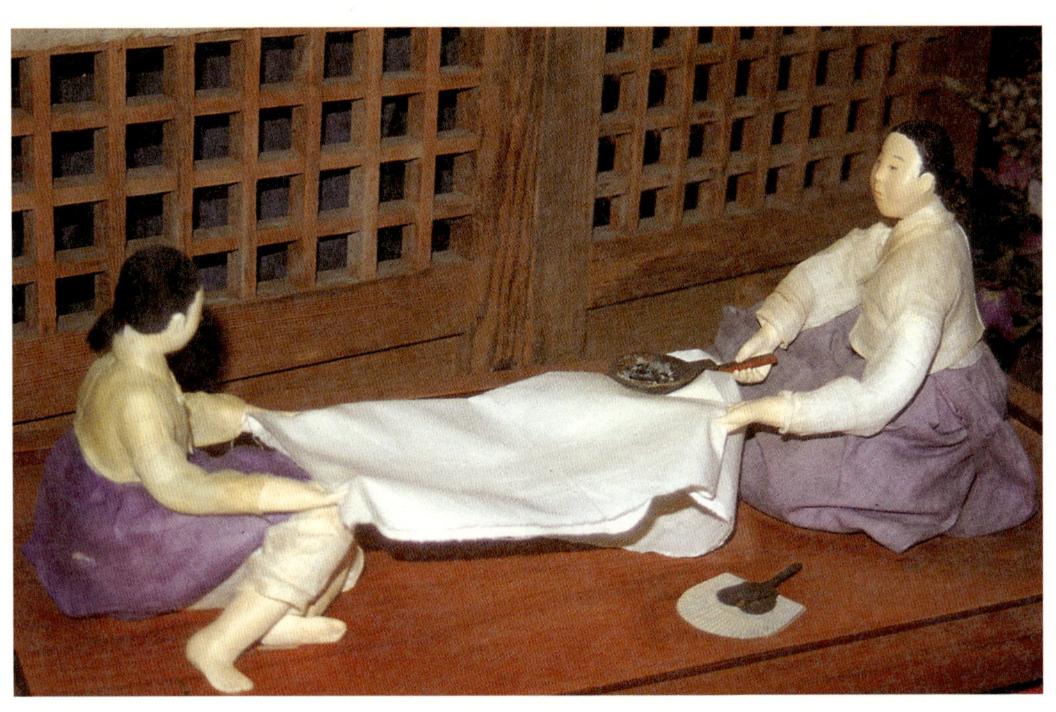

산까치골 할머니

음력 설달, 먼 길에 조가비만한 얼굴 내밀고 포대기에 싸여
제 어미 등에 업혀 올 손녀딸 명주 천에 꽃분홍빛 물들여 설빔 해
입히실 마음에 새벽닭 울음소리에 잠깨어 웃방에 군불 지피게 하시고는
큰며느리 조반 짓고 남은 잿불 화로에 담아 부젓가락으로 불씨 모아
인두 달구시더니 어느새 깃고름을 지어 다셨다.
여닫이 문풍지 사이로 비쳐드는 아침 햇살 손등에 받으며 바느질하시다
웬 기척 있어 여닫이문 열고 내다보시는데 어느새 날아갔는지
앞마당 눈밭에는 참새 발자국만 머물고,
며칠 내 얼굴 볼 새 없는 선머슴이 큰손자녀석 마음자국만 한 빈집에서
적적함 달래며 바느질 소일하시는 까치골 할머니.

자애로운 심덕으로 인동초같이 시들지 않는 인고의 열매를 맺어
후손들에게 물려주시는 할머니의 바느질 한 땀 한 땀에 기다림의
향수가 배어 있다. 도자기 화로에 부젓가락과 손잡이에 헝겊을 감은
인두를 꽂아두시고 손녀딸 오면 구워주려 아껴두신 생밤 서너 개 꺼내서
잿불 속에 묻어놓고 종일토록 시름 달래시는 우리네 그리운 할머니.

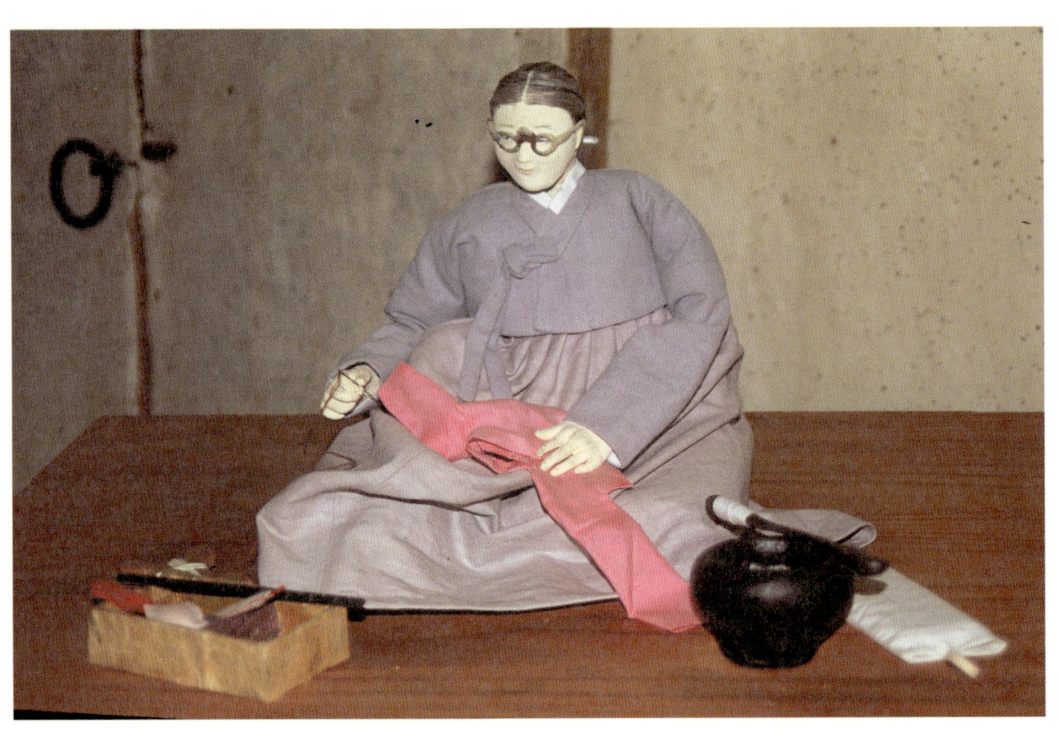

230

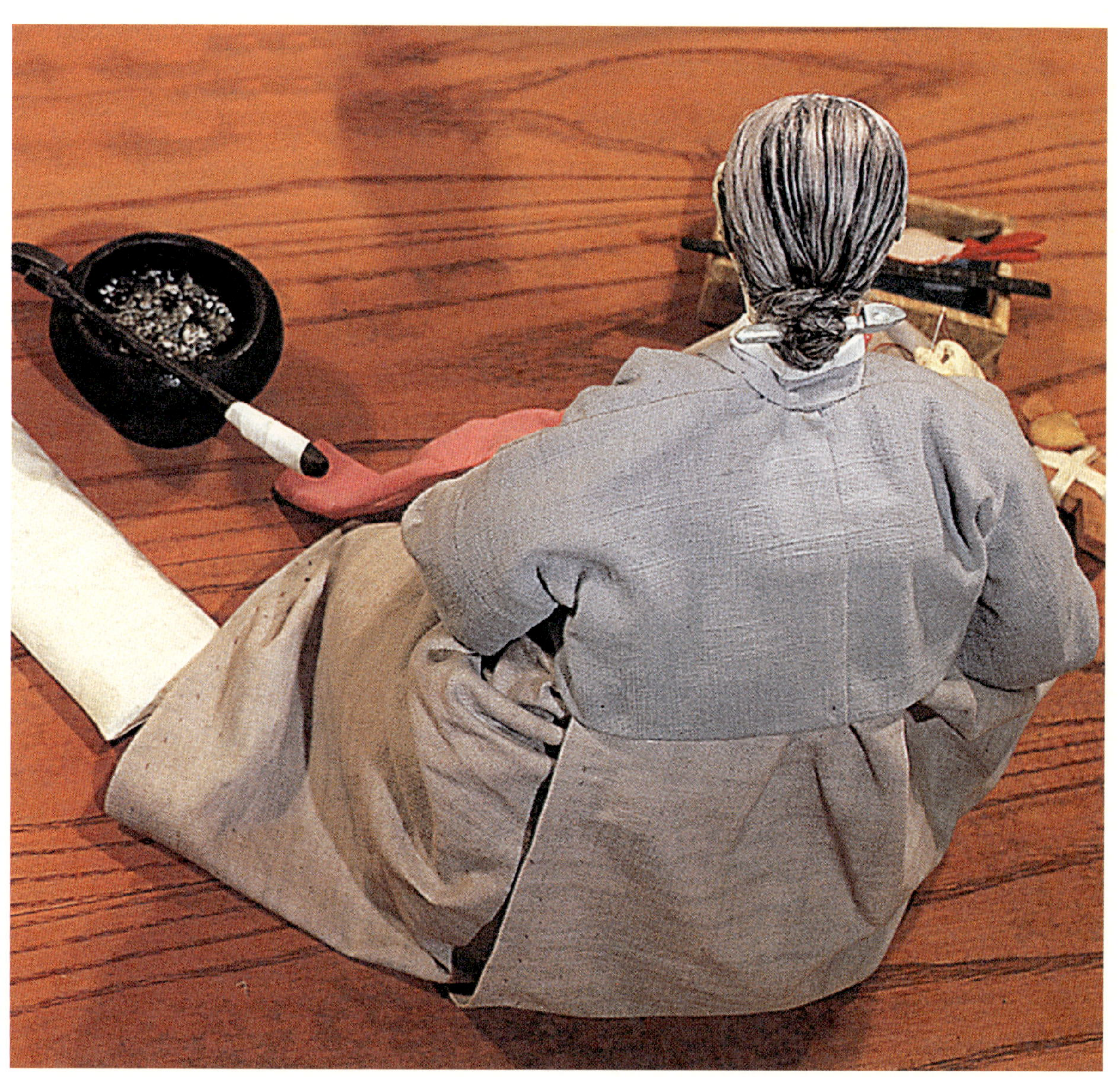

추석빔

문밖 들판에 도라지꽃 피는 구월 초순 아침녘이다.

들창문 틈새로 가을 햇바람 타고 울 너머 지저귀는 까치소리에

반가운 손님 뉘실까 하던 참인데 친정오라버니 석 달 남짓 아이 들어찬 몸

돌봐주시느라 한 대엿새 전에 손수 콩댐하시어 종이장판 깔아주시고

여달이 문풍지 막아주고 가신 추석머리 앞두고

다섯 살 된 딸아이 노랑 명주저고리 지어 입히려고

치잣물에 담갔다가 놋쇠화롯불에 인두질 쳐서 반회장에 옷고름을 단다.

다홍치마에 받쳐 입혀서 더 배불러오기 전에 갈메못 시댁에 다녀와야지!

바느질은 지난날 집안에서 살림만 하시던 할머니 어머니들이
하루하루 산고의 아픔을 치르듯하던 시집살이 속에 마음을 삭이고
다스리던 여인 필생의 위로처이기도 했다. 놋쇠화로는 주로 양반집에서
사용했다. 부손은 잿불을 모으고 불씨를 모두는 데 썼다. 반짇고리에는
새와 꽃 , 글자를 수놓은 바늘꽂이 · 골무 · 바늘집이 있고 긴 나무자와
인두 · 인두판 · 가위 · 명주실이나 무명실 등 바느질에 필요한
소도구들을 넣어 두었다.

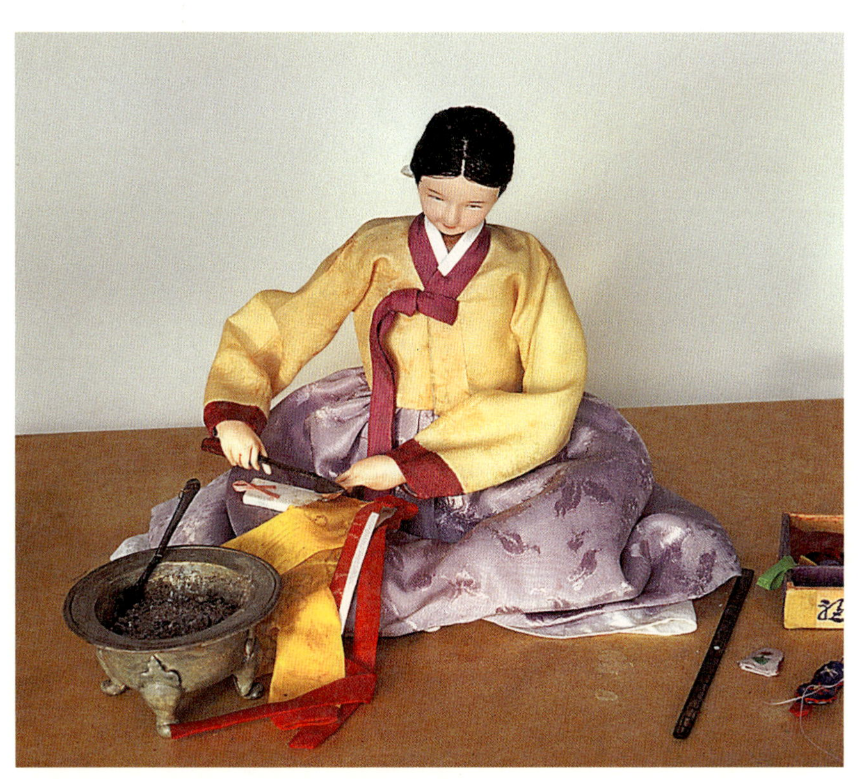

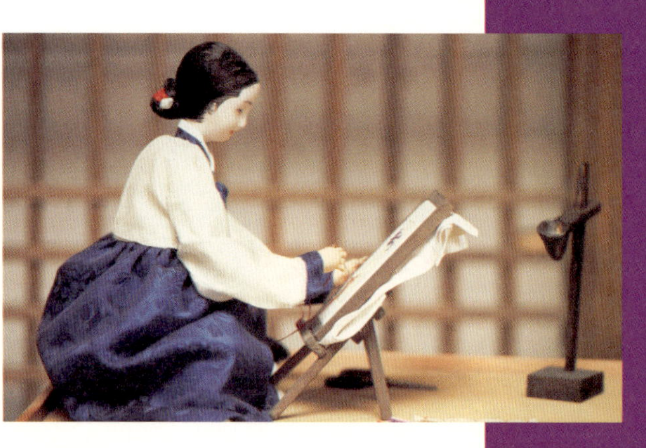

엄마야 누나야

엄마야 누나야 강변 살자 뜰에는 반짝이는 금모랫빛
뒷문 밖에는 갈잎의 노래 엄마야 누나야 강변 살자

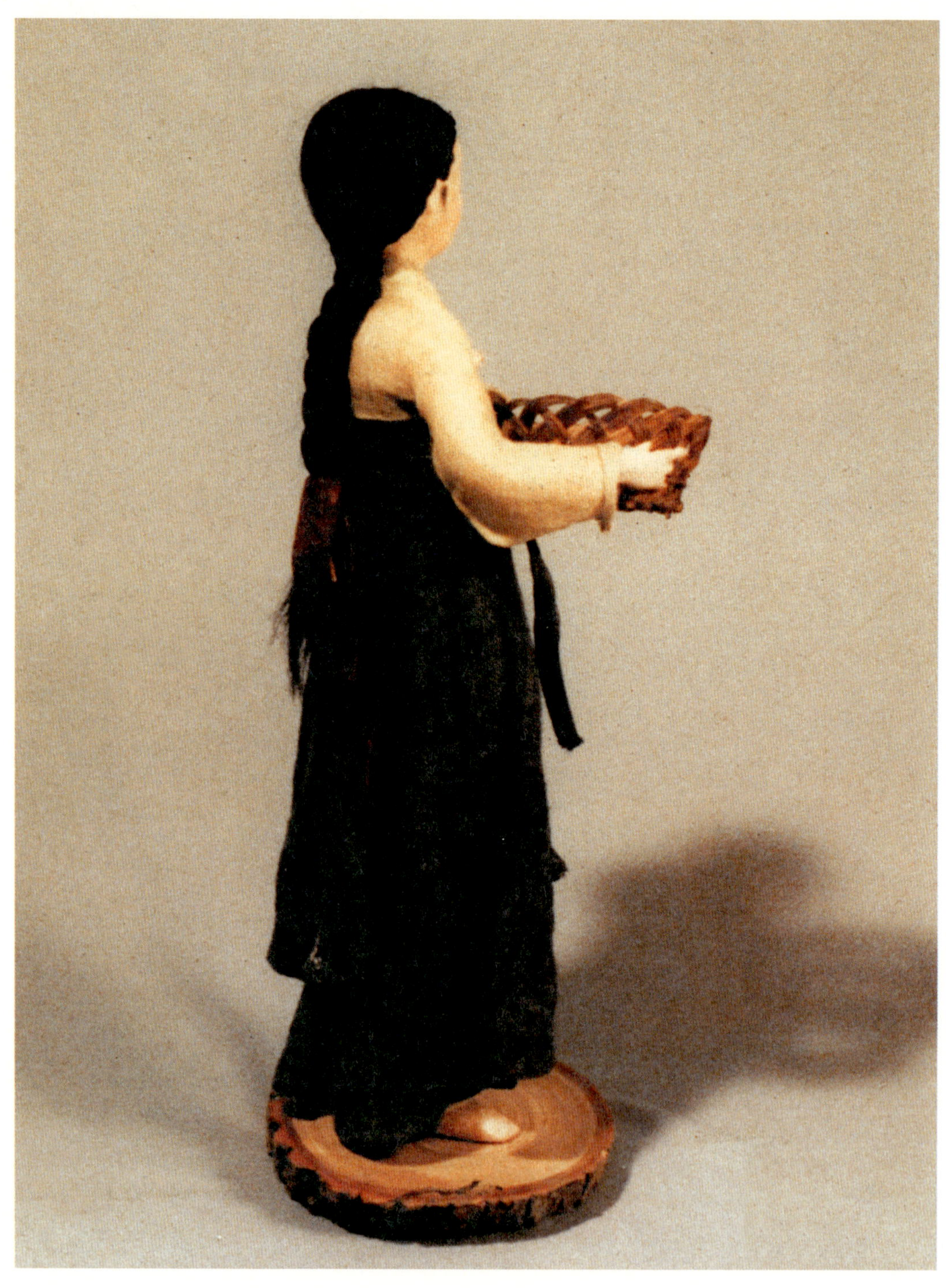

낙도 처녀

희끄무레한 새벽빛 안개가 수평선 위로 피어오르는 며칠 새
주인 없는 돛배 한 척 저 멀리서 가물거리니 남모르게 무언의 몸짓으로
오실 이 기다리듯 바라보는 열일곱 살 처녀, 그렇게 기다림이 시작되던 날
해안가 물갈 위에 속닥이는 조개 주우러 나가다가 무지의 갈망이
무언의 그리움으로 잉태될 때 만난 홍싯빛 햇덩이를 빈 소쿠리에 담는다.
무인도 여인의 님은 진홍빛 노을이었어라!

이른 아침녘 조가비 따러 바닷머리에 나갔다가 방황의 덫에
걸려 그물에 갇힌 날개 다친 한 마리 철새처럼 무인도에 머물게 된
낙도 처녀. 나의 첫 작품이며 자화상이다.

비바리 물허벅 지고

흙감태기 안개바람 봄기운에 가라앉고 젖은 산등성에서
밤새 하얗게 피어난 몽글구름 어디로 떠가는지…….
섬자락 수평선 너머에 꿈을 걸고 살아가는 비바리 처녀들 다리깽이
샘가로 물허벅 지고 가는 춘삼월이다.
산머룻집 할매 길에서 데려다 기른 의붓자식 하나가 열서너 살 되자
행전 치고 괴나리봇짐 메고 나가 온데 간데 없다시며
봄이면 뒷짐 지고 갯두렁 바위자락에 기대앉아 해지도록 기다리시는데
한 고을에서 자라셨다고 오지그릇집 할배 마음 보태주시더니
눈치볼 새 없이 말동무해 뒤따라가신다.
두 노인양반 바튼 숨에 쉬며 놀며 조가비 동산 넘어가시니
길 가던 비바리 처녀 무시기로 남세스러운지 놀란 눈빛 속에서
제주섬 두 할미꽃이 피어난다.

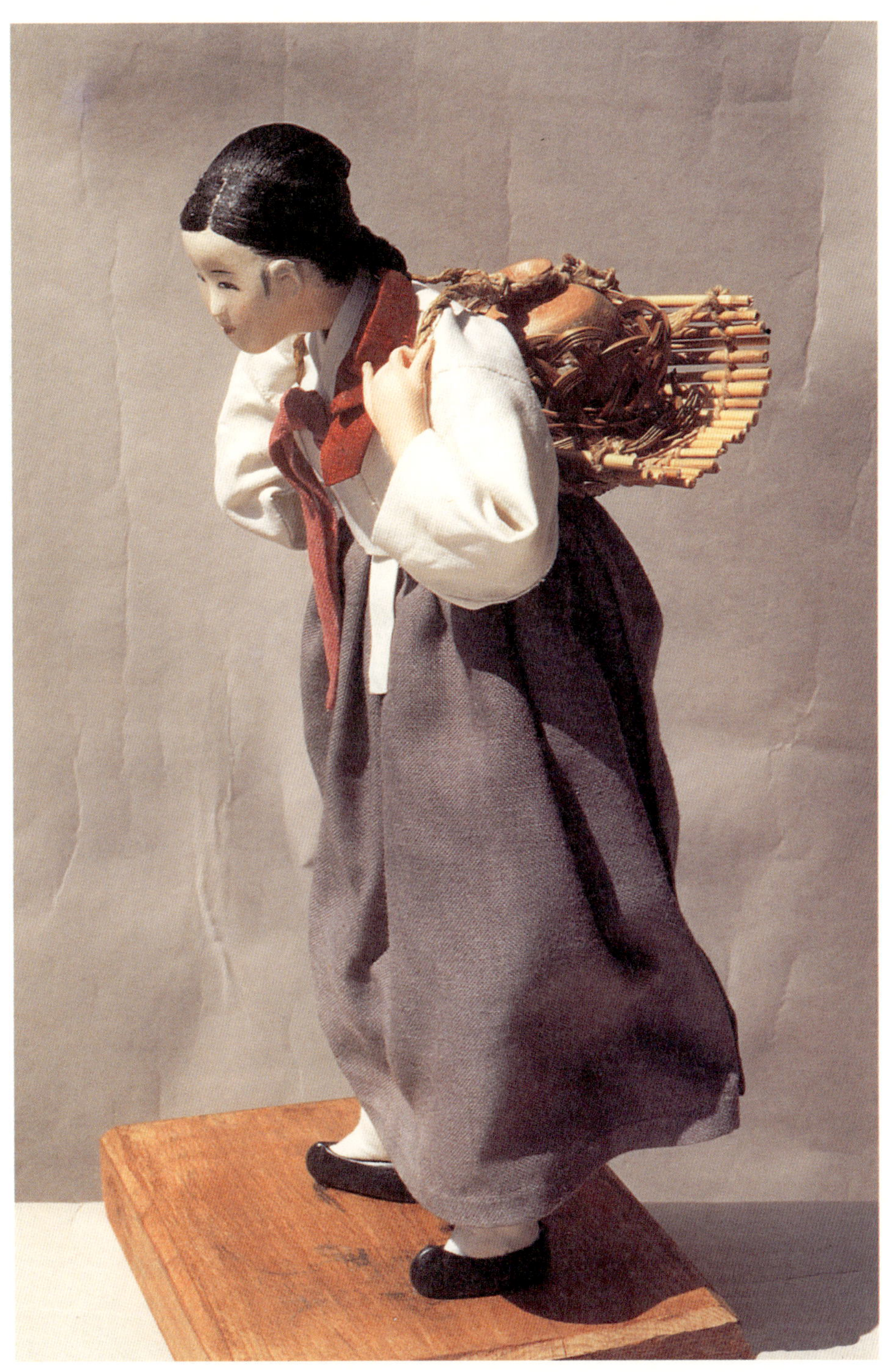

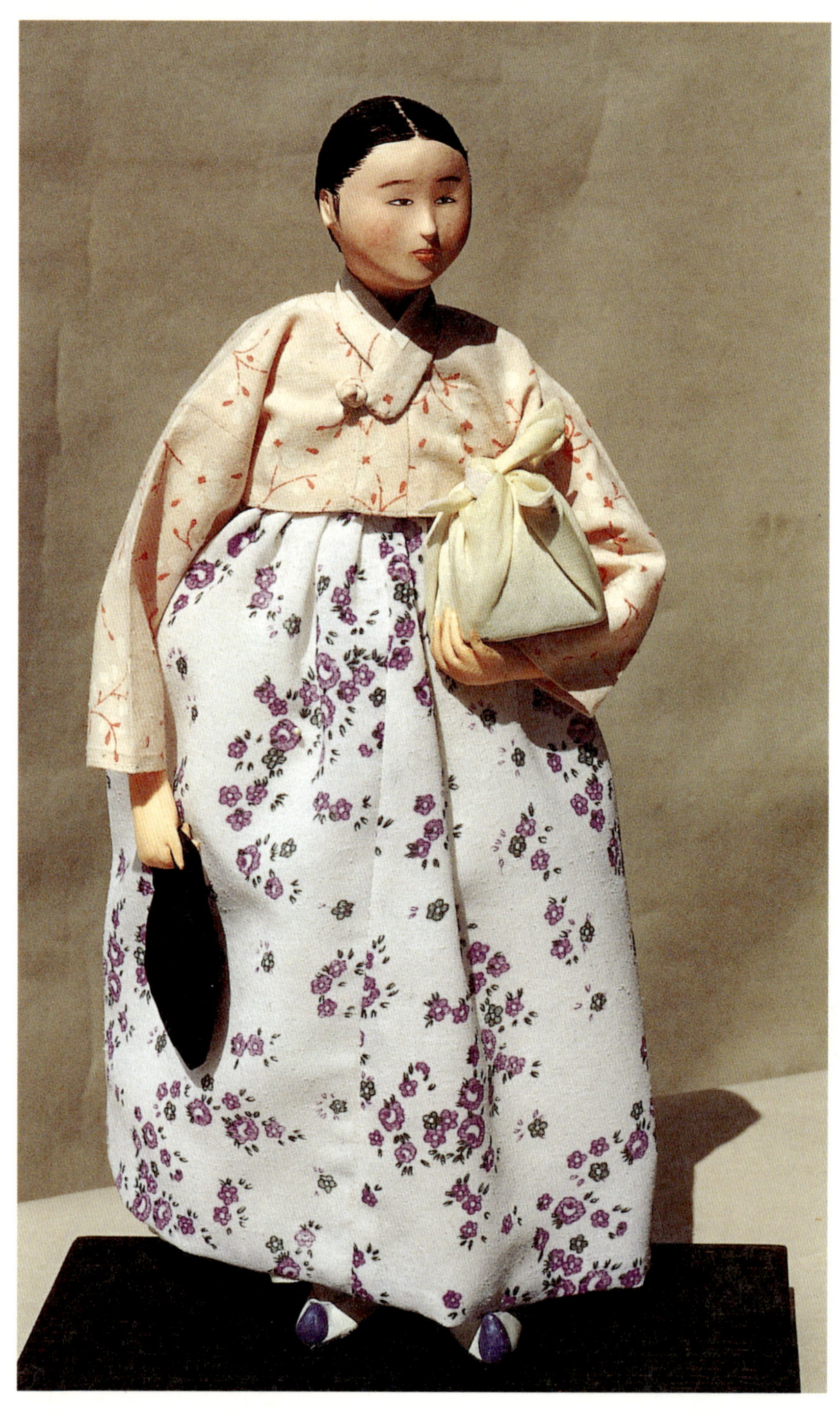

과꽃누나

가시철망 나지막한 담쟁이 도투막집에

초가을 풀벌레 소리만 들려도 우짖는 아이 포대기해 등에 업고

둑 길섶에 나가 서성이며 달래다가 자주보랏빛 과꽃

돌아가신 어머니 마음 뵙듯 바라보노라면 어느새 잠이 든 남동생.

그렇게 달래며 기른 정 그 세월 어느덧 다 가고 군에 입대해

빈집에 동그마니 혼자 남은 누이는 나루터 오가는 중신어미 방물장수 편에

두어 번 오간 말이 씨가 되어 시집을 갔다.

3개월 아기 들어찬 몸으로 첫 면회 가는 날 남동생 좋아하는 인절미에

고추장떡 수수부침 해서 다식판에 싸들고 고갯길 내려오는 초가을 과꽃누나.

친정어머니 물려주신 검정 헝겊 가방에 빛바랜 사진 한 장하고

기찻삯 몇 푼 손수건에 싸 지니고 읍내 역전으로 가는

햇볕 따사로운 가을 어느 날 정오.

1950년대에는 부모를 일찍 여읜 남매가 더러 눈에 띄었다.
모성애로 어린 남동생을 돌보고 가르치다 군에 보내는 날이 되자
누이는 아픈 마음으로 며칠 밤을 지새우다 기차 역전에서 눈물로
손짓해 동생을 떠나보내고, 돌아와서도 한동안 그 모습 떠올리며
그리움을 삭이다가 시집가서 동생 첫 면회를 나섰다.

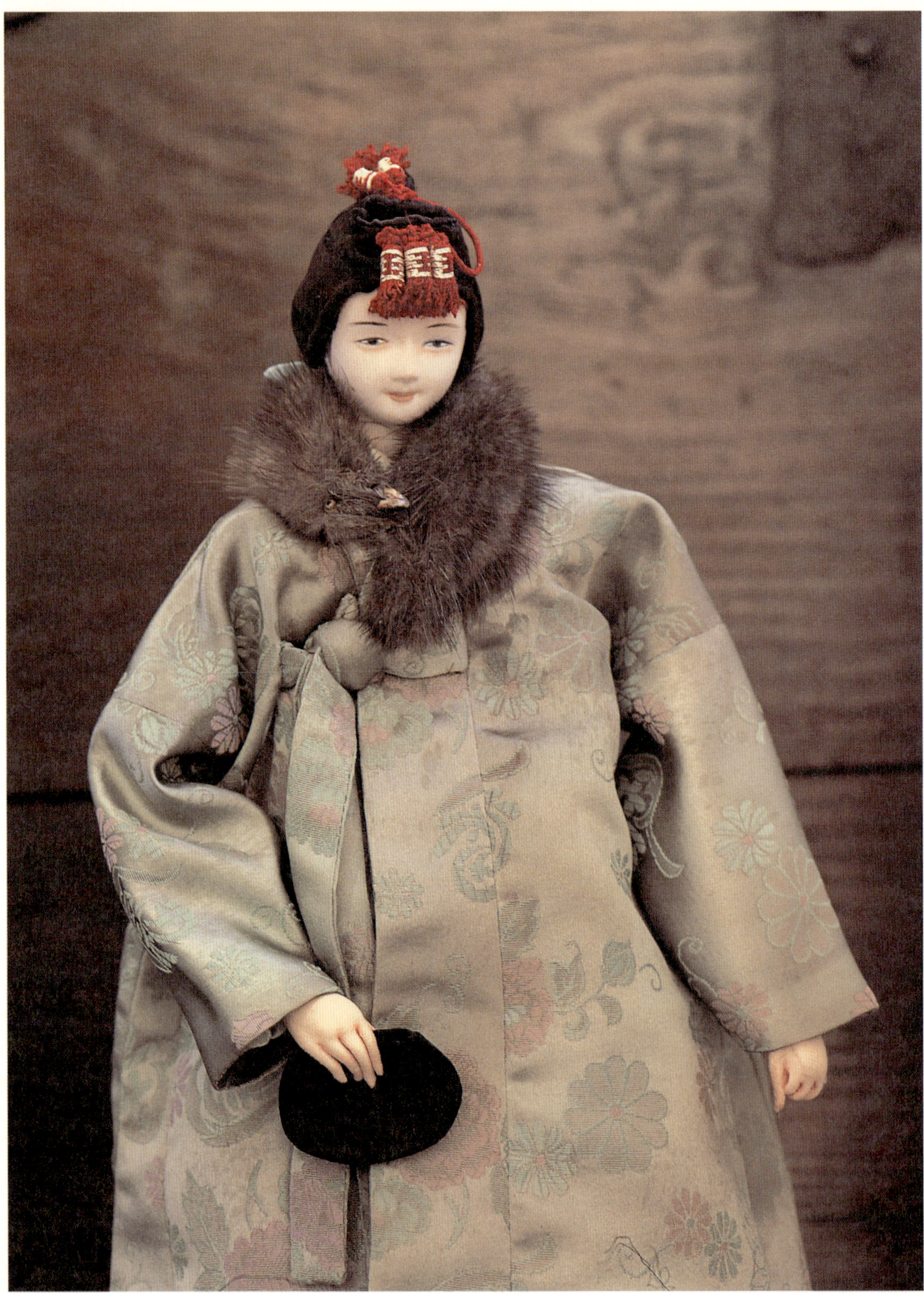

오라버니댁 가는 길

마지막 겨울 눈발 희끗희끗 날리는 아현정 길목에 나선 오정이다.

음력설 앞두고 준장으로 승진하신 장부님 먼 길 출장가신 중에

온양에 살고 계신 오라버니 뵈러 기차역으로 나가려니

친정어머니 생각나 물려주고 가신 여우목도리를 두르고 나섰다.

눈보라 칠 듯한 비탈길을 아이 가진 몸으로 버선코고무신 미끄러질세라

조심스레 돌아 내려오는데, 눈길에 귀 달린 모자 쓰신 할배님

시린 손에 새총 든 손주랑 뉘 것을 얻어 입혔는지 자주색 솜누비두루마기에

긴 소맷자락 걷어올린 일곱 살 남짓한 가랑머리 계집아이 태워

한 푼이라도 해지기 전에 품삯 받아 쓰시려고 부지런히 우마차 끌고

마주 오시기에 인사드리려 머뭇거리는 눈길 밑으로 코흘리개 여자아이

거멍 묻은 얼굴로 뜨거운지 새끼 고구마 까지도 않고 먹는 가없이 예쁜

고 모습 바라보며 태중아기가 딸이기를 바라는 장부 생각에

가슴 밑 아릿한 굴레방다리 여인.

1992년 고 석주선 선생님이 몽고에 가신다기에 빚어드렸는데,
심한 눈사태로 몽고행이 보류되어 이 인형을 자택에 두고 보시다가
우연히 선생님 댁을 방문한 다른 분이 소장하게 되었다. 그런 중에
내게 조선시대 머리(전통관모)를 신분별로 전수하겠다고 약속하며
열심히 살라고 위로하셨다. 양식이 없어 항아리가 자주 비어 있는
어려움 중에도 동요하지 않고 20년 넘게 작업할 수 있도록 이끌어준,
내게는 아주 특별한 의미가 있는 작품이다.

아얌 쓴 여인

우물정자 마루청처럼 먹빛 대갓집들 조초롬한 고을에 해질녘이면 흩뿌리던
폭설로 문패도 가려져 번지수도 희미한데 강추위에도 서울서 오시는 노인
양반들, 할아버지는 귀 달린 모자 쓰고 할머니는 겹두루마기에 조바위 쓰고는
웃방 한지에 말아 싸둔 겨울 생강쪽만 한 시린 얼굴 내밀고 한 철에 한 번씩
자식 찾아 애써 들르시는 한 해가 소리 없이 가고 어느새 흰 눈더미 녹아내려
동네 아녀자들 빨랫방망이질 소리 메아리치는 봄이다.
중령으로 승급하는 낭군님 첫 출장가는 강 나루터에 다섯 살 첫딸아이 데리고
나가 연분홍치마 휘날리며 전송해드린 지 보름 남짓한데 몸에 든 둘째아이
입덧으로 며칠 내 애먹이하는 손자며느리 때아니게 먹고 싶다는 청포도
없어도 주고 싶은 품성애로 아랫마을 다리 건너 남의 집 편에 구해 두셨다는
기별 듣고 동리 골목어귀 돌아 샛길 나온 외며느리. 이맘때면 뜬금없이
양단저고리에 털배자 조끼 입으신 서울 친정어머니 그리워 눈 밑이 시큼해도
시할머니 청포도사랑에 아얌 쓰고 가는 고을 나들이로 봄날은 간다.

시할머님께서 손자 낳아 무릎에 안겨달라시며 돋보기 쓰시고
인두질해 손수 지어주신 양단저고리이다. 1940년 즈음 양반가 여인의
나들이 모습인데, 석주선 선생님이 그 시절 치마저고리 차림에 웃옷을
입지 않고 맨손에 아얌 쓴 모습으로도 가벼운 나들이를 나섰다고
일러주셨다. 선생님은 자주 늦은 전화로 나의 작업을 검토해주시고
신분과 나이에 맞는 색감, 연대에 합당한 저고리 길이를 일러주신
전통문화계의 소중한 어른이다.

244

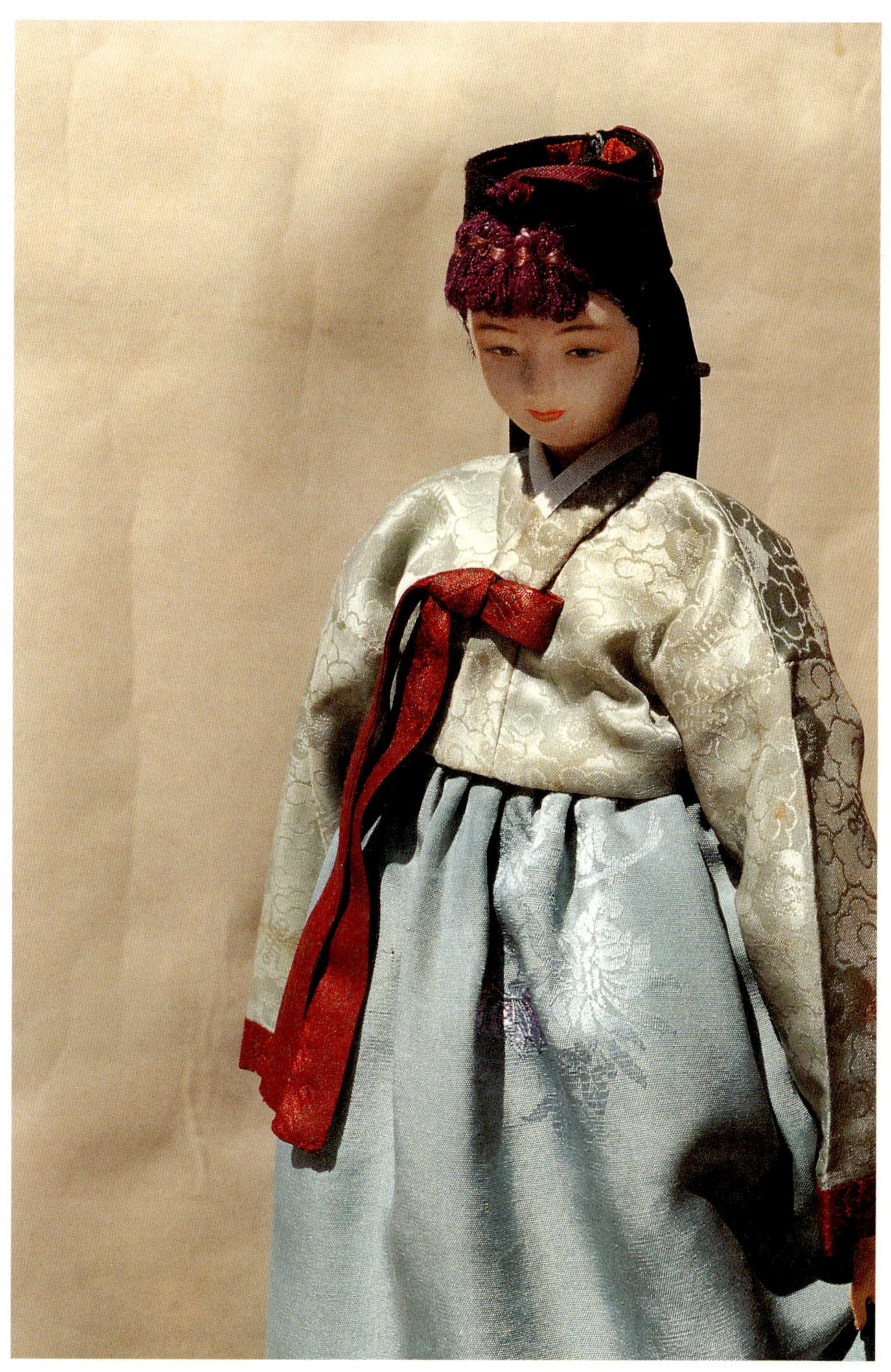

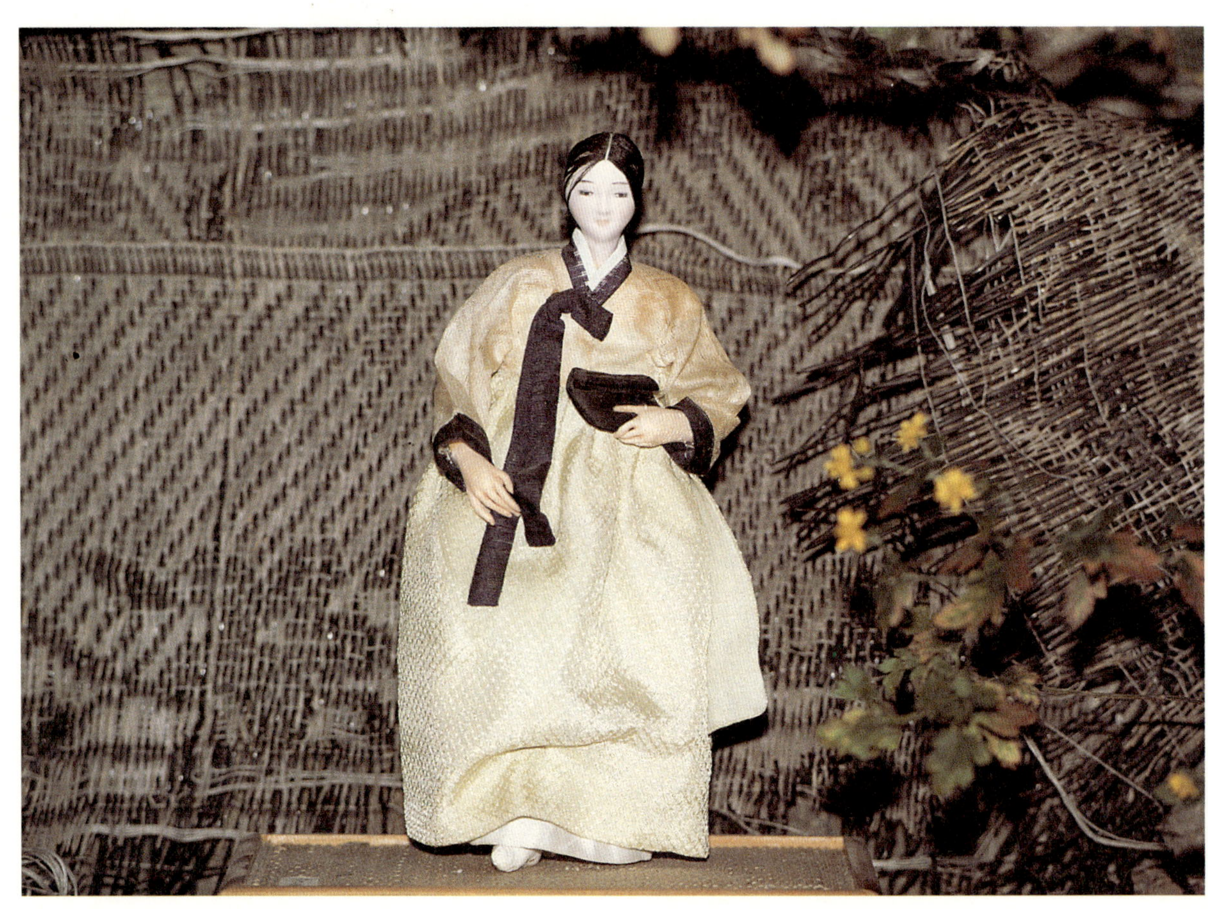

만남

먼 세월이 저편 너머로 흐른 어느 초가을날 낯선 시골

조붓한 마을 어귀에 들어선 여인네는 사춘기 적 창해한 낯빛으로

어린 마음에 그리움 피워주신 옛 은사님을 찾아간다.

연민의 옷고름 매만지며 그 시절 회상하려니…….

가랑머리 땋던 열네 살 적 검정 통치마에 흰 버선목 사이로 내민 종아리에

따사로운 수줍음 꽃피는 사월이었으리! 노오란 햇빛 속으로

강남 제비 날갯짓하는 시골길 오 리를 걸어간 학교에

두 뺨 앵둣빛으로 물든 소녀들 서울서 오신 총각 선생님 뵙고는 쑥덕거리는데,

그날부터 시름없이 가슴 앓아 아버지 근심 끼쳐드리고

졸업하자마자 쫓겨오듯 서울로 시집와 이제 부모님 다 여의었다.

옛 동무 편에 농가에서 늙으신 어머니 모시고 살고 계시다는 소식 받고

촌가로 들어서는데 옛 총각 선생님 모습 눈에 어리어 오고

가을 미풍 결에 노란 들국화향 만남을 재촉하누나!

    50, 60년대 육지에서 머언 뱃길 따라 조그마한 가죽 손가방
하나 들고 총각 선생님들이 섬마을에 오시면 사춘기 소녀들은 더없이
맑은 물빛 동공으로 선생님 바라보며 가슴앓이를 했다. 선생님
다니시는 징검다리 오가며 어쩌다 소나기라도 만나면 몸져눕기까지
하고 애먹이 사랑에 여드름만 피우다 시집가서는 먼 훗날 흘러 듣는
소식 한 줌에 다시 못 잊어 연민의 옷고름 여미고 만남의 길목에
나서는 여인의 나들이가 있었다.

어머님 전상서

폭설풍 혹독한 정초 눈밭 위로 퍼져드는 겨울 햇빛에

눈부신 마을 정경 바라보다 털배자 조끼 입고 손목 시리다고 굴씨 끼시더니

수정과 한 탕기 들이켜고 한숨 쉬시는 시아버님, 큰아기씨 두고 간

네 살배기 외손녀 잠에서 깰세라 다락방 바구니에서 생밤 꺼내와 윗목

화롯불에 묻었다가 구워 먹이려니 익기도 전에 밤 까달라고 조르는 친손자녀석

눈에 넣어도 아프지 않은 내리사랑으로 무릎에 앉히시기에 건넌방에 돌아와

행주치마 풀어놓고 문창살에 끼워진 사각 유리창 밖을 내다본다.

앞집 추녀 끝에 달린 고드름 녹아서 떨어지는 소리에 큰 강굽이 돌아

읍내에서 기차로 한 대여섯 정거장 가면 뵈올 수 있는 친정어머니 그리워

새해 안부차 먹물 갈아 붓 끝에 적시니 무슨 말부터 올려야 할는지

출가외인 되어 한숨 섞인 어머님 전 송소리!

　　　1950년대 초까지 전화가 거의 없었다. 딸은 출가외인이라 하여
시집가면 명절에도 친정에 가보지 못했고 명절이 한참 지나고 손님들
다 돌아간 뒤에나 먼 친정길에 한숨 섞은 먹을 갈아 글로 대신 안부를
전하곤 했다. 어머니들은 밤잠 깊이 못 들며 딸자식 기별을
기다리시기에 그렇게 철새처럼 날아드는 한 통 편지는 온 동네
사람들에게까지 반갑고 정겨운 소식으로 전해졌고 머리맡에 두고두고
딸을 보듯 몇 번씩 거듭 읽고도 눈물이 글썽해서 낳은 정 기른 정
가슴에 여미고 사셨다.

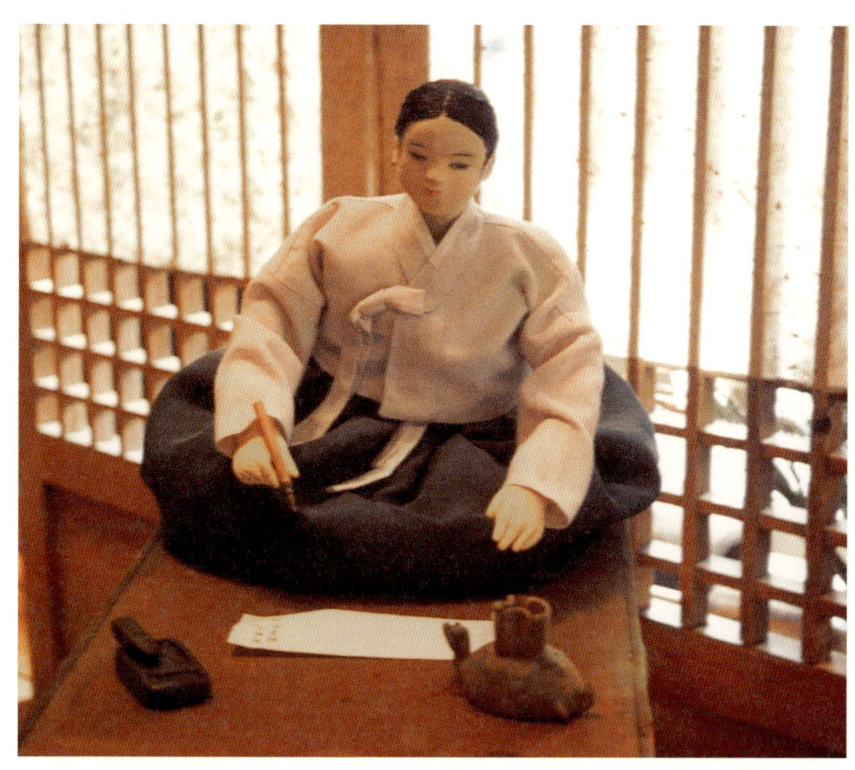

화경대 앞에 앉아

열아홉 적 동리 가시나이들과 갯바윗골 물머리에 모여 흐르는 물에

미역 감던 여름 한나절 저만치서 훔쳐보았다던 수양오라버니와 그렇게

맺어진 인연을 풀지 못해 사랑길에 올랐다.

서른 넘어 느지막이 족두리도 못 올리고 들러리도 없이 부부연 맺고

서너 명 동기들 모아 혼인식이라고 마친 지 달 반이 지나

늦은 태동 있어 몸조심 하던 중에 입덧으로 야윈 얼굴 모처럼 분화장에

입술연지로 단장하고 물항라저고리에 자주고름 달아 입고

화경대 앞에 앉아 샛강 가시나이들 만나는 여심,

가버린 듯 남은 듯 청춘을 헤아리려니 그 그림자 간데없어도

서방님 품속 초가을에 쏟아져내리는 쪽빛 하늘 같아서

이제라도 시집오면 업어서 호강시켜준다던 고향 뒷전에

돈쟁이 중늙은이 청혼은 꿈같이 잊었어라!

옛 산골 처녀들은 산등성이 넘어 오르는 바람결에도 설레는
마음으로 행주치마 입에 물고 수줍음을 감추었는데 한여름이면 물가에
나가 치마저고리 적삼 벗어 바윗자락에 널어놓고 긴 머리채
감아올리고는 젖가슴만 허리띠로 여미고 풍차바지를 무릎 위까지 올려
싸매고는 정갱이를 다 내놓고 목욕을 했다. 이 그림 같은 정경이 눈에
띄면 길 가던 선비도 멈추고 숨어 보던 그 시대 속 이야기이다.

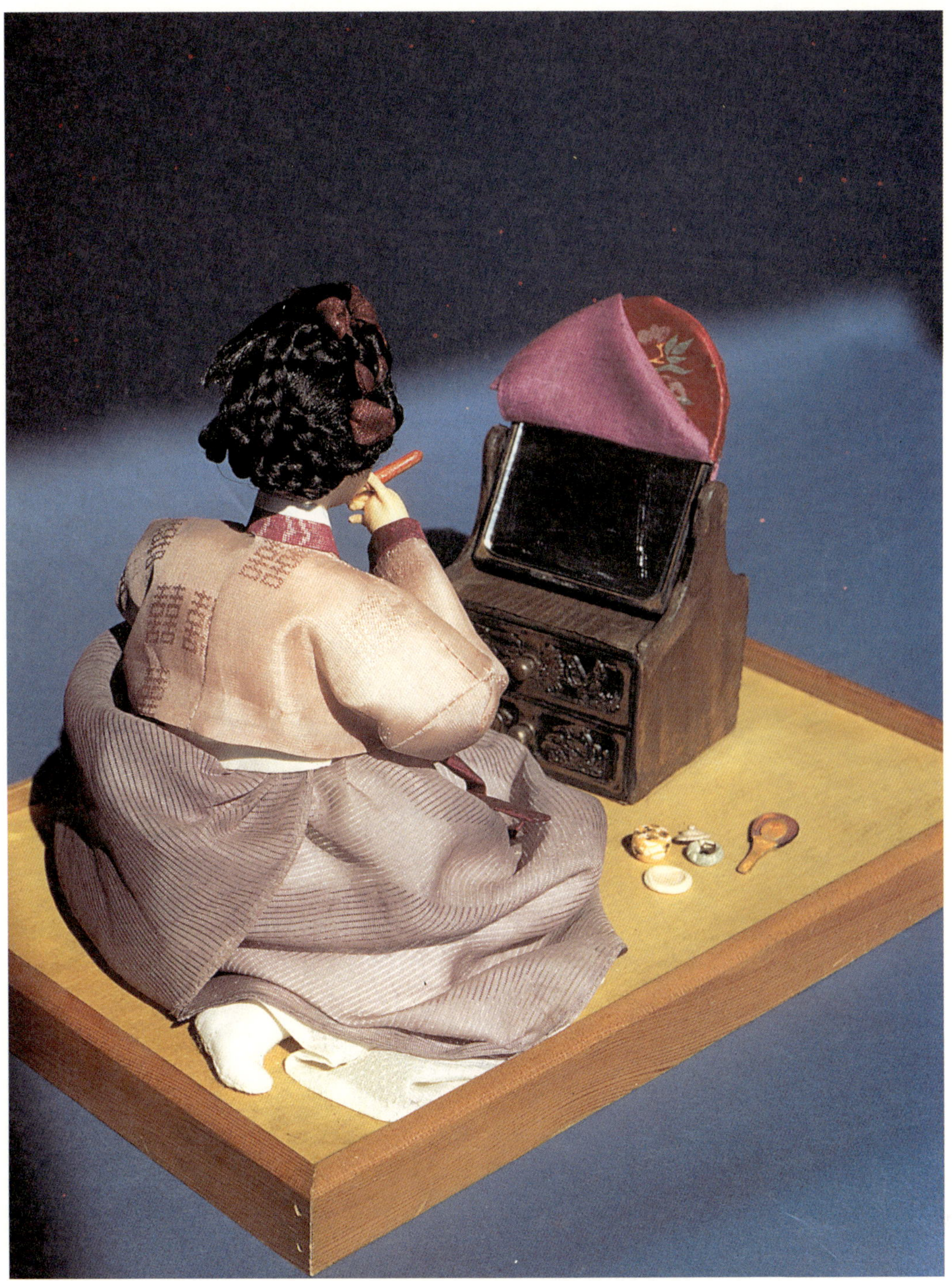

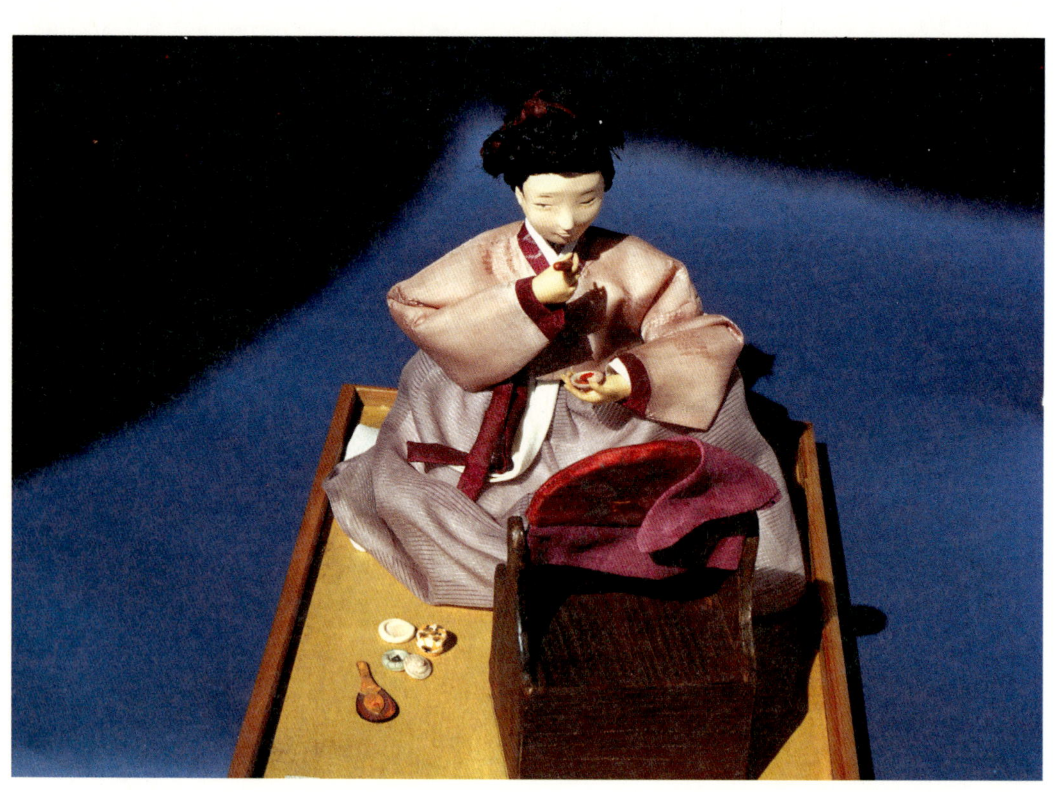

등경부인

초저녁부터 초롱 든 문지기들 큰 중문 밖에 드나들며 아뢰더니
해질녘 인력거 타고 오신 손님 며늘아기로 점지하고 가신 서너 달 뒤
그 집안에 출가해 귀한 아들 낳아 등경이로 불리는 부인은 오색실 꿰어
시아버님께서 정해주신 새해 가훈을 수놓는다.
겨우 어미 얼굴 알아보는 옥동자 품에 안아 젖물먹이 한 새 잠들어
건넌방에 누이고 장부님은 안채 시부모님 모시고 집안 어르신 댁에
정초 나들이 나선 한나절인데, 마루문 닫고 들어와 앉아 수놓으며
어느새 날아든 산까치 장독 머리맡에 와 앉은 기척 있어
문풍지 틈새로 내다보니 새해 어린 새들 눈 위에 발자국만 남기고
설풍 정취 조초롬한 조선기와집 풍경은 그대로
그림이로구나!

1920년대 초까지만 해도 부녀자들은 집안 경사나 명절 외에는
외출을 삼갔다. 어르신들 허락이 있어야 나들이를 갔고 쉬지 않고
가사일을 돌보며 현모양처의 품위를 지켰다. 시어른 모시는 양반집
부인의 정숙한 자태를 빚었다

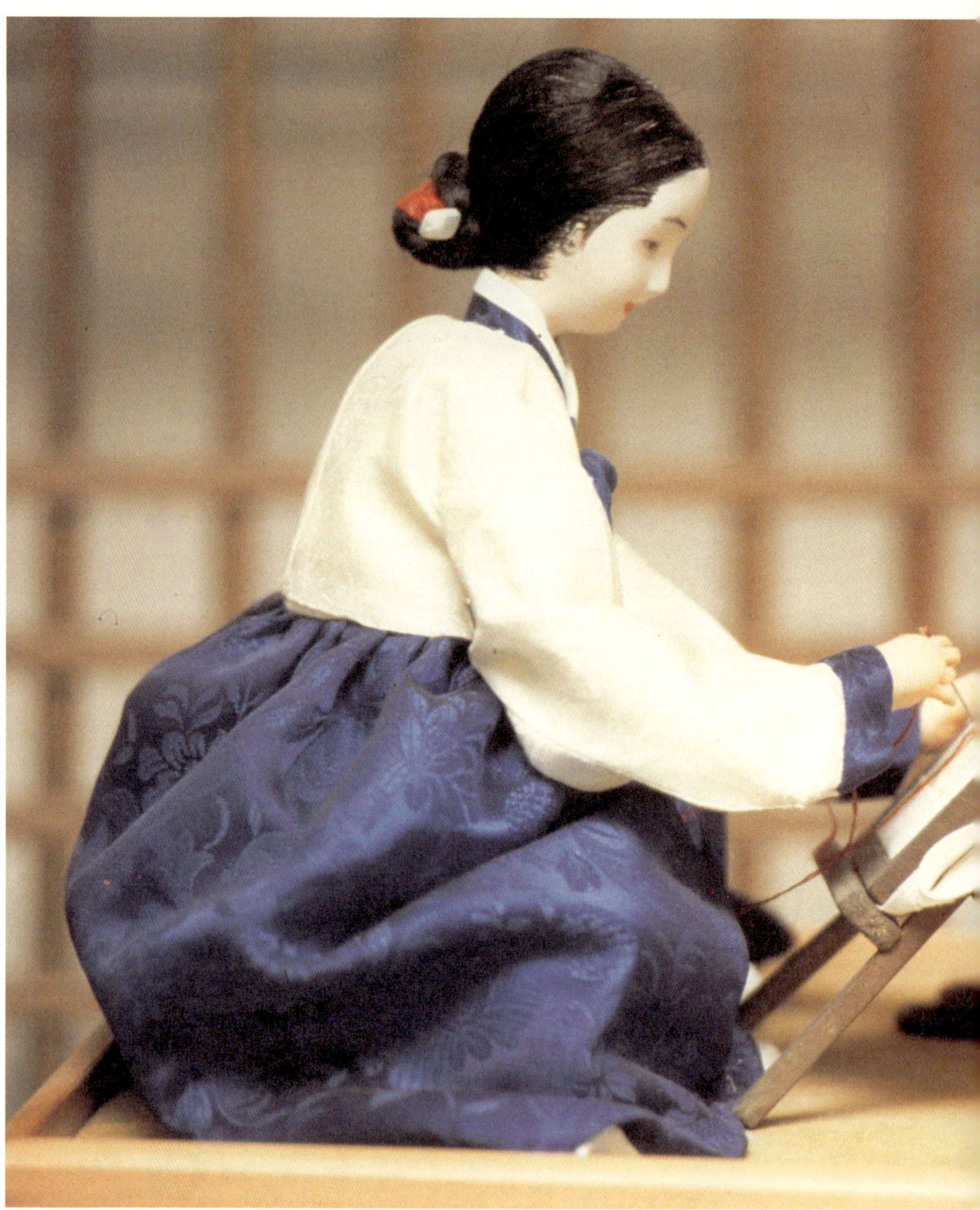

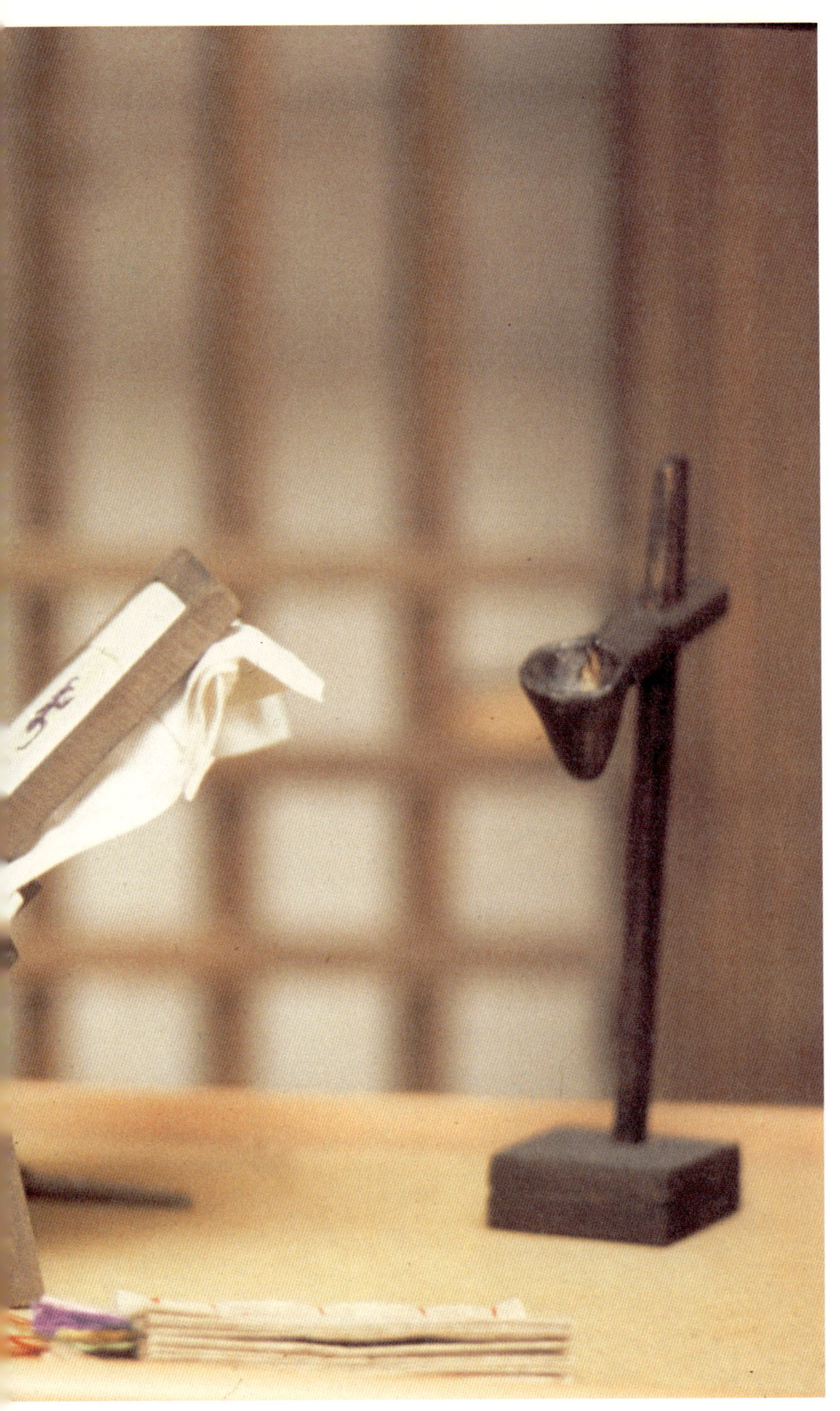

예나르 왕비

산하에 물들어오는 노을빛 속으로 이름 없는 철새들 길 잃고 헤매이다
어느 집 처마 밑에 깃들였는지 흰구름떼만 정처 없이 흩어지는 해질녘
나라에 국모 되어 산머리에 날아와 앉은 한 마리 해오라기처럼
날개 접고 쉬지도 못하는 여심, 임금님은 어디메 가계시온지
엊저녁부터 저물도록 아니 드시매 오실 길 기다리려니 애타는 중전마마.
떨잠의 영예보다도 나라를 다스리는 국부의 아녀자로서
하늘을 두려워하는 두 동공에 비친 고독과 인내와 온유함이
백성 향한 모성애로 피어나 영원히 스러지지 않는
무궁화꽃으로 피리라!

조선시대 왕비는 어느 나라 어느 시대의 어머니보다 강한
모성을 지녔다. 부귀영화를 누리기에 앞서 늘 임금의 다스림이 다하지
못한 백성의 어려움과 아픔을 살폈고 남몰래 깊은 외로움 여미며
희생도 감내해야 했다. 후궁을 드나드는 임금을 곁에 두고도 백성의
어머니다운 거룩한 모정이 그윽히 배인 그분들의 고독을, 인고의
세월을 넘는 우리 삶 속에서 이제나마 흙 속의 보석처럼 아름다운
문양으로 빚어내고 싶었다.

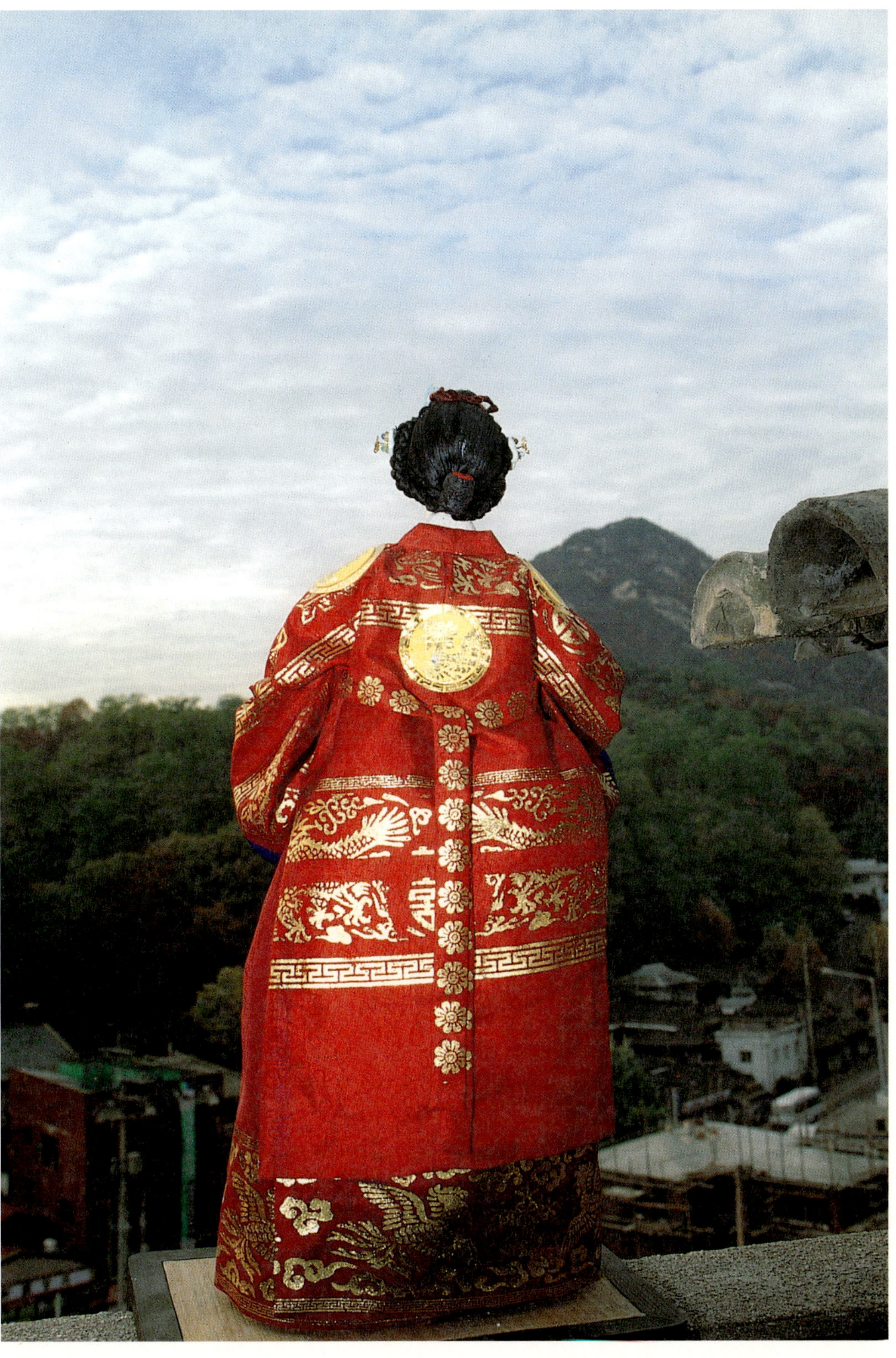

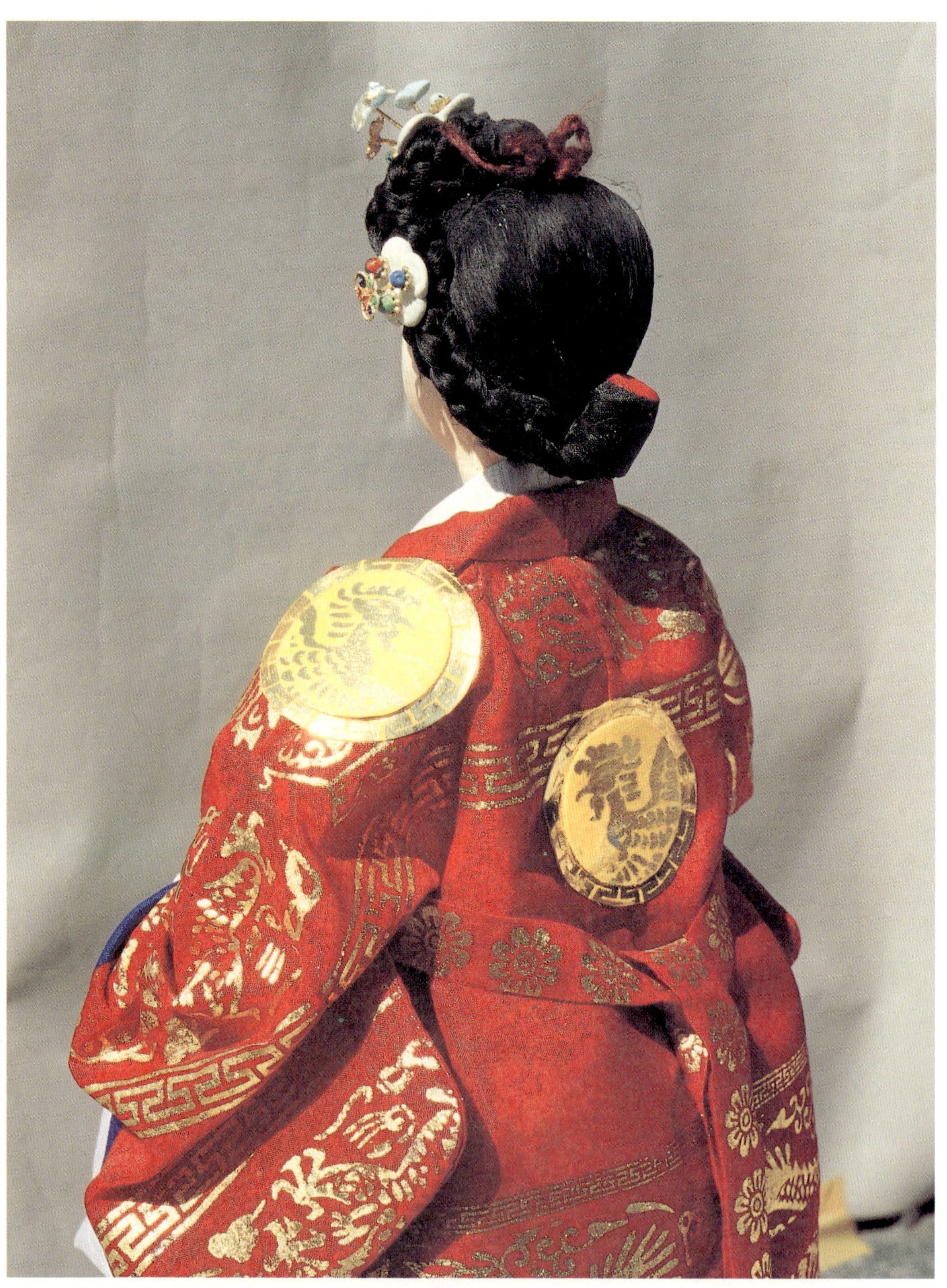

박꽃

초여름 사대붓집 눈에 띄는 계동에 가랑비 지고 고즈넉한 해질녘

고의도 입지 않고 가슴이 내비치는 속적삼에 세모시치마를 걸쳐 입은 여인은

안방 여닫이 문풍지 사이로 새어드는 젖은 미풍결 미망의 심연에 스며

초롱 들고 뒤뜰에 나가 하얗게 핀 박꽃을 보려고 버선을 신는다.

한 양반가 여인이 젊음의 귀로에서 미망인이 되어 자연을
벗삼아 살지만 스러지는 가슴에 다시 열꽃을 피우기 위해 날갯짓하는
독백의 시다. 초여름 안방에 청띠 두른 돗자리를 깔고 님을 그리는
고독의 여심이 속곳자락에 감겨 있다.

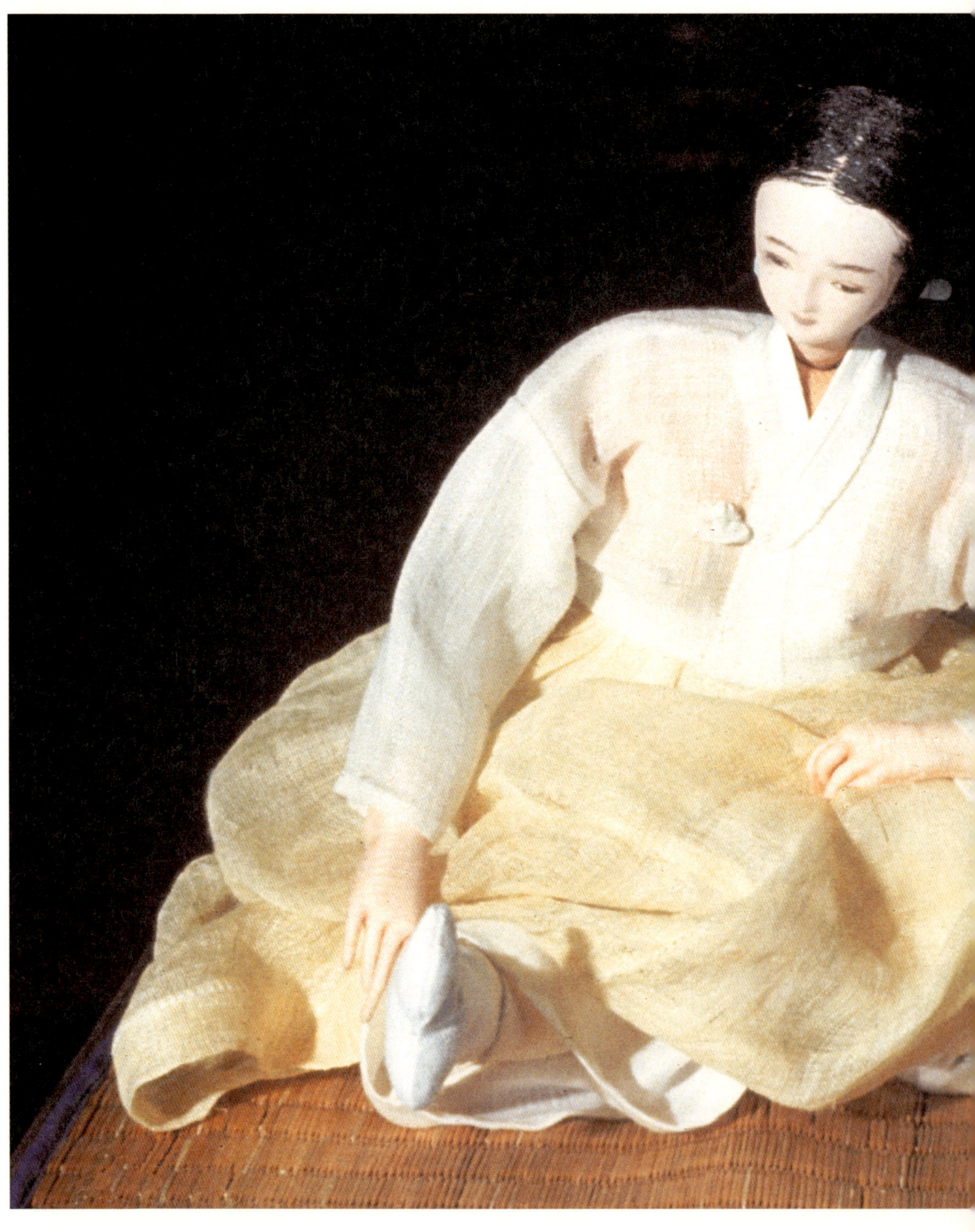

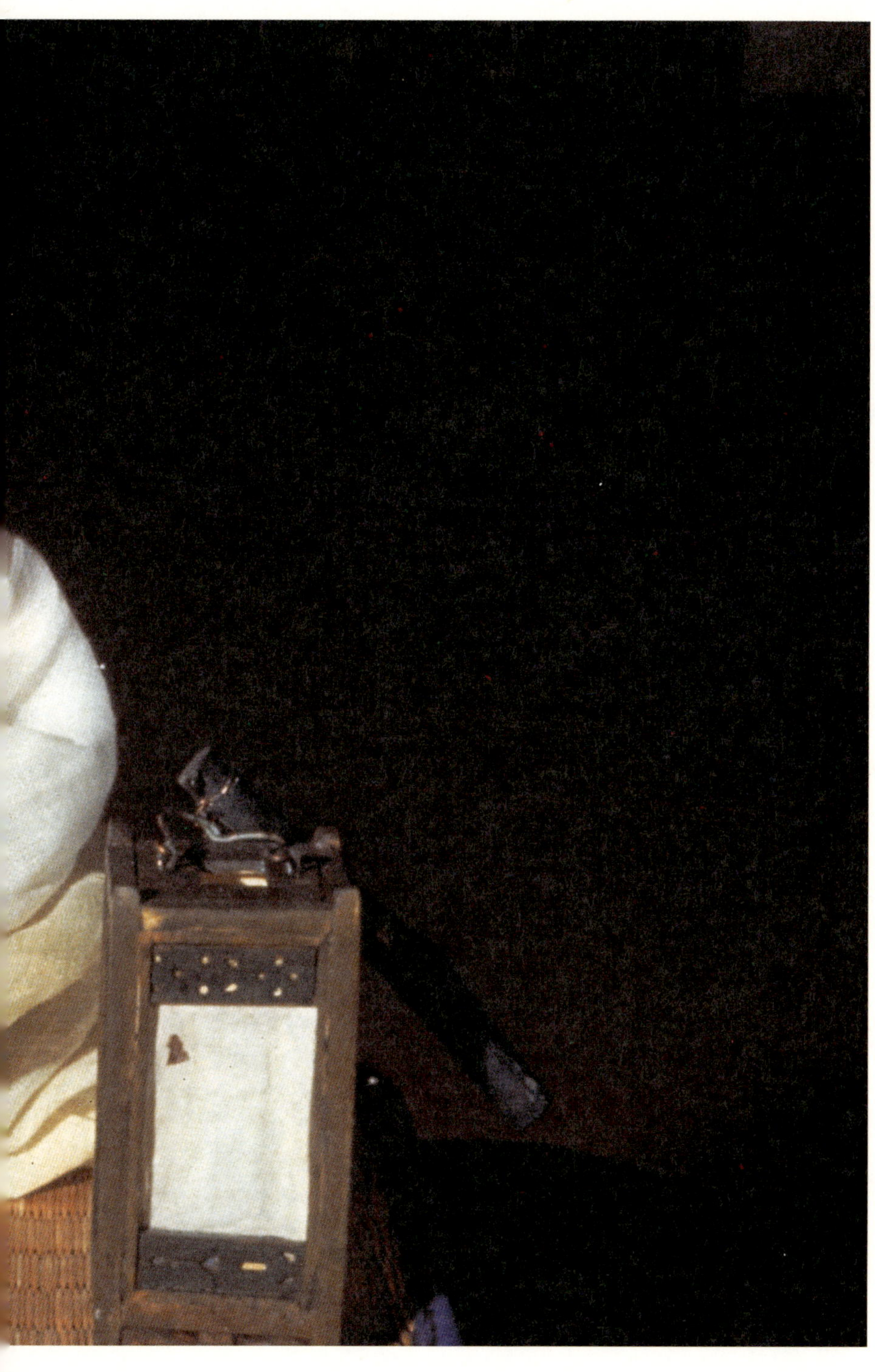

품앗이 사랑에 시름 지으며

유월 초순 희귀조마냥 밤새 온몸으로 둥지를 틀고 천지가 고적한 새벽녘

동터오는 빛줄기 따라 흐르는 숲시가지 헤치고 산하에 오른 백치 기녀.

궁 밖으로 내닫는 가슴 치마허리끈으로 여미고 님의 품앗이 사랑 못 잊어

아픈 날갯짓으로 그 설움자락 창공에 쏘아 날리려니

산등성이 저 너머 차오르는 아침 햇줄기

말 못하는 상처 싸매주누나!

나랏녹 입는 님에게 얹혀 뜨내기 사랑으로 청산이 우짖는 여인
별곡이다. 궁내 기녀가 벙어리 사랑을 해산하기 위해 홀로 활시위를
당긴다. 허리춤에 달아맨 모시베 화살집은 궁내 기녀로서 목숨보다 더
귀한 깊은 연정을 사르지 못하는 공허함을 대신하는 노리개다.

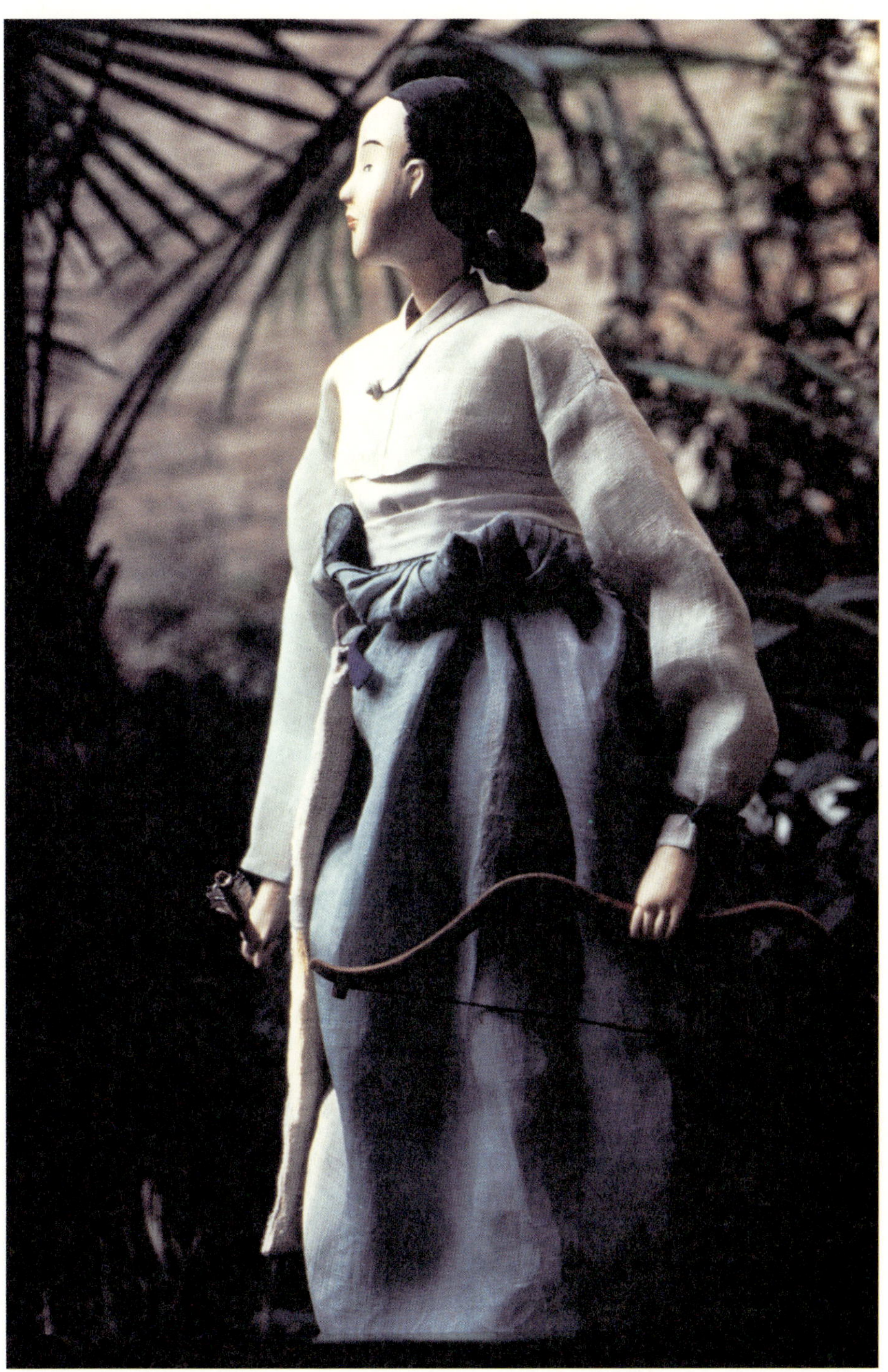

의녀

열여섯에 귀밑머리 풀고 머리 얹었지만 아이 못 낳는 여자로 소박맞고
쫓겨나와 여느 사람 입에 말이 씨가 되어 궁내 침방 몸종으로 들어왔다
몇 해 지나 의녀가 되었다.
초야에 궁실에서 전갈 받고 밑 터진 풍차바지에 쪽배 같은 버선발로
밤이슬 진 정자 숲길을 지나 연못을 돌아가려니 허리춤에 침통 차고 나와
추녀 밑에서 초롱 들고 앞서갈 시종 기다리는 중에
계수나무마냥 서서 흰 달빛 바라보는 기녀,
이밤 부르시는 옥토끼는 뉘이신지?!

시월 초야를 못 이기는 옥토끼 양반 맘 아프신 상전인지
몸 아프신 어르신인지 젖가슴 내비치는 속적삼 바람에 얹은머리
댕기 풀고 누웠다가 시급히 오라하신 전갈 받고 한밤중 가을철새
몸짓으로 처마 밑에 서서 초롱불 든 시종을 기다리는 의녀.

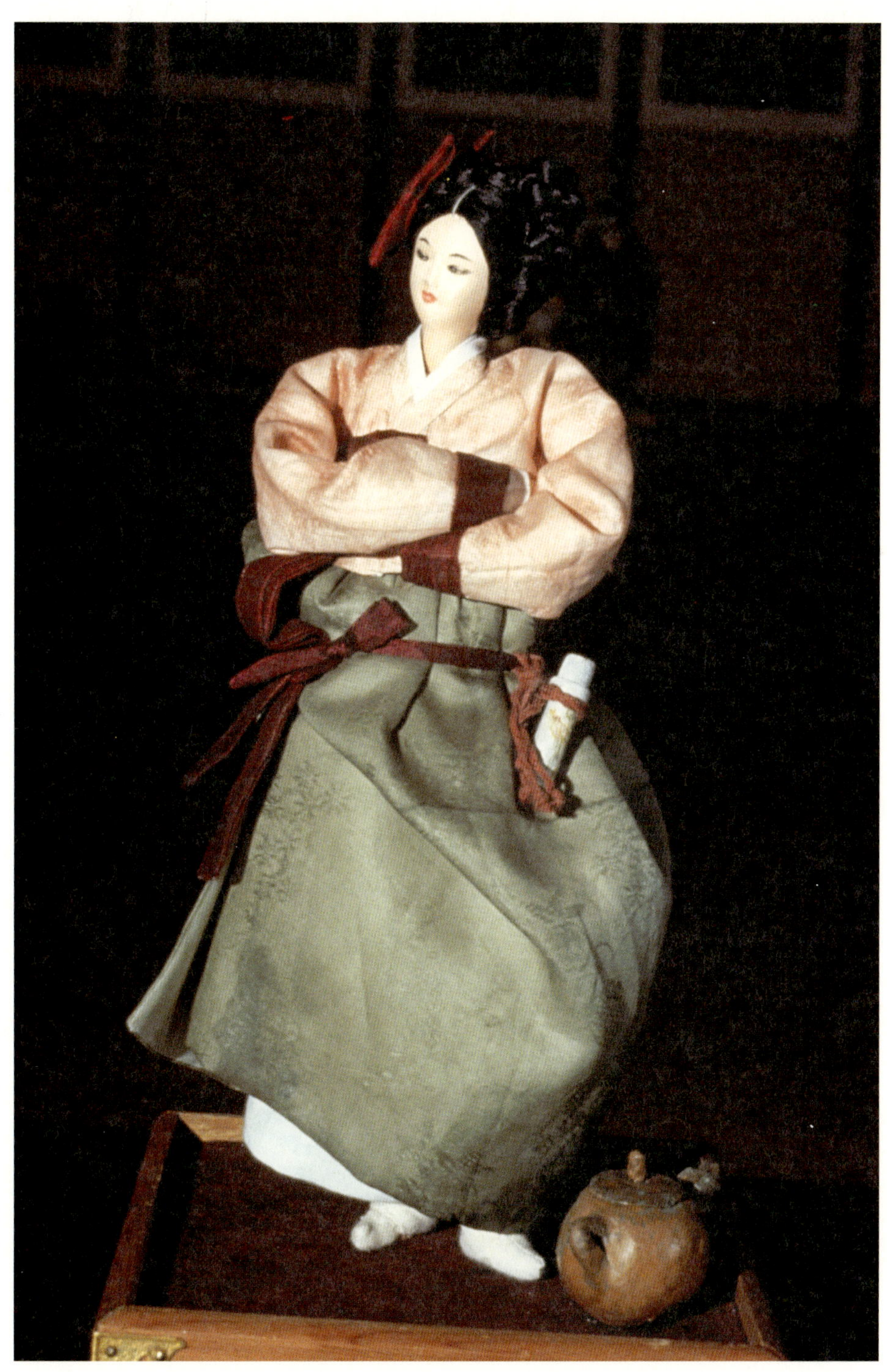

나귀 타고 나들이

초여름 뜨내기 구름 꽃피는 물빛 하늘가로 어린 시종 앞세워 나들이를 나선다.

사풀거리는 쓰개치마에 몸을 가리고 아지랑이 길잡이 삼아

첫 님 만난 옛 동산 향하는 길, 나귀 등에 앉아 내를 건너려니

댕기머리 열여덟 적 낯선 등에 업혀 개울물 건너던 순애보

연초록 풀숲 헤치고 바람먹이 삼아도 시린 두 눈에 자욱이 비쳐들고,

풋사랑 찾아가는 순례자 되어 동산지기 없는 그곳에 닿으니

옷고름 입에 물던 풋내기 처녀 수줍음만 안고 가신 님의 목소리

메아리로 멀리서 다가오누나!

잎을 아물린 채 흐트러진 꽃망울도 뿌리에 지닌 생명으로 다시
필 수 있듯이 아픈 마음의 여정만큼 풋내기 사랑을 속 깊이 감춰 들고
기다림의 너울을 쓴 기녀 나들이.

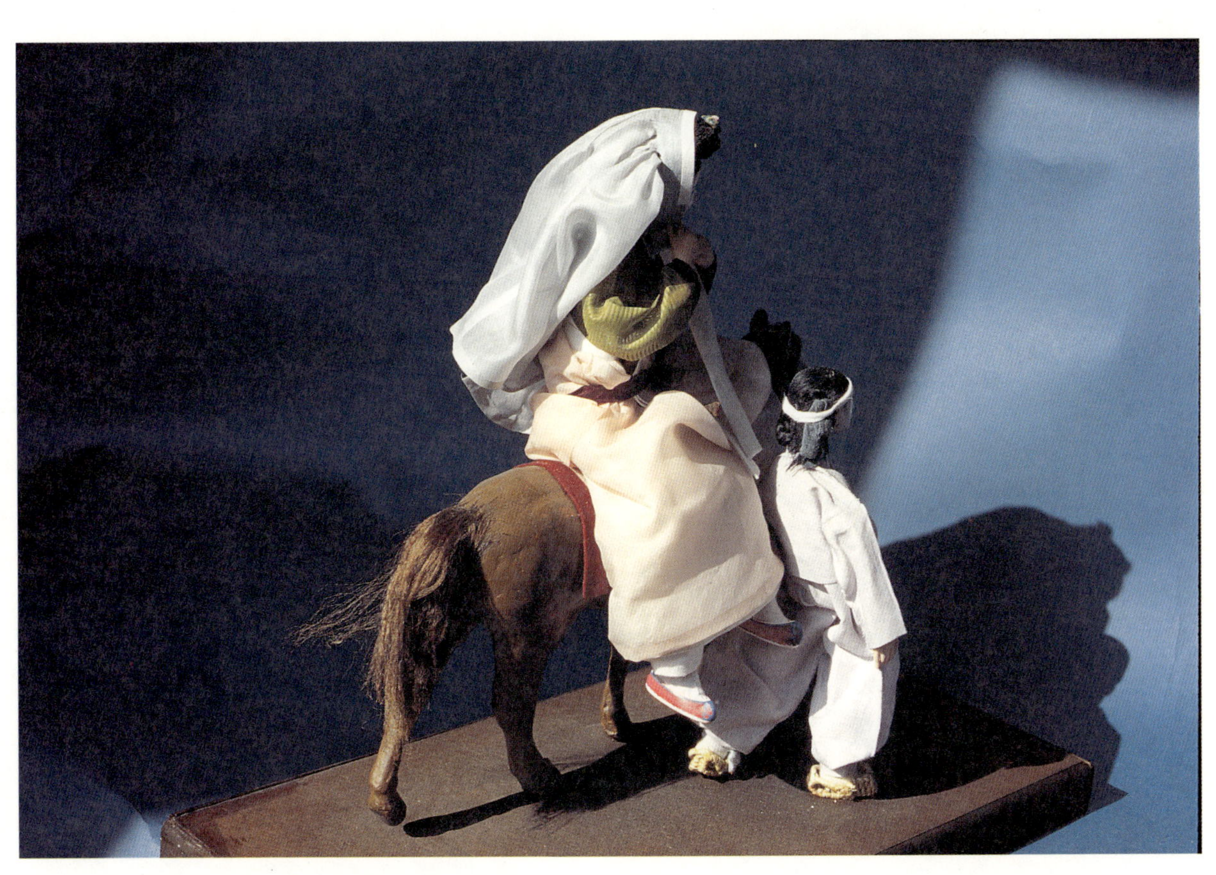

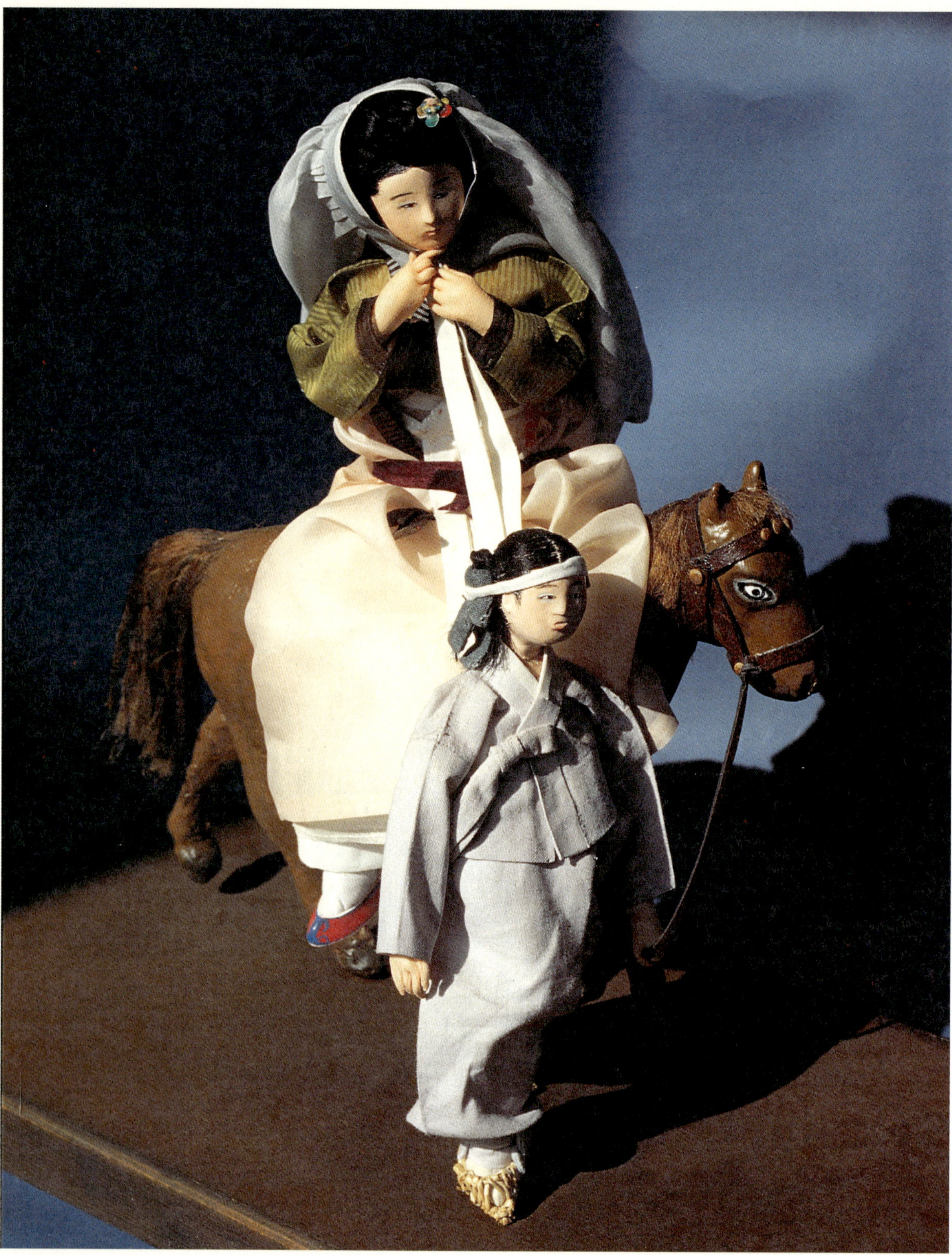

활 쏘는 노기

고삐 풀린 망아지처럼 나대는 남정네들

눈만 뜨면 사철나무 몸짓 부지 못해 사흘이 멀다 하고 드나드니

조강지처 나 몰라라 투정꾼에 천방지축 한량들인데

웬 영감님 흰 수염에 도포자락 날리며 찾아드신 얼굴을 마주치고 보니

열댓 살 때 노랫가락 가르쳐주신 선상님인지라

오도가도 못하는 맘 기생팔자 소관이라.

타령 가락에 봄 놀던 소녀 적 집을 나와 뜨내기 찾아 나선 한세월에

죽지 못해 만난 인연을 또 끊지 못하고

산마루 숲시가지로 번져오는 황혼을 받아 안고 선 노기는

성한 날갯죽지로 날아보지 못한 그물 속 한 마리 새가 되어

타는 노을 속으로 활시위를 당긴다.

쏘아 날리는 마지막 화살은 그 어디에?!

뜬금없이 찾아든 속절없는 과거를 저버리고 싶은 상념에 활자락
쥐고 해지는 들녘을 바라보는 나이 든 기생이다.

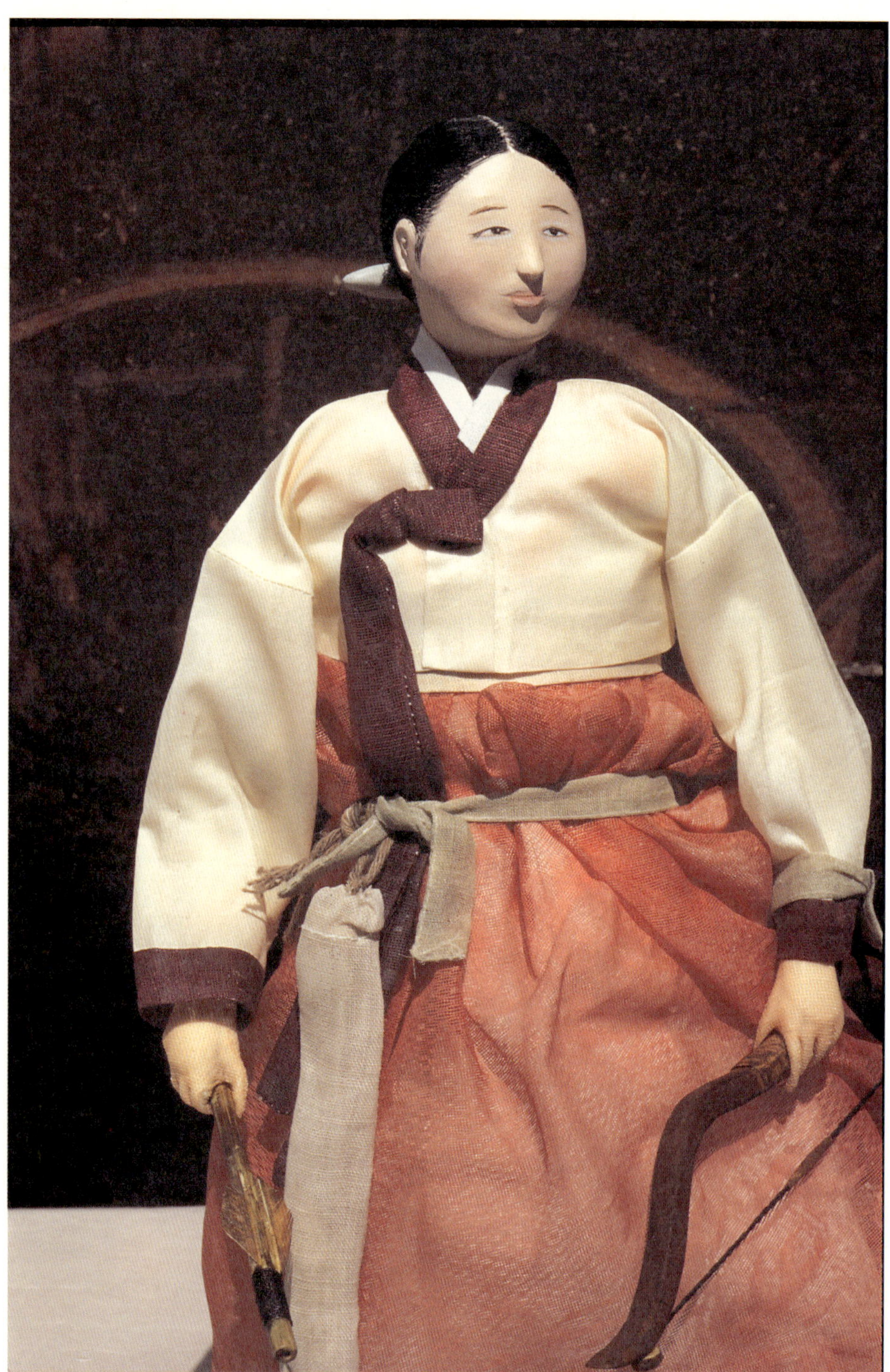

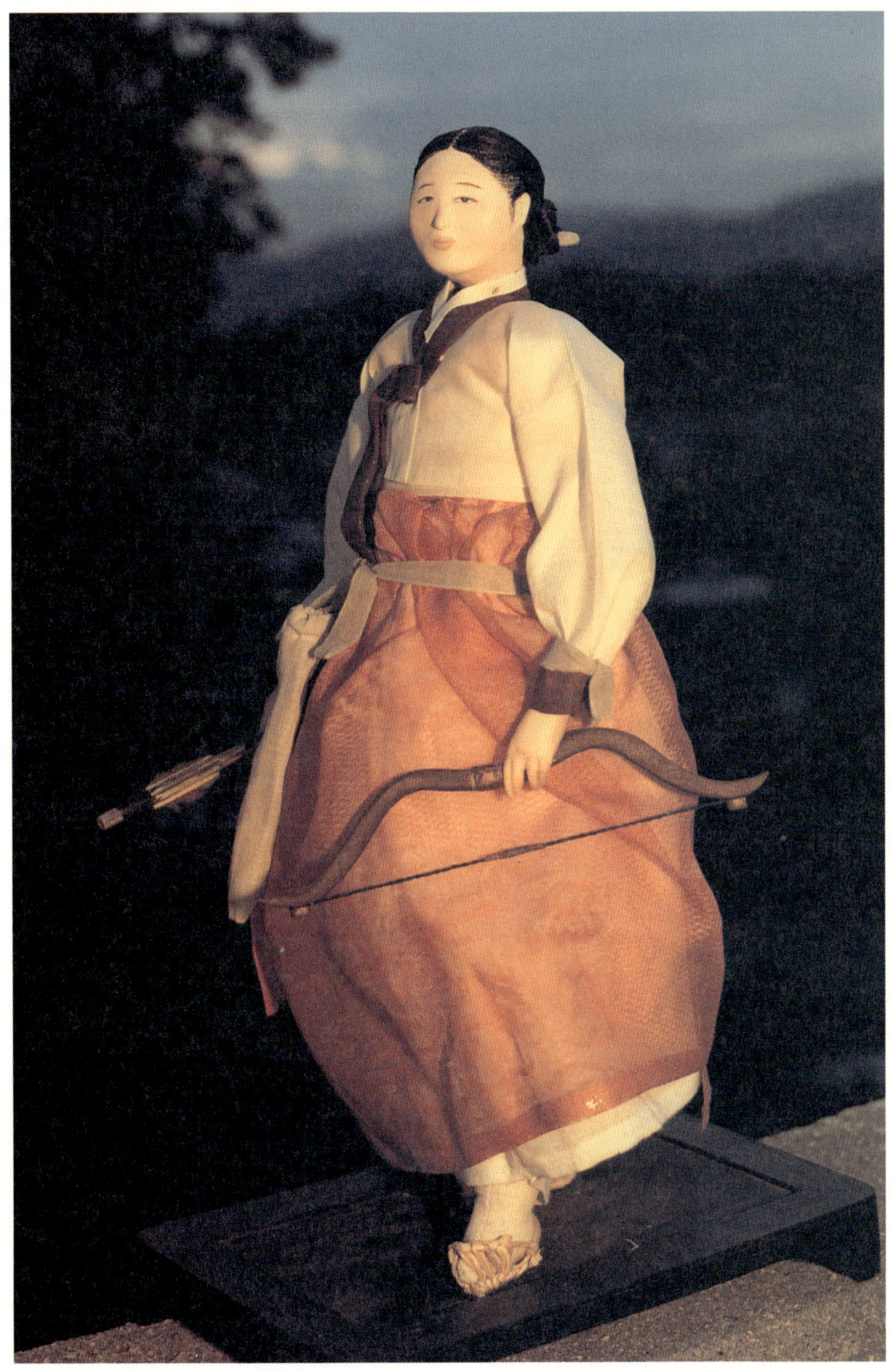

작품 복식 해설

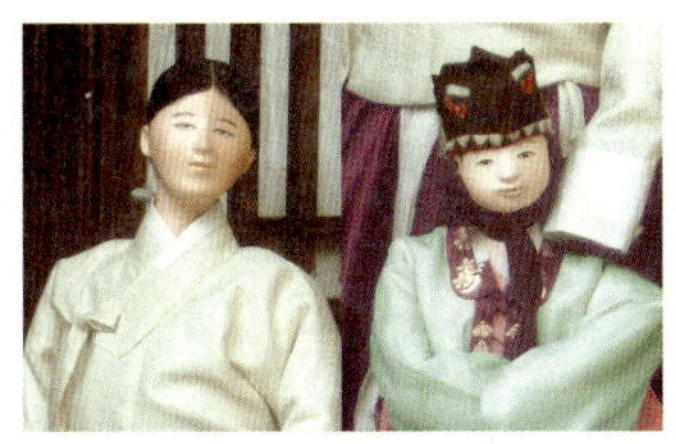

해맞이 12

1920년대 즈음 명절이나 나들이할 때의 전통 예복이다. 어머니는 이러한 차림 위에 장옷을 쓰고 남아는 까치두루마기나 오방장두루마기를 입고 나들이했다. 어머니의 당코 깃 명주저고리 소매 끝에는 흰 한삼을 덧대었다. 자색 비단치마에 속적삼 둘을 겉저고리 밑에 받쳐 입었고, 겉치마 속에는 반속곳 위에 단속곳과 속치마를 입었으며, 솜버선을 신었다. 2001년 작.

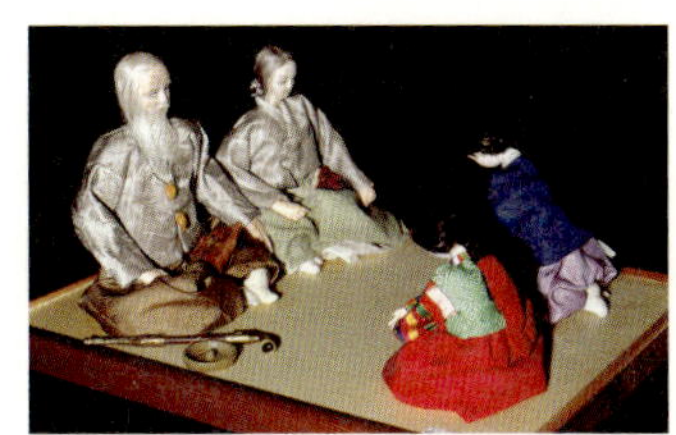

설날 세배 15

1940년 즈음 중인 집안의 조손. 할아버지는 저고리에 양단마고자를 호박단추로 여미고 밤색 양단바지, 진하늘색 귀주머니 차고 광목버선을 신었다. 할머니는 검은하늘색 양단저고리에 녹색 양단치마 입고, 낭자에 옥비녀 하고 흰 무명버선을 신었다. 여아는 양단 색동저고리에 다홍치마 입고 다홍제비댕기 물렸고 남아는 남색 양단 마고자에 보라색 바지 입고 검정 토막댕기를 했다. 1987년 작.

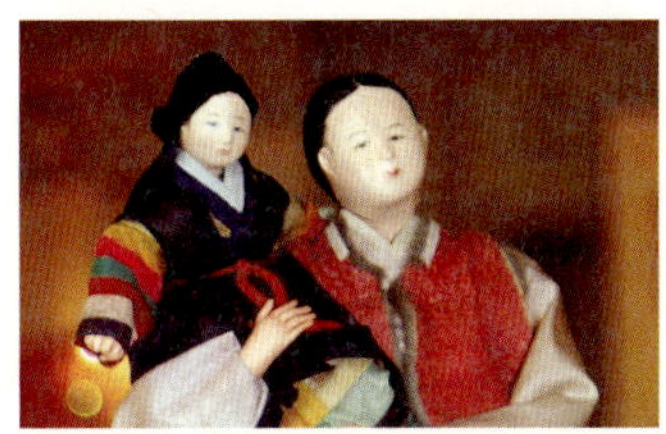

외동아들 16

1925년 즈음 나들이 나서는 서민집 모자상. 어머니는 비단저고리에 양단치마(본견은 아니다), 그리고 배자를 입었다. 낭자에 옥비녀를 했고, 속적삼에 반속곳과 속고쟁이, 그 위에 속치마를 입었다. 버선과 흰고무신을 신었다. 사내아이는 바지 저고리 위에 까치두루마기를 입히고 그 위에 전복을 입혔다. 복건 씌우고 타래버선을 신겼으며, 속에는 속적삼과 반속곳을 입혔다. 1993년 즈음 작.

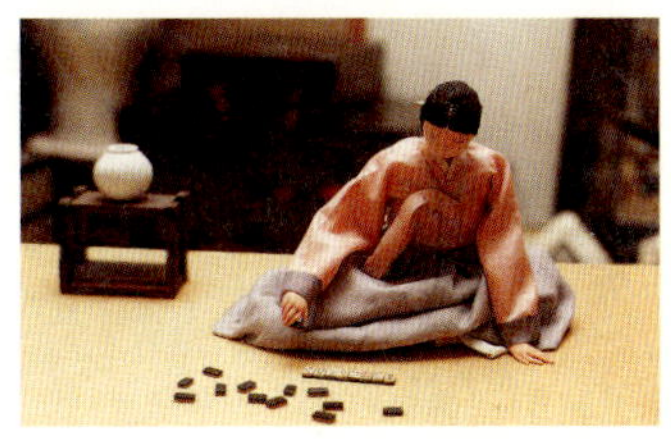

숨은 꽃 19~21

1925년 즈음 기방 기생의 모습이다. 낭자에 옥비녀를 지르고 나비 칠보뒤꽂이를 꽂았다. 흰분홍 본견저고리에 옅은 포도물빛 치마로 여인의 기다림을 비추었다. 기생들은 치마를 오른쪽으로 돌려 입으므로 여염집 부인들과는 신분이 구별되었고, 저고리 동 밑으로 치마말기 끈이 드러나게 여미어 입었으며 치마 밑으로도 속곳을 여밈새 밖으로 흘리는 옷가짐을 했다. 1989년 작.

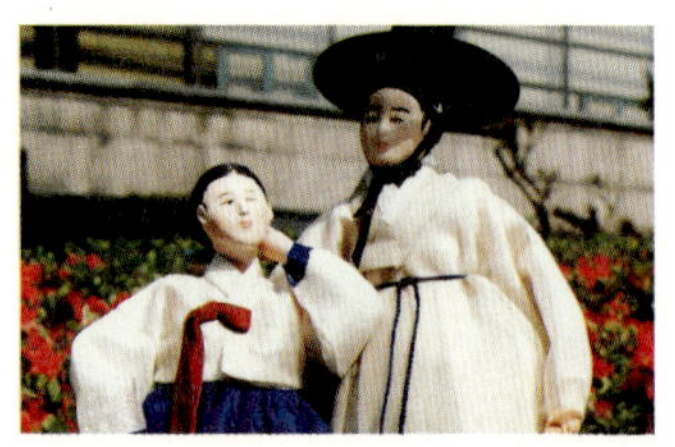

일심동체 23

1930년 즈음 양반가 부부. 부인은 문양이 드리워진 고운 비단회장저고리 숙고사 남치마를 입었다. 신발은 당혜를 신었다. 속곳은 겉저고리 속에 속적삼을 입었고, 다리속곳 위에 반속곳, 그 위에 속치마를 입었다. 서방님은 발이 고운 무명바지저고리에 항라중치막을 입었고 청남색 세조대로 여미었다. 태사혜를 신었고 망건 위에 옥관자를 하고 갓을 썼다. 1992년 작.

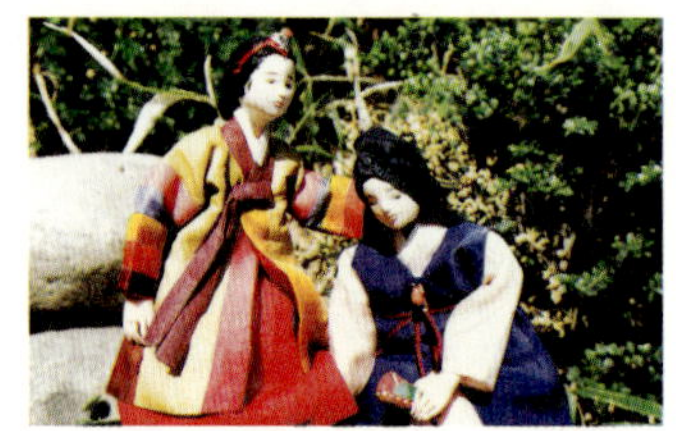

꽃신 25~27

1930년 즈음 양반집 남매. 다섯 살 여자아이는 칠보로 된 배씨를 머리에 얹어 종종머리를 땋았고, 오방장두루마기에 당혜를 신었다. 일곱 살 남자아이는 연분홍 명주바지저고리 위에 전복을 입고 복건을 썼다. 태사혜를 신었다. 그 시절 사대부 집안 아이들의 전형적인 나들이 옷이다. 1993년 작.

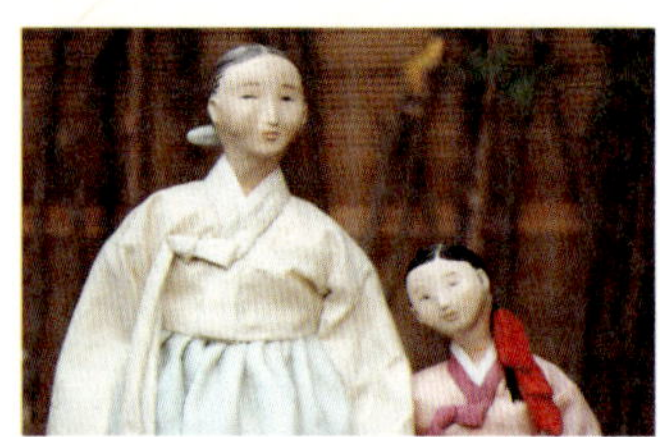

나의 살던 고향은 29

1950년대 중후반 즈음 할머니와 어린 손녀. 일흔이 넘은 친할머니는 연미색 명주 저고리에 연하늘색 치마를 입었고, 쪽머리에 은비녀를 했다. 속옷은 속적삼 위에 속저고리, 반속곳 위에 단속곳을 입었다. 버선발에 고무신을 신었다. 여섯 살 손녀 딸은 분홍빛 명주반회장저고리에 하늘색 명주치마에 숙고사 다홍댕기 드렸고 꽃신을 신었다. 치마는 가루염색을 했다. 1992년 작.

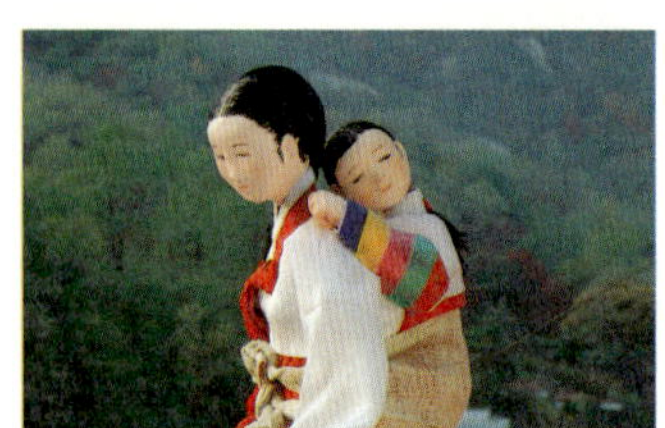

애기씨와 언년이 30

1930년 즈음 양반집 처녀. 흰색 갑사회장저고리에 숙고사 다홍치마의 처녀는 귀밑머리에 옥양목버선 신고 제비댕기를 드렸다. 아이는 색동 숙고사저고리에 다홍치마 입히고 옥양목버선을 신겼으며 귀땋은머리(귀밑머리)를 빗겼다. 1991년 작.

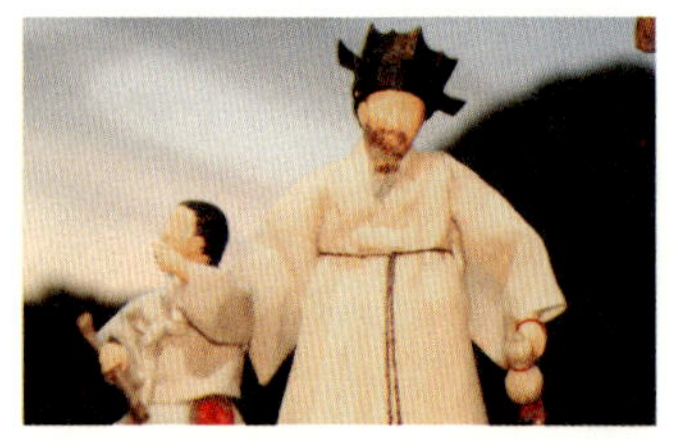

이태백과 시동 33

1800년 전후 선비와 시동. 선비는 모시 속속곳 위에 바지저고리와 미색 비단중치막을 입었다. 머리는 상투를 틀어 망건을 두르고 그 위에 정자관을 썼다. 신발은 태사혜라 하여 비단이나 얇은 가죽에 흰 테 두른 마른신을 신었고 중치막 위에 자주색 세조대를 띠었다. 시종은 투박한 무명바지저고리에 빨간 귀주머니를 허리춤에 찼다. 짚신을 신었고 나무로 만든 사각초롱을 들었다. 1993년 작.

274

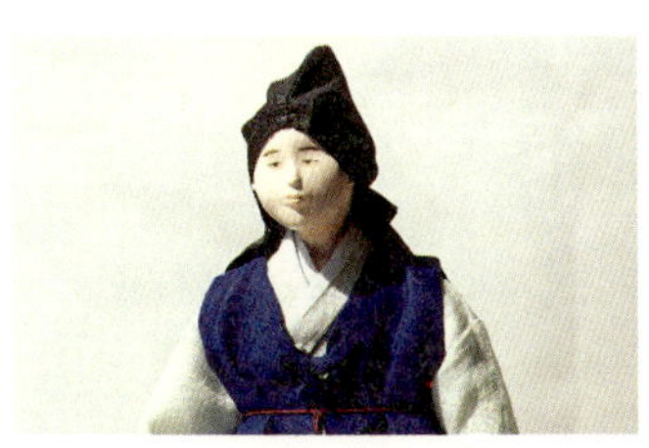

도련님 서당길에 35

1800년 즈음 사대붓집 소년. 명주바지저고리 위에 군청색 전복을 입었다. 흑자줏
빛 세조대는 양반집 도령을 표시한다. 1992년 작.

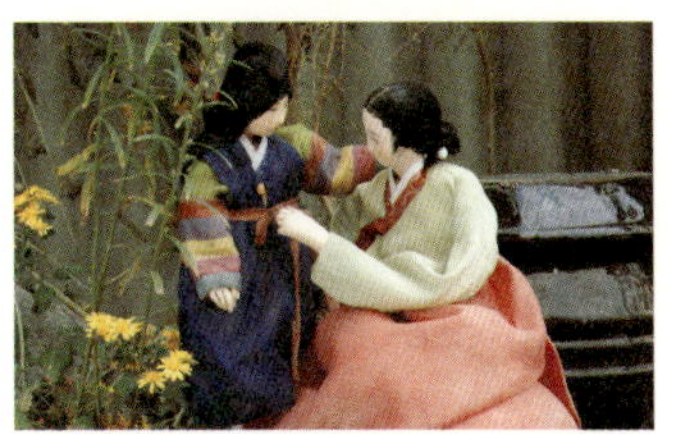

노란 들국화 36

1950년대 초 모자. 어머니는 생쪽으로 물들인 엷은 녹색 비단저고리에 홍홧빛 비
단겹치마를 입었다. 낭자에 옥비녀를 했고, 버선발에 흰 고무신을 신었다. 사내아
이는 연보랏빛 비단바지저고리에 숙고사 까치두루마기와 전복을 입혀 다홍색 세조
대로 여며주고 복건을 씌웠다. 서민아이의 복건에는 금박을 하지 않았다고 한다.
빨간 고리단추로 복건의 뒤트임을 여미었다. 1989년 작.

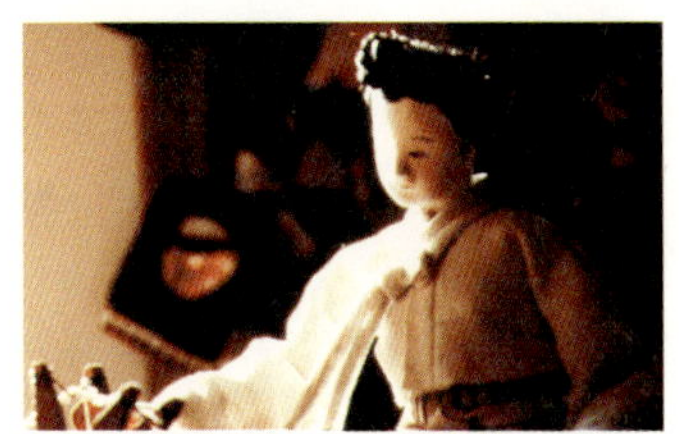

물레야 물레야 39~40

1700년대 강원도의 물레 잣는 아낙네. 무명치마저고리에 허리띠를 맸고 무명솜
버선을 신었다. 얹은머리에 남편 있는 아녀자들이 하는 흑자주댕기를 드렸다.
1995년 작.

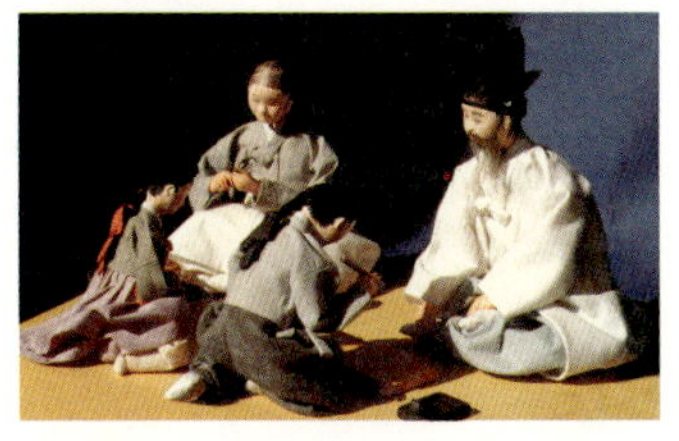

호랑이 할아버지 42~43

1930년 즈음 양반집 조손. 할아버지는 흰 무명으로 된 소창옷과 연하늘색 무명바
지를 입고 정자관을 썼다. 손자는 무명바지저고리에 검정댕기를 했다. 할머니와
손녀딸은 모두 무명치마저고리 차림이며, 할머니 행주치마는 옥광목이다. 1993
년 작.

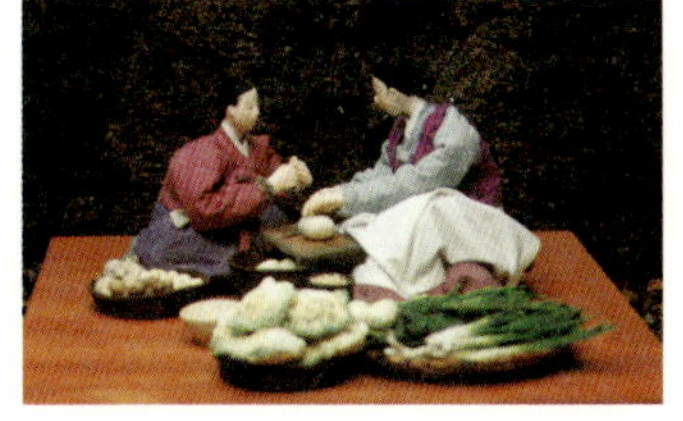

군인 간 오라버이 기다리며 45~48

1950년대 초 김장하는 모녀. 딸은 무명솜저고리에 누비치마를 입고 누비버선을
신었다. 귀밑머리 땋았고 흑자주 댕기를 했다. 어머니는 누비솜저고리에 치마를
입었고 옥광목 행주치마를 두르고 무명덧조끼를 입고 쪽머리에 옥비녀를 했다.
속적삼에 반속곳과 속속곳(속고쟁이)을 입었고 솜버선을 신었다. 1995년 작.

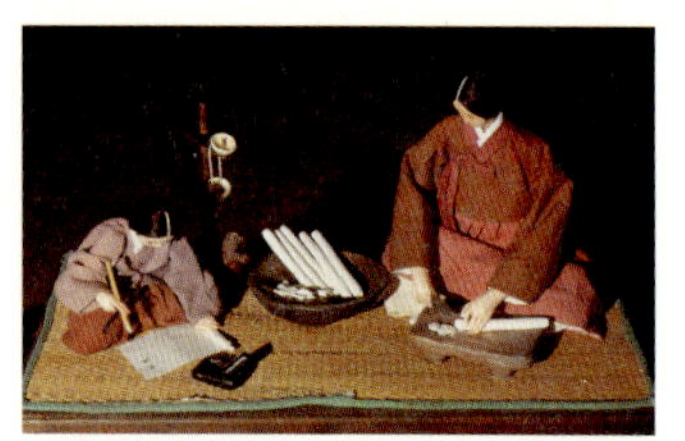

한석봉과 어머니 50~51

어머니는 황토색 광목겹저고리에 무명겹치마를 입었고 속적삼에 반속곳, 속고쟁이를 입고 광목솜버선을 신었다. 쪽머리에 비녀를 했다. 아들은 무명저고리에 광목바지를 입었고 속저고리와 속고쟁이를 입고 머리를 땋았다. 투가리 함지에 멥쌀떡가래, 토기 거북이 등잔이 돗자리 위에 놓여 있다. 1990년 작.

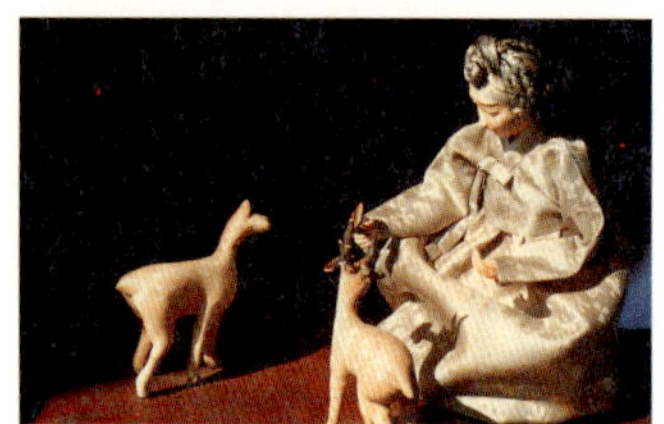

불로초와 아기꽃사슴 53~55

1900년대 초 사슴 키우며 홀로 지내는 할머니의 모습이다. 문양 있는 양단치마저고리에 녹피혜를 신었고, 속에는 속적삼과 반속곳 위에 단속곳, 속치마를 입었다. 얹은머리의 검정댕기는 할아버지가 안 계신 표지이다. 1993년 즈음 작.

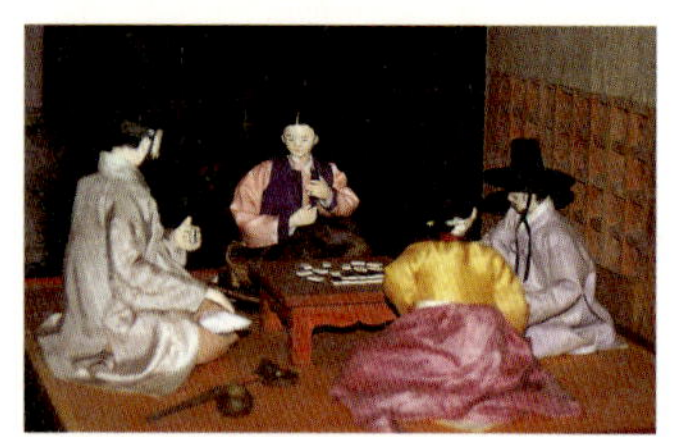

어흠, 어서 패를 떼게나 59~63

1900년대 초 선비와 기녀들. 노란색 명주반회장저고리에 자줏빛 도는 홍화색 치마의 여인네와 연보랏빛 중치막을 입고 갓을 쓴 윤씨가 한마음새고, 인조본견 남끝동 분홍회장저고리에 배자를 입고 당초 문양이 새겨진 진녹둣빛 양단치마 차림의 여인네는 윤씨에 대한 시샘에 속앓이를 하고 있다. 흰회색 양단중치막에 갈잎색 무명바지를 입은 선비에게 눈길은 보내고 있지만. 1995년 즈음 작.

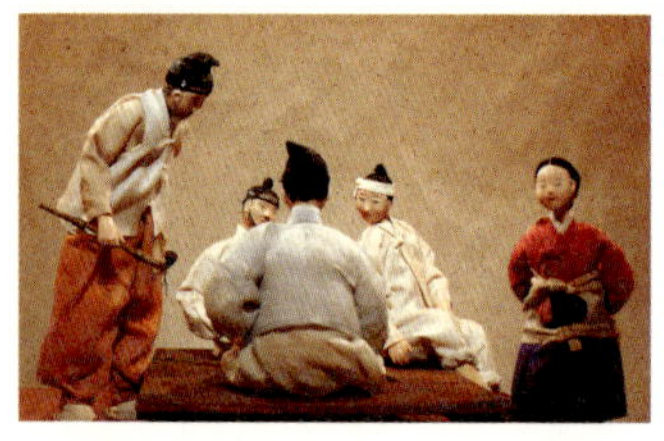

장군이요! 65~70

1900년대 초. 양반 할아버지는 누런 무명베저고리에 갈잎색 바지(상수리나무물), 흰 모시베홑배자 덧입고 탕건 쓰고 녹피혜를 신었다. 옥색 모시저고리에 누런 바지 입고 두건 쓴 구서방과 면바지저고리에 상투머리로 망건 쓴 아랫동네 사람이 장기를 둔다. 방앗간집 딸은 연짓빛 굵은 모시베저고리에 남보랏빛 치마를 입었다. 맨상투머리에 띠를 두른 머슴은 면바지저고리를 입었다. 1995년 즈음 작.

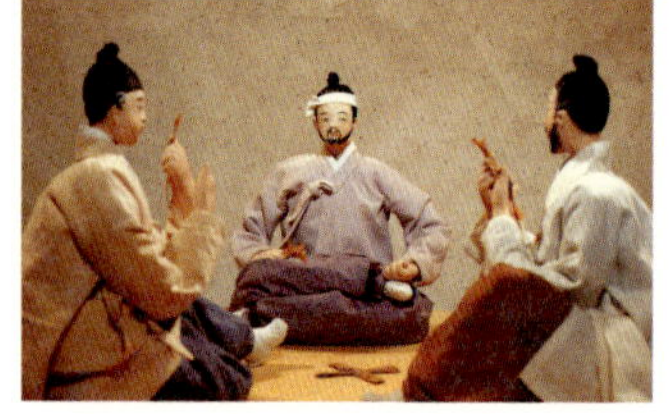

골목쟁이 한량들 72~74

1900년대 초. 용숙이 서방은 상투머리에 띠 둘렀고 연보라 면저고리에 진보랏빛 바지를 입었다. 옹자 기둥서방은 맨상투에 흰 중치막을 입어 선비 흉내를 냈고, 상수리나무 물들인 금향색(錦香色) 면바지를 입었다. 덕춘이는 상투에 망건을 했고 먹물과 자초물을 섞어 물들인 아청색(鴉靑色) 무명바지 위에 황토색 무명중치막을 입었다. 모두 무명버선을 신었다. 1995년 작.

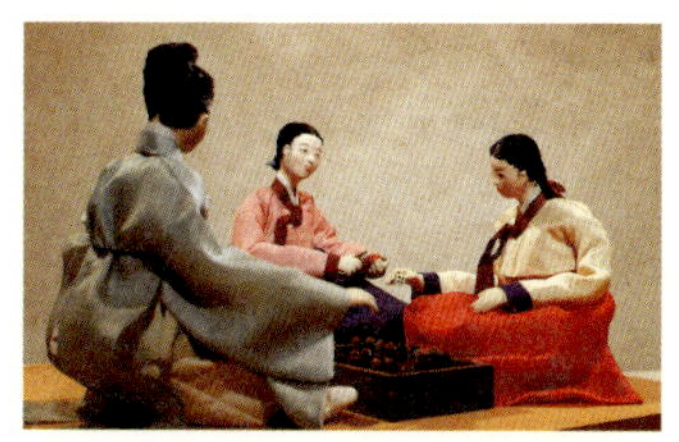

주사위부터 굴리렴 76~79

1900년대 후반 사랑방에 모인 오라버니 내외와 어린 누이. 생쪽물 들인 무명베중치막의 빛바랜 유록색(黝綠色)은 젊은 낭군을 비쳐내는 한국 선비의 색감이다. 아씨는 홍홧물 들인 진분홍 명주저고리에 양반집 부인들이 주로 입던 남치마를 입었고, 낭자에 빨간 댕기를 물려 남편이 있음을 표시했다. 아기씨는 오라버니댁 손으로 지어 입힌 연노랑 명주반회장저고리에 다홍치마를 입었다. 1995년 작.

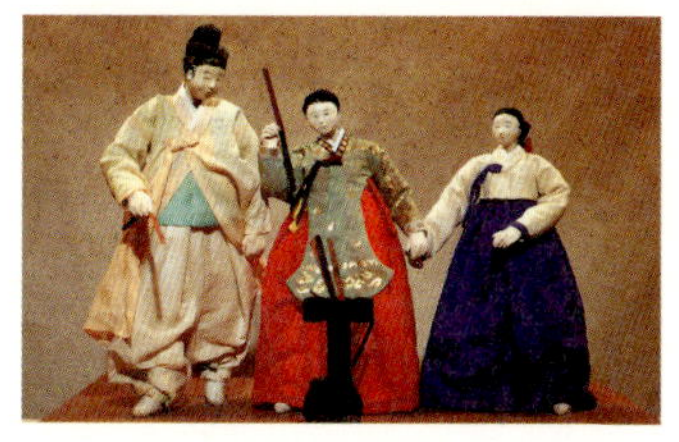

왕자와 공주 81~83

조선 후기(1700년대 중엽). 왕자는 짙은 연둣빛 명주겹저고리에 미색 명주바지를 입고 명주홑중치막을 입고 탕건을 썼다. 샛노란 명주저고리에 다홍치마, 그 위에 금박 입힌 녹색 겹당의를 입은 공주는 귀밑머리하고 금박 제비댕기를 물렸다. 흰 한삼과 흑자주색 깃과 고름에도 금박 문양을 넣었다. 애기상궁은 치잣물 들인 미색 명주저고리에 남치마 입고 새앙머리에 빨간 댕기를 물렸다.

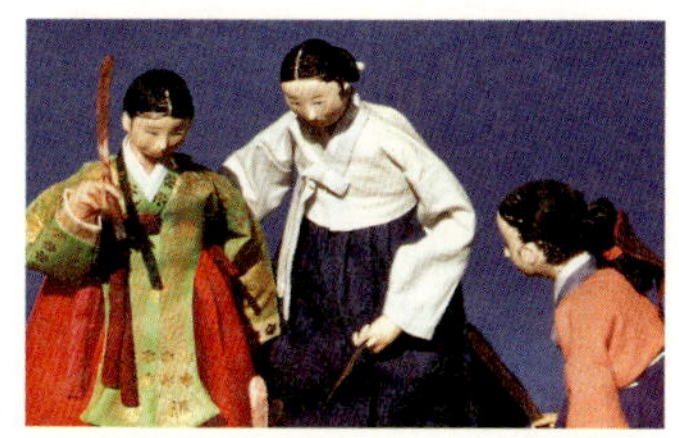

조선 후기 옹주와 보모상궁, 생각시의 투호놀이. 옹주는 노란 갑사저고리에 다홍치마를 입었고 그 위에 연둣빛 숙고사당의를 입었다. 당의 끝동에는 흰 한삼을 대었고 금박 물린 자줏빛 깃과 고름을 달았다. 귀밑머리에 드린 다홍댕기에도 금박을 물렸으며 당혜를 신었다. 보모상궁은 흰 무명저고리에 곤남색 치마와 짚신을 신었고 낭자에 은비녀를 했다. 생각시는 홍홧빛 무명회장저고리에 남보랏빛 치마를 입었고 새앙머리를 했다. 1994년 즈음 작.

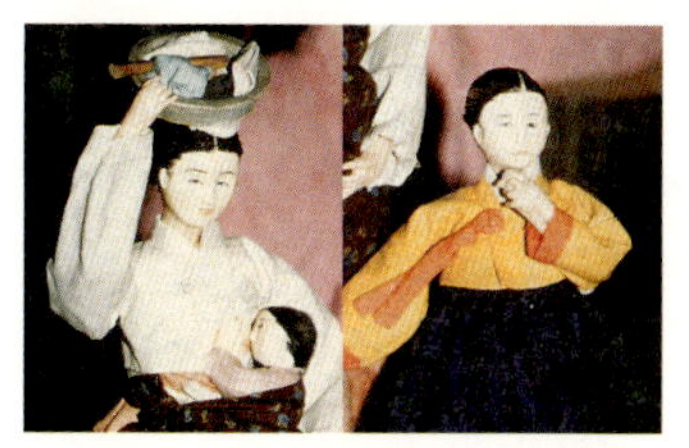

엄마야 누나야 강변 살자 87

1950년대 빨래터 가는 강마을 촌부와 어린 아들딸의 모습이다. 여인은 흰 옥광목 적삼에 빛바랜 연분홍 광목치마를 입었고 고무신을 신었다. 빨랫방망이와 빨랫감 넣은 누런 대야를 머리에 이고, 포플린 포대기로 업은 아기를 가슴 품에 돌려 안았다. 언년이는 노랑 무명회장저고리에 남보랏빛 무명치마를 입었고 햇볕과 들바람에 빛바랜 꽃신을 신었다. 1995년 작.

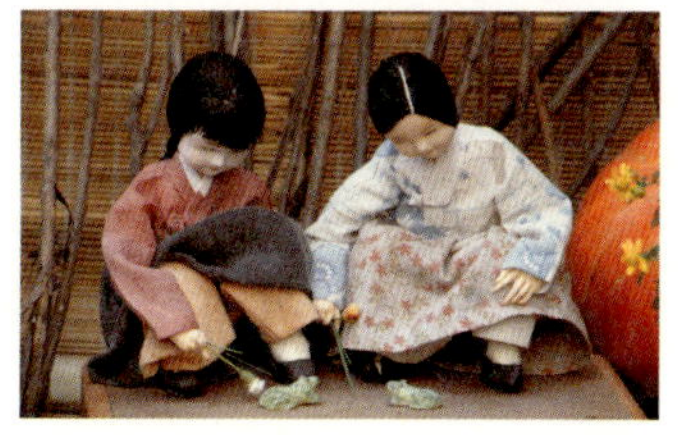

청개구리 88

1960년대 초 어린 자매. 엄마 치마저고리로 동생은 자줏빛 무명저고리와 먹빛 치마를, 언니는 면저고리와 포플린치마를 손수 지어 입혀주셨다. 1989년 작.

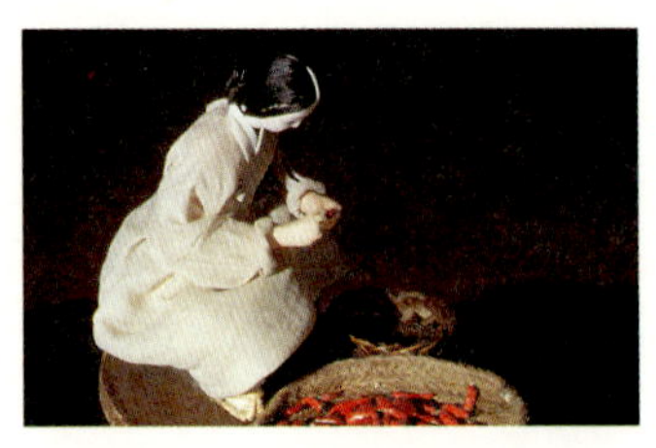

고향의 어머니 91

1960년 즈음 촌가 돌보시는 어머니. 굵은 모시베적삼에 누런 삼베고쟁이, 삼베치마를 입으셨다. 버선발에 짚신으로 촌가의 안팎을 누비며 밭에서 거둔 고추를 널어 말리는 모상에서 흙내음이 아련하다. 모시베는 모시와 베를 섞어 짠 천이다. 1988년 작.

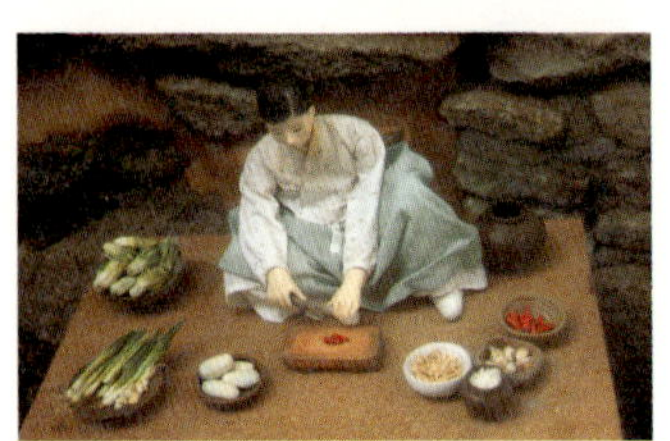

봄동김치 93~94

1950, 60년대 집 안팎으로 조촐한 살림을 꾸리던 어머니들 옷가짐으로, 포플린적삼에 인조견양단치마를 입었다. 경대 앞에 다소곳이 앉아 흰 분화장에 참빗질해서 옆가르마 가미머리를 빗어 올렸다. 2002년 작.

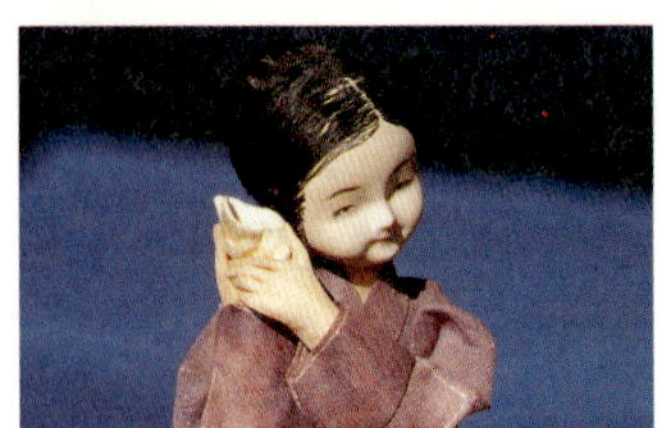

소라 껍데기 귀에 대고 96~97

1950년대 초 즈음 섬 아이. 아이의 인조견적삼치마는 할머니가 손수 당신 적삼과 치마를 가위질하고 인두질 쳐서 굽은 손으로 해 입힌 것이다. 머리는 조반 먹이고 문밖 개울가에 데리고나가 물 적신 손으로 빗겨서 땋아 동여매주셨다. 1991년 작.

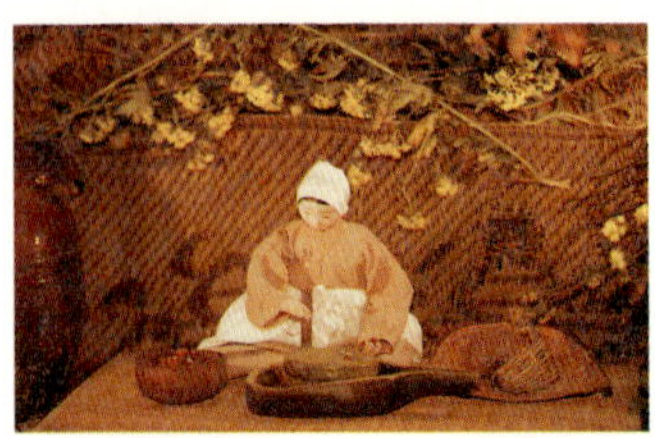

맷돌 98, 100~101

1960년대 맷돌질하는 제주도 아낙. 고운 무명치마저고리에 옥양목행주치마와 머릿수건을 두르고 낭자를 지었다. 1991년 즈음 작.

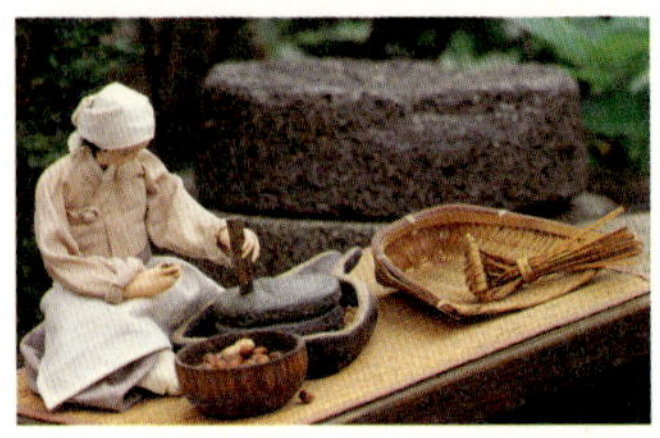

1960년대 제주 아랫동서의 물레질. 무명적삼치마에 쪽머리하고 머릿수건을 썼다. 안에는 속적삼과 반속곳에 무명속고쟁이를 입었다. 1989년 작.

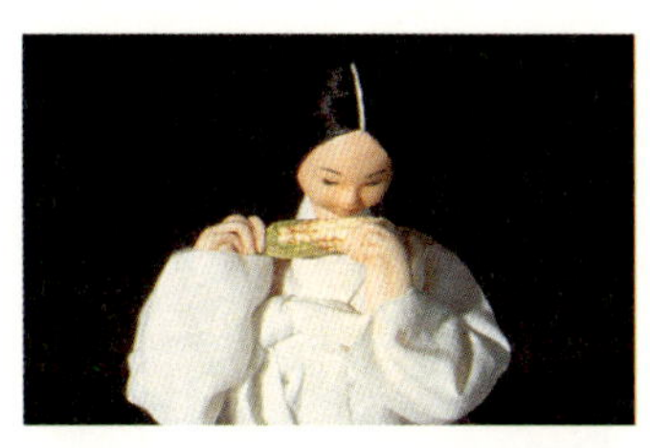

낮남 102

1960년대 초 섬집 어린아이. 배냇적삼 위에 무명저고리, 보라색 인조견치마를 입었다. 인조견은 주로 속곳에 쓰는데 그 시절 어린아이들은 겉옷을 잘 입히지 않고 집에서나 동네 어귀까지는 인조견 속곳을 입혀 업고 다니며 재우곤 했다. 여름에도 배앓이를 하지 말라고 버선을 신겼다. 1989년 작.

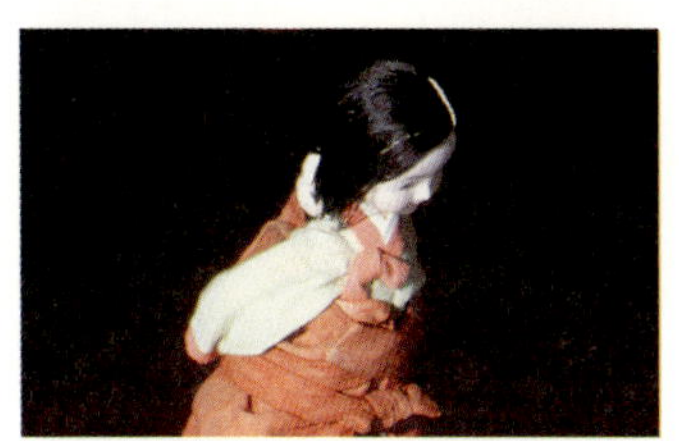

무궁화꽃이 피었습니다 104

1950년대 초 무명저고리 광목치마에 광목고쟁이 입고 두 살배기 여동생을 업은 단발머리 계집아이다. 1991년 작.

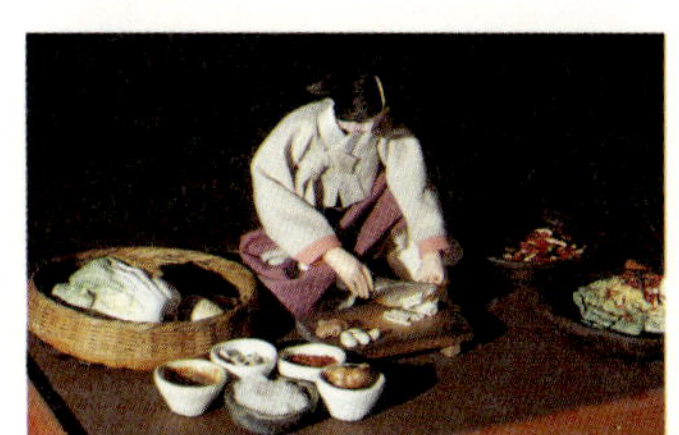

왕십리 아주머니 107

1970년 과꽃 질 무렵 엷은 홍화물색 끝동을 단 흰 무명저고리에 붉은 가지색 무명치마를 입었다. 쪽머리에 솜버선을 신었다. 속에는 속적삼과 속고쟁이(반속곳)를 입었다. 1989년 작.

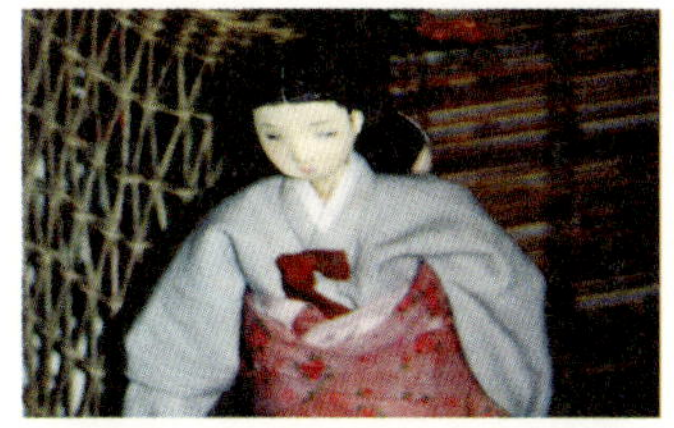

부엌데기 아줌마 109

1950년대 초 무명저고리에 광목치마를 입었고 속적삼에 속속곳, 광목고쟁이 입고 짚신을 신었다. 겹으로 된 포플린에 인조안감을 댄 포대기에는 두 살 난 주인집 계집아이가 업혀 있다. 1989년 작.

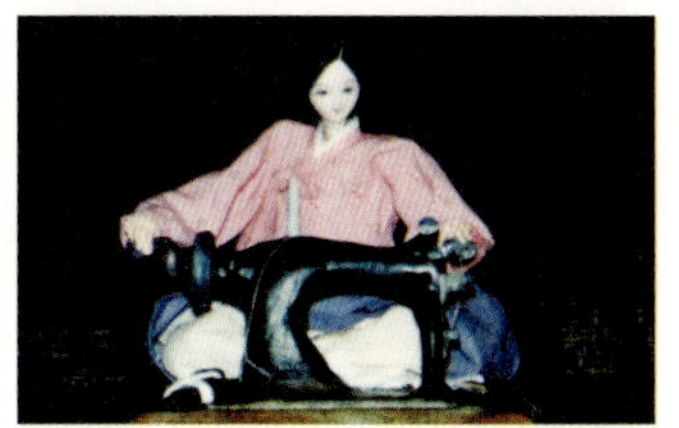

사갈사갈 옥이 엄마 재봉질 소리 111

1950년대 초 재봉질하는 어머니. 싸리꽃잎 무늬진 포플린적삼에 무명치마를 입었고, 속적삼에 반속곳과 속속곳을 입고 솜버선을 신었다. 1989년 작.

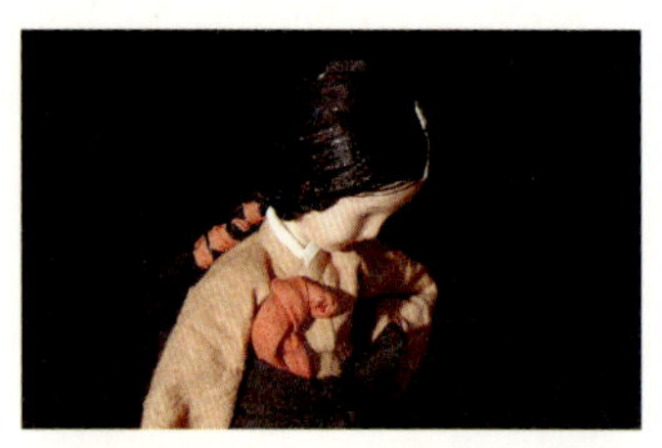

학교종이 땡땡땡 112

1926년 즈음 등굣길의 소학생. 무명치마저고리에 짚신을 신었다. 홍화물색 옷고름 하고 남은 끈으로 머리를 동여매주셨다. 속적삼과 반속곳 위에 속고쟁이를 입었고 솜 둔 버선발에 짚신을 신었다. 1988년 작.

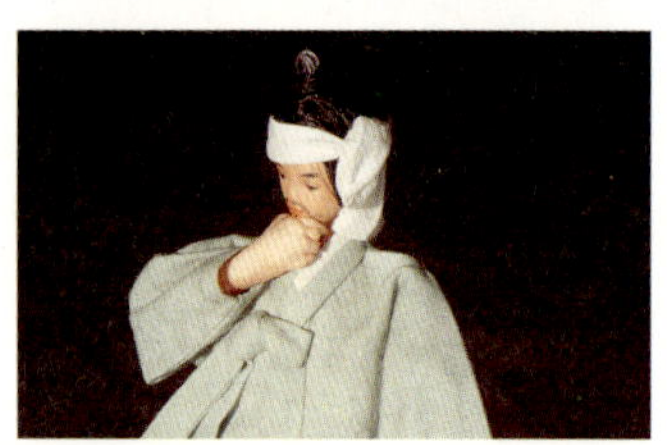

동태 두 마리 사들고 115

1960년대 초 즈음 장터에서 동태 한 손 사들고 집에 돌아가는 노총각의 모습이다. 무명바지저고리에 상투머리 하고 짚신을 신었다. 1990년 작.

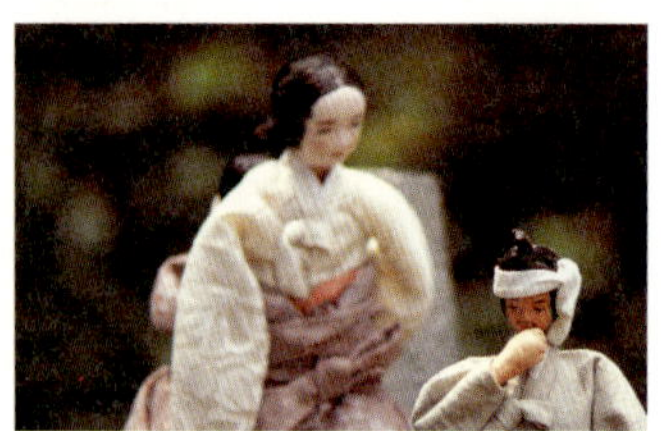

읍내 장길 117

1956년 즈음 아이 업고 길 나선 아낙네. 흰꽃 무늬진 저고리에 자주색 면치마를 입었고 쪽머리에 옥비녀를 꽂았다. 포플린 포대기로 두 살배기 계집아이를 업었고, 손에는 포플린 기저귀가방을 들었다. 1990년 작.

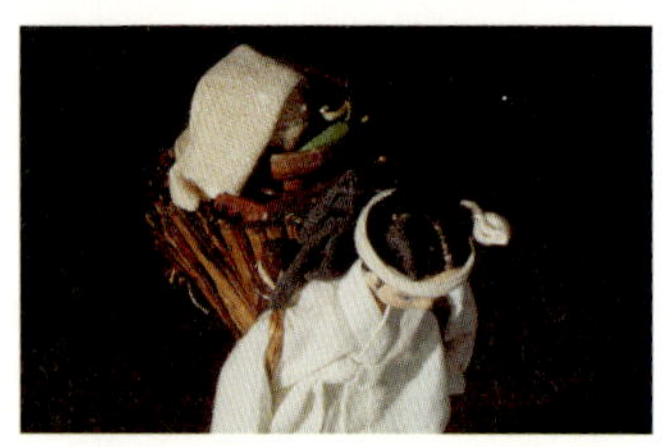

어린 종지기 118

1960년 즈음. 흰 면바지저고리 입고 길게 땋은 머리를 귓밥에 올려붙여 흰 면머리띠를 둘렀다. 짚신 신고 들밭에 새참 나르는 어린 머슴이다. 머리띠는 땀을 받기 위해 둘렀다. 속에는 반소매의 면적삼과 반속곳을 입었다. 1990년 작.

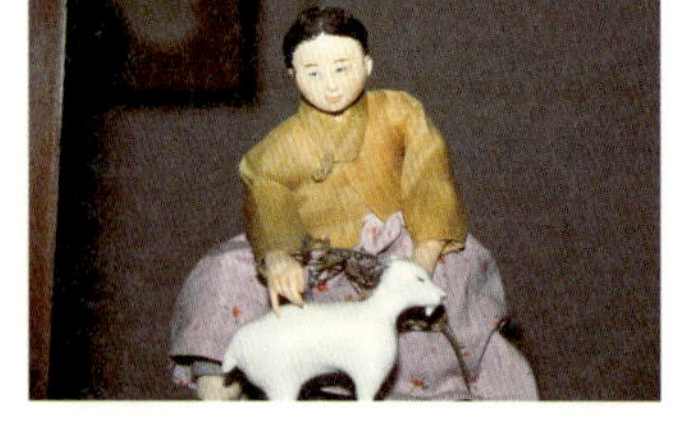

순이와 아기염소 120

1960년 즈음 산골 소녀. 모시베적삼에 포플린치마 입고 집에서만 신는 찢어진 코고무신을 신었다. 1989년 작.

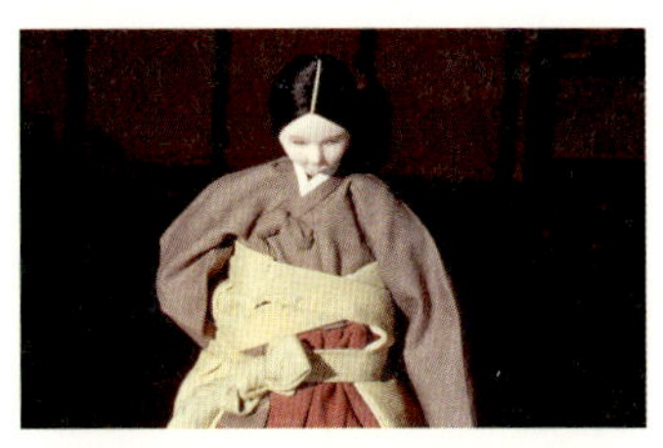

밤길 친정에 123

1950년대 초 아이엄마. 도톰한 면저고리치마에 속저고리 속속곳 위에 속고쟁이 그리고 속치마를 입었다. 무명겹 포대기에 포플린 기저귀가방을 들었다. 1990년 즈음 작.

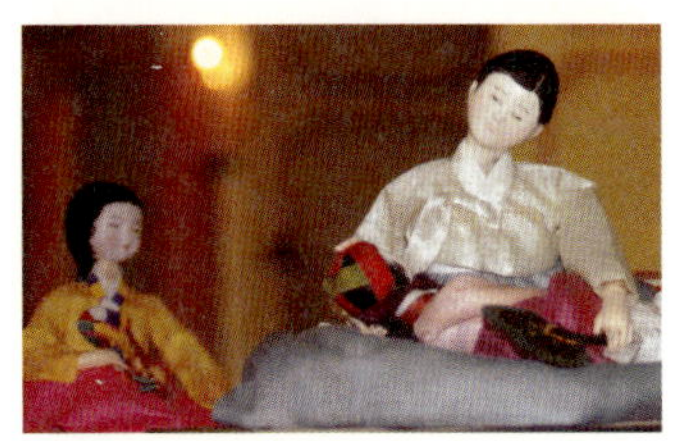

풀각시 어미 125~126

1920년대 초 서울 사대부 양반집 모녀. 엄마는 무늬진 본견겹저고리에 쪽빛 명주 치마 입었고, 두 살배기 딸아이는 연분홍 본견반회장저고리에 꽃분홍 본견치마 입히고, 타래버선 신겼으며 숙고사천의 서울굴레를 씌웠다. 일곱 살 딸아이는 노랑 숙고사저고리에 꽃분홍치마 입고, 옥광목버선을 신었다. 속적삼과 고쟁이 위에 속치마를 입었으며 빨간 갑사댕기를 했다. 1988년 작.

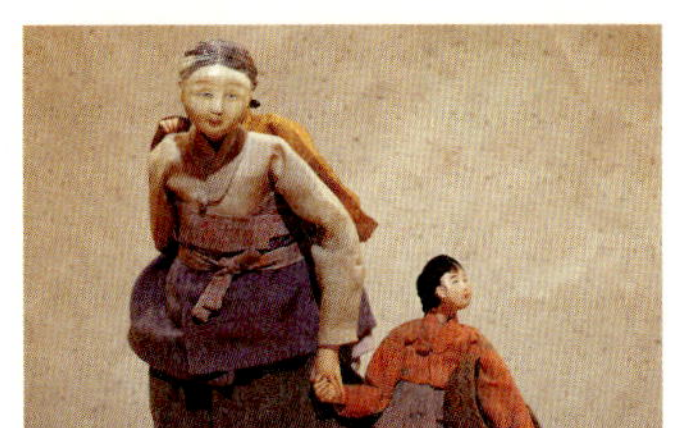

텃밭에 고추 따러 128~130

1950년대 초. 할머니는 누런 모시베적삼에 먹빛 무명치마, 버선발에 검정고무신 신었고 목각비녀를 했다. 속에는 베속적삼에 광목속고쟁이(면반속곳)를 입었다. 두 살배기 친손자 갓난이는 치잣물 들인 인조견적삼을 입히고 면포대기를 포플린 띠로 둘러 업었다. 외손녀 언년이는 포플린 적삼에 면치마를 입었고 버선발에 고무신을 신었다. 1997년 작.

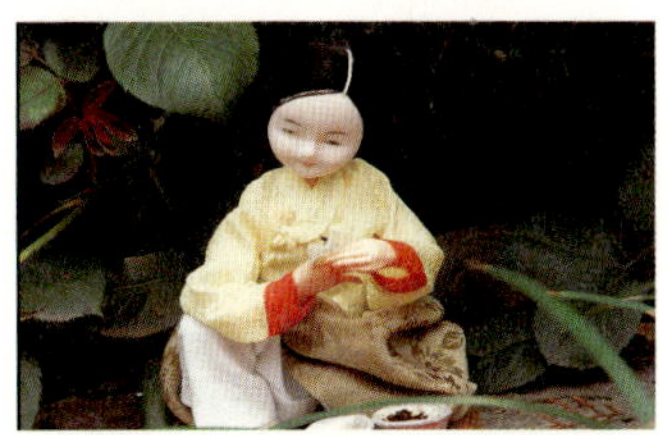

여우비 맞으며 132, 133

1956년 즈음 여섯 살 분이. 치잣물빛 인조견적삼에 감잎색 치마를 입었고 없는 머리숱을 물질해서 뒤꼭지가 아프도록 잡아당겨 마치 마늘쫑 엮듯이 딴 쫑머리를 했다. 1990년 작.

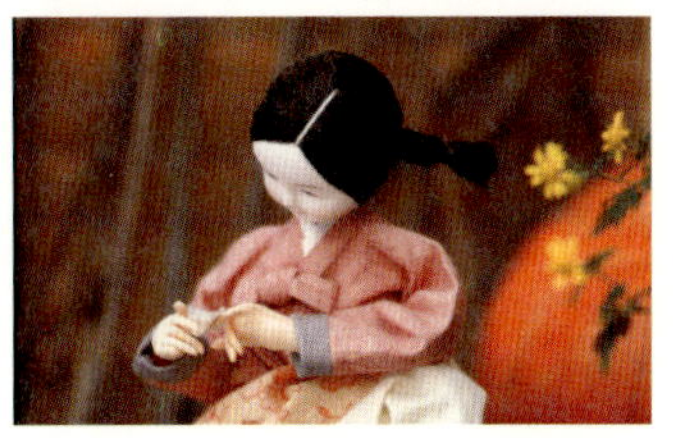

1956년 즈음 할머니 몰래 봉숭아물 들이는 미운 일곱 살 계집아이. 꽃분홍 무명저고리에 엄마가 동생 포대기 잘라 지어주신 포플린치마, 고운 면고쟁이 입고 버선을 신었다. 마루 찬장에 뒤꿈치 들고 올라가 꺼내온 종지에 봉숭아 꽃잎 따다 작은 돌맹이 하나 주워 두어 번 찧는 시늉하더니……. 1990년 작.

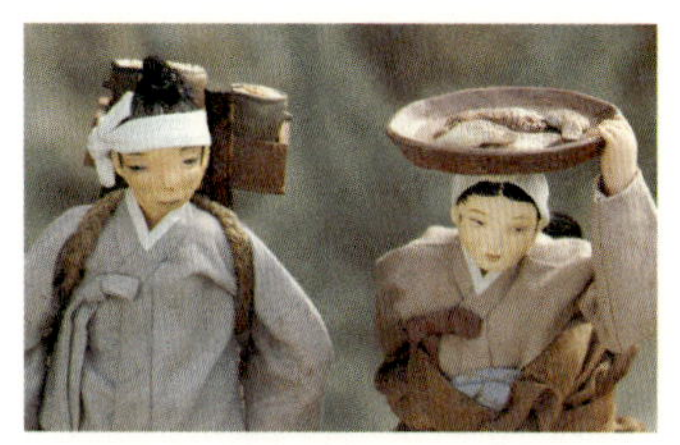

행상 135~137

1950년대 말 두 행상 부부. 새우젓 장수는 광목바지저고리에 지게를 지고 짚신을 신었다. 지게 위에 나무 궤를 얹어 그 안에 새우젓 독을 넣고 팔러 다녔다. 생선 장수는 광목치마저고리에 버선발을 하고 역시 짚신을 신었다. 당시 유행한 포플린 포대기로 들쳐 업은 두 살배기 계집아이는 엄마 치마로 해 입힌 뉴똥치마저고리 아래 융고쟁이를 입혔고 버선을 신겼다. 1992년 작.

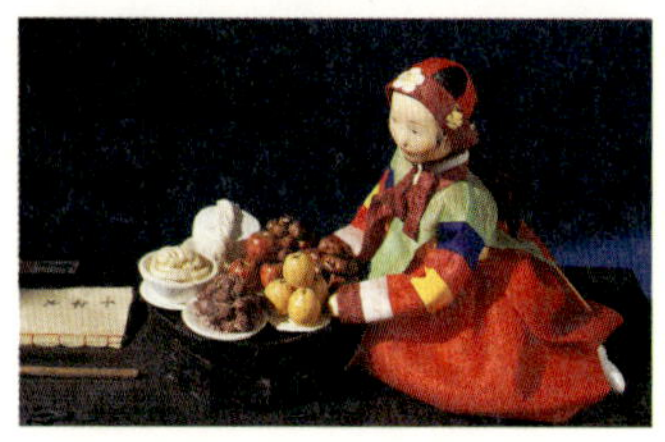

돌잡히기 141

1960년대 초 숙고사로 지어 입힌 돌옷(까치두루마기)이다. 아이 머리에는 가운데를 십자 모양으로 지어 트임이 있는 서울 굴레를 씌웠다. 1996년 작.

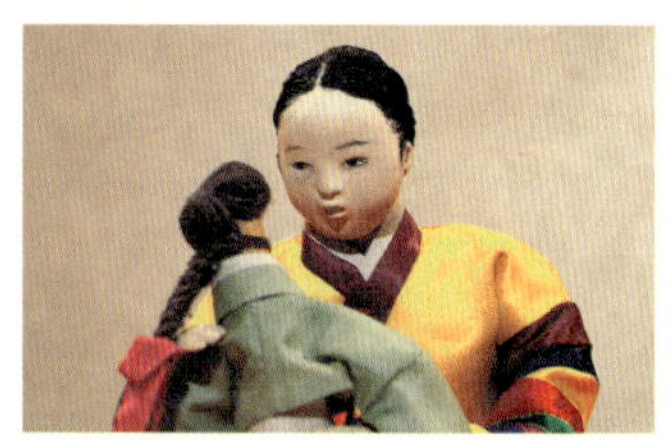

엄마가 만들어준 인형 143~144

1920년대 초 양반집 네 살배기 여자아이. 색동 소매의 노란 공단저고리와 다홍색 양단치마, 그리고 아이가 손에 든 명주옷 입힌 헝겊인형 모두 어머니가 손수 짓고 생일선물로 만들어준 것이다. 속적삼을 입혔고 아랫도리는 반속곳과 속고쟁이 위에 속치마를 입혔다. 1994년 작.

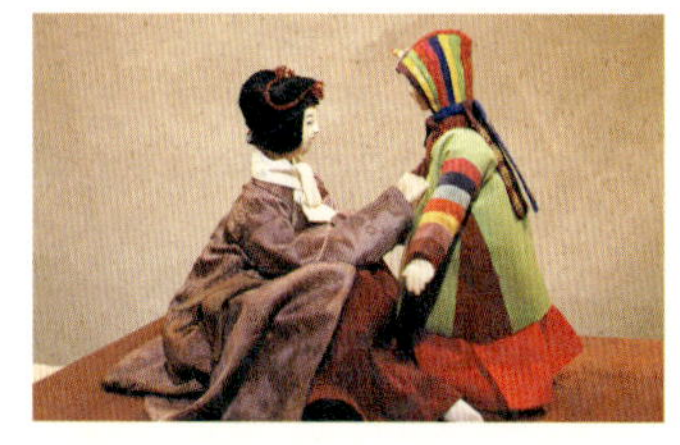

아이야 기쁨을 입자꾸나 146~148

1940년대 모녀. 엄마는 자줏빛 양단치마에 양단두루마기를 입었고 흰 명주목도리를 하고 조바위를 썼다. 성장(盛裝)은 속곳부터 겉옷까지 다 갖추어 입은 옷가짐을 말한다. 치마 밑으로 내비친 속치마는 이맘때면 고향을 향하는 연모의 흰 날개자락이다. 아이는 까치두루마기 밑에 다홍치마를 입히고 트임 없이 색동으로 이은 강원도 굴레를 씌었다. 1994년 작.

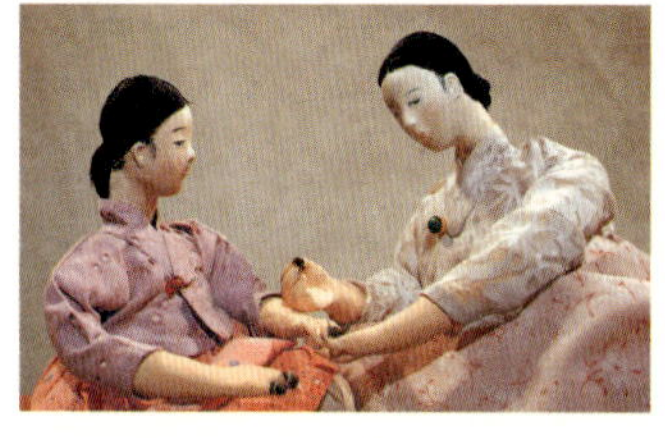

봉숭아 물들이기 150~152, 153

1950년대 후반 모녀. 엄마는 하얀 수선화 무늬진 사(비치는 비단)로 한 적삼에 포플린 치마를 입었다. 딸아이는 포플린치마에 보랏빛 면적삼을 입었다. 1996년 작.

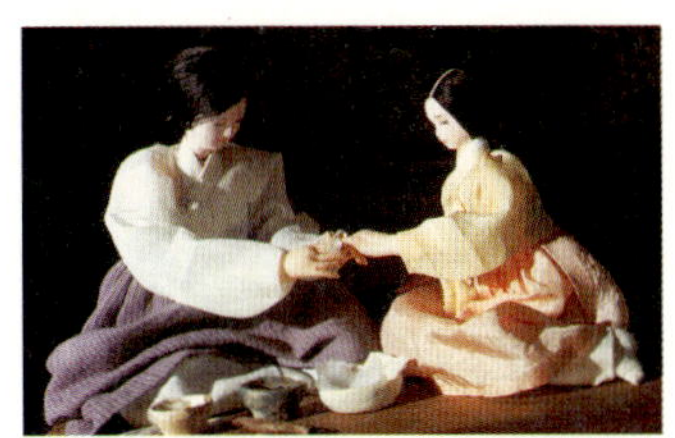
1960년대 외갓집 마루에서 봉숭아 물들이는 모녀.어머니는 고운 면적삼에 보랏빛 면치마 차림이고, 딸아이는 인조견으로 지은 계란색 저고리에 살굿빛 치마를 입었다. 1988년 작.

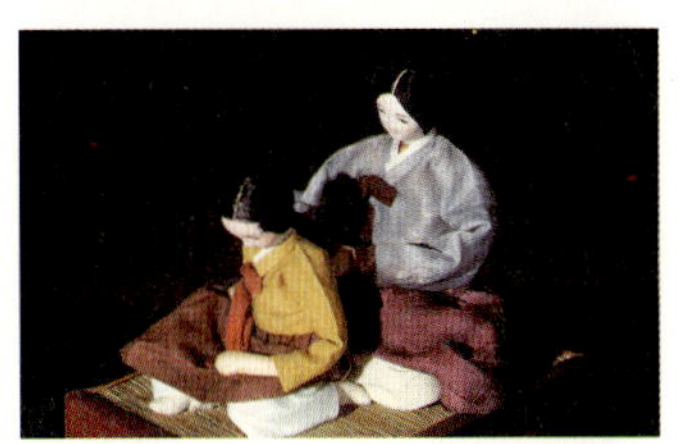
옥이야 머리 빗자 155
1950년대 중반 모녀상. 어머니는 명주치마저고리에 옥광목 버선을 신었고, 옥이는 고운 무명치마저고리를 입었다. 1989년 작.

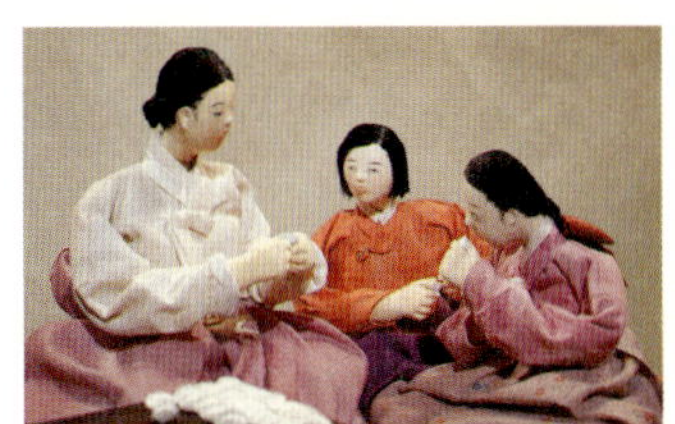
송편 빚기 157~160, 161
1960년 즈음의 모녀상. 엄마는 흰 광목저고리에 진달랫빛 치마를, 단발머리 한 큰딸(10살)은 광목저고리에 무명치마를 입었다. 막내딸(5살)은 분홍빛 광목저고리에 포플린 호리치마를 입었고 빨간 숙고사댕기를 했다. 속에는 모두 속적삼과 반속곳, 속고쟁이에 버선을 신었다. 정강이까지 내려오는 항아리 치마를 아이들끼리 조리치마 또는 호리치마라고 불렀다. 1996년 작.

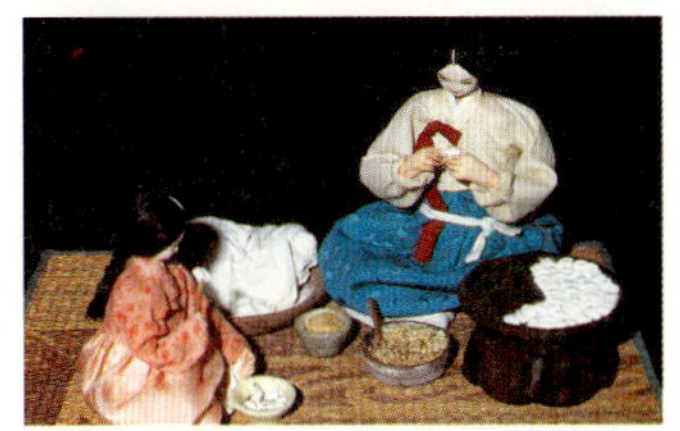
1950년대 중반 즈음의 모녀상. 어머니는 명주저고리에 뉴똥치마를 입고 버선을 신었으며, 딸아이는 포플린적삼에 인조견치마를 입었다. 1998년 작.

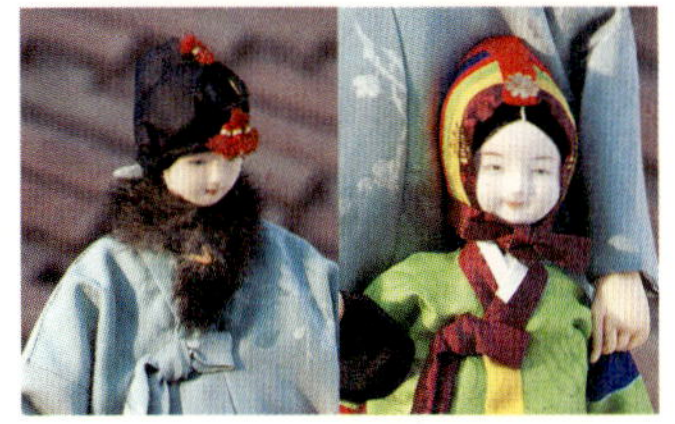
설빔 입고 엄마 따라 163
1957년 즈음 나들이 하는 모녀상. 어머니는 유록색 양단두루마기에 여우 목도리를 하고 낭자에 옥비녀 하고 조바위를 썼다. 다섯 살 딸아이 연지의 다홍치마는 숙고사를 겹으로 해서 지었고 오방장두루마기도 안감을 넣은 숙고사이다. 당혜를 신었다. 1991년 작.

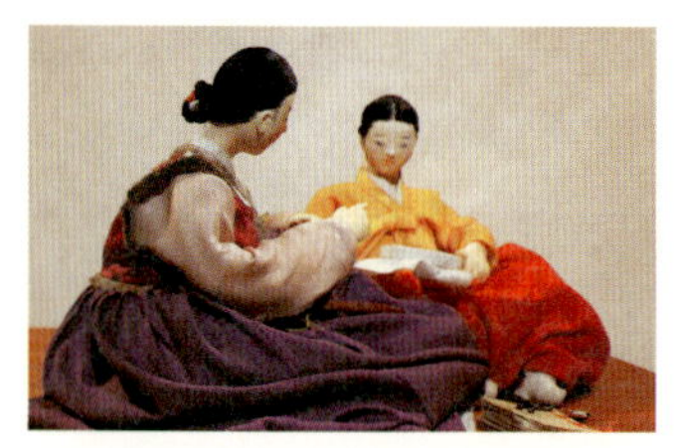

할미새 수놓아 165~167

1940년 즈음 모녀. 어머니는 양반가 부인의 평상복인 흰분홍빛 명주저고리에 꽃자주색 치마를 입었고 양단에 토끼털로 안감을 댄 배자를 입었다. 나들이 갈 때는 이 위에 반두루마기를 입는다. 노란 명주저고리에 다홍치마를 입은 딸아이는 귀밑머리에 댕기를 드리고 옥광목 솜버선을 신었다. 1940년 이후로는 옷 입을 때 특별히 신분을 구별하지 않았다. 1995년 작.

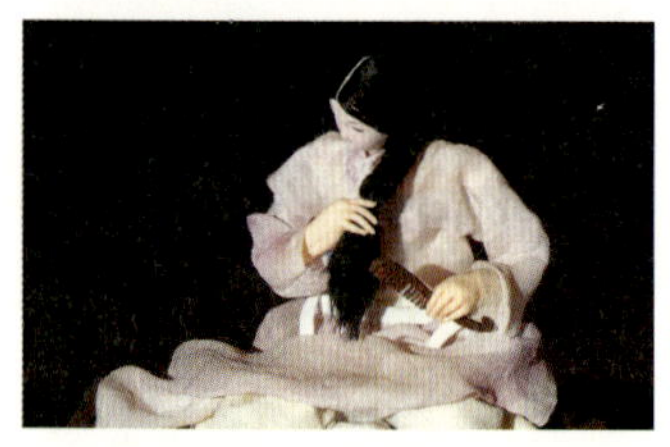

나귓집 딸 첫선 보는 날 169

1920년 즈음 서민 처녀. 무명베속적삼을 입고 아래는 고쟁이 위에 흰보랏빛 속치마를 입었다. 적삼 속 젖싸개로 처녀의 향기를 여미었다. 성분도복지관.

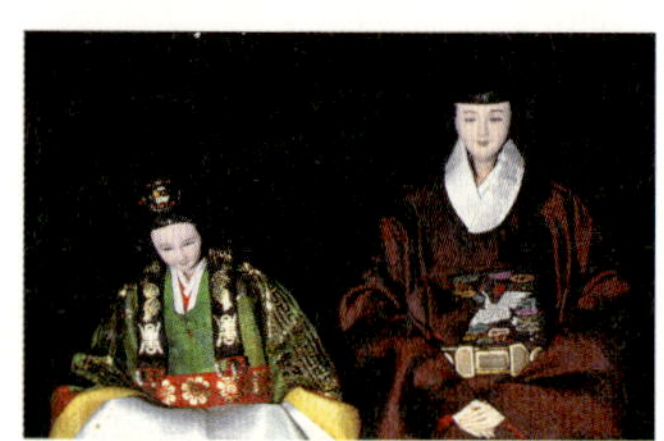

동거동락 171~172

1940년대 중후반, 서민집 신랑은 혼례복으로 관복에 사모관을 쓰고 목화를 신었다. 흉배의 문양으로 신분을 구별했는데 학 한 마리가 수놓아진 것으로 평민임을 알 수 있다. 새색시는 원삼을 입고 족두리를 썼으며 앞댕기와 뒷댕기(큰댕기)를 드렸고, 흰 고무신을 신었다. 1989년 작.

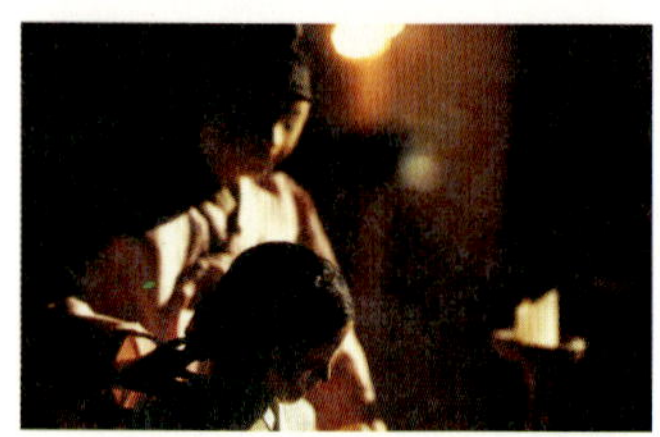

첫날밤 174

1930년대 신방에 든 신랑신부. 새색시는 노란 민저고리에 다홍치마를 입었고 낭군은 연보랏빛 명주바지저고리를 입었다. 1991년 작.

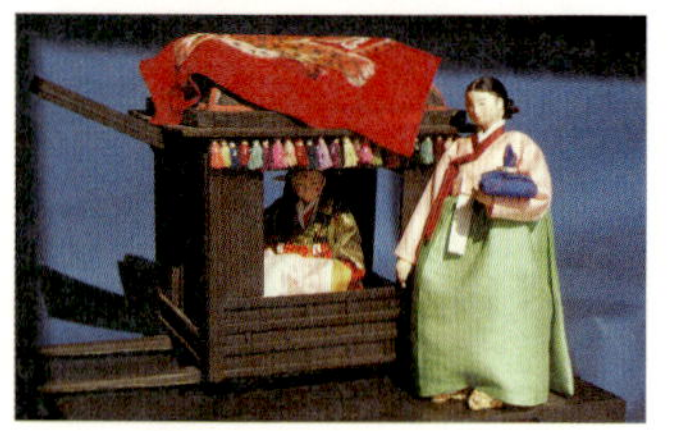

꽃가마 타고 가네 176~177

1920년 즈음 서민집 딸의 혼례복. 새색시는 원삼을 입고 족두리를 썼다. 1993년 작.

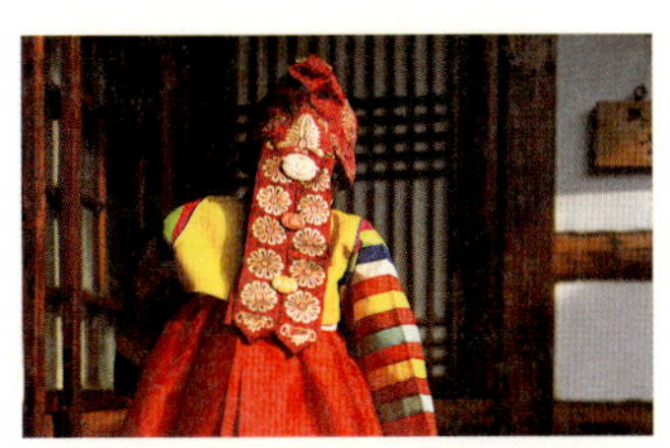

첫딸 때때옷 179

1960년대 전후 여자아이의 때때옷. 숙고사 색동저고리에 다홍치마를 입혔다. 조바위에는 무병장수하라는 뜻에서 박쥐와 국화, 매미 장식 등을 달아 씌우곤 했다. 1994년 작.

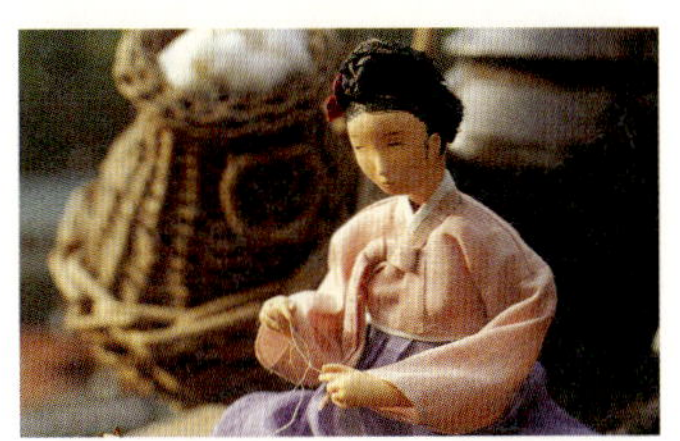

언년이 삼 삼기 183

조선시대 후기(1800년대 말) 삼삼는 서민 여인. 빛바랜 앵두색 모시베적삼에 청보랏빛 모시베치마를 입었고, 아이 가진 몸에 배가 차서 한여름에도 버선발이다. 1991년 작.

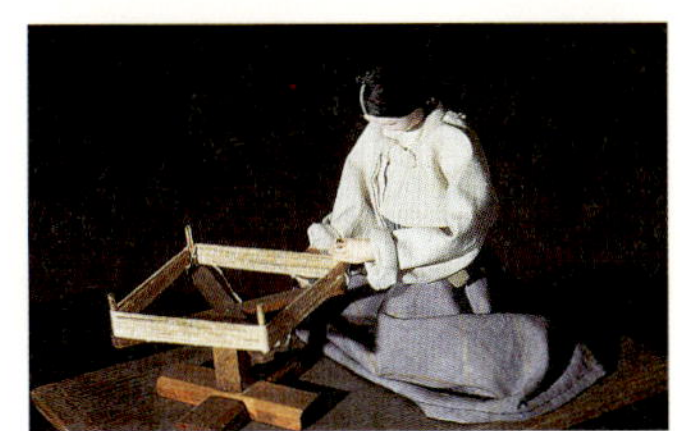

돌개 잣는 여인 185~186

1950년 즈음 여인상. 무명적삼과 치마를 입었다. 1992년 작.

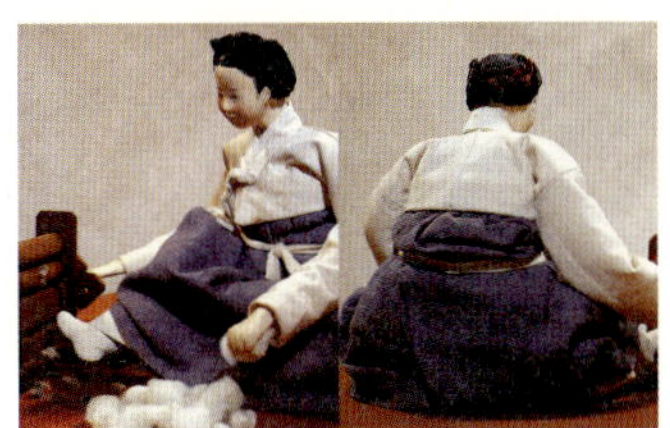

생과부 씨아질 188~189

1780년대 늦겨울 웃방에서 목화솜에 섞인 씨를 빼내는 아낙. 흰 무명저고리에 청남색 무명치마를 입고 솜버선을 신었다. 1993년 작.

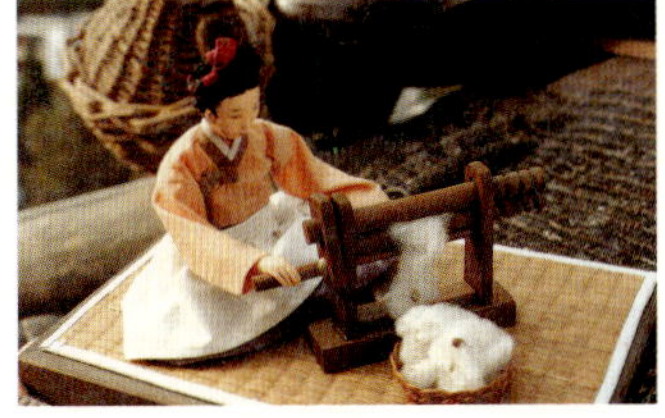

목화씨 다 빼거든 191, 192

조선 후기(1780년대) 풋내기 아녀자. 감빛 무명회장저고리에 가지색 면치마 입고 무명행주치마를 둘렀다. 얹은머리를 했다. 1992년 작.

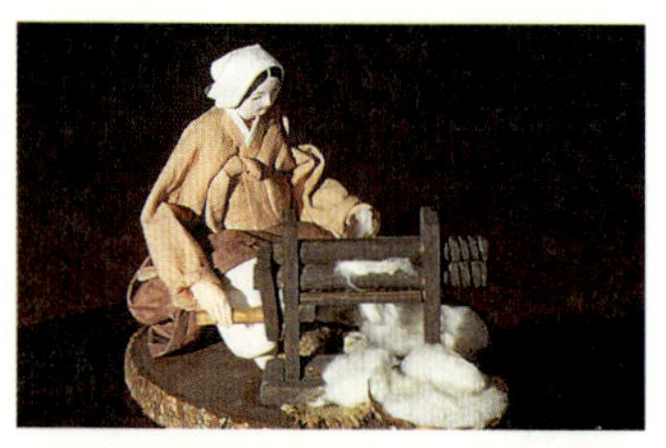

1960년대 초 제주 아녀자 씨아질. 황토흙물빛 무명적삼에 붉은갈색 무명치마를 입고 광목솜버선을 신고 흰색 면머릿수건을 둘렀다. 쪽머리에 은비녀를 했다. 1991년 작.

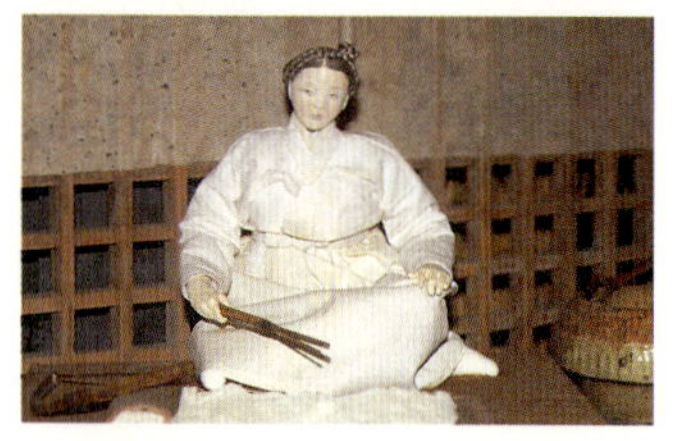

솜 틀고 채질하기 194~195
조선 중기(1600년대) 양반가 노인의 모습이다. 흰 무명치마저고리 입고 얹은머리에 할아버지가 안 계심을 표지하는 검정댕기를 물렸다. 1994년 작.

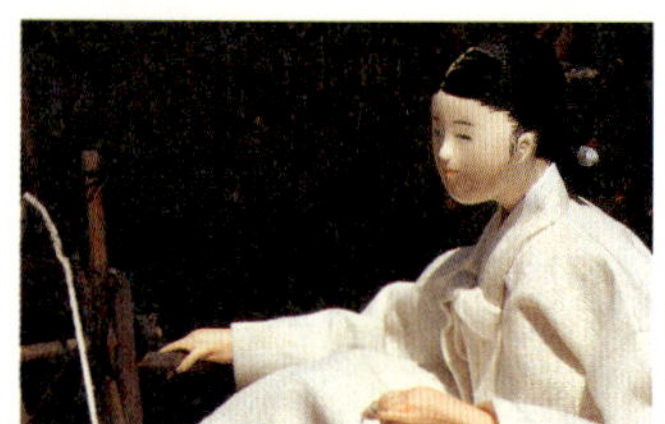

갯고을 어머니 물레 잣기 197
1930년대 즈음 강원도 물레 잣는 모습. 나무손잡이 쇠다리미에 숯불 피우고 밀풀 먹여 다려 입은 흰 무명치마저고리에 무명버선을 신고 낭자에 옥비녀를 했다. 1992년 작.

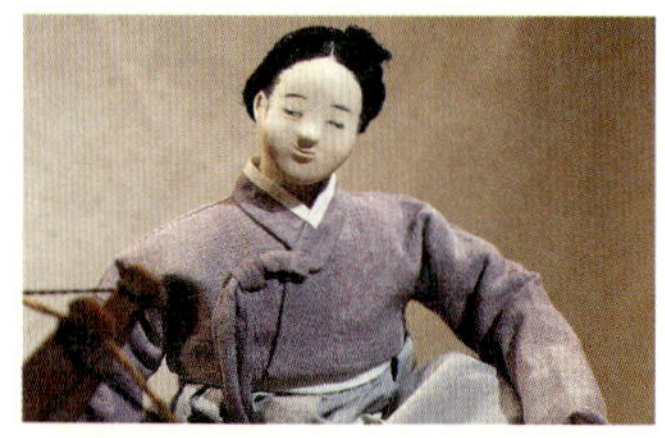

물레 돌려 베를 낳네 198~200, 201
1930년대 경기도 물레 잣는 모습. 무명저고리에 빛바랜 광목치마 입고 자주댕기 물려 얹은머리를 했다. 1995년 작.

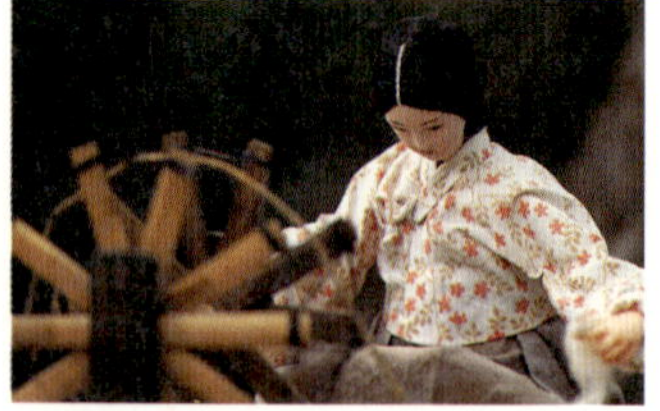

1960년대 초 제주도 여인의 물레질. 포플린적삼에 감물색 광목치마를 입고 가미머리를 했다. 1992년 작.

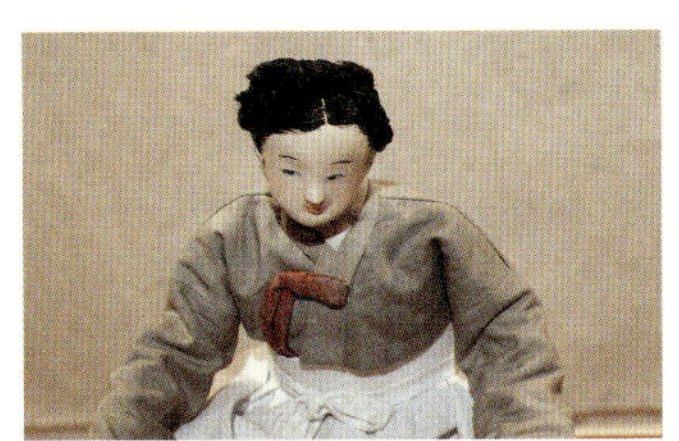

외며느리 날고르기 203~205

1930년대 즈음 길쌈하는 전라도 촌부의 아낙. 유록색 광목저고리에 쪽빛 치마를 입고 옥광목 행주치마 두르고 얹은머리를 했다. 1996년 작.

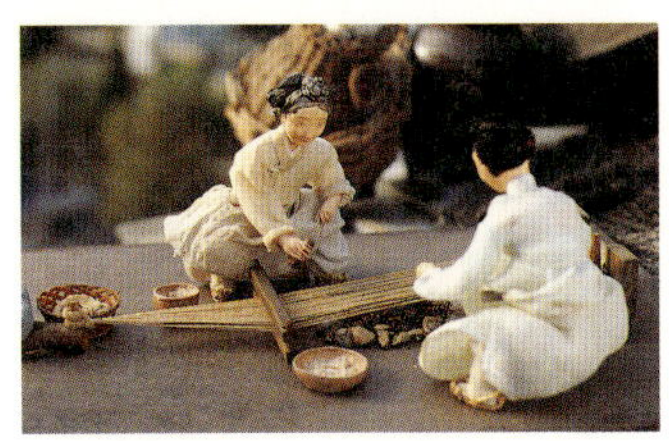

베매기 정매기 207~209

조선시대 후기(1750년대) 전라도 시골 농가에서 베매기 하는 고부. 시어머니는 누런 삼베적삼치마에 짚신을 신었고, 며느리는 세모시적삼에 옥색 모시베를 입고 얹은머리에 짚신을 신었다. 1992년 작.

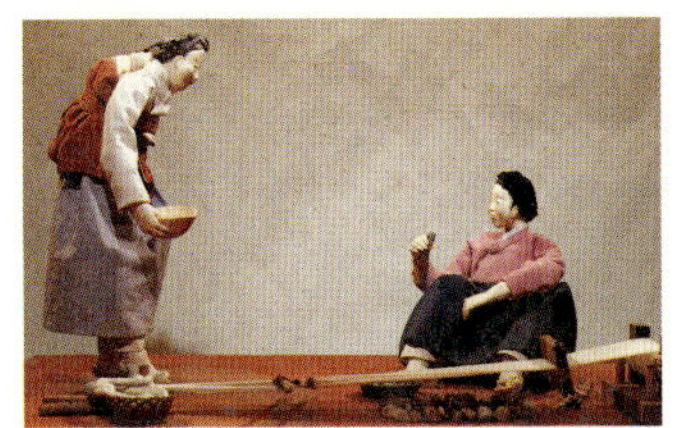

박달재 모녀 211~215

1920년 즈음 친정어머니 모시고 사는 애기엄마의 베매기. 할머니는 흰 무명저고리에 푸른색 빛바랜 광목치마를 입고 광목포대기 둘러 손자를 업고 짚신을 신었다. 얹은머리에 검정댕기를 했다. 애기엄마는 연지색 무명저고리에 쪽빛 무명치마 입고 짚신을 신었다. 얹은머리에 자주댕기를 했다. 1995년 작.

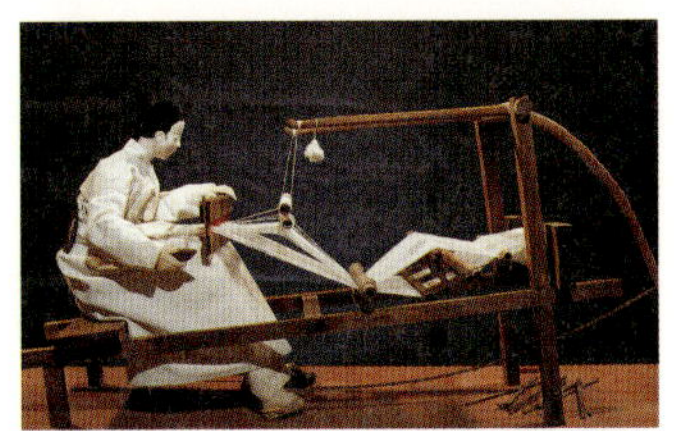

눈물 타래 베틀에 넣어 217~219

1940년대에 무명베 짜는 종손며느리. 흰 무명치마저고리에 낭자(쪽머리)를 했고 옥비녀를 꽂았다. 1995년 작.

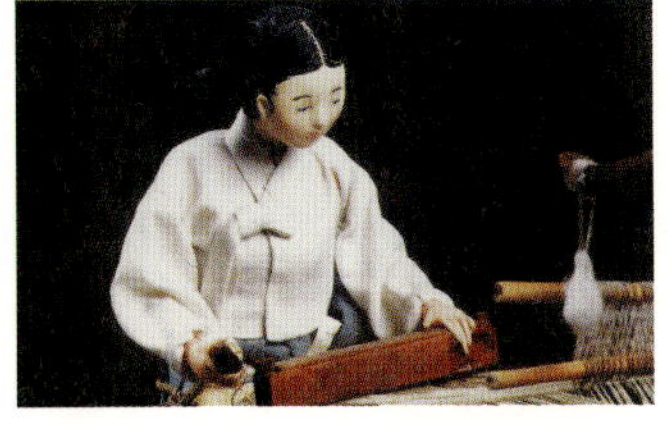

두메산골 정녀의 베짜기 221

1950년대 베짜는 여인. 올 굵은 무명저고리에 빛바랜 무명남치마를 입고 쪽머리에 동정임을 표지하는 흑각비녀를 했다. 1991년 작.

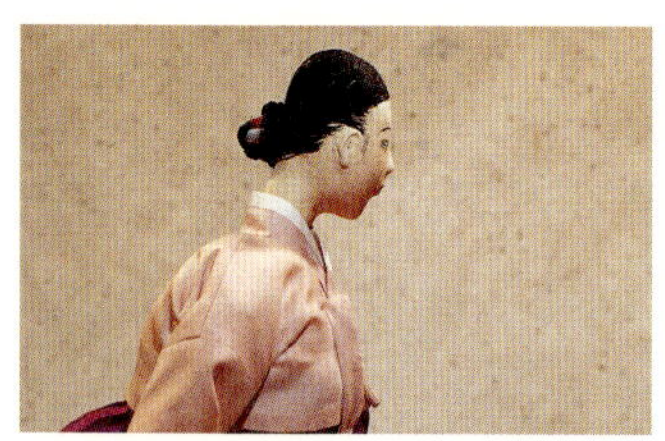

마음자락 다듬어 222

1930년대 즈음 다듬이질하는 양반집 며느리. 흰분홍빛 명주저고리에 진꽃분홍빛 명주치마를 입었고 옥광목버선을 신었다. 쪽머리에 옥비녀를 했다. 1996년 작.

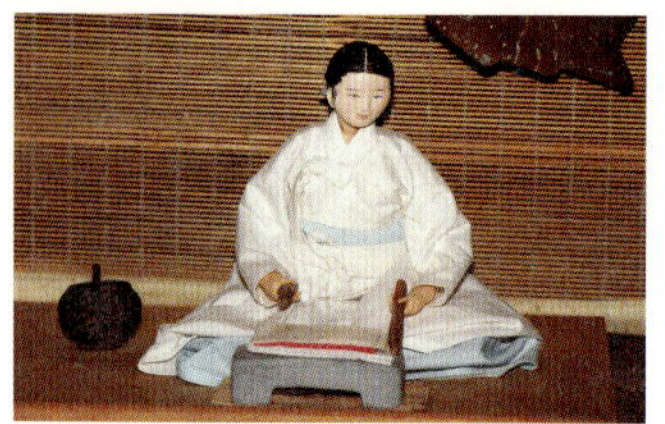

서산 아주머니 다듬이질 225

1950, 60년대 어머니상. 옥광목저고리에 옥색치마 입고 행주치마를 둘렀다. 1995년 작.

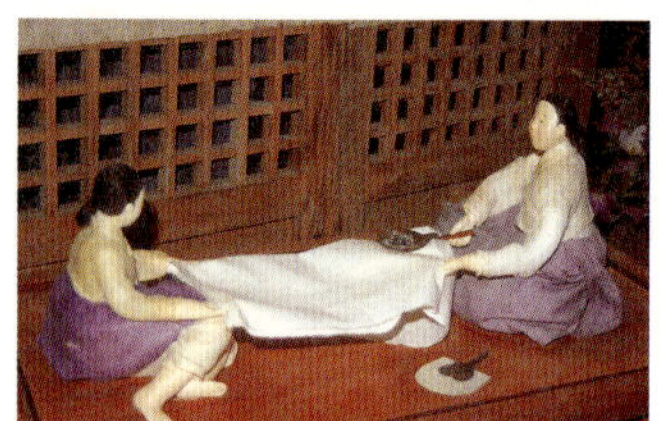

덧니박이 딸내미 227~228

1950년대 초 서민집모녀의 다림질 모습. 엄마는 삼베적삼에 발이 굵은 가지색 무명치마를 입었고, 딸아이는 치잣물 들인 노랑 명주홑적삼에 도라지꽃색 명주홑치마를 입었다. 1996년 작.

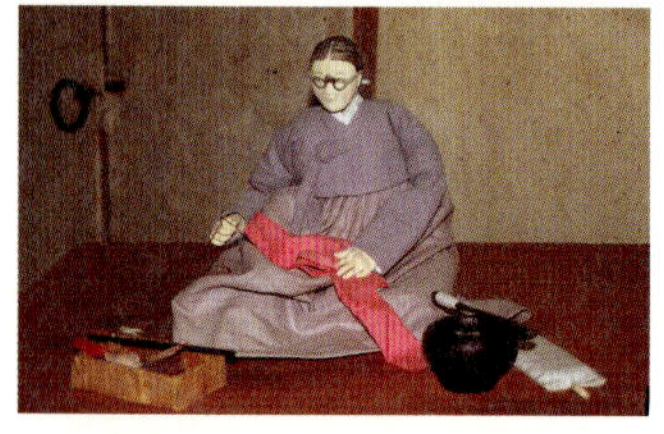

산까치골 할머니 230~231

1930년대 조촐한 양반집 증조할머니 바느질. 보랏빛의 발 굵은 무명겹저고리에 흑자줏빛 광목겹치마를 입었다. 돋보기 쓰고 솜버선을 신었다. 1989년 작.

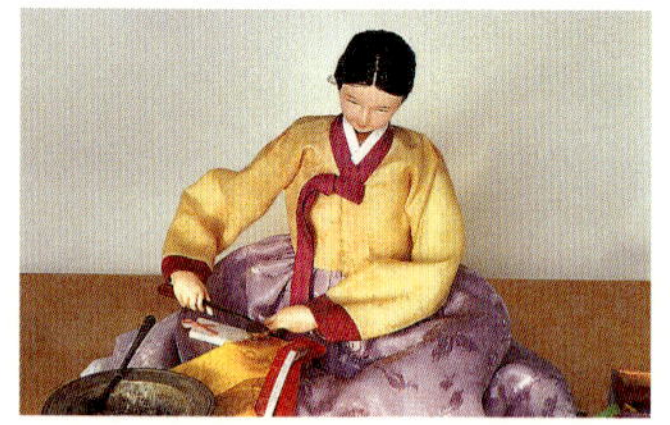

추석빔 232

1950년대 중반, 뉴똥치마에 명주저고리를 입은 어머니 모습이다. 1990년 작.

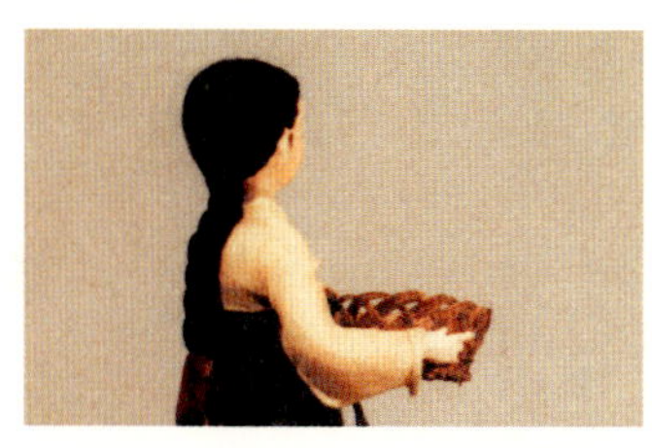

낙도 처녀 236

1967년 낙도 처녀. 치잣물빛 모시베적삼에 먹빛 삼베치마를 입었고 맨발이다. 태어나 한 번도 자르지 않은 배냇머리를 귀밑머리 땋아 흑자줏빛 댕기를 물렸다. 대나무 소쿠리를 통해 강한 여심을 비추었다. 1984년 작.

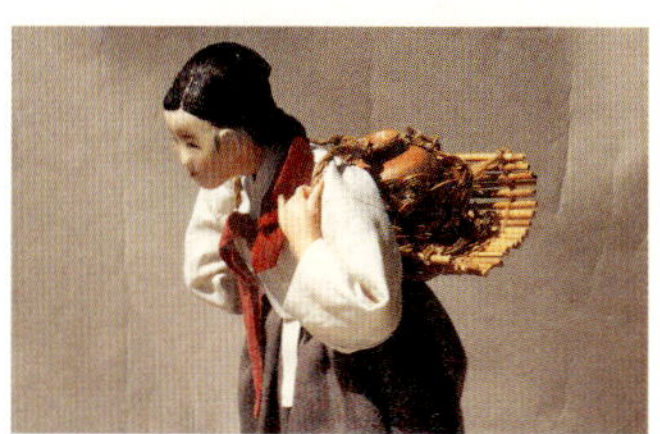

비바리 물허벅 지고 239

1950년대 초 제주 비바리 처녀. 흰 무명저고리에 자초물빛 무명치마를 입었다. 붉은 갑사댕기 드리고 버선발에 검정고무신을 신었다. 1993년 작.

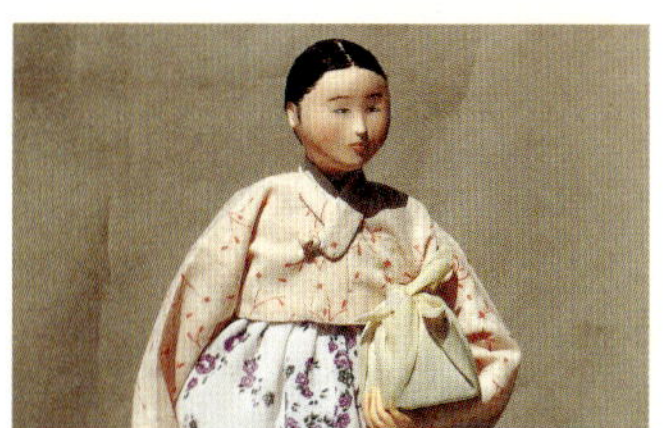

과꽃누나 240

1950년 즈음. 면포플린 적삼치마에 코고무신을 신있고 가미머리를 했다. 인조견 속적삼과 면런닝, 면반속곳과 팬티, 속속곳 위에 고쟁이와 속치마를 입었다. 1991년 작.

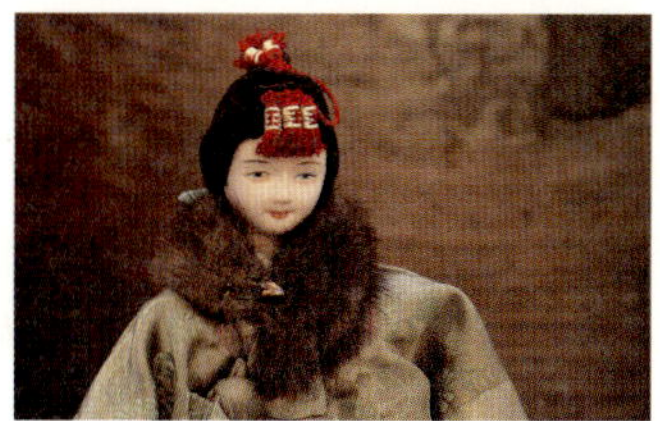

오라버니댁 가는 길 242

1950년대 초 초겨울날 나들이 나선 여인의 모습이다. 무늬진 양단겹두루마기에 검정색 공단손가방 들고 여우목도리를 했다. 낭자에 옥비녀 하고 조바위를 썼다. 1992년 작.

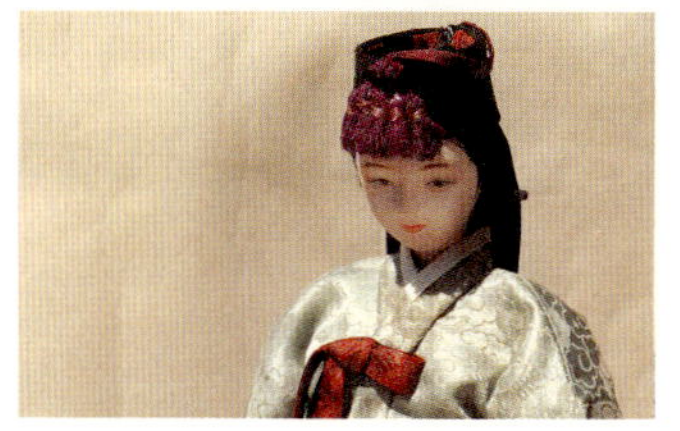

아얌 쓴 여인 245

1940년 즈음. 본견 흰회색 양단저고리에 자주색 옷고름을 여미었다. 흐린하늘색 치마에 솜버선발로 당혜를 신었다. 여인들의 나들이용 모자인 아얌을 검정공단으로 해서 썼고 흑자주색 술을 앞에 5개, 뒤에 7개 달았다. 인조견 속적삼에 면반속곳을 입었고 속고쟁이에 흰 속치마를 입었다. 1993년 작.

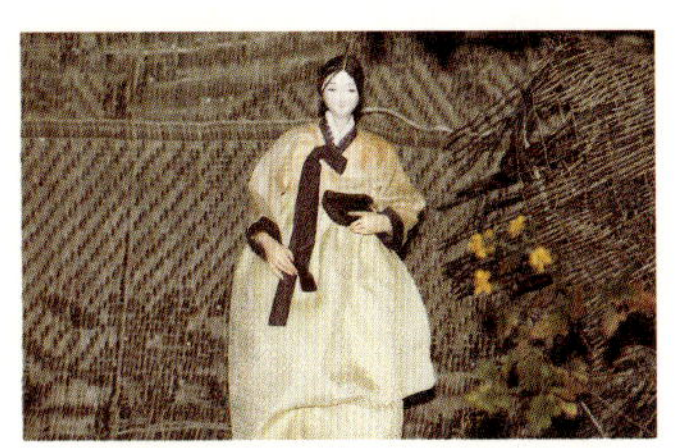

만남 246

1950년대 말 흰살굿빛 비단 남보라색 회장저고리에 무궁화이파리 가지물빛 치마를 입었다. 검정 양단손가방을 들고 가미머리를 했다. 1990년 작.

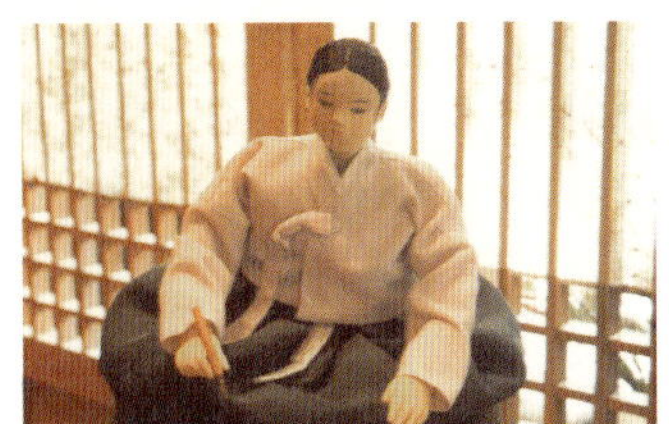

어머님 전상서 249

1940년 즈음 엷은 살굿빛 저고리에 짙은 유록색 치마를 입었다. 치마허리띠가 저고리 섶 밑으로 가지런하다. 1990년 작.

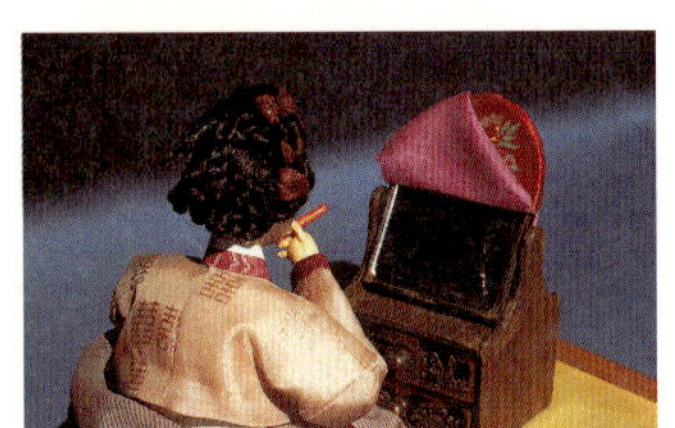

화경대 251~252

조선 후기(1800년대 초) 중인집 여인상. 홍홧빛 물항라회장저고리에 엷은 자초물빛 비단치마 입고 자주댕기 물려 얹은머리를 하고 앉아 화경대 덮개 열어젖히고 화장하는 모습이다. 1992년 작.

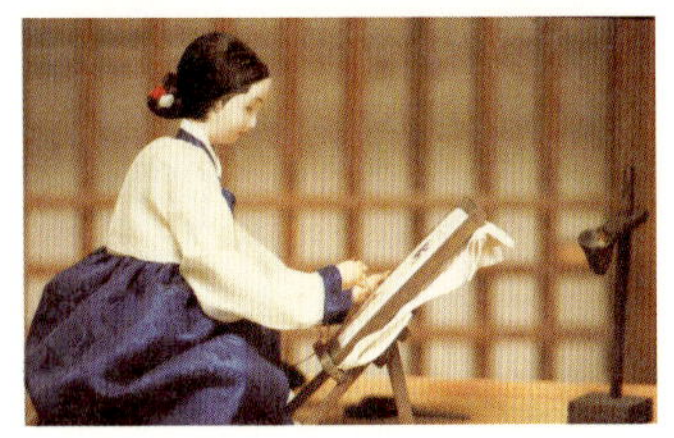

등경부인 254~255

1920년 초 시어르신 모시는 양반집 부인의 전통 평상복이다. 무궁화꽃잎 또는 가지물빛 명주반회장저고리에 남빛 양단치마를 입었다. 아들이 있는 부인은 저고리에 남끝동을 달았고 양반가에서는 남치마를 입었다고 한다. 쪽머리에 빨간 대님도 남편이 있는 여인의 표지이다. 1989년 작.

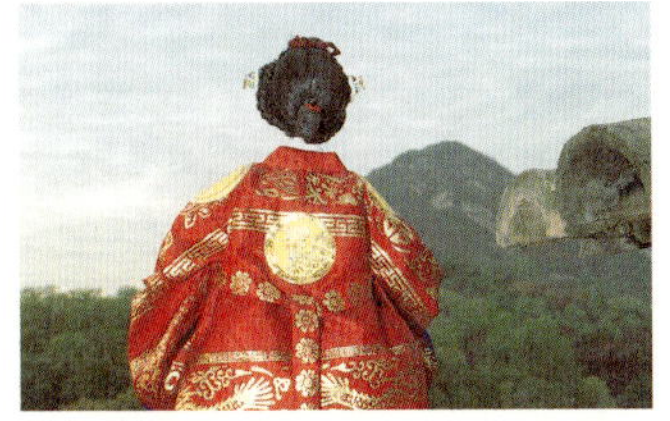

예나르 왕비 257~258

조선시대 말기 왕비. 어여머리에 꽂은 떨잠 셋은 왕비의 품위를 표지하며 원삼에는 앞가슴과 양쪽 어깨, 등 네 군데에 보를 달았다. 왕비는 주로 미색저고리에 대란남치마를 입었다. 1992년 작.

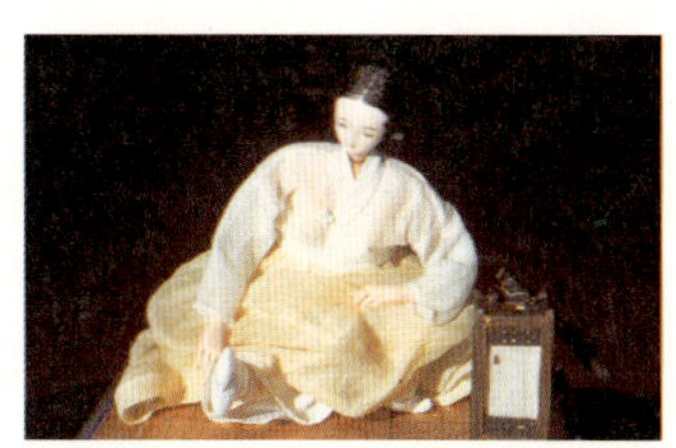

박꽃 260~261

1920년대 초 양반가 미망인. 세모시적삼에 치잣물 들인 치마를 입었고 단속곳에 모시베풍차바지를 입었다. 낭자에 옥비녀를 했다. 1990년 작.

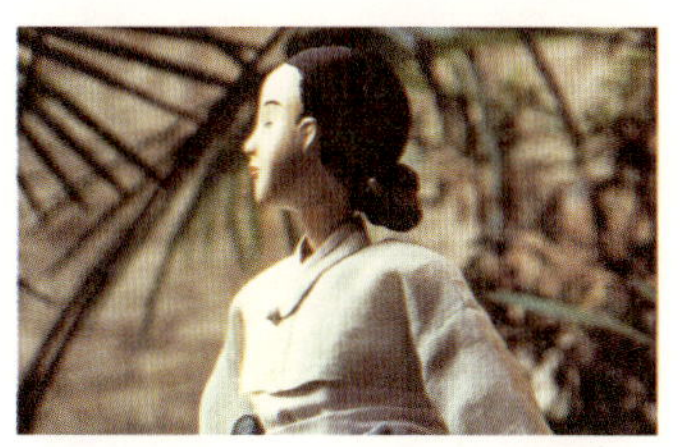

품앗이 사랑에 시름 지으며 263

1920년대 기녀. 흰 모시적삼에 쪽빛 모시베치마를 입었다. 젖가슴싸개로 가슴을 여미었고 속적삼 밑에 속속곳을 입고 그 위에 다리속곳, 속치마를 입었다. 당혜를 신었다.1990년 작.

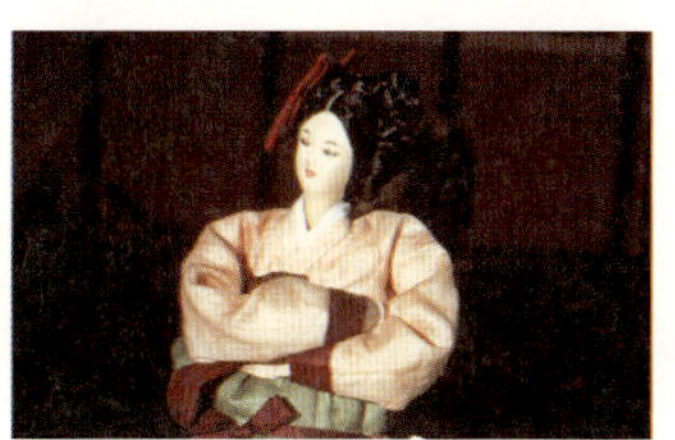

의녀 265

1750년 즈음 궁내 의녀. 흰살굿빛 본견서고리에 짙은 녹두색 치마를 입었다. 1987년 작.

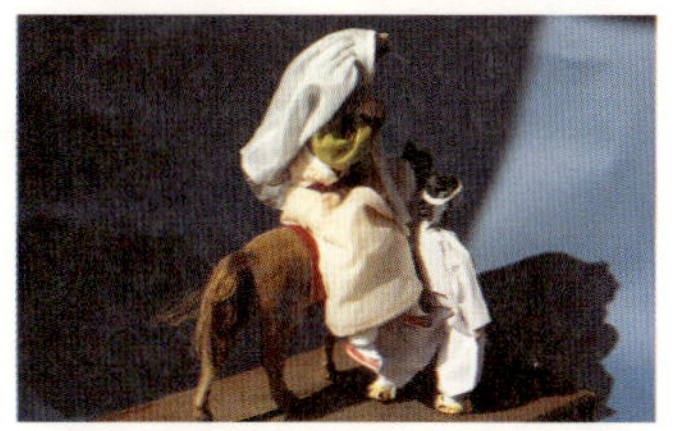

나귀 타고 나들이 267~268

조선 후기(1700년 즈음) 기녀. 녹둣빛 물항라저고리에 흰분홍빛 명주치마 입고 당혜를 신었다. 흰옥색 명주쓰개치마를 둘렀다. 1992년 작.

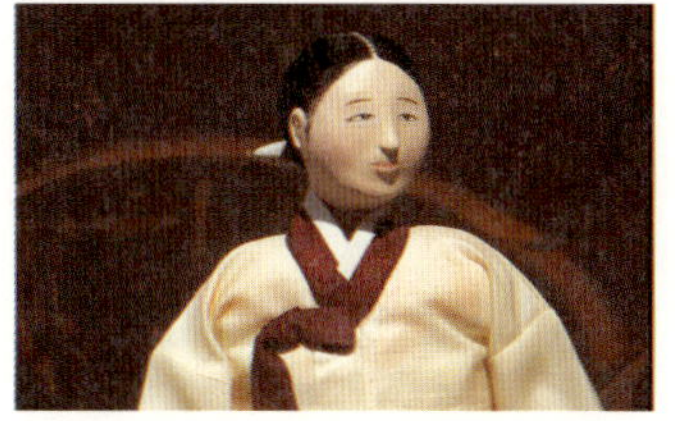

활 쏘는 노기 270~271

1925년 즈음 나이 많은 기생. 연미색 본견저고리에 노을빛 비단치마를 여미어 올려 입고 활집을 허리춤에 차고 짚신을 신었다. 여느 기생과 같이 속곳을 다 갖추어 입었다. 1991년 작.

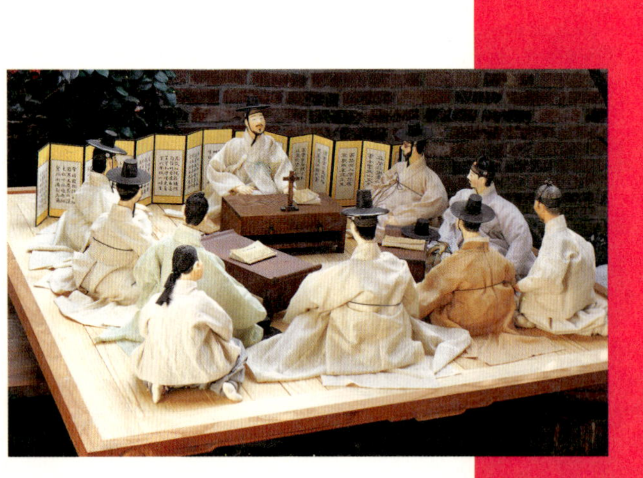

한국천주교회사 12마당

이 작품은 작가가 홀로 3년 9개월에 걸쳐 빚은 80점의 인형으로 구성되어 있다.
신유박해 순교 200주년을 기념하여 절두산 순교박물관의 의뢰를 받았으며,
2001년 3월에 완성되었다. 현재 같은 박물관 특별전시실에 '전통인형으로 빚은
한국 천주교회사' 라는 제목으로 영구전시되고 있다(2001.4.15~).
중세와 현대를 잇는 우리 근대 삶의 한 모습으로서,
그리고 작가의 작품세계에 한 획을 긋는 대표작으로서 여기에 소개한다(사진 조문호).

세례받는 이벽

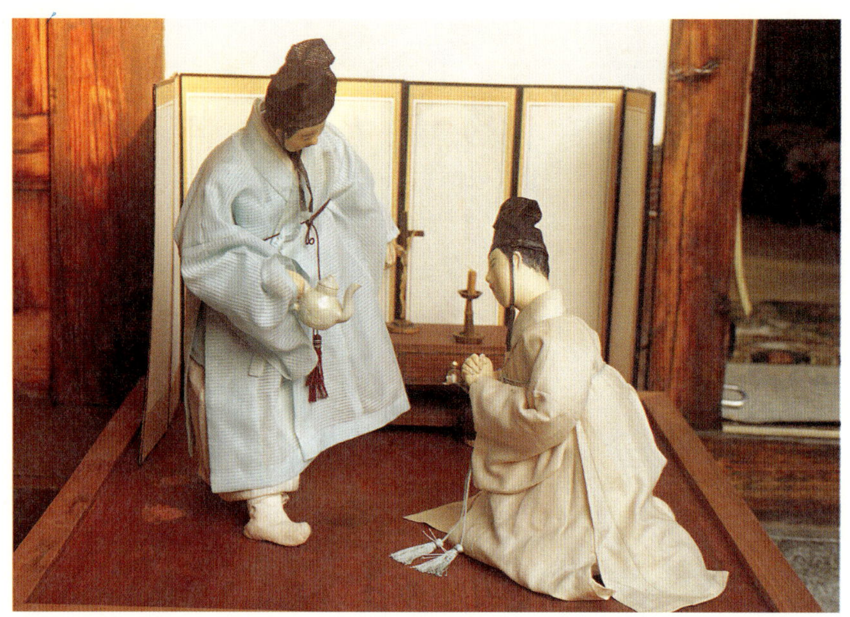

1784년 이승훈(李承薰, 베드로, 1756~1801)은 서울 수표교 부근에 있던 이벽(李檗, 세례자 요한, 1754~86)의 집 대청에서 이벽에게 세례를 베풀었다.

이벽의 원명은 덕조(德祖)이며 본관은 경주(慶州)로서, 1777년 권철신(權哲身, 암브로시오, 1736~1801)·정약전(丁若銓, 1758~1816) 등과 함께 천주교에 관심을 가지기 시작했다. 그의 친척 이승훈은 1783년 동지사(冬至使)의 일원으로 중국에 파견되는 부친을 수행해서 북경에 가 이벽에게 부탁받은 천주교에 관한 서적을 구입하고 교리를 배워 영세했으며, 귀국 후 이벽에게 그리스도교 세례를 집전하였다. 이후 이벽을 중심으로 조선사회에 천주교 신앙공동체가 만들어졌다. 이벽은 권일신(權日身, 프란치스코 하비에르, 1742~92)과 함께 널리 신앙을 전파시켰으나, 부친의 만류에 부딪히면서 효를 실천하기 위해 신앙을 포기하게 된다. 이벽은 그 이듬해인 1786년에 병사하지만 사람들은 한국교회 창설에 미친 그의 공을 기억하고 있다.

이승훈과 이벽 모두 양반이므로 유건(儒巾)을 쓰고 세조대를 띠었다. 이승훈의 중치막은 항라이고, 이벽은 고운 무명에 창의를 입었다.

명례방 신앙집회

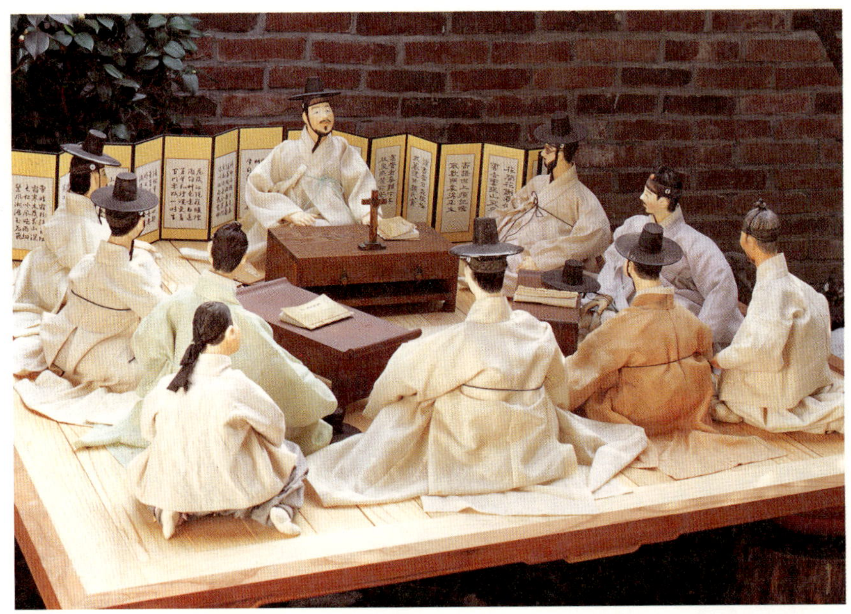

1785년 봄, 서울 명례방(오늘날 명동) 김범우(金範禹, 토마스, ?~1786)의 집 사랑방에서 이승훈, 이벽,
권일신, 이윤하, 이총억, 정섭과 정약전·정약용 형제 등이 신앙집회를 가졌다. 청지기와 시종의
모습도 보인다.

이승훈이 이벽에게 세례를 준 후 천주교 신앙공동체가 형성되었고, 몇 곳에서는 신앙집회가 열렸다.
이 신앙집회 가운데 대표적인 것이 김범우의 집 집회였다. 1785년(정조 9) 봄에 열린 이 신앙집회가
우연히 형조 관리들에게 적발되어 참가한 사람들이 체포되었다. 참석자 대부분이 양반
출신이었으므로 형조판서의 재량에 따라 방면되었지만 중인 김범우는 단양으로 유배되었고, 고문
후유증으로 그곳에서 사망했다. 이 사건 이후 사대부 가문에서는 천주교에 대한 경계를 엄히 하였다.
경상 위에는 『천주실의』(天主實義) 『칠극』(七克) 같은 천주교 서적과 십자가에 매달린 예수 고난상도
보인다. 전부 양반집 선비들이라서 옥색과 자주색, 남색 세조대를 띠었다.

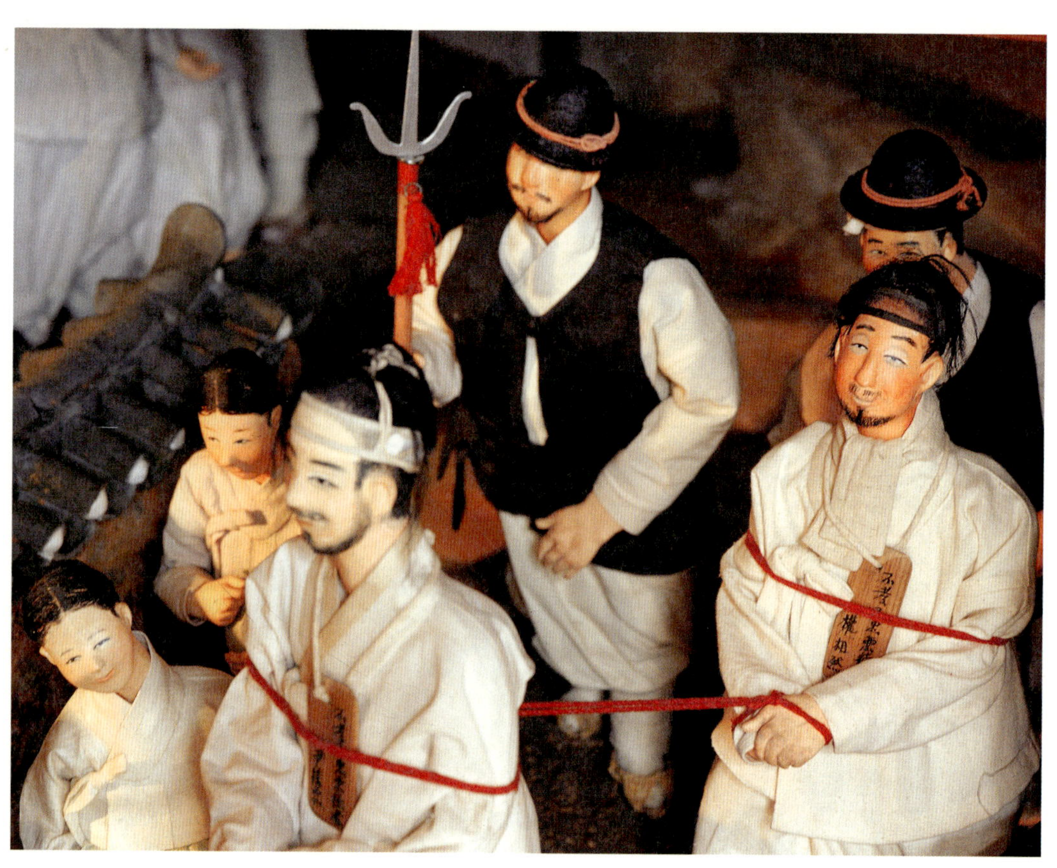

윤지충과 권상연 체포

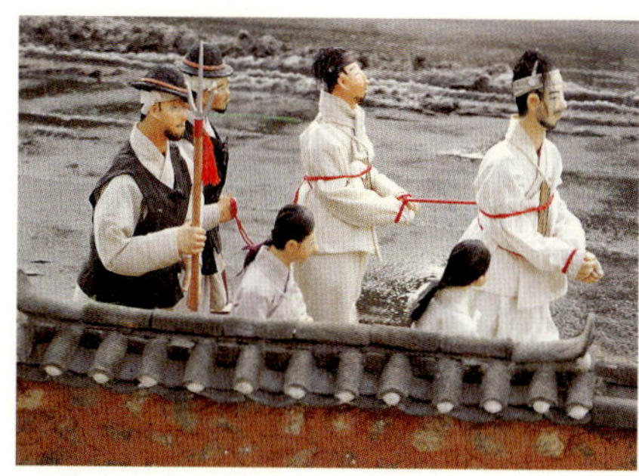 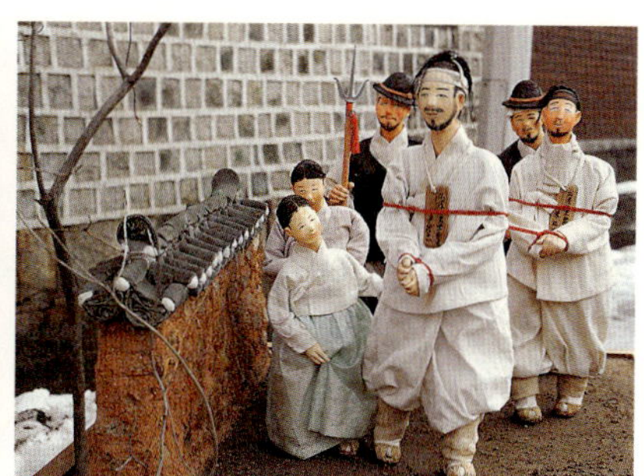

1791년(정조 15) 윤지충(尹持忠, 바오로, 1759~91)과 권상연(權尙然, 야고보, 1750~91)이 오랏줄에
묶여 진산에서 전주 감영으로 압송되었다.

전라도 진산(珍山) 출신으로 1783년 25세에 진사시(進士試)에 합격한 윤지충은 정약전의 영향으로
1787년 영세 입교한 후 대과(大科)를 포기하고 신앙생활에 전념했다. 윤지충은 정약용의 외사촌이고,
권상연은 윤지충의 외사촌이었다. 두 사람은 모친의 장례를 천주교 의식에 따라 치른 것이 발단이 된
진산사건(1791) 때에 순교하였다.

전주 고을의 형방 아전 한 명은 삼지창을 들었고, 오랏줄을 잡고 있는 다른 한 명은 허리에
육모방망이를 찼다. 이들은 전라감영 소속이다. 골목 어귀에서 여섯 살 딸아이가 오랏줄에 묶여 가는
아버지의 옷자락을 잡고 울먹이고, 여종이 주인이 먹을 미음 그릇을 들고 마지막 이별을 고한다.

강완숙과 여성 신앙공동체

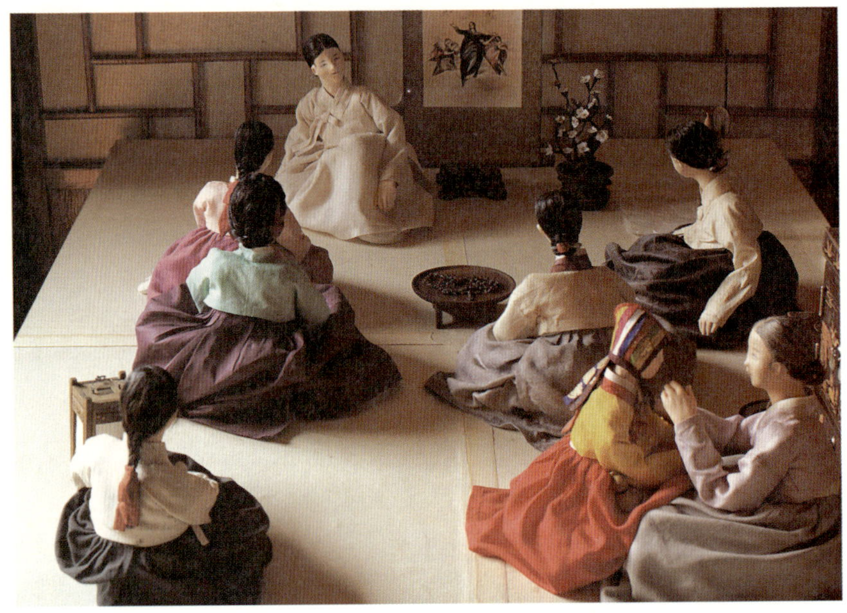

주문모 신부의 선교활동을 도우며 한국천주교회 최초의 여성회장으로 임명된 강완숙(姜完淑, 골롬바, 1760~1801)은 여성 신앙공동체를 일으켰다.

강완숙은 충청도 내포지방 양반가문 출신으로, 천주교 서적을 읽고 감명을 받아 영세 입교한 후 신분의 높낮이를 따지지 않고 자신의 주변에 있던 부녀자들에게 천주교를 전했으며, 여성들로 이루어진 신앙공동체를 꾸려 나갔다. 1801년 7월 2일, 신유박해 때 41세의 나이로 서소문 밖 형장에서 참수당해 순교하였다. 강완숙은 주문모 신부가 가지고 들어온 성모승천 족자 옆에 단아한 소복 차림으로 앉아 교리 공부와 기도 모임을 이끌고 있다. 시루에 심어져 있는 흰 매화는 그의 고결한 삶을 상징하며, 일치의 은혜를 나타내는 로사리오가 방 중앙의 과반 위에 놓여 있다. 윤점혜(尹占惠, 아가다, 1776~1801)와 정순매(鄭順每, 바르바라, ?~1801), 이득임(李得任) 등이 함께 있다. 흰 무명저고리에 검정치마를 입고 토막댕기를 한 여종이 사각초롱을 들고 따라왔다가 뒷전에 앉아 온 마음을 모두어 듣고 있다. 동정녀 윤점혜는 십자고상을 품에 안고 있고, 엄마를 따라온 여식애가 할머니(강완숙의 시어머니) 무릎에 다가앉아 어리광을 부리며 색동굴레를 벗겨달라고 조른다.

동정부부 유중철과 이순이

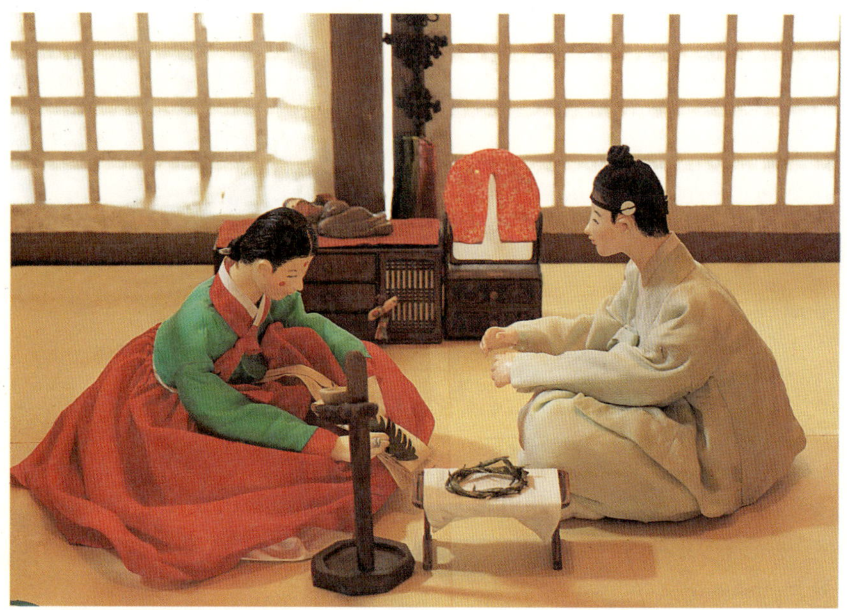

어느 초가을, 유중철(柳重喆, 요한, 1779~1801)과 이순이(李順伊, 누갈다, 1782~1801)는 전주에 있던 유중철의 집에서 초례청을 열고 부부의 가약을 맺었다.

이순이는 14세 때 첫 영성체를 하면서 동정을 지키겠다고 결심했으나, 당시 조선 풍습으로는 여성이 혼자서 동정생활을 한다는 것이 불가능했기에 주문모 신부가 같은 뜻을 지니고 있던 유중철과 형식적인 혼인을 주선하였다. 두 젊은이는 사회의 일반적인 관행에 맞서서 교회의 가르침을 가장 성실히 실천하기 위해 동정생활을 서약했다. 유교의 가족주의적 전통을 새로운 그리스도교적 질서로 바꾸어보려던 치열한 노력의 표현이기도 했다.

이순이는 녹의 홍상을 입고 얼굴에 연지 곤지를 찍었는데, 이는 첫날밤을 의미한다. 전통예법에서 부부는 과반에 놓인 술잔으로 합환주를 나누지만 이들은 예수님의 수난을 묵상하며 그에 대한 사랑을 다지기 위해서 소반에 가시관을 올렸다. 신부는 순교를 상징하는 팔마 가지에 명주천에 쓴 동정 서약서를 받쳐 신랑에게 건넨다. 원앙 한 쌍과 은가락지는 변치 말자는 부부애를, 장도는 절개를 상징한다. 이 모든 것은 두 사람 앞에 어떠한 고난이 닥치더라도 굳건히 신앙을 지키자는 믿음을 담고 있다.

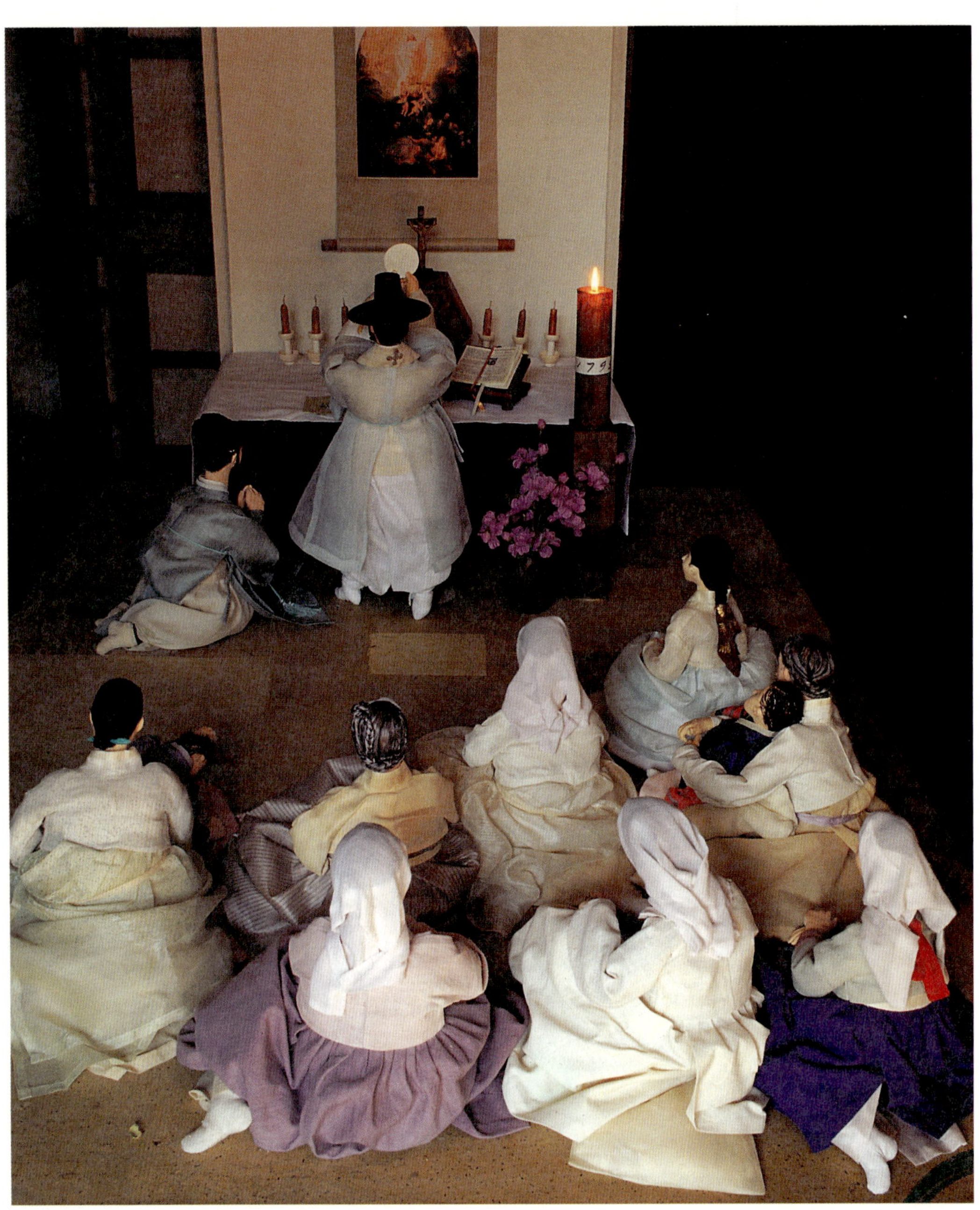

주문모 신부의 부활대축일 미사

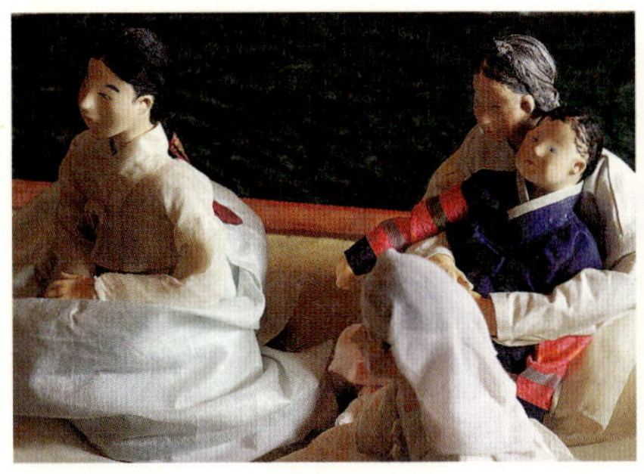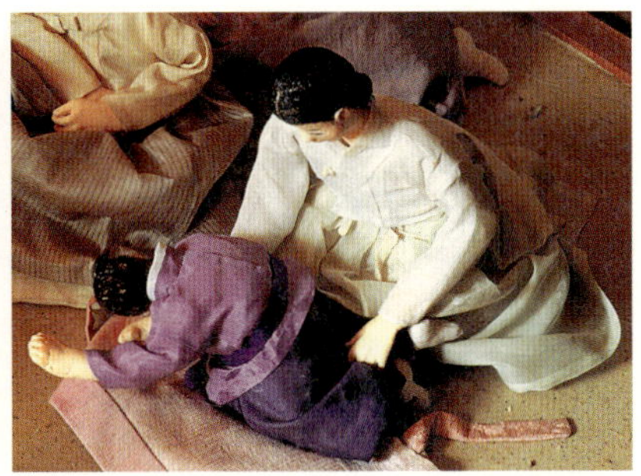

주문모(周文模, 야고보, 1752~1801) 신부가 부활절 미사를 집전하고, 홍필주가 복사를 서고 있다.
이 미사에는 강완숙과 두 동정녀도 참석해 첫영성체를 하였다.

주문모 신부는 중국 소주(蘇州) 출신으로 조선 천주교인들의 간곡한 요청에 의해 1794년 12월 23일에
파견되었다. 강완숙의 집 나뭇광을 은신처 삼아 6년 동안 숨어 지내며 지방 공동체를 방문하고
교우들과 고통을 함께하다가, 자신 때문에 신자들이 죽을 위험에 처하자 의금부에 자수하여 1801년
5월 31일 새남터에서 49세의 나이로 순교하였다.

세 살배기 손자를 데려온 양반집 할머니와 가운데 비단옷 치장을 한 사대붓집 노인은 온몸으로
참례하고는 있으나 마음으로 복음을 알아듣지 못하는 영적인 귀머거리임을 표지하여 두 귀가 없다.
엄마 등에 업혀온 두 살배기 아기도 미사에 함께한다. 색동옷 입은 아기는 미래를 이끌어나갈 또 다른
예수를, 다른 한 아기는 천진한 조선백성을 상징한다. 세모시치마저고리에 제비댕기를 드린 소녀는
마음속으로 십계명을 외우며 성체를 바라본다.

이 미사는 서울 가회동성당 자리에서 있었다고 한다.

이도기의 옹기점

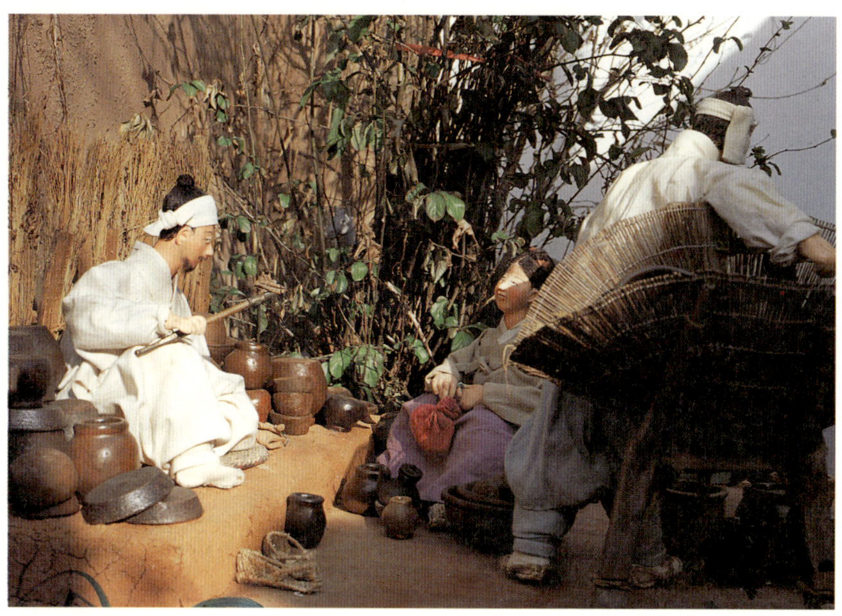

이도기(李道起, 바오로, 1743~93)는 장날 옹기점을 열었다.

이도기는 충청도 청양 출신으로, 글을 많이 배우지는 못했지만 천주교의 덕행을 힘껏 실천하며

정산(定山) 고을의 어느 옹기점에 자리 잡고 살아갔다. 당시 신자들은 질그릇을 만들 수 있는 흙과

풍부한 물, 땔나무가 많은 곳을 찾아서 옹기가마를 설치하고 옹기를 구워 팔았다. 옹기는 그들의

생계를 이어주는 방도가 되었고, 옹기점은 신앙을 고백하는 무리들이 모듬살이를 하던 터전이었다.

그리고 그들은 옹기에 복음을 담아 널리 전하고자 했다.

박해시대 신자들의 생활상을 재현하였다. 장날 어떤 교우가 새로 구운 옹기를 지고 장터에 나왔다.

이도기는 아이를 시켜서 묵주가 담긴 항아리를 전해주고는, 옹기를 고르고 있는 한 아녀자에게

전교한다.

앵베르 주교의 고해성사 집전

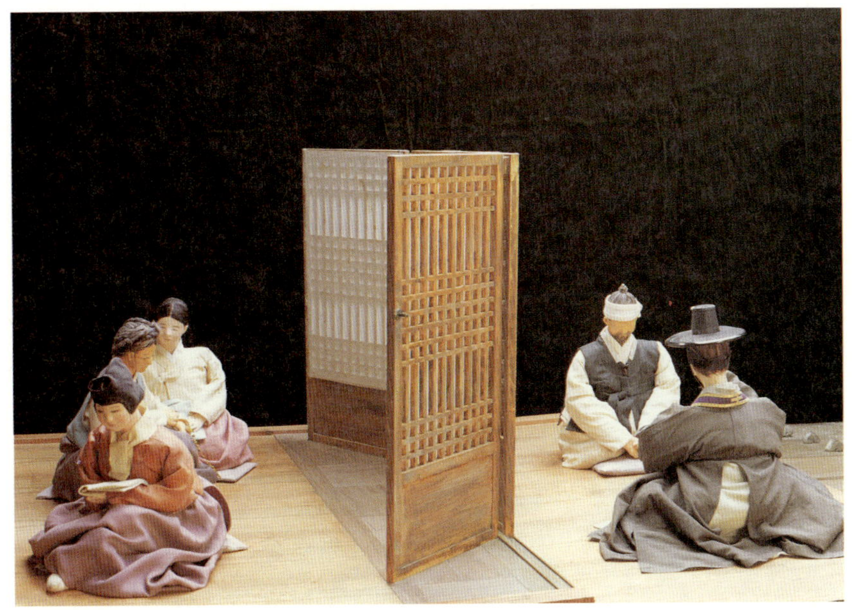

파리 외방선교회 소속인 앵베르(Imbert, 范世亨, 1796~1839) 주교가 서울 북부의 어느 민가에
숨어서 신자들에게 고해성사를 주고 있다.

앵베르 주교는 중국 사천(四川) 교구의 보좌주교로 선교하던 중, 1837년 제2대 조선교구장에
임명되어 정하상 일행의 안내로 조선에 입국하였다. 숨어 지내며 전교활동을 하던 중 자신 때문에
다른 신자들에게 화가 미칠 것을 염려해 관헌에 자수하였다. 동료 사제인 모방(Maubant) 신부,
샤스탕(Chastan) 신부와 함께 1839년 9월 21일 새남터에서 순교하였다. 1984년 내한한 요한 바오로
2세 교황의 선포로 세 사제 모두 성인 품위에 올랐다.

주교는 한복(창의)에 보라색 영대를 했다. 답호를 입은 고령의 할배가 얼마 남지 않은 생의 마지막을
성찰하며 죄를 고해하고 있다. 덧저고리에 조바위 차림의 아녀자가 고해성사 순서를 기다리며 교리서
『성경 직해』를 보고 있고, 그 옆에 몸종이 쓰개치마를 들었다. 쾌자 차림의 산동네 할매가 할배의
고해를 비추어주십사고 성모님께 전구를 빌며 묵주기도를 바친다.

상재상서를 전하는 정하상

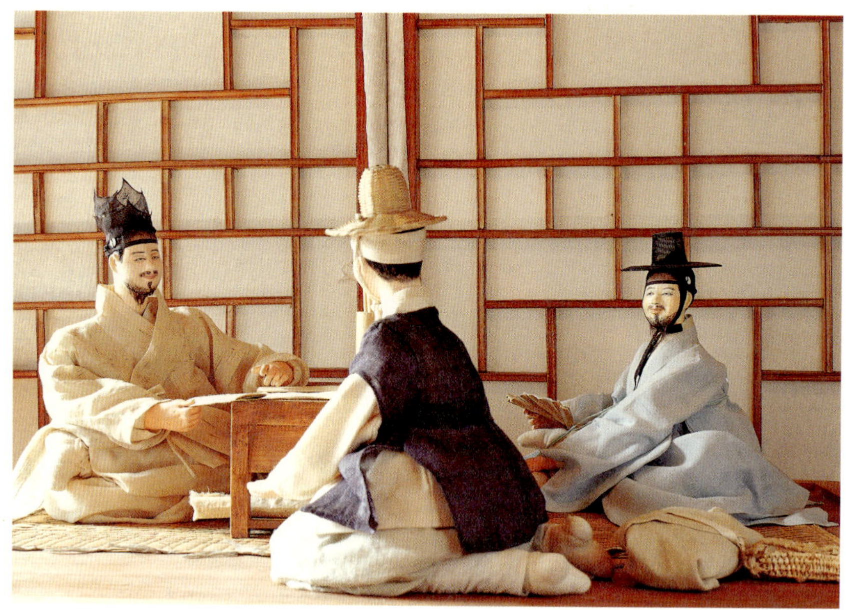

정하상(丁夏祥, 바오로, 1795~1839)이 「상재상서」(上宰相書)를 재상에게 전하기 위해 아랫사람에게 건네주고 있다.

정하상은 기해박해(1839) 직전 자신이 체포될 것을 예상하고 신앙을 변호하는 글을 준비했다. 이것이 바로 「상재상서」로 모두 3400여 자에 이르는 짧은 글이지만 천주교의 기본교리를 설명하고 신앙의 자유를 호소한 호교문이다. 그는 1839년 체포된 다음날 종사관(從事官)을 시켜서 이 글을 당시 재상인 이지연(李止淵)에게 전달했다. 정약종의 아들이며 정약용의 조카인 정하상은 경기도 양근 마재에서 출생했다. 사신행차에 노복이나 상인 신분으로 동행해서 수차례 북경(北京)에 가서 선교사들을 만나 조선교회의 재건과 선교사 파견을 요청했다. 이러한 노력의 결실로 조선교구가 설정되었다.

1839년 9월 22일 유진길(劉進吉, 아우구스티노, 1791~1839)과 함께 서소문 형장에서 순교하였고, 1984년에 성인 품위에 올랐다. 정하상은 자신이 체포되기 전에 미리 작성한 「상재상서」를 재상에게 전해주도록 자신의 집 마루에서 아랫사람에게 건네주는데, 마침 집에 들른 유진길이 함께 보고 있다.

김대건 부제의 사제 서품

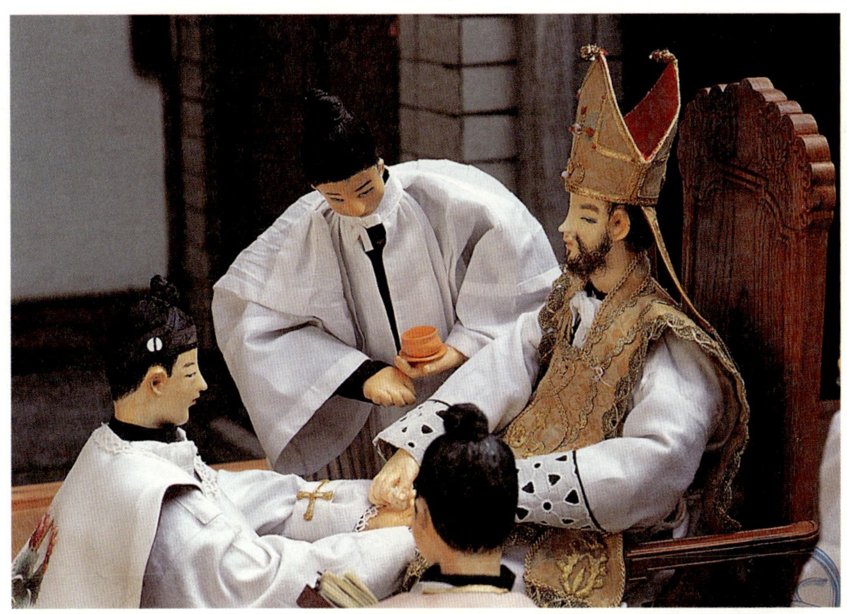

1845년 8월 17일, 상해 김가항 성당에서 페레올 주교는 김대건(金大建, 안드레아, 1821~46)의 사제 서품식을 집전했다. 이로써 최초의 한국인 사제가 탄생했다.

김대건은 충청도 솔뫼에서 김제준(金濟俊, 이냐시오, 1796~1839)과 우술라의 장남으로 태어났다. 부친은 기해박해 때 순교하여 성인의 반열에 올랐다. 김대건은 1836년 모방 신부가 선발한 신학생 최양업, 최방제와 함께 마카오로 유학하여 한국 최초의 사제가 되었다.

중국인 복사 두 사람이 서품식을 돕고 있다. 한 사람은 성유를, 또 다른 사람은 지팡이를 들었다. "너희에게 평화가 있기를" 하며 부활해 오신 예수 그리스도가 "이웃을 네 몸같이 사랑하라" 하신 말씀의 빛을 받아 진리를 위해 몸바칠 결심으로 손에 기름부음을 받고 있는 도유 장면이다.

재단에는 십자고상, 감실, 성서, 촛대와 초, 성작(성체), 성합(포도주) 등이 놓여 있다.

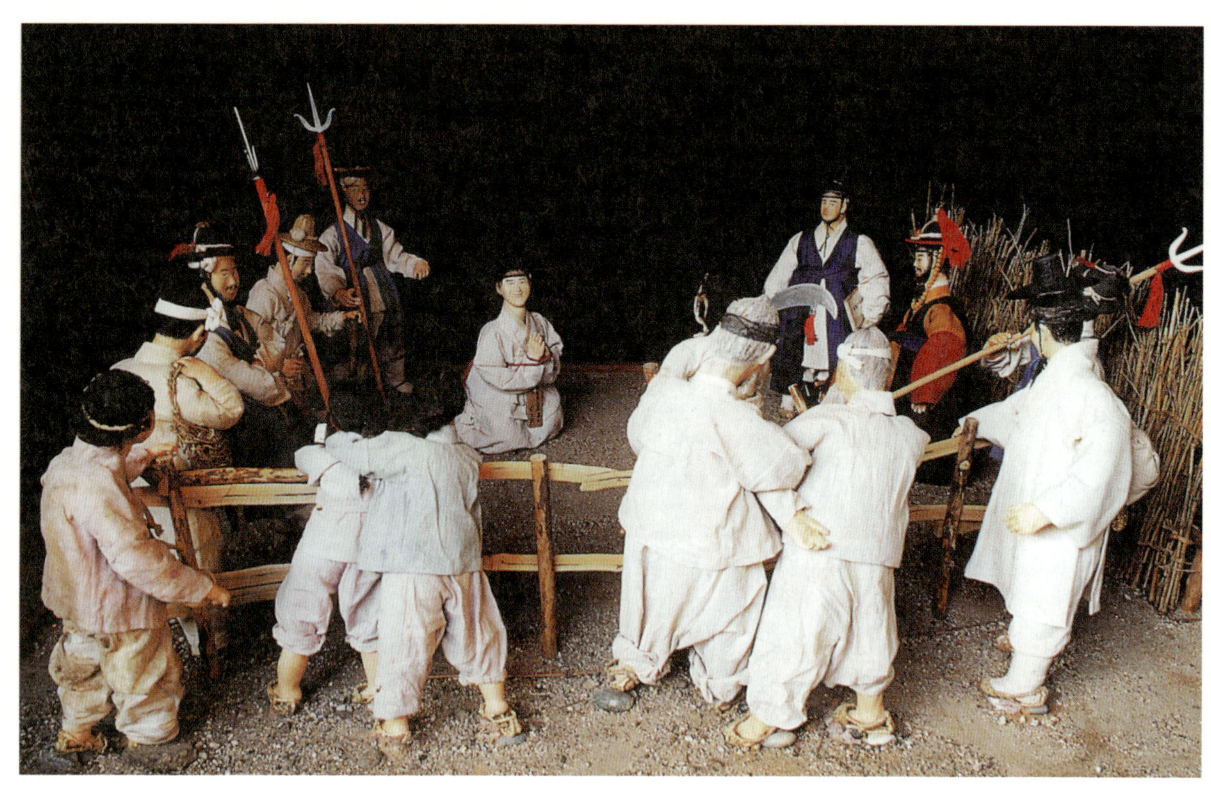

김대건 성인의 탄생

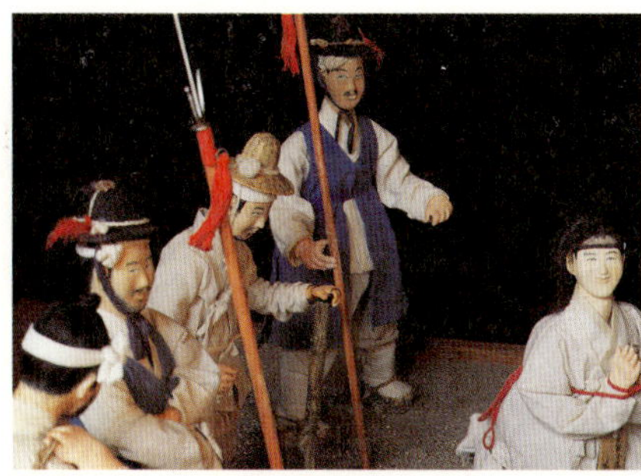 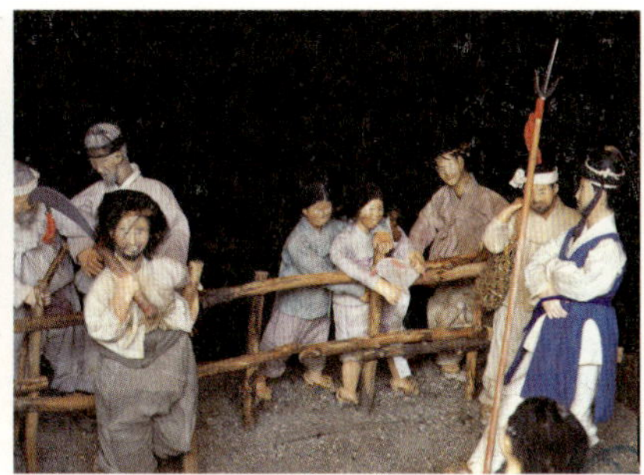

김대건은 1846년 9월 16일 26세의 나이로 서울 새남터에서 군문효수형을 받고 여덟 번째 칼에 맞아 순교하였다. 1984년 성인 품위에 올랐으며, 미리내에 안장되었다.

강가 모랫벌에는 김대건 신부 외에 금부도사, 서리, 휘광이, 선비, 보부상, 미장이, 세 명의 포졸, 거지, 강촌의 두 노인, 아이 둘 등 모두 15명이 등장한다. 형 집행관인 금부도사는 전립 쓴 구군복 차림으로, 손에 등채를 들고 허리에는 남색 전대를 띠고 목화를 신고 호상에 걸터앉아 있다. 그 옆에 신 서리는 행의(行衣) 위에 답호 차림으로 손에는 죄목을 적은 기록을 들었다. 포졸 3명은 모두 벙거지에 엉덩이까지 내려오는 아청색 무릎치기를 입었고 삼지창을 들고 경계한다. 더벅머리 휘광이는 맨발로 언월도를 어깨에 멨다. 당시 죄수가 형장에 이르면 웃옷을 벗기고 복두로 눈을 가렸으나 신부는 기쁨으로 순교하겠다고 복두를 거절하였다.

구경나온 동네 꼬마 형제가 든 가오리연은 김대건 신부가 하늘나라에 간다는 사실을 암시한다. 밥바가지를 든 거지는 육신을 위한 양식을 구하러 거리를 헤매다니다 순교 장면을 보고 마음의 양식을 얻는다. 보부상은 목화 솜뭉치를 매단 패랭이에 용장 지팡이를 짚고 육신을 먹이기 위해 수고해온 헛되고 덧없는 삶을 뉘우치며 부담짐을 내려놓는다. 천주교 신자인 미장이와 노인들은 잔혹한 형 집행 장면에 치를 떨고, 김대건 신부에게 교리를 배웠을 법한 선비 하나는 먼 길을 걸어왔는지 행전을 치고 괴나리봇짐을 메고서 신부의 마지막 길을 전송한다.

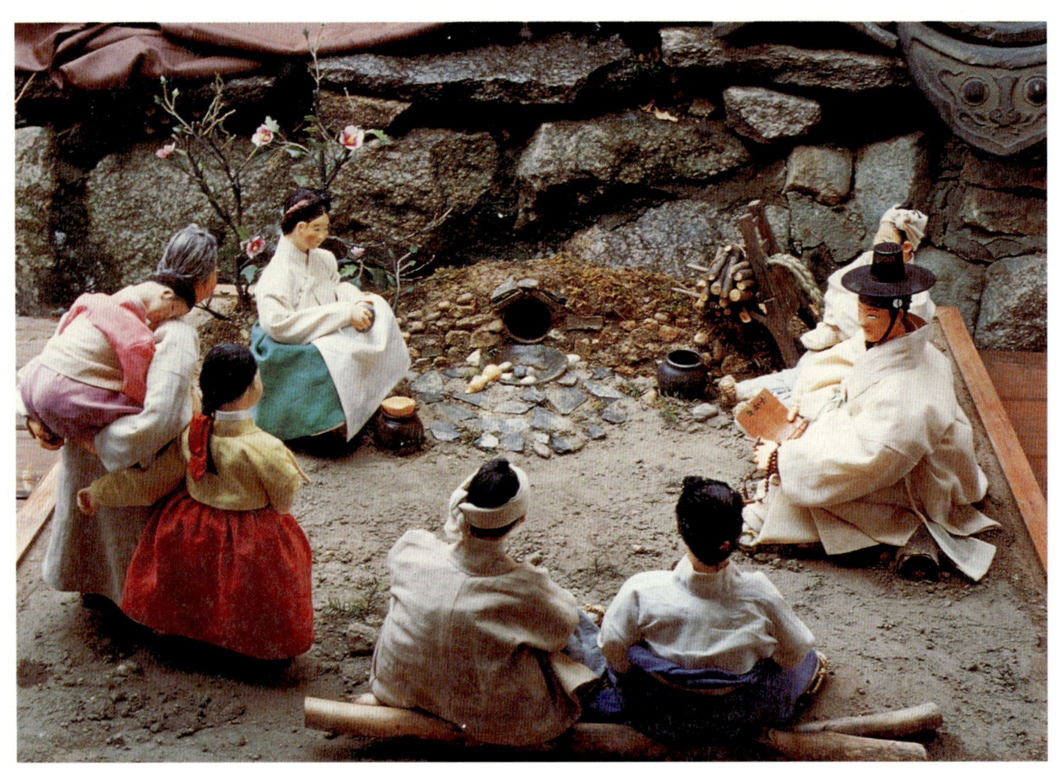

선교하는 최양업 신부

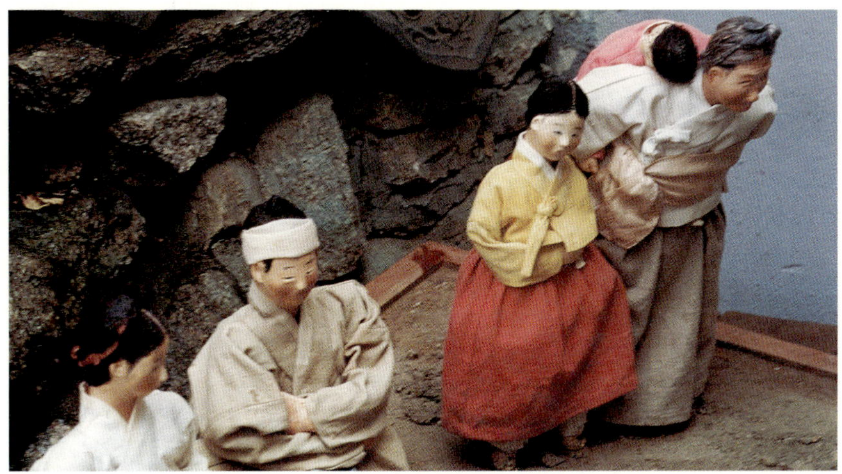

최양업(崔良業, 토마, 1821~61) 신부가 산골 우물가 무궁화나무 아래서 "사향가"를 가르치고 있다. 물 길러 나온 아낙네, 밭에서 일하다 잠깐 쉬러 온 농민 내외, 친손녀는 걸리고 외손자는 업어서 바람 쐬러 나온 할머니 모두 신부의 전교 대상이다.

최양업 신부는 충청도 청양 출신으로 성인 반열에 오른 아버지 최경환(崔京煥, 프란치스코, 1805~39)과 어머니 이성례(李聖禮, 마리아, 1800~40)의 장남이며, 태중교우였다. 1849년 4월 상해에서 강남교구 마레스카 주교로부터 서품받은 한국의 두번째 사제로서, 교리서를 번역했고 "사향가"를 비롯해 여러 편의 천주가사를 지어서 교우촌 곳곳을 찾아다니며 복음을 전했다. 사제 생활 12년 만에 충청도 진천에서 병사했다. 순교자는 아니지만 그의 성덕을 기려 복자 품위에 올리고자 성교회가 노력하고 있다.

최양업 신부는 중치막에 옥색 세조대를 띠었고 망건을 두르고 갓을 썼다. 무릎 아래에는 행전을 쳤다. 사마리아 여인에게 물을 청한 예수님처럼 신부도 물 한 모금을 청해 마셨다. 우물가에 무궁화가 피어 있으니 때는 9월 초, 꽃잎 다섯 송이는 성모 마리아에게 한국교회가 드리는 화관이며, 뿌리는 하느님을, 가지는 예수 그리스도를, 잎사귀 103개는 한국 순교성인 103위를 상징한다. 할머니 등에 업힌 아기는 미래의 희망과 평화를 상징하는 아기예수이다. 농민 내외는 성모 마리아와 성 요셉을, 나무꾼은 목자의 인도를 기다리는 길 잃은 양을 상징한다.

정성과 끈기와 손재주의 영역을 넘어서

• 추천사

소연 임수현님은 사라져가는 전통문화의 명맥을 잇고 지키기 위해서 일생을
한국전통인형 제작에 바치며, 마치 수도자와 같이 이 힘든 길을 외곬으로
걸어오셨습니다. 그분의 작품을 보면 단순한 정성과 끈기와 손재주의 영역을
넘어서 있음을 이 분야에 대해 깊이 알지 못하는 저로서도 느낄 수 있습니다.
아마도 이 인형들은 오랜 시간 가슴속에 잉태되어 깊은 생각과 산고 끝에
작가로부터 개성과 감정을 부여받았을 것으로 생각됩니다. 앞으로도 꾸준히
정진하셔서 선조들의 삶의 자취를 전해주시고, 그분들의 정겹고 순박한 삶의
정서가 후손들에게 이어질 수 있도록 다리 놓는 역할을 해주시기를
부탁드립니다.

한국천주교 서울대교구장 대주교

정진석